S0-AHE-573

ROWAN UNIVERSITY
CAMPBELL LIBRARY
201 MULLICA HILL RD.
GLASSBORO, NJ 08028-1701

Sefarad
Una novela de novelas

Antonio Muñoz Molina

Sefarad
Una novela de novelas

ALFAGUARA

© 2001, Antonio Muñoz Molina
© De esta edición:
2001, Grupo Santillana de Ediciones, S. A.
Torrelaguna, 60. 28043 Madrid
Teléfono 91 744 90 60
Telefax 91 744 92 24
www.alfaguara.com

• Aguilar, Altea, Taurus, Alfaguara S. A.
Beazley 3860. 1437 Buenos Aires. Argentina
• Aguilar, Altea, Taurus, Alfaguara S. A. de C. V.
Avda. Universidad, 767, Col. del Valle,
México, D.F. C. P. 03100. México
• Distribuidora y Editora Aguilar, Altea,
Taurus, Alfaguara, S. A.
Calle 80 nº 10-23
Santafé de Bogotá. Colombia

ISBN: 84-204-4256-9
Depósito legal: M. 4.031-2001
Impreso en España - Printed in Spain

Diseño:
Proyecto de Enric Satué

© Cubierta:
Félix Nussbaum, *Autorretrato con pasaporte judío*, 1943
Kulturgeschichtliches Museum, Osnabrück

Todos los derechos reservados.
Esta publicación no puede ser
reproducida, ni en todo ni en parte,
ni registrada en o transmitida por,
un sistema de recuperación
de información, en ninguna forma
ni por ningún medio, sea mecánico,
fotoquímico, electrónico, magnético,
electroóptico, por fotocopia,
o cualquier otro, sin el permiso previo
por escrito de la editorial.

PQ 6663
.U4795
S44
2001

3 3001 00910 397 8

Para Antonio y Miguel,
para Arturo y Elena,
deseándoles que vivan con plenitud
las novelas futuras de sus vidas.

«Sí», dijo el ujier, «son acusados, todos los que ve aquí son acusados». «¿De veras?», dijo K. «Entonces son compañeros míos.»

FRANZ KAFKA, *El proceso*

Sacristán

Nos hemos hecho la vida lejos de nuestra pequeña ciudad, pero no nos acostumbramos a estar ausentes de ella, y nos gusta cultivar su nostalgia cuando llevamos ya algún tiempo sin volver, y exagerar a veces nuestro acento, cuando hablamos entre nosotros, y el uso de las palabras y expresiones vernáculas que hemos ido atesorando con los años, y que nuestros hijos, habiéndolas escuchado tanto, apenas comprenden. Godino, el secretario de nuestra casa regional —que ha revivido de un triste letargo gracias a su dinamismo entusiasta— organiza regularmente comidas de hermandad en las que disfrutamos de los alimentos y de las recetas de nuestra tierra, y si nos disgusta que nuestra gastronomía sea tan poco conocida por los forasteros como nuestra arquitectura monumental o nuestra Semana Santa, también nos complacemos en poseer platos que nadie conoce y en designarlos con esas palabras que sólo para nosotros tienen sentido. ¡Nuestras aceitunas gordales o de cornezuelo!, declama Godino. ¡Nuestros panecillos de aceite, nuestros borrachuelos, nuestros andrajos, nuestros hornazos de Pascua, nuestra morcilla en caldera, que es morcilla de arroz, y no de cebolla, nuestro gazpacho típico, que no se parece nada a eso que lla-

man gazpacho andaluz, nuestra ensalada de alcau-
ciles! En el reservado del Museo del Jamón donde
solemos reunirnos los de la directiva, Godino corta
con gula un trozo de pan y antes de hundirlo en el
plato de morcilla humeante hace un gesto como si
bendijera y recita unos versos:

La morcilla, gran señora,
Digna de veneración.

El dueño del Museo es paisano nuestro,
y suele encargarse, como dice Godino, del cate-
ring de nuestras comilonas, en las que no hay ni
un solo producto que no haya venido de nuestra
ciudad, ni siquiera el pan, que se hace en el horno
de la Trini, el mismo que sigue haciendo las mag-
dalenas más sabrosas y esos hornazos de Viernes
Santo que llevan un huevo duro en el centro, y que
tanto nos gustaban cuando éramos niños. Ahora,
la verdad, nos damos cuenta de que su masa aceitosa se nos hace un poco pesada, y aunque en nuestras conversaciones seguimos celebrando el sabor
del hornazo, su forma única en el mundo, hasta
su nombre que nadie comprende más que nosotros, si empezamos a tomarnos uno nos lo dejamos
sin terminar, y nos da un poco de pena desperdiciar
comida, como nos decían nuestras madres, y nos
acordamos de esas veces, en los primeros tiempos
de Madrid, en que íbamos a la agencia de transpor-
tes a recoger alguno de aquellos paquetes de comida que nos mandaban de nuestras casas: cajas de
cartón bien selladas con cinta adhesiva y asegura-

das con cuerdas, trayéndonos desde tan lejos el olor intacto de la cocina familiar, la sabrosa abundancia de todo lo que nos faltaba y añorábamos tanto en Madrid: butifarras y chorizos de la matanza, borrachuelos espolvoreados de azúcar, hornazos, incluso algún bote de cristal lleno de ensalada de pimientos rojos, la delicia máxima que uno podía pedirle a la vida. Durante una temporada, el interior tétrico del armario en nuestro cuarto de pensión adquiría la suculenta y misteriosa penumbra de aquellas alacenas en las que se guardaba la comida en los tiempos anteriores a la llegada de los frigoríficos. (Ahora yo les digo a mis hijos que hace nada, cuando yo tenía su edad, en mi casa no había aún frigorífico ni televisor, y no se lo creen, o peor aún, me miran como si yo fuera un cavernícola.)

Llevábamos meses muy largos lejos de nuestra casa y de nuestra ciudad, pero el olfato y el paladar nos daban el mismo consuelo que una carta, la misma alegría honda y melancólica que nos quedaba después de hablar por teléfono con nuestra madre o nuestra novia. Nuestros hijos, que se pasan el día colgados del teléfono, hablando horas con alguien a quien acaban de ver un rato antes, no pueden creerse que para nosotros, no sólo en la infancia, sino también en la primera juventud, el teléfono era aún un aparato inusual, al menos en las familias modestas, y que llamar de una ciudad a otra, poner una conferencia, como se decía hace nada, era un empeño hasta cierto punto complicado, que exigía muchas veces hacer cola durante horas en locutorios llenos de gente, porque los teléfonos aún no eran automáticos. No soy precisamente un viejo (aunque mi mujer diga a veces que parezco avejado), pero me acuerdo de cuando tenía que llamar a mi madre al teléfono de una vecina, y esperar a que fueran a avisarla mientras sonaban los pasos en el contador de la cabina de madera de la Telefónica, en el locutorio de la Gran Vía. Escuchaba por fin su voz y me entraba una congoja que después sólo he vuelto a sentir muy raras veces, una sensación de estar muy lejos y de haber dejado sola a mi madre mientras envejecía. Los dos éramos muy torpes, nos ponía muy nerviosos aquel aparato nada habitual en nuestras vidas y nos agobiaba pensar en el dinero que estaría costándonos aquella conversación en la que apenas éramos capaces de intercambiar algunas formalidades tan trilladas como las de las cartas: estás bien, no te habrás puesto malo, no se te olvide abrigarte al salir por las mañanas, que está haciendo mucho frío. Era un mal trago atreverse a pedir que le mandaran a uno un paquete con comida, que le pusieran un giro. Colgaba uno el teléfono y de golpe se restablecía toda la distancia, y con ella, aparte de la desolación de salir a la calle un domingo por la noche, también el alivio algo canallesco de haber concluido una conversación incómoda en la que no tenía uno nada que decir.

Ahora que las distancias se han hecho más cortas es cuando vamos sintiéndonos más lejos. Quién no recuerda aquellos viajes eternos en el exprés de medianoche, en los vagones de segunda que nos trajeron por primera vez a Madrid, y que nos dejaban deshechos por la fatiga y la falta de sueño en los ingratos amaneceres de la estación de Atocha, la antigua, que nuestros hijos no llegaron a conocer, aunque alguno de ellos, muy pequeño, o todavía en el vientre de su madre, pasó noches rigurosas en aquellos trenes, que nos llevaban hacia el sur en las vacaciones tan anheladas de Navidad, en los días tan breves y tan valiosos de la Semana Santa o de nuestra rara feria tardía, que cae a finales de septiembre, cuando los hombres de la generación de nuestros padres recogían las uvas, las granadas y los higos más sabrosos, y se permitían el lujo de ir a las dos corridas de la feria, la del día de San Miguel, que la inauguraba, y la del de San Francisco, que era el día más esplendoroso, el día grande, como decían nuestros padres, pero también el más triste, porque era el último, y porque muchas veces la lluvia otoñal deslucía la corrida y obligaba a que permanecieran luctuosamente cubiertos por lonas empapadas los pocos carruseles de entonces.

Parece que el tiempo duraba más y que los kilómetros eran mucho más largos. Poca gente tenía coche, y el que no quería pasar la noche entera en el tren tomaba aquel autobús al que llamábamos la Pava, que tardaba siete horas en el viaje, primero por las vueltas y revueltas de la carretera hacia el norte de nuestra provincia y los desfiladeros y los túneles de Despeñaperros, que eran como el ingreso en otro mundo, la frontera última del nuestro, que se quedaba atrás, en los últimos paisajes ondulados de olivos; y después por los llanos eternos de La Mancha, tan monótonos que el sueño solía unirse entonces al cansancio y prevalecer sobre el mal cuerpo y se quedaba uno dormido, y con un poco de suerte volvía a abrir los ojos cuando el autobús ya estaba muy cerca de las luces de Madrid: ¡la emoción de la capital, vista desde lejos, los tejados rojizos y sobre ellos los edificios altos que nos impresionaban, la Telefónica, el Edificio España, la Torre de Madrid!

Pero es otra emoción la que nosotros preferíamos, sobre todo cuando empezaron a gastársenos las ilusiones sobre la nueva vida que nos esperaba en la capital, o cuando simplemente nos fuimos acostumbrando a ella, como se acostumbra uno a todo, y según se acostumbra va perdiéndole el gusto, y la afición se le convierte en aburrimiento, en fastidio, en irritación escondida. Preferíamos la emoción de la otra llegada, la lenta proximidad de nuestra tierra, los signos que nos la anunciaban, no ya los indicadores kilométricos en la carretera, sino ciertos indicios familiares, una venta en medio del campo, vista desde la ventanilla del tren o del autobús, el color rojo de la tierra en las orillas del río Guadalimar, y luego las primeras casas, las luces aisladas en las esquinas, cuando llegábamos de noche, la sensación de haber llegado ya y la impaciencia de no haber llegado todavía, la dulzura de todos los días que aún nos quedaban por delante, las vacaciones ya empezadas y sin embargo todavía intactas.

Había entonces una última casa, ahora me acuerdo, en la que terminaba la ciudad por el norte, la última que se dejaba atrás cuando se viajaba hacia Madrid y la primera que se veía en el regreso, un hotelito antiguo con jardín al que llamaban la Casa Cristina, y que era muchas veces el punto de encuentro para las cuadrillas de aceituneros, y también el lugar donde se despedía a la Virgen cuando su imagen regresaba, a principios de septiembre, al santuario de la aldea de donde volvería el año siguiente, en la populosa romería de mayo, la Virgen a la que íbamos a rezarle de niños en los atardeceres del verano.

Quizás entonces estaban más claros los límites de las cosas, como en las líneas y colores y nombres de los países en los mapas colgados en las paredes de la escuela: aquella casa, con su pequeño jardín, con su farol amarillo en la esquina, era el final exacto de nuestra ciudad, y a un paso de ella ya empezaba el campo, sobre todo de noche, cuando el farol brillaba en el principio de la oscuridad, no alumbrándola, sino revelándola en toda su hondura. Hace unos cuantos años, dando un paseo con mis hijos, que todavía eran pequeños, porque recuerdo que el segundo iba de mi mano, quise llevarlos a que vieran la Casa Cristina, y por el camino fui contándoles que junto a ella nos citaba el amo de los olivares para el que trabajábamos como aceituneros mi madre y yo: era invierno, y cruzábamos los dos la ciudad helada y a oscuras, muy abrigados, yo con una gorra de pana de mi padre y unos guantes de lana, mi madre con un chal que la envolvía entera y le cubría la cabeza. Pero hacía tanto frío que las orejas y las manos se me quedaban heladas, y mi madre tenía que frotármelas con las suyas, más calientes y más ásperas, y me echaba en las yemas de los dedos el vaho de su respiración. Me emocioné contándoles esas cosas, hablándoles de mi madre, a la que ellos apenas habían conocido, les hice ver cómo había cambiado la vida en tan poco tiempo, pues para ellos era ya inimaginable que niños casi de su misma edad tuvieran que pasarse las vacaciones de Navidad ganándose el jornal en el campo. Entonces me di cuenta de que llevaba mucho rato hablando y dando vueltas sin encontrar la Casa Cristina, y pensé que por hablar tanto me habría perdido: pero no, estaba justo en el lugar que había ido buscando, y la que no estaba era la casa, me dijo el hombre al que le pregunté, la habían derribado hacía ya bastantes años, cuando ensancharon la carretera vieja de Madrid. De cualquier modo, aunque la Casa Cristina hubiera seguido en pie, la ciudad ya no terminaría en su esquina: habían crecido barriadas nuevas con bloques monótonos de ladrillo, había un polideportivo y un nuevo centro comercial que el hombre me mostró con orgullo, como se enseñan a un forastero los monumentos más notables. Sólo quienes nos hemos ido sabemos cómo era nuestra ciudad y advertimos hasta qué punto ha cambiado: son los que se quedaron los que no la recuerdan, los que al verla día a día la han ido perdiendo y dejando que se desfigure, aunque piensen que son ellos los que se mantuvieron fieles, y nosotros, en cierta medida, los desertores.

Dice mi mujer que vivo en el pasado, que me alimento de sueños, como esos viejos desocupados que van a jugar al dominó en nuestra sede social y asisten a las conferencias o a los recitales poéticos que organiza Godino. Le contesto que más o menos eso mismo soy yo, casi un desocupado, un parado de larga duración, como dicen ahora, por mucho que me empeñe en emprender negocios que no llegan a nada, en aceptar trabajos casi siempre fugaces, y muchas veces ilusorios y hasta fraudulentos. Pero no le digo que ya me gustaría a mí vivir de verdad en el pasado, sumergirme en él con la misma convicción, con la voluptuosidad con que lo hacen otros, como Godino, que cuando come morcilla en caldera o recuerda algún chisme o algún apodo de un paisano nuestro o recita unos versos de nuestro poeta más célebre, Jacob Bustamante, enrojece de entusiasmo y felicidad, y está planeando siempre lo que va a hacer la próxima Semana Santa, y contando los días que faltan para el Domingo de Ramos, y sobre todo para el Miércoles Santo por la noche, cuando sale la procesión en la que él es cofrade y también directivo, «como lo fue en su día el insigne Mateo Zapatón, ahora retirado en la Villa y Corte», dice Godino, que aunque lleva toda la vida en Madrid conoce por su nombre y por su apodo a un número inusitado de nuestros paisanos, y llama a todo el mundo ilustre, celebérrimo, insigne, exagerando esa ge con tanta fuerza, a la manera de nuestra ciudad, que más de una vez suelta un perdigón de saliva al pronunciarla.

Es cierto, a muchos de nosotros nos gustaría vivir en el pasado inmutable de nuestros recuerdos, que parece repetirse idéntico en los sabores de algunos alimentos y en algunas fechas marcadas en rojo en los calendarios, pero sin darnos cuenta hemos ido dejando que creciera dentro de nosotros una lejanía que ya no remedian los viajes tan rápidos ni alivian las llamadas de teléfono que apenas hacemos ni las cartas que dejamos de escribir hace muchos años. Ahora que podríamos ir tan veloz y confortablemente por la autovía en apenas tres horas es cuando más de tarde en tarde regresamos. Todo está mucho más cerca, pero somos nosotros los que nos vamos quedando poco a poco más lejos, aunque repitamos las palabras antiguas y forcemos nuestro acento, y aunque todavía nos emocionemos al escuchar las marchas de nuestras cofradías o los versos que viene algunas veces a recitarnos «el vate insigne por antonomasia», como dice Godino, que le da coba y le admira y al mismo tiempo le toma el pelo, el poeta Jacob Bustamante, quien según parece no hizo caso a los cantos de sirena de la celebridad literaria y prefirió no venirse a Madrid cuando era más joven. Allí sigue, en nuestra ciudad, cosechando premios y acumulando trienios, porque es funcionario municipal, igual que otra de nuestras glorias locales, el maestro Gregorio E. Puga, compositor de mérito que tampoco hizo caso en su momento de esos cantos de sirena tan denostados por Godino: dicen (dice Godino, en realidad) que el maestro Puga culminó con brillantez sus estudios musicales en Viena,

y que habría podido encontrar un puesto en alguna de las mejores orquestas de Europa, pero que
pudo más en su ánimo el tirón de la tierra chica, a
la que regresó con todos sus diplomas de excelen-
cia en alemán y en letra gótica, y en la que muy
pronto ganó por oposición y sin esfuerzo la plaza
de director de la banda de música.

Nos gustaba volver con nuestros hijos pequeños y nos enorgullecía descubrir que se emo-
cionaban con las mismas cosas que nos habían ilu-
sionado en la infancia a nosotros. Querían que
llegara la Semana Santa para ponerse sus trajes di-
minutos de penitentes, sus capuchones infantiles
que les dejaban destapada la cara. Apenas nacían
los inscribíamos como hermanos en la misma cofradía a la que nuestros padres nos habían apun-
tado a nosotros. Viajaban ansiosos en el coche, ya
un poco más crecidos, preguntando nada más salir cuántas horas faltaban para la llegada. Habían
nacido en Madrid y hablaban ya con un acento que
no era el nuestro, pero nos daba orgullo pensar y
decir que pertenecían a nuestra tierra tanto como
nosotros mismos, y al llevarlos de la mano un domingo por la mañana por la calle Nueva igual que
nos habían llevado a nosotros nuestros padres, al
subirlos en brazos ante el paso de un trono para
que vieran mejor al borriquillo que cabalga Jesús
entrando a Jerusalén, o la cara verde y siniestra que
tiene Judas en el paso de la Santa Cena, sentíamos
consoladoramente que la vida estaba repitiéndo-
se, que en nuestra ciudad el tiempo no pasaba o era

menos cruel que el tiempo tan angustioso y trastornado de la vida en Madrid.

Pero se han ido haciendo mayores sin que nos diéramos cuenta y se nos vuelven unos desconocidos, huéspedes huraños de nuestra misma casa, encerrados en esos cuartos que se han vuelto como madrigueras sombrías, de las que salen a veces músicas insufribles, olores o ruidos que preferimos no identificar. Ya no quieren volver, y si les dice uno algo lo miran como a un viejo lamentable, como a un inútil, como si estuviera en las manos de uno encontrar de nuevo un trabajo seguro y decente cuando se ha pasado de los cuarenta y cinco años. Ya se han olvidado de todas las cosas que tanto les gustaban, la emoción de las túnicas y de los capirotes que les cubrían la cara como novelescos antifaces (Godino insiste en que la palabra nuestra es capirucho), el escándalo de las trompetas y de los tambores, el gusto de los puritos americanos que se vendían sólo en Semana Santa, pirulís de caramelo rojo rodeado por una espiral de azúcar, comprados en el puesto callejero de aquel hombre diminuto al que apodaban oportunamente Pirulí, que se murió hace unos pocos años, aunque a nosotros, que lo veníamos viendo desde niños, nos pareciera tan inmutable como la misma Semana Santa. Tampoco las atracciones de la feria les llaman ya la atención, y es como si sólo nosotros, sus padres, conserváramos algo de nostalgia y de gratitud por los modestos carruseles de hace tantos años, las cunicas, según les decíamos de niños, según les enseñamos a ellos a decir. Nada de lo que a nosotros nos gusta tiene ya significado para ellos, y de vez en cuando se nos quedan mirando con lástima o con indiferencia, y nos hacen sentirnos ridículos, vernos a través de lo que ven sus ojos en nosotros, gente gastada y mayor a la que no sienten que deban agradecerle nada, que les provoca sobre todo irritación y aburrimiento, y de la que se apartan como queriendo desprenderse de las telarañas sucias de polvo del tiempo al que nosotros pertenecemos, el pasado.

Vivir en él, en el pasado, qué más quisiera yo. Pero ya no sabe uno dónde vive, ni en qué ciudad ni en qué tiempo, ni siquiera está uno seguro de que sea la suya esa casa a la que vuelve al final de la tarde con la sensación de estar importunando, aunque se haya marchado muy temprano, sin saber tampoco muy bien adónde, o para qué, en busca de qué tarea que le permita creerse de nuevo ocupado en algo útil, necesario. En una de las últimas comidas de hermandad, la que tuvimos con motivo de la entrega a Jacob Bustamante de nuestra Medalla de Plata, Godino me reprochaba afectuosamente que llevara ya dos años seguidos sin ir a nuestra ciudad en Semana Santa. Yo le daba a entender que estaba pasando una época algo difícil, con la esperanza de que él, hombre de tantos recursos y conocimientos, pudiera echarme una mano, pero tampoco le pedía su ayuda abiertamente, por orgullo y por miedo a perder consideración a sus ojos. El desánimo, el pundonor herido, me mantenían más apartado que otras veces de las

actividades de nuestra casa regional, aunque procuraba no faltar a las reuniones de la directiva, y
me mantenía escrupulosamente al día en el pago
de mis cuotas mensuales. Pero iba, de la mañana a
la noche, como ausente de mí mismo, de un lugar
a otro de Madrid, de un trabajo a otro, promesas
que nunca llegaban a materializarse, encuentros que
por algún motivo siempre se frustraban, chapuzas
inseguras que me duraban unas semanas, unos pocos días. Pasaba horas esperando sin hacer nada o
tenía que apresurarme para llegar a algo que se me
frustraba por unos minutos de retraso.

Una mañana, en la plaza de Chueca, que
yo cruzaba con el corazón en un puño, con la mirada recta, para no ver lo que sucedía alrededor, el
trapicheo de la droga, el espectáculo de aquellos individuos sonámbulos, hombres y mujeres, con caras de muertos y andares de zombis, de enfermos
de algo terrible, me encontré con mi paisano Mateo Chirino, al que cuando yo era pequeño llamaban Mateo Zapatón, no sólo por su oficio de zapatero, sino también por su tamaño, porque era un
hombre más grande que la mayoría en esos tiempos, y usaba, me acuerdo, unos zapatos muy grandes, negros, con suela recia, unos zapatos inmemoriales que él mismo debería de llevar toda la vida
remendando. Me fijé en eso cuando lo vi de nuevo, en sus zapatos inmensos, que parecían los mismos de hace no sé cuántos años, aunque ahora
estaban deformados por los juanetes. Yo iba con
mi traje oscuro de las entrevistas de trabajo, con mi
maletín negro y mis carpetas: me habían acepta-

do, a prueba, como vendedor a comisión de materiales de autoescuela. Parado en el centro de la plaza de Chueca, con un abrigo grande, con un sombrero verde de corte tirolés al que no le faltaba ni el adorno de una pluma, Mateo Zapatón estaba observando benévolamente algo, como un jubilado fornido y holgazán, y parecía sostenerse sobre sus zapatones negros como sobre el pedestal de una estatua o el tocón de un olivo, así de arraigado al lugar donde estaba, el barrio de Madrid donde vivía ahora, y en el que daba la impresión de encontrarse igual de a gusto que en nuestra lejana ciudad común.

También su cara era la misma que yo recordaba, como intacta a pesar del tiempo: para un niño todos los adultos son más o menos viejos, así que cuando se hace mayor y vuelve a verlos al cabo de los años le parece que no han cambiado nada, que siguen en la misma edad estática que él les atribuyó cuando los veía en su infancia, cuando imaginaba que las personas han de permanecer siempre idénticas, y siempre han sido así, él siempre niño y sus padres siempre jóvenes, sin rastro de desgaste ni amenaza de morir. Lo vi una mañana muy fría de invierno, una de esas ingratas mañanas laborales de Madrid en las que las fachadas de los edificios tienen el mismo gris sucio del cielo sin lluvia. Yo iba, como siempre, angustiado por la falta de tiempo, por el apuro de llegar tarde a la cita con un cliente, el dueño de una autoescuela de la calle Pelayo. Había cometido el error de venir en mi coche y el poco tiempo que hubiera tenido para tomar un café lo perdí buscando aparcamiento por esas calles imposibles, llenas de tráfico, de gente, de travestis sin afeitar, de maleantes, de drogadictos, de repartidores de cosas, de furgonetas de carga y descarga que cortan la calzada y provocan una estridencia de cláxones que acaba ya de trastornarle a uno los nervios.

Iba tarde, iba en ayunas, había dejado el coche tan mal aparcado que no era improbable que se lo llevara la grúa, pero fue ver a Mateo Zapatón y el gusto de los recuerdos que su figura me despertaba pudo más que la prisa. Tan alto como siempre, erguido, con la misma expresión apacible en la cara, la nariz grande y los ojos un poco saltones, los carrillos rojos de frío y de salud, aunque ya aflojados por la edad, los andares tan firmes como cuando desfilaba vestido de penitente delante del trono de la Santa Cena, manejando su gran varal de directivo de la cofradía.

Aquel trono era uno de los más espectaculares de la Semana Santa, y el que más figuras tenía, los doce apóstoles en torno a la mesa con mantel de hilo y Cristo de pie en un extremo, una mano en el corazón y la otra alzada en el gesto de bendecir, y la orla de oro en torno a su cabeza vibrando con el movimiento majestuoso de las ruedas del trono sobre las calles adoquinadas o empedradas de entonces, con la misma tenue agitación con que se movían las llamas de las tulipas y el mantel blanco sobre el que estaban dispuestos el pan y el vino para el sacrificio litúrgico. Todos los apóstoles miraban hacia Jesús y tenían delante de las caras un pequeño foco que se las iluminaba dramáticamente de luz blanca; todos salvo Judas, que volvía la cabeza con un gesto de remordimiento y de codicia y miraba la bolsa de monedas de su traición, medio oculta detrás de su asiento. La luz que le daba a Judas en la cara era verde, un verde amarillento de malhumor hepático, y en nuestra ciudad todos sabían que esos rasgos que odiábamos los niños tanto como los de los malvados de las películas eran los de un sastre que tenía su tienda y su obrador en una esquina de la calle Real muy próxima al portal de Mateo Zapatón.

Godino me explicó la historia, no sin prometerme que me contaría otras aún más sabrosas: las figuras del trono, como casi todas las de nuestra Semana Santa, fueron esculpidas por el célebre maestro Utrera, según Godino uno de los artistas más importantes del siglo, que no obtuvo el reconocimiento que se merecía por haber preferido quedarse en una ciudad tan hospitalaria, aunque tan apartada, como la nuestra. Siendo un escultor genial, Utrera también fue un tremendo bohemio, y andaba siempre comido de deudas y perseguido por los acreedores, uno de los cuales, el más constante y también el más perjudicado, era aquel sastre del Real, que le hacía a medida sus camisas con monogramas, sus chalecos ceñidos, sus trajes con una hechura como los de Fred Astaire y hasta los batones flotantes que se ponía Utrera para trabajar en el taller. Cuando la deuda ya alcanzaba una cuantía inaceptable, el sastre se presentó en el café Royal, donde se reunía cada tarde la tertulia literaria y artística capitaneada por Utrera, y llamó en público al escultor sinvergüenza y ladrón, agitando vanamente en su cara el puñado de facturas impagadas. Muy digno, pequeño y recto, como empaquetado de tan elegante en el traje a lo Fred Astaire que no había pagado ni pensaba pagar, el escultor miró hacia otra parte mientras camareros y amigos sujetaban al sastre, que tenía los ojos saltones y la cara sudorosa por la ira, y que acabó marchándose tan de vacío como había venido, no sin haber recogido ignominiosamente del suelo del café las facturas que se le habían caído de las manos en el calor de su berrinche, como valiosas pruebas de una injuria que según amenazó sería reparada por los tribunales. Cuál no sería su sorpresa, me dijo Godino, anticipando el golpe con una gran sonrisa en su cara astuta y jovial, cuando unas semanas más tarde, el primer miércoles de Semana Santa en que desfilaba el nuevo grupo escultórico de la Santa Cena (el antiguo, como casi todos, lo habían quemado los rojos durante la guerra), el sastre vio con sus propios ojos lo que personas veloces y malévolas ya le habían contado, lo que ya corría por toda la ciudad, en palabras de Godino, «como un reguero de pólvora»: la cara torcida de Judas, la cara verde que se apartaba de la mirada bondadosa y acusadora del Redentor para examinar con codicia una bolsa mal escondida de monedas, era su vivo retrato, exactamente fiel a pesar de la exageración cruenta de la caricatura: aquellos mismos ojos saltones que miraron al escultor en el café como queriendo taladrarlo, «o petrificarlo, como los ojos de la Medusa», dijo Godino, que al enardecerse en sus relatos declamaba sus palabras preferidas: «¡Y la nariz semítica!». Al decir ese adjetivo Godino hacía un gesto adelantando la cara y mirando como debió de mirar el sastre al descubrir su retrato en la figura de Judas, y torcía o fruncía su nariz, que era pequeña y más bien chata, como si la enunciación de la palabra «semítica», en la que se deleitaba tanto que la repitió dos o tres veces, tuviera la virtud de volverle también a él tan narigudo como el sastre y como Judas, y como todos los sayones y fariseos de los pasos de Semana Santa, los judíos que le escupieron al Señor, según decíamos los niños en nuestros juegos de tronos y desfiles: había, en las calles empedradas o de dura tierra de entonces, otras semanas santas infantiles, y los niños desfilábamos en ellas tocando tambores hechos con grandes latas de conservas vacías, y trompetillas de latón o de plástico, y hasta paseábamos tronos que eran cajones de madera o cartón, y nos poníamos capirotes de papel de periódico.

Los dos llevan muertos ya mucho tiempo, el sastre irascible y el escultor bohemio y moroso, pero el bromazo vengativo del uno contra el otro perdura en las facciones torvas y todavía iluminadas de verde del Judas de la Santa Cena, aunque cada vez queda menos gente que pueda identificarlas, o que se acuerde de esas historias del pasado que cuenta Godino, no sé si inventándolas enteras, de tanto como las redondea y las adorna. Tampoco habrá muchos que reconozcan el modelo real de otro

de los apóstoles, el San Mateo que se vuelve hacia
Cristo entre devoto y asustado, las altas cejas su-
brayando el asombro de los ojos, porque es el momento en que su maestro acaba de decir que esa
noche uno de los doce le va a traicionar, y todos se
asustan y se escandalizan, hacen gestos ampulosos de dignidad herida, preguntando, «Maestro,
¿soy yo?», y entre tanto barullo ninguno se da cuenta de la cara verde y rencorosa de Judas, ni repara
en el bolsón hinchado de monedas que nuestras
madres nos señalaban cuando éramos niños y nos
subían en brazos cuando pasaba por delante el trono de la procesión.

No me hacía falta que Godino me explica-
ra que aquel noble San Mateo, recio de cuerpo
y colorado de carrillos, era el vivo retrato de Mateo Zapatón, que tuvo así su instante de gloria pública la misma noche de Semana Santa que el sastre acreedor se hundía en el ridículo. Después de
tomarse las medidas de los trajes en la sastrería, el
escultor Utrera cruzaba la calle Real y le encargaba
a Mateo sus zapatos hechos a mano, cuando tenía
dinero o perspectivas de cobrar, y le llevaba los pares viejos para que se los remendara en los tiempos
difíciles. Pero a diferencia del sastre, Mateo Zapatón jamás le recordaba a Utrera las cuentas atrasadas, en parte por el fatalismo algo poltrón de su
carácter, que le inclinaba a acomodarse a todo, y
en parte también porque le tenía al escultor una
admiración fervorosa, que se acentuaba hasta la ren-
dida gratitud cada vez que el maestro pasaba por
la zapatería y se quedaba horas charlando con él,

ofreciéndole sus cigarrillos rubios, contándole historias de sus viajes por Italia y de su vida en los círculos artísticos de Madrid de antes de la guerra.

«Amigo Mateo», le decía el escultor, «tiene usted una cabeza clásica que merecería ser inmortalizada por el arte». Dicho y hecho: Mateo nunca llegó a cobrarle ni un céntimo, pero dio por cancelada la deuda cuando vio con un golpe de vanidad y de pudor su cara indudable entre las de los apóstoles, y también la hechura corpulenta de sus hombros y aquel gesto tan suyo de mirar de lado, hacia arriba, desde la altura tan escasa del taburete en el que se pasaba la vida. Siendo él penitente y directivo de la cofradía de la Última Cena, ¿podía imaginar una honra más grande que la de ser incluido entre los comensales? Cada rasgo, la actitud entera del santo evangelista, era de una fidelidad portentosa, salvo la barba, que el Mateo de carne y hueso no llevaba, aunque parece que estuvo a punto de dejársela, lo cual habría sido un atrevimiento inconcebible en aquellos años de bigotes finos y caras rasuradas. La sastrería estaba casi enfrente de su portal de zapatero, pero el sastre agraviado, cuando se cruzaba con él por la otra acera, bajaba la cabeza o miraba hacia otro lado, la cara más verdosa y la nariz más semítica que nunca, y a Mateo, como a tantos otros, le entraba tal gana de reír que se tapaba la boca para aguantarse, y se le ponían colorados los carrillos, más propios de un muñecón de falla valenciana que de la imagen piadosa de un evangelista.

Con un sobresalto de alegría vi en medio de la ciudad hostil esa cara venida de mi infancia, vinculada a los recuerdos más dulces de mi ciudad y de mi vida. De niño mi madre me mandaba muchas veces al portal de Mateo Zapatón, que sin conocerme de nada solía darme una palmadita en la cara y me llamaba «sacristán». «Vaya, sacristán, poco te han durado esta vez las medias suelas»; «Dile a tu madre que no tengo cambio, sacristán, que ya me pagará ella cuando venga». El portal era muy alto y estrecho, casi como un armario, y estaba separado de la calle por una puerta de cristales, que Mateo sólo cerraba en los días más rigurosos de invierno. Todo el espacio disponible, incluidos los laterales del cajón que usaba como mesa de trabajo y mostrador, estaba cubierto de carteles de toros y de Semana Santa, las dos pasiones del maestro zapatero: carteles pegados con engrudo, ya amarillos por los años, superpuestos algunos encima de los otros, anuncios de corridas celebradas a principios de siglo o en la feria del año anterior, en una confusión de nombres, lugares y fechas que alimentaba la erudición charlatana de Mateo, casi siempre rodeado de contertulios, con un cigarro o una tachuela entre los labios, o las dos cosas a la vez, narrador incansable de faenas históricas y de anécdotas del mundo taurino, que él conocía muy de cerca, porque los presidentes de las corridas de toros solían pedirle que les hiciera oficiosamente de consejero o asesor. Se le quebraba la voz y los ojos se le llenaban de lágrimas cuando rememoraba ante sus contertulios la tarde de luto en que vio, desde una grada de sol de la plaza de Linares, cómo el toro Islero embestía a Manolete. «Que te va a coger, no te arrimes tanto», decía que le había gritado él desde su grada, y se inclinaba como si estuviese en la plaza y hacía bocina con las manos, poniendo una cara trágica de anticipación, viviendo otra vez el instante en que Manolete aún podía haberse salvado de la cornada homicida, «la cornada fatídica», como decía Godino al imitar el relato y los aspavientos del zapatero apasionado, del que siempre me prometía que iba a contarme una gran historia misteriosa, un secreto que sólo él conocía en sus detalles más picantes.

Me acerqué a Mateo en la plaza de Chueca y me miró con la misma sonrisa ancha y benévola con que recibía a los parroquianos y a los contertulios en su portal de remendón. Me emocionó pensar que me reconocía a pesar de los años y de todo lo que yo habría cambiado desde las últimas veces que nos viéramos. Reparé entonces en otra circunstancia casual que lo vinculaba a mis recuerdos más antiguos y lo convertía sin que él lo supiera en parte de mi vida infantil: en el portal contiguo al de Mateo Zapatón estaba la barbería a la que me llevaba mi padre, y en la que también se había pelado y afeitado siempre mi abuelo, la de Pepe Morillo, que fue quedándose vacía según iban muriendo los clientes más viejos y los jóvenes adoptaban la moda del pelo largo. Ahora su puerta está tan cerrada como la de Mateo Zapatón y la del sastre con la cara de Judas, y como la de tantas tiendas que había en la calle Real antes de que la gente se fuera olvidando poco a poco de pasear por ella, dejándola convertida, sobre todo de noche y en los días de lluvia, en una calle deshabitada y fantasma. Pero entonces la barbería de Pepe Morillo estaba tan animada como el portal de Mateo Zapatón, y muchas veces, en las tardes templadas de abril y mayo, los parroquianos de la una y de la otra sacaban sillas a la acera, y fumaban y conversaban en una sola tertulia, observados desde el otro lado de la calle, desde la penumbra de su taller vacío, por el sastre huraño que se frotaba las manos detrás del mostrador y hundía entre los hombros la cabeza cada vez más idéntica a la del Judas de la Santa Cena, el misántropo de cara verdosa y nariz ganchuda al que empujaba lentamente a la quiebra la irrupción irresistible de la ropa confeccionada en serie.

Mi padre me llevaba de la mano a la barbería de Pepe Morillo (peluquería era entonces una palabra de mujeres), y yo era tan pequeño que el barbero tenía que poner un taburete encima del sillón para cortarme el pelo con comodidad y poder verme en el espejo. La cara le olía a colonia y el aliento a tabaco cuando se acercaba mucho a mí con el peine y las tijeras, con la maquinilla eléctrica que usaba para apurarme la nuca. Yo oía su respiración fuerte y agitada y notaba en el cogote y en las mejillas el tacto de sus dedos fuertes de adulto, la presión tan rara de unas manos que no eran las de mi padre o mi madre, manos familiares y a la vez extrañas, rudas de pronto, cuando me doblaban hacia delante las orejas o me hacían inclinar mucho la cabeza apretándome la nuca. Cada vez que me pelaba, ya casi al final, Pepe Morillo me decía, «cierra bien los ojos», y era que iba a cortarme el flequillo recto sobre las cejas, hacia la mitad de la frente. Los pelos húmedos caían sobre los párpados, picaban en la mejilla carnosa y en la punta de la nariz, y las tijeras frías me rozaban las cejas. Cuando Pepe Morillo me decía que ya podía abrir los ojos yo encontraba por sorpresa mi cara redonda y desconocida en el espejo, con las orejas salientes y el flequillo horizontal sobre los ojos, y también la sonrisa de mi padre que me miraba aprobadoramente en él.

De todo eso me acordé como si volviera a vivirlo al ver de improviso a Mateo Zapatón en la plaza de Chueca, y también de algo más que hasta ese momento no supe que estaba en mi memoria: una vez, mientras guardaba turno leyendo un tebeo que mi padre acababa de comprarme, me dio sed y le pedí permiso a Pepe Morillo para beber agua. Me señaló un patio interior, pequeño y umbrío, al fondo de la barbería, tras una puerta de cristales y un pasillo oscuro. Cuando uno era niño los lugares remotos podían encontrarse a unos pocos pasos. Empujé la puerta, creo que un poco mareado, quizás empezaba a tener fiebre y por eso tenía tanta sed. Las baldosas eran blancas y grises, con flores rojizas en el centro, y resonaban al pisarlas. Sobre una repisa, en una esquina del patio diminuto, con plantas de grandes hojas que acentuaban la humedad, estaba el botijo, sobre una repisa cubierta con un paño de ganchillo, uno de aquellos botijos de invierno que había entonces, de cerámica policromada y vidriada, un botijo en forma de gallo, recordé con toda exactitud, de los que hacían los alfareros en la calle Valencia. Bebí y el agua tenía una consistencia de caldo y un sabor de fiebre. Volví por el pasillo y de pronto me vi perdido: no estaba en la barbería, sino en un sitio que tardé en identificar como el portal del zapatero, y a quien vi fue al apóstol San Mateo en carne y hueso, aunque con un mandil de cuero y no una túnica de cofrade o de santo, sin barba, con un puro chato y apagado en un lado de la boca y una tachuela en el otro. «Anda, sacristán, pero qué haces tú aquí, vaya susto que me has dado.»

Como aquella vez, ahora lo miraba y tampoco sabía qué decirle. De cerca era mucho más viejo y ya no se parecía al San Mateo inmutable de la Última Cena. Ni su mirada ni su sonrisa estaban dirigidas a mí: permanecieron idénticas cuando dije su nombre y adelanté la mano para saludarlo, cuando le conté torpe y embarulladamente quién era yo, y quise recordarle los nombres de mis padres y el apodo que en otros tiempos tenía mi familia. Apretando flojamente mi mano asentía y miraba hacia mí, aunque no daba la impresión de que estuviera viéndome, o concentrando en algo la atención de sus ojos, que hasta un momento antes me habían parecido observadores y vivaces. Más que ladeado, llevaba el sombrero torcido, como si se lo hubiera puesto de cualquier modo al salir de su casa, o con el desaliño de quien ya no se ve bien en los espejos. Le recordé que mi madre fue siempre parroquiana de su zapatería —entonces las tiendas tenían parroquianos, no clientes— y que mi padre, también muy aficionado a los toros, participó muchas veces en sus tertulias, y en las de la barbería contigua de Pepe Morillo, la que estaba comunicada con su portal por un patio interior. Mateo escuchaba esos nombres de personas y lugares con el gesto de quien no llega a acordarse del todo de algo muy lejano. Inclinaba la cabeza y sonreía, aunque también me pareció advertir en su cara una expresión de recelo o alarma, o de incredulidad, quizás temía que yo quisiera timarlo o atracarlo, como cualquiera de los maleantes que rondaban por las cercanías, que intercambiaban furtivamente cosas acuclillados en grupos junto a la entrada del metro. Yo tenía que irme, se me hacía muy tarde para una cita que ya quizás estaba fracasada de antemano, no había desayunado, tenía el coche aparcado en doble fila, y Mateo Zapatón seguía sujetando mi mano con distraída cordialidad y me sonreía con la boca entreabierta, con la mandíbula inferior un poco caída y un brillo de saliva en las comisuras de los labios.

—¿No se acuerda, maestro? —le dije—. Usted me llamaba siempre sacristán.

—Claro que sí hombre, cómo no —guiñó los ojos, se adelantó un poco hacia mí, y entonces me di cuenta de que ahora yo era más alto que él, me puso la otra mano en el hombro, como en una tentativa benévola de no defraudarme—. Sacristán.

Pero ni siquiera parecía que recordara el significado de esa palabra, que repitió de nuevo mientras seguía sujetándome la mano que yo ahora quería desprender, atrapado, angustiado por irme. Me aparté de él y siguió quieto, la mano de palma blanda y húmeda que había sujetado la mía aún ligeramente levantada, el sombrero con la pequeña pluma verde torcido sobre la frente, solo como un ciego en mitad de la plaza, sustentado sobre la gran peana de sus zapatones negros.

Copenhague

A veces, en el curso de un viaje, se escuchan y se cuentan historias de viajes. Parece que al partir el recuerdo de viajes anteriores se vuelve más vivo, y también que uno escucha y agradece más las historias que le cuentan, paréntesis de valiosas palabras en el interior del otro paréntesis temporal del viaje. Quien viaja puede permanecer en un silencio que será misterioso para los desconocidos que se fijen en él o ceder sin peligro a la tentación de conversar y de volverse embustero, de mejorar un episodio de su vida al contárselo a alguien a quien no verá nunca más. No creo que sea verdad eso que dicen, que al viajar uno pueda convertirse en otro: lo que sucede es que uno se aligera de sí mismo, de sus obligaciones y de su pasado, igual que reduce todo lo que posee a las pocas cosas necesarias para su equipaje. La parte más onerosa de nuestra identidad se sostiene sobre lo que los demás saben o piensan de nosotros. Nos miran y sabemos que saben, y en silencio nos fuerzan a ser lo que esperan que seamos, a actuar en cumplimiento de ciertos hábitos que nuestros actos anteriores han establecido, o de sospechas que nosotros no tenemos conciencia de haber despertado. Nos miran y no sabemos a quién pueden estar viendo en nosotros, qué inventan o deciden que somos. Para quien se encuentra contigo en el tren de un país extranjero no eres más que un desconocido que sólo existe circunscrito al presente. Una mujer y un hombre se miran con una punzada de intriga y deseo al acomodarse el uno frente al otro en un tren: en ese momento están tan despojados de ayer y de mañana y de nombre como Adán y Eva al mirarse por primera vez en el Edén. Un hombre flaco y serio, de pelo corto y muy negro, de ojos grandes y oscuros, sube al tren en la estación de Praga y tal vez procura no cruzar su mirada con la de los otros pasajeros que van entrando en el mismo vagón, alguno de los cuales lo examina con recelo y decide que debe de ser judío. Tiene las manos largas y pálidas, lee un libro o se queda ausente mirando por la ventanilla, de vez en cuando sufre un golpe de tos seca y se cubre la boca con un pañuelo blanco que desliza luego casi furtivamente en un bolsillo. Cuando el tren se acerca a la frontera recién inventada entre Checoslovaquia y Austria el hombre guarda el libro y busca con cierto nerviosismo sus documentos, y al llegar a la estación de Gmünd se asoma enseguida al andén, como esperando ver a alguien en la solitaria oscuridad de esa hora de la noche.

Nadie sabe quién es. Si viajas solo en un tren o caminas por una calle de una ciudad en la que nadie te conoce no eres nadie: nadie puede averiguar tu angustia, ni el motivo de tu nerviosismo mientras aguardas en el café de la estación, aunque tal vez sí el nombre de tu enfermedad, cuando observan tu palidez y escuchan el ruido de tus bronquios, cuando advierten el disimulo con que vuelves a guardar el pañuelo con el que te has tapado la boca. Pero al viajar siento que no peso, que me vuelvo invisible, que no soy nadie y puedo ser cualquiera, y esa ligereza de espíritu se trasluce en los movimientos de mi cuerpo, y voy más rápido, más desenvuelto, sin la pesadumbre de todo lo que soy, con los ojos abiertos a las incitaciones de una ciudad o de un paisaje, de una lengua que disfruto comprendiendo y hablando, ahora más hermosa porque no es la mía. Habla Montaigne de un presuntuoso que ha vuelto de un viaje sin aprender nada: cómo iba a aprender, dice, si se llevó entero consigo.

Pero no necesito irme muy lejos para que me suceda esa transformación. A veces, en cuanto salgo de casa y doblo la primera esquina o bajo los escalones del metro, dejo atrás lo que soy, y me aturde y me excita el gran espacio en blanco en el que se convierte mi vida, sobre el que parece que van a imprimirse con más brillo y más nitidez las sensaciones, los lugares, las caras de la gente, las historias que escuche. En la literatura hay muchas narraciones que fingen ser relatos contados a lo largo de un viaje, en un encuentro al azar de un camino, en torno al fuego de una posada, en el vagón de un tren. Es en un tren donde un hombre le cuenta a otro la historia que cuenta Tolstoi en la *Sonata a Kreutzer*. En *El corazón de las tinieblas* un marinero, Marlow, cuenta un viaje hacia lo desconocido por el río Congo mientras viaja en una gabarra que remonta el Támesis, y al ver tras la niebla, en la noche, el resplandor todavía lejano de las luces de Londres, se acuerda de las hogueras que vio en las orillas del río africano, y se imagina hogueras mucho más antiguas, las que verían los navegantes romanos cuando entraron por primera vez en el Támesis hace dos mil años. En el tren donde lo llevaban deportado a Auschwitz Primo Levi encontró a una mujer a la que había conocido años atrás, y dice que durante el viaje se contaron cosas que no cuentan los vivos, que sólo se atreven a decir en voz alta los que ya están del otro lado de la muerte.

En la cafetería de un tren, yendo de Granada a Madrid, un amigo me contó otro viaje en ese mismo tren en el que había conocido a una mujer con la que no tardó ni una hora en empezar a besarse. Era en verano, a plena luz, en el Talgo que sale cada día a las tres de la tarde. La novia de mi amigo había ido a despedirle al andén. Luego él y la desconocida se encerraron en un lavabo con una urgencia temeraria y una felicidad y un deseo que ni las incomodidades ni los problemas de equilibrio ni los golpes en la puerta de viajeros irritados lograron malograr. Pensaban que se despedirían para siempre cuando llegaran a Madrid. Mi amigo, que estaba haciendo la mili, no tenía oficio ni beneficio, y ella era una mujer casada y con un hijo pequeño, un poco desequilibrada, tan propensa a los arrebatos de entusiasmo atolondrado como a las negruras de la depresión. Mi amigo me dijo que le gustaba mucho y que le daba miedo, y que nunca había disfrutado tanto con ninguna mujer. La recordaba con más claridad y gratitud porque era la única mujer con la que se había acostado aparte de la suya, con la que se casó muy poco tiempo después de regresar del ejército.

Estuvieron viéndose en secreto durante varios meses, repitiendo la ebriedad sexual del primer encuentro en cuartos de pensión, en la oscuridad de los cines, algunas veces en casa de ella, en la misma cama en la que se acostaba con su marido, contemplados desde la cuna por los ojos grandes y tranquilos del niño, que se sujetaba en los barrotes para mantenerse en pie. Cuando mi amigo se licenció acordaron que ella no iría a despedirlo al expreso de medianoche en el que se volvería a Granada. En el último momento la mujer apareció y mi amigo se bajó del tren y sintió tanto deseo al abrazarla que no le importó perderlo. Pero lo tomó al día siguiente y ya no se vieron nunca más. Me da miedo pensar qué habrá sido de ella, con lo trastornada que estaba, decía mi amigo, acodado en la barra de la cafetería del Talgo, delante del café que aún no había tocado, mirando el paisaje desértico del norte de la provincia de Granada, al otro lado de los cristales, o volviéndose hacia la puerta batiente que daba a los otros vagones, como con la esperanza imposible de que esa mujer apareciera, tantos años más tarde, y escuchándole yo le tenía envidia, envidia y tristeza de que a mí no me hubiera ocurrido nunca una historia así ni pudiera acordarme de una mujer como aquélla. Fumaba porros, tomaba pastillas, se aficionó a la coca, y a mí todo aquello me daba miedo, pero la seguía en su trastorno, cuanto más miedo le tenía la deseaba más. No me extrañaría nada que acabara enganchada a la heroína. Hay temporadas en las que me despierto cada mañana recordando que he soñado con ella. Sueño que me la encuentro por Madrid, o que estoy sentado en este mismo tren y la veo venir por el pasillo. Era muy alta, como una modelo, tenía el pelo castaño y rizado y los ojos verdes.

Los trenes de ahora, que no nos obligan a sentarnos frente a desconocidos, no favorecen los relatos de viajes. Fantasmas callados, con los auriculares tapándoles los oídos, con los ojos fijos en el vídeo de una película americana. Se escuchaban más historias en los antiguos departamentos de segunda, que tenían algo como de salas de espera obligatorias o comedores de familia pobre. Durante mi primer viaje a Madrid, mientras me adormilaba contra el duro respaldo de plástico azul, yo oía a mi abuelo Manuel y a otro pasajero contarse en la oscuridad viajes en tren durante los inviernos de la guerra. Nos trajeron a todos los del batallón de la Guardia de Asalto en el que yo servía y nos hicieron subir a un tren en esta misma estación, y aunque no nos dijeron adónde iban a llevarnos se corrió el rumor de que nuestro destino era el frente del Ebro. A mí me temblaban las piernas de pensarlo, a oscuras, dentro del vagón cerrado, toda la noche. Por la mañana nos hicieron bajarnos y sin dar explicaciones nos devolvieron a los puestos de siempre. Habían mandado a otro batallón en nuestro lugar, y de ochocientos hombres que iban no volvieron ni treinta. Si aquel tren llega a salir, seguro que ahora no estaba yo contándolo, dijo mi abuelo, y yo pensé de pronto, medio en sueños, que si aquel viaje al frente del Ebro no hubiera sido cancelado, probablemente mi abuelo habría muerto y yo no habría llegado a existir.

Todo era tan raro esa noche, la del primer viaje, raro y mágico, como si al subir al tren —incluso antes, al llegar a la estación— yo hubiera abandonado el espacio cotidiano de la realidad y hubiera ingresado en otro reino muy semejante al de las películas o al de los libros, el reino insomne de los viajeros: yo, que sin moverme casi nunca de mi ciudad me había alimentado de tantas historias de viajes a lugares muy lejanos, incluyendo la Luna, el centro de la Tierra, el fondo del mar, las islas del Caribe y las del Pacífico, el Polo Norte, la Rusia inmensa que recorría en el transiberiano un reportero de Julio Verne que se llamaba Claude Bombarnac.

Acabo de acordarme de que era una noche de junio. Estaba sentado en un banco del andén, entre mi abuelo y mi abuela, y un tren que todavía no era el nuestro llegó a la estación y se detuvo con un lento chirrido de frenos. Tenía en la oscuridad una envergadura de gran animal mitológico, y el faro redondo de la locomotora me había recordado al acercarse el submarino del capitán Nemo. En la barandilla del último vagón estaba acodada una mujer que me sobrecogió instantáneamente de deseo, el deseo ignorante, asustado y fervoroso de los catorce años. La deseaba tanto que el agobio en el pecho me dificultaba la respiración y me temblaban las piernas. Aún me parece que la estoy viendo, aunque ya no sé si lo que recuerdo es un recuerdo: rubia, alta, despeinada, extranjera, con una camisa negra muy abierta, con una falda negra, descalza, con las uñas de los pies pintadas de rojo, con la cara tan bronceada que resaltaba el brillo de su pelo rubio y sus ojos muy claros. Adelantaba la rodilla y un muslo surgía de la abertura de la falda. El tren se puso en marcha y yo la vi alejarse acodada en la barandilla y mirando las caras fugaces que la miraban a ella desde el andén de esa estación remota, en la medianoche de un país extranjero.

En jirones intranquilos de sueños veía de nuevo a esa mujer al quedarme dormido mientras mi abuelo y el otro hombre hablaban en el vagón a oscuras. Entreabría los ojos y veía la lumbre de los cigarrillos, y cuando mi abuelo o su interlocutor daban una chupada se veían por un instante sus caras campesinas con un brillo rojizo. El humo tan agrio de aquellos tabacos negros que fumaban los hombres entonces. Era, viendo esas caras y escuchando esas palabras desleídas en el sueño, como si yo no viajara en el tren donde ahora íbamos, sino en cualquiera de los trenes de los que ellos hablaban, trenes de soldados vencidos o de deportados que viajaban eternamente sin llegar a su destino y se quedaban parados durante noches enteras en andenes sin luces. Decía Primo Levi, poco

antes de morir, que seguían dándole terror los vagones de carga sellados que veía a veces en las vías
muertas de las estaciones. Yo serví en Rusia, dijo
el hombre, en la División Azul. Subimos a un tren
en la estación del Norte y tardamos diez días en
llegar a un sitio que se llamaba Riga. Y yo pensé o
dije medio en sueños, Riga es la capital de Leto-
nia, porque lo había estudiado en los atlas geográ-
ficos que me gustaban tanto, y porque en Riga sucedía una novela de Julio Verne, y las novelas de
Julio Verne me colmaban la imaginación y la vida.

Ahora comprendo que en nuestra tierra seca e interior los trenes nocturnos eran el gran río
que nos llevaba al mundo y nos traía luego de regreso, el gran caudal deslizándose en sombras en
dirección al mar o a las hermosas ciudades donde
estaría aguardándonos una nueva existencia, más
luminosa y verdadera, más parecida a la que prometían los libros. Tan claramente como me acuerdo del primer viaje en tren me acuerdo de la primera vez que llegué a los andenes de una estación
fronteriza: en el recuerdo el brillo de la noche es
idéntico, y también las anticipaciones de la imaginación, el miedo a lo desconocido que aceleraba el
pulso y debilitaba las rodillas. Guardias civiles con
mala catadura y luego gendarmes hostiles y groseros
examinaban los pasaportes en la estación de Cerbère. Cerbère, Cerbero: algunas veces las estaciones
nocturnas parecen el ingreso en el reino del Ha-
des, y sus nombres ya contienen como un principio
de maleficio: Cerbère, donde los gendarmes franceses humillaban en el invierno de 1939 a los sol-

dados de la República Española, los injuriaban y les daban empujones y culatazos; Port Bou, donde Walter Benjamin se quitó la vida en 1940; Gmünd, la estación fronteriza entre Checoslovaquia y Austria, donde alguna vez se encontraron Franz Kafka y Milena Jesenska, citas clandestinas en el paréntesis de tiempo de los horarios de los trenes, en la exasperada brevedad de las horas que ya estaban agotándose en cuanto se veían, en cuanto subían hacia el cuarto inhóspito del hotel de la estación, donde el paso cercano de los trenes hacía vibrar los cristales de la ventana.

Cómo sería llegar a una estación alemana o polaca en un tren de ganado, escuchar en los altavoces órdenes gritadas en alemán y no comprender nada, ver a lo lejos luces, alambradas, chimeneas muy altas expulsando humo negro. Durante cinco días, en febrero de 1944, Primo Levi viajó en un tren hacia Auschwitz. Por las hendiduras en los tablones, a las que acercaba la boca para poder respirar, iba viendo los nombres de las últimas estaciones de Italia, y cada nombre era una despedida, una etapa en el viaje hacia el norte y el frío del invierno, nombres ahora indescifrables de estaciones en alemán y luego en polaco, de poblaciones apartadas que casi nadie por entonces había oído nombrar, Mauthausen, Berger-Belsen, Auschwitz. Tres semanas tardó Margarete Buber-Neumann en llegar desde Moscú hasta el campo de Siberia en el que debía cumplir una condena de diez años, y cuando habían pasado sólo tres y le ordenaron que subiera de nuevo a un tren hacia Moscú pensó

que iban a liberarla, pero en Moscú el tren no se
detuvo, continuó viajando hacia el oeste. Cuando
por fin se detuvo en la estación fronteriza de Brest-
Litovsk los guardias rusos le dijeron a Buber-Neumann que se diera prisa en preparar su bolsa, que
habían llegado a territorio alemán. Entre los tablones que cegaban la ventanilla vio en el andén
uniformes negros de las SS, y comprendió con espanto, con fatiga infinita, que porque era alemana
los guardias de Stalin iban a entregarla a los guardias de Hitler, en virtud de una cláusula infame del
pacto germano-soviético.

La gran noche de Europa está cruzada de
largos trenes siniestros, de convoyes de vagones
de mercancías o ganado con las ventanillas clausuradas, avanzando muy lentamente hacia páramos
invernales cubiertos de nieve o de barro, delimita-
dos por alambradas y torres de vigilancia. Arresta-
da en 1937, torturada, sometida a interrogatorios
que duraban cuatro o cinco días seguidos, en los que
debía permanecer siempre en pie, encerrada durante dos años en una celda de aislamiento, Evgenia Ginzburg, militante comunista, fue condenada a veinte años de trabajos forzados en los campos
cercanos al Círculo Polar, y el tren que la llevaba al
cautiverio tardó un mes entero en recorrer la distancia entre Moscú y Vladivostok. Durante el viaje las prisioneras se contaban las unas a las otras
sus vidas enteras, y algunas veces, cuando el tren
se detenía en una estación, se asomaban a una ventanilla o a un respiradero entre dos tablones y gritaban sus nombres a cualquiera que pasara, o arro-

jaban una carta, o un papel en el que garabatea-
ban sus nombres, con la esperanza de que la noticia de que seguían vivas llegara alguna vez a sus familiares. Si una de las dos sobrevive, si vuelve, irá
lo primero de todo a buscar a los padres o al marido o los hijos de la otra, para contarles cómo vivió
y murió, para atestiguar que en el infierno y en la
lejanía los siguió recordando. En el campo de Ravensbrück Margarete Buber-Neumann y su amiga
del alma Milena Jesenska se hicieron ese juramen-
to. Milena le contaba el amor que había vivido con
un hombre muerto hacía veinte años, Franz Kafka, y también le contaba las historias que él escribía, y de las que Margarete no había tenido noticia hasta entonces, y por eso las disfrutaría aún más,
como cuentos antiguos que nadie ha escrito y sin
embargo reviven íntegros y poderosos en cuanto
alguien los cuenta en voz alta, la historia del agri-
mensor que llega a una aldea en la que hay un castillo al que nunca consigue entrar, la del viajante
que se despierta una mañana convertido en insecto, la del apoderado de un banco al que un día vi-
sitan unos policías de paisano para decirle que va
a ser procesado, aunque nunca llega a saber el motivo, la acusación que se formula contra él.

El amor entre Milena Jesenska y Franz Kafka está cruzado de cartas y de trenes, y en él im-
portaron más la lejanía y las palabras escritas que
los encuentros reales o las caricias verdaderas. En
la primavera de 1939, unos días antes de que el
ejército alemán entrase en Praga, Milena le entre-

gó a su amigo Willy Haas las cartas de Kafka que
había guardado desde que recibió la última de
ellas, dieciséis años atrás, en 1923. En el viaje hacia el campo de exterminio, en las estaciones a oscuras donde el tren se detendría noches enteras, se
acordaba sin duda de la emoción y la angustia de
los viajes semiclandestinos de otros tiempos, cuando ella estaba casada y vivía en Viena y su amante
vivía en Praga, y se citaban a medio camino, en la
estación fronteriza de Gmünd, o de la primera vez
que se encontraron, después de varios meses escri-
biéndose cartas, en la estación de Viena. Antes de
empezar a escribirse se habían visto una sola vez,
en un café, sin reparar mucho el uno en el otro, y
de pronto él quería rescatar de los márgenes de la
memoria un recuerdo que no podía ser preciso,
la cara en la que no había llegado a fijarse, aunque
tan sólo unos meses después iba a estar enamorado de ella. *Advierto que no consigo recordar su rostro con detalle. Sólo recuerdo cómo se alejaba entre
las mesitas del café; su figura, su vestido, todavía los
veo.* Ha subido al tren en Praga y sabe que al mismo tiempo ella ha subido a otro tren en Viena, y
su impaciencia y su deseo no son más fuertes que
el miedo, porque le angustia saber que dentro de
unas horas va a tener tangiblemente en sus brazos
a la mujer que casi no es más que un fantasma de
la imaginación y de las cartas. *El miedo es la infelicidad,* le ha escrito. Tiene miedo de que llegue el
tren y de encontrar frente a sí los ojos claros de
Milena, pero también tiene miedo de que ella se
haya arrepentido en el último instante, se haya que-

dado en Viena con su marido, que no la hace feliz, que la engaña con otras mujeres, pero del que no quiere o no puede separarse. Consulta el reloj, mira los nombres de las estaciones en las que el tren va deteniéndose, y lo atormenta la urgencia de que pasen cuanto antes las horas que faltan para llegar, y también el miedo a la llegada, y teme encontrarse solo en el andén de la estación de Gmünd, y al mismo tiempo tiene miedo de la impetuosa cercanía física de Milena, mucho más joven y más sana que él, más diestra y franca en los atrevimientos sexuales.

El recuerdo inconsciente es la materia y la levadura de la imaginación. Sin saberlo hasta ahora mismo, mientras yo quería imaginar el viaje de Franz Kafka en un expreso nocturno, en realidad estaba recordando uno que yo mismo hice cuando tenía veintidós años, una noche entera de insomnio en un tren que me llevaba a Madrid, a una cita con una mujer de ojos claros y pelo castaño a la que le había enviado un telegrama minutos antes de comprar mi billete de segunda con dinero prestado y de dejarlo insensatamente todo para ir en su busca. Llegué al amanecer a la estación y no había nadie esperándome.

Cómo sería acercarse en tren a una estación fronteriza y no saber si uno sería rechazado, si no le impedirían cruzar al otro lado, a la salvación que estaba a un paso, los guardias de uniforme que examinaran con cruenta lentitud sus papeles, alzando la mirada arrogante para comparar la cara de la fotografía en el pasaporte con esa cara llena de miedo en la que apenas llega a mostrarse una expresión de normalidad, de inocencia. Después de encontrarse por primera vez con Milena y de pasar con ella cuatro días enteros Franz Kafka volvía en el expreso de Viena hacia Praga con la inquietud de llegar a su trabajo a la mañana siguiente, con una mezcla de felicidad y de culpa, de ebria dulzura e intolerable amputación, pues no sabía acostumbrarse ahora a estar solo ni podía calcular el tiempo que le faltaba para volver a encontrarse con su amante. Cuando el tren se detuvo en la estación de Gmünd la policía fronteriza le dijo que no podía continuar su viaje hacia Praga: le faltaba un papel entre sus copiosos documentos, un visado de salida que sólo podía ser expedido en Viena. La noche del 15 de marzo de 1938, cuando Franz Kafka llevaba ya casi catorce años muerto, a salvo de toda angustia o culpa, de toda persecución, ese mismo expreso que salía a las 11.15 de Viena hacia Praga se llenó de fugitivos, judíos e izquierdistas, sobre todo, porque Hitler acababa de entrar en la ciudad, recibido por multitudes que aullaban como jaurías, que alzaban el brazo y gritaban su nombre con el estruendo ronco y unánime de un océano atroz, dando vivas al führer y al Reich, clamando por la aniquilación de los judíos. Nazis austríacos uniformados subían al expreso de Praga en las estaciones intermedias y saqueaban los equipajes de los fugitivos, a los que golpeaban y sometían a vejaciones e injurias. Muchos de ellos no llevaban papeles: en la estación fronteriza los guardias checos les impedían continuar el viaje. Algunos saltaban del tren y huían a campo través queriendo cruzar la frontera al amparo de la noche.

Cómo será llegar de noche a la costa de un país desconocido, saltar al agua desde una barca en la que se ha cruzado el mar en la oscuridad, queriendo alejarse a toda prisa hacia el interior mientras los pies se hunden en la arena: un hombre solo, sin documentos, sin dinero, que ha venido viajando desde el horror de enfermedades y las matanzas de África, desde el corazón de las tinieblas, que no sabe nada de la lengua del país adonde ha llegado, que se tira al suelo y se agazapa en una cuneta cuando ve acercarse por la carretera los faros de un coche, tal vez de la policía.

Viajando parece que gusta más leer libros de viajes. En un tren que me alejaba de Granada, recién terminado el curso en la facultad, a principios del verano de 1976, yo iba leyendo el relato del viaje a Venecia que hace Proust en *El tiempo recobrado*. Dos veranos después llegué por primera vez a Venecia, en un atardecer de septiembre, y me acordé de Proust y de su dolorosa propensión al desengaño cuando llegaba a los lugares a los que había deseado mucho ir. Conversando con Francisco Ayala sobre la felicidad de leer a Proust descubrí que él también la asociaba con la felicidad simultánea de un viaje. En mil novecientos cuarenta y tantos, cuando vivía exiliado en Buenos Aires, le ofrecieron unas clases en la universidad de la provincia de Rosario. Viajaba una vez a la semana, primero en tren hasta Santa Fe, después en un autobús que circulaba por la orilla del río Paraná. Llevaba siempre consigo un volumen de Proust, y le parecía que la relectura era aún más sabrosa porque al apartar los ojos del libro veía unos paisajes como del otro extremo del mundo, transitaba en un instante de las calles de París en 1900 y de las playas nubladas de Normandía a las inmensidades deshabitadas de América por las que cruzaba el tren y luego el autobús. De pronto aquel libro que iba leyendo era su único lazo con su vida anterior, con la España perdida a la que tal vez no podría volver y la Europa que aún no había emergido de los cataclismos de la guerra. Leía a Proust en el autobús junto a la anchura marítima del Paraná y ese volumen que tenía en las manos era el mismo que había leído tantas veces en los tranvías de Madrid.

Una vez, en una de las paradas, alzó mecánicamente los ojos del libro y se fijó en un viejo de pelo muy blanco y aire de melancolía y pobreza que acababa de subir, con un abrigo muy usado, con una cartera igual de usada bajo el brazo, con cara de enfermedad y cansancio, la cara de un viejo al que los años no han absuelto de las necesidades más amargas de la vida. En un instante de sorpresa, de incredulidad, de avergonzada compasión, reconoció en ese viejo que tomaba un autobús en un remoto pueblo de Argentina al que había sido presidente de la República Española, don Niceto Alcalá Zamora. Temió que también el otro hombre lo reconociera: volvió la cara hacia la ventanilla, o hundió los ojos en el libro, y cuando después de la siguiente parada levantó de nuevo la cabeza el hombre viejo ya no estaba en el autobús.

En un viaje se escucha una historia o se encuentra por azar un libro que acaba abriendo una onda concéntrica en la emoción de los descubrimientos sucesivos. En un tiempo en que estaba muy enamorado de una mujer que me huía cuando yo más la deseaba y venía a buscarme cuando yo intentaba apartarme de ella viajé en un tren a Sevilla leyendo *El jardín de los Finzi-Contini,* y a la bella y díscola heroína judía de Giorgio Bassani le otorgaba los rasgos de la mujer a la que yo quería, y el fracaso final del amor que siente hacia Mícol el protagonista de la novela me anticipó tristemente el fracaso del mío, con una clarividencia que por mí mismo no habría sido capaz de aceptar. Me acuerdo de un ejemplar barato y usado de las *Historias* de Herodoto que encontré en un puesto callejero de Nueva York, y del diario del viaje al Círculo Polar del capitán John Franklin, que hojeé por casualidad en una librería de viejo y leí luego sin descanso en la habitación de un hotel de Londres, una habitación estrecha, alta, de geometría perversa, con un cuarto de aseo no mayor que un armario, pero torcido en ángulos de decorado expresionista. Recién llegado a Buenos Aires en el otoño austral de 1989 yo pasaba las horas tendido en la cama de la habitación, escuchando la lluvia que redoblaba en los cristales y me impedía salir a las calles que deseaba tanto recorrer, leyendo durante horas, para distraer el tiempo claustrofóbico de los hoteles, el primer libro que descubrí de Bruce Chatwin, *En la Patagonia*. Ahora compruebo que justo en los días en que yo estaba leyendo ese libro Bruce Chatwin agonizaba de una enfermedad cuyo nombre no quiso decirle a nadie: una rara infección contraída en el Asia Central por culpa de algún tipo de comida o de una picadura, decían sus amigos, para ocultar la infamia, para no decir el nombre que despertaba pánico y vergüenza, la palabra que ya era en sí misma como uno de aquellos abscesos que hace siglos anunciaban el horror de la peste.

En Buenos Aires yo leía a Bruce Chatwin mientras él estaba muriéndose en Londres. Mi viaje por la Argentina tenía así una parte de verdad y otra de literatura, porque leyendo aquel libro yo continuaba hacia los grandes espacios desolados del sur el itinerario que sin embargo se había detenido para mí en la capital del país, en la habitación de un hotel de la que apenas salía por culpa de las lluvias. Qué descanso para el alma, estar lejos de todo, aislado de todo, como un monje en su celda, una celda con todas las comodidades posibles, la cama intacta, el teléfono al alcance de la mano, el mando a distancia del televisor, la lluvia que le absuelve a uno de la obligación extenuadora del turismo, que le ofrece la coartada perfecta para quedarse horas sin hacer nada, sólo permanecer tendido, ligeramente incorporado, sobre la almohada doble, el libro entre las manos, el libro donde se cuenta un viaje hacia la extremidad del mundo, donde se recuerdan otros viajes mucho más antiguos, el de Charles Darwin en el gran velero *Beagle*, el de aquel indio patagón que viajó con Darwin a Inglaterra, aprendió el idioma inglés y los modales ingleses, visitó a la reina Victoria, y al cabo de unos años regresó a los parajes australes y a la vida primitiva de la que había desertado, ya un extranjero para siempre y en cualquier parte, un salvaje exótico con ropas civilizadas en Londres y un desconocido en su tierra natal.

En Copenhague una señora danesa de origen francés y sefardí me contó un viaje que había hecho de niña con su madre por la Francia recién liberada, a finales del otoño de 1944. La conocí en un almuerzo en el Club de Escritores, que era un palacio con puertas de doble hoja, columnas de mármol y techos con guirnaldas doradas y pinturas alegóricas. Asomado a uno de sus ventanales, vi pasar un alto navío de vela delante de mí, como si se deslizara por la calle: navegaba por uno de esos canales que se adentran tanto en la ciudad, y que dan de pronto a la perspectiva de una esquina una sorpresa portuaria.

Era a principios de septiembre, hace unos ocho años. Llevaba un par de días dando vueltas por la ciudad, y al tercero un editor amigo mío me invitó a aquel almuerzo. Tengo la memoria llena de ciudades que me han gustado mucho pero en las que sólo he estado una vez. De Copenhague recuerdo sobre todo las imágenes del primer paseo: salí del hotel caminando al azar y llegué a una plaza ovalada con palacios y columnas en cuyo centro había una estatua a caballo, de bronce, de un verde de bronce que adquiría en ciertos lugares, a causa de la humedad y el liquen, una tonalidad gris idéntica a la del cielo, o a la del mármol de aquel palacio del que luego me contaron que era el Palacio Real.

En todo el espacio frío y barroco de la plaza, atravesado de vez en cuando por un coche solitario (al mismo tiempo que el motor yo escuchaba el roce de los neumáticos sobre los adoquines), no había más presencia humana, descontando la mía, que la de un soldado de casaca roja y alto gorro lanudo de húsar que marcaba desganadamente el paso con un fusil al hombro, un fusil con bayoneta tan anacrónico como su uniforme.

No sabiendo adónde ir, las calles me llevaban, como cuando me dejo llevar por una vereda en el campo. Frente al jinete de bronce arrancaba una calle larga y recta que terminaba en la cúpula, también de bronce verdoso, de una iglesia con letreros dorados en latín y estatuas de santos, de guerreros y de individuos con levitas en las cornisas. La iglesia se parecía a esas iglesias barrocas de Roma tan iguales entre sí que tienen un aire antipático de sucursales de algo, de oficinas vaticanas y bancarias de la gracia de Dios.

Pero una de las estatuas que se erguía sobre aquella fachada era indudablemente la de Sören Kierkegaard. Jorobado, como al acecho, con las manos a la espalda, no tenía esa actitud de elevación o de inmovilidad definitiva que suele haber en las estatuas. Después de muerto, al cabo de siglo y medio de habitar en la inmortalidad oficial, de codearse con todos aquellos solemnes héroes, santos, generales y tribunos del panteón histórico de Dinamarca, Kierkegaard, su estatua, seguía manteniendo un ademán transeúnte, fugitivo, huraño, un desasosiego de ir caminando solo por una ciudad cerrada y hostil y de mirar de soslayo a la gente a la que despreciaba, y que lo despreciaba todavía más a él, no sólo por su joroba y su cabezón, sino por la extravagancia incomprensible de sus escritos, de su furiosa fe bíblica, tan desterrado y apátrida en su ciudad natal como si se hubiera visto forzado a vivir al otro lado del mundo.

Busqué el camino de vuelta al hotel. Al cabo de menos de una hora el editor —a quien en realidad tampoco conocía demasiado— vendría a recogerme. En una calle larga y burguesa, con tiendas de ropa y de antigüedades, vi un tejadillo que sobresalía más bien absurdamente de una pared encalada o pintada de blanco, en la que había una puerta de madera con herrajes y llamador, y una ventana enrejada y con geranios. Yo, que me sentía tan lejos de todo recorriendo un sábado por la tarde las calles vacías de Copenhague, había encontrado un sitio español que se llamaba Pepe's Bar.

Aquella mujer estaba sentada junto a mí en la gran mesa oval de la Unión de Escritores. Me ha ocurrido otras veces: el almuerzo era en mi honor, pero nadie reparaba mucho en mi presencia. Delante de cada uno de nosotros había una tarjeta con nuestros nombres. El de la mujer era en sí mismo un enigma, una promesa cifrada: Camille Pedersen-Safra. No puedo resistirme al imán de los nombres: la mujer me dijo que había nacido en Francia, en una familia judía de origen español. Pedersen era su apellido de casada. Mientras los demás conversaban calurosamente y se reían, aliviados de no tener que darle conversación a un extranjero del que no sabían nada, me contó que ella y su madre se habían escapado de Francia en vísperas de la caída de París, en la gran desbandada de junio de 1940. Sólo volvieron al país una vez, en el otoño de 1944, y se dieron cuenta las dos de que en tan pocos años habían dejado de pertenecer a su patria de origen, de la que habrían sido deportadas hacia los campos de exterminio si no hubiesen escapado a tiempo: por gratitud, ya eran danesas. También Dinamarca había sido ocupada por los alemanes, y sometida a las mismas leyes antijudías que Francia, pero las autoridades danesas, a diferencia del gobierno francés de Vichy, no habían colaborado en el aislamiento y la deportación de los judíos, y ni siquiera les hicieron cumplir la obligación de llevar una estrella amarilla.

Camille Safra tenía unos seis años en el momento de la huida de Francia: recordaba el desagrado de que su madre la despertara sacudiéndola cuando aún era muy de noche y la sensación rara, cálida y gustosa, de viajar envuelta en mantas en el remolque de un camión, bajo un toldo en el que golpeaba la lluvia. Recordaba también haber dormido en cocinas o zaguanes de casas que no eran la suya, y en las que olía muy fuerte a manzanas y a heno, y le venían imágenes a veces de misteriosos itinerarios por caminos rurales bajo la Luna, durmiéndose en brazos de su madre, bajo el abrigo de un chal de lana húmeda, escuchando el traqueteo de un carro y los cascos lentos de un caballo. Recordaba o soñaba luces aisladas en esquinas, en ventanas de granjas, luces rojas de locomotoras, sucesiones de luces en las ventanillas de trenes a los que ella y su madre no llegaban a subir.

En su memoria el viaje al exilio tenía toda la dulzura del bienestar infantil, del modo en que los niños se instalan confortablemente en lo excepcional y dan a las cosas dimensiones que los adultos desconocen y que no tienen nada que ver con lo que éstos viven y recuerdan. Cuando se marchó de Francia, Camille Safra aún vivía sumergida en las irrealidades y en las mitologías de la primera infancia: a los diez u once años, cuando ella y su madre regresaron, su razón adulta ya estaba prácticamente establecida. El primer viaje lo recordaba como un sueño, y había sin duda partes de sueños o de cuentos que se habían infiltrado en su memoria como hechos reales. Del regreso desde Dinamarca conservaba imágenes exactas, teñidas de una tristeza que era el reverso de la misteriosa felicidad de la otra vez.

Era una mujer pelirroja, ancha, enérgica, muy descuidada en su manera de vestir, con unos rasgos más centroeuropeos que latinos que la edad ya estaba exagerando. He visto señoras judías muy parecidas a ella en Estados Unidos y en Buenos Aires: mujeres de cierta edad, entradas en carnes, vestidas con negligencia, con los labios pintados. Fumaba mucho, cigarrillos sin filtro, conversaba con brillantez, saltando entre el inglés y el francés según sus necesidades o sus limitaciones expresivas, y bebía cerveza con una excelente desenvoltura escandinava. Hacía crónicas sobre libros en un periódico y en una emisora de radio. El editor que me había llevado a la comida y que en el calor de la conversación y la cerveza no parecía acordarse ya mucho de mí me había dicho al presentármela que tenía mucho prestigio, que una crítica favorable suya era muy importante para un libro, sobre todo de un autor extranjero y desconocido en el país. Yo tenía la convicción firme y melancólica de que el libro por el que me habían llevado a Copenhague no atraería a ningún lector danés, de modo que sentía remordimientos anticipados por el mal negocio que aquel editor estaba haciendo conmigo, y le disculpaba, y hasta le agradecía, que en el almuerzo de la Unión de Escritores me hubiera abandonado a mi suerte. Comprendía también que la convocatoria no había sido precisamente un éxito: habías varias mesas más en el gran comedor con pinturas mitológicas y ventanales que daban a una calle por la que de vez en cuando pasaba lentamente un barco. Antes de servirnos la comida, los camareros habían quitado los cubiertos de las mesas vacías.

Me carcomían mezquinamente esas observaciones mientras Camille Safra seguía hablándome, y notaba con algo de agravio que a lo largo de la conversación aún no me había dicho ni una palabra sobre mi libro en danés. Me dijo que su madre había muerto unos meses atrás, en Copenhague, y que en la última conversación que había mantenido con ella las dos se acordaron de aquel viaje a Francia, sobre todo de algo que les había ocurrido una noche en un hotel de una ciudad pequeña, próxima a Lyon.

Buscaban a sus parientes. Muy pocos habían sobrevivido. Antiguos vecinos y conocidos las miraban con desconfianza, con abierto rechazo, como temiendo que hubieran regresado para reclamar algo, para acusar o pedir cuentas. A aquella ciudad cercana a Lyon —Camille Safra no me dijo su nombre— su madre la llevó porque alguien le había dicho que una hermana suya se refugió en ella a principios de 1943, y no constaba que la hubieran detenido, aunque tampoco se sabía nada sobre su paradero, ni llegó nunca a saberse. La gente desaparecía en ese tiempo, dijo Camille Safra, se le perdía el rastro, no constaba su nombre en ninguna parte, en ninguna lista de deportados, ni de regresados, ni de muertos. Llegaron muy de mañana en un tren, desayunaron café frío y pan negro con mantequilla rancia en la cantina de la estación, preguntaron a algunas personas madrugadoras y hurañas que las miraban con desconfianza y se negaban a dar las explicaciones más simples, por miedo a comprometerse, en aquellos tiempos de la depuración.

Hambrientas, desorientadas, extranjeras en el país que cuatro años antes era el suyo, con los pies deshechos después de caminar todo el día sin

averiguar nada sobre la persona a la que iban buscando, el anochecer las sorprendió en un descampado, junto al cobertizo de una parada de tranvías. Hasta la mañana siguiente no podían volver
a París. El tranvía las dejó en una plaza con tiendas cerradas y con un monumento a los caídos en
la guerra del 14, cerca del cual había una farola
encendida y el letrero de un hotel que se llamaba
du Commerce.

Alquilaron una habitación. Subieron a acostarse enseguida, porque a causa de las restricciones
eléctricas la luz se apagaría a las nueve. Sentadas
en la cama, bajo una bombilla que se debilitaba y
daba entonces una claridad tenue y roja y luego
revivía hasta un amarillo aceitoso, compartieron
para cenar los restos de un paquete que les había
suministrado la Cruz Roja y luego se acostaron
vestidas y abrazadas, tocándose los pies helados
bajo la manta escasa y la colcha raída. Su madre,
me dijo la señora, nunca cerraba las habitaciones
con llave: le daba terror quedarse atrapada, perder
la llave y no poder salir. En los refugios, cuando
sonaban las alarmas de los ataques aéreos, tenía
accesos de sudor y de pánico. Si iban al cine, en
cuanto terminaba la película se apresuraba a salir,
por miedo a que se fuera todo el mundo antes que
ella y cerraran las puertas creyendo que ya no quedaba nadie.

Se despertaron al amanecer. Por la ventana
se veía un patio rústico con canteros de huerta y
jaulas de gallinas en el que estaba lloviendo. Se la-
varon por turno con el agua muy fría de la jarra

que había bajo el lavabo, se vistieron con las ropas monótonas, dignas y pobres que llevaban siempre entonces, ropas que nunca llegaban a quitarles el frío, igual que la comida nunca bastaba para quitarles del todo el hambre. Cuando su madre quiso salir de la habitación el pomo no giraba y la puerta no se abría.

—Te dije anoche que no echaras la llave.

—Pero yo no la eché, estoy segura.

La llave estaba sobre el aparador que había frente a la cama. La introdujeron en la cerradura, la movieron hacia un lado y otro, y no ocurrió nada. No giraba, o bien parecía que no encontraba resistencia, y giraba en el vacío. No era que se atascara, o que no entrara bien, por tratarse de la llave de otra habitación. Simplemente, aunque en apariencia funcionaba el mecanismo, la puerta no se abría con la llave, igual que no se abría con el tirador.

La madre estaba poniéndose nerviosa. Más que intentar abrir, lo que hacía era sacudir el tirador y la llave, golpear la cerradura, morderse los labios. Decía en voz baja que si no salían iban a perder el tren hacia París y no podrían volver a Dinamarca, y ya tendrían que quedarse para siempre en Francia, donde no tenían a nadie, donde nadie les había dedicado ni una sonrisa de bienvenida, y ni siquiera de reconocimiento. Sacaba la llave de la cerradura y no acertaba a introducirla de nuevo, y cuando lo consiguió por fin, negándose a dejar que su hija la ayudara, hizo angustiosamente un movimiento tan brusco que se quedó con media llave en la mano.

—Te dije que no echaras la llave —repetía—. Y tú no me quisiste hacer caso.

—¿Por qué no pedimos ayuda?

—Se reirán de nosotras, dos judías ridículas. A quién se le ocurre quedarse encerrado de este modo en una habitación.

Pero tuvieron que pedir ayuda: unos minutos después, su madre, ya fuera de control, con la boca desencajada y los ojos vidriosos de miedo, el miedo que tuvo en la huida de cuatro años atrás y del que había salvado a su hija, golpeaba la puerta con desesperación y pedía socorro a gritos. Habían intentado abrir la ventana: también era imposible, aunque no se veía ningún cerrojo, y desde luego no había cerradura.

Oyeron con alivio pasos que subían la escalera y se acercaban por el corredor. El dueño del hotel, con la ayuda de un alambre, logró extraer de la cerradura el trozo de llave que se había quedado en ella, pero cuando introdujo la llave maestra la puerta tampoco se abrió. Desde un lado y el otro era empujada, sacudida, golpeada, pero la puerta permanecía firmemente cerrada, y era de una madera demasiado gruesa y con goznes muy sólidos para que pudieran derribarla.

Su madre se ahogaba, me dijo Camille Safra. Se había sentado en la cama, con su vestido negro de viaje, su abrigo viejo y su pequeño sombrero, con sus zapatos anchos y torcidos, y respiraba con la boca muy abierta y agitando mucho las aletas de la nariz, y se estrujaba las manos o se cubría la cara con ellas, como cuando bajaban a los refugios, en las alarmas del principio de la guerra. No vamos a salir nunca de aquí, repetía, no teníamos que haber vuelto, esta vez no van a dejarnos salir. La niña tomó entonces una decisión de la que cuarenta y tantos años después aún estaba orgullosa. Tiró la jarra del lavabo contra la ventana, y al romperse el cristal entró en la habitación el aire fresco y húmedo de la mañana. Pero había demasiada altura como para que pudieran saltar hacia el patio, y no acababa de aparecer la escalera de mano que alguien había ido a buscar.

La puerta no pudieron abrirla: una hora después abrieron otra puerta condenada que había en la habitación, oculta detrás de un armario que la madre y la hija debieron agotadoramente apartar.

Aún lograron alcanzar un tren hacia París esa misma mañana. Su madre la llevaba de la mano, apretándosela mucho, y le decía que iban a volver enseguida a Dinamarca, y que ella nunca más pisaría Francia. En el departamento del tren estaba tan pálida y tenía un aire tan gastado como si llevara viajando mucho tiempo, igual que tantos refugiados y apátridas que se veían entonces deambulando por las estaciones, aguardando días y semanas enteras a que llegasen trenes que no tenían horarios ni destinos precisos, porque en muchos lugares las vías estaban reventadas y los puentes habían sido destruidos por los bombardeos o los sabotajes. Un caballero que tenía un aire de penuria digna muy parecido al de ellas dos le ofreció a la niña la mitad de una naranja que había extraído de un pañuelo muy limpio y pelado con suma pulcritud mientras ellas intentaban no mirar ni percibir aquel aroma ácido y tentador que llenaba el aire, borrando los hedores usuales de ropa sudada y humo de tabaco. Era la primera persona que les sonreía abiertamente desde que llegaron a Francia. Trabaron conversación, y la madre dijo el nombre del pueblo y el del hotel en el que habían pasado la noche. Al escucharlo, el hombre dejó de sonreír. También era la única persona que habían encontrado que hablara sin cautela ni miedo.

—Era un buen hotel antes de la guerra —les dijo—. Pero yo no lo pisaré nunca más. Durante la ocupación los alemanes lo convirtieron en cuartel de la Gestapo. Ocurrieron cosas terribles en esas habitaciones. La gente pasaba por la plaza del pueblo y escuchaba los gritos, y hacía como si no escuchara nada.

Cuando dejó de hablar, Camille Safra movió despacio la cabeza, sonriendo, con los ojos cerrados. Volvió a abrirlos y los tenía húmedos y muy brillantes. Habrían sido unos ojos muy hermosos en su juventud, o cuando viajaba con su madre a través de Francia en aquel tren y ella miraba con disimulo y envidia la naranja que el hombre del vagón pelaba tan cuidadosamente sobre un pañuelo blanco. Me contó que su madre, al final de su vida, en la habitación del hospital donde ella pasaba las noches haciéndole compañía, se despertaba a veces de una pesadilla y le pedía que no cerrara la puerta con llave, respirando con la boca abierta, mirándola con los ojos dilatados por un miedo que no era sólo el de su muerte próxima, sino también, y quizás más angustiosamente, el de la muerte de la que ella y su hija habían escapado hacía cuarenta y cinco años.

Al final de la comida en la Unión de Escritores hubo varios brindis de un fervor etílico muy acentuado, pero no recuerdo si alguno fue en mi honor, o si lo hicieron en danés y yo no llegué a enterarme. De aquel viaje a Copenhague el recuerdo más preciso que me queda, aparte de la estatua misántropa de Kierkegaard y el tejadillo andaluz del Pepe's Bar, es el del viaje de aquella señora llamada Camille Safra en el otoño lluvioso y lúgubre del final de la guerra en Europa. En los viajes se cuentan y se escuchan historias de viajes. *Doquiera que el hombre va lleva consigo su novela,* dice Galdós en *Fortunata y Jacinta.* Pero yo, algunas veces, mirando a algunos viajeros que no hablan con nadie, que permanecen callados y herméticos junto a mí en su butaca del avión o beben su copa en la cafetería del tren o miran fijamente el monitor donde transcurre una película, me pregunto qué historias sabrán y no cuentan, qué novelas lleva cada uno consigo, de qué viajes vividos o escuchados o imaginarios se estarán acordando mientras viajan en silencio a mi lado, un poco antes de desaparecer para siempre de mi vista, caras ni siquiera recordadas, como la mía para ellos, como la de Franz Kafka en el expreso de Viena o la de Niceto Alcalá Zamora en un autobús que recorre los paisajes desolados del norte de Argentina.

Quien espera

Y tú qué harías si supieras que en cualquier momento pueden venir a buscarte, que tal vez ya figura tu nombre en una lista mecanografiada de presos o de muertos futuros, de sospechosos, de traidores. Quizás ahora mismo alguien ha trazado una señal a lápiz al lado de tu nombre, ha dado el primer paso en un procedimiento que llevará a tu detención y acaso a tu muerte, o a la obligación inmediata del destierro, o por ahora tan sólo a la pérdida del trabajo, o a la de ciertas ventajas menores a las que en principio no te cuesta demasiado renunciar. A Josef K. le notificaron su procesamiento y nadie lo detuvo ni pareció que estuvieran vigilándolo. Tú lo sabes, o al menos deberías imaginarlo, has visto lo que les ocurría a otros muy cerca de ti, vecinos que desaparecen, o que han tenido que huir, o que se han quedado como si no hubiera ningún peligro, como si la amenaza no fuera con ellos. Has oído de noche pasos en la escalera y en el corredor que llevan a la puerta de tu casa y has temido que esta vez vinieran por ti, pero han cesado antes de llegar o han pasado de largo, y han sonado en otra puerta los golpes, y el coche que has oído alejarse más tarde se ha llevado a alguien que podías haber sido tú, aunque prefieras no creerlo, aunque te hayas dicho a ti mismo, queriendo en vano serenarte, que a ti no tienen motivo para detenerte, que ni tú ni los tuyos estáis incluidos en el número de los condenados, al menos por ahora. De qué podrán acusarte, si tú no has hecho nada, si no te has señalado nunca. En ningún momento a Josef K. lo acusaron de nada, salvo de ser culpable. Perteneces al Partido desde que eras muy joven y admiras sin reserva al camarada Stalin, cuyo retrato tienes colgado en el comedor de tu casa. Eres judío, pero sólo de origen, tus padres te educaron en la religión protestante, en el amor a Alemania, te alistaste voluntario en el verano de 1914, en cuanto se declaró la guerra, te concedieron una cruz de hierro por bravura en el combate, no perteneces a ninguna organización judía, no sientes la menor simpatía hacia el sionismo, pues íntimamente, por tu educación, por tu lengua, hasta por tu aspecto físico, eres sólo alemán.

Quién quiere o puede irse de un día para otro, romper con todo, con la vida de siempre, con los lazos del corazón y los hábitos de la vida diaria, quién no se aflige al pensar que debe perder su casa, sus libros, su sillón preferido, la normalidad que ha conocido siempre, que sigue durando a pesar de los golpes en la puerta de los vecinos o el disparo que ha segado en un instante una vida o la pedrada en los cristales de la sastrería o de la tienda de ultramarinos del vecindario, en cuya fachada aparece groseramente pintada una mañana una estrella de David y una sola palabra que contiene en su brevedad el máximo grado posible de injuria: *Juden*. Vas a comprar a la misma tienda de todos los días pero hay delante de ella un grupo de hombres con camisas pardas y brazaletes con esvásticas que sostienen una pancarta, *Quien compra a los judíos apoya el boicot extranjero y destruye la economía alemana,* y entonces bajas la cabeza y disimuladamente cambias de camino, entras en una tienda cercana, conteniendo la vergüenza íntima, al fin y al cabo el boicot a los comercios judíos tiene lugar sólo los sábados, por lo menos al principio, en la primavera de 1933, y si al día siguiente o esa misma tarde te cruzas con el tendero habitual que sabe que no fuiste a comprarle es posible que apartes la mirada o cambies de acera en vez de aproximarte a él y estrecharle la mano, o ni siquiera eso, decirle unas pocas palabras normales, mostrar un gesto de fraternidad ni siquiera judía, sino tan sólo humana, de vecinos de siempre. Las cosas ocurren poco a poco, muy gradualmente, y al principio prefieres imaginar que no son tan graves, que la normalidad es demasiado sólida como para romperse con tanta facilidad, de modo que te irritan más que nadie los agoreros, los catastrofistas, los que señalan la cercanía de una amenaza que se vuelve más real porque ellos la formulan, y que tal vez desaparecería si se fingiera no advertir su presencia. Esperas, no haces nada. Con paciencia y disimulo no será difícil aguardar a que pasen estos tiempos. En 1932, viajando en un barco por el Rhin, María Teresa León había visto miles de banderitas con esvásticas que bajaban llevadas por la corriente, clavadas en boyas diminutas. El jueves 30

de marzo de 1933 el profesor Victor Klemperer, de
Dresde, anota en su diario que ha visto en el escaparate de una tienda de juguetes un balón de goma
infantil con una gran esvástica. *Ya no puedo librarme de la sensación de disgusto y vergüenza. Y nadie
se mueve; todo el mundo tiembla, se esconde.* Pero el
profesor Klemperer no piensa marcharse de Alemania, al menos no por ahora, porque adónde va
a ir, a su edad, casi con sesenta años, con su mujer
enferma, ahora que han comprado una pequeña
parcela en la que proyectan construir una casa. *Tanta gente emprendiendo nuevas vidas en otros lugares,
y nosotros esperamos aquí, con las manos atadas.* Pero quién en su juicio puede pensar que una situación así vaya a mantenerse mucho tiempo, que
tanta barbarie y sinrazón pueden prevalecer en un
país civilizado, en pleno siglo veinte. Seguro que
los nazis no durarán mucho, siendo tan brutales y
dementes, el pueblo alemán acabará rechazándo-
los, la comunidad internacional se negará a admi-
tirlos. Y quién sabe, además, si creyendo alejarte del
peligro no estarás acercándote hipnotizadamente
a él, como si hubiera un imán en la trampa que te
tienden, un deseo poderoso de ser atrapado y de
que así termine de una vez la angustia de la espera.
Tampoco el fugitivo está a salvo. En la remota México, en una casa convertida en una fortaleza, protegida por garitas con hombres armados y alambradas, por muros de hormigón, Leon Trotsky
aguarda la llegada del emisario de Stalin que vendrá a matarlo, que sabrá eludir puertas blindadas y
guardias y se quedará solo frente a él y le disparará

un tiro en la cabeza o se inclinará sobre él con la solicitud de Judas y le hincará en la nuca un pico de escalador tan afilado como una daga, tan eficaz como una bala. Es verano, agosto de 1940. El 6 de julio el ex profesor Klemperer anota sin dramatismo en su diario que desde ese día los judíos tienen prohibido entrar en los parques públicos. A principios de junio, en Francia, tres hombres que huyen juntos del avance del ejército alemán se internan en un bosque, en el atardecer demorado y cálido. Uno de ellos, el mayor y más corpulento, acaso el mejor vestido, aparece ahorcado varios meses después, su cadáver putrefacto caído en el suelo, medio oculto bajo las hojas otoñales. La rama de la que se colgó o le colgaron se rompió bajo su peso, pero él ya estaba muerto. En el bolsillo de la chaqueta quizás lleva una estilográfica. Ese hombre, que era alemán, huía de los alemanes, pero también de quienes en otro tiempo fueron los suyos, los comunistas que le habían declarado traidor y decretado su ejecución. Los dos compañeros de cautiverio que huían con él eran agentes soviéticos que habían viajado a Francia con el único fin de encontrarlo y matarlo. Ni aunque te escondas entre las multitudes fugitivas de la guerra ni detrás de muros de hormigón coronados de vidrios rotos y marañas de alambre estarás a salvo. Escaparás de tu país y te convertirás en un apátrida y una mañana al despertarte en la habitación del hotel para extranjeros donde malvives escucharás altavoces que gritan órdenes en tu propio idioma y verás por la ventana los mismos uniformes de los que creías haberte salvado gracias a las fronteras y a la lejanía. En 1938 el judío vienés Hans Mayer escapa de Austria, atraviesa con documentos falsos una Europa de vaticinios negros y fronteras hostiles, se refugia en Bélgica, en Amberes, y sólo dos años después las mismas botas y motores y músicas marciales que invadieron Viena retumban en las calles de esta ciudad en la que nunca ha dejado de ser un extranjero y en las que desde ahora también será un perseguido. En 1943 lo alcanzan los hombres de abrigos de cuero y sombreros flexibles de los que llevaba huyendo desde 1938, exactamente desde la noche del 15 de marzo, recién entrado Hitler en Viena, cuando él, Hans Mayer, tomó el expreso de las 11.15 hacia Praga: había previsto tan minuciosamente la escena de su detención, durante tantos años, que cuando al fin llegó tuvo la sensación de haberla ya vivido. Sólo una cosa no había sabido imaginar ni prever: quienes le detuvieron, quienes le hicieron las primeras preguntas y le dieron las primeras bofetadas, no tenían caras de hombres de la Gestapo, ni siquiera de policías. *Si un miembro de la Gestapo tiene una cara normal, entonces cualquier cara normal puede ser la de alguien de la Gestapo.*

En Moscú, la noche del 27 de abril de 1937, Margarete Buber-Neumann advirtió que uno de los funcionarios de la NKVD que se presentaron a detener a su marido llevaba unas gafas redondas y pequeñas, sin montura, que le daban a su cara muy joven un cierto aire desvalido de intelectualidad. No debía de ser una impresión casual, o infundada: Nadezhda Mandelstam, que padeció muy de cerca el acoso de los miembros de la policía secreta, cuenta que los chekistas más jóvenes se distinguían por sus gustos modernos, muy refinados, y su debilidad por la literatura. A la una de la madrugada sonaron los golpes en la puerta de la habitación, que estaba en el hotel Lux, donde se alojaban los empleados y activistas extranjeros del Komintern. En el hotel Lux se había alojado en 1920 el profesor Fernando de los Ríos, enviado por el Partido Socialista Obrero Español con la tarea de informarse sobre la Rusia sovietista, como él la llamaba. Se entrevistó con Lenin y le sorprendió su parecido con Pío Baroja, y le espantó su desprecio por las libertades y las vidas de la gente común.

Con el corazón golpeando fijábamos nuestra atención en el ruido de las botas que se aproximaban. Como cada noche, Margarete, Greta, había estado despierta en la oscuridad, escuchando pasos por los corredores, sobresaltándose cada vez que se encendían las luces de la escalera. Si después de medianoche se encendían de golpe las luces en las escaleras y en los pasillos del hotel Lux era porque habían llegado los hombres de la NKVD, que recorrían las calles oscuras y vacías de Moscú en furgonetas pintadas de negro a las que llamaban cuervos. Nunca usaban los ascensores, tal vez por miedo a que un fallo en su mecanismo, un corte de corriente eléctrica, permitiera escapar a alguna de las víctimas. Pero las víctimas no escapaban nunca, ni siquiera lo intentaban, permanecían inmóviles, paralizadas en sus habitaciones, en la normalidad cada vez más sombría de sus vidas, y cuando por fin llegaban a buscarlas no oponían resistencia, no peleaban ni gritaban de rabia o de pánico, no tenían preparada un arma con la que abrirse paso a tiros cuando llegara la visita nocturna o con la que volarse la cabeza en el último instante. Desde hacía años Heinz Neumann, dirigente del Partido Comunista Alemán, sabía que estaba marcado, que su nombre figuraba en la lista de condenados y traidores posibles, y sin embargo se fue con su mujer a la Unión Soviética después del triunfo del nazismo en Alemania y no intentó buscar refugio en ningún otro país, y vivió en Moscú percibiendo cada día cómo se estrechaba el círculo de recelo y hostilidad hacia él, cómo dejaban de hablarle antiguos amigos, cómo uno tras otro desaparecían camaradas en los que había confiado, y que ahora resultaban ser traidores, conspiradores trotskistas, enemigos del pueblo. Ya nadie los visitaba a él y a su mujer en la habitación del hotel Lux, y ellos tampoco visitaban a nadie, por miedo a comprometer a otros, a contagiar a otros con su desgracia siempre inminente, día a día y noche a noche postergada. Si sonaba el teléfono se quedaban mirándolo sin atreverse a cogerlo, y cuando levantaban el auricular escuchaban un clic y sabían que alguien estaba espiando. Hubo un tiempo en que se cubrían con mantas o ropas de abrigo los teléfonos porque se corrió el rumor que aun sin los auriculares levantados era posible escuchar a través de ellos lo que se estaba hablando en una habitación.

En el verano de 1932, Heinz Neumann y su mujer habían sido huéspedes personales de Stalin en un balneario del Mar Negro. La noche del 27 al 28 de abril de 1937, cuando los golpes sonaron en la puerta, Greta Neumann tenía los ojos abiertos en la oscuridad, pero su marido no se despertó, ni siquiera cuando ella encendió la luz y los hombres entraron. Los tres hombres rodearon la cama y uno de ellos gritó su nombre, tal vez el más joven, el de las gafas sin montura, y Heinz Neumann se revolvió entre las mantas y se volvió de cara a la pared, como negándose a despertar con todas las fuerzas de su alma. Cuando por fin abrió los ojos, *un horror casi infantil inundó sus rasgos, y luego su rostro se volvió flaco y gris.* Mientras los hombres de uniforme registran la habitación y examinan cada uno de los libros, Heinz y Greta Neumann están sentados el uno frente al otro, y las rodillas les tiemblan a los dos. De uno de los libros cae al suelo un papel y el guardia que lo recoge del suelo comprueba que es una carta enviada a Heinz Neumann por Stalin en 1926. Tanto peor, murmura el guardia, doblándola de nuevo. Las rodillas del hombre y de la mujer se rozan entre sí con su temblor idéntico, como de una tiritera que no llega a apaciguarse. Fuera de la habitación, en los pasillos del hotel, al otro lado de la ventana, empiezan a oírse los rumores de la gente que despierta, de la ciudad reviviendo antes de la primera luz del día. *El alba venía lentamente detrás de los visillos.*

Ven ante sí, lo mismo a la luz de la mañana que en la negrura del insomnio, el vacío y el vértigo del miedo, y les agobia la conciencia permanente de que han sido señalados, elegidos, de que en cualquier momento pueden sonar unos golpes en la puerta o los timbrazos repentinos del teléfono, puede acercarse alguien por detrás mientras caminan por la calle y arrastrarlos hacia un automóvil en marcha, o dispararles en la nuca, y sin embargo no huyen, no hacen nada, se refugian en la sugestión de una normalidad que no es más que un simulacro, al menos para ellos, pero a la que se aferran como a una esperanza frágil de salvación. En 1935 el profesor Klemperer fue expulsado de la universidad, pero le quedó una pequeña pensión, en su calidad de veterano de guerra. Aún faltaban unos pocos años para que le prohibieran conducir un coche, poseer una radio o un teléfono, ir al cine, tener animales de compañía. Al profesor Klemperer y a su mujer, tan delicada siempre de salud, propensa a la neuralgia y a la melancolía, les gustaban mucho los gatos y las películas, sobre todo los musicales.

Han sido amenazados, saben que pueden caer presos o muertos en cualquier instante, pero en la calle la luz del sol es la misma de todos los días, hay coches que pasan, tiendas abiertas, vecinos que se saludan, madres que llevan de la mano a sus hijos camino de la escuela, que se acuclillan para subirles las solapas del abrigo o envolverlos mejor en la bufanda y en el gorro antes de dejarlos en la verja de entrada. Un día de noviembre de 1936 el profesor Klemperer, que aprovechaba el ocio forzoso de la jubilación para escribir una obra erudita sobre la literatura francesa del siglo XVIII, llegó a la biblioteca de la universidad y la bibliotecaria que le había atendido cada día durante muchos años le dijo con pesadumbre que ya no estaba autorizada a prestarle más libros, y que a partir de entonces no debía volver. Tú has sido señalado, pero las cosas a tu alrededor no han sufrido ningún cambio que pueda ser el reflejo objetivo, la confirmación exterior de tu desgracia inminente, de tu solitaria condena. En la sala de lectura a la que ya no puedes entrar la gente sigue inclinándose pensativamente sobre los volúmenes abiertos, a la luz suave de lámparas bajas con pantallas verdes. Sales a la calle sabiendo que tienes los días contados, que deberías aprovechar para huir el tiempo que te queda todavía, para intentarlo al menos, pero el kiosquero te vende el periódico como todas las mañanas, y el autobús sigue deteniéndose con puntualidad cada pocos minutos en la misma parada, y entonces te parece que el maleficio está dentro de ti, que hay algo en ti mismo que te vuelve distinto a los otros, más vulnerable, peor que ellos, indigno de la vida normal que ellos disfrutan, y de la que tú tienes indicios sutiles pero también indudables para saber que te han excluido, aunque no puedas explicarte por qué razón, aunque te obstines en creer que sin duda se trata de un error, de un malentendido que se despejará a tiempo. En mayo de 1940 el profesor Klemperer es denunciado por un vecino, a causa de que no había cerrado debidamente sus ventanas durante las horas nocturnas de apagón obligatorio: lo detienen, lo encierran solo en una celda, pero lo sueltan al cabo de una semana.

La espera de un desastre inevitable es peor que el desastre mismo. El 1 de septiembre de 1936, Evgenia Ginzburg, profesora en la universidad de Kazán, dirigente comunista, editora de una revista del Partido, esposa de un miembro del Comité Central, recibe la noticia de que tiene prohibido dar clases. Es una mujer joven, entusiasta, madre de dos hijos pequeños, seguidora fervorosa de todas y cada una de las directrices del Partido, convencida de que el país está lleno de saboteadores y espías al servicio del imperialismo, de traidores a los que es justo desenmascarar y castigar con la mayor firmeza. Cada día, en las reuniones de células y comités, en los periódicos, en la radio, hay noticias de nuevas detenciones, y a Evgenia Ginzburg le extrañan o le desconciertan algunas de ellas, pero sigue convencida de la necesidad y la justicia de tanta represión.

Un día Evgenia Ginzburg descubre que no estaba tan a salvo como imaginaba, que también ella es sospechosa: nada muy grave, parece al principio, pero sí irritante, y hasta desagradable, una equivocación que sin duda acabará por resolverse, ya que es impensable que el Partido acuse a alguien inocente, y ella, Evgenia Ginzburg, no encuentra en sí misma la menor sombra de culpa, la más leve incertidumbre o flaqueza en su fe ciega de revolucionaria. Crees saber quién eres y resulta de pronto que te has convertido en lo que otros quieren ver en ti, y poco a poco vas siendo más extraño a ti mismo, y tu propia sombra es el espía que te sigue los pasos, y en tus ojos ves la mirada de quienes te acusan, quienes se cambian de acera para no saludarte y te miran de soslayo y con la cabeza baja al cruzarse contigo. Pero la vida tarda en cambiar, y al principio uno se niega a advertir las señales de alarma, a poner en duda el orden y la solidez del mundo que sin embargo ya ha empezado a disolverse, la realidad diaria en la que empiezan a abrirse grandes oquedades y zanjas de oscuridad, en la plena luz del día, en los espacios usuales de la vida, la puerta en la que en cualquier momento pueden retumbar unos golpes, el comedor en el que los niños toman la merienda o hacen los deberes de la escuela y en el que el teléfono va cobrando una presencia enconada y ominosa, porque cada timbrazo atravesará el aire como una hoja helada de acero, con la instantaneidad letal de un disparo.

A Evgenia Ginzburg la convocan a deshoras para reuniones que acaban siendo interrogatorios, le sugieren que probablemente será sancionada, porque alguna vez tuvo trato en la universidad o en el Partido con alguien que resultó un traidor, o porque no denunció a alguien con la adecuada vigilancia revolucionaria. Pero termina la reunión, el interrogatorio, y la dejan volver a su casa, y si hay personas que han empezado a fingir que no la ven o a apartarse si ella se acerca otras la tranquilizan, le ofrecen consuelo, le dicen que seguramente no será nada, que ya verá como al final todo se resuelve. Sólo una mujer le advierte de lo que va a ocurrirle, del peligro que corre, la madre de su marido, que es una aldeana vieja y tal vez analfabeta, que mueve resignadamente la cabeza y recuerda que estas cosas ya pasaban en tiempos de los zares. *Evgenia, te están tendiendo una trampa, y es preciso que escapes mientras puedas, antes de que te partan el cuello.* Pero cómo voy yo, una comunista, a esconderme de mi Partido, lo que tengo que hacer es demostrarle al Partido que soy inocente. Hablan en voz baja, procurando que los niños no escuchen nada, temiendo que el teléfono, aunque está colgado, sirva para que les espíen las conversaciones. El 7 de febrero Evgenia Ginzburg es convocada a una nueva reunión, que transcurre menos desagradablemente que otras veces, y al final el camarada que la ha interrogado se pone en pie con una sonrisa y ella piensa que va a estrecharle la mano, quizás a decirle que poco a poco los malentendidos o las sospechas han ido despejándose, y el hombre le pide con cierto aire de trivialidad, como recordando un detalle burocrático menor que había estado a punto de olvidársele, que por favor le deje su carnet del Partido. Ella al principio no entiende, o no puede creer lo que ha oído, mira al camarada y de su cara serena ha desaparecido la sonrisa, y entonces abre su cartera o su bolso y busca el carnet que siempre lleva consigo, y cuando lo entrega el otro lo recoge ya sin mirarla y lo guarda en un cajón de su mesa.

Durante ocho días Evgenia Ginzburg espera. Permanece en casa, encerrada en su habitación, sin contestar el teléfono, percibiendo con vaguedad lo que sucede a su alrededor, la cercanía de sus hijos, que se mueven con sigilo como en una casa donde hubiera un enfermo, la presencia de su marido, que entra y sale como una sombra, que cuando vuelve a casa toca muy suavemente la puerta y dice en voz baja: abrid, que soy yo. Porque ya dudan de que la inocencia de alguien pueda bastar para salvarlo queman papeles y libros, cartas antiguas, cualquier hoja manuscrita o impresa que pueda llamar la atención en un registro. De noche permanecen despiertos, callados y rígidos en la oscuridad, y se estremecen cada vez que escuchan un motor acercarse por la ciudad silenciosa o que la luz de unos faros entra por la ventana y cruza diagonalmente las paredes de la habitación. El sobresalto dura desde que empieza a oírse lejos un motor hasta que se amortigua y se pierde al final de la calle. En Kazán, igual que en Moscú, los únicos coches que circulan a esas horas son las furgonetas negras de la NKVD. *Rusia es muy grande, Evgenia, toma un tren y vete a esconderte a nuestra aldea, nuestra casita de campo está vacía y con las ventanas tapiadas y tiene un huerto con manzanos.*

Los estuvieron esperando noche tras noche, imaginando el motor que se apagaba delante de la casa y los golpes en la puerta, pero ocurrió de día, en la mañana del 15 de febrero, y no llamaron a la puerta, sino al teléfono. Cómo vas a creer que la vida diaria que amas y conoces y que está

hecha de repeticiones y sobreentendidos pueda acabarse de pronto y para siempre, que esta mañana
con frío y luz de nieve que se parece a tantas vaya
a ser la última. Evgenia estaba planchando y su hijo
bebía un gran tazón de desayuno sobre la mesa de
la cocina. La niña había salido a patinar. Sonó el
timbre del teléfono y al principio ella y su marido
se lo quedaron mirando sin moverse, sin mirarse
entre sí. Pero podía ser una llamada de cualquiera,
quizás de la escuela, la niña podía haberse caído
mientras patinaba y llamaba la maestra para decir
que fueran a recogerla, que no era nada grave. Al
cabo de varios timbrazos el marido se acercó al teléfono, levantó con brusquedad el auricular, asintió con la cabeza mientras le decían algo.

Evgenia, dijo, queriendo en vano que la voz
sonara normal, preguntan por ti. Tal vez el niño
mojaba un trozo de pan en el tazón de leche y ni
siquiera había levantado la cabeza. Camarada, dijo
una voz joven y educada en el teléfono, ¿tendrías
un momento a lo largo del día para pasarte por
nuestra oficina?

Evgenia Ginzburg abrigó bien al niño y lo
mandó a patinar con su hermana. Le caló bien el gorro, le envolvió media cara en la bufanda, salió con
él a la puerta y le dijo adiós con la mano mientras
se alejaba por la calle nevada y ya no lo vio nunca más. Pero nadie había venido a buscarla, no le
apuntaban con una pistola, no la habían esposado
ni encerrado en una furgoneta negra, podía salir como cualquier mañana y caminar hacia la estación,
podía confundirse con la multitud que asaltaba los

andenes en cuanto se acercaba un tren y subir a él y tal vez nadie repararía en su cara. No tengo nada que hacer, le había dicho al hombre educado del teléfono, iré ahora mismo. Hubiera querido ir sola, pero su marido se empeñó en acompañarla. Salieron y cuando escuchó a su espalda el ruido familiar de la puerta al cerrarse pensó con serenidad y lejanía que nunca volvería a oírlo, que no iba a cruzar nunca más esa puerta. Caminaban en silencio sobre la nieve intacta, que irradiaba blancura en la mañana gris de febrero. No se abrazaron al separarse junto a la entrada del edificio en el que la estaban esperando: despedirse habría sido reconocer el abismo de la separación que ya se abría entre ellos. Dijo su marido: ya verás como a la hora de comer estás de vuelta en casa. Ella asintió y empujó la puerta. Cuando ya iba a entrar se volvió hacia él, y lo vio inmóvil sobre la nieve, en medio de la calle, con la boca abierta y los ojos de pánico. Durante años, en celdas de castigo, en vagones hediondos de trenes que nunca llegaban a su destino, en barracones helados, en desiertos de nieve, en las alucinaciones de la fiebre y el hambre, en la extenuación animal del trabajo, en el crepúsculo eterno del Círculo Polar, Evgenia Ginzburg siguió viendo esa cara, el gesto que no habría sorprendido en ella si no se hubiera vuelto por última vez antes de empujar una puerta al otro lado de la cual había un rumor atareado de pasos y voces, de máquinas de escribir, de manojos de llaves.

Tres semanas más tarde, el 8 de marzo de 1937, Rafael Alberti y María Teresa León, que estaban de viaje en Moscú, fueron recibidos por Stalin en un gran despacho del Kremlin. María Teresa León lo recordaba encorvado, sonriente. *Tenía los dientes cortitos, como serrados por la pipa.* Hablaron de la guerra de España, de la ayuda soviética a la República. En una pared había un gran mapa de España con alfileres y banderitas que indicaban las posiciones de los ejércitos. En otra, un plano de Madrid. Stalin le preguntó a María Teresa León si le molestaría que encendiera su pipa. Estuvo conversando con ellos más de dos horas, les prometió armas, aviones, instructores militares. *Nos sonrió como se sonríe a los niños a los que hay que animar.* Muchos años después, lejos de España, extraviada en la duración y la anchura del destierro, María Teresa León se acordaba de Stalin con una especie de lejana ternura. *Nos pareció delgado y triste, abrumado por algo, por su destino tal vez.*

Vendrán por ti, pero no sabes cuándo, y hasta es posible que te olviden, o que prefieran prolongar tu espera, alimentar el suplicio de tu incertidumbre. *Abrumado por algo.* Cuando empezaron las deportaciones de judíos en Dresde el profesor Klemperer se sintió provisionalmente a salvo porque estaba casado con una mujer aria. *Por el momento todavía estoy seguro. Tan seguro como puede estarlo alguien en el patíbulo con una cuerda al cuello. Cualquier día una nueva ley puede derribar de una patada los peldaños sobre los que me mantengo en pie y entonces estaré colgado.* A Greta Buber-Neumann fueron a buscarla el 19 de junio de 1938, pero cuando le enseñaron la orden de detención observó que estaba fechada nueve meses antes, en octubre de 1937. Se habría traspapelado en la confusa burocracia de los interrogadores y los asesinos, los intelectuales de gafas redondas con ideas exquisitas sobre la literatura y sobre la necesidad de purificar la Revolución a través de la sangre; o tal vez alguien la mantuvo guardada en un cajón, deliberadamente, la examinó día tras día sobre una mesa de despacho, como se considera un manuscrito valioso, en una oficina con ruido de máquinas de escribir y de puertas pesadas y cerrojos, alguien decidió prolongar día y noche durante más de un año el suplicio de la mujer alemana que iba de cárcel en cárcel de Moscú buscando en vano noticias de su marido, y que en su pequeña habitación helada tenía siempre dispuesta una maleta con unas pocas cosas necesarias para cuando llegara la detención y el viaje a Siberia. Nunca llegó a saber cómo o cuándo murió Heinz Neumann. Con un paquete de comida bajo el brazo y una carta iba por Moscú en medio del tumulto de los preparativos para el Primero de Mayo, apartándose de la multitud como una apestada o una leprosa, una mujer extranjera que no hablaba bien ruso y que no podía confiar en nadie, porque sus antiguos camaradas o estaban detenidos o muertos o le volvían la espalda, que caminaba entre la multitud no queriendo ver las banderas rojas ni las pancartas colgadas sobre las calles ni escuchar la música que retumbaba en los altavoces, la marcha heroica de *Aida,* recordaba años más tarde, valses de Strauss.

El 30 de abril de 1937, Greta Buber-Neumann camina hacia la prisión Lubianka queriendo averiguar el paradero de su marido, que fue detenido hace ya tres días, y por todas partes ve retratos de Stalin, en los escaparates de las tiendas, en las fachadas de las casas, en las puertas de los cines, retratos rodeados de guirnaldas de flores o de banderas rojas con hoces y martillos. Al pasar junto a un grupo de personas que se han detenido a ver cómo unos obreros alzan con poleas y cuerdas un retrato inmenso de Stalin que cubre la fachada entera de un edificio Greta aparta la cara y aprieta más contra su regazo el paquete con ropa y comida que no sabe si podrá entregar, *Si por lo menos pudiera no ver más esa cara.* En la plaza de la Gran Ópera se acaba de levantar una estatua de Stalin de más de diez metros tallada en madera, rodeada de un pedestal de banderas rojas, Stalin caminando enérgicamente con gorra y capote de soldado. Qué harías tú si fueras esa mujer perdida en una vasta ciudad extranjera y hostil, si te hubieran quitado tu pasaporte y el documento provisional de identidad que te acreditaba como funcionaria del Komintern, si te hubieran echado del trabajo y estuvieran a punto de echarte de la habitación que compartiste con tu marido, y en la que no has ordenado nada todavía, después del registro, no has hecho la cama donde no dormiste ni un solo minuto durante tu última noche con él ni recogido del suelo los libros tirados y pisoteados, la borra del colchón que destriparon con expertas navajas en busca de documentos escondidos, de armas, de pruebas. Esperas en la habitación, sentada en la cama deshecha, atontada, escuchando pasos en el corredor del hotel, viendo cómo la luz gris de la tarde declina enseguida hacia la oscuridad, sabes que también van a venir por ti y hasta deseas que lleguen cuanto antes, y ya tienes preparada la maleta o la bolsa que llevarás contigo, pero pasan días, semanas, meses, y nada sucede, sólo que te has vuelto invisible, que nadie te mira a los ojos al cruzarse contigo, que haces cola en comisarías y prisiones junto a los parientes de otros detenidos y cuando te llega el turno algunas veces ya es tarde y cierran groseramente la ventanilla delante de tu cara, o no te contestan si tu marido está encerrado allí o no, o fingen que no entienden las palabras que dices en ruso, y que has preparado tan cuidadosamente, repitiéndotelas mientras ibas por la calle como esas mujeres locas que hablan solas. Desde que los alemanes entraron en Praga Milena Jesenska sabía que más tarde o más temprano irían a buscarla, pero no hizo nada, no se escondió, no dejó de escribir en los periódicos, tan sólo tomó ciertas precauciones, envió a su hija de diez años a pasar una temporada con unos amigos y le pidió a alguien de toda confianza, el escritor Willy Haas, que le guardara las cartas de Franz Kafka.

En un parque lejano, al que llega después de largos viajes en tranvía, casi en las afueras de Moscú, Greta Buber-Neumann se cita con un antiguo amigo, tan asustado como ella, pero todavía leal. Eres esa mujer que salta de un tranvía en marcha y se vuelve por si alguien la sigue, y toma otro tranvía y al bajarse de él da un largo rodeo para llegar con la media luz del atardecer a un parque de extrarradio. Habrá gente que pasee, hombres mayores con bastón y abrigo y gorro de piel, madres que llevan de la mano a niños forrados de bufandas y abrigos. Greta y su amigo se ven desde lejos, pero todavía no van el uno hacia el otro, primero se aseguran de que nadie los sigue. ¿No hay manera de huir?, dice él, ¿es preciso que nos dejemos degollar como conejos? ¿Cómo hemos podido aceptar todo esto durante tantos años sin ponerlo en duda, sin abrir los ojos? Ahora tenemos que pagar por toda nuestra ciega credulidad.

La siguiente vez el hombre no acude a la cita. Greta espera hasta que se ha hecho de noche y después vuelve a su habitación sin preocuparse de comprobar que no la siguen. Imagina con melancolía, casi con dulzura, que su amigo ha logrado escapar.

Una noche de enero de 1938 por fin suenan los golpes en la puerta. Pero no han venido para llevársela a ella, tan sólo a confiscar las últimas propiedades del renegado Heinz Neumann. Los policías uniformados recogen los pocos libros que Greta no ha malvendido aún para procurarse comida, unos zapatos viejos de su marido, y al marcharse le entregan un recibo. Alguien le cuenta que el amigo con quien se citaba en el parque fue detenido cuando intentaba subir a un tren hacia Crimea.

Llegaron una mañana muy temprano, del 19 de julio, y al comprobar que esta vez sí que venían de verdad por ella Greta no sintió pánico, sino

más bien alivio. En el asiento de atrás de una pequeña furgoneta negra la llevaron hacia la Lubianka,
entre dos hombres de uniforme azul celeste que
no la miraban ni le dirigían la palabra. Esta vez no
le temblaban las rodillas, y a sus pies iba la maleta
que estuvo preparada tanto tiempo. Se acordaba
de la última cosa que vio en una calle de Moscú,
antes de que la furgoneta cruzara las puertas de la
prisión: un reloj luminoso, que tenía un resplandor tenue y rojizo en el amanecer. El 12 de julio el
profesor Klemperer recuerda en su diario a algunos amigos que se marcharon de Alemania, que han
encontrado trabajo en Estados Unidos o en Inglaterra. Pero cómo irse sin nada, él, un viejo, y su
mujer una enferma, sin conocimientos de idiomas
extranjeros, sin ninguna habilidad práctica, cómo
dejar la casa que por fin han construido con tanto
esfuerzo, el jardín que Eva casi ha convertido en
un vergel. *Nosotros nos hemos quedado aquí, en la
vergüenza y la penuria, como enterrados vivos, enterrados hasta el cuello, esperando día tras día las últimas paletadas.*

Tan callando

He despertado rígido de frío y no sé dónde
estoy y ni siquiera quién soy. Durante unos segundos he sido un fogonazo de conciencia pura, sin
identidad, sin lugar, sin tiempo, tan sólo el despertar y la sensación del frío, la oscuridad en la que
yazgo encogido, abrigándome en la temperatura
de mi cuerpo, de costado, las manos entre las piernas y las rodillas contra el pecho, los pies helados a
pesar de las botas y los calcetines de lana, las puntas de los dedos inertes, las articulaciones tan en-
tumecidas que si intentara moverme quizás no lo
lograría.

Hay algo más que el frío y la oscuridad, un
frío y una oscuridad como de fondo de pozo, como de aliento de piedra húmeda y de tierra helada
y removida. Olor a estiércol también, a estiércol
mezclado con barro, un océano de barro y de estiércol en el que se hunden botas militares, cascos
de caballerías, ruedas y engranajes de máquinas de
guerra. Lo que me ha despertado es una sensación
de peligro, un reflejo de alarma tan poderoso que
ha disipado en un instante todo el peso del sueño.
Más rápida que la conciencia todavía aturdida la
mano derecha palpa debajo de las mantas en busca de la pistola. Los guantes de lana españoles, la

manga recia de la guerrera gris, manchada de barro seco, el tacto del capote que me sirve de almohada y del jergón de paja húmeda sobre el que estaba durmiendo: cada cosa es un rasgo añadido a mi identidad, a mi persona, que sin embargo observo desde fuera, alguien que palpa entre tejidos ásperos buscando el metal de una pistola Luger. Pero el brazo entero pesa como plomo, todavía paralizado por el sueño y el frío, y un instinto de cautela automática me advierte que no debo hacer ningún ruido. Contengo la respiración queriendo escuchar algo, un rumor o un roce que apenas mina el silencio. Quiero disolverme en la oscuridad, quedarme tan inmóvil en ella como esos insectos que para salvarse se confunden con una brizna de hierba o una hoja seca.

Es el peligro lo que le ha recordado quién es y dónde se encuentra. El peligro y no el miedo. No siente nunca miedo, en la misma medida en que no recuerda haber sentido nunca envidia. Siente el frío, siente el hambre, el agotamiento de las marchas brutales, la desesperación de estar hundiéndose siempre, desde que a principios de otoño llegaron las lluvias, en un barro sin orillas, en un mar de cieno y estiércol en el que naufraga todo, hombres, animales y máquinas, muertos y vivos.

Hace un segundo era apenas algo más que un chispazo de alarma en el gran vacío de la oscuridad, anónimo como una brasa de cigarrillo brillando un solo instante al otro lado del barro y de la tierra de nadie, en la nada inmensa de la llanura anegada por el barro, que en unas pocas semanas se habrá convertido en un desierto horizontal de nieve. Ahora sabe, recuerda. En castellano antiguo a despertarse se le llamaba recordar. El profesor de literatura explica paseando de un lado a otro de la tarima polvorienta de tiza, que resuena a hueco bajo sus pasos. Lleva gafas redondas, un traje poco aseado, un pitillo al que da breves chupadas mientras habla con pasión de Jorge Manrique y recita de memoria largas tiradas de sus versos. No sabe que dentro de unos pocos meses habrá sido fusilado, guiñando los ojos cegatos sin las gafas frente a los faros de un camión. Recuerde el alma dormida, piensa el que fue su alumno predilecto en el Instituto Cardenal Cisneros de Madrid. Avive el seso y despierte. Ha recordado de golpe, irrumpe en sí mismo como si hubiera entrado en una habitación a oscuras en la que poco a poco empiezan a definirse los objetos, el contorno de los muebles y de las ventanas. Su instinto animal del peligro le hace escuchar de nuevo, ahora con los sentidos alerta, el ruido que lo ha despertado. Un ruido breve, metálico, trivial para quien no lo conozca pero inconfundible, el del roce de un fusil, su choque tenue contra algo, contra la ropa de quien lo lleva al hombro. Levanta un poco la cabeza y ve una raya de luz debajo de la puerta, en las rendijas de las tablas mal unidas que separan la cuadra en la que él duerme de la habitación principal de la choza. Podía haberse instalado en ella, tal como le dijo el oficial alemán de alojamiento, estaría cerca del fuego y no tendría que soportar el hedor del estiércol. Cuando él llegó la primera noche la mujer rusa y su hijo ya se habían retirado a la cuadra, o más bien escondido en ella, dejándole la única cama. Estaban los dos abrazados, la madre y el hijo convertidos en un solo montón de harapos, dos pares de ojos asustados y brillantes a la luz de su linterna. Les dijo en alemán que salieran, que no tenían nada que temer, les indicó por señas que no quería dormir en la cama, que la ocuparan ellos dos. La mujer negaba con la cabeza, murmuraba en ruso, acunaba a su hijo, balanceándose los dos hacia atrás y hacia delante. El niño tenía el pelo rubio y ralo como de tiñoso, los pómulos hundidos y grandes ojeras azuladas en la piel translúcida.

Pero la luz que se filtra desde el otro lado de la puerta no es la del fuego, ni la de una vela. Es una linterna, se apaga y se enciende, él puede escuchar el clic mínimo del interruptor, que alguien maneja con sigilo, no la mujer, porque está seguro de que no tiene linterna. Ni siquiera tenía velas hasta que él le trajo un mazo del almacén de la comandancia, ni cerillas para encender el fuego, no tenía nada en la choza de troncos con el techo de paja, perdida en medio del barro y el desorden de los caminos del frente, intocada por el desastre, nada más que una gran cama de hierro llegada allí quién sabe por qué azares, la cama en la que él había renunciado a dormir, a pesar de las instrucciones del oficial de alojamiento.

Hay voces en la habitación, apenas susurros, pero son voces de hombres, no de la mujer ni del niño. Pasos también: pasos de botas, más que escucharlos percibe su vibración en el suelo sobre

el que está tendido. La linterna vuelve a encenderse, suena otra vez el ruido de un fusil chocando
contra la ropa o el correaje de alguien, exactamente la anilla que sujeta la correa a la culata. La linterna se enciende ahora en dirección a donde él
está, y el jergón y el ovillo de mantas y capote en
el que está tendido quedan rayados por los hilos
de luz que vienen de las rendijas. Algo opaco se
interpone, un cuerpo que roza las tablas de la puerta. Es la mujer, está seguro, distingue su voz aunque habla muy bajo, repite una de las pocas palabras en ruso que él ha aprendido. *Niet.*

Ahora comprende, adivina, pero sigue sin
tener miedo. Guerrilleros rusos. Operan detrás de
nuestras líneas, sabotean instalaciones, ejecutan y
cuelgan de los postes del telégrafo a colaboradores
conocidos de los alemanes. Tienden emboscadas
de noche y al amanecer no queda rastro de ellos,
salvo el cadáver de un ahorcado o de un estrangulado en silencio. No huyen, desaparecen en la oscuridad, se desvanecen en la extensión sin límites
de la llanura y los bosques, en el espacio que ningún ejército puede abarcar ni conquistar.

Piensa con toda frialdad, mientras intenta
que los dedos entumecidos de su mano derecha le
respondan, encuentren la pistola: llevan fusiles, pero no van a matarme de un tiro, no querrán desperdiciar una bala ni que se escuchen disparos tan
cerca de nuestros puestos de vigilancia. Qué raro
acordarse ahora mismo de Jorge Manrique: *cómo
se viene la muerte, tan callando.* Empujarán la puerta
de tablas, uno de ellos me alumbrará con la linter-

na y me apuntará con una pistola y tal vez sin dejar que me levante otro se inclinará sobre mí y me rebanará el cuello, apartándose expertamente a un lado para que no le alcance el borbotón de sangre. En este frío la sangre despedirá un vapor muy denso. Todo empapado, apelmazado, las mantas, el capote, el jergón de paja podrida, y yo muerto, no yo, otro, nadie, porque los muertos no tardan nada en perder cualquier rastro de identidad, yo muerto sin haber alcanzado siquiera mi pistola, paralizado por el frío, que me sigue entorpeciendo las manos y el cuerpo entero como una mortaja prematura, que no me deja moverme, como cuando estoy dormido y los músculos no responden a mi voluntad, y me desespero tanto por esa parálisis que me despierto y tengo un brazo tan dormido que he de moverlo con el otro, como si fuese de madera.

Eso sí me da horror: no morir, sino quedar mutilado. Pero de ese peligro ahora mismo estoy a salvo. No me va a destrozar un obús, ni me va a aplastar las piernas atrapadas en el barro la oruga de un carro de combate. Alguien va a empujar dentro de un instante esa puerta vieja de tablas y va a cortarme el cuello con un machete del ejército ruso o con un cuchillo mellado de cocina o una hoz vieja y yo no me muevo ni hago nada para evitarlo, para defenderme. Estoy tendido viendo en la oscuridad los hilos de luz que siguen brillando en mis ojos aunque la linterna se ha apagado y espero como una res a que vengan a matarme, un guerrillero ruso que no ha visto nunca mi cara, que se olvidará de ella en cuanto me haya degollado, porque no se puede recordar la cara de un muerto, se vuelve anónima en cuanto la vida ha desaparecido de ella, y por eso nos hacen tan poca impresión los muertos que hay siempre cerca de nosotros, pudriéndose en las alambradas, hinchándose en el barro, los muertos apilados sobre los que nos sentamos a veces para descansar mientras tomamos el rancho.

Ahora comprende por qué no encuentra la pistola. Se la habrá quitado la mujer mientras estaba dormido, habrá deslizado la mano bajo el capote doblado que le sirve de almohada y salido luego con el sigilo de sus grandes pies descalzos, anchos como su cara y como sus caderas, en las que hay una especie de obstinada fuerza caballuna, a pesar del hambre y la desgracia de la guerra, que ha trastornado el único mundo que ella conocía y le ha arrebatado a su marido, fusilado por los alemanes, según le ha explicado precariamente por señas y onomatopeyas, mientras el niño permanecía a su lado, pegado a ella, agarrado a su falda con sus manos pequeñas y sucias, tenues de tan delgadas, los ojos asustados y fijos en el extranjero de uniforme, tan exagerados en la cara hambrienta como el tamaño de su frente, de la cabeza entera por comparación con el torso hundido, con los brazos y piernas desmedrados, frágiles como apéndices de una criatura anfibia.

Les ofrecía algo de comer, a la madre y al hijo, una ración mía o una lata de conservas, y miraban mi mano extendida como sin estar seguros de si debían acercarse, con un recelo de perros maltratados. La mujer empujaba al niño, le decía algo en voz baja, pero él no daba un paso, no tomaba lo que yo le ofrecía, se agarraba con más fuerza a los faldones de su madre sin apartar los ojos del trozo de pan o del paquete de galletas que yo había traído, y yo veía el trago de saliva que bajaba por su cuello tan flaco, que no parecía capaz de sostener el peso de la cabeza enorme. Dejaba las cosas encima de la mesa y me iba a descansar a la cuadra o me alejaba un poco de la choza, isba es la palabra rusa. Volvía un rato después y la comida ya no estaba en la mesa, pero ni la madre ni el hijo estaban masticando, ni había rastros de que les hubiera sobrado algo, lo habían comido todo, tragando con la prisa y la sofocación del hambre, o habían escondido una parte entre las ropas, o debajo de la cama, y me miraban al entrar como temiendo que les reclamara algo, que les exigiera devolverme lo que ya no existía, los dos pares de ojos azules clavados en los míos, mirándome con el pánico de saber que yo podría quitarles impunemente la vida.

Nunca los he visto comer, hasta esta tarde. Llevaba varios días con guardias y patrullas en primera línea, había rumores de un ataque ruso y no había podido retirarme a dormir a la isba. Apenas había dormido en las tres o cuatro últimas noches. Peor que el hambre y el frío era en la guerra la falta desesperada de sueño. Cuando pasé por el puesto de mando de batallón para hacer el relevo me entregaron un paquete de comida que me había mandado mi familia desde España. Llegué a la isba, muerto de hambre y de sueño, y descubrí con alivio que no estaban ni la mujer ni el niño, aunque no imaginaba adónde podían haber ido. Estarían escarbando en el barro en busca de algo de comer, merodeando como perros sin dueño cerca de alguno de nuestros campamentos. Pero estaba encendido el fuego, así que abrí el paquete, lleno de embutidos sabrosos, que parecía mentira que hubieran atravesado intactos Europa entera y media Rusia para llegar hasta mí, y me puse a asar unos chorizos. Qué delicia increíble, en medio de tanta necesidad, el chisporroteo de la grasa roja reventando la tripa, el olor de la carne tan sazonada y tostada. Entonces me di cuenta de que la mujer y el niño estaban parados en la puerta, mirándome los dos, mirando los chorizos que yo estaba asando en el fuego, y también el paquete de cartón abierto a mi lado. Tenían más cara de hambre que nunca. Quizás no habían comido nada más que peladuras de patatas en los días en que yo no les llevé nada. Puse el paquete encima de la mesa y les hice señas para que se acercaran. Esta vez, cuando la mujer le empujó, el niño no se resistió a venir. Cogió con las dos manos el chorizo asado que yo había dejado sobre un plato y se lo comió sin levantar la cabeza y haciendo el mismo ruido que un animal.

La mujer miraba, pero no se atrevía a acercarse. Le hice ver que me retiraba. Vine aquí y cerré la puerta, me envolví en mis mantas y doblé el capote para usarlo de almohada. Ya iba a dormirme, apenas cerraba los ojos me aplastaba el sueño atrasado de tantos días. Entonces la mujer llamó a la puerta con golpes muy suaves. Podía ver su figura grande tras las tablas mal unidas. Le dije que pasara y me puse en pie. Entró diciéndome algo atropelladamente en ruso y haciendo gestos raros como de santiguarse. Tenía grasa roja alrededor de la boca. Antes de que pudiera darme cuenta se había arrodillado delante de mí y me llenaba las manos de besos, de lágrimas, de saliva y de pringue de chorizo.

Ahora vuelvo a escuchar su voz, y aunque habla tan bajo que casi no distingo nada más que un rumor tiene el mismo tono de monotonía y de súplica que cuando me hablaba a mí esta tarde. *Niet,* dice, *Niet.* La linterna se enciende y se apaga y es el cuerpo grande de la mujer el que ha bloqueado la luz. Si logro que se me desentumezcan las manos y acierto a coger la pistola y a amartillarla antes de que irrumpan los que van a matarme podré acabar al menos con uno o dos de ellos. Empujarán la puerta y yo permaneceré inmóvil, sosteniendo la pistola debajo de las mantas, y cuando dirijan la linterna a mi cara yo levantaré mi mano y les dispararé a bocajarro, y en la confusión tal vez logre salvarme. Pero ese simple acto es tan imposible como si me lo propusiera en un sueño. No hago nada, sigo rígido, aplastado sobre el suelo, medio incorporado contra la pared, escuchando esas voces murmuradas, contando los segundos que me faltan para morir en esta región nórdica y desolada del mundo, a menos de un kilómetro de Leningrado, la ciudad que siempre estábamos a punto de conquistar y a la que nunca llegamos, a la que yo ya no llegaré, aunque en los días claros vemos sus cúpulas doradas brillando a lo lejos, en el filo de la llanura.

Pero no encuentro miedo en mí, ni siquiera ahora, tan sólo una especie de alivio. Que entren pronto, que no dure demasiado el suplicio. La linterna se apaga, vuelve a encenderse y a mí me da un vuelco el corazón de pensar que ahora sí que van a empujar la puerta. *Niet,* ha dicho la mujer, y tras un rumor oscuro de voz masculina he escuchado algo semejante al maullido de un gato, y era un llanto, el del niño.

Las voces cesan. Van a entrar y yo no puedo mover la mano paralítica y buscar mi pistola. Se abre una puerta, pero no es la que hay delante de mí, sino la otra, de madera más recia, la puerta de la isba, y al abrirse entra un golpe de viento que llega hasta mí. Percibo la vibración de los pasos de las botas. Escucho ese ruido mínimo del fusil, la anilla de la correa chocando contra la culata. Ahora la puerta se ha cerrado, todo es de nuevo oscuridad y silencio.

Con gratitud, aunque también con lejanía, con un desapego que ha ido creciendo en él según avanza la guerra, comprende de golpe que la mujer le ha salvado la vida. Ha convencido a los guerrilleros para que no lo maten, diciéndoles que no es un alemán ni actúa como ellos, aunque vista su uniforme con las insignias de teniente. Quizás les ha enseñado el paquete de comida, o lo que quedara de él, quizás les ha dado algo que les alivie el hambre.

Un teniente alemán ocupa su lugar en la choza unos días más tarde, cuando él entra de servicio en primera línea. El alemán se retira a dormir la primera noche mientras la madre y el niño se acuestan en el suelo de la cuadra y la mañana siguiente aparece estrangulado con un alambre y colgado del poste de telégrafos que hay cerca de la choza. Encierran en ella a la madre y el hijo y le prenden fuego, y cuando ha ardido del todo allanan el terreno con un tractor oruga y clavan en el barro un cartel en alemán y en ruso recordando el castigo que se reserva a quienes colaboren con los guerrilleros.

Un momento. Se estremece con un escalofrío, encogido en la oscuridad, palpando sábanas, una almohada, debajo de la cual no está su pistola. *Estas cosas no han pasado aún. No puedo acordarme de algo que no ha ocurrido todavía. En abril o mayo de 1936 mi profesor de literatura no podía saber que al final de ese verano estaría tirado y muerto en una cuneta.*

De nuevo aturdido, le parece que vuelve a despertarse, y otra vez, durante unos segundos, no sabe dónde está, ni quién es. Dónde estoy si no en una choza rusa, muy cerca del frente de Leningrado, en el otoño de 1942. No llevo un uniforme alemán de invierno, sino un pijama liviano, no toco la tela áspera de una manta militar, no huelo a estiércol ni a la paja podrida de un jergón sobre el que caí muerto de fatiga hace unas horas, del que me he acabo de despertar porque he escuchado los ruidos sigilosos de los guerrilleros que han venido a matarme.

Ahora sí, siente pánico, no a que lo maten, sino a encontrarse extraviado en la memoria insegura y en el desorden del tiempo, pánico y sobre todo vértigo, porque en un solo instante su conciencia salta a una distancia de más de medio siglo, de un continente entero. Tiene la tentación de alargar la mano hacia la mesa de noche y encender la lámpara, pero prefiere quedarse inmóvil, encogido, como esa noche de hace cincuenta y siete años, toda la vida pasada en un relámpago, en ese minuto en el que uno se adormila, y se despierta de golpe en cuanto se le cae la cabeza. Presta atención a los sonidos que irá dilatando el insomnio, al mecanismo del despertador, al ruido no muy lejano del motor del frigorífico, del tráfico nocturno y apaciguado de Madrid. Ve a quien fue como si viese a otro, a varios otros sucesivos. Se ve desde fuera, con curiosidad y cierta ternura, aunque también con una secreta satisfacción de haber descubierto que no era un cobarde, con el asombro de haber sobrevivido donde tantos perecieron. Pero también sabe que su falta de miedo, como la falta de envidia, no es del todo un mérito, sino más bien un rasgo de carácter. Ve al muchacho que se apasionaba por la filosofía y la literatura y la lengua alemana en un instituto popular de Madrid, al hombre joven que no llegó a tiempo de luchar en la guerra española y se alistó para ir a Rusia en un arrebato temerario y tóxico de romanticismo. Se ve saltando sobre una trinchera, a la cabeza de un pelotón, disparando una pistola y gritando órdenes mientras se siente invulnerable. Ve venir hacia él, surgiendo de la niebla, un pelotón de jinetes rusos con los sables levantados.

Pero de todas esas identidades sucesivas la más rara, la más irreal de todas es la que ha encontrado ahora, esta noche, recién despertado de un recuerdo tan vivo como un sueño. Quién es el hombre de ochenta años que se remueve con torpeza en la cama, que sabe que va a seguir despierto hasta que llegue el día, viendo caras de muertos y lugares que no existen, la mujer rusa y el niño encanijado que se esconde en los pliegues de su falda de harapos, las llamas de la hoguera que él no vio resplandeciendo en la llanura arrasada por el barro, la cara sin gafas del profesor fusilado. Sólo desea adormilarse y que durante unos minutos o segundos ahora se convierta de nuevo en entonces.

Ademuz

Al salir de la última curva de la carretera verás de golpe todas las cosas que ella no volvió a ver, las últimas que tal vez recordó y añoró mientras agonizaba en su cama del hospital, apresada entre aparatos y tubos, en una habitación donde quemaba el aire con el calor de julio y la tela fina de su bata de enferma se le adhería a la espalda sudorosa. Tenía siempre sed y murmuraba cosas moviendo los labios agrietados, que tú le humedecías con un pañuelo empapado en agua, y se imaginaba o soñaba a sí misma sentada en la orilla del río, a la sombra de los grandes árboles estremecidos por una brisa tan fresca como la corriente, el agua limpia y rápida en la que ella hundía los pies desnudos, en alguna mañana de verano de su primera juventud. Acequias caudalosas discurriendo sinuosamente bajo las umbrías, el agua resonando escondida tras espesuras de zarzamoras y mimbreras, brillando al sol con escamas doradas, y los guijarros limpios en el fondo, reluciendo como piedras valiosas, y en los remansos las ovas de consistencia tenue de esponja, que rozaban los pies con la misma delicadeza que el agua y el limo, y la protuberancia imperceptible para el ojo no adiestrado de las cabezas medio sumergidas de las ranas. Traga-

ba saliva y la garganta le escocía, y la boca se le quedaba seca de nuevo, la lengua áspera rozando la
sequedad de los labios que tú no ibas a humedecer
porque te habías quedado dormida, derrotada por
el cansancio de tantas noches sin dormir, ahora
en el hospital y antes en casa, cuando le dieron el
alta después del primer ingreso y pareció que podría recobrarse, que habría para ella una vuelta a
la normalidad, aunque fuese frágil y sobresaltada.
Pero ya entonces, cuando volvió a casa, se le notó
que pertenecía al hospital, que en unos pocos días
se había vuelto extranjera al lugar y a las cosas que
hasta un poco antes fueron el contorno de su vida.
Se movía de una manera rara por la cocina o el
salón, pálida y con su bata de enferma, como si no
supiera encontrar su camino y se extraviara en el
pasillo o delante de un armario abierto, buscando
algo que ya no sabía dónde estaba, intentando sin
éxito reanudar las costumbres domésticas de cuando aún estaba sana, las tareas más simples, preparar una merienda a media tarde o cambiar unas
sábanas.

Volvió pronto al hospital y ya parecía al
visitarla que ése era su sitio. Había empeorado, y
su corazón estaba más débil que nunca, pero su
cara, tan sin color contra el blanco sanitario de las
almohadas, adquirió una expresión de serenidad o
de claudicación, y ya dejó de preguntar cuándo le
darían el alta. De noche deliraba de sed o de fiebre, o por el efecto insano de los tranquilizantes y
de las inyecciones que le ponían para apaciguar su
trastornado corazón, y se imaginaba o soñaba que

estaba inclinada sobre el agua rápida y transparente del río, que hundía en ella las dos manos ahuecadas como para sostener una vasija y las levantaba luego chorreando de agua brillante en el trasluz de los árboles. Pero apenas el agua le rozaba los labios ya se le había escapado entre los dedos, y seguía muriéndose de sed, y una parte de ella no tragada por la inconsciencia comprendía con desolada lucidez y gradual aceptación que nunca más volvería a ver las casas escalonadas en la ladera y el valle de frutales y huertos donde se escuchaba siempre el agua en las acequias y la brisa en las copas de los árboles, entre las ramas flexibles de las mimbreras y de los sauces. Se agitaba en la cama, en las ligaduras de tubos y correas, gemía entre dormida y despierta y entonces tú te incorporabas con un sobresalto en tu sillón de piel sintética, con un acceso de angustia y de remordimiento por haberte quedado dormida, arriesgándote a que necesitara algo y tú no la escucharas pedírtelo o, peor aún, a que se muriera a tu lado, a que se fuera del todo sin que tú llegaras a saberlo.

Verás exactamente, en un punto preciso de la distancia, lo mismo que veías de niña, al llegar cada año para las vacaciones de verano, y lo que antes de que tú nacieras veía ella, cuando sus ojos empezaban a asomarse al mundo, ojos iguales a los tuyos, preservados en tu cara después de su muerte, como una parte de su código genético está preservada y cifrada en cada célula de tu cuerpo. Aunque la olvidaras esa parte de ella seguiría existiendo. Aunque lleva muerta veinte años sigue mirando a través de tus ojos lo que descubrirás con un golpe de felicidad y de dolor cuando el coche salga de la última curva y se despliegue ante ti el paisaje que fue un paraíso no sólo cuando lo habías perdido, sino en el tiempo presente en el que lo disfrutabas con una rara clarividencia infantil, sin pensar entonces que se repetían en ti las sensaciones de la niñez de tu madre, igual que se repetían en tu cara la forma y el color de sus ojos o la insinuación de dulzura y melancolía de su sonrisa. El valle verde y fértil del río, denso de huertas, de granados, de higueras, cruzado de senderos de tierra porosa bajo la umbría cóncava de los árboles, chopos, álamos, hayas, sauces, mimbreras, una vegetación ahíta de agua, nutrida por una tierra tan grávida de fertilidad que recibía con una delicadeza única la pisada de las plantas humanas, cediendo un poco bajo el peso del cuerpo, como recibiéndolo con una bienvenida tan hospitalaria como la de la brisa del río y el rumor del agua y de las hojas de los árboles.

Quiero que me entierren allí, no quiero quedarme sola cuando esté muerta, rodeada de desconocidos en un cementerio tan grande como una ciudad, recordarás que te decía. No me importa estar muerta, pero no quiero que me entierren aquí, donde voy a morirme y nadie me conoce, en un cementerio donde sólo habrá nombres de extraños, como si viviera otra vez en uno de esos bloques de pisos en los que he sido una forastera para todo el mundo como en cualquiera de los lugares donde he vivido y en los que también podía haberme muerto, una forastera, encerrada en mi casa, esperando a que vuelvan los hijos a lo largo de la tarde y a que vuelva el marido ya entrada la noche, reservado o charlatán, envaneciéndose de su trabajo o hablando mal de la gente de su oficina, superiores o subordinados, nombres que escucho y a los que me acostumbro y luego dejo de escuchar y olvido igual que me acostumbro a las ciudades nuevas donde nos lleva su trabajo y en las que nunca tengo tiempo de instalarme del todo, nunca tengo lo que más quisiera, cosas mías, muebles elegidos por mí, hábitos, es lo que más echo de menos, lo que más añoraba cuando aún no me sentía excluida del mundo de los vivos, acomodarme dulcemente en el paso del tiempo, habituarme a una casa y a una ciudad en las que yo sintiera que me encontraba asentada, ocupando un sitio seguro en el mundo, como cuando era niña o muchacha y vivía en el pueblo, y aunque siempre tuve la cabeza fantástica y me imaginaba viajes y aventuras, sin embargo disfrutaba la seguridad de mi casa, de mis hermanos, de la presencia de mi padre, la felicidad de asomarme a la ventana de mi cuarto y ver el valle con las huertas y las laderas donde florecen almendros y manzanos, y sobre ellas las cimas peladas de los montes, con ese color de tierra que es el mismo de las casas que hay en el camino hacia el cementerio donde yo quiero que me entierren.

Me daba pena irme de la vida tan pronto y no ver a mis hijos hacerse mayores, ni sentarme una vez más con mi hermana a contar y recordar cosas en la gran cocina que da al jardín y al valle de los manzanos y a las laderas de las huertas. Dan pena esas cosas, y es más tristeza que miedo lo que siento, pero hay también algo más, con lo que no contaba, un deseo muy grande de descansar de malas noches angustiosas, medicinas, crisis súbitas, viajes en ambulancia, habitaciones de hospital, tubos y aparatos rodeándome. Antes imaginaba que todo eso terminaría alguna vez y que podría curarme, pero ya sé que no, aunque todos me digan que voy a ponerme mejor, que han descubierto una nueva medicación, ya sé que el tiempo que me quede va a ser exactamente como ahora, o quizás peor, mucho peor, según el corazón vaya debilitándose. Lo que antes era la esperanza de curarme es ahora un deseo muy poderoso de descanso y de alivio, como cuando tenía mucho sueño atrasado de joven y me metía en la cama y me tapaba la cabeza con la colcha y apretaba los párpados para dormirme antes. Me cubría la cabeza y me tapaba la boca para contener la risa que estallaba de pronto igual que el agua de la fuente pública cuando se apretaba con fuerza hacia abajo el mando de cobre o de bronce y el agua resonaba en el interior del cántaro, fresco y hondo como boca de pozo, hace tantos años, cuando aún no había agua corriente en las casas y las mujeres íbamos a buscarla con nuestros cántaros a aquella fuente en lo alto de la cuesta que estaba siempre rodeada de avispas. Mi hermana se quejaba de que como ella no tenía caderas el cántaro lleno se le escurría del costado. El agua del verano, ojalá me humedeciera ahora mismo los labios, secos y cortados, el agua rezumando en la panza fresca del cántaro, quién pudiera tener esa frescura contra las mejillas, entrar en el zaguán de mi casa y percibir en la sombra la humedad y la respiración de los poros del barro. Eso es lo que quiero, lo único que deseo ahora, quedarme dormida, irme perdiendo en el sueño como cuando me dan un tranquilizante, mejor aún, cuando me lo inyectan y casi percibo su avance en la corriente de la sangre, su efecto apaciguador a lo largo de todo mi cuerpo. Las cosas se borran, las caras que se inclinan sobre mí, se deshacen las voces queridas, se pierden muy lejos, y la verdad es que me hace falta un esfuerzo cada vez mayor de la voluntad para no dejarme ir yo también, tan suavemente como bajan mis párpados sobre el globo ocular cuando me estoy durmiendo. Las voces de mis dos·hijas, sus caras, tan parecidas y tan distintas, las caras y las voces confundiéndose en la misma sensación de ternura y de despedida, las manos que aprietan las mías, que buscan disimuladamente mi pulso cuando me quedo tan inmóvil como si ya me hubiera muerto, me hubiera ido. De mi hija mayor puedo saber cómo será su vida, igual que sé que su cara de ahora es la misma que seguirá teniendo hasta la madurez, cuando haya cumplido los años que yo tengo, la cifra que ya no va a cambiar, cuando piense, qué raro, ya tengo la misma edad a la que murió mi madre, y se pregunte cómo habría sido yo en ese tiempo futuro. Mi hija mayor terminará la carrera que ya quería estudiar cuando apenas empezaba el bachillerato, se hará profesora, se casará con su novio, continuará el camino que ya parecía que se hubiera trazado a sí misma cuando era niña, y del que no se ha apartado nunca. Pero qué va a ser de la pequeña, si sólo tiene dieciséis años y está todavía como asombrada y agradecida ante la variedad del mundo, ante la riqueza y la confusión de sus imaginaciones y sus deseos, y unos días parece que quiere ser una cosa y otros la contraria, y lo mira todo y se detiene en algo que de pronto le gusta y ya no se interesa por nada más, y no tiene prisa ni urgencia de nada, ni de hacerse mayor ni de estudiar una carrera, ni de tener novio y casarse. Vive como flotando todavía, tan sin peso que cualquier influjo la lleva, como vivía yo cuando tenía sus años, flotando entre sueños de películas y de las novelas que leía a escondidas de mi padre, cada día imaginándome una vida futura distinta para mí, ciudades y países por los que viajaría, pero no amargada en el encierro del pueblo, sino disfrutando a la vez de la casa tan querida que ya no veré más, de las veredas del campo y el agua en las acequias, de la alegría de mis amigas en las tardes de domingo, en las noches de baile del verano, protegida por la bondad de mi padre y por el cariño de mi hermana, que al menos vivirá más que yo, que seguirá cuidando de mis hijas cuando yo me haya muerto, ella que nunca tuvo marido y ni siquiera novio, que tenía las caderas tan escurridas que no podía apoyar en ellas la panza del cántaro cuando volvíamos de la fuente.

Intentarás en vano recordar el metal de su voz, que hace años dejó de visitarte en sueños; volverás a tener la sensación de que adivinas las palabras que ella habría pensado, que sigue diciéndote en el interior de tu conciencia las cosas que hubiera querido que supieras y no tuvo tiempo de contarte, las advertencias que tanto te habrían servido, que te habrían ayudado quizás a no cometer algunos errores. O quizás te siguió protegiendo y guiando sin que tú lo advirtieras, presente e invisible en tu vida, como las ánimas a las que tu tía les encendía mariposas de luz que flotaban en tazones de aceite sobre los aparadores y las mesas de noche, dando un temblor de presencias fantasmas a las sombras. Quizás volvió a ti en sueños que no recordabas al despertar y te dijo cosas que te salvaron de las peores posibilidades de tu vida, en las que se perdieron tantos de tu generación, vecinos del barrio y camaradas de la adolescencia que acabaron como muertos vivientes y se quedaron helados con una aguja en un brazo y los ojos abiertos, envejecidos y aniquilados por la muerte en los que deberían haber sido los años mejores de la juventud. Podrías haber tenido un destino como el de tu prima, que también te ha visitado después de muerta en algunos sueños, que compartió contigo los veraneos infantiles en el pueblo y era casi idéntica a ti cuando murió tu madre, las dos abrazadas en su entierro, pero ella era siempre más gamberra, más temeraria en todo, igual en los juegos de niños que en las tentativas sexuales con los primeros novios, en la excitación de la velocidad en una moto y en el mareo de un porro de hachís, y más tarde en cosas de mayor atrevimiento y peligro, en las que tú también podías haber caído, aunque te daban tanto pánico, cuando advertías su desasosiego sin motivo aparente y el brillo de ansia que empezó a haber siempre en sus ojos.

Verás la llanura con su verdor de oasis, y sobre ella las laderas donde cuelgan las casas en calles empinadas, sostenidas por contrafuertes verticales o rocas a las que se adhieren hiedras y zarzas y de las que sobresalen higueras locas. Por ahí trepabas con tu prima, siempre detrás de ella, asustada y a la vez picada por su valentía, y acababais las dos sudorosas y jadeando, con las rodillas tan desolladas como las de los chicos. Escucharás antes de llegar el ruido del agua que baja escondida por las acequias y buscarás enseguida con tu mirada ansiosa la hilera de cipreses que señala el camino hacia la cima pelada del cerro y termina ante las tapias pardas del cementerio, que tienen el mismo color áspero de esa tierra desnuda, desértica de pronto, a tan poca distancia del agua y el verdor del valle: desierto y oasis, las cumbres agrietadas por torrenteras secas, teñidas de un rojo de óxido, las casas más altas ya contagiadas por esa misma sequedad, todas abandonadas desde hace mucho tiempo, con sus ventanas sin postigos ni cristales y sus techumbres caídas, con los muros de un color de greda, como ruinas de adobe en un desierto que van volviendo a su origen primitivo de tierra o arena. Allá arriba, en lo más alto, por encima de los últimos almendros y de las casas en ruinas, al final del camino sinuoso que marcan los cipreses, y en el que de noche se encienden unas pocas luces, allí es donde yo quiero que me enterréis, con la gente de mi familia y con mis vecinos de toda la vida, entre los mismos nombres que escuché desde niña, en el cementerio tan pequeño que nos conocemos todos, y desde el cual se dominan las laderas y el valle y las casas colgadas del pueblo con una amplitud tan despejada que da vértigo.

Irás volviendo y desde mucho antes de que el nombre que te gustaba tanto desde niña aparezca en un indicador al costado de la carretera ya habrás sido trastornada por el regreso, hipnotizada por él, por la gran corriente del tiempo que te llevará hacia atrás a una velocidad aún mayor que la del coche en los tramos llanos y rectos de la autopista, todavía cerca de Madrid, de tu vida presente, a varias horas y cientos de kilómetros de la llegada, pero ya volcándote entera hacia ella, cambiando la expresión de tu cara sin que tú lo adviertas, pareciéndote a quien eras a los cuatro o cinco años, en la edad de tus primeros recuerdos de ese viaje, y también a quien fuiste cuando tenías diecisiete y tu madre murió. Te apretó la mano sobre la sábana estrujada y revuelta de su cama de hospital y te dijo algo que no entendiste y que en realidad apenas salió de sus labios, y la mano húmeda se desprendió suavemente de la tuya, con una especie de delicadeza, y ya no fue del todo la mano conocida y acariciada tantas veces de tu madre, apretada en tantas noches de agonía e insomnio, sino la mano abstracta de una muerta, que ya tenía un tacto neutro e inerte cuando apoyaste en ella tu cara estragada por el agotamiento y las lágrimas, llamándola por última vez, negándote a aceptar que se hubiera ido tan sin aviso, en unos segundos, como quien procura irse con sigilo para evitar a los que se quedan la congoja de una larga despedida.

Yo espío siempre, te observo. Conduzco y me vuelvo hacia ti un instante advirtiendo en tu cara la expresión nueva que va imponiéndole el viaje, y así descubro algo de cómo eras cuando aún me faltaba mucho para conocerte, me dedico a una secreta arqueología de tu cara y tu alma. Te pasé el teléfono, que había sonado a una hora incierta, casi a la medianoche, y mientras escuchabas lo que alguien te decía e ibas asintiendo tu cara ya no era la misma que un minuto antes, que en cualquiera de los años que llevo viviendo contigo.

Tu vida anterior es un país del que me has contado muchas cosas, pero que nunca podré visitar. El pasado, las vidas anteriores, los lugares de donde te fuiste para no volver, las fotos de las vacaciones de verano. El timbre del teléfono ha roto el silencio, el sosiego intacto de la casa, y cuando tú has colgado después de escuchar y asentir y hacer preguntas en voz baja el tiempo antiguo ha irrumpido en tu vida de ahora, en la mía, nos ha envuelto a los dos, sin que yo lo sepa aún, en su niebla de dulzura y distancia, de pérdida y remordimiento. Te acuerdas, la hermana de mi madre, que nos cuidó tanto cuando ella murió, ahora está muriéndose de un cáncer, no le queda ni una semana, unos días, dice mi primo, el médico, el hermano de aquella prima mía que se murió tan joven.

Agradecerás el dolor porque te justifica en parte contra el remordimiento de haber pasado tanto tiempo sin ir a visitarla, acordándote apenas de ella. A ti te bastaba saber que la querías, que había sido la única presencia cálida y firme en tu vida durante muchos años, tu madre delegada o la sombra de tu madre, a quien se parecía mucho, aunque sin rastro de su atractivo, una versión anterior y más ruda de su hermana pequeña. No te hacía falta ir a verla y ni siquiera llamarla, porque iba contigo de una manera casi tan honda como el recuerdo de tu madre, pero no pensabas que ella no recibía señales visibles de ese amor que te vinculaba tanto a ella pero permanecía tan oculto como arraigado dentro de ti. Demasiado tarde advertirás que no hiciste nada por acompañarla en los últimos tiempos amargos de su vida solitaria, en la casa tan grande a la que ya no iba nadie a pasar los veranos. Siempre había otras cosas que hacer, en la agitación de tu vida, acreedores más exigentes. Ella parecía que fuese a estar siempre, en la misma actitud, igual que permanecía en la misma casa, tan invariable como ella, tan dispuesta siempre para recibirte con la misma lealtad, por mucho tiempo que pasara. Ella, la casa, el pueblo, pertenecían a un reino intangible, no afectado por el olvido ni por el paso del tiempo, ni siquiera por tus largas ausencias. Si te descuidabas un día, una hora, en las urgencias sobresaltadas del trabajo, alguna desgracia podía sobrevenirte; si dejabas de ver a un amigo durante una temporada tenías miedo de haberlo perdido; ni en el amor ni en el cuidado de ti misma abandonabas nada al azar ni te acomodabas en la costumbre, de modo que en casi todos tus actos, tus sentimientos y deseos, había un filo de ansiedad, que fácilmente derivaba hacia la angustia. Te habías quedado tan despojada de todo cuando tu madre murió y se rompió de un día para otro el orden de tu casa que ya no eras capaz de confiar en la permanencia de las cosas, y disfrutabas lo que tenías con un remordimiento de provisionalidad y de segura pérdida, y cuando lograbas algo, un trabajo, una amistad, una casa, no llegabas a creer que de verdad fuera tuyo, o que tuvieras derecho a una tranquila posesión. Por eso siempre te entregabas al deseo con la vehemencia de la primera y de la última vez, y si te gustaba adornar los lugares en los que vivías con objetos muy escogidos, también dejabas grandes espacios vacíos, de modo que allá donde tú estuvieras parecía que hubieras vivido siempre, por la presencia cuidada de las cosas y su íntima relación contigo, y también que acabaras de llegar, o que en cualquier momento fueras a irte. En ti y en todo lo que tuviera que ver contigo se adivinaba la intención segura de lo muy cuidadosamente elegido y la consistencia frágil de lo que puede quebrarse o perderse, de lo que es fruto de las conjunciones del azar.

Sólo el pasado lejano permanecía siempre firme, el país extranjero y muy anterior a mi llegada del que me hablabas tanto y al que yo nunca habría podido viajar contigo, porque estaba no en un punto accesible de los mapas, sino en una región vedada del tiempo, y las tres sílabas moriscas de su nombre no describían un lugar, sólo formulaban un conjuro que no podía resonar en mi memoria, aunque fuera la sustancia misma de la tuya: pero bastó el timbre de un teléfono a medianoche para que la prisa y la muerte y la culpa invadieran aquel reino estático, y ahora te das cuenta de que cada día, cada hora, cada minuto lo amenazan, y miras de soslayo el indicador de velocidad y el reloj del salpicadero, calculas los kilómetros que faltan, los días o las horas que le quedan de vida a tu tía, a la que no has visto en los últimos años, a la que imaginabas tan a salvo de la vejez y la muerte como en esa foto en blanco y negro de su juventud en la que está vestida de verano, del brazo de tu madre, las dos tan parecidas y sin embargo una de ellas gallarda y atractiva y la otra no, las dos riéndose, inocentes de un porvenir donde la enfermedad y la muerte no existen y en el que ni tú ni yo somos ni siquiera posibilidades.

Según progresa el viaje los nombres de la carretera invocan lugares de la infancia, y el espacio se trasmuta en tiempo, se proyecta en dos dimensiones simultáneas, el ahora mismo imperioso de llegar cuanto antes y el ayer recobrado y estático, contenido en los nombres de las señales kilométricas, en el recuerdo vivo y preciso de otros viajes.

Al mirar por la ventanilla y reconocer los paisajes que habías visto de niña tus ojos adquieren sin que te des cuenta la mirada de entonces. Es el comienzo de las vacaciones de verano, y la emoción y la impaciencia de llegar son mucho más poderosas que el cansancio de tantas horas en el coche, cada nombre al costado de la carretera y cada cifra son una promesa que se repite cada año y que sin embargo no pierde su contenido claro y absoluto de felicidad. No recuerdas la sucesión de los veranos, aunque habrías podido organizarlos según los episodios de tu niñez y tu adolescencia, concluidas de golpe un día irrespirable de julio en la habitación de un hospital, frente a la cara de cera de la mujer que acababa de morir y sin embargo ya estaba dejando de parecerse a tu madre. En tu memoria de las cosas lejanas todos los veranos se resumían en uno solo, ancho y sereno como el fluir de un gran río, y todos los viajes eran variaciones sobre una experiencia idéntica de aproximación al paraíso. Sentada delante, en los recuerdos más antiguos, en el regazo de tu madre, mirando la carretera y quedándote poco a poco dormida, mirando el perfil de tu padre que conducía y fumaba o volviéndote hacia tus hermanos, que se peleaban en los asientos de atrás y seguramente te guardaban algo de rencor porque eras la pequeña y porque ibas en brazos de tu madre, que todavía era muy joven y no estaba enferma, o aún no lo sabía o al menos no dejaba que tus hermanos y tú llegarais a saberlo. Pero quizás ya entonces, mientras te llevaba en brazos y se quedaba abstraída, estaba notando en el pecho los latidos difíciles de su corazón, estaba pensando que iba a morirse y que no te vería hacerte adulta, no llegaría a saber qué iba a ser de ti, o que ese viaje de verano al pueblo donde había nacido podía ser el último para ella. Cuando el coche saliera de la última curva, al mismo tiempo que tú descubrías el paraíso de las huertas en la vega y las casas escalonadas en la ladera, ella alzaría los ojos hacia la cima rojiza y desértica donde está el cementerio y pensaría, ahí es donde yo quiero que me entierren, con la gente que quiero y que me conoce, no en uno de esos cementerios de Madrid lleno de muertos anónimos.

Verás el nombre por fin, a la entrada del pueblo, alumbrado por los faros del coche, y notarás entonces todo el mareo y el cansancio del viaje, pero apenas un rescoldo de la felicidad antigua de llegar. Ahora es invierno y es noche cerrada, y aunque de lejos las luces te han dado la sensación de que todo permanecía intacto poco a poco vas viendo que las cosas ya no te son exactamente familiares, que ahora es de cemento el suelo que recordabas empedrado, con tallos de hierba en los intersticios de los cantos redondos, que hay edificios desconocidos e invasores que desfiguran esquinas y tapan perspectivas, que está cerrada y decrépita la tienda a la que tu madre y tu tía te mandaban de niña a hacer los recados domésticos, en la que te comprabas bollos y pequeñas golosinas, refrescos de gaseosa y polos en verano. Mi prima era más gamberra que yo, y en cuanto podía le robaba a su madre unas monedas del mandil y me traía con ella a comprar helados y chocolatinas. Yo observo con mucha atención, miro las cosas que me indicas y la expresión de tu cara mientras nos acercamos por una calle empinada y estrecha a la casa donde tu tía está agonizando, pero soy consciente de que no veo lo mismo que tú, los fantasmas que te han recibido nada más llegar y que ahora te escoltan o te acechan según subimos una cuesta pavimentada de cemento, por una calle con poca luz en la que hay muchas casas clausuradas.

Ya estamos llegando: la casa, al final de la cuesta, a la que llegabas jadeando de excitación, corriendo calle arriba para adelantarte a tus hermanos, empujando con tus dos manos infantiles la gran hoja de la puerta que sólo se cerraba de noche, a la hora de acostarse. Ahora también está entornada la puerta, y hay luces en todas las ventanas, luces que dan en medio de la oscuridad invernal una sugestión de noche en vela y alarma. Empujarás la puerta temiendo haber llegado tarde y por un momento te parecerá descubrir gestos de reprobación en las caras fatigadas que se vuelven para recibirte, tan envejecidas como si las hubiera devastado una misma enfermedad. Escucho nombres, doy besos, estrecho manos, intercambio palabras en voz baja, soy el desconocido al que ellos aceptan como uno de los suyos porque vengo contigo, y al formar parte de tu vida también pertenezco a este lugar, a la fatigada pesadumbre de quienes llevan muchas noches velando a una enferma y a su luto anticipado por ella. Hay un niño de once o doce años, un hombre joven que debe de ser su padre y me estrecha la mano con un vigor muy cálido de bienvenida y amistad. Es mi primo, el médico. Haber venido aquí contigo me une a ti de una ma-

nera nueva, no sólo a la identidad aislada de la mujer adulta a quien conocí hace no tantos años sino
a todo el tiempo de tu vida y a las caras y a los lugares de tu infancia, y también a tus muertos, para
los que esta casa a la que acabamos de llegar es
como un santuario: hay una foto grande de tu madre, y otra de tus abuelos maternos, remotos y solemnes como en un relieve funerario etrusco, y
sobre el anticuado televisor que probablemente es
el mismo en el que veías de niña los dibujos animados está la cara sonriente de tu prima en una
foto en color.

Me gusta ser aquí únicamente tu sombra,
quien ha venido contigo: mi marido, dices, presentándome, y yo cobro conciencia del valor de esa
palabra que es mi salvoconducto en esta casa, entre esas personas que te conocieron y te dieron su
afecto mucho antes de que yo te encontrara, y al
ver el modo en que ellas te tratan, la familiaridad
que establecen enseguida contigo a pesar del tiempo que ha pasado desde la última vez que viniste,
mi amor por ti se ensancha para abarcar esa amplitud de tu experiencia, de tus vínculos de ternura y recuerdo, conexiones capilares que también me
aluden y nutren a mí, me agregan ese pasado tuyo
que hasta ahora no me pertenecía, a esas fotos de
muertos desconocidos que estaban esperándote con
la misma lealtad que los muebles rancios y las paredes encaladas de las habitaciones. Qué viejo está
todo, pensarás con dolor, de nuevo con una punzada de remordimiento por haber tardado tanto,

por vivir en una casa mucho más cómoda que esta en la que tu tía ha pasado los últimos años de su vida, con un televisor que es el mismo que había cuando a ti te gustaba tumbarte en el sofá a ver los dibujos animados, con un brasero eléctrico bajo las faldillas de la mesa y un radiador suplementario que no llegan del todo a disipar la sensación inmediata del frío, que sube de las baldosas como rezumando de ellas, las mismas baldosas de entonces, sólo que más gastadas, alguna ya suelta, resonando bajo las pisadas de alguien: todo muy viejo, no antiguo, despojado de pronto de la belleza embustera con que lo bruñía el recuerdo, las sillas tapizadas de plástico que fueron una innovación cuando tú eras niña, el sofá marrón imitando cuero, la Inmaculada Concepción de escayola, con la cara fina y pálida y la capa azul claro. Qué será de todo a partir de mañana, después del entierro, cuando se cierre la casa en la que ya no va a vivir nadie, demasiado incómoda para ser habitada y demasiado cara de rehabilitar. Habría que tirarla entera, dice alguien a mi lado, uno de tus parientes, en ese tono en que se habla de cosas triviales para distraer el tedio de un velatorio, se quedará cerrada y se irá cayendo poco a poco, como tantas casas deshabitadas del pueblo.

Hay un aire insomne y fatigado de espera en la casa, la espera de la llegada lenta de la muerte, que está aproximándose al otro lado de una puerta entornada, la que separa la sala de estar del dormitorio de la mujer que agoniza, ahora dormida, nos dice el hombre de pelo blanco y expresión bonda-

dosa y abismada que es otro de los hermanos de tu
madre y tu tía, el padre del médico, y también de
tu prima muerta, cuya foto se queda a veces mirando en la monotonía de la espera, una chica joven
y muy atractiva de ojos verdes y pelo ensortijado,
reluciente, castaño, con algo tuyo en sus rasgos,
tal vez en la barbilla fuerte y en la gran sonrisa, en
el tono canela de la piel. La sala de estar es una sala
de espera de la muerte, y yo soy un espía en ella,
espía de lo que tú haces y miras y dices y lo que tal
vez sientes, cercana a mí, estrechándome una mano
en el sofá, y a la vez lejana, casi desconocida, per-
diéndote en las invocaciones de este lugar, de cada
cosa que yo veo por primera vez y que para ti es
una reliquia de la infancia, conversando en voz baja
con esas personas que te han conocido desde que
naciste, y en las que percibes de verdad y en toda
su crudeza el paso del tiempo, el de sus vidas y el
de la tuya.

A los que fueron adultos jóvenes cuando
nosotros éramos niños no llegamos a verlos del todo
tal como son, superponemos a sus canas y arrugas
de ahora el resplandor lejano que tenían para nuestros ojos infantiles. En el hombre viejo que me ha
abrazado al saludarme como si me conociera desde siempre tú sigues viendo, detrás de los agravios de
la edad, la cara joven y enérgica de tu tío, que se
parecía tanto a sus hermanas, tu madre y tu tía mo-
ribunda, el hermano menor que ahora será único
superviviente, y al que tal vez la muerte de su hija
le enalleció el pelo antes de tiempo y le dio esa pesadumbre de luto con la que ahora aguarda la nueva

llegada de la muerte, sentado muy cerca de la puerta del dormitorio, queriendo escuchar si su hermana se despierta de su sueño de morfina, al menos el tiempo suficiente para saber que has llegado, para verte por última vez. Ha estado todo el día preguntándome por ti, si habías llamado, si de verdad estabas en camino.

Ahora el médico, que estaba con ella, aparece en el umbral, con un gesto te indica que entres. Se inclina un poco para decirte en voz baja que se ha despertado y acaba de preguntar por ti. Me quedo un poco rezagado, inseguro, amedrentado cobardemente por la agonía que voy a presenciar si cruzo esa puerta, pero me llevas contigo apretándome muy fuerte una mano y tu tío me alienta a seguirte poniéndome en el hombro su mano grande y afable. Con el mismo estremecimiento no de dolor sino de inaceptable extrañeza con que hace veinte años apartaste la cortina de plástico de la cama donde tu madre acababa de morir entrarás en el dormitorio en penumbra, que huele densamente a vejez, a enfermedad, a medicinas, pero también al frío de los inviernos antiguos, y a una cosa ácida e insana que debe de ser la transpiración de la muerte, las últimas secreciones y bocanadas de aire de ese cuerpo que yace en la cama, marcando apenas su volumen bajo las mantas, encogido en una rígida actitud fetal, asombrosamente reducido de tamaño. Tu tío se inclina sobre ella y le aparta el pelo de la cara y le acaricia los pómulos con un gesto de ternura que es mucho más joven que él mismo: tal vez acariciaba así la cara de su hija en la cuna. Mira quién ha venido de Madrid, le susurra, para que luego digas que te queríamos engañar.

Apenas se alzan los párpados sin pestañas, pero hay un brillo de pupilas en la penumbra y un rictus casi de sonrisa en la boca abultada, en la que los dientes postizos se han ido haciendo más grande a medida que la cara se consumía. Una mano se levanta muy despacio hacia ti, huesos y venas azules y piel lívida, encuentra tu mano, sigue buscando y alcanza tu cara, que se llena de lágrimas, la reconoce palpándola como la mano de un ciego. Murmura tu nombre usando un diminutivo que yo no he escuchado nunca y que es sin duda el que tu madre y ella te daban cuando eras muy pequeña, y tú te sientas al filo de la cama, te abrazas a ella, sumergiéndote en el olor de la enfermedad, le besas la cara irreconocible, duros huesos de muerta bajo la piel translúcida, la llamas en voz baja, como queriendo despertarla del todo, despabilarla del sueño letal de la agonía y la morfina. Recordarás que en esa misma cama te abrazabas a ella muchas veces en busca de calor en las terribles noches invernales de la infancia: que con diecisiete años volviste a hacer lo que no habías hecho desde niña y buscaste ese mismo abrigo la noche del día en que enterraron a tu madre.

Por unos momentos yo he desaparecido, me he vuelto invisible confundiéndome con el rincón de sombra en el que permanezco en pie, ni huésped ni espía, una presencia muda de otro mundo y de otro tiempo. Pero ella, la mujer desconocida a la que sólo he llegado a ver en su agonía, aunque parecía tener los ojos casi cerrados me ha visto, me señala con un gesto inseguro de su mano de cadáver, la mano que fue tan cálida y segura para ti como las de tu madre, y que tú reconoces en su contorno antiguo debajo del espectro de mano en el que se ha convertido. Sonríes mirándome cuando te dice algo que no llego a oír, en una voz áspera y murmurada que casi no se distingue del jadeo de su respiración, dice que te acerques, que quiere ver si eres tan buen mozo como yo le había contado.

Me acerco con respeto, con un principio de incertidumbre y torpeza, como se mueve alguien en el santuario de una religión que no es la suya. Las rayas como recosidas de los párpados se entreabren un poco más. Me asomo al inclinarme a una vida y a unos ojos que están apagándose y rozo con mis labios una piel lisa y seca que dentro de unas horas o de unos minutos se quedará helada. La cara tan cercana a la mía es la de una mujer desconocida que ya se extravía en las proximidades oscuras de la muerte, y la voz ronca que casi no escucho es sobre todo un estertor, una tentativa angustiosa de respiración en la que se deshacen las palabras apenas formuladas por los labios incoloros y secos. Pero en la mano que aprieta largamente la mía siento como si me llegara a través del tiempo y desde el otro lado de la muerte la presión afectuosa de la mano de tu madre, como si ella también hubiera alcanzado a verme con la última mirada de tu tía, y al verte a ti conmigo tantos años después lograra disipar una parte de su incertidumbre dolorosa sobre tu porvenir en esta vida en la que ella no iba a estar a tu lado. En las estelas funerarias griegas que hemos visto juntos en el Museo Metropolitano de Nueva York los muertos estrechan serenamente las manos de los vivos. La mano que aprieta la mía está un poco sudorosa, y su fuerza desfallece enseguida, al mismo tiempo que los párpados se cierran del todo. Tengo pánico, de pronto, nunca he visto morir a nadie, me aparto un poco y los ojos vuelven a entreabrirse, tan débilmente como se escucha un hilo de voz y se forma un principio de sonrisa en los labios de la mujer agonizante, que tienen el mismo color de su cara amarillenta. La mano se desprende del todo de la mía, el ronquido de la voz se va convirtiendo en una larga queja, y el médico me aparta suavemente a un lado, sosteniendo una jeringa hipodérmica. Tengo que ponerle más morfina antes de que vuelva más fuerte el dolor. Pero ella mueve la cabeza de un lado a otro, el pelo ralo y entrecano pegado a las sienes, con remolinos y desorden de haber pasado mucho tiempo contra las almohadas: dice que no, no quiere regresar a un sueño del que tal vez ya no se despierte, y murmura algo, el médico se inclina sobre su cara para descifrar lo que está repitiendo. Prima, te llama a ti, dice que vengas con ella. Te llama diciendo el nombre infantil con el que nadie te ha llamado desde que eras una niña, y cuando te tiene cerca abre del todo los ojos como para asegurarse de que de verdad eres tú y te pasa una mano por la cara, humedeciéndose los dedos con tus lágrimas, y con la otra quiere abarcar las dos tuyas, acariciándote y reteniéndote, rozándote el dorso con sus uñas rotas, como intentando levantarse hacia ti para decirte algo al oído o para besarte. La mano no suelta las tuyas, pero tras un estremecimiento muy leve ya no intenta apretarlas, y los ojos abiertos ya no te miran. Se te ha ido sin que te dieras cuenta, igual que se te fue tu madre, aunque esta vez no te hayas quedado dormida, se te ha ido tan furtivamente que ahora sólo sientes el estupor de que la muerte pueda suceder de una manera tan sigilosa, tan instantánea, como una tenue ondulación en el agua de un lago.

Quién podrá dormir esa noche en la que ya ha comenzado el ajetreo sigiloso que preludia el entierro, dirigido por mujeres expertas en los rituales prácticos del luto, en vestir a la muerta antes de que se empiece a quedar rígida, en encargar el ataúd y el catafalco sobre el que se posará y los cirios y el gran crucifijo que darán a la casa durante unas horas un aire sombrío de santuario, de lugar de culto del tiempo pasado y de la muerte. Escucho tu respiración suave en la oscuridad y sé que no estás dormida, aunque llevas mucho rato callada y no te mueves para no molestarme. Extraño la cama con las sábanas tan frías y la habitación que huele ligeramente a humedad y a cerrado, pero aún más las extrañarás tú, que no has vuelto a acostarte aquí desde el final de tu adolescencia, la primera cama y la primera habitación donde dormiste sola cuando te sacaron de la cuna y del dormitorio de tus padres, donde conociste el pánico y el insomnio en las noches de tormenta, cuando el retumbar de los truenos hacía vibrar los cristales de la ventana y te cegaba un relámpago con su claridad blanca y súbita, donde temías dormirte y soñar con la película de miedo que habíais visto tu prima y tú en el cine de verano, las dos arrebujadas en las sábanas, conversando noches enteras, explorando las confidencias de una secreta y desvergonzada intimidad física, la llegada de la primera regla y de los primeros novios, los bailes agarrados con otros hijos de veraneantes en la verbena de las fiestas del pueblo, en la penumbra pecadora y rojiza de las primeras discotecas en las que os aventurabais, tú siempre a la zaga de ella, que te hizo conocer por primera vez el mareo de la cerveza y el de los cigarrillos y que no parecía conocer ninguno de los límites en los que tú te detenías, ni el del pudor ni el del peligro. Quién iba a decir entonces que vuestros dos destinos serían tan distintos, que ella, tan parecida a ti, nacida al mismo tiempo que tú, iba a perderse poco a poco en laberintos de oscuridad e infortunio de los que ya no regresó y en los que también a ti te habría sido muy fácil caer, no de golpe, sino dejándote llevar despacio, derivando, igual que ella, que un año ya no volvió al pueblo a veranear con sus padres y su hermano, el que luego se hizo médico, tan serio y dócil desde niño que siempre fue el contrapunto exacto de ella.

Los ojos verdes, en la foto que su padre se quedaba mirando en silencio, como haciéndole una pregunta cuya respuesta él seguirá esperando siempre aunque sabe que ya no la obtendrá, el pelo en-

sortijado, la piel tostada, rubia de un sol de piscinas y veranos, los pómulos todavía carnosos de la
adolescencia, la sonrisa como un gesto de complacencia y desafío, la barbilla que se parece tanto a la
tuya. Estaba muy flaca la última vez que la vi, pero todavía guapísima, tan alta, con el pelo rizado
sobre la cara y ese brillo en los ojos verdes y la
misma risa loca que cuando hacíamos juntas alguna gamberrada. Pero se había quedado muy pálida, y hablaba con un deje lento que yo no le había
conocido antes, y aunque estaba casada y ya tenía
un hijo seguía contándome las mismas locuras de
cuando empezábamos a salir con chicos en el pueblo. Me contó que había conocido a un tío en un
tren y que a los pocos minutos se había encerrado
con él a echar un polvo en el lavabo. Estábamos en
una cafetería, y ella fumaba mucho, miraba siempre
de soslayo, muy agitada, conteniéndose con mucho esfuerzo, porque se le veía que disfrutaba conmigo pero también que tenía mucha urgencia por
irse, por conseguir algo que le hacía mucha falta,
que le hacía morderse las uñas y encender un cigarro apenas había apagado otro, y también se nos
notaba a las dos que a pesar del cariño y de los recuerdos ya no nos parecíamos, ya nos faltaban te-
mas de conversación, referencias comunes, y nos
quedábamos calladas, y ella volvía a mirar hacia la
calle o apagaba el cigarro recién encendido en el
cenicero, no lo apagaba, lo aplastaba torciéndolo.
Quedamos que al siguiente verano vendríamos juntas al pueblo, pero yo no pude venir, porque tenía
mucho trabajo, y ella tampoco apareció, y ya no la

vi más. Hasta sus padres acabaron perdiéndole el rastro. Cuando mi primo se enteró del hospital donde estaba ya no tenía remedio. Una ambulancia la había recogido en la calle. Me dijo que estaba tan desfigurada que sólo la reconoció de verdad por sus ojos.

Te abrazas a mí, estrechándome fuerte, como cuando estás dormida y tienes un mal sueño, enredando tus pies helados a los míos, transida de un frío idéntico al que sentías de niña, un frío antiguo, de inviernos muy largos y casas sin calefacción, preservado en las habitaciones de esta casa igual que las fotos de los muertos y que las sensaciones más vívidas de una memoria anterior a la razón, pero ya rozada por la melancolía, por la intuición gradual de una pérdida irremediable y futura: el miedo súbito del niño a crecer, la intuición cruenta y venida de ninguna parte de que sus padres no serán siempre jóvenes, que envejecerán y morirán. Y también el miedo que te atenazaba en las noches siguientes a la muerte de tu madre, cuando no te atrevías a salir de tu dormitorio al cuarto de baño porque temías verla ante ti, en el pasillo en sombras, despeinada y con su camisón de enferma, como cuando volvió a casa y sólo estuvo en ella unos días antes de que la ingresaran otra vez. Cerrabas los ojos y temías que al abrirlos ella estuviera parada delante de ti, a los pies de la cama, pidiéndote algo en silencio, y si sentías que ibas durmiéndote tenías más miedo aún a que apareciera en tu sueño, y te despertabas con un sobresalto de angustia, creías escuchar ruidos de puertas abriéndose o de pasos, y sentías de nuevo el dolor crudo por su muerte y la espantosa ausencia en la que ahora habitabas y te avergonzabas de tener tanto miedo a su regreso, a verla ahora convertida en fantasma.

Hasta la habitación llegan desde abajo rumores de conversaciones y ruidos de pasos, el motor de un coche, el timbre de un teléfono, voces masculinas que dan instrucciones, objetos voluminosos que son desplazados o depositados en el suelo. Apartan muebles para hacer sitio al ataúd. Pero no quieres abandonarte a ese pensamiento, te resistes a imaginar la cara de tu tía muerta, estragada no sólo por el cáncer, sino también por una vejez que no alcanzó a tu madre, y a la que ahora permanece tan invulnerable en los recuerdos como en las fotografías, una mujer delicada y joven para siempre, porque casi se te han borrado las imágenes de ella en el tiempo de la enfermedad, igual que por un raro azar no conservas fotos de sus últimos años, de modo que ahora la ves en la invariable juventud que le atribuías cuando eras niña e ignorabas aún que las personas cambian y envejecen, y finalmente mueren. Y así es como la veo yo también, espía atento e indagador de tu memoria, que quisiera tan mía como tu vida presente. No puedo imaginarme a la mujer que sería ahora tu madre si no hubiera muerto, una señora de sesenta y tantos años, corpulenta, probablemente con el pelo teñido. La veo como la ves tú, como sueñas a veces con ella, una madre joven que todavía conserva una sonrisa grácil de muchacha, cuya sombra intuyo a veces en tus labios, igual que puedo imaginar que su mirada se trasluce en la tuya, y que de ella proceden, ondulaciones en la superficie del tiempo, tu inclinación a la melancolía y a la provisionalidad y tu manera de ilusionarte por lo nuevo, el cuidado con que dispones en torno suyo las cosas, tu devoción por esta casa en la que ella y tú fuisteis niñas, por este paisaje de oasis con un fondo de cerros de desierto en el que ella quiso descansar, para estar siempre en la compañía de los suyos, los que se han ido poco a poco reuniendo con ella en el pequeño cementerio con las tapias color tierra, primero su sobrina, que murió todavía más joven y permanece a salvo del tiempo en la foto sobre el televisor, ahora su hermana, esta noche, otro nombre añadido a la lápida del panteón de la familia, que tú mirarás mañana durante el entierro pensando tal vez por primera vez, sin que yo lo sepa, sin que quieras decírmelo, cuando yo me muera también quiero que me entierren con ellas.

Oh tú que lo sabías

Desaparecen un día, se pierden y quedan borrados para siempre, como si hubieran muerto, como si hubieran muerto hace tantos años que ya no perduran en el recuerdo de nadie, que no hay signos tangibles de que hayan estado en el mundo. Alguien llega, irrumpe de pronto en una vida, ocupa en ella unas horas, un día, la duración de un viaje, se convierte en una presencia asidua, tan permanente que se da por supuesta y que ya no se recuerda el tiempo anterior a su aparición. Todo lo que existe, aunque sea durante unas horas, enseguida parece inmutable. En Tánger, en la oficina oscura de una tienda de tejidos, o en un restaurante de Madrid, o en la cafetería de un tren, un hombre le cuenta a otro fragmentos de la novela de su vida y las horas del relato y de la conversación parece que contienen más tiempo del que cabe en las horas comunes: alguien habla, alguien escucha, y para cada uno de los dos la cara y la voz del otro cobran la familiaridad de lo que se conoce desde siempre. Y sin embargo una hora o un día después ese alguien ya no está, y ya no va a estar nunca más, no porque haya muerto, aunque puede que muera y quienes lo tuvieron tan cerca no lleguen a saberlo, y años enteros de presencia calcificados por la costumbre se disuelven en nada. Durante catorce años, desde el 30 de julio de 1908, Franz Kafka acudió puntualmente a su oficina en la Sociedad para la Prevención de Accidentes Laborales en Praga, y de pronto un día del verano de 1922 salió a la misma hora de siempre y ya no volvió más, porque le habían dado la baja definitiva por enfermedad. Desapareció con el mismo sigilo con que había ocupado durante tanto tiempo su pulcro escritorio, en uno de cuyos cajones guardaría bajo llave las cartas que le escribía Milena Jesenska, y en el armario que había sido suyo siguió colgado durante algún tiempo después de su desaparición un abrigo viejo que Kafka reservaba para los días de lluvia, y al poco tiempo el abrigo desapareció también, y con él el olor peculiar que había identificado su presencia en la oficina durante catorce años.

Lo más firme se esfuma, lo peor y lo mejor, lo más trivial y lo que era necesario y decisivo, los años que alguien pasa trabajando tristemente en una oficina o remordido de indiferencia y lejanía en un matrimonio, el recuerdo del viaje a una ciudad donde se vivió o a la que se prometió volver al final de una visita única y memorable, el amor y el sufrimiento, hasta algunos de los mayores infiernos sobre la Tierra quedan borrados al cabo de una o dos generaciones, y llega un día en que no queda ni un solo testigo vivo que pueda recordar.

Decía el señor Salama, en Tánger, que fue a visitar el campo de Polonia donde las cámaras de gas se habían tragado a su madre y a sus dos her-

manas, y que sólo había un gran claro en un bosque y un cartel con un nombre en una estación de
ferrocarril abandonada, y que el horror del que no
quedaban ya huellas visibles estaba sin embargo
contenido en ese nombre, en ese cartel de hierro
oxidado que oscilaba sobre un andén más allá del
cual no había nada, sólo la anchura del claro y los
pinos gigantes contra un cielo bajo y gris del que
manaba una lluvia silenciosa, desleída en la niebla, que goteaba en el alero del único cobertizo de
la estación. Tan sólo un gran claro circular en un
bosque, que podía ser el resultado de un antiguo
trastorno geológico, de la caída de un meteorito.
Era un campo tan poco importante que casi nadie
conocía su nombre, dijo el señor Salama, y pro-
nunció una palabra confusa que debía de ser polaca: pero tampoco el nombre de Auschwitz signifi-
caba nada para Primo Levi la primera vez que lo
vio escrito en el letrero de una estación. En un lugar así, lejos de los campos principales, era más fácil que se perdiera a los deportados, que desparecie-
ran sus nombres de aquellos registros minuciosos
que llevaban siempre los alemanes, con el mismo
celo administrativo y fanático con que organizaban
sus planes colosales de transporte por ferrocarril de
cientos de miles de cautivos en medio de los bombardeos Aliados y de los desastres militares de los
últimos meses de la guerra.

Había raíles apenas visibles bajo la hierba
húmeda, raíles oxidados y traviesas podridas, y una
muleta del señor Salama tropezó o quedó enganchada en una de ellas y él estuvo a punto de caerse,

gordo y torpe y humillado sobre la misma tierra en la que perecieron su madre y sus dos hermanas, por la que caminaron al llegar al campo, al bajarse del tren donde las habían llevado como a animales destinados al matadero, tres caras y tres nombres familiares en medio de una muchedumbre abstracta de víctimas desconocidas. Lo sujetó el guía, el superviviente que le había llevado en un coche viejo hasta allí, el que le señaló las formas ya apenas visibles de los muros, los rectángulos de cemento sobre los que habían estado los barracones, una especie de bardal bajo de ladrillo en el que nadie que no conociera muy bien el lugar habría reparado, y que era el único resto del pabellón donde habían estado los hornos crematorios, de los cuales sí que no quedaba nada, porque los alemanes los habían volado en el último momento, cuando hacía ya semanas que el cielo estaba rojo cada noche en el horizonte del este y la tierra temblaba por los cañonazos cada vez menos lejanos de la artillería rusa. Decenas de miles de seres humanos hacinados allí durante cuatro o cinco años, bajando en ese andén de los vagones de ganado y alineándose en las plataformas de cemento, ladridos de órdenes en alemán o en polaco y gritos de dolor y eternidades de desesperación, ecos de gritos o ladridos perdiéndose por la espesura inmensa de coníferas, marchas militares y valses tocados por una orquesta espectral de prisioneros, y de todo aquello no quedaba nada, sólo un claro en un bosque, entre el verde mojado de llovizna, altos pinos oscuros y niebla borrando la lejanía, los parajes que verían diariamente a través de las alambradas los cautivos, sabiendo que no volverían a pisar el mundo exterior, que estaban tan excluidos del número de los vivos como si ya hubieran muerto.

Qué habrá sido de aquel hombre flaco, huidizo, servicial, que acompañó al señor Salama al lugar donde estuvo el campo, que había elegido para sí mismo el extraño destino de guardián y guía del infierno al que había sobrevivido, y del que ya no había querido alejarse, guardián de una extensión desierta en medio de un bosque y de un andén que ya no pertenecía a ninguna estación, arqueólogo de ladrillos renegridos y goznes viejos y puertas de horno lentamente podridas de herrumbre, buscador de residuos, testimonios, reliquias, escudillas metálicas y cucharas con las que los prisioneros tomaban la sopa, guía entre huellas de ruinas apenas visibles, cada vez más tapadas por la vegetación y más gastadas por el simple paso del tiempo, o embellecidas durante los inviernos por la blancura de la nieve. Cuando él muriera o estuviera demasiado viejo o se cansara de acompañar a los raros viajeros que iban a visitar ese campo de importancia secundaria, cuando él ya no estuviera para señalar los restos de un muro de ladrillo ennegrecido o una fila de plataformas de cemento, o una peculiar ondulación en la nieve no pisada, nadie advertiría la presencia de esos accidentes menores en el claro del bosque, ni repararía en que el crujido metálico bajo las suelas de sus botas era una cuchara que en algún momento fue uno de los tesoros más valiosos para la vida de un hombre, y desde luego nadie podría saber el significado atroz de unas hileras de ladrillos quemados, de un poste caído entre la hierba en el que hay clavado todavía un bucle de alambre espinoso.

Desaparecen, se quedan muy atrás en el tiempo, y la distancia va falsificando poco a poco el recuerdo, tan gradualmente como la lluvia, los años, el abandono, la fragilidad de los materiales, deshacen las ruinas de un campo de exterminio alemán perdido en los bosques fronterizos entre Polonia y Lituania, meticulosamente incendiado y destruido por sus guardianes en vísperas de la llegada del Ejército Rojo, que sólo encontró pavesas, escombros y zanjas mal tapadas en las que había yacimientos populosos de cuerpos humanos conservados intactos por el frío, arracimados, mezclados, desnudos, esqueléticos, adheridos los unos a los otros, decenas de millares de cuerpos sin nombre entre los que estaban, sin embargo, la mayor parte de los tíos y los primos y los cuatro abuelos del señor Isaac Salama, y también su madre y sus dos hermanas, que no pudieron salvarse como se salvaron él y su padre, porque ya era demasiado tarde para ellas cuando a finales del verano de 1944 les llegó uno de los pasaportes emitidos por la legación española en Hungría reconociendo la nacionalidad de las familias sefardíes que vivían en Budapest.

A nuestros vecinos, a mis amigos de la escuela, a los colegas de mi padre, a todos se los llevaban, dijo el señor Salama. Nosotros no salíamos de casa por miedo a que nos apresaran por la calle antes de que nos llegaran los papeles que nos había prometido aquel diplomático español. Oíamos en la radio que los Aliados iban a tomar París, y por el este los rusos ya habían cruzado las fronteras de Hungría, pero a los alemanes parecía que no les importaba nada más que exterminarnos a todos nosotros. Imagínese el esfuerzo que hacía falta para trasladar en tren por media Europa a cientos de miles de personas en medio de una guerra que ya estaban a punto de perder. Preferían usar los trenes para mandarnos a nosotros a los campos antes que para llevar sus tropas al frente. Entraron en Hungría en marzo, el 14 de marzo, me acordaré siempre, aunque estuve muchos años sin acordarme de esa fecha, sin acordarme de nada. Llegaron en marzo y para el verano puede que ya hubieran deportado a medio millón de personas, pero como temían que los rusos llegaran demasiado pronto y no les dejaran tiempo para enviar ordenadamente a todos los judíos húngaros a Auschwitz, a muchos los mataban de un tiro en la cabeza en medio de la calle, y tiraban los cuerpos al Danubio, los alemanes y sus amigos húngaros, los Cruces Flechadas, les llamaban, con los uniformes negros como los de las SS, y todavía más sanguinarios que ellos, todavía más rudos y mucho menos sistemáticos.

Uno habita todos los días de su vida en la misma casa en la que ha nacido y en la que el cobijo cálido de sus padres y sus dos hermanas mayores le parece que ha existido siempre y que va a durar siempre inmutable, igual que las fotografías y los cuadros en las paredes y los juguetes y los libros de su dormitorio, y de golpe un día, en unas horas, todo eso ha desaparecido para siempre y no deja rastro, porque uno salió a cumplir una de sus tareas usuales y cuando volvió una hora o dos horas más tarde ya le impedía el regreso un foso insalvable de tiempo. Mi padre y yo habíamos ido a buscar algo de comida, dijo el señor Salama, y cuando volvíamos a casa el marido de la portera, que tenía buen corazón, salió para advertirnos que nos alejáramos, porque los milicianos que se habían llevado a nuestra familia aún podían volver. Mi padre tenía un paquete en la mano, como aquellos paquetitos de dulces que llevaba a casa todos los domingos, y se le cayó al suelo, delante de los pies. De eso me acuerdo. Yo recogí el paquete y tomé la mano de mi padre, que estaba de pronto muy fría. «Váyanse lejos de aquí», nos había dicho el marido de la portera, y se había marchado muy rápido, mirando a un lado y a otro, por miedo a que alguien lo viera hablando tan amigablemente con dos judíos. Estuvimos andando mucho tiempo, sin hablar nada, yo cogido de la mano de mi padre, que ya no calentaba la mía, y que no tenía fuerzas para guiarme. Era yo quien lo llevaba a él, quien vigilaba por si aparecía una patrulla de alemanes o de nazis húngaros. Entramos en aquel café, cerca de la legación española, y mi padre llamó por teléfono. No encontraba monedas en los bolsillos, se le enredaban en las manos el pañuelo, la cartera, el reloj, también me acuerdo de eso. Yo tuve que darle la moneda para comprar la ficha. Vino el hombre a quien mi padre había visitado otras veces y le dijo a mi padre que todo estaba arreglado, pero mi padre no decía nada, no contestaba, como si no oyera, y el hombre le preguntó que si estaba enfermo, y mi padre siguió sin contestar, con la barbilla hundida en el pecho, los ojos perdidos, el gesto que se le quedó ya para siempre. Yo le dije al hombre que se habían llevado a toda nuestra familia, quería llorar pero no me salían las lágrimas ni se me aliviaba la congestión en el pecho, como si fuera a ahogarme. Estallé de pronto y me parece que la gente que había en las mesas cercanas se me quedó mirando, pero no me importaba, me eché sobre el abrigo del hombre, que tenía las solapas muy grandes, y le pedí que ayudara a mi familia, pero él quizás no me entendía, porque yo había hablado en húngaro, y él hablaba con mi padre en francés. En un coche negro muy grande con un banderín de la legación diplomática nos llevaron a una casa en la que había más gente. Recuerdo habitaciones pequeñas y maletas, hombres con abrigos y sombreros, mujeres con pañuelos, gente hablando bajo y durmiendo en los pasillos, en el suelo, usando líos de ropa como almohadas, y mi padre siempre despierto, fumando, intentando llamar por teléfono, importunando a los empleados de la legación española que nos llevaban comida de vez en cuando. Estaban buscando en las listas de deportados a mi madre y a mis hermanas, pero no aparecían en ninguna. Luego nos enteramos, se enteró mi padre años más tarde, de que no las habían llevado a los mismos campos que a casi todo el mundo, a Auschwitz o Berger-Belsen. Incluso de allí pudo rescatar a algunos judíos aquel diplomático español que nos salvó la vida a tantos, jugándose la suya, actuando a espaldas de sus superiores en el Ministerio, yendo de un lado a otro de Budapest a cualquier hora del día o de la noche, en aquel mismo coche negro de la embajada en el que nos llevaron a nosotros, recogiendo a personas escondidas o a las que acababan de detener, aunque no tuvieran de verdad origen sefardí, inventándose identidades y papeles, hasta parentescos o negocios en España. Sáez Briz, se llamaba. Encontró a mucha gente, logró que a algunos los devolvieran de los campos, los sacó del infierno, pero de mis hermanas y de mi madre no había ni rastro, porque las habían llevado a ese campo del que no había oído hablar casi nadie, y del que no quedó nada, sólo ese cobertizo y ese cartel que yo vi hace cinco años. Por mí no habría ido nunca. Nunca podré pisar esa parte de Europa, no soporto la idea de quedarme mirando a alguien de cierta edad en un café o en una calle de Alemania o de Polonia o de Hungría y preguntarme qué hizo en aquellos años, qué vio o con quién estuvo. Pero un poco antes de morirse mi padre me pidió que visitara el campo y le prometí que lo haría. ¿Y sabe lo que hay allí? Nada, un claro en un bosque. El cobertizo de una estación y un letrero oxidado.

Qué habrá sido de él, el señor Salama, que hacia la mitad de los años ochenta dirigía el Ateneo Español en Tánger, en un despacho diminuto decorado con carteles turísticos a todo color ya ajados y desvaídos por el tiempo, con viejos muebles de falso estilo castellano, y que administraba con desgana, en el bulevar Louis Pasteur, una tienda de tejidos fundada por su padre y llamada Galerías Duna, en recuerdo del río de la otra patria de la que pudieron escaparse en el último momento, a diferencia de casi todos sus conocidos, de las hermanas y la madre de las que ni siquiera guardaban una sola fotografía, un asidero para la memoria, una prueba material que hubiera atenuado o retrasado la erosión del olvido.

Duna es el nombre en húngaro del río Danubio. El señor Salama, con su verbo rico y su raro acento salpicado de tonalidades lejanas, como un rescoldo de la música del español judío que escuchó hablar en su infancia, y en el que aún recordaba canciones de cuna; el señor Salama, con su andar afanoso de tullido sobre las dos muletas y sus ojos tan fácilmente humedecidos, el pelo cano y escaso, la frente siempre con un brillo de sudor que el pañuelo blanco con sus iniciales bordadas no acababa nunca de enjugar, la respiración agitada por el esfuerzo de mover un cuerpo grande y torpe al que las piernas no le sirven, muy flacas bajo la tela del pantalón, como dos apéndices oscilando bajo la gravitación del vientre hinchado y el torso fornido. Pero se empeñaba en hacerlo todo él solo, sin la ayuda de nadie, moviéndose con brusquedad y destreza y respirando agitadamente, abría puertas y encendía luces y mostraba pequeños tesoros y recuerdos del Ateneo Español, fotos enmarcadas de un visitante célebre de muchos años atrás, o de representaciones de obras teatrales de Benavente, de Casona y hasta de Lorca, un diploma expedido por el Ministerio de Información y Turismo, un libro dedicado a la Biblioteca del centro por un escritor cuya celebridad se ha ido perdiendo con los años, de modo que hasta su nombre ya no resulta familiar, aunque hay que disimularlo delante del señor Salama, hay que decirle que se ha leído el libro y que esa primera edición dedicada debe ya de tener un valor muy considerable. Torpe, experto, caótico, incansable a pesar de la respiración difícil y de las muletas, el señor Salama mostraba carteles viejos que anunciaban conferencias y funciones teatrales en el pequeño escenario del Ateneo e incluso en el gran Teatro Cervantes, que ahora, dice, es una ruina vergonzosa, comido por las ratas, invadido por los delincuentes, una joya de la arquitectura española a la que el gobierno español no hace ningún caso. No quieren saber nada de lo poco y bueno que todavía queda de España en Tánger, ni siquiera contestan las cartas que el señor Salama escribe a los ministerios, al de Cultura, al de Educación, al de Asuntos Exteriores: deja a un lado los carteles, ahora busca entre los papeles de su mesa y elige una carpeta llena de fotocopias de escritos, de copias en papel carbón selladas en la oficina de Correos, prueba fehaciente de que se enviaron, aunque nunca hayan tenido respuesta. Señala fechas, pasa rápidamente de unos papeles a otros, de una solicitud a la de varios años antes, todas escritas en una máquina de escribir mecánica, a la manera antigua, como antes de los tiempos de las fotocopiadoras, con varias copias en papel carbón. El cuadro escénico del Ateneo Español llegó a ser la primera compañía teatral de Tánger, aunque no había en ella más que aficionados que no cobraban nada, incluido yo, que no podía actuar, como puede imaginarse, pero que muchas veces dirigí las funciones. Por las paredes de un corredor va indicando fotos en blanco y negro muy pobremente enmarcadas, en las que los actores tienen enfáticas actitudes teatrales, de aficionados entusiastas y rancios, declamando delante de decorados modestos, la hostería de Don Juan Tenorio, la escalera de una casa de vecinos de Madrid, las paredes de un pueblo andaluz. Hacíamos a Benavente y a Casona, y cada primero de noviembre el *Tenorio,* pero no nos califique demasiado deprisa, porque también hicimos *La casa de Bernarda Alba* muchos años antes de que se estrenara en la Península, cuando sólo la había representado Margarita Xirgu en Montevideo.

Melancolía y penuria de los lugares españoles lejos de España. Tejadillos falsos, ficticias paredes encaladas, imitaciones de rejas andaluzas, mugre taurina y regional, fallera y asturiana, paellas grasientas y grandes sombreros mexicanos, decorados decrépitos que vienen de las litografías románticas y de las películas de ambiente andaluz que se rodaban en Berlín durante la guerra española. El tejadillo, el farol y la reja de aquel sitio de

Copenhague que se llamaba Pepe's Bar; la imitación de las cuevas del Sacromonte en un cruce de carreteras cerca de Frankfurt, donde daban sangría en diciembre y había sartenes de cobre y sombreros cordobeses y sombreros mexicanos colgados en las paredes; el tejadillo y la pared inevitable de cortijo en la Casa de España de Nueva York, a principios de los años noventa; el café Madrid, que aparecía inesperadamente en una esquina del barrio de Adam's Morgan, en Washington D.C., entre restaurantes salvadoreños y tiendas de ropas baratas y maletas de las que venía música merengue, en parajes que de pronto se volvían de absoluta desolación, como barrios devastados, con filas enteras de casas quemadas o derruidas, con aparcamientos cerrados por alambradas. Junto al solar de una casa incendiada había una tienda para novias etíopes, y más allá un salón funerario católico. De pronto se veía aquel letrero rotundo, café Madrid, junto a una Santo Domingo Bakery y a una casa de comidas cubana que se llamaba La Chinita Linda. Hacía una mañana helada en Washington, y la luz fría del sol invernal reverberaba en el mármol de los monumentos y los edificios públicos. Se subía por una escalera estrecha y en el primer piso estaba la puerta batiente del café Madrid, y se respiraba un aire cálido con olores aproximadamente familiares, tan inusitados como el crepitar del aceite hirviendo en el que se freía la masa blanca de los churros, o como la cara redonda y aceitosa de la mujer que servía las mesas, que tenía el aire rotundo de una churrera en un barrio popular de

Madrid, pero que ya hablaba muy poco español, pues decía, con un deje contaminado de cadencias mexicanas, que sus papás la habían llevado a América cuando chamaquita. Carteles viejos de toros en las paredes, una montera sobre dos banderillas cruzadas, en una disposición como de panoplia de trofeos militares, el papel de las banderillas manchado de una cosa ocre que pasaría por sangre, y la montera llena de polvo, como apelmazada por años de humo de frituras. Carteles en color de paisajes españoles, propaganda de Iberia o del antiguo Ministerio de Información y Turismo: en el despacho del señor Salama había un paisaje manchego, una loma árida coronada de molinos de viento, todo con la luz plana y excesiva de las fotos y de las películas en color de los años sesenta. Había un cartel de la Sinagoga del Tránsito, en Toledo, y junto a él, idéntico en la preferencia y casi la devoción del señor Salama, otro del monumento a Cervantes en la plaza de España de Madrid: tenía esa misma luz limpia de invierno, de mañana fría de sol, y el señor Salama se acordaba de sus paseos juveniles por esa plaza que le gustaba tanto, aunque ya le parecía raro, hasta imposible, que él hubiera sido ese hombre joven y delgado que no llevaba muletas, que caminaba sobre dos piernas eficaces y ágiles, sin pensar nunca en el milagro de que lo sostuvieran y lo llevaran de un lado a otro como si su cuerpo no tuviera peso, imaginando que todo lo que tenía y disfrutaba iba a ser perenne, la agilidad, la salud, los veinte años, la felicidad de estar en Madrid sin vínculos con nadie, sin ser nada ni nadie más que él mismo, tan libre de la fuerza de gravedad del pasado como de la de la tierra, libre, provisionalmente, de su vida anterior y tal vez también de la vida futura que otros habían calculado para él, libre de su padre, de su melancolía, de su negocio de tejidos, de su lealtad a los muertos, a los que no pudieron salvarse, aquellos cuyo lugar ocuparon o usurparon ellos, padre e hijo, que sólo por casualidad no habían acabado en aquel campo relativamente menor donde perecieron sin dejar rastro tantos de su familia, de su ciudad y su linaje. Las tres hermanas de Franz Kafka desaparecieron en los campos de exterminio. En Madrid, hacia la mitad de los años cincuenta, el señor Isaac Salama estudiaba Económicas y Derecho y planeaba no volver a Tánger cuando terminara ese plazo de libertad que se le había concedido, y por primera vez en su vida estaba plenamente solo y sentía que su identidad empezaba y terminaba en él mismo, libre ahora de sombras y de linajes, libre de la presencia y la rememoración obsesiva de los muertos. Él no tenía la culpa de haber sobrevivido ni debía guardar luto perpetuo no ya por su madre y sus hermanas, sino por todos sus parientes, por los vecinos de su barrio y los colegas de su padre y los niños con los que jugaba en los parques públicos de Budapest, por todos los judíos aniquilados por Hitler. Si uno miraba a su alrededor, en una taberna de Madrid, en un aula de la universidad, si caminaba por la Gran Vía y entraba en un cine un domingo por la tarde, no encontraba por ninguna parte rastros de que todo aquello hubiera sucedi-

do, podía dejarse llevar hacia una existencia más
o menos idéntica a la de los demás, sus compatriotas, sus compañeros de curso, los amigos que no le
preguntaban a uno por su origen, que no sabían
apenas nada de la guerra europea ni de los campos
alemanes.

En Madrid se le desvanecía el recuerdo de
Tánger, como un lastre que había dejado caer al
marcharse, y ya apenas sentía remordimiento por
haber abandonado a su padre y estar viviendo gracias al dinero de un negocio al que no tenía la
menor intención de dedicarse. De la vida anterior,
Budapest y el pánico, la estrella amarilla en la solapa del abrigo, las noches en vela junto al receptor
de radio, la desaparición de su madre y sus hermanas, el viaje con su padre, a través de Europa, con
pasaporte español, asombrosamente le quedaban
muy pocas imágenes, tan sólo algunas sensaciones
físicas que tenían la irrealidad de los primeros recuerdos de la infancia. Vi en la televisión una entrevista con un hombre que se había quedado ciego
a los veintitantos años: ahora tenía cerca de cincuenta, y decía que poco a poco todas las imágenes se le habían ido olvidando, se le habían borrado
de la memoria, de manera que ya no sabía recordar cómo era el color azul, o cómo era una cara, y
ya ni siquiera soñaba con percepciones visuales. Le
quedaban residuos, que sin embargo se iban perdiendo, decía, la mancha blanca de un almendro
en flor que había en el jardín de sus padres, el rojo
de un balón de goma que tuvo de niño, y que era
una bola del mundo. Pero se daba cuenta de que

en cuanto pasaran unos pocos años más todo lo habría perdido, hasta el significado de la palabra ver. En Madrid, los años de la universidad, yo me olvidé de la ciudad de mi infancia y de las caras de mi madre y de mis hermanas, de las que ni siquiera habíamos podido guardar mi padre y yo ni una sola foto, habiendo tantas en nuestra casa de Budapest, álbumes de instantáneas que tomaba mi padre con su pequeña Leica, porque la fotografía era una de sus aficiones, como la música y el cine, una de tantas cosas que desaparecieron de su vida cuando llegamos a Tánger y ya no tuvo tiempo ni ánimos para nada que no fuera el trabajo, el trabajo y el luto, la religión, la lectura de los libros sagrados que no había mirado jamás en su juventud, las visitas a las sinagogas, que yo no había pisado hasta que vinimos aquí, y a las que al principio no me importaba acompañarle. Pero no lo acompañaba, ahora que lo pienso, tenía la sensación de llevarlo yo de la mano, de guiarlo, como aquella mañana en Budapest, cuando nos enteramos de que habían detenido a mi madre y a mis hermanas. No sé si se ha dado cuenta de que los niños algunas veces sienten una responsabilidad agobiante hacia sus padres.

Después de muerto, el padre del señor Salama recobraba la presencia que había tenido muchos años atrás en la vida de su hijo, y recibía de él la misma devoción que cuando lo llevaba de la mano por la calle, en Budapest o en Tánger, un niño apacible, obediente, gordito, que sonreía en una foto perdida, confusamente recordada, en la que lle-

vaba una gorra de portero de fútbol y un pantalón
bombacho de entreguerras, hijo orgulloso que alza
los ojos hacia su padre, los dos con una estrella amarilla en la solapa. Un día de junio su padre compró
un periódico y mirando de soslayo a un lado y a
otro le señaló la primera página, en la que venía la
noticia del desembarco de los Aliados en Normandía, y dobló enseguida el periódico y se lo guardó
en un bolsillo, y le apretó fuerte la mano, transmi-
tiendo en secreto su brusca y vigorosa alegría, ur-
giéndole a que no diera muestras de celebrar la
invasión, en medio de una calle poblada de seguros enemigos. Cuando yo me muera dirás por mí
el kaddish durante once meses y un día como un
buen primogénito y viajarás al nordeste de Polonia
para visitar el campo en el que perecieron tu madre
y tus hermanas, a las que yo no pude salvar, y por
las que no he dejado de guardar luto ni uno solo de
los días de mi vida.

Ahora, el señor Isaac Salama, que no tenía
un hijo que dijera el kaddish por él después de su
muerte, se culpaba melancólicamente de haber sido un hijo pródigo y de que la ternura que volvía
a sentir ya no pudiera consolar ni compensar a su
padre muerto, y lo añoraba tan sin esperanza de
reparación como él debió de añorar a su mujer y a
sus hijas. Lo había querido tanto, dice, y se le humedecen los ojos, habían estado siempre tan unidos, no sólo cuando se quedaron solos, sino ya mucho antes, desde que él era muy pequeño, desde
que tenía memoria, cuando cada tarde le ilumina-

ba la vida la inminencia de la llegada de su padre. Se había cobijado en él, lo había admirado como a un héroe de novela o de cine, lo había visto desmoronarse en medio de una calle y había sentido el peso aterrador de la responsabilidad y también el orgullo secreto de imaginar que la mano de su padre que se apoyaba en su hombro no lo protegía, sino que se sustentaba en él, su hijo primogénito.

Y de pronto, cuando tuvo dieciséis o diecisiete años, ya no quería vivir con él, ya le agobiaban casi todas las cosas que habían compartido desde que se quedaron los dos solos y llegaron a Tánger, sobre todo el luto, el dolor perpetuo y la rememoración de los muertos, la mujer y las hijas que su padre no había sabido salvar, sintiendo desde entonces que usurpaba indignamente sus vidas. Con el paso de los años, el luto de su padre en lugar de atenuarse se iba ensombreciendo de remordimiento, de rechazo huraño y ofendido de un mundo para el que los muertos no contaban, en el que nadie, incluyendo a muchos judíos, quería saber ni recordar. Atendía su negocio con la misma energía y convicción con que se había dedicado a él cuando vivían en Budapest. En pocos años y como de la nada había logrado levantar una tienda que era una de las más modernas de Tánger, y cuyo letrero luminoso, Galerías Duna, iluminaba al caer la tarde aquella zona burguesa y comercial del bulevar Pasteur. Pero él, su hijo, se daba cuenta de que su actividad incesante y sagaz era pura apariencia, una imitación en el fondo malograda del hombre que el padre había sido antes de la catástrofe, del mismo modo que la tienda era una imitación de la que había poseído y administrado en Hungría. Se iba volviendo cada vez más religioso, más obsesivamente cumplidor de los rituales, los rezos, las festividades, que en su juventud le habían parecido residuos de un mundo cerrado y antiguo del que él se sentía satisfecho de haber escapado. Tal vez en su gradual manía religiosa participaba un sentimiento de expiación, y ahora rezaba dócilmente al mismo Dios del que había renegado en sus días y noches insomnes de desesperación por permitir el exterminio de tantos inocentes. Y su hijo, que a los trece o a los catorce años lo acompañaba a la sinagoga con la misma solicitud con que le preparaba de noche la cena, o se aseguraba cada mañana de que hubiera tinta y papel en su escritorio, ahora encontraba cada vez más irritante aquel fervor religioso, y en todos los lugares en los que habitaba su padre empezaba a sentir una falta agobiante de aire, un olor a cerrado y a rancio que era el de las ropas de los judíos ortodoxos y el de las velas y la penumbra de la sinagoga, y también el olor polvoriento de las telas en el almacén donde ya no quería trabajar y del que no sabía cómo y con qué pretexto escaparse cuanto antes.

Pero cuando por fin se atrevió a manifestar su deseo de irse descubrió con sorpresa, y sobre todo con remordimiento, que su padre no se oponía a la partida, incluso lo alentaba a marcharse a estudiar a la Península, creyendo o fingiendo que creía que la aspiración de su hijo era hacerse cargo de la tienda cuando terminara la carrera, y que los conocimientos que adquiriese en ella les serían muy útiles a los dos en la renovación y el progreso del negocio.

Oía la sirena del barco que salía hacia Algeciras y contaba los días que me faltaban para hacer yo mismo ese viaje. Desde la terraza de mi casa podía ver de noche las luces de la costa española. Mi vida entera era el deseo de irme, de escaparme de todo lo que me apresaba y me agobiaba, como esas camisetas, camisas, jerseys, abrigos y bufandas que me ponía mi madre cuando era niño para ir a la escuela. Quería irme de la estrechura de Tánger, y del agobio de la tienda de mi padre, y de mi padre y su tristeza y sus recuerdos, y su remordimiento por no haber salvado a su mujer y a sus hijas, por haberse salvado él en su lugar. El día que por fin iba a irme amaneció con mucha niebla y avisos de marejada y yo temía que el barco de la Península no llegara, que no pudiera salir del puerto cuando yo hubiera subido a él con mis maletas y con mi billete anticipado para el tren de Algeciras a Madrid. El nerviosismo hacía que me irritara fácilmente con mi padre, que me sintiera importunado por su solicitud conmigo, por su manía de comprobarlo una y otra vez todo hasta el último momento, no fuera a olvidárseme algo, el pasaje del barco, el billete del tren, mis documentos de ciudadanía españoles, la dirección y el teléfono de la pensión en Madrid, el resguardo de mi matrícula en la universidad, la ropa de abrigo que me haría falta en cuanto llegara el invierno. Desde que sali-

mos de Budapest yo creo que no nos habíamos separado nunca, y él debía de sentirse al mismo tiempo mi padre y mi madre, la madre que yo no tenía
porque él no había sido capaz de salvarla. Habría
dado cualquier cosa por evitar que me acompañara al puerto, pero no me atreví ni a sugerírselo indirectamente, por miedo a que se sintiera ofendido, y cuando vino conmigo y lo vi entre la gente
que iba a despedir a otros viajeros me sentí hasta
avergonzado, y la vergüenza me daba remordimiento y aumentaba mi irritación, mi impaciencia porque el barco se pusiera en marcha y yo no tuviera que seguir viendo a mi padre, avergonzándome
de él, de su pinta de judío viejo de caricatura, porque en los últimos años, a la vez que se volvía más
religioso, había envejecido mucho y se había encorvado, empezaba a parecerse en sus gestos y en su
manera de vestir a los judíos pobres y ortodoxos
de Budapest, los judíos del Este que nuestros parientes sefardíes miraban por encima del hombro,
y que él, cuando era joven, había considerado
con lástima y con un poco de soberbia como gente atrasada, incapaz de incorporarse a la vida moderna, enferma de preceptos religiosos y de falta
de higiene. Sentía remordimiento por avergonzar-
me de él y por dejarlo, y también le tenía lástima,
pero en realidad ni una cosa ni la otra me estropea-
ron la alegría de irme, y me desprendí de mi padre
y de Tánger y de mi vergüenza nada más salir el
barco, nada más notar que se apartaba poco a poco del muelle. Aún estaba a unos metros de él, que
me seguía diciendo adiós con la mano allí abajo,

entre la gente, tan distinto a todos que no me gustaba que me asociaran a él. Yo también le decía adiós y le sonreía, pero ya me había ido, sin dejar de verlo ni alejarme unos metros del muelle de Tánger ya estaba lejísimos, por primera vez en mi vida, descargado de todo, no se puede imaginar de qué peso tan grande, de mi padre y de su tienda y de su luto y su culpa y de todo el dolor por nuestra familia y por todos los judíos aniquilados por Hitler, por todas las listas de nombres que había en la sinagoga, y en las publicaciones judías a las que estaba suscrito mi padre, y en los anuncios por palabras de los periódicos israelíes, donde se solicitaban rastros sobre los desaparecidos. Ya estaba solo. Ya empezaba y terminaba en mí mismo. Ya no era nadie más que yo. Me acuerdo de que alguien cerca de mí, en la cubierta, estaba escuchando un transistor, una de esas canciones americanas que se pusieron de moda por entonces. Parecía que la canción estaba llena de la misma clase de promesas que el viaje que yo tenía por delante. Nunca he tenido una sensación física de felicidad más intensa que al notar que el barco empezaba a moverse, que al ver Tánger a lo lejos, desde el mar, como lo había visto el día que llegamos mi padre y yo, escapados de Europa.

Cómo será de verdad Tánger, desfigurada en la memoria por el paso de los años, por la insolvencia del recuerdo, que nunca es tan preciso como lo finge la literatura. Quién puede recordar de verdad una ciudad, o una cara, sin el auxilio de

las fotografías, que quedaron en los álbumes perdidos de una vida anterior, una vida que pareció
invariable, sofocante, eterna, y sin embargo se disolvió sin dejar huellas, sin dejar apenas recuerdos,
imágenes que se van perdiendo como los residuos
de un campo en ruinas o como los colores que olvidan poco a poco quienes se han quedado ciegos,
la ciudad en la que vivió hasta los doce años el señor Isaac Salama, las caras de sus hermanas y de
su madre, la ciudad donde alguien se siente atado
y apresado y de la que piensa que nunca va a poder marcharse, y sin embargo se va y un día ya no
vuelve a ella, la mesa de oficina tras la que no se
sentará de nuevo, y en uno de cuyos cajones, entre
papeles oficiales ya inútiles, queda un paquete de
cartas olvidadas que alguien tirará en la próxima
limpieza, las cartas de Milena Jesenska que Kafka
no guardó.

   Sirenas de barcos y llamadas de almuédanos a la caída de la tarde, escuchadas desde la terraza de un hotel. Una confitería española que se parece a las de las ciudades de provincias de los años
sesenta, un teatro español que está casi en ruinas y
se llama Cervantes. Grandes cafés opacos de humo
y rumorosos de conversaciones en árabe y francés
en los que sólo hay hombres. Las teteras doradas,
los estrechos vasos de cristal donde humea un té
verde muy dulce. El laberinto de un zoco en el que
huele a las especias y a los alimentos de la infancia.
Un mendigo ciego con una chilaba desgarrada y
marrón que parece hecha del mismo tejido que la
capa del aguador de Sevilla de Velázquez: el men

digo esgrime un bastón y murmura una cantinela
en árabe y de su cabeza encapuchada sólo se ve el
mentón áspero de pelos blancos y ralos de barba, y
la sombra que le cubre los ojos como un lóbrego
antifaz. Hombres jóvenes permanecen indolentes y
al acecho en las esquinas, cerca de los hoteles, y en
cuanto distinguen al forastero lo asedian, le ofrecen
su amistad, su ayuda como guías, intentan vender-
le hachís, o presentarle a una chica o a un chico, y si
se les dice que no la negativa no les desalienta, y
si no se les hace caso y se finge embarazosamente
no verlos ellos no se rinden y siguen a la zaga de
quien no sabe cómo eludirles y a la vez no quiere
ser arrogante y ofensivo, con una mala conciencia de europeo privilegiado. El bulevar Pasteur, el
único nombre de calle que permanece en el recuerdo, con sus edificios burgueses que podrían estar
en cualquier ciudad de Europa, aunque de una Europa de otro tiempo, antes de la guerra, una ciudad
con tranvías y fachadas barrocas, quizás la Budapest
en la que el señor Salama nació y vivió hasta los
diez años, y adonde nunca había vuelto, y de la que
apenas le quedaban unas pocas imágenes sentimen-
tales y lejanas, como postales coloreadas a mano.
La ciudad más hermosa del mundo, se lo juro, el
río más solemne, pura majestad, ni el Támesis ni
el Tíber ni el Sena pueden comparársele, el Duna,
tantos años después no me acostumbro a llamarlo
Danubio. La ciudad más civilizada, creíamos, hasta que se despertaron aquellas bestias, no sólo los
alemanes, los húngaros que eran peores que ellos
y que no necesitaban sus órdenes para actuar con la

máxima bestialidad, las Cruces Flechadas, los perros de presa de Himmler y Eichmann, húngaros que habían sido vecinos nuestros y que hablaban nuestra misma lengua, que a mí ya se me ha olvidado, o casi, en gran parte porque mi padre se empeñó en que no volviéramos a hablarla, ni siquiera entre nosotros, entre él y yo, los únicos que habíamos quedado de toda nuestra familia, los dos solos y perdidos aquí, en Tánger, con nuestro pasaporte español, con nuestra nueva identidad española que nos había salvado la vida, que nos había permitido escaparnos de Europa, adonde mi padre ya no quiso nunca volver, la Europa que él había amado sobre todas las cosas y de la que se había enorgullecido, Brahms y Schubert y Rilke y toda aquella gran basura de lujo que le tenía trastornada la cabeza y de la que luego renegó para querer convertirse en lo que tampoco era, un judío celoso de la Ley y aislado y huraño entre los gentiles, él, que de niños jamás nos llevó a la sinagoga ni a mis hermanas ni a mí ni celebró ninguna fiesta litúrgica, que hablaba francés, inglés, italiano y alemán pero apenas sabía unas palabras en hebreo, y una o dos canciones de cuna en judeoespañol, aunque de ese origen sí le gustaba enorgullecerse cuando vivíamos en Budapest. Sefarad era el nombre de nuestra patria verdadera aunque nos hubieran expulsado de ella hacía más de cuatro siglos. Me contaba que nuestra familia había guardado durante generaciones la llave de la casa que había sido nuestra en Toledo, y todos los viajes que habían hecho desde que salieron de España, como si me contara una sola vida que hubiera durado casi quinientos años. Hablaba siempre en primera persona del plural: habíamos emigrado al norte de África, y luego algunos de nosotros nos establecimos en Salónica, y otros en Estambul, adonde llevamos las primeras imprentas, y en el siglo XIX llegamos a Bulgaria, y a principios del XX uno de mis abuelos, el padre de mi padre, que se dedicaba a comerciar en grano a lo largo de los puertos del Danubio, se asentó en Budapest y se casó con la hija de otra familia de su mismo rango, porque en esa época los sefardíes se consideraban por encima de los judíos orientales, los askenazis pobres de las aldeas judías de Polonia y de Ucrania, los que escapaban de los pogromos rusos. Nosotros éramos españoles, decía mi padre en su plural orgulloso. ¿Usted sabía que un decreto de 1924 nos devolvió a los sefardíes la nacionalidad española?

El Ateneo Español, las Galerías Duna, las luces de la costa española brillando de noche, tan cerca como si no estuvieran al otro lado del mar, sino en la otra orilla de un río caudaloso y muy ancho, el Danubio, el Duna que el señor Isaac Salama veía en su infancia, las aguas a las que en la primavera y el verano de 1944 los alemanes y sus lacayos arrojaban a los judíos asesinados de cualquier manera en medio de la calle, a la luz del día, apresuradamente, porque se acercaba el Ejército Rojo y era posible que las vías férreas quedaran cortadas y que ya no hubiese forma de seguir enviando convoyes de muertos en vida hacia Auschwitz o Belger-Belsen, o hacia esos campos menores de los que no queda ni la memoria de sus nombres. España está a un paso, a una hora y media en barco, son esas luces que se ven desde la terraza del hotel, pero en la conversación del señor Isaac Salama, en las galerías Duna o en el Ateneo Español, España se ve tan lejos como si estuviera a miles de kilómetros, al otro lado de océanos, como si uno la recordara en el Hogar Español de Moscú un mediodía mortecino de invierno o en el café Madrid de Washington D.C.: España es un sitio casi inexistente de tan remoto, un país inaccesible, desconocido, ingrato, llamado Sefarad, añorado con una melancolía sin fundamento ni disculpa, con una lealtad tan asidua como la que se fueron pasando de padres a hijos los antecesores del señor Isaac Salama, el único de todo su linaje que cumplió el sueño heredado del regreso para ser expulsado otra vez y ya definitivamente, por culpa de un infortunio que él, con los años, ya no consideraba obra injusta del azar, sino consecuencia y castigo de su propia soberbia, de la culpable desmesura que le había empujado a avergonzarse de su padre y a renegar de él en lo más hondo de su corazón.

Si no hubiera conducido tan temerariamente aquel coche, piensa día tras día, con el mismo luto obsesivo con que su padre pensaba en la mujer y en las hijas a las que no había podido salvar, si no hubiera tenido tanta prisa para volver cuanto antes a la Península, por subir hacia Madrid no en los lentos trenes nocturnos que cruzaban el país entero desde el sur hacia el norte como corrientes poderosas y oscuras de ríos, sino en el coche que su padre le había regalado como premio al terminar con tanta brillantez las dos carreras que había estudiado simultáneamente. Pero ya ninguno de los dos mantenía la ficción de que los títulos universitarios del señor Salama iban a servir para que prosperase aún más el negocio de tejidos del bulevar Pasteur. Tánger, le dijo su padre, cuando él volvió al final del último curso, ya no seguiría siendo mucho más tiempo la ciudad internacional, agitada y abierta a la que habían llegado los dos en 1944. Ahora Tánger pertenecía al Reino de Marruecos, y poco a poco los extranjeros tendrían que marcharse, nosotros los primeros, dijo su padre, con un brillo fugaz de la agudeza y el sarcasmo de otros tiempos. Sólo espero que nos echen con mejores modales que los húngaros, o que los españoles en 1492.

Dijo eso, los españoles, como si no se considerase ya uno de ellos, aunque tuviera la nacionalidad y durante una parte de su vida hubiera sentido tanto orgullo de pertenecer a un linaje sefardí. El señor Salama comprendió que su padre estaba calculando la posibilidad de vender el negocio y emigrar a Israel. Pero por nada del mundo quería él cambiar otra vez de país: tenía que haberle hecho caso a mi padre, dice ahora, en otro de los episodios de su arrepentimiento, porque España no quiere saber nada de las cosas españolas de Tánger ni de los españoles que todavía quedamos aquí. En Marruecos cada vez hay menos sitio para nosotros, pero en España tampoco nos quieren. Con la pensión que yo cobraré cuando cierre esa tienda que ya casi no me deja nada y me jubile, no tendré para vivir en la Península, así que me quedaré para morirme en Tánger, donde cada vez somos menos los españoles y cada vez más viejos y más extranjeros. Podría irme a Israel, desde luego, pero qué hago yo en un país que no conozco de nada, a mi edad, en el que no tengo a nadie.

Si le hubiera hecho caso entonces a su padre, si hubiera tenido al menos un poco de paciencia, si no hubiera conducido a tanta velocidad por una de aquellas carreteras españolas de los años cincuenta, hinchado de soberbia, dice, torciendo despectivamente los labios carnosos, creyendo que lo podía todo, que era capaz de controlarlo todo.

Un poco antes del amanecer, a la salida de una curva muy cerrada, el coche se le fue al lado izquierdo de la carretera y vio de frente los faros amarillos de un camión. Tenía que haberme muerto entonces, dice el señor Salama, y se da cuenta de que está repitiendo las mismas palabras que le escuchó a su padre tantas veces, el mismo afán de corregir el pasado tan sólo en unos minutos, en segundos: si no las hubiéramos dejado solas en casa, si hubiéramos tardado un poco menos en volver, la vida entera quebrada para siempre en una fracción imperceptible de tiempo, en una eternidad de remordimiento y vergüenza, la vergüenza horrible que sentía el señor Salama al verse paralítico a los veintidós años, al caminar con muletas y arrastrando dos piernas inútiles, sabiendo que nunca más podría sostenerse en pie, que ya no tendría no la fuerza física, sino el coraje moral necesario para emprender la vida que había deseado tanto, que había creído estar tocando casi con los dedos.

No quería que me viera nadie, dice, quería quedarme escondido en la oscuridad, en un sótano, como esos monstruos de las películas. Tardó años en salir con algo de normalidad a la calle, en caminar por la tienda apoyándose en las muletas. Notaba que se iba deformando poco a poco, que tenía las piernas cada vez más flacas y el torso más hinchado, los hombros muy anchos y el cuello hundido. Se caía en la tienda delante de algunas parroquianas, en los tiempos en que aún había mucha clientela, y cuando los dependientes iban corriendo a levantarlo del suelo los odiaba más aún de lo que se odiaba a sí mismo, y cerraba los ojos como en el hospital y se quería morir de vergüenza.

Qué puede entender usted, y perdóneme que se lo diga, si tiene sus dos piernas y sus dos brazos. Eso sí que es una frontera, como tener una enfermedad muy grave o muy vergonzosa o llevar una estrella amarilla cosida a la solapa. Yo no quería ser judío cuando los otros niños me tiraban piedras en el parque de Budapest al que iba a jugar con mis hermanas, que eran más grandes y más valientes que yo y me defendían. Ser judío me daba entonces la misma vergüenza y la misma rabia que me dio después quedarme paralítico, tullido, cojo, nada de minusválido o discapacitado, como dicen esos imbéciles, como si cambiando la palabra borraran la afrenta, me devolvieran el uso de las piernas. Cuando tenía nueve o diez años, en Budapest, lo que yo quería no era que los judíos nos

salváramos de los nazis. Se lo digo y me da vergüenza: lo que yo quería era no ser judío.

Por la ventana abierta del pequeño despacho del señor Salama entra un aire tibio, como de
atardecer de mayo, aunque era diciembre en aquella
visita, y llega con claridad el canto de un muecín,
amplificado por uno de esos rudimentarios altavoces que cuelgan precariamente de algunos almina-
res, y el retumbar denso de la sirena de un barco
que entra en puerto o sale de él. El señor Salama,
con un gesto de desagrado, ha llamado a la tienda
para preguntar si hay alguna novedad, y le ha dicho en francés a alguien que tardó mucho en contestar al teléfono que ya no podrá ir antes del cierre,
porque a las ocho empieza el concierto de piano
en el salón de actos del Ateneo. Ayer se inauguró
la Semana Cultural Española, con la conferencia
sobre literatura, que tuvo cierto público, pero hoy
el señor Isaac Salama está preocupado, porque el
pianista que actúa no es muy conocido, y él teme
que tampoco sea demasiado bueno. Si lo fuera no
vendría a Tánger a dar un concierto por tan poco
dinero. Da miedo y melancolía, de antemano, imaginar el salón de actos con sólo unas pocas sillas
ocupadas, el arco como de cortijo andaluz sobre el
escenario, el pianista con un frac ya muy viajado,
inclinándose hacia el público retraído y escaso con
un ademán enfático, el flequillo de la melena romántica tapándole media cara cuando se vuelva
a incorporar. No ha habido dinero para imprimir
todos los carteles que hubieran hecho falta, para

enviar a tiempo las invitaciones. Además es miércoles, quizás hay en la televisión un partido internacional. En los cafés grandes y sombríos de Tánger, en los que había al entrar un olor acre de sudor masculino y de tabaco negro, como en los bares españoles de hace treinta años, se veía a veces una multitud de caras oscuras y alzadas hacia la pantalla de un televisor, mejillas sin afeitar y ojos de mirada intensa: era que estaban viendo un partido de fútbol en la televisión española, o uno de esos concursos de azafatas en minifalda recostadas sobre coches flamantes. Ésa es la única cultura que deja aquí España, clamaba el señor Salama, la televisión y el fútbol, y el idioma perdiéndose, y nuestro Ateneo sin ayudas, comido por las trampas mientras en la Península se gastan miles de millones en esa Babilonia de la Expo de Sevilla. Mire los franceses, en cambio, compare nuestro Ateneo con la Alliance Française, el palacio opulento que tienen, los ciclos de cine que organizan, las exposiciones que traen, el dinero que se gastan en publicidad, que nos tapan todos los carteles, los pocos que podemos costearnos. ¿Se ha fijado en lo alta que ondea la bandera francesa? Voy allí, porque me invitan siempre, y me muero de envidia. Me invitan los franceses, pero a los españoles se les olvida a veces invitarme, no a mí, que no soy nadie, sino al Ateneo, nos dan de lado siempre que pueden, la gente de la embajada, los del consulado, como si no existiéramos. El señor Salama respira con agitación, los codos clavados sobre la mesa, el torso ancho volcado sobre los papeles, las manos buscando algo en medio del desorden, entre programas de conciertos, cartas, facturas sin pagar, tarjetas de invitación. Se hace tarde y no encuentra lo que busca, mira el reloj, comprueba que faltan ya pocos minutos para que empiece el concierto, recital de piano a cargo del acreditado virtuoso D. Gregor Andrescu, obras de F. Schubert y F. Liszt, entrada gratuita, se ruega puntualidad. Pánico a que no asista casi nadie, a estar sentado en primera fila y ver tan de cerca la cara de decepción y la sonrisa obligatoria del pianista, que según el señor Salama era una figura de primera magnitud en Rumanía antes de escaparse al Oeste y de conseguir asilo político en España.

Pero el señor Salama ha encontrado lo que buscaba, una tarjeta de invitación redactada en francés, impresa en cartulina sólida y brillante, con el escudo de la República dorado, y al pie, sobre una línea de puntos, su nombre escrito con tinta china y con una caligrafía exquisita, *M. Isaac Salama, directeur de L'Athénée Espagnol,* la prueba indudable de que la invitación está personalmente dirigida a él, de que otros, siendo extranjeros, le guardan una consideración que no le tienen sus compatriotas. Inolvidable esa exposición, dice, recobrando la tarjeta, que mira de nuevo como para comprobar que su nombre y su cargo siguen escritos a mano en ella, nosotros no podremos nunca traer nada comparable: manuscritos de Baudelaire, primeras ediciones de *Les fleurs du mal* y *Spleen de Paris,* las páginas de pruebas con las tachaduras y correcciones que él mismo hizo. Qué raro, pensaba yo, dice, que estas cosas tan íntimas hayan durado tanto, que hayan llegado hasta aquí, para que yo las vea. Y casi se le humedecen los ojos cuando se acuerda de la emoción de ver, copiado en limpio por la mano misma del poeta, el soneto a la bella desconocida, *à la passante,* que es de todos los de Baudelaire el que más le gusta al señor Salama, el que se sabe de memoria y repite en un francés admirable, aprendido de su madre en la infancia, deteniéndose con delectación y cierto melodramatismo en el último verso:

Ô toi que j'eusse aimé! Ô toi qui le savais!

Se queda como empantanado en un silencio trágico, en una actitud insondable de remordimiento y penitencia. Mira como a punto de decir algo, la mirada fija y húmeda, abre la boca, tomando aire para hablar, pero justo cuando empezaba a hacerlo llaman a la puerta del despacho. Entra una señora mayor, flaca, con gafas colgando de una cadenilla, la bibliotecaria y secretaria del Ateneo. Cuando ustedes quieran bajar, el maestro Andrescu dice que ya está preparado.

Desaparecen un día, muertos o no, se pierden y se van borrando del recuerdo como si nunca hubieran existido, o se van convirtiendo en otra cosa, en figuras o fantasmas de la imaginación, ajenos ya a las personas reales que fueron, a la existencia que tal vez sigan llevando. Pero a veces surgen de nuevo, saltan del pasado, llega por el teléfono una voz que no se escuchaba hace años o alguien dice con naturalidad un nombre que ya parecía del todo imaginario, el nombre de un muerto o el de un personaje de ficción. Muy lejos de Tánger, muchos años después, en otra vida, a tanta distancia temporal que los recuerdos han perdido toda su precisión, y hasta casi toda su sustancia, en un tren en el que viaja un grupo de literatos y profesores, a través de un paisaje de colinas verdes y brumas (pero también ese tiempo va quedando ya lejos, y la ocasión se desdibuja, como las caras entonces usuales de los compañeros de tren), alguien dice el nombre del señor Salama, seguido por una expresión de burla y asombro y una carcajada:

«No me digas que lo conociste tú también, al viejo Salama, años y años sin acordarme de él. Qué plasta me dio el tipo, si alguien llega a advertirme a tiempo no piso Tánger, y menos por la mierda que pagaban en aquel sitio, que estaba cayéndose. Entrañable, el judío, y muy servicial, ¿no es verdad? Pero muy pesado, no te dejaba ni a sol ni a sombra, a que no, te recogía por la mañana en el hotel y te llevaba a todas partes, un poco más y hasta a mear, y todo el rato con lo mismo, con la tabarra de que nadie le hacía caso en España, y aquellas historias que contaba de cuando llegó a Tánger, ¿no fue en los años cuarenta? Parece que era de una familia de dinero, en Checoslovaquia o por ahí, y que tuvieron que pagar un dineral para que los nazis los dejaran salir. Vamos, con detalle no me acuerdo, porque hace mil años, era esa época en que ibas a todas partes, a dar todos los bolos que te pedían, y aquel pelma en el teléfono era muy simpático, muy florido hablando, ¿verdad? Que si sería un honor, aunque por desgracia los emolumentos no podrían ser muy generosos, que si la importancia de apoyar la cultura española en África... ¿A que hablaba así? Qué pesado, el judío, todo el día para arriba y para abajo con las muletas, ¿no había tenido un accidente de coche? Yo no soy discapacitado ni minusválido, decía, soy cojo. Y ahora que me acuerdo, hablando de la cojera, ¿a ti no te contó lo del viaje en el tren a Casablanca, cuando conoció a una tía? Pues ya es raro, porque parece que se lo contaba a todo el mundo, en cuanto se bebía dos copas, y empezaba siempre por lo mismo, un poema de Baudelaire, ¿tampoco te lo llegó a recitar?»

Sin que uno lo sepa, otros usurpan historias o fragmentos de su vida, episodios que uno cree guardar en la cámara sellada de su memoria y que son contados por gente a la que uno tal vez ni siquiera conoce, gente que los escuchó y que los repite deformándolos, adaptándolos a su capricho o a su falta de atención, o a un cierto efecto de comicidad o maledicencia. En alguna parte, ahora mismo, alguien cuenta algo que tiene que ver íntimamente conmigo, algo que presenció hace años y que yo tal vez ni siquiera recuerdo, y como no lo recuerdo tiendo a suponer que no existe para nadie, que se ha borrado del mundo tan completamente como de mi memoria. Partes de ti mismo se van quedando en otras vidas, como habitaciones en las que viviste y ahora ocupan otros, fotografías o reliquias o libros que te pertenecieron y que ahora toca y mira un desconocido, cartas que siguen existiendo cuando quien las escribió y quien las recibía y las guardaban llevan mucho tiempo muertos. Muy lejos de ti se cuentan escenas de tu vida, y en ellas tú eres alguien no menos inventado que un personaje secundario en un libro, un transeúnte en la película o en la novela de la vida de otro.

Apenas hay detalles, y da pereza inventarlos, falsificarlos, profanar con la usurpación de un relato lo que fue parte dolorosa y real de la experiencia de alguien. Quién eres tú para contar una vida que no es tuya. En el tren, en Asturias, camino de un congreso de literatura, por distraer el tiempo lento del viaje, por la simple vanidad de contar con la adecuada ironía algo que a uno no le importa nada, y tampoco a quienes le escuchan, el escritor que ha dicho en voz alta el nombre del señor Salama, aunque no se acordaba de si era Isaac o Jacob o Jeremías o Isaías, empieza un relato que sólo dura unos minutos, y no sabe que de algún modo está culminando una afrenta, agravando una vejación.

El señor Isaac Salama sube a un tren con destino a Casablanca, adonde tiene que viajar por motivos de negocios. Cabe imaginar que tiene cuarenta, cuarenta y tantos años, que desde hace un cierto tiempo, desde la jubilación de su padre, se viene encargando de dirigir las Galerías Duna, que han caído ya en un cierto declive, como esas tiendas grandes de las capitales españolas de provincia que fueron muy modernas a finales de los cincuenta, en los primeros sesenta, y que después se quedaron como detenidas en el tiempo, inmóviles en una modernidad envejecida, poco a poco arqueológica. Cuando va a viajar en tren, el señor Isaac Salama tiene la costumbre de llegar muy pronto a la estación, ya que así puede ocupar su asiento antes que cualquier otro viajero, y evitar que lo vean moverse con torpeza y agobio sobre sus dos muletas. Las esconde bajo el asiento, o las deja bien disimuladas sobre la redecilla de los equipajes, a ser posible detrás de su propia maleta, aunque también calculando los movimientos necesarios para recuperarlas sin dificultad, y dejando al alcance de las manos las cosas que necesitará durante el viaje. También procura llevar una gabardina ligera, y echársela por encima de las piernas. Es la época en que los trenes tienen todavía departamentos pequeños con los asientos enfrentados. Si alguien ocupa un asiento próximo al suyo, el señor Isaac Salama puede pasarse el viaje entero sin moverse, o esperando que el otro se baje antes que él, y sólo en un caso extremo se levantará y recogerá las muletas para ir al lavabo, arriesgándose a que le vean por el pasillo, a que se aparten mirándolo con lástima o burla o incluso le ofrezcan ayuda, le sostengan una puerta o le tiendan una mano.

Es casi la hora de salida del tren y para la satisfacción del señor Salama nadie ha entrado en su departamento. Viajando en primera clase eso le ocurre con cierta frecuencia. Justo cuando el tren ha empezado a moverse irrumpe una mujer, tal vez agitada por la prisa que ha debido darse para llegar en el último minuto. Se sienta frente al señor

Salama, que encoge sus piernas tullidas bajo la gabardina. Él no se ha casado, apenas se ha atrevido
a mirar a una mujer desde que se quedó inválido,
tan avergonzado de su diferencia ultrajante como
cuando de niño le obligaron a ponerse en la solapa del abrigo una estrella amarilla.

La mujer es joven, muy guapa, muy con-
versadora, cultivada, seguramente española. A pesar de la reticencia del señor Salama, al poco rato de
empezar el viaje ya hablan como si se conocieran
de siempre, sobre todo ella, que tiene el don de
explicarse con claridad y fluidez, pero también el
de prestar una atención golosa a lo que le cuentan, de pedir enseguida detalles sin ser entrome-
tida. Sin darse cuenta se inclinan el uno hacia el
otro, las manos puede que se rocen en algunos
ademanes, las rodillas, desnudas las de la mujer,
sin medias, las del señor Salama encogidas y ocul-
tas bajo la tela de la gabardina. Conversan de perfil contra el paisaje que huye por la ventana hacia
la que no se vuelve ninguno de los dos. El señor Salama siente un deseo sexual muy fuerte, pero también muy claro y estremecido de ternura, una promesa física de felicidad que le parece ver reflejada
y correspondida en los ojos de la mujer.

A los dos les gustaría que durara siempre el
viaje: el gozo de ir en tren, de acabar de conocerse
y tener por delante tantas horas de conversación,
de mutuas afinidades recién descubiertas, no compartidas hasta entonces con nadie. El señor Isaac
Salama, a quien el accidente lo dejó paralizado para siempre en la timidez tortuosa de la adolescencia,

encuentra ahora en sí mismo una ligereza de palabra que desconocía, un principio de seducción y de audacia que le devuelve después de tantos años una parte del impulso de jovialidad de sus primeros tiempos en Madrid.

Ella le dice que va a Casablanca, donde vive con su familia. El señor Salama está a punto de decirle que él también va a esa ciudad, así que bajarán juntos del tren y podrán seguir viéndose los próximos días. Pero entonces se acuerda de lo que había dejado de tener presente durante las últimas horas o minutos, de su obsesión y su vergüenza, y no dice nada, o miente, dice que es una lástima, que él tiene que seguir viaje hasta Rabat. Si se bajara en Casablanca tendría que recobrar las muletas, que ella no ha podido ver, del mismo modo que no ha visto sus piernas, aunque las haya rozado, porque las cubre la gabardina.

Siguen conversando, pero empieza a haber trances de silencio, y los dos se dan cuenta, aunque ella intenta animosamente cubrirlos con palabras detrás de las cuales ya hay una zona de sombra, de extrañeza o recelo. Tal vez imagina que ha cometido algún error, que ha dicho algo que no debía. Mientras tanto el señor Isaac Salama mira por la ventanilla cada vez que el tren llega a una estación y calcula cuántas faltan todavía para Casablanca, para la despedida que le parece tan irrevocable como si ya hubiera sucedido. Se injuria con rabia secreta a sí mismo, se desafía, se pone plazos, límites, se concede treguas de minutos, mientras la mujer le habla aún y le sonríe, mientras lo roza

con sus manos desenvueltas, las rodillas tan cerca
que chocan cuando el tren frena, y entonces el señor Salama aprieta con disimulo la gabardina sobre
los muslos, no vaya a deslizarse hacia el suelo. Le
dirá que él también va a Casablanca, se erguirá en
el asiento cuando el tren se haya detenido y alcan-
zará sus dos muletas, no le permitirá que intente
ayudarle a llevar su equipaje, porque en tantos años
ya ha adquirido una agilidad y una fuerza en los
brazos y en el torso que al principio no pudo imaginar que lograría, y cuando le faltan manos es capaz de sujetar algo con los dientes, o de mantener
el equilibrio apoyándose contra una pared.

Pero en el fondo sabe, y no ha dejado de
saberlo ni un solo instante, que no se atreverá. Según el tren se va acercando a Casablanca la mujer
le apunta su dirección y su teléfono, y le pide los
suyos, que el señor Salama falsifica con desordenada caligrafía en un papel. El tren se ha detenido,
y la mujer, de pie delante de él, se queda un poco
confundida, extrañada de que él ni siquiera se levante para despedirse de ella, de que no le ayude a
bajar su equipaje. No es probable que haya visto
las muletas, bien disimuladas detrás de la bolsa del
señor Salama, aunque también resulta tentador imaginar que sí ha reparado en ellas, con perspicacia
de mujer, y que ya había notado algo raro en las
piernas demasiado juntas, tapadas por la gabardina. No se decide a inclinarse sobre el señor Salama
para darle un beso, y le tiende la mano, le sonríe,
encogiéndose de hombros, en un gesto de fatalidad o capitulación, le dice que la llame si se deci-

de a parar en Casablanca en el viaje de vuelta, que ella lo llamará la próxima vez que vaya a Tánger. En el último instante el señor Salama tiene una tentación de incorporarse, o de no soltar la mano de ella y dejar que le alce con su apretón vigoroso. Tan fuerte es el impulso de no permitir que la mujer se vaya que casi le parece que vuelve a tener fuerzas en las piernas y que puede ponerse en pie sin la ayuda de nadie. Pero se queda quieto, y después de un instante de duda la mujer suelta su mano, toma la maleta, se vuelve por última vez hacia él y sale al pasillo, y él ya no llega a verla en el andén. Se echa hacia atrás en el asiento cuando el tren se pone en marcha, camino de una ciudad en la que no tiene nada que hacer, en la que deberá buscar un hotel para pasar la noche, un hotel cercano a la estación, porque deberá tomar a primera hora de la mañana un tren de vuelta a Casablanca. Oh tú a quien yo hubiera amado, recitó el señor Isaac Salama aquella tarde en su despacho del Ateneo Español, con la misma grave pesadumbre con que habría dicho los versículos del kaddish en memoria de su padre, mientras llegaba por la ventana abierta el sonido de la sirena de un barco y la salmodia de un muecín, oh tú que lo sabías.

Münzenberg

Me quedo leyendo hasta muy tarde, resistiéndome al sueño para avanzar un poco más en la lectura, para saber más cosas de la vida de ese hombre del que hasta ayer no había tenido noticia, Willi Münzenberg, que a principios del verano de 1940 huye hacia el oeste por los caminos de Francia, en la gran desbandada que provoca el avance de los carros de combate alemanes. Ahora que por primera vez en los cincuenta años de su vida ve las cosas con quietud y claridad y ha adquirido la experiencia y el temple para hacer rectamente lo que sería preciso que hiciera, justo ahora ya no importa nada, ya no hay tiempo de nada. No es la primera vez que huye, pero sí que huye a pie y sin nada y sin tener adónde ir y sabiendo que en cualquier lado de las fronteras de la guerra en el que busque refugio habrá delatores dispuestos a entregarlo, si es que no cae anónimamente bajo la metralla entre una fila de rehenes escogidos al azar, o despedazado por una bomba o una mina. Va a ser ejecutado si los alemanes lo atrapan, pero también lo será si le encuentran el rastro sus antiguos camaradas y subordinados comunistas. Si intenta alcanzar Inglaterra, propósito más bien imposible, sabe que allí también será detenido por espía, y que seguramente los ingleses lo usarán como rehén en algún trato con los soviéticos o con los alemanes. Lo fue todo y ya no es nada ni tiene nada, aunque alguien dice recordar que le quedaban en el bolsillo dos mil francos, con los que pensaba comprar un coche que le permitiera escapar a Suiza.

Sabe que lo poco que queda de él mismo, esta sombra fugitiva por los caminos de Francia, es una presencia inaceptable para muchos, un testigo impertinente o dañino al que sería muy conveniente eliminar. Lo que él creía que era su fuerza, su seguro de vida, es la razón de su condena. Sabe algo más: que en los servicios secretos ingleses hay enquistados agentes soviéticos que revelarían a Moscú el rastro de su presencia en Inglaterra, de modo que tampoco estaría seguro si el gobierno británico le ofreciera lealmente refugio.

Se me cierran los ojos, el libro casi se me desliza entre las manos, mientras Willi Münzenberg camina perdido entre la multitud que inunda las carreteras, que se dispersa por los campos cercanos como una estampida de insectos cada vez que se acercan volando muy bajo los cazas alemanes, primero los motores a lo lejos y después las siluetas metálicas resplandeciendo al sol de junio, y por fin sus sombras, grandes aves rapaces con las alas inmóviles y abiertas, ametrallando un convoy de vehículos militares en fuga, descargando sus bombas sobre un puente en el que se arraciman los fugitivos, entorpecidos en su avance por un camión averiado. Insectos en fuga, verán los pilotos desde el aire: figuras diminutas, oblicuos garabatos negros. Pero cada una de esas criaturas ínfimas es un ser humano, tiene un nombre y una vida, una cara que no es idéntica a la de nadie más. Entre ellas quiere confundirse Willi Münzenberg, quiere ser nadie para escapar de las manazas y las fauces del Cíclope. Pero el ojo del Cíclope al que mejor conoce y al que tiene más miedo, Josef Stalin, lo ve todo, lo escudriña todo, no permite que nadie escape ni se salve, ni encogiéndose hasta el tamaño del insecto más ruin puede un condenado escapar a su búsqueda, ni en una fortaleza de México protegida por muros, alambradas, guardias armados, torretas de vigilancia, portones de hierro, pudo escapar Trotsky a una persecución que duró más de diez años y abarcó el mundo entero.

Quién entre el gentío que huye a su alrededor podría imaginar la historia de Willi Münzenberg, un extranjero corpulento, mal vestido y mal afeitado, que ha pasado los últimos meses en un campo de concentración, uno de esos campos en los que el gobierno francés ha encerrado precisamente a aquellos refugiados o apátridas que más tienen que temer de los nazis, según la lógica criminal de los tiempos: si estalla la guerra contra Alemania, los refugiados alemanes que viven en Francia son el enemigo, de modo que hay que encerrarlos, aunque sean fugitivos del nazismo. Pero una vez encerrados son la presa perfecta para el ejército alemán y para la Gestapo, de la que creyeron haber escapado al huir a Francia. En 1933 este hombre, Willi Münzenberg, llegó a París en la primera oleada de fugitivos de la persecución nazi, después del incendio del Reichstag, en el que había tenido un escaño de diputado comunista. Pero entonces escapó en un gran Lincoln Continental negro, conducido por su propio chófer de uniforme: no a pie, como ahora, cuando ya no tiene nada ni es nadie, cuando no sabe dónde está su mujer y ni siquiera si está viva ni si podrá volver a verla, en medio del gran desorden de la guerra, ella también una figura diminuta entre las multitudes que escapan, en el censo imposible de los desplazados y los deportados, millones de personas arrojadas a los caminos de una Europa súbitamente retrocedida a la barbarie, multitudes aguardando en andenes de estaciones, en los muelles de las ciudades litorales, amontonándose junto a las verjas o a las puertas cerradas de las legaciones extranjeras para conseguir pasaportes, papeles, visados, sellos administrativos que pueden estampar en el destino de cada uno la diferencia entre la vida y la muerte.

He dejado el libro en la mesa de noche y he apagado la luz y justo al quedarme con los ojos abiertos en la oscuridad me he dado cuenta de que el sueño que me vencía hace un instante ahora ha desaparecido. He perdido el sueño, como se pierde un tren por un minuto, por unos segundos, y ahora sé que tengo que esperar a que vuelva, y que puede tardar horas en llegarme. A Münzenberg lo vieron por última vez vivo en una mesa de un café de pueblo, sentado con dos hombres más jóvenes que él y hablando con ellos en alemán. Quizás también

eran fugitivos del campo, y es muy posible que uno
de ellos lo matara: quizás se habían hecho internar
en el campo de prisioneros para ganarse la confianza del hombre al que tenían la orden de ejecutar.

Me quedo quieto en la oscuridad, escuchando tu respiración. Münzenberg huye del avance
del ejército alemán acompañado por esos hombres y no sabe que son agentes soviéticos que han
estado espiándolo desde que llegó al campo de prisioneros, y a los que les ha sido encomendada su
ejecución. O tal vez lo sabe y no tiene fuerzas para
escaparse de ellos, para seguir empeñándose en
una huida agotadora e inútil, la prolongación lenta de un acoso que viene durando ya varios años.
Veo por el balcón, sobre los tejados, la gran esfera
del reloj en el edificio de la Telefónica, que tiene
algo, a esta distancia, de rascacielos moscovita, tal
vez porque no cuesta nada imaginarse que la luz
roja del pináculo es una gran estrella comunista.
Hace muchos años, cuando yo no había ido aún a
Nueva York, vi en sueños un edificio inmenso de
ladrillo negro con una gran estrella roja en su cima de pirámide, y alguien que iba a mi lado y a
quien yo no veía me dijo, señalándola: «Ésa es la
estrella del Bronx».

En el insomnio vuelven los fantasmas de
los muertos y también los fantasmas de los vivos,
de los ausentes a los que hace mucho tiempo que no
he visto ni he recordado, episodios, actos, nombres
de vidas anteriores, punzadas casi nunca de año-
ranza, casi siempre de arrepentimiento o vergüenza. También vuelve el miedo puro, el pánico in-

fantil a la oscuridad, a las sombras o bultos que empiezan a definirse en ella, que cobran la forma de un animal o de una presencia humana o de una puerta a punto de abrirse. En el invierno de 1936, en la habitación de un hotel de Moscú, Willi Münzenberg permanecía despierto y tal vez fumando en la oscuridad mientras su mujer dormía a su lado, y cada vez que escuchaba pasos en el corredor acercándose a la habitación pensaba con un estremecimiento de pánico y clarividencia de insomnio, ya han venido, ya están aquí. Por la ventana de su habitación veía una estrella roja o un reloj con los números en rojo brillando en el pináculo de un edificio, sobre la vasta oscuridad de Moscú, sobre las calles por las que sólo circulaban a esas horas las furgonetas negras de la NKVD.

Mi abuela Leonor, que en paz descanse, de la que ya apenas me acuerdo, me contaba cuando yo era niño que su madre se le estuvo apareciendo noche tras noche después de muerta. No hacía nada, no le decía nada, ni siquiera le daba miedo, sólo melancolía y ternura, y un sentimiento de culpa, aunque mi abuela nunca hubiera usado esa expresión, que no pertenecía al idioma campesino que ella hablaba. Su madre la miraba en silencio, le sonreía para que no tuviera miedo, le hacía un gesto con la cabeza, como para indicarle algo, para pedirle algo, y luego desaparecía, o mi abuela se quedaba dormida, y a la noche siguiente se despertaba y volvía a verla, quieta y fiel, a los pies de la cama, que es la misma en la que tú y yo dormimos ahora.

Mamá, ¿qué quieres, te hace falta algo?, le preguntaba mi abuela, con la misma solicitud que cuando su madre vivía, cuando ya estaba muy enferma y la miraba sin hablar, su cara muy pálida en la almohada y sus ojos siguiéndola por la habitación.

Su madre repetía ese gesto, como el de quien quiere decir algo pero ha perdido el uso de la voz y se esfuerza y no llegan a salirle las palabras. Una mañana, un domingo, en la iglesia, mi abuela comprendió lo que su madre quería decirle. Era tan pobre y tenía tantos hijos que no había podido encargarle a su madre unas misas, y aunque no era demasiado creyente el remordimiento no la dejaba en paz, una inquietud sorda que no había compartido con nadie. Sin aquellas misas era posible que su madre no pudiera salir del Purgatorio. De algún modo consiguió un poco de dinero, lo pidió prestado a una cuñada suya, y con las monedas o los gastados billetes de cinco pesetas que había entonces envueltos en un pañuelo fue a la iglesia de Santa María a encargar las misas. Esa noche, cuando su madre volvió a presentársele a los pies de la cama, junto a los barrotes de bronce dorados, mi abuela le dijo que no se preocupara, que muy pronto ya no le faltaría nada. Su madre no volvió a aparecérsele, a presentársele, como decía ella en su idioma de otro siglo. Sintió alivio, pero también se le hizo entonces definitiva la tristeza por la ausencia de su madre, porque ya nunca más la vería, ni siquiera en sueños.

Ésa es la cama en la que dormimos tú y yo, en la que nació mi madre, en la que yo esta noche no puedo dormirme. A mis padres les extrañó mucho que quisiéramos traernos a Madrid esa cama grande y vieja que llevaba tantos años en lo más hondo del desván. En esos barrotes que ahora se perfilan en la penumbra, cuando la pupila se ha adaptado a ella, apoyaba su mano pálida la madre de mi abuela, mi bisabuela, de la que en parte yo vengo, de la que ni siquiera sé cómo se llamaba, aunque habré heredado de ella una parte de patrimonio genético que tal vez define un rasgo de mi cara o de mi carácter, de mi salud insegura. Qué raro vivir en los lugares que fueron de los muertos, usar las cosas que les pertenecieron, mirarse en los espejos donde estuvieron sus caras, mirarse con ojos que tal vez tienen la forma o el color de los suyos. Vuelven los muertos en el insomnio, los que he olvidado y los que nunca conocí, los que asaltan la memoria de quien sobrevivió hace sesenta años a una guerra y parecen decirle que no los olvide él también, que diga en voz alta sus nombres, que cuente cómo vivieron, por qué fueron arrebatados tan pronto por una muerte que también podía habérselo llevado a él. A quién suplanto yo en la vida, qué destino fue cancelado para que el mío se cumpliera, por qué fui yo elegido y no otro.

En noches en las que he aguardado vanamente el sueño en la oscuridad he imaginado los insomnios de ese hombre, Willi Münzenberg, cuando empezó a comprender que el tiempo de su poderío y su soberbia había terminado, y que ya sólo le quedaba un porvenir en el que huiría sin reposo ni posibilidad de refugio y en el que acabaría muriendo como un perro, como un animal acosado y sacrificado, igual que habían muerto tantos amigos suyos, camaradas antiguos, héroes bolcheviques de un día para otro convertidos en criminales y traidores, en sabandijas a las que era preciso aplastar, según las arengas del fiscal borracho y demente de los grandes procesos de Moscú. Ejecutado como un perro, como Zinoviev o Bujarin, como su amigo y cuñado, Heinz Neumann, dirigente del Partido Comunista Alemán, que vivía refugiado o atrapado en Moscú y que en 1937 murió tal vez de un tiro en la cabeza, inerme y desconcertado frente a sus verdugos, como aquel otro acusado, Josef K., al que inventó Franz Kafka en los insomnios febriles de la tuberculosis, sin saber que estaba formulando una exacta profecía. Pero nunca se ha sabido de verdad cómo murió Heinz Neumann, cuántas semanas o meses lo estuvieron torturaron, dónde fue enterrado su cuerpo.

En el campo de exterminio de Ravensbrück la viuda de Heinz Neumann escuchaba las historias de Kafka que le contaba su amiga Milena Jesenska. En muchas noches de insomnio Babette Gross vivió minuto a minuto la tortura de no saber si su marido estaba muerto o en una prisión de Stalin o en un campo alemán. Años más tarde, cuando al final le contaron la verdad, imaginaba el cadáver ahorcado en un bosque, balanceándose de una rama, oscilando día tras día hasta que la rama o la cuerda se rompieron y el cuerpo ya rígido cayó al suelo, se fue corrompiendo sin que nadie lo encontrara, mientras ella no dormía preguntándose si debía pensar o no en él como en un muerto. Cuando llegó el otoño las hojas caídas empezaron a cubrirlo.

Tú dormías a mi lado y yo imaginaba a Willi Münzenberg fumando en la oscuridad mientras escucha la respiración serena de su mujer, Babette, que era una burguesa rubia y altiva, hija de un magnate prusiano de la cerveza, comunista fanática en los primeros años veinte, y que vivió muchos años más que él, casi medio siglo, una anciana que en las vísperas de la caída del muro de Berlín recibe a un historiador americano y le va susurrando en un magnetofón historias de un tiempo y un mundo desvanecidos, imágenes de la noche en que ardió el Reichstag, o de los primeros desfiles de las camisas pardas por las ciudades alemanas, o de Moscú en noviembre de 1936, cuando ella y su marido esperaron durante días en la habitación de un hotel a que alguien viniera a visitarlos, o a que les llamaran por teléfono anunciándoles el día y la hora de una cita con Stalin que nunca llegó, o a que sonaran unos golpes en la puerta y fuesen los hombres que venían a detenerlos.

Hay gente que ha visto esas cosas: nada de eso está perdido todavía en la desmemoria absoluta, la que cae sobre los hechos y los seres humanos cuando muere el último testigo que los presenció, el último que escuchó una voz y sostuvo una mirada.

Yo conozco a una mujer que anduvo perdida por Moscú la mañana del día en que se anunció la muerte de Stalin. Estaba embarazada de ocho meses y se volvió a casa porque tenía miedo de que una avalancha de la multitud aplastara a la criatura que ya se movía poderosamente en su vientre. Al hablar con ella siento un vértigo como de cruzar un alto puente de tiempo, casi de encontrarme en la realidad que ella ha visto, y que si yo no la hubiera conocido sería para mí el relato de un libro. Yo conozco a un hombre que ganó una Cruz de Hierro en el sitio de Leningrado, y estreché cuando era muy joven la mano de otro que tenía tatuado en la piel pálida de un antebrazo muy flaco el número de identificación de los prisioneros de Dachau. Yo he conversado con alguien que a los seis años se moría de miedo abrazado a su madre en un sótano de Madrid mientras sonaban las sirenas de alarma, los motores de los aviones y los estampidos de las bombas, y que a los diez años estaba internado en un barracón de Mauthausen. Era un hombre menudo, educado, ausente, que tenía medio nombre español y medio nombre francés y no pertenecía del todo a ninguno de los dos países. El pelo negro muy peinado hacia atrás, los rasgos duros y la cara cobriza eran españoles, pero los modales y la lengua que usaba eran tan franceses como los de cualquiera de los escritores que conversaban y bebían en aquel cóctel literario, en París, donde nos encontramos brevemente, donde empezó mi amistad con Michel del Castillo.

Por casualidad, como se encuentra a un desconocido en una fiesta, yo encontré a Willi Münzenberg en un libro que me habían enviado y que empecé a leer distraídamente, y por culpa del cual me quedé extraviado en el insomnio. En un momento de la lectura se produjo sin que yo me diera cuenta una transmutación de mi actitud, y quien había sido sólo un nombre y un personaje oscuro y menor me estremeció como una presencia poderosa, alguien que aludía muy intensamente a mí, a lo que más me importa o a aquello que soy en el fondo de mí mismo, lo que dispara los mecanismos secretos y automáticos de una invención. Eres en gran parte lo que otros saben o creen o dicen de ti, lo que ven al mirarte: pero quién eres cuando estás solo en la oscuridad y no puedes dormir, sólo tu cuerpo inmóvil y anclado a la cama, tu conciencia sin asideros, confrontada a la lentitud intolerable del tiempo, a su pura duración abstracta, porque no sabes la hora ni quieres encender la luz para no despertar a quien duerme a tu lado, no sabes si yaces todavía en lo más profundo de la noche o si se aproxima la primera claridad del amanecer.

Entre los fantasmas de los vivos y de los muertos surge Willi Münzenberg. Se queda conmigo esa noche de insomnio, y desde entonces vuelve muchas veces, inopinadamente, a lo largo de los años, lo encuentro en las páginas de otros libros o me sobreviene su presencia a la imaginación. Toda su vida fue un juego entre la simulación y la invisibilidad, entre el poder oculto y arduo y el resplandor sin peso de las apariencias, y acabó siendo casi por completo invisible, borrado de la Historia por los mismos poderes a los que sirvió con tanta eficacia, y que tal vez también lo borraron de la vida, ahorcándolo de un árbol a principios de junio de 1940, en un bosque de Francia.

Ayer mismo descubro que guardaba sin saberlo una excelente foto suya, en el segundo volumen de la autobiografía de Arthur Koestler, *The invisible writing*. Cuadran de pronto los azares: compré ese volumen de tapas rojas y papel áspero y amarillo, impreso en Londres en 1954, en una librería de segunda mano, en Charlottesville, Virginia, un día invernal de 1993. La librería estaba en un edificio de madera roja que tenía algo de cabaña y de granero, casi en la linde de un bosque nevado. Al hojear hace un momento el libro buscando la fecha de edición he visto algo en lo que nunca había reparado: en el forro interior de la cubierta hay una firma ilegible, y junto a ella un lugar y una fecha, Oslo, enero de 1959.

Tampoco recordaba la foto, que tiene el claroscuro admirable de los retratos de los años treinta. Münzenberg mira en ella directamente a los ojos, con arrogancia y firmeza, quizás con un punto de extravío y anticipada desesperación, con la tristeza que tienen los muertos en las fotos, los testigos de alguna verdad terrible. Es un hombre fuerte, rudo, pero no vulgar, el cuello sólido y corto y los hombros anchos, la barbilla ligeramente levantada, los ojos perspicaces con un cerco de fatiga, la frente ancha, el pelo un poco desordenado, como un signo no se sabe si de actividad incesante o principio de abandono. Viste de una manera formal pero muy moderna, americana con una estilográfica en el bolsillo superior, chaleco, corbata, camisa sin cuello postizo.

Su cara tenía la tensa simplicidad de una talla en madera, pero había en ella una franca expresión de amistad, dice Koestler, que trabajó para él en París en los tiempos en que fue tomada la fotografía: un hombre bajo, cuadrado, recio, con hombros poderosos, con un aire de zapatero de pueblo, del que emanaba sin embargo una autoridad tan hipnótica que Koestler había visto a banqueros, a ministros, a duques austríacos, inclinarse hacia él con obediencia de escolares.

Nació en una familia muy pobre, en un suburbio proletario de Berlín, en 1889. Su padre era un tabernero borracho y brutal que se voló la cabeza limpiando su escopeta de caza. A los dieciséis años era obrero en una fábrica de calzado y participaba en las actividades educativas de los sindicatos. Había poseído desde siempre y en un grado de genialidad el talento práctico de organizar cosas y una energía que en lugar de agotarse en el debate y el trabajo parecía que se alimentaba de ellos. Para no servir en el ejército participando en una guerra que sus principios internacionalistas le hacían repudiar escapó a Suiza, y en los círculos de refugiados de Berna conoció a Trotsky, a quien le llamó enseguida la atención su inteligencia, su pasión revolucionaria, su capacidad organizativa. Trotsky se lo presentó a Lenin: muy pronto Münzenberg formó parte del círculo de sus más leales. En algún libro se dice que era uno de los bolcheviques que viajaron con Lenin en el vagón sellado camino de Rusia en las vísperas de la Revolución de octubre. *Amigo mío*, contaba que le dijo Lenin, *usted morirá siendo de izquierdas.*

Pero Münzenberg no se pareció nunca del todo a sus camaradas comunistas. Siempre hubo algo raro o excesivo en él, aun en los tiempos de su más firme ortodoxia. Le gustaba la buena vida, y habiendo nacido y vivido en la pobreza tenía una espléndida vocación por los grandes hoteles, los trajes caros y los automóviles de lujo. Estaba hecho de la misma materia que los grandes plutócratas americanos surgidos de la nada, enérgicos patronos de ferrocarriles o de minas de carbón o de hierro enriquecidos gracias a la clarividencia y al pillaje, pero sobre todo a una forma irresistible de inteligencia práctica aliada a una voluntad sin reposo ni misericordia. Quienes le conocieron dicen de él que si hubiera decidido servir al capitalismo y no al comunismo habría llegado a ser un W. R. Hearst, un Morgan, un Frick, uno de esos patronos colosales a los que no sacia ninguna posesión por desaforada que sea y jamás pierden la rudeza de sus orígenes, jamás se apaciguan ni con la edad ni con el poder ni con la posesión, y siguen siendo patanes joviales en medio del lujo y trabajadores sin sosiego a pesar de su insondable riqueza.

En los primeros años de la Revolución Soviética, cuando Lenin, alucinado en las estancias del Kremlin, intoxicado por su propio fanatismo, rodeado de teléfonos y de lacayos, todavía imaginaba que Europa entera iba a incendiarse de un momento a otro de sublevaciones proletarias, Münzenberg comprendió antes que nadie que la revolución mundial no llegaría enseguida, si es que llegaba alguna vez, y que el comunismo sólo podría difundirse en Occidente de una manera oblicua y gradual, no con la propaganda chillona, ruda y monótona que complacía a los soviéticos, sino a través de causas en apariencia desinteresadas y apolíticas, gracias a la complicidad en gran parte involuntaria de algunos intelectuales de mucho prestigio, celebridades independientes y de buena voluntad que firmaran manifiestos a favor de la Paz, de la Cultura, de la concordia entre los pueblos.

Willi Münzenberg inventó el halago político a los intelectuales acomodados, la manipulación adecuada de su egolatría, de su poco interés por el mundo real. Con cierto desdén se refería a ellos llamándoles el club de los inocentes. Buscaba a gente templada, con inclinaciones humanitarias, con cierta solidez burguesa, a ser posible con un resplandor de dinero y de cosmopolitismo: André Gide, H.G. Wells, Romain Rolland, Hemingway, Albert Einstein. A esa clase de intelectuales Lenin los habría fusilado de inmediato, o los habría enviado a un sótano de la Lubianka o a Siberia. Münzenberg descubrió lo inmensamente útiles que podían ser para volver atractivo un sistema que a él, en el fondo incorruptible de su inteligencia, debía de parecerle aterrador en su incompetencia y su crueldad, incluso en los años en que aún lo consideraba legítimo.

Se fue convirtiendo poco a poco en el empresario del Komintern, su embajador secreto en la Europa burguesa, que le gustaba tanto, y a cuya destrucción había consagrado su vida. Fundaba compañías y periódicos que le sirvieran de tapadera para manejar los fondos de propaganda que venían de Rusia, pero tenía tanto talento verdadero de hombre de negocios que cada una de aquellas empresas prosperaba multiplicando las inversiones clandestinas en ríos de dinero, con los que entonces financiaba nuevos proyectos de conspiración revolucionaria y negocios fulminantes y audaces que dejaban de ser tapaderas o simulacros para convertirse en hazañas verdaderas del capitalismo.

Era un dirigente de la Tercera Internacional, pero se movía por Berlín y luego por París en un gran automóvil Lincoln, acompañado siempre por su mujer rubia y envuelta en pieles, aún más romo y compacto por comparación con ella, aunque dice Koestler que nada más verlos juntos se adivinaba en ellos una complicidad perfecta, una ternura inquebrantable. Inventó las grandes causas nobles a las que nadie con buena voluntad podía dejar de adherirse. La medida de su triunfo es sólo equivalente a la de su anonimato: nadie sabe que las movilizaciones internacionales de solidaridad y los congresos internacionales de escritores y artistas en defensa de la paz o de la cultura se le ocurrieron por primera vez a Willi Münzenberg. Por experiencia propia sabía que bolcheviques ásperos y reales como Stalin o como el mismo Lenin podían tener muy poco atractivo público en Occidente: atraer a la causa de la Unión Soviética a un premio Nobel de Literatura o a una actriz de Hollywood era un golpe formidable de relaciones públicas, término que podría haber inventado también él. Descubrió que el radicalismo imaginario y la simpatía hacia revoluciones muy lejanas era un atractivo irresistible para intelectuales de una cierta posición social.

Su primer éxito de organización y propaganda masiva fue la campaña mundial de envío de alimentos a las regiones de Rusia asoladas por las grandes hambres de 1921. El Socorro Internacional de los Trabajadores, dirigido por él, logró que docenas de barcos cargados de alimentos llegaran a Rusia y que se creara en todo el mundo una corriente poderosa de simpatía humanitaria hacia el sufrimiento y el heroísmo del pueblo soviético. La desganada caridad de otros tiempos se trasmutaba en vigorosa solidaridad política, y el benefactor podía sentirse confortablemente a un paso de la militancia activa. Münzenberg ideó sellos, insignias, folletos de propaganda con fotografías de la vida en la URSS, cromos en colores, pisapapeles con bustos de Marx y de Lenin, postales de obreros y soldados, cualquier cosa que se pudiera vender a bajo precio y que permitiera sentir al comprador que sus pocas monedas eran un gesto solidario, no una limosna, una forma práctica y confortable de acción revolucionaria.

En 1925 fue Münzenberg quien ideó y dirigió, a través de comités innumerables, de publicaciones, de marchas, de imágenes en los noticiarios de cine, la gran oleada de solidaridad con Sacco y Vanzetti. Sus publicaciones comerciales le proporcionaban el dinero para costear su propaganda política, y también multiplicaban la resonancia pública de las campañas que emprendía. En los años terribles de la inflación en Alemania, en el terremoto de Japón de 1923, en la huelga general de Inglaterra de 1926, el Socorro Internacional de los Trabajadores sostenía las cajas de resistencia y organizaba comedores populares, escuelas y albergues para niños huérfanos. Fue la necesidad de imprimir y difundir masivamente panfletos políticos la que despertó en Willi Münzenberg su interés por imprentas y editoriales. En 1926 poseía en Alemania dos diarios de circulación masiva, un semanario ilustrado que tiraba un millón de ejemplares y era, dice Koestler, la contrapartida comunista a *Life*, y una serie de publicaciones que incluía revistas técnicas para fotógrafos y para aficionados a la radio o al cine. En Japón, su organización controlaba directa o indirectamente diecinueve diarios y revistas. En la Unión Soviética producía las películas de Eisenstein y Pudovkin, y en Alemania organizaba la distribución del cine soviético y financiaba los espectáculos de vanguardia de Erwin Piscator y de Bertolt Brecht. Cinematecas, clubs de lectura o de deporte, sociedades de excursionismo, grupos de activistas a favor de la paz, se convertían a lo largo del mundo en sucursales fuera de sospecha del gran Club de los Inocentes.

Todo lo que Münzenberg poseía y controlaba en Alemania lo perdió tras la llegada de Hitler a la cancillería. Pero era como uno de esos magnates americanos que sufrían espantosas bancarrotas y al poco tiempo habían empezado a labrarse desde la nada y con la misma energía invencible una nueva fortuna. Nada más llegar exiliado a París compró una editorial y emprendió la organización y el sostenimiento económico de la resistencia clandestina en Alemania. Con ceguera escalofriante el Partido Comunista Alemán había considerado hasta última hora que los nazis eran un adversario menor, porque el verdadero enemigo de la clase trabajadora eran los socialdemócratas. El desastre de enero de 1933 acabó de convencer a Willi Münzenberg de que el sectarismo suicida de sus compañeros de partido debía ser abandonado en favor de una gran alianza de todas las fuerzas democráticas dispuestas a resistir la marea siniestra del fascismo. En pocos meses publicó uno de los libros más vendidos del siglo XX, el *Libro pardo del terror nazi,* y alcanzó su mayor éxito, la obra maestra de su instinto formidable para la propaganda de masas, la campaña internacional a favor de Dimitrov y de los otros acusados en el proceso por el incendio del Reichstag.

Justo cuando se avecinaban los tiempos más negros de terror y exterminio de Stalin, el talento publicitario de Willi Münzenberg logró que ante la opinión progresista del mundo la Unión Soviética apareciera como el gran adversario del totalitarismo, más valeroso y resuelto que las corruptas democracias burguesas. En un tribunal de Leipzig Dimitrov se había enfrentado gallarda y solitariamente a los jueces y a los grandes figurones del nazismo y los había puesto en ridículo al mismo tiempo que demostraba su inocencia y desbarataba la conspiración para atribuir a los comunistas el incendio del Reichstag.

Münzenberg no paraba nunca, nunca dejaban de fluir invenciones y propósitos de su imaginación, ideas para libros o artículos que dictaba a toda velocidad a sus secretarias, resumidos en unas pocas líneas que otros deberían inmediatamente desarrollar, proyectos de revistas o de nuevas formas de activismo político, intuiciones de éxitos editoriales, de clubs y comités y campañas, listas de nombres prestigiosos a los que era preciso reclutar para alguna nueva causa, para la ayuda a los trabajadores en la Revolución de Asturias en 1934 o la protesta contra la invasión italiana de Abisinia. Entraba como un ciclón en sus oficinas de París, tan compacto y enérgico que toparse con él habría sido como chocar de frente con una apisonadora, hablaba a gritos por teléfono, fumaba con descuido sus cigarros excelentes, llenándose de ceniza las solapas anchas de su traje de magnate, dictaba borradores o memorándums hasta las tres o las cuatro de la madrugada, telegramas que debían ser enviados inmediatamente a Moscú o a Nueva York o a Tokio, repasaba cifras de venta de libros y tiradas de periódicos, calculando instantáneamente márgenes de beneficio o de pérdida, improvisaba en voz alta los reglamentos del Comité Mundial para el Alivio de las Víctimas del Fascismo Alemán o la lista de los alimentos y las medicinas que debían figurar prioritariamente en el cargamento de un barco fletado por su organización en Marsella y destinado a los trabajadores en huelga del puerto de Shanghai.

Está en todas partes, dirige una prodigiosa variedad de tareas, le obedece y le teme gente que circula por varios países, que muchas veces ni siquiera sabe que actúa a sus órdenes: y sin embargo también es invisible, o parece ser quien no es, y todo lo que hace tiene una parte clara y legal y otra oculta, una zona que permanece siempre en la sombra, igual que él mismo, diputado en el Reichstag y conspirador, empresario aficionado a los cigarros caros y a los coches con chófer y militante comunista, hombre de mundo que entra en los salones del brazo de una mujer más alta y más distinguida que él y sarcástico espía de las idioteces y las depravaciones de los ricos, a los que al mismo tiempo admira, por los que se siente fascinado, con una inextinguible admiración de niño pobre que ve de lejos las vidas brillantes de los poderosos, que huele por la calle los perfumes de las mujeres envueltas en estolas de pieles y siente hacia ellas un deseo que está alimentado de rabia social.

Propagandista de la revolución proletaria, amaba la buena vida y el lujo con la pasión que sólo puede sentir quien ha sido muy pobre. Disfrutaba el brillo y la proximidad de las cosas, pero su posesión real le era indiferente. Nada de lo que tenía era suyo, o lo era sólo de una manera conjetural, provisional, porque estaba a nombre de confusas sociedades mercantiles que funcionaban como tapaderas del activismo y el espionaje soviético.

En el largo insomnio la imaginación se disloca y se enreda a sí misma con una insana vehemencia de fiebre, abrumando a la conciencia extenuada con una proliferación de imágenes, palabras y nombres que tienen toda la intolerable variedad arbitraria del mundo real y el desorden y la extrañeza de los sueños. Münzenberg en París, incansable, insomne, dictando o hablando por teléfono, las multitudes en fuga por los caminos de Europa, la velocidad vertiginosa de las rotativas, de las ruedas de los trenes, de las hélices de los aeroplanos, Münzenberg subiendo del brazo de su mujer por la escalinata de la Ópera, entrando con ella en una recepción en homenaje a alguna de las eminencias internacionales a las que él llama en secreto los inocentes, André Gide, Romain Rolland, Wells, Bertrand Russell, Münzenberg olvidándose de que esa vida exterior es un simulacro, igual que lo son sus grandilocuentes congresos por la Paz, tal vez convirtiendo poco a poco su impostura en verdadera identidad, un hombre de negocios casado con una mujer tan exquisita en su belleza rubia como en sus modales y en su vestuario, un activista político que va poco a poco comprendiendo que también él ha pertenecido al Club de los Inocentes, que ha sido víctima de las mismas mentiras que él ha ayudado a difundir.

Aún no se da cuenta, pero ya hay quien lo vigila cumpliendo instrucciones de Moscú, quien desconfía de él y añade su nombre a la lista de los que van a ser eliminados en los próximos tiempos. Con Lenin y Trotsky, con Bujarin, siempre había podido entenderse, y de cualquier modo aquéllos eran otros tiempos, aún alimentaban intacto él y Babette el romanticismo y la ceguera de la Revolución. *Amigo mío, usted morirá siendo de izquierdas.*

A Stalin lo ha visto de cerca muy pocas veces, pero le resulta tan impenetrable como la estatua rudimentaria de un ídolo. En octubre de 1936, un emisario se presentó en las oficinas de París, un hombre a quien Münzenberg no había visto nunca, y que le desagradó por su hosquedad, por su catadura obvia de delator o de oficinista carcelario. Al entrar en el despacho el hombre inspeccionó de soslayo y con reprobación el lujo de la alfombra, de las cortinas y los cuadros, las formas sólidas y audaces de los muebles, las sillas tubulares, la mesa art déco en la que Willi Münzenberg apoyaba los codos con franqueza campesina, rodeado de papeles y teléfonos. El hombre le dijo sin preámbulo ni ceremonia que su presencia era requerida urgentemente en Moscú.

También hay un posible traidor en la historia, una sombra al lado de Münzenberg, el subordinado rencoroso y dócil, cultivado y políglota —Münzenberg sólo hablaba alemán, y con un fuerte acento de clase baja—, su contrapunto físico, Otto Katz, también llamado André Simon, delgado, elusivo, antiguo amigo de Franz Kafka, organizador del congreso de intelectuales antifascistas de Valencia, emisario de Münzenberg y del Komintern entre los intelectuales de Nueva York y los actores y guionistas de Hollywood, las estrellas de la *gauche caviar* y del *radical chic,* espía siempre, adulador asiduo de Hemingway, de Dashiell Hammett, de Lillian Hellman, estalinistas fervientes y cínicos. Otto Katz, André Simon, es la eminencia gris tras las grandes maquinaciones de Münzenberg y también la sombra que informa sobre cada uno de sus actos y de sus palabras a los nuevos jerarcas de Moscú. Münzenberg da apresuradamente por supuesta su lealtad, y siendo tan agudo en su percepción de los caracteres y las debilidades de los hombres no advierte el filo de resentimiento que hay bajo la suavidad de Otto Katz, la paciencia minuciosa con que va guardando en secreto como pequeñas cuentas no pagadas los agravios que sufre o que imagina, las humillaciones o los desplantes que la energía incontrolada y barroca de Münzenberg le habría infligido a lo largo de los años. Koestler dice de Katz que era oscuro y distinguido, y que tenía un atractivo ligeramente sórdido. Hablaba y escribía fluidamente en francés, en inglés, en alemán, en ruso y en checo. En los cafés de Praga y de Viena había conversado sobre literatura con Milena Jesenska. Siempre guiñaba un ojo al encender sus cigarrillos, y tenía tan arraigado ese hábito que lo guiñaba también cuando se quedaba muy absorto en algo, aunque no estuviera fumando. Durante la guerra civil española dirigió la Agencia Oficial de Noticias del gobierno republicano, que le confió la administración de los fondos secretos destinados a influir en ciertas publicaciones y políticos franceses. Willi Münzenberg lo había rescatado de la miseria y la desesperación en Berlín, donde rondaba, a principios de los años veinte, los albergues de mendigos y borrachos y los puentes de los suicidas. En 1938, cuando a Münzenberg lo expulsaron del Partido Comunista Alemán, acusándolo de trabajar en secreto para la Gestapo, Otto Katz fue de los primeros en renegar públicamente de él y llamarle traidor.

—Esa rata, Otto Katz, le dio el beso de Judas. Otto Katz tramó su muerte, aunque no fuera él quien apretó el nudo de la cuerda hasta estrangularlo.

Habla una mujer, muchos años más tarde, una anciana de noventa años, delante de un magnetofón, en la penumbra de un apartamento de Munich. La edad ha deshecho los rasgos altivos de su cara, pero no su porte imperioso ni el brillo de sus ojos, del mismo modo que el tiempo no ha apaciguado su desprecio por el lejano traidor, que también está muerto, que también fue expulsado y condenado, ejecutado con una cuerda al cuello, en 1952, en una celda de Praga. Tampoco hubo piedad para los verdugos. Otto Katz, dice la anciana, pronunciando ese apellido como si lo escupiera entre sus viejos labios apretados, en los que hay una mancha fuerte y confusa de carmín.

También sigo por los libros el rastro de esa mujer, busco su cara en las fotografías, indago entre los laberintos de Internet queriendo hallar el libro que escribió en los años cuarenta para vindicar la memoria de su marido y denunciar y avergonzar a los que según ella urdieron su muerte. Veo escenas, imágenes no convocadas por la voluntad ni basadas en ningún recuerdo, dotadas de precisiones sonámbulas en las que yo no siento que mi imaginación intervenga: las cortinas echadas en el apartamento de Munich, en octubre de 1989, la cinta girando con un siseo tenue en el pequeño magnetofón que hay delante de ella, y en la que va a quedar preservada su voz, que yo no he escuchado nunca, que me ha llegado a través de las palabras silenciosas de un libro descubierto por azar, leído sin descanso en una noche de insomnio.

He intuido, a lo largo de dos o tres años, la tentación y la posibilidad de una novela, he imaginado situaciones y lugares, como fotografías sueltas o como esos fotogramas de películas que ponían antes, armados en grandes carteleras, a las entradas de los cines. En cada uno de ellos había una sugestión muy fuerte de algo, pero desconocíamos el argumento y los fotogramas nunca eran consecutivos, y eso hacía que las imágenes fragmentarias fueran más poderosas, libres del peso y de las convenciones vulgares de una trama, reducidas a fogonazos, a revelaciones en presente, sin antes ni después. Cuando no tenía dinero para entrar al cine me pasaba las horas muertas mirando uno tras otro los fotogramas sueltos de la película, y no me hacía falta suponer o inventar una historia que los unificara a todos y los hiciera encajar como un rompecabezas. Cada uno cobraba una valiosa cualidad de misterio, se yuxtaponía sin orden a los otros, se iluminaban entre sí en conexiones plurales e instantáneas, que yo podía deshacer o modificar a mi antojo, y en las que ninguna imagen anulaba a las otras o alcanzaba una primacía segura sobre ellas, o perdía en beneficio del conjunto su singularidad irreductible.

El crujido del parquet en nuestra casa nueva o un mal sueño de enfermedad o desgracia me despertaban de golpe y era Willi Münzenberg despertándose en mitad de la noche en su casa de París o en la habitación helada de un hotel de Moscú y temiendo que ya se estuvieran acercando sus ejecutores, preguntándose cuánto tiempo faltaba todavía para que un disparo o una cuchillada cancelaran la gran simulación y el espejismo y el delirio de su existencia pública y la larga ternura de su vida conyugal con Babette, que dormía a su lado y se abrazaba a él en sueños como te abrazas tú a mí con una firme determinación de sonámbula.

El tren de cercanías se detiene en una pequeña estación de la Sierra de Madrid: la llovizna, las laderas con árboles y niebla, el poderoso olor de la vegetación mojada —jara, pinos, arizónicas—, los tejados puntiagudos de pizarra, dan la sensación de haber llegado mucho más lejos, a un lugar recóndito de montaña, donde tal vez haya sanatorios o residencias para enfermos necesitados de reposo y de aire limpio y frío. El tren es rápido y moderno, pero el edificio de la estación es de piedra desnuda y los alféizares de las ventanas de ladrillo rojo, y el letrero con el nombre del pueblo está inscrito sobre azulejos amarillos. En el andén no hay nadie, nadie más ha bajado del tren. Un olor a bosque, a madera y tierra empapadas, inunda enseguida los pulmones, y el aire quieto y la llovizna rozan la cara con una cualidad instantánea de apaciguamiento. El tren se aleja y yo echo a andar por un camino de tierra, con mi bolsa de viaje en la mano, hacia una zona de quintas en las que empiezan a encenderse algunas luces. En 1937, temiendo por su vida, tan agitado y agotado que a ve-

ces sentía en el pecho un dolor muy agudo, la proximidad de un ataque al corazón, Willi Münzenberg se refugió durante unos meses en una clínica de reposo, en un lugar llamado La vallée des
Loups, el valle de los Lobos. El nombre del médico
que la dirigía también parece el indicio o la promesa de algo: el doctor Le Sapoureux. Pero Münzenberg es tan inhábil para el reposo físico como
para el sosiego de la inteligencia, y nada más llegar
a la clínica se pasa las noches en vela escribiendo
un libro. Al bajar solo al andén en la pequeña estación de la Sierra yo he sido Willi Münzenberg
buscando de noche el camino hacia el sanatorio.

Hemos llegado en una tarde de invierno a
un hotel del norte, en Vitoria. Nos han dado una
habitación del último piso, y al abrir la ventana he
visto abajo un parque nevado, con glorietas y estatuas, con un kiosco de música, y al fondo, sobre los
tejados blancos, un cielo gris en el que se difumina-
ba una llanura: Münzenberg y Babette han logrado
salir de Rusia y después de una noche entera en un
tren se alojan en un hotel cercano a la estación de
una ciudad báltica, todavía agotados por la falta
de sueño y el miedo que tuvieron al aproximarse a
la frontera, temiendo que en el último instante los
guardias soviéticos que inspeccionaban sus pasaportes les ordenaran bajarse del tren.

Camino por Madrid o París y el paso de un
convoy del metro hace temblar el pavimento bajo
mis pisadas: Münzenberg siente que el mundo está
temblando bajo sus pies con el anuncio de un cataclismo y que nadie más que él parece percibir la

cercanía y la magnitud del desastre, nadie en las terrazas de los cafés ni en el resplandor nocturno de
los bulevares, mientras el suelo está empezando a
vibrar bajo los golpes de las botas y el peso de las
orugas de los carros de combate, bajo las bombas
que caen en Madrid, en Barcelona, en Guernica,
sin que nadie en Europa quiera escucharlas, mientras Hitler prepara sus ejércitos y consulta sus mapas y Stalin concibe el gran teatro público de los
procesos de Moscú y los infiernos secretos de los interrogatorios y las ejecuciones.

Asisto a una representación de *La flauta má-*
gica, y sin ningún motivo, en medio del arrebato y
la alegría de la música, el hombre sentado junto a
una mujer rubia es Münzenberg, y la huida del héroe extraviado en bosques y perseguido por drago-
nes y conspiradores sin rostro es también su huida:
quizás ha entrado clandestinamente en Alemania y
aunque no le gusta la ópera va a esa función de *La*
flauta mágica en un teatro de Berlín poblado de
uniformes negros y grises para establecer contacto
con alguien. Pero no es verosímil esa escena: tal vez
Münzenberg habría podido entrar en Alemania de
incógnito, pero en la ópera de Berlín Babette Gross
habría sido reconocida de inmediato, la burguesa
roja, la escandalosa y arrogante desertora de su cas-
ta social, de la gran patria aria.

Pero da pereza o desgana inventar, rebajarse
a una falsificación inevitablemente zurcida de literatura. Los hechos de la realidad dibujan tramas
inesperadas a las que no puede atreverse la ficción:

Babette Gross tenía una hermana llamada Margarete, tan románticamente intoxicada como ella de
radicalismo político en los primeros tiempos alu-
cinados y convulsos de la República de Weimar.
Margarete, igual que su hermana, se casó con un
revolucionario profesional, Heinz Neumann, dirigente del Partido Comunista Alemán. En los primeros días de febrero de 1933, recién nombrado
Hitler canciller del Reich, Willi Münzenberg y Babette huyen de Alemania en el gran Lincoln negro
y se refugian en París; Neumann y Margarete escapan a Rusia. Él cae en desgracia y es detenido y
ejecutado de un tiro en la nuca; a su mujer la envían a un campo en el norte helado de Siberia.

En la primavera de 1939, cuando se firma
el pacto germano-soviético, una de las cláusulas
garantiza la entrega a Alemania de los ciudadanos
alemanes fugitivos del nazismo que han buscado
asilo político en la Unión Soviética. Ninguna frontera es un refugio y todas son trampas que se cierran como cepos sobre los pies caminantes de los
condenados. A Margarete la trasladan en un tren
desde Siberia a la frontera de la Polonia recién dividida, y los guardianes soviéticos la entregan a los
guardianes de las SS, y después de tres años en un
campo soviético pasa otros cinco en un campo de
exterminio alemán.

Allí, en Ravensbrück, donde las presas comunistas la tratan como a una traidora, conoce a
una mujer checa, Milena Jesenska, que veinte años
atrás había sido el gran amor de Franz Kafka, y que
se había movido en los mismos círculos bohemios

y radicales de Praga que frecuentaba Otto Katz antes de emigrar a Berlín y cruzarse allí con Willi Münzenberg. En el campo de Ravensbrück, Margarete, que no había oído hablar nunca de Kafka, escucha en la voz de Milena la historia del viajante de comercio que se despierta una mañana convertido en un enorme insecto, y la del hombre que sin saber el delito que ha cometido es sometido a un juicio fantasmal en el que de antemano es culpable y ejecutado luego como un perro en un descampado y en mitad de la noche. Milena, muy enferma, vencida por el hambre, muere en mayo de 1944, cuando falta muy poco para que lleguen al campo las noticias del desembarco aliado en Normandía y se sabe que los rusos ya avanzan por el Este. Pero la aproximación del ejército rojo no es la esperanza de libertad para Margarete, sino la amenaza de otro cautiverio, de la repetición de una pesadilla. Escapa del campo alemán en el desorden de los últimos días, huye a través de Europa de dos ejércitos, de los alemanes en fuga y de los soviéticos que avanzan, de dos posibles infiernos a los que con entereza inverosímil ha sobrevivido durante ocho años.

En 1989, con noventa años, su hermana, Babette, le habla de estas cosas a un periodista americano, Stephen Koch, que está escribiendo el libro sobre Willi Münzenberg que yo descubriré por azar siete años más tarde. Babette vive en Munich, sola y lúcida, todavía muy erecta, con el brillo intacto de la juventud en el fondo de sus ojos. Hay una fijeza fanática en el modo con que mira a veces al hombre mucho más joven, la diabólica determinación de vivir y prevalecer que aún sostiene a algunos viejos extremos. Poco después se muda a Berlín y el apartamento donde vive no está muy lejos del muro: algunas noches habrá escuchado el rumor de las multitudes que se manifestaban al otro lado, le llegaría a su dormitorio el estampido de los cohetes, los cantos de las celebraciones, en la noche del 9 de noviembre, cuando acabó de hundirse en Europa el mundo en el que ella, su marido, su hermana y su cuñado habían creído sesenta años atrás, el que habían ayudado a construir.

La mujer habla en voz baja y clara, en un inglés anticuado y perfecto, el de las clases altas británicas en los años veinte, y su voz, como sus ojos, es mucho más joven que ella. Todo pasó hace tanto tiempo que es como si no hubiera existido nunca. Todo lo que sabe y recuerda dejará de existir dentro de unos meses, cuando Babette, ya muy enferma, se muera. Se perderá entonces, desaparecerá con ella, la cara de Willi Münzenberg, el olor de su cuerpo o el de los cigarros que fumaba, el testimonio de su entusiasmo, del modo en que fue siendo minado primero por el recelo y luego por el pánico, la sospecha de que estaba empezando a ser perseguido, de que no habría perdón para él. La lucidez también, el descubrimiento de que él mismo, formidable inventor de mentiras, también había sido engañado, o no había querido ver lo que estaba delante de sus ojos, lo que intentó contar en un libro apresurado y tumultuoso cuando ya era muy tarde, cuando los intelectuales a los que había hechizado, utilizado y desdeñado durante tanto tiempo le volvieron la espalda, cuando su nombre ya estaba siendo infamado, borrado cuidadosamente de los testimonios de su tiempo.

Llegaban mensajeros para transmitirle la orden de que debía viajar a Moscú. Inventaba dilaciones, pretextos para retrasar el viaje, porque era impensable que se negara abiertamente a obedecer. Otros que él conocía habían ido a Moscú y no habían regresado nunca, se borraban sus rastros y hasta sus nombres o se les denunciaba públicamente en las publicaciones del Partido como responsables de traiciones monstruosas. Bien sabía él, Willi Münzenberg, cómo se organizaba una campaña de espontánea indignación internacional, lo maleable que podía volverse la realidad si se utilizaban con inteligencia las técnicas publicitarias de persuasión, la repetición masiva y machacona de algo.

No podía ir a Moscú precisamente ahora, decía, en el primer verano de la guerra en España, cuando le hacía falta de nuevo desplegar todos sus talentos de organizador y propagandista en defensa de la última de sus grandes causas, la más cercana a su corazón, después de la caída de Alemania, la solidaridad internacional con la República Española, con el gobierno del Frente Popular.

Pero los mensajes, las órdenes secretas, seguían llegando, cada vez más secos y urgentes, menos veladamente amenazadores, al mismo tiempo que llegaban noticias de detenciones e interrogatorios. En noviembre de 1936 Münzenberg y Babette Gross viajaron a Moscú. Él era todavía un alto dirigente del Komintern y del Partido Comunista Alemán, pero en la estación no había nadie esperándolos. Una pareja de extranjeros con ropas opulentas de invierno, en medio de la grisura y la penuria soviéticas de los andenes, el hombre con su sombrero de fieltro y el largo abrigo a medida, la mujer con tacones altos, con medias de seda, su cara empolvada y su melena rubia emergiendo del cuello del abrigo de pieles, y junto a ellos su equipaje apilado de viajeros en los trenes de lujo y en las mejores cabinas de los transatlánticos, maletas de piel con herrajes dorados y adhesivos de hoteles internacionales, baúles, neceseres, cajas de sombreros: la estampa de un anuncio o del fotograma de una película en el papel satinado de una revista ilustrada de los años treinta, una de esas revistas que ideaba y publicaba Willi Münzenberg.

Nadie les espera tampoco en el hotel que les ha sido asignado y no hay ningún mensaje para ellos en la habitación. Desde la ventana, en un piso muy alto del hotel enorme, recién construido y ya lóbrego, con mujeres uniformadas y armadas haciendo guardia al fondo de los corredores, con un silencio que no traspasan voces ni timbres de teléfonos, Willi Münzenberg y Babette ven a lo lejos, muy alta sobre los tejados oscuros, una estrella roja brillando en lo más alto de un rascacielos. Éste es el mundo al que han dedicado sus vidas, la única patria a la que era lícito que un internacionalista jurase lealtad. Tienen frío en la habitación y no se quitan los abrigos. Sobre una mesa de noche hay un teléfono negro, pero está desconectado o averiado, y aun así lo miran con la esperanza o el miedo de que empiece a sonar. Según es costumbre, al entrar en la URSS les han retirado sus pasaportes, y no tienen billetes ni fecha de regreso.

La única consigna que ha recibido Willi Münzenberg es que debe esperar. Será recibido y escuchado en cuanto llegue el momento. Su incapacidad de permanecer inactivo le hace la espera más intolerable que el miedo. El hombre y la mujer acostumbrados a la buena vida, a la brillante agitación social de Berlín y París, permanecen solos y confinados en un hotel de Moscú, en el tedio sombrío de la espera y el miedo, aventurándose apenas a salir a las calles en las que arrecia el invierno, tan lóbregas de noche cuando recuerdan las luces de las capitales de Europa en las que han vivido siempre. Si salen a pasear habrá alguien siguiéndoles. Si bajan al vestíbulo o al comedor del hotel alguien da cuenta de sus pasos, y si alzan un poco la voz al conversar el camarero que les sirve unas tazas de té repetirá cada palabra que hayan dicho. Serán escuchados si hablan por teléfono, y si envían una postal a París alguien la estudiará a la luz fuerte de una lámpara buscando en ella mensajes secretos, la guardará para usarla en el momento oportuno como prueba material de algo, espionaje o traición.

Al cabo de unos días idénticos llaman a la puerta. Las caras tensas y pálidas de Münzenberg y Babette se encuentran después de un instante de incertidumbre con las caras tan familiares y sin embargo ahora tan extrañas de Heinz y Margarete Neumann, los únicos que se han decidido o se han atrevido a visitarles. Quizás se atreven porque ya se saben condenados, porque ellos también viven aislados en una soledad de enfermos contagiosos. Al infectado sólo se acerca sin recelo quien lleva consigo la misma infección. Los cuatro juntos, las dos hermanas rubias y los dos hombres de origen obrero, las cuatro vidas atrapadas. Hablan en voz baja, muy cerca los unos de los otros, los cuatro con los abrigos puestos, en la habitación helada del hotel de Moscú, susurrando por miedo a los micrófonos, tantas cosas que contarse al cabo de tantos años de separación, tan poco tiempo para decirlo todo, para intercambiar advertencias, en cualquier momento hombres con gabardinas de cuero negro muy semejantes a las de la Gestapo pueden golpear en la puerta de la habitación o derribarla a patadas.

Se despiden y saben que no volverán a verse los cuatro juntos nunca más, y a los pocos meses Heinz Neumann es arrestado y desaparece en las oficinas y en los calabozos de la prisión Lubianka, delante de la cual hay una estatua gigantesca de Feliz Dzerzinsky, el aristócrata polaco que fundó la policía secreta de Lenin, y al que Münzenberg conoció muy bien en los primeros tiempos de la Revolución.

Pero el pasado ya no cuenta, incluso puede convertirse en un atributo de la culpabilidad. Dice Arthur Koestler que ministros y duques se inclinaban ante la enérgica y ruda autoridad de Willi Münzenberg, pero en Moscú nadie lo recibe, nadie responde a sus llamadas. Lo fue todo y no es nadie: el pasado es tan remoto, tan irreal en la distancia, como las luces nocturnas de París y Berlín recordadas en la monotonía lóbrega de las noches de Moscú, en las que no hay más faros que los de los automóviles negros de la policía secreta.

Él, Münzenberg, organizó la formidable campaña internacional que convirtió a Dimitrov en un héroe, no del comunismo, sino de la gran resistencia popular y democrática contra los nazis. Gracias a él los jueces alemanes tuvieron que dejar en libertad a Dimitrov, que ahora, en Moscú, es el jefe máximo del Komintern. Pero Dimitrov no responde a los mensajes de Münzenberg, no está nunca en su despacho cuando él intenta visitarlo y no se sabe cuánto tardará en regresar a Moscú.

El club de los inocentes, de los crédulos, de los idiotas de buena voluntad, de los engañados y sacrificados sin recompensa: yo he sido uno de ellos, piensa Münzenberg en sus insomnios en la habitación del hotel, yo he ayudado a que Hitler y Stalin arrasen Europa con idéntica bestialidad, he contribuido a inventar la leyenda de su enfrentamiento a muerte, he sido un peón cuando me imaginaba en mi ebriedad de soberbia que dirigía el juego en la sombra.

Tal vez no le importa mucho su vida, menos aún que todo el dinero, todo el poder y el lujo que ha manejado y perdido: le importa que pueda sufrir Babette, que sea arrastrada y sucumba a las consecuencias de los errores que él ha cometido, de todas las mentiras que él ha contribuido a difundir manipulando y profanando los impulsos más generosos, las vanidades más grotescas, la candidez inextinguible de los inocentes.

Por salvar a Babette no se rinde, asedia a dirigentes del Komintern que en otro tiempo fueron amigos o subordinados suyos y ahora fingen no conocerlo, esgrime viejas credenciales que ya no sirven de nada, su campaña mundial de socorro a los obreros soviéticos en los años del hambre, su bolchevismo de la primera hora, de los primeros tiempos mitológicos de la Revolución, la confianza con que lo distinguía Lenin. *Usted morirá siendo de izquierdas.* En el mausoleo siniestro y helado como un frigorífico de la Plaza Roja, con una iluminación tenue de capilla, ha mirado de cerca la momia de su antiguo protector, su cara irreconocible, con una consistencia mate de cera, los párpados cerrados de sus ojos asiáticos. Hemos venido al reino de los muertos y no quieren dejarnos volver.

Por fin consigue una cita con un burócrata poderoso, protegido de Stalin: en el despacho de Togliatti, Münzenberg grita, se vindica a sí mismo, da golpes en la mesa, organiza el espectáculo impresionante de su cólera de magnate, como si aún poseyera periódicos que tiran millones de ejemplares y automóviles de lujo, como si los hubiera poseído de verdad alguna vez. Tiene que volver cuanto antes a París, dice, va a organizar la mayor campaña de propaganda que haya existido nunca, el reclutamiento de voluntarios, la recogida de fondos, de medicinas, de alimentos, el suministro de armas, la solidaridad de los intelectuales de todo el mundo con la República Española.

Togliatti, que es romo y manso, torcido, cobarde, un héroe de la resistencia comunista y democrática contra Mussolini casi completamente inventado por la maquinaria de publicidad política de Münzenberg, accede o finge acceder a su petición de regreso: señala un día para el viaje y le asegura a Münzenberg que su pasaporte y el de Babette estarán esperándoles en el cuartel de policía de la estación. Tal vez Münzenberg le pregunta si sabe algo de Heinz Neumann, si es posible hacer algo por Heinz y Greta Neumann: Togliatti sonríe, servicial pero también reservado, mostrando con cautelosa vileza su superioridad de ahora sobre el antiguo dirigente poderoso de la Internacional. Dice que nada puede hacerse, o que no va a pasar nada, que todo se arreglará pronto, sugiere que a Münzenberg no le conviene preguntar, precisamente ahora, cuando está a punto de marcharse.

De nuevo el hombre y la mujer con cuantiosos abrigos y sombreros en el andén de la estación, con zapatos brillantes, con una gran pila de equipaje junto a ellos, raros y sin duda insolentes, solapas anchas y embozos de pieles, mirados de soslayo, vigilados, llenos de miedo, impacientes, inseguros de que de verdad vayan a dejarlos marcharse.

Se acerca la hora de la salida del tren pero los pasaportes no están en el cuartel de la policía, según prometió Togliatti. A su alrededor se extiende la malla de una trampa y no saben si a cada paso que dan están más cerca de caer en ella, o si cada minuto o día de dilación es un plazo previsto en la culminación de su condena. Pero no van a volver al hotel, ahora que el tren ya ha anunciado su salida, no van a claudicar y encerrarse, a seguir esperando. Münzenberg toma del brazo con fuerza a su mujer, tan alta y grácil a su lado, y la guía hacia el estribo, da instrucciones para que suban el equipaje a su departamento. Si van a detenerles que lo hagan ahora mismo. Pero nadie se acerca, nadie les corta el paso en el pasillo del tren, que se pone lentamente en marcha a la hora prevista.

En cada estación, en cada una de las paradas, miran hacia el andén buscando a los soldados o a los hombres de paisano que subirán a detenerles, que les pedirán los pasaportes y les harán bajar del tren a gritos y con malos modos, o en silencio, cercándolos, guiándolos con suavidad, para no sembrar una alarma innecesaria entre los pasajeros.

Fue el viaje en tren más largo de nuestras vidas, le cuenta Babette Gross al periodista americano cincuenta y tres años más tarde. A la luz sucia del segundo amanecer llegaron a la estación fronteriza. Creíamos que era allí donde nos estarían esperando, para prolongar al máximo su cacería. Con paso firme, mientras los viajeros hacían cola en el andén nevado para el control de pasaportes, Willi Münzenberg se dirigió al cuartel de policía, el cinturón del abrigo bien ajustado y las solapas subidas contra el frío, el ala del sombrero terciada sobre su cara alemana rústica y carnosa.

Los dos pasaportes le estaban esperando en un sobre cerrado.

Estoy muy dotado para intuir esa clase de angustia, para perder el sueño imaginando que vamos tú y yo en ese tren. Me aterran los papeles, los pasaportes y certificados que pueden perderse, las puertas que no logro abrir, las fronteras, la expresión inescrutable o amenazadora de un policía o de alguien que lleve uniforme o esgrima ante mí alguna autoridad. Me da miedo la fragilidad de las cosas, del orden y la quietud de nuestras vidas siempre en suspenso, pendiendo de un hilo que puede romperse, la realidad diaria tan segura y conocida que de pronto puede quebrarse en un cataclismo de desastre.

En los años que le quedan de vida Willi Münzenberg huye y no se rinde, cobra conciencia de la magnitud y la cercanía cada vez más segura del horror, sus ojos claros dilatados de lucidez y espanto, su inteligencia todavía alimentada por una voluntad incesante. En 1938 le expulsan del Partido Comunista Alemán acusándole de espía y provocador al servicio de la Gestapo y nadie sale en su defensa. Aún le queda energía para fundar otro periódico, para denunciar en sus páginas la doble amenaza del comunismo y el fascismo y urgir a la resistencia popular contra ellos, al despertar urgente del letargo idiotizado y cobarde de las democracias, que han abandonado a la República Española y tolerado el rearme agresivo y la brutal chulería de Hitler, que le han entregado Checoslovaquia creyendo que lograrían saciarlo, apaciguarlo temporalmente al menos. En su periódico Willi Münzenberg vaticina que Hitler y Stalin firmarán un pacto para repartirse el dominio de Europa, y también que al cabo de no mucho tiempo Hitler se revolverá contra su aliado e invadirá la Unión Soviética, pero nadie lee ese periódico, nadie da crédito a esos delirios de un hombre que parece enloquecido, dedicado a confirmar con la extravagancia de su comportamiento y de sus palabras las peores sospechas que se venían formulando contra él, a labrarse el descrédito y la ruina con la misma desatada energía con que en otros tiempos levantó un imperio económico y un laberinto de organizaciones internacionales.

Tan raro como que existiera alguna vez ese hombre es que casi no queden rastros de su presencia en el mundo. Quién sabe si quedará vivo alguien que lo conociera y lo recuerde. Babette Gross, que le sobrevivió tantos años, también es una sombra. En una cinta grabada por Stephen Koch suena todavía su voz que hablaba inglés con un acento rancio y exquisito, y en el recuerdo de ese hombre queda el brillo fiero de sus ojos al fondo de los cuévanos que ya traslucían la forma de la calavera.

Pero hay una parte final de la historia que esa mujer no sabía y que no puede contar nadie, a no ser que viva todavía el hombre que ató una cuerda alrededor del cuello fornido de Willi Münzenberg y lo colgó luego de la rama de un árbol, en medio de la espesura de un bosque francés, en la primavera de 1940. No hay testigos, nunca llegó a saberse quiénes eran los dos hombres que estaban con Willi Münzenberg la última vez que alguien lo vio, sentado a la puerta de un café, en un pueblo francés, en un atardecer templado de junio, bebiendo algo y conversando, en una actitud perfecta de naturalidad, como si no existiera la guerra, como si no avanzaran torrencialmente por las carreteras que van hacia París los carros de combate alemanes.

Los tres hombres se fueron del café y nadie recuerda haberlos visto, tres desconocidos sin nombre en la gran riada de la guerra y la vergüenza de la capitulación. Meses más tarde, en noviembre, un cazador que se interna en el bosque con la primera luz del día sigue a su perro que husmea excitadamente con el hocico muy cerca del suelo y encuentra un cadáver medio oculto por las hojas otoñales, encogido en una posición muy peculiar, las rodillas dobladas contra el pecho, el cráneo medio seccionado por el roce de una cuerda que se ha ido hundiendo en él durante el proceso de la descomposición. Con los ojos abiertos en la oscuridad del insomnio imagino una luz tenue, entre azulada y gris, desleída en la niebla, el ruido de las hojas rozando contra las botas mojadas del cazador, el jadeo y los gruñidos, la impaciencia lastimera, la respiración sofocada del perro mientras hunde el hocico en la tierra blanda y porosa. Me pregunto qué rastros permitieron atribuir a ese cadáver desfigurado y anónimo la identidad de Willi Münzenberg, y si la estilográfica que yo he visto en la foto del libro de Koestler estaba todavía en el bolsillo superior de su chaqueta.

Olympia

Días antes de irme ya vivía trastornado por el imán del viaje, atraído por su influjo magnético hacia la fecha y la hora de la partida, que se acercaban con tanta lentitud. Aún no había empezado a irme y ya estaba yéndome, tan imperceptiblemente que nadie hubiera podido advertir mi ausencia de los lugares y las cosas, los lugares donde vivía y donde trabajaba y las cosas que eran prolongaciones de mí mismo y signos y rastros de mi existencia, de mi vida inmóvil de entonces, circunscrita a una sola ciudad y dentro de ella a unas pocas calles, la ciudad en la que había acabado instalándome más bien por azar y las calles que recorría a horas fijas entre mi casa y la oficina, o entre ésta y los bares adonde iba a desayunar cada mañana con mi amigo Juan, en la media hora justa de libertad que me concedían los reglamentos laborales y que administraban los relojes donde introducíamos al salir nuestra ficha personal como si fuera un ábrete sésamo.

Nunca he vivido tan obsesionado por viajes imposibles como entonces, tan enajenado de mí mismo, de todo lo tangible, lo real, lo que tenía cerca. No es que una parte decisiva de mí permaneciera siempre oculta a los ojos de todos: yo era lo que estaba escondido, yo consistía en mi secreto y en mi trivial clandestinidad, y el resto, lo exterior, la cáscara, lo que veían los otros, no me importaba nada, no tenía nada que ver conmigo. Un empleado municipal de muy pobre cualificación, auxiliar administrativo, aunque con mi plaza en propiedad, casado, con un hijo pequeño. Con vanidad literaria quería refugiarme en mi condición de desconocido, de escondido, pero lo cierto es que también había en mí una propensión a la conformidad tan acentuada al menos como mi instinto de rebeldía, con la diferencia de que la conformidad era práctica y real, mientras que de la rebeldía sólo llegaba a traslucirse ocasionalmente de cara a los demás una confusa actitud de disgusto, si exceptúo mis conversaciones de cada mañana con Juan, que tenía entonces una vida muy semejante a la mía y trabajaba unos cuantos despachos más allá.

Iba a mi oficina, y aunque no tenía nada que ver con mis compañeros, me complacía que me consideraran uno de ellos. Había aprobado unas oposiciones, me había casado por la iglesia, y justo a los nueve meses de la boda había nacido mi hijo. A veces me asaltaba de golpe el remordimiento por no haber sabido o podido atreverme a otra clase de vida, una nostalgia aguda de otras ciudades y de otras mujeres, ciudades en las que no había estado nunca, mujeres que recordaba o inventaba, de las que me había enamorado en vano o a las que imaginaba haber perdido por falta de coraje. Una mujer, sobre todo, de la que seguía acordándome aunque llevaba cinco años sin verla, y que ahora vivía en Madrid, casada también, con uno o dos hijos, no estaba seguro, porque sólo recibía muy de tarde en tarde noticias indirectas de ella, estremeciéndome aún cuando alguien me decía su nombre.

Había dos mundos, uno visible y real y otro invisible y mío, y yo me adaptaba mansamente a las normas del primero para que me dejaran refugiarme sin demasiada molestia en el segundo. De vez en cuando, tantos años después, sueño con aquellos tiempos en la oficina, y la sensación que tengo no es de agobio, sino de placidez y melancolía. Sueño que me incorporo al trabajo después de una ausencia muy larga, y lo hago sin angustia, sin que haya quedado en esa parte de la inconsciencia que alimenta los sueños ningún rastro de las amarguras y las estrecheces de entonces.

Ahora, al cabo de los años, entiendo que mi apariencia dócil no era sólo una máscara, la identidad falsa de un espía, sino también una parte sustancial y verdadera de mí mismo: la parte amedrentada y obediente que siempre ha existido en mi carácter, la satisfacción de tener ante los demás una presencia respetable, hijo y alumno y luego empleado y marido y padre modelo. En mis sueños de regreso a la oficina municipal de la que me marché hace tanto tiempo mis compañeros me reciben muy afectuosamente, y no se extrañan de que haya vuelto ni me preguntan los motivos de una ausencia tan larga. Durante años me gustó recordar, fabulándolas, las rebeldías turbulentas de mi adolescencia, pero ahora no creo que formasen más parte de mi carácter que el afán de conformidad que me guió tan poderosamente hasta el final de la infancia, y que volvió sin duda a actuar sobre mí en la vida adulta cuando acepté casarme y no me negué a cumplir un cierto número de obligaciones o humillaciones laterales que en el fondo me provocaban una sorda hostilidad: la boda por la iglesia, el simulacro de comunión, el banquete familiar, todo lo que estaba prescrito desde siempre y yo obedecía sin resistencia al pie de la letra. Sabía que estaba equivocándome, pero no me costaba nada dejarme llevar, y había momentos en los que me engañaba con cierto éxito a mí mismo, igual que engañaba o estafaba a la mujer con la que estaba casándome sin verdadera convicción y a los parientes que en ambas familias se congratulaban de que por fin hubiese terminado un noviazgo tan dudoso, tan errático y largo. Nunca pensaba en la irresponsabilidad de ese silencio, en la amargura y la dosis de mentira que yo estaba sembrando, fuera de mí mismo, del ámbito secreto de mis fantasmagorías, en la vida real de quien estaba a mi lado.

De niño obedecía con placer a mis padres y a mis profesores, y obtener notas excelentes y ser considerado un alumno ejemplar me llenaba de orgullo. Era la envidia de las madres de mis amigos, y si algún profesor me favorecía con una señal de preferencia literalmente me sentía embargado de satisfacción. No fingía, como he inventado después, no me empeñaba en sacar buenas notas por la vocación de escapar a la vida estrecha y al trabajo en el campo que predestinaba mi origen. Estudiaba porque eso era lo que debía hacerse, y porque el cumplimiento de esa obligación me complacía tanto como el de los preceptos religiosos. Hasta los quince años fui escrupulosamente a misa y confesé y comulgué sin sentir nunca que acataba un ritual ajeno a mí, y durante un cierto tiempo alimenté un principio de vocación sacerdotal.

Viéndome a mí mismo tan rebelde, lo cierto es que he tenido a lo largo de mi vida muy pocos arrebatos de verdadera rebeldía, de ruptura y coraje, y muchos de ellos han sido tan torpes, tan insensatos en su temeridad, que sólo me han dejado un recuerdo de vejación y fracaso. Lo abandoné todo una vez a los veintidós años, mi novia y mi vida respetable y la consideración de mis padres y de los padres de ella, que ya me habían aceptado como hijo ejemplar. Me enamoré de esa mujer y cuando ella se marchó a Madrid no pude resistir su ausencia ni regresar a la normalidad de mi noviazgo. Lo dejé todo, novia y exámenes, a final de curso, subí una noche al expreso y a primera hora de la mañana me presenté en el supermercado que pertenecía a la familia de mi amada, porque ni siquiera sabía su dirección en Madrid. Por el modo en que me miró me di cuenta, a pesar de mi trastorno, de que lo sucedido entre nosotros ya había terminado para ella, o simplemente no había tenido mucha importancia, no había llegado a existir plenamente. Volví en el expreso esa misma noche, con una desagradable sensación de escarmiento y ridículo. Me reconcilié con mi novia, y en el momento en que se abrazó a mí llorando y diciéndome que siempre había estado segura de que yo iba a volver con ella pensé con un atisbo de sórdida lucidez que estaba equivocándome, pero no hice nada, no volví a hacer nada en muchos años, sólo dejarme llevar, cumplir con cada cosa que se esperaba o se exigía de mí.

Durante mucho tiempo, mientras trabajaba en aquella oficina, en la ciudad de provincias donde me había asentado, me acordaba de una frase de William Blake que había leído no recordaba dónde, y que sin duda ahora cito de manera inexacta: «Quien desea y no actúa engendra la peste». Yo era una suma de deseos sin actos, de imaginaciones tan irreales como las que solían hacerme compañía en las soledades mansas de la infancia. Siempre queriendo irme, culo de mal asiento que no acaba nunca de encontrarse a gusto, y de pronto me encontraba instalado, paralizado, sedentario, a los veintisiete años, pagando letras de un piso, viviendo un tiempo sedimentado de trienios, de casa a la oficina, de la oficina a casa, imaginando viajes, soñando despierto sin ver apenas la realidad, escapándome a los libros, borrosamente rodeado por familiares y compañeros de trabajo, compartiendo con mi amigo Juan cada mañana, de nueve y media a diez, en la media hora del desayuno, la mansedumbre exterior y la rebeldía secreta, la fidelidad conyugal y los desvaríos sexuales y novelescos sobre las mujeres desconocidas que se nos cruzaban en la calle, las dependientas de las tiendas de ropa, las modelos de las revistas en color o las heroínas satinadas y ya del todo impalpables del cine en blanco y negro.

Eso soñábamos en vano mi amigo y yo, mujeres y viajes, lugares en los que no era probable que estuviéramos nunca y mujeres que no se acostarían con nosotros y que ni siquiera llegaban a mirarnos o a reparar en nosotros cuando se nos cruzaban por las calles próximas a mi oficina, los callejones de los comercios del centro, los cafés en los que entrábamos a desayunar, cada mañana a la misma hora, las nueve y media, las diez menos veinticinco, el periódico bajo el brazo comprado todas las mañanas en el mismo kiosco, el café con leche y la media tostada y el vaso de agua de seltz que el camarero nos servía sin que se lo pidiéramos, nosotros también convertidos en presencias y hábitos de la rutina matinal de otras personas, figuras repetidas circularmente como los muñecos mecánicos que desfilan al dar la hora en los relojes de las plazas alemanas.

Pasábamos todas las mañanas junto al escaparate de una agencia de viajes en el que había un gran cartel de Nueva York. Nos gustaba esa agencia por sus carteles de lugares lejanos y porque en ella trabajaba una mujer muy guapa, a la que nunca vimos por la calle ni en ningún otro lugar que no fuera su mesa de trabajo. Era rubia, delgada, con un perfil extraordinario, que nosotros veíamos cada mañana desde el escaparate: hablaba por teléfono o escribía a máquina, la espalda recta, casi siempre con un jersey de cuello vuelto que le llegaba a la altura de la barbilla, un perfil a la vez muy vertical y un poco inclinado hacia delante, como el de esa talla en madera de Nefertiti, que yo vi muchos años después, cuando ya sí viajaba, en el museo egipcio de Berlín. Tenía la cara delgada, la boca grande, los ojos grandes y rasgados, la nariz con ese punto de exceso que tienen ciertas admirables narices italianas. Hablaba por teléfono haciendo gestos con la mano esbelta que sostenía un lápiz, inclinando la cara para sostener el auricular mientras pasaba las páginas de una agenda o de un catálogo, y nosotros la veíamos con nuestra avidez furtiva, quedándonos apenas un minuto cada mañana junto al escaparate, por miedo a que nuestra presencia le llamara la atención. La veíamos doblemente, porque frente a ella, en el despacho de la agencia, había un gran espejo de pared. Cada mañana nos gustaba observar alguna innovación en su belleza, si llevaba el pelo suelto o se lo había recogido en una cola de caballo que resaltaba la pureza de su perfil, o en un moño que revelaba la línea espléndida de su cuello y su nuca. Pertenecía, detrás del cristal del escaparate, frente al espejo en el que se multiplicaban las plantas que adornaban su mesa y los carteles de ciudades extranjeras y paisajes de playas o desiertos, a la vez a la vida cotidiana de la ciudad y al exotismo de los lugares a los que la vinculaba su trabajo, y una parte del hechizo que tenían para nosotros los nombres de otros países y ciudades y la gran foto en color de Nueva York que había en el escaparate relumbraba también en ella, que tal vez no era menos sedentaria que nosotros, pero que al hablar por teléfono y concertar horarios y reservas de hoteles anotando co-

sas en su agenda nos parecía dotada de un dinamismo exótico que era el reverso de nuestra lentitud de funcionarios, y que sin moverse de su mesa
de la agencia había adquirido la tonalidad dorada de las playas del Índico y la desenvoltura de las
mujeres más hermosas de la Via Veneto, de Por-
tobello Road, de la calle Corrientes, de la Quinta
Avenida. Fantaseábamos sobre la posibilidad de entrar una mañana en la agencia y pedirle con toda
naturalidad un folleto, alguna información sobre
hoteles o reservas de vuelos. Pero no entramos nunca, desde luego, y nunca la vimos a ella entrar o
salir de su oficina o nos la cruzamos por las calles
que frecuentábamos todos los días. Estaba en el
interior de la agencia de viajes, detrás del escaparate
y en el cristal del espejo, igual que Ingrid Bergman o Marilyn Monroe o Rita Hayworth estaban
en el blanco y negro de las películas, tan inaltera-
ble y ajena como ellas, y nosotros la mirábamos
unos instantes cada mañana y luego continuába-
mos nuestro breve paseo de media·hora, el kiosco
de periódicos, el café con leche y la media tostada
en el café Suizo o en el Regina, acaso una parada en Correos, donde Juan echaba una carta, y
enseguida el regreso a la oficina, antes de que en el
reloj digital donde teníamos que introducir nuestra tarjeta fuesen, como máximo, las diez y cinco.

Había también una dulzura en esa repetición diaria, en la familiaridad asidua con esquinas
y plazas, la claridad solar de Bibrrambla y la umbría
de los callejones que conducen a ella, y las caras

repetidas, las presencias sincronizadas, la misma chica de gafas oscuras acudiendo cada mañana a la
misma hora a levantar el cierre de una tienda con
maniquíes y espejos, las funcionarias y las dependientas, la mujer de la agencia de viajes Olimpia, a
la que llamábamos Olympia, con la y griega de la
Olympia de Manet, los vendedores de lotería, hasta
los mendigos y los vagabundos estaban repetidos,
se ajustaban a una rutina laboral parecida a la mía,
cada uno con su vida, con su novela secreta y trivial,
figuras de fondo en la otra novela que yo vivía o
que me inventaba para mí mismo, no la novela de
mis actos, sino la de las cosas que no me sucedían,
la de los viajes que no llegaba a hacer y las ambiciones que mi amigo Juan y yo postergábamos
para un futuro en el que ninguno de los dos creía
mucho, pero que era una disculpa aceptable para
nuestra pusilanimidad del presente.

La amistad era también repetición y hábito: encontrarse cada mañana en el mismo lugar, ir
paseando hacia el café, las manos en los bolsillos y
el periódico bajo el brazo, conversando sin ninguna obligación de novedad ni de confidencia excesiva. Estábamos quemados, los dos en una medida
semejante, agobiados por las consecuencias de una
idéntica docilidad y poltronería, los dos deseando
cosas que estaban más allá de nuestro alcance, vidas que no iban a llegar o que habíamos dejado que
se nos fueran de las manos, que se malograran
por culpa de nuestra timidez o nuestra cobardía,
de nuestra falta de empuje. Parte de nuestra amistad estaba hecha seguramente de esa materia abo-

targada y triste, y no nos costaba nada compartir
el sentimiento de una confortable capitulación y el
sarcasmo forzado con que cada uno de los dos miraba la mediocridad emocional de su vida y el deterioro lento de sus ambiciones. Cada uno veía en
el otro espejo de su propia insuficiencia. Nos unía
lo que no éramos más que lo que éramos, lo que
ninguno de los dos nos atrevíamos a ser. Cumplía-
mos con idéntica corrección nuestras obligaciones
exteriores, nuestros deberes como empleados, maridos y padres, y sólo de vez en cuando abando-
nábamos el tono de sarcasmo neutral de nuestras
conversaciones para permitirnos el impudor de una
queja, el reconocimiento de una infelicidad obstinada y rutinaria, despojada de melodramatismo,
pero también de cualquier esperanza de alivio que
no consistiera en un perfeccionamiento de la claudicación. Muchas mañanas, durante el paseo del
desayuno, Juan iba a echar una carta en los buzones de la central de Correos que hay en los sopor-
tales de la calle Ganivet. Como todas las personas
muy atentas a su propia melancolía yo era entonces muy poco observador. Suponía vagamente que
esas cartas eran de la oficina, hasta que me fijé una
vez en que tenían sellos de correo internacional.
Juan no hacía ademán de ocultármelas, pero había
algo en su actitud que me disuadía de preguntarle
por ellas. Una vez, mientras desayunábamos, él se
fue a los servicios, dejando el periódico sobre la barra del Suizo. Fui a abrirlo, y de su interior se des-
lizaron dos cartas. Una de ellas venía de Nueva
York y estaba dirigida a él, pero la dirección que

había en el sobre era la de la oficina, no la de su casa. La otra la había escrito Juan, y su destinataria era la misma mujer que le escribía desde Nueva York. En unos segundos volví a dejar los dos sobres en el interior del periódico doblado, y cuando volvió Juan no le pregunté nada, y pensé, con cierta desolación, que en la vida de mi amigo, que yo había creído transparente para mí, había una parte escondida que él prefería no confiarme.

A la salida del callejón donde estaba entonces el Club Taurino nos encontrábamos algunas mañanas a nuestro compañero Gregorio Puga, que trabajaba de subdirector interino de la banda de música, después de haber perdido una plaza de mucho más brillo en la banda de otra ciudad, y que a esa hora tan temprana ya estaba un poco borracho, oliendo a alcohol agrio y a saliva nicotínica, a pesar de los granos de café tostados que chupaba en la creencia de que le limpiarían el aliento. Gregorio fue el primer amigo que yo tuve al entrar en la oficina, quizás porque todo el mundo le daba ya de lado y tenía que arrimarse a los empleados nuevos en busca de compañía para desayunar o tomar cervezas y vasos de vino en las tabernas recónditas de aquel barrio del centro. De Gregorio se contaba que habría sido una eminencia de la composición y la dirección musical si no fuera por su afición a la bebida. La suya era una versión diferente, que enunciaba con monotonía quejumbrosa de borracho: no había fracasado porque bebía, bebía porque entre unos y otros le habían empujado al fracaso, le habían hecho abandonar su carrera tan prometedora, empezada bajo los mejores auspicios en Viena, y todo a cambio de qué, de una triste nómina, de la seguridad mezquina de una plaza fija. Se acodaba en la barra, el vaso en una mano, el cigarrillo en la otra, sostenido entre las puntas amarillas de los dedos índice y corazón, los dedos lacios y blandos de funcionario envejecido, aunque no creo que entonces tuviera más de cuarenta y cinco años: te ceban con la nómina, te acostumbras a ese poco dinero seguro, y ya no tienes voluntad para seguir estudiando, y menos si tu mujer te ha cargado enseguida de hijos y está siempre repitiéndote que eres un inútil, que a ver si te dejas de tonterías y sueños y haces por ascender en la oficina, o te buscas un trabajo por las tardes. Al principio no quieres, claro, tus tardes son sagradas, tienes que seguir componiendo, ensayando con los otros músicos hasta sacarles lo que ni ellos mismos saben que guardan dentro, y no quieres dirigir una banda municipal, sino una orquesta, ése era el sueño de mi vida, pero te entra la desgana, y además es verdad que te hace falta el dinero, así que aceptas dar unas clases particulares, o te colocas en una academia, y antes de que te paguen a fin de mes ya tienes el dinero gastado y comprometido, que si la ropa de los niños, que si los libros y los uniformes del colegio, porque teníamos que llevarlos a colegio de curas. Sales de la oficina a mediodía y con la desgana de volver a casa te quedas tomando unos vasillos de vino, picas cualquier cosa y te vas al trabajo de la tarde, y luego, al terminar, pues lo de siempre, Gregorio, vamos a tomarnos algo, y al principio dices que no, y luego que bueno, que una caña y nada más, que la parienta estará enfadada por no haberme visto el pelo a la hora de comer, te tomas dos cañas y luego pides una copa de vino para despedirte, o para afrontar la bronca que te espera en casa, y entre unas cosas y otras se te olvida mirar el reloj y cuando sales a la plaza del Carmen están dando las campanadas de las once, qué barbaridad, compro tabaco y me voy derecho a recogerme, pero no tienes monedas para echar en la máquina y te da fatiga pedir que te cambien un billete, así que pides un vasillo de vino, y a lo mejor entonces te encuentras a un amigo que estaba solo en la barra, y te invita a la próxima, o es el camarero el que te invita, pues lleva toda la vida viéndote entrar y salir, y te ha servido los cafés y los carajillos de primera hora de la mañana y las cañas del aperitivo, y los cafés y las copas de después de comer, aunque tú en realidad no hayas comido, con cualquier cosa que piques se te llena el estómago.

Me acuerdo con ternura y pena de Gregorio, el maestro Puga, a quien hace ya varios años que no he visto, y me pregunto si seguirá rondando los bares de funcionarios del centro, si estará vivo todavía y seguirá alimentando el sueño de un estreno sinfónico, acodado en una barra con su traje decente y ya más bien ajado y sucio, el cigarrillo entre los dedos color de nicotina, el vaso de vino flojamente sostenido en la otra mano, acaso un grano de café moviéndose de un lado a otro en la boca donde ya le faltaban algunos dientes. Me acuerdo de las mañanas en que mi amigo Juan y yo nos lo encontrábamos al doblar una esquina y no teníamos tiempo de eludirlo, y debíamos aguantar la monotonía quejumbrosa de sus confesiones de borracho y la obstinación de sus invitaciones a tomar algo, a apurar una copa rápida de coñac o de anís en los pocos minutos que faltaban todavía para que se nos acabara la media hora del desayuno. Más incauto, el primer día que trabajé en la oficina acepté tomarme con él una caña a la salida y no me dejó solo hasta las once de la noche, y acabé tan borracho que a la mañana siguiente no me acordaba de nada de lo que habíamos hablado a lo largo de tantas horas, de tantos bares y cigarrillos y vasos de cerveza y de vino. Sólo una cosa recordaba, y no se me ha olvidado porque después de aquel día Gregorio me la repitió muchas veces, sujetándome por el brazo para acercarse más a mí, envolviéndome en su aliento de vino agrio y de tabaco negro mientras me miraba con sus ojos enrojecidos y me decía:

—No te conformes, que no te pase como a mí, vete de aquí cuanto antes, no vayas a acabar como yo, no te conformes, no te dejes comprar.

—No pienso estar aquí mucho tiempo. Me iré en cuanto me salga algo mejor.

—Ésa es la trampa, esperar a que salga alguna cosa mejor, eso fue lo que me pasó a mí. No se puede esperar, hay que irse, aunque no se tenga nada más, hay que estar dispuesto a todo, a pasar necesidad si hace falta, porque si aceptas un poco lo aceptarás todo, tragarás con todo. No tienes mujer, no tienes hijos, no tienes deudas ni hipotecas, así que ahora o nunca.

Según pasaba el tiempo empecé a rehuir a Gregorio, como lo rehuía todo el mundo, porque era un pesado y un borracho y no había manera de desprenderse de él, y aunque uno le tuviera afecto no podía soportar el olor de su boca ni el tedio de sus historias cada vez más deshilvanadas, de sus quejas minuciosas sobre las intrigas y las zancadillas de las que era víctima en la oficina, en la banda municipal, donde otro con menos méritos pero más enchufe político acabó siendo nombrado director titular. Pero también lo rehuía porque me daba vergüenza que viera en mí el cumplimiento de sus vaticinios: pasaban años y yo seguía esperando a que me saliera algo mejor, y yendo cada mañana a las ocho en punto al trabajo, pero ahora ya tenía obligaciones, ahora estaba casado y tenía un hijo y pagaba cada mes la letra del coche y la del piso, y aunque mi mujer ganaba en su trabajo un sueldo mejor que el mío no siempre llegábamos con desahogo a fin de mes, y yo estaba considerando la posibilidad de buscarme alguna ocupación para las tardes, y sin reconocerlo ante mí mismo renunciaba a los propósitos que me parecían tan inaplazables y valiosos cuando ingresé en la oficina: sobre todo, el de prepararme para el trabajo que me habría gustado tanto hacer, el de profesor universitario o investigador en alguna rama de la Historia del Arte, o incluso profesor de Geografía e Historia en algún instituto. Pero me faltaba tiempo y voluntad, y las tardes libres se me iban sin que me diera cuenta, y de cualquier modo apenas salían unas pocas plazas de profesor de Historia cada año para decenas de miles de licenciados universitarios, muchos de los cuales, compañeros míos de carrera desesperados tras años de paro, miraban con envidia incluso un puesto tan poco atractivo como el que yo tenía. Me cruzaba por un pasillo con mi amigo Gregorio, cada uno con una carpeta de expedientes bajo el brazo, me lo encontraba a la vuelta de una esquina en los callejones donde estaban las tabernas a las que se escapaban a media mañana los funcionarios para un café rápido y furtivo, y mi desagrado por su mal aliento y su aire indecoroso de alcoholismo e infortunio era más poderoso que la gratitud que hubiera debido sentir hacia su amistad generosa, y si podía miraba hacia otra parte o me escabullía por una puerta lateral para no ver sus ojos enrojecidos ni oler su aliento agrio, pero sobre todo para no escuchar una vez más lo que sabía que iba a decirme:

—Pero qué haces que no te has ido ya de aquí, cuántos años vas a seguir aguantando.

Me iba a veces, pero sólo unos días, me mandaban de viaje a Madrid a resolver trámites en ministerios o a encargar pedidos de materiales que yo debía inspeccionar, y aunque los viajes eran muy cortos y mis dietas escasas y mi baja cualificación me imponían hoteles de medio pelo y comidas en restaurantes modestos, la proximidad de la partida actuaba sobre mí como un estimulante poderoso, me empujaba como un imán en la dirección del tiempo futuro, devolviéndome intacta la felicidad infantil de las expectativas de viaje, el impulso de irme que se me había borrado casi por completo en los últimos años, o que había quedado reducido a una vaga disposición imaginaria sin ninguna influencia sobre la realidad.

Ya estaba yéndome varios días antes de que saliera el tren, el expreso nocturno con sus vagones azules de coche-cama que tenía algo de Orient Express cuando yo llegaba con mi maleta al andén un poco antes de las once de la noche, con el alivio infinito de estar solo, de haberme desprendido provisionalmente del sucesivo agobio de la oficina y de mi casa, de los horarios, de los lugares, de los sobresaltos y las malas noches que daba mi hijo, todavía tan pequeño. En los primeros episodios de ese viaje tan corto que iba a hacer parecía que estuvieran contenidas todas las sensaciones y la excitación de un viaje verdadero, de uno cualquiera de los viajes que yo leía en los libros y veía en las películas o inventaba para mí mirando mapas o guías en color. En medio de mi vida tan apaciguada, tan atenuada en todo, el viaje me daba una plenitud física casi intolerable, una sensación de libertad y pérdida de peso, como si al salir hacia la estación me desprendiera de las obligaciones y las costumbres que gravitaban sobre mí, y al cerrar de un portazo el taxi que iba a llevarme a ella clausurara de un golpe mi entera identidad real.

Me iba y no era yo, disfrutaba de la ebriedad no de fingirme otro sino de literalmente no ser nadie. Me disolvía en los momentos que estaba viviendo, en el gozo de dejarme llevar por la locomotora y de mirar por la ventanilla de mi departamento luces de carreteras y ciudades, ventanas iluminadas donde vivía la gente sedentaria, donde a esa hora veían la televisión o se acostaban en dormitorios insalubremente caldeados, en la sofocante guata conyugal, el *aguachirle conyugal* del que habla Cernuda, a quien yo leía mucho entonces, discípulo y aprendiz suyo en la amargura de la distancia inviolable entre la realidad y el deseo.

Eran tan raros los viajes que la monotonía administrativa de las obligaciones que cumplía en ellos no llegaba a borrar, sobre todo en la partida, una sensación intensa y pueril de aventura. Pero si viajaba tan poco no era sólo porque se me presentaban escasas ocasiones de hacerlo. Algunas veces eludía un viaje para no contrariar a mi mujer, a quien no le gustaba que yo faltara de casa, agobiada por su propio trabajo y por el cuidado del niño, y que no siempre quería entender que aquellas estancias en Madrid no eran caprichosas escapadas mías, sino tareas propias de mi condición administrativa, cuyo desempeño correcto sin duda podría ser un mérito de cara a una promoción tan necesitada por mí, aunque de perspectivas tan lejanas.

Cuando me decidía a aceptar un viaje, porque me apetecía mucho o porque sabía que negarme a él me perjudicaría en la oficina, no me atrevía a decírselo a mi mujer, e iba dejando siempre para el día siguiente el mal trago de darle la noticia, de modo que al final me veía obligado a decírselo con inevitable brusquedad cuando ya no quedaba más remedio, o peor aún, ella se enteraba de que iba a irme antes de que yo se lo dijera, por alguna llamada de la oficina o de la agencia de viajes que tramitaba mis billetes. Sin necesidad de ser infiel mi estado natural era la culpa, y el secreto inocuo de un viaje de trabajo pesaba sobre mí como el desasosiego de un adulterio. La maraña de reproches y resentimiento en la que me veía enredado yo mismo la había urdido con mi propensión al silencio y la cobardía tortuosa de mis dilaciones. Ya estaba yéndome mucho antes de irme, pero hasta el último minuto no era seguro que me fuera a marchar, porque el disgusto de mi mujer podía empujarme a suspender el viaje, o porque algún infortunio sobreviniera en las últimas horas, que al niño empezara a subirle mucho la fiebre, o que ella se encontrara de pronto muy mal, con un ataque de lumbago o una menstruación muy difícil, dolores de los que parecía que yo era tan culpable como si manejara un cuchillo, y que se volverían más graves a causa de mi ausencia, casi mi deserción.

Me iba por fin y aún no creía que de verdad me estaba yendo, y la velocidad del taxi que me llevaba a la estación era un impulso irresistible de felicidad, malograda por el pánico a llegar tarde al tren por culpa de un atasco, o porque había tardado demasiado en salir, en desenredarme de mi familia y de mi vida, del calor conyugal y sofocante de mi piso, del magnetismo de contrariedad y abandono que irradiaba mi mujer, sosteniendo en brazos al niño, que lloraba más al ver que me iba, ella misma con la cara muy pálida y con los ojos tristes, parada en el umbral mientras llegaba el ascensor.

Una mañana de invierno, en uno de aquellos viajes a Madrid, terminé muy pronto unas gestiones en el Ministerio de Cultura y me encontré sin nada más que hacer en todo el día. Hasta las once de la noche no salía mi tren de regreso. En Madrid me llegaba enseguida la decepción, el desamparo de estar solo en una ciudad tan grande en la que no conocía a nadie, y en la que todo estaba lleno de incertidumbres y peligros, lo mismo al cruzar una de aquellas avenidas tan anchas en las que el semáforo siempre se ponía en rojo antes de llegar al otro lado que al salir de noche de un cine y encontrarse en un laberinto de calles oscuras donde no era improbable que lo asaltara a uno un navajero, uno de aquellos drogadictos lívidos que se apostaban entonces en la esquina de la Gran Vía y la calle Hortaleza. Me intoxicaba la soledad, el aturdimiento no ya de no conocer a nadie, sino de no ser nadie, un apocado funcionario de provincias que a los tres días de haber salido huyendo en busca de paisajes más amplios y aires menos viciados ya se estaba encogiendo como un caracol y caminaba perdido por la ciudad llevando consigo la insidiosa depresión como si fuera una fiebre que lo debilitaba, que le hacía desear inconfesablemente el abrigo de su casa y de las calles conocidas y estrechas en las que discurría su vida.

Surge ahora un recuerdo con el que no contaba, el fragmento de un viaje que no sé situar en el tiempo, aunque sin duda pertenece a esa época: paseándome sin saber hacia dónde he llegado al Retiro, en una mañana de niebla muy densa, en la que he cruzado calles que no parecen de Madrid, ni de España, calles de edificios nobles y árboles opulentos, con el asfalto brillante de llovizna, con las aceras amarillas de hojas recién caídas, hojas anchas de plátanos y castaños de indias, aunque no creo que en ese tiempo me fijara de verdad en los árboles ni me interesara por sus nombres. El Museo del Prado, el Jardín Botánico, la Cuesta de Moyano. En la cima de una colina boscosa hay un edificio que parece un templo griego y es el Observatorio. Al escribir revivo mis pasos de entonces, se abren las cosas delante de mí como se me abrían esa mañana las formas de los árboles y de las casas cuando me aproximaba a ellas en la niebla, las figuras inmóviles de las estatuas, amenazadoras o serenas, la estatua de Pío Baroja o la de Cajal o Galdós, solos entre las arboledas del parque desierto, extraviadas melancólicamente en un pomposo olvido de bronces y mármoles.

Emerge en la memoria el asombro de un edificio de cristal al otro lado de un estanque, con columnas y filigranas de hierro pintadas de blanco, blanco desleído en el gris translúcido de la claridad matinal velada de niebla, en el verde inmóvil y oscuro del agua. Recordé que había leído en el periódico que en el palacio de Cristal del Retiro había una exposición dedicada al exilio de los republicanos españoles en México. Todo vuelve, después de tantos años sin acordarme, aquel día cualquiera de un viaje sin relieve a Madrid, aquel paseo al azar que me llevó al Retiro y a encontrar entre la niebla y los árboles el palacio de Cristal como una de esas casas encantadas que aparecen delante del viajero perdido en los bosques de los cuentos.

Recuerdo objetos, fragmentos: vitrinas con recortes de periódicos y cartillas de racionamiento, monitores de vídeo en los que se proyectaban viejas películas de soldados envueltos en harapos huyendo por los caminos hacia Francia, hacinados en las estaciones fronterizas de Port-Bou y Cerbère, después de la caída de Cataluña. Me acuerdo de una pizarra y de un pupitre que habían pertenecido a la primera escuela de niños españoles en México, y de un mandil escolar azul marino, con cuello de celuloide blanco, que me estremeció inesperadamente de congoja, como las hojas de caligrafía rellenadas a lápiz por niños de cuarenta años atrás y los estuches de colores idénticos a los que yo había tenido en mi escuela. También el mandil se parecía mucho al mío, y los mapas de España sobre hule policromado y cuarteado eran como los que yo vi al entrar por primera vez en las aulas, sólo que en éstos la bandera que se veía era tricolor, roja, amarilla y morada. Había una foto grande de una multitud intentando subir a un barco de vapor, en un puerto francés. Una mujer de unos cincuenta años la miraba parada junto a mí, diciendo algo en voz baja con acento mexicano, aunque no había nadie con ella. Respiraba muy fuerte: la miré y estaba llorando.

—Yo iba en ese barco, señor —me dijo, la voz entrecortada de llanto, una señora mexicana

con gafas grandes y pelo cardado y teñido, la única persona que había aparte de mí esa mañana en
la exposición, en el edificio de cristal rodeado de
niebla, como enguatado de silencio—. Yo soy una
de esas figuritas que ve usted en la foto. Ocho años
tenía, y me moría de miedo pensando que me iba
a soltar de la mano de mi papá.

Recobro ahora otros pasos, el recuerdo que
iba a contar cuando apareció delante de mí la caminata por el Retiro en la mañana de niebla, la
forma sin peso del palacio de Cristal, el morado
bello y melancólico de las banderas republicanas
en los anaqueles de una exposición, insignias de un
país que yo había perdido antes de nacer. He salido una mañana del Ministerio de Cultura, en la
plaza del Rey, he echado a andar sin propósito,
desalentado de antemano por todas las horas en
las que no tendré nada que hacer y no hablaré con
nadie, en las que se me irá contagiando despacio
la irrealidad de estar solo en una ciudad grande y
extraña, de convertirme en un fantasma que me
mirará a veces como a un desconocido desde el espejo de un escaparate. Miro el reloj, calculo que a
esa hora mi amigo Juan estará terminando el desayuno, leyendo el periódico en la barra del Suizo, o
quizás habrá cruzado ya el paso de peatones hacia
el edificio de Correos para echar una de esas cartas
que procura que yo no vea. En vez de estar volviendo hacia la oficina junto a él, los dos al mismo
paso desganado, yo camino por Madrid abando-
nándome al azar del trazado y de los nombres de

las calles, y al cabo de media hora ya me he perdido, o quizás me he dejado llevar por una memoria antigua que no pertenece del todo a mi conciencia, sino a un impulso ciego y contumaz de mis pasos. *En cierta calle hay cierta firme puerta,* dice un poema de Borges. Voy por calles de aceras estrechas y portales hondos, con pescaderías y fruterías y papelerías anticuadas, con tiendas de ultramarinos y mercerías más rancias que las de la ciudad donde yo vivo, con una pululación agitada de coches y de gente, de voces rotundas y menestrales de Madrid. Estoy acordándome, dejándome llevar, estoy yendo hacia donde no debiera, hacia donde estuve una sola vez. Fernando VI, Argensola, Campoamor, Santa Teresa: en algún momento, sin que yo lo supiera, sin que me atreviera a confesármelo, el azar se ha convertido en propósito, y la secuencia de los nombres de las calles dibuja sobre la ciudad en la que soy un forastero el plano cifrado de un viaje, la forma de una herida que no duele desde hace mucho tiempo, pero que se puede palpar aún como una tenue cicatriz en la piel, como el recuerdo al despertar de un sueño en el que se ha vuelto a sufrir por alguien que ya no nos importa.

Calle Campoamor, esquina de Santa Teresa: fue aquí, hace cinco años, en ese tiempo en el que los años parecía que duraban mucho más, no discurrían desvaneciéndose tan rápidamente como ahora. Una distancia de cinco años era entonces remota y cabía en ella media vida. Cualquier cosa, apenas pasada, parecía haber sucedido muchos años atrás. Ahora las cosas más lejanas es como si hubieran pasado ayer mismo. Reconozco los postigos blancos en los balcones del segundo piso. Hasta este momento todo ocurría únicamente en mi imaginación enfebrecida por la soledad, podría haber estado inventando o soñando el tránsito por estas calles en las que nadie me conoce y nadie repara en mi existencia de fantasma. Pero ahora, si ella se asoma al balcón va a reconocerme, y si subo los dos pisos de peldaños de madera y llamo a su puerta el timbre estará sonando en la realidad, en las vidas de otras personas, y mi presencia puede ser una sorpresa indeseada, una irrupción impertinente o embarazosa. No he sabido casi nada de ella en todos estos años, y de cualquier modo apenas nos conocemos, sólo nos cruzamos durante un período muy breve hace mucho tiempo.

Mis pensamientos y mis actos no se corresponden, del mismo modo que no hay correspondencia ni vínculo ninguno entre mi presencia y el lugar donde estoy. He rondado por la esquina, mirando hacia los balcones, creyendo ver en algún instante una figura que se aproximaba a los cristales. Me he acercado al portal, que estaba abierto, y que tiene ese olor tan peculiar a humedad y a madera de los portales viejos de Madrid. En uno de los buzones he visto su nombre, escrito a mano, junto al de su marido. Ese nombre que yo pronunciaba estremeciéndome y en el que estaban cifradas todas las posibilidades de la ternura, de la incertidumbre, del dolor y el deseo, es un nombre común escrito a mano en la tarjeta de un buzón, entre otros nombres de vecinos que se cruzan con ella todos los días en el portal o en la escalera y para los cuales su cara, que a mí se me olvidaba en cuanto no estaba junto a ella, forma parte de la misma realidad trivial que estas calles y esta ciudad en la que yo siempre acabo deslizándome, cuando viajo a ella, entre los espejismos de la soledad y la pura inexistencia.

El valor de los cobardes, la resistencia de los débiles, la osadía de los pusilánimes: he llegado al rellano y sin vacilación pulso el timbre de la puerta, una puerta antigua, grande, pintada de verde oscuro, con una mirilla dorada. Cada detalle hibernado en el olvido recobra su sitio exacto, y la agitación nerviosa y la flojera en las piernas es la misma de entonces, aunque yo ya sea otro. Quizás no esté, pienso con un golpe de esperanza cobarde, teñida inmediatamente de decepción cuando pasan unos segundos y no escucho nada, pasos ni voces, sólo la resonancia del timbre en habitaciones silenciosas.

La puerta se abre y ella está mirándome y al principio no me reconoce, tiene la expresión desconfiada e interrogativa de quien se enfrenta a un vendedor a domicilio, la misma predisposición hostil. Caigo en la cuenta de que estoy más gordo y ya no tengo barba, y mi pelo es mucho más corto que hace cinco años, más escaso también. Ella lleva en brazos a un niño grande, moreno, con chupete, con el pelo rizado, con un babero sucio sobre la pechera del pijama. Una niña con gafas se asoma con cautela tras ella y me vigila exactamente con sus mismos ojos. El niño ha dejado de llorar al verme y me mira muy fijo sorbiéndose los mocos y haciendo un ruido goloso de succión con el chupete.

No es que me cueste reconocer su cara delgada y sus claros ojos grises, los dos mechones de pelo castaño casi rubio que le caen a los lados de los pómulos: es que no puedo asociar su presencia de ahora, una mujer vestida de cualquier manera para estar en casa, con un niño en brazos tan grande que debe de agotarla, con una niña que se parece extraordinariamente a ella, despojándola así de la singularidad de unos rasgos que para mí eran únicamente suyos.

Qué sorpresa, me dice, no te había conocido, y esboza una sonrisa que le ilumina los ojos con un brillo de otro tiempo. Yo me disculpo, pasaba por casualidad y se me ha ocurrido mirar a ver si estabas, me oigo la voz más ronca de lo que debiera, una voz de no haber hablado con nadie en muchas horas. Me pillas en casa de milagro, iba a llevar al niño al médico, pero como no tengo con quién dejar a la niña iba a llevármela a ella también. No le pasa nada, me explica, nada grave por lo menos, en cuanto se le inflaman un poco las anginas le sube mucho la fiebre, y yo no debería asustarme, pero me asusto siempre. Descorazona un poco la naturalidad con que me habla, como a un conocido neutral, sin ningún rastro de sorpresa. Toca la frente del niño, le he dado un Apiretal, parece que le está bajando la fiebre. A mi hijo también le damos Apiretal, y le pasa lo mismo, enseguida la fiebre le sube a cuarenta, voy a decirle, pero me callo, detenido por un raro pudor, como si prefiriese ocultarle que yo también estoy casado y soy padre, y que mi hijo tiene más o menos la misma edad que el suyo y estos días tampoco se encuentra muy bien, me lo dijo anoche mi mujer por teléfono.

Hago ademán de irme, tan azorado que no le he dado un beso al verla, pero pasa, no te quedes en la puerta, ya que has venido a verme no te voy a despedir sin darte por lo menos un café. Vivía en un piso de pasillos hondos, de techos altos con filigranas de escayola y suelo entarimado. Debía de haber sido muy lujoso en otros tiempos, pero ahora estaba medio vacío y como abandonado, tal vez pertenecía a sus padres o a los de su marido y ellos no tenían dinero para arreglarlo. Ella no daba la impresión de tener dinero, o al menos no se cuidaba como cuando yo la conocí, llevaba unos vaqueros viejos y unas zapatillas de lona sin cordones. Su piel se había vuelto más opaca, y su pelo estaba más bien desaliñado, como el de una mujer que no sale de casa en todo el día bregando con los niños y no tiene tiempo ni ganas de arreglarse.

Limpió de juguetes, de papeles pintarrajeados y lápices de colores un sillón grande y viejo y me pidió que me sentara mientras ella preparaba el café. Me encontré solo en un salón muy amplio en el que predominaban a la vez el vacío y el desorden. Sobre la mesa hay una licuadora igual a la que usamos mi mujer y yo para hacerle al niño la papilla de frutas, un biberón sucio, un frasco de jabón líquido infantil, un pañal desechable que huele muy fuerte a orines. Los ruidos de la calle llegaban a través de dos balcones con visillos que filtraban la luz escasa del día nublado. En una habitación contigua lloraba el niño y se oía muy alta la música de un programa matinal de dibujos animados. Qué estoy haciendo aquí, absurdo y correcto como una visita, sentado rígidamente en el sillón, sin atreverme ni a cruzar las piernas, esperando a verla aparecer en el umbral, como la esperaba entonces, ávido y asustado de su presencia, codicioso de cada uno de sus rasgos y sus gestos, de su manera de vestirse un poco fantástica para nuestra ciudad de provincias, de su claro acento de Madrid.

Vuelve con los cafés en una bandeja, y al ponerla en la mesa descubre el pañal sucio, y lo aparta de la vista con un gesto de contrariedad y de cansancio, ahora se me ha olvidado el azúcar, no sé dónde tengo la cabeza, se lleva el pañal, el biberón y la licuadora, la oigo decirle algo al niño, que se queda callado, aparece de nuevo sonriéndome con cara de disculpa y apartándose un mechón de los ojos y entonces, como en una iluminación, la veo igual que era hace cinco años, con la precisión con que se ve un paisaje al limpiar un cristal empañado, y pienso que se parece mucho a alguien, aunque tardo en descubrirlo unos segundos: a la mujer de la agencia de viajes, la Olympia que nos gusta tanto a mi amigo Juan y a mí. El mismo escorzo cuando se aparta el pelo de la cara, el mismo color entre rubio y castaño, la boca grande, la línea de la barbilla y la mandíbula, la luz en los ojos claros.

Como me ocurría cuando estaba muy enamorado de ella, no llego a concentrarme del todo en lo que me dice, ensimismado en la atención fanática del amor, de una pasión adolescente, contemplativa, paralizadora, que alcanzaba en la imposibilidad su tortuosa culminación, que alimentaba el deseo de impotencia, y el sufrimiento y la cobardía de literatura. Dejé Medicina cuando me quedé embarazada, te acuerdas, intenté volver cuando la niña estuvo algo mayor pero entonces me quedé embarazada de nuevo, y ahora estoy pensando matricularme en Enfermería, es más corto y me convalidan asignaturas, y yo creo que es más fácil encontrar trabajo. Imagínate, con la experiencia que ya tengo pueden nombrarme jefa de planta de Maternidad.

Se levanta porque el niño ha empezado a llorar otra vez muy fuerte, y cuando vuelve lo trae en brazos. Tiene la cara roja y los ojos brillantes de fiebre. Siento celos de pronto mirando a ese niño, reconociendo en él rasgos de su padre, a quien yo le pedí a ella en vano que abandonara para venirse conmigo. Desde la otra habitación la llama la niña, porque algo acaba de caerse al suelo con mucho estrépito. Se va de nuevo y yo me pongo en pie, me siento un poco desleal al observarla de espaldas. Su cara es la misma, pero su cuerpo se ha vuelto más ancho, ha perdido esa linealidad sinuosa como de los años veinte que tanto me gustaba. Cuando me ponía el café me he fijado furtivamente en que sus pechos ahora son más grandes y grávidos, los pechos de una mujer que ha parido y amamantado a dos hijos y no se ha cuidado mucho después de dar a luz. Me acuerdo de sus vaqueros ceñidos y sus camisas entreabiertas de tejidos muy dúctiles, con un tacto líquido de seda que se parecía al de su piel las pocas veces que me atreví a acariciarla. La invité a cenar una noche a principios de verano y bajó a la calle con un vestido cruzado muy ligero y unas sandalias, con el pelo recogido en una cola de caballo y dos mechones a los lados de los pómulos, tan liviana y deseable que era un tormento no atreverse a abrazarla.

Pero no te vayas todavía, cuéntame algo de ti, que no has dicho una palabra, en eso tampoco has cambiado. El niño ya no llora, en la habitación de al lado vuelve a oírse la televisión. Ella se sienta frente a mí, me pide que le hable de mi vida en estos años, y yo advierto, con un rescoldo avivado de halago, que se ha arreglado el pelo, que se ha dado un poco de color en los labios. Me contaron que también te casaste, con tu novia de siempre. Igual que tú, me atrevo a decir, y por un momento estamos los dos de verdad el uno frente al otro y sólo hay entre nosotros un breve espacio vacío, el que cruzamos una sola vez hace mucho tiempo y ahora parece de pronto que no llegó a cerrarse. Pero sonreímos los dos, moviendo la cabeza, educadamente, acogiéndonos a la vulgaridad objetiva de los hechos reales. Al menos tú hiciste algo, terminaste la carrera. Me acuerdo de cómo te gustaba la Historia del Arte, con qué entusiasmo hablabas de todo, los asirios, los egipcios, Picasso, El Bosco, Velázquez, Giotto. Todavía tengo por ahí una postal que me mandaste de Florencia.

Y de qué me sirvió. Me acuerdo de esa postal, del momento mismo en que te la escribí, en la escalinata de Santa Maria del Fiore, de cómo te quería. Le explico que encontré un trabajo interino como auxiliar administrativo, y que al año siguiente saqué las oposiciones, aunque no pienso quedarme para siempre en esa oficina, en cuanto pueda reanudaré en serio el trabajo en la tesis o me pondré a preparar oposiciones a profesor de instituto. Eso está haciendo Víctor, estudiando oposiciones a Correos, a ver si tuviera tanta suerte como tú. Víctor: me hiere cada vez que pronuncia con tanta normalidad el nombre del marido. Si se hubiera quedado conmigo pronunciaría el mío tan familiarmente como lo dice mi mujer, incluso es posible que me llamara con un diminutivo conyugal.

Suena el teléfono, al fondo de la habitación. Habla en voz baja, sin mirarme, le explica a alguien que va a llevar al niño al médico, aunque parece que la fiebre ha dejado de subirle. Chao, dice, ven pronto. Qué estoy haciendo yo aquí, un fantasma, una visita, ni siquiera un intruso. Chao, ven pronto. La gente dice las palabras sin pararse a pensar lo que significan, las vidas enteras que caben en la frase más simple, la injuria íntima que puede haber en una fórmula trivial: qué pena que no hayas coincidido con Víctor, a él le habría gustado mucho verte.

Esta vez, cuando me pongo en pie, ya no me dice que me quede un poco más. Los olores domésticos en el pasillo, que ella no percibe, olor a niño pequeño, a humos de cocina, a sábanas y cuerpos, a piso no muy ventilado, una aleación de olores que está hecha de todas las cosas diarias de su vida, de su vida real, que para mí es tan extraña como esta casa grande, desordenada y sombría. También habrá un olor en mi casa, en mi piso pequeño y arreglado de protección oficial, y en parte será parecido, el olor a leche agria y a talco de los niños pequeños. Me despide en la puerta, con su hijo otra vez en brazos, colorado y lloroso, la barbilla mojada de babas. Me da dos besos, uno en cada mejilla, sin tocar la piel, rozando apenas el aire más cercano que la envuelve, el que encierra el olor de cada uno, el suyo, del que yo no me acordaba, y que no me conmueve al reconocerlo. ¿Te quedas mucho en Madrid? Podrías venir a vernos, si tuvieras un rato. Tal vez lo dice para descartar cualquier sospecha de antigua clandestinidad. Ya no es la mujer sola que tan fugazmente pareció enamorada de mí y dispuesta a quedarse conmigo: ahora me habla en un plural que siempre incluye a su marido, ofreciéndome esa clase de amistad matrimonial que es la peor ofensa para un ex amante. No creo que tenga tiempo, me vuelvo esta noche y todavía me quedan algunas cosas que hacer.

Anduve el resto del día por Madrid cansado y aburrido. Elegí para comer un restaurante después de muchas vueltas y vacilaciones y nada más entrar me di cuenta de que me había equivocado, pero un camarero con una sucia chaquetilla roja ya se acercaba a mí y no tuve valor para marcharme, y me comí parte de un dudoso filete de ternera que olía ligeramente a putrefacción. En una librería muy grande de la Gran Vía me mareé mirando títulos y acabé comprándome una novela que en realidad no me apetecía mucho, y que no llegué nunca a leer. Me metí en un cine y cuando terminó la película ya era de noche, pero aún faltaban varias horas para que saliera el tren. Llamé a casa, con un principio de remordimiento, aunque no llevaba ni tres días fuera. Nada más ponerse mi mujer al teléfono temí que en el tono de su voz hubiera indicios de alguna desgracia. El niño la había despertado esa noche con unos ahogos muy raros y lo había llevado a toda prisa a Urgencias, donde le diagnosticaron una laringitis.

Unos minutos antes de que saliera el expreso yo estaba asomado a la ventanilla y vi a una mujer joven que se acercaba corriendo desde el fondo del andén. Mientras esperaba se me había ocurrido que tal vez ella vendría a despedirme, que por eso me había preguntado a qué hora salía el tren. La otra vez, hacía cinco años, yo había permanecido esperándola hasta el último momento en esos mismos andenes, mirando el reloj y las caras de la gente que entraba apresurándose por las puertas de cristal. La esperé al llegar cuando amanecía y esa misma noche a la hora de marcharme en el mismo tren en el que había llegado, y ninguna de las dos veces apareció. Sin darme mucha cuenta ahora había repetido esa espera, no porque creyera verosímil que ella fuera a aparecer, y ni siquiera porque lo deseara, sino por una especie de inercia sentimental.

Ahora, estremecido, incrédulo, casi aterrado, la veía venir, con cinco años de retraso, y quien se emocionaba al verla acercarse era el que yo había sido entonces, revivido, no humillado por la sumisión, por la usura del trabajo y la vida familiar, tampoco mejorado por el tiempo, igual de atolondrado e insensato.

Un segundo después la mujer ya no era ella, aunque seguía mirando hacia mí mientras se me acercaba y me sonreía, haciendo un ademán de abrazarme. Era alta, muy delgada, con el pelo rizado. Pasó a mi lado y se abrazó a un hombre que estaba justo detrás de mí. Subí al tren y estuve mirándolos desde la ventanilla. El hombre llevaba una gran bolsa de viaje, pero ninguno de los dos levantó la cabeza cuando sonó la señal de partida. Los vi quedarse lejos mientras el tren empezaba a moverse, abrazados y solos en la penumbra del andén.

Berghof

El cuarto de trabajo en penumbra, abstracto como una celda, con las paredes blancas, el suelo de madera, una mesa de madera áspera y recia, que se parece a las mesas que había antes en las cocinas de las casas, en nuestra cocina cuando yo era niño. Los lugares se vuelven ecos, transparencias de otros, riman entre sí con austera asonancia. Al entrar en el cuarto a esta hora indecisa de la media tarde invernal me acuerdo de la habitación de García Lorca en la Huerta de San Vicente, y de la que tenía en Madrid, en la Residencia de Estudiantes, y de Madrid y García Lorca el juego de las transparencias sucesivas, de las asonancias de lugares, me lleva a Roma, a la habitación de la Academia de España donde dormí unas cuantas noches en marzo o abril de 1992, y donde imaginé largos días laboriosos de soledad y lectura, días monacales de trabajo y quietud de espíritu, el lugar de retiro que parece que uno lleva impreso en el alma, y que está soñando y buscando siempre, la habitación donde sólo hay unas pocas cosas elementales, la cama, la mesa de madera desnuda, la ventana, si acaso un pequeño estante para unos pocos libros, no demasiados, y también uno de esos equipos de música portátiles, que lo acompañan a uno y apenas ocupan espacio. Me pasaba el día entero caminando por Roma en un estado de embriaguez y de trance que la soledad acentuaba y de noche caía rendido en la cama tan estrecha de mi habitación en la Academia, y en el sueño agitado, poderoso y turbio como las aguas del Tíber, continuaba mis paseos por la ciudad y veía columnatas y ruinas y templos agigantados y confusos como en un delirio de fiebre. Me despertaba exhausto, y en la luz fría y olivácea del amanecer mis ojos recién abiertos encontraban la cúpula del templete de Bramante.

Otro lugar surge cuando la penumbra empieza a volverse oscuridad y fosforecen en ella la luz de la pantalla del ordenador y la de la lámpara baja que me ilumina las manos sobre el teclado. La mano que se posa sobre el ratón deja de ser la mía. La otra mano, la izquierda, roza distraídamente la concha blanca y gastada que recogió Arturo hace dos veranos en la playa de Zahara, la tarde antes de nuestra partida, una de esas tardes lujosamente largas de principios de julio, cuando el sol empieza a ponerse después de las nueve y el mar adquiere un azul de cobalto, retirándose despacio de la arena todavía dorada, en la que las pisadas de los bañistas que han ido marchándose se convierten en delicadas oquedades de sombra.

De la oscuridad alumbrada por la pantalla del ordenador y la lámpara baja, de las dos manos, del tacto liso del ratón en una de ellas y la aspereza de la concha en la otra, surge sin premeditación mía una figura, una presencia que no es del todo invención ni tampoco recuerdo, el médico, el médico a solas y en penumbra que espera a un paciente, que maneja el ratón con su mano derecha, buscando en el ordenador un archivo, un historial médico abierto no hace muchos días, y al que se añadieron ayer mismo los resultados de unos análisis.

Muchas veces veo esa figura, aunque fragmentariamente, las manos sobre todo, tecleando en la claridad de la pantalla: largas, óseas, certeras, con mucho vello en el dorso, menos gris que el pelo y la barba del médico, al que no veo de pie, aunque sé que es muy alto y tan delgado que la bata le cuelga floja de los hombros. Lo veo sentado, bata blanca y pelo y barba grises en la penumbra de una habitación con las cortinas echadas, aunque falta mucho para que caiga la tarde, manos y cara alumbradas por la lámpara y la pantalla del ordenador, que está a un costado de la mesa, sobre la cual no hay nada más, aparte del teclado, que una concha blanca, redonda, más pequeña y cóncava que una vieira, más fuerte también, por un lado desgastada y abrupta como la voluta de un capitel de mármol roído por el salitre y la intemperie durante siglos, por el otro suave como nácar, gustosa de rozar por las yemas de los dedos, que le dan la vuelta como por voluntad propia, mientras el médico le habla al paciente recién llegado procurando escoger con mucho cuidado las palabras: o mejor antes, cuando todavía está solo, calculando con desánimo los minutos que faltan para que la puerta se abra, repasando una vez más la hoja de análisis que está sobre la mesa, justo en el espacio entre sus dos manos, olvidándose de ella para irse a otro tiempo, días luminosos invocados en la habitación en penumbra, traídos por el tacto alternativamente áspero y suave de la concha, que es una concha modesta, nada llamativa, con el color calizo del mármol muy castigado por el tiempo, las estrías abriéndose desde la base con una regularidad de varillas de abanico, cada una siguiendo una exquisita curvatura, un principio de espiral interrumpido por el borde exterior, que está muy gastado, mellado, ofreciendo a las yemas de los dedos una irregularidad de pieza de alfarería rota.

Unas cosas traen otras, como unidas entre sí por un hilo tenue de azares triviales. Las conchas en la orilla del mar en Zahara de los Atunes, los trozos curvados de ánforas rotas. Hay que ir dejándolas llegar, o que tirar poco a poco de ellas, los dedos atentos a la pulsación de un sedal, ejerciendo sólo la fuerza mínima y justa para vencer una resistencia sin que el hilo se quiebre, al filo de la llegada de algo, un detalle sin relieve que contiene intacta una burbuja de memoria sensorial, como una ampolla de aire de hace millones de años apresada en el interior de una bola de ámbar. El parquet del gran piso sombrío donde trabaja el médico es tan antiguo como el edificio, y cruje bajo las pisadas con gruñidos de madera envejecida y sólida. Sonará primero el pitido del interfono, y sólo cuando él le diga a la enfermera que el paciente ya puede pasar vendrán sus pisadas resonando como sobre el maderamen de un buque.

Cuando yo era niño, en la casa de una hermana de mi abuela había una habitación que tenía el suelo de madera. Yo entonces sólo conocía suelos de baldosas, heladas en invierno, o de guijarros, como había aún en los bajos de algunas casas campesinas, o de tierra apisonada. Me gustaba ir con mi abuela a casa de su hermana tan sólo para entrar en esa habitación, para sentir cómo la madera cedía un poco bajo mis pisadas y escuchar su sonido rico y brillante, bruñido como la superficie del parquet. Era como estar en el camarote de un barco, en otro lugar, casi en otra vida. Tengo una sensación parecida, de plenitud material de algo, cuando escucho un violoncello. De nuevo el tiempo salta, de una cosa a otra, de un tiempo a otro, a la velocidad de los impulsos neuronales, unos doscientos kilómetros por segundo: Pau Casals toca las suites para violoncello de Bach en Barcelona, en el otoño de 1938, cuando ya se ha perdido la batalla del Ebro, y Manuel Azaña y Juan Negrín lo escuchan desde un palco, en el teatro del Liceo. Detrás de la mesa, sobre una estantería donde hay muy pocos libros, de Medicina y de Historia sobre todo, el médico tiene un pequeño equipo de música, que a veces está sonando muy suave mientras interroga a algún paciente o lo examina, tendido en la camilla que hay en un ángulo casi a oscuras de la habitación, delante de un biombo. Tendido en la camilla el paciente se vuelve más vulnerable, se rinde de antemano a la enfermedad, al examen del médico, al que ya ve al otro lado de la línea invisible, la línea definitiva que separa a los sanos de los enfermos, recluidos en el gueto de su miedo, de su dolor y tal vez, casi lo peor de todo, su vergüenza. *Los sanos se alejan de los enfermos,* le escribió una vez Franz Kafka a Milena Jesenska, *pero también los enfermos se alejan de los sanos.*

La camilla, el biombo, emergen sólo ahora de la penumbra, de la pura nada de lo que no es imaginado ni recordado. Antes de empezar a decirle al paciente lo que revelan los análisis, lo que no hay modo de decir sin despertar un espanto inmediato, sin sentir un nudo en la garganta, aunque ya se haya dicho tantas veces, el médico le pedirá que se eche en la camilla, sin desnudarse, sólo hace falta que se baje un poco los pantalones, que suba la camisa, para que él pueda auscultar las vísceras abdominales, palpando con sus dedos largos, rápidos sin brusquedad, precisos. Ignominia de estar tendido boca arriba en una camilla, tendido y pasivo, con los pantalones bajados hasta el filo del escroto, mientras la mano intrusa, la mano masculina y perfecta, busca el tacto irregular de algo, un bulto que no debería notarse, quién sabe si una llaga, como las que provocaban las enfermedades antiguas, o los ganglios hinchados que anunciaban la peste.

Al fondo, detrás de las dos respiraciones, la del paciente y la del médico, tan cerca el uno del otro y sin embargo separados por la raya invisible, se escucha una suite para violoncello de Bach tocada en 1938 por Pau Casals, en una noche en la que tal vez sonaron sobre Barcelona las sirenas de las alarmas antiaéreas y las explosiones de las bombas, iluminando con sus llamaradas la ciudad fría y a oscuras, derrotada de antemano por el hambre y el invierno, meses antes de que entre en ella el zafio ejército sanguinario y beato de los vencedores.

Aunque sonaba muy baja, el paciente ha reconocido la música y ha identificado la grabación. Durante unos minutos difíciles hablan sin verdadero alivio de Bach, del sonido del violoncello, de la maravilla técnica de las grabaciones digitales, que permiten rescatar esa clase de tesoros sepultados, la maravilla de algo que sucedió una sola noche, y por primera vez en el mundo. Hablan y la hoja de los análisis está sobre la mesa, en el espacio que abarcan las manos demoradas y elocuentes del médico, junto a una concha hacia la que de vez en cuando se van instintivamente sus dedos, que uno imagina tocando algún instrumento musical. Hasta que Pau Casals no exhumó las partituras, las suites de Bach no habían sonado nunca. Las encontró por casualidad rebuscando en un puesto de papeles viejos, en algún callejón cercano al puerto de Barcelona, igual que dice Cervantes que encontró el manuscrito en árabe del *Quijote* en la tienda de un ropavejero de Toledo. La pura casualidad le entregó un tesoro que parecía haberle reservado el destino. Si Pau Casals no hubiera revuelto ese día preciso entre un montón de papeles amarillos, si el hombre a quien el médico espera no llegara, si no se hubiera encontrado con alguien que de manera imperceptible le iba a transmitir lo que ha permanecido oculto durante varios años. Esa tarde lejana, en un tren, la mujer tan alta que camina como cabalgando sobre los tacones, con un principio de incertidumbre y de vértigo, de ebriedad en los ojos verdes, brillando en la penumbra del pelo rizado, una sonrisa sin motivo en los labios finos, sobre la firme barbilla que parecía escandinava o sajona.

Pero no quiero que llegue todavía, aunque faltan minutos para la hora de la cita. Ya estará viniendo, inquieto pero aún no del todo aterrado, habitando todavía una vida normal de la que cuando salga de aquí se acordará como del país nativo al que ya no puede volver nunca, el país de los que están sanos, de los que no piensan que van a morir. Pero a él, a muchos de los que son como él, les está reservado algo más, sabe el médico, la vergüenza, porque no querrá que sepa nadie lo que revelan los análisis, no sólo una enfermedad, sino el nombre de una especie de infamia: ni siquiera se atreverá a mirarlo a los ojos a él, al médico, aunque hayan estado conversando unos minutos antes o en su visita anterior sobre las suites para violoncello de Bach, ya excluido, expulsado de pronto de la comunidad de los normales, como un judío que leyera en un café de Viena el periódico donde se publican las nuevas leyes raciales alemanas. El café es el mismo de todas las mañanas, y el periódico es el que ha leído cada día en los últimos años, pero todo ha cambiado de pronto, y el camarero que dice su nombre tan obsequiosamente y no necesita preguntarle lo que va a tomar, el mismo camarero de todas las mañanas, quizás se negaría a traerle un café si supiera lo que es, en qué se ha convertido por efecto de la ley, aunque no se le note nada en su apariencia física, aunque su condición de judío no se trasluzca en su pelo rubio o castaño y en sus ojos claros, en su cara normal.

Abarco la concha en la palma de la mano. Tan fácilmente abarcaba en ella la mano todavía infantil de mi hijo, que se coge de la mía con toda naturalidad en cuanto salimos a la calle, aunque tiene ya trece años. Me decía de pequeño: vamos a medirnos las manos. Extendíamos la una contra la otra, y la suya no llegaba ni a la mitad de mi mano tan huesuda y angulosa, tan oscura de vello, manaza de ogro y no de médico para su mano almohadillada de niño, engulléndola entera en ese juego que le hacía reír tanto, de alegría y de miedo, trágate mi mano con la tuya como se tragaba a los cabritillos el lobo peludo. Cuéntame otro cuento, no te vayas todavía de la habitación, no apagues la luz de la mesa de noche. Después le maravillaba siempre que mi mano se abriera y la suya apareciese intacta, no devorada y ni siquiera mordida, como los cabritillos blancos salvados por su madre del vientre negro del lobo, que tiene en el hocico y en el lomo pelos negros que pinchan como los de tu mano.

Salíamos del hotel por una vereda entre palmeras y setos y estábamos enseguida frente al Atlántico, aturdidos por la luz, por la amplitud y la hondura del horizonte, que no terminaba en el mar, sino más allá, en una línea de montañas azules que era el norte de África. De noche veíamos temblar

entre la niebla marítima las luces de Tánger. Yo
estuve en Tánger una vez, hace muchos años, como en otra vida. El médico aprieta la curvatura de
la concha y está apretando hace dos veranos la mano de su hijo. Su mujer se abraza a su otro costado,
se adhiere a él para defenderse del viento de poniente que viene del mar, de donde están las formas oscuras de África y las luces de Tánger, el
viento que huele a humedad y a algas. Cada noche, en algún lugar de esa playa inmensa, desem-
barca al amparo de la oscuridad un grupo de emigrantes clandestinos, o se descargan sigilosamente
cajas de tabaco de contrabando y balas prietas de
hachís. Algunas veces las poderosas mareas del Atlántico traen cadáveres de marroquíes o de negros
hinchados por el agua y mordidos por los peces
y despojos de las barcas viejas de metal oxidado
o madera podrida en las que naufragaron.

Sólo al llegar a la playa, la primera tarde, se
dieron cuenta los dos del cansancio que traían,
tan ligeros de pronto al librarse de él como cuando dejaron en la habitación el equipaje y la ropa
ya sudada con la que habían salido esa mañana de
Madrid. Tantos meses encerrado en ese cuarto en
penumbra, esperando visitas, resultados de análisis, viendo caras de hombres y mujeres señalados
invisiblemente por la enfermedad, elegidos por el
sarcasmo cruento del azar. El niño corría por delante, con la impaciencia de llegar a la orilla, dando
patadas en la arena a la gran pelota de gajos blancos y azules que el viento alejaba ingrávidamente

de él. Aún hacía sol, pero no quedaba mucha gente en la playa, o era su amplitud lo que la hacía parecer tan despejada, casi desierta, ofrecida a ellos solos. Le dio algo de pudor quitarse luego la camisa, tan pálido y flaco en aquella luz dorada, tan refractario a ella, a diferencia de su mujer y de su hijo, que tenían los dos la misma tonalidad canela en la piel, uno de los rasgos primarios que había transmitido de la una al otro la herencia genética. Qué habrás heredado tú de mí, hijo de mi alma, saltando intrépidamente esa tarde hacia la primera ola alta y coronada de espuma del verano, derribado por ella, saliendo jubilosamente del mar, con todo el brillo del agua y del sol en tu piel no maltratada todavía por el tiempo, en tu cuerpo que aquel verano no había empezado todavía a perder las redondeces infantiles.

Al tumbarme boca abajo en la arena sentía como una plenitud física la consistencia insondable, la curvatura del mundo. Hay unos versos exactos de Jorge Guillén: *Y el pie caminante pisa / la redondez del planeta.* Miraba muy de cerca los granos minúsculos, los infinitesimales fragmentos de rocas y de conchas, de vidrio, de ánforas rotas, gastadas y pulverizadas durante un tiempo de duraciones geológicas por la fuerza monótona del mar, que actuaba ahora mismo, que resonaba como un tambor cerca de mi oído, en mi cuerpo entero deshecho por la fatiga, carcomido por meses de trabajo y angustia, de insomnios, de urgencias, de remordimientos, de presenciar en otros el dolor y la enfermedad, el pánico, el progreso de la muerte. Tomaba un puñado de arena en la mano y luego la abría para que la arena fuese cayendo poco a poco, en un hilo tenue, en la fugacidad de unos segundos. Primero era algo sólido en el interior del puño apretado, cerrado como las valvas de un molusco para los dedos pequeños de mi hijo, que intentaba abrirlo y no podía, si acaso lograba desprender un dedo respirando muy fuerte, pero el dedo volvía a su lugar y el puño continuaba cerrado. Se abre luego despacio, y la arena tan compacta se disuelve en nada, no quedan más que unos granos mínimos en la ancha palma abierta, puntas minerales heridas por la luz. A los once años el niño seguía disfrutando de ese juego, seguía desafiando en vano a su padre y se esforzaba y jadeaba queriendo abrirle el puño, en el que a veces había un caramelo o una moneda. Buscaba una fisura entre los dedos, escarbaba, siempre en vano, pero lo hacía con tal cuidado que nunca le hincaba las uñas. Derrotado se echaba sobre él, abrazándose a él con todo su vigor, con una ternura brusca y entregada, y le pasaba la mano a contrapelo por la mejilla, para notar los pinchazos de la barba. A él le bastaba presionarle con dos dedos en el costado, justo debajo de las costillas, para que el niño se tirara a la arena riendo a carcajadas, dando patadas en el aire.

«Hay que ver qué pesados, con lo grandes que sois ya los dos»: tendida junto a ellos, los ojos ocultos tras las gafas de sol, su mujer limpiaba la arena que el niño había echado al patalear y revolcarse sobre la revista que estaba leyendo. Tan poco tiempo al sol y su piel ya tenía una suave tonalidad morena. El descanso, el sueño profundo, las horas de indolencia en la playa y en la piscina del hotel, las siestas en la penumbra fresca de la habitación, le habían limpiado de la cara todo rastro de fatiga, y tenía la misma sonrisa ancha de felicidad que me había deslumbrado las primeras veces que nos vimos. Tan deseable y joven como si no hubieran pasado doce años, como si no fuera suyo el chico que ahora se había sentado junto a ella y le iba enterrando poco a poco los pies con las uñas pintadas de rojo, vertiendo sobre ellos desde el puño entreabierto un hilo de arena que se deslizaba por el empeine y entre los dedos como una caricia.

Pero no quería negar el tiempo, estaba bien que hubiera pasado, porque nos había traído tantos dones, tantas cosas que yo veía tangibles y sagradas ante mí esos días de julio. El cuerpo de mi mujer me gustaba más porque ya llevaba doce años acariciándolo y conociéndolo, deseándolo con la hondura que sólo da el conocimiento, y también porque había albergado y parido a mi hijo, había sido ensanchado, ungido por una hermosa maternidad, nutrido de ricos flujos hormonales, de hilos de leche que se le derramaban en gruesas gotas de los pezones cuando el niño se había saciado de mamar. La misma mano que palpa el abdomen del paciente tendido en la camilla buscando los signos de una enfermedad acariciaba hace doce años ese vientre tenso y redondo, surcado de poderosas corrientes, estremecido por el corazón del niño a punto de nacer, percibía en las yemas de los dedos su curva planetaria. Quién sabe si un médico puede olvidarse de que lo es, si puede dejar atrás su oficio como deja su bata en la consulta en penumbra y camina hacia la salida pisando sonoramente el parquet muy bruñido, con ese lustre de las cosas bien usadas a lo largo de mucho tiempo, y al llegar a la calle lo deslumbra la claridad todavía veraniega del sol, forzándole a ponerse las gafas oscuras, a acordarse tal vez de que su mujer se las compró hace dos años, hace dos veranos, en la misma tienda del hotel donde hicieron nada más llegar todas las compras urgentes para los días de playa, bañadores y chanclas, crema solar de protección máxima, una gorra para el niño con el emblema del Zorro, un gran balón hinchable, tan liviano que la brisa del mar se lo llevaba siempre, unas gafas de bucear y unas aletas de hombre rana, porque el niño había decidido fantasiosamente que iba a poner en práctica unos conocimientos exhaustivos, aunque imaginarios, de pesca submarina, adquiridos en un documental de la televisión.

Ahora en la media luz de la consulta emerge algo más que hasta ahora yo no había visto, no sobre la mesa, sino en la estantería donde está el equipo de música, la foto de un chico todavía en la infancia, aunque casi al final de ella, en el umbral de un tránsito, de pelo revuelto y rasgos delicados, con unas gafas de bucear en la frente, riéndose con los ojos guiñados, con rastros de arena en la nariz y en el flequillo negro.

Hacia el oeste la playa se prolongaba en una horizontal indefinida, que concluía en la vaga mancha blanca de las casas del pueblo, disuelta en una bruma luminosa que borraba contornos y confundía la cal y la arena en un mismo relumbre solar. Sólo con la primera luz del día o a la caída de la tarde tenían plena nitidez los colores y se deslindaban las formas de las cosas. Hacia levante un cerro agreste y cortado a pico sobre el mar delimitaba la bahía. Con el sol de poniente relumbraban las cristaleras de los chalets de lujo medio escondidos entre el verde oscuro de los setos y de las palmeras, con altas tapias blancas sobre las que se derramaba el violeta fuerte de las buganvillas. Nos dijeron que en esas casas veraneaban multimillonarios, alemanes sobre todo. Al pie del acantilado, sobre una gran roca que se quedaba aislada cuando subía la marea, había un bloque cúbico de hormigón, un búnker que tenía algo de organismo equivocado y monstruoso, de cáncer mineral del paisaje, tan resistente a las embestidas del mar como la roca en la que lo habían cimentado. Pero al cabo de unos miles de años el hormigón también se habrá pulverizado, habrá ínfimos granos grises mezclados con los granos de arena, o serán parte de ella, igual que las esquirlas diminutas de vidrio de botella, que los fragmentos de conchas o de rocas. Para el niño fue una aventura memorable trepar hacia el búnker sujetándose a la mano fuerte de su padre y llegar por un pasadizo con el suelo de arena hacia la cámara interior, iluminada por un rayo polvoriento y oblicuo de sol que bajaba desde las saeteras alargadas por las que debieron de asomarse los binoculares de los soldados de guardia y los cañones de las ametralladoras. A través de la ranura se veía con exactitud, en la mañana despejada, la línea de la costa de África. Disfrutaba explicándole cosas a su hijo con detallada claridad, observando el gesto concentrado y dócil del niño, complacido en su interés por todo, en la cortesía atenta con que sabía escuchar, y que no era incompatible con una imaginación muchas veces propensa al ensimismamiento. En 1943 los Aliados habían vencido definitivamente a los alemanes y a los italianos en el norte de África, y se disponían a la invasión del sur de Europa: fíjate lo cerca que estaban si hubieran querido desembarcar en esta playa, en vez de en Sicilia, imagínate a los pobres soldados españoles de entonces encerrados en este búnker, esperando a que aparecieran los barcos de guerra americanos.

Volvieron y ya empezaba a subir la marea. Alevines transparentes de peces huían entre sus pies que chapoteaban en el agua limpia, pisando ahora una extensión lisa de roca que afloraba de la arena, y que estaba a trechos resbaladiza de algas adheridas, y otras veces cubierta por un musgo oscuro y poroso, mullido para las plantas de los pies. Retrocedía una ola y quedaba en una concavidad de la roca una charca en la que se agitaban criaturas diminutas, y el padre y el hijo se arrodillaban para mirarlas de cerca, trasladándose del tiempo inmediato de los hechos humanos a las inconcebibles lentitudes de la historia natural. Organismos primarios arrastrándose del mar a la tierra, bullendo en charcas, en el limo denso y fértil de las marismas, acorazándose para sobrevivir, a lo largo de millones de años, desarrollando valvas y conchas, caparazones calizos, patas y pinzas que dejan un rastro delgado en la arena, no más fugaz que el de nuestras pisadas, que el de nuestras vidas, pensaba sin dramatismo, sin melancolía, un hombre de cuarenta y tantos años que pasea por una playa llevando de la mano a su hijo, en un estado de perfecta y tranquila felicidad, de gratitud, de misteriosa concordia con el mundo, en uno de esos largos atardeceres de principios de julio, cuando el calor aún no agobia y el verano es todavía para el niño un regalo intacto.

Se soltó de su mano para tirarse de cabeza a las olas y él se apartó de la orilla y caminó por la arena más cálida hacia donde estaba su mujer, de la que también habrá una foto en la consulta en penumbra: la sonrisa ancha y los labios finos, siempre recién pintados de rojo, incluso esa tarde, en la playa, las gafas de sol como las que llevaban las actrices en las fotos en color de los años cuarenta. Me gustaba pensar que ella nos había estado viendo desde lejos, al niño y a mí, fáciles de distinguir en la playa casi despoblada a esa hora tardía pero aún cálida y luminosa, cuando ya hay breves pozas de sombra en las huellas de las pisadas y en los costados de las dunas: los dos en cuclillas, las cabezas juntas, observando algo en una lámina brillante de agua que ha dejado una ola al retirarse, viniendo luego de la mano por la orilla, el hombre flaco y blanco y el niño redondeado, moreno, con un rescoldo de sol tardío en la piel mojada, con un poco de barriga infantil sobre la goma del bañador; los dos tan distintos entre sí, separados por más de treinta años, y sin embargo asombrosamente iguales en algunos gestos, idénticos en la complicidad de los andares y de las cabezas bajas, aunque el niño, de cerca, a quien más se parece es a su madre, no sólo en el tono de la piel sino en la manera en que guiña los ojos al reírse, en la firmeza de la barbilla, en las manos, en el pelo rizado y revuelto por el aire húmedo del mar.

Hay un sabor salado en su boca y una consistencia más carnal en sus besos, una cualidad más densa en su piel cuando la acaricia bajo la tela ligeramente húmeda del bikini, en la penumbra de la siesta, tras las cortinas echadas. Los pechos y el vientre son dos manchas blancas en la piel ya morena. Posa una mano en el vello oscuro entre sus muslos y se acuerda de ese musgo empapado en el que hundía los dedos hasta tocar la superficie lisa de la roca en la orilla. Todo sucede muy despacio, el deseo ascendiendo con una lentitud de marea, los dos cuerpos usados y gastados por el amor, tan rozados el uno contra el otro, brillando en la penumbra.

De joven había creído como el fanático de una religión en el prestigio del sufrimiento y el fracaso, en la clarividencia del alcohol y en el romanticismo del adulterio. Ahora no era capaz de concebir para sí mismo una pasión más honda que la que sentía hacia su mujer y su hijo, la que notaba que los envolvía a los tres como una atmósfera más hospitalaria y cálida que el aire exterior, tan objetivamente perceptible como un campo magnético. Flujos compartidos, cromosomas mezclados en una gran célula primigenia, el óvulo recién fecundado, saliva del uno asimilada por el aparato digestivo del otro, saliva y secreciones vaginales, saliva y semen brillando algunas veces en los labios de ella, desleídos en la corriente nutritiva de su sangre, olores y sudores mezclados, impregnando la piel, el aire, las sábanas sobre las que luego se quedaban dormidos, apaciguados, mientras del otro lado de las cortinas echadas venían el chapoteo y los gritos de los niños en la piscina del hotel, y desde más lejos, si prestaban mucha atención, el ruido poderoso del mar, el viento que azotaba las copas de las palmeras.

Palmeras salvajes era el título de la novela que su mujer había venido leyendo en el tren y llevaba a la playa en un gran bolso de paja. Él solía pedirle que le contara las novelas que leía, y esos resúmenes, junto a algunas películas que también elegía ella, colmaban satisfactoriamente su apetencia de ficción. Lo real le parecía tan complejo, tan inagotable, tan laberíntico incluso en sus elementos más simples, que no veía la necesidad de distraer el tiempo y la inteligencia en cosas inventadas, a no ser que le viniesen filtradas por la narración de su mujer, o que tuviesen la elementalidad antigua de los cuentos. En el arte era sensible casi únicamente a las formas en las que se traslucía algo de la unidad armónica y la eficacia funcional de la naturaleza, y en las que había al mismo tiempo una sugestión de su desmesura ajena a la experiencia y a la observación humanas. Era sensible sobre todo a ciertas músicas y a ciertas formas y espacios interiores de la arquitectura. Las ruinas colosales de los templos griegos en el sur de Italia o de las termas de Roma le despertaban una emoción idéntica a la de los grandes bosques que había visitado en Nueva Inglaterra y en Canadá. En la forma de una columna clásica, de un gran capitel derribado, hallaba una correspondencia a la vez oculta y precisa con la majestad sagrada de un árbol, con las nervaduras y volutas, con la simetría exacta de una concha marina. Le enseñaba a su hijo la espiral de una concha diminuta de caracol y luego, en un libro de astronomía, la otra espiral idéntica de una galaxia, y lo llevaba al cuarto de baño y le pedía que se fijara en la espiral que forma el agua al caer del grifo en el agujero redondo del lavabo. Espiaba el brillo atento de la inteligencia en los ojos oscuros del niño, que tenían el mismo color y el mismo dibujo rasgado que los de su madre, y que eran idénticos a los de ella en una disposición inmediata a expresar, sin disimulos ni estados intermedios, la maravilla o la decepción, la felicidad o la melancolía.

No recuerda haberle preguntado al paciente en su primera visita si tenía hijos. Probablemente sí, porque es de esas personas que llevan consigo un aire conyugal y paternal, cierto desgaste físico, como una pesadumbre de responsabilidad en los hombros, de inquietud por la enfermedad de un hijo o desvelo de esperarlo las noches de los viernes. Fue el aire de desgaste, de vago cansancio general, lo que le indujo a una sospecha que en rigor no habría debido albergar. Pero no hay apariencia que de un modo u otro no incluya una parte de engaño, y tampoco hay nadie de quien pueda decirse con toda seguridad que está a salvo. Por supuesto no le dijo que en los análisis de sangre que iba a prescribirle estaría incluida esa prueba. No quería alarmarlo, pero sobre todo, y si era posible, no quería ofenderlo. Por quién me toma, le diría tal vez, qué clase de vida se imagina que llevo.

Vendrá dentro de unos minutos y será preciso decirle las palabras, el nombre de la enfermedad, repetir con cuidado, con desapego clínico, el eufemismo de unas iniciales. *Por supuesto que hay que repetir la prueba, pero no le oculto que incluso ahora el margen de error es limitado.*

Las mismas palabras dichas tantas veces, y siempre neutras y sin embargo atroces, el pánico y la vergüenza y tantas agonías vaticinadas y seguidas con la amargura nunca mitigada de la propia impotencia: ésa es casi otra forma de contagio, una fatiga casi como la que sufren ellos, como la que les ha traído a la consulta, un vago malestar persistente e inexplicable, el despertar en los ganglios, en ciertas células muy especializadas, del huésped inadvertido, oculto durante años, obediente también a ciertas contraseñas genéticas, que por ahora nadie sabe descifrar, igual que no se descifra la consistencia última de la materia, el torbellino de partículas y de infinitesimales fuerzas magnéticas del que está hecho todo, la luz de la pantalla de mi ordenador y la de la lámpara encendida sobre el teclado, alumbrando mis manos, la dura forma mineral de la concha que acaricio ahora mismo, acordándome de un verano, de dos veranos para ser exactos, dos veranos iguales y sin embargo tan distintos como dos conchas de la misma especie que a primera vista parecen idénticas y luego, con un poco de observación, se va descubriendo que apenas tienen nada en común, salvo una semejanza abstracta que tal vez sólo está en nuestra imaginación clasificadora, en nuestro instinto de simplificar.

No te bañarás dos veces en el mismo río, ni vivirás dos veces el mismo verano, ni habrá una habitación que sea idéntica a otra, ni entrarás a la misma habitación de la que saliste hace cinco minutos, a la misma consulta en penumbra donde habías estado una sola vez, sentado frente a un médico que hablaba despacio y hacía preguntas chocantes, y asentía al escuchar con mucha atención las respuestas, acariciando una concha blanca que tiene sobre la mesa, a la izquierda del teclado del ordenador, simétrica al ratón, que roza como sigilosamente con sus largos dedos blancos y velludos mientras busca un fichero, los datos que el paciente le dio por teléfono a la enfermera cuando llamó por primera vez pidiendo una cita.

Desde la playa mirábamos, hacia el este, las casas blancas plantadas al filo de los acantilados o medio escondidas entre espesuras de jardines, detrás de altos muros de cal, con ventanales y terrazas orientados al sur, a la línea azulada de la costa de África. Nos dijeron que muy arriba, en las laderas de roca desnuda a las que no llegaba la vegetación, había una cueva con pinturas neolíticas y restos de sarcófagos fenicios. Me desperté una mañana muy temprano, cuando estaba empezando a amanecer, me puse sigilosamente la ropa y las zapatillas de deporte, procurando no despertar a mi mujer, y salí del hotel cruzando el jardín desierto, que se reflejaba en el agua malva e inmóvil de la piscina. En el restaurante, bajo una ingrata luz eléctrica, los camareros más madrugadores preparaban las bandejas del buffet, repartían por las mesas tazas y cubiertos, en un silencio de sonámbulos. Notaba con gusto el vigor de las piernas, la sólida comodidad de las zapatillas, con las que había ya caminado y corrido cientos de kilómetros. El fresco de la primera hora de la mañana me atería la piel bajo el algodón liviano de la camiseta. Empecé a correr despacio, respirando suave, pero en lugar de hacia la playa, como hacía todas las mañanas, corrí por el camino que ascendía por la ladera de la colina. Pronto me cansé porque la cuesta se hacía muy empinada y continué caminando. Vistas de cerca, las casas que mirábamos desde la playa eran aún más imponentes, protegidas por muros erizados de cristales rotos, por avisos de compañías de seguridad, por perros que me ladraban al pasar desde el interior de los jardines, y que algunas veces golpeaban las cabezas contra las cancelas metálicas, escarbaban los setos asomando los hocicos, oliéndome, rugiendo. Salvo los ladridos de los perros y el roce de mis pasos sobre la grava, lo único que se escuchaba era el chasquido metódico de los aspersores, regando extensiones invisibles de césped, desde las que llegaba hasta mí el olor intenso de la savia y de la tierra bien estercolada y empapada.

Distinguía a veces, tras los barrotes de una reja, algún coche enorme y alemán, de carrocería plateada. Doblaba un recodo y aparecía delante de mí, cada vez más abajo, la extensión vertiginosa de la playa y del mar: el hotel como un modelo a escala o una de esas maquetas recortables que le gustaban a mi hijo cuando era más pequeño, el azul de postal de la piscina, la línea de ventanas. Detrás de una de ellas mi mujer seguía apaciblemente sumergida en el sueño y en la noche que preservaban las cortinas echadas.

Pero no lograba encontrar la vereda que me llevaría hacia la cima, hacia la cueva donde estaban las pinturas neolíticas. Abandoné el camino asfaltado, abriéndome paso entre matas pegajosas de jara, en las que había creído que se insinuaba un sendero. Cuando me creía perdido llegué de nuevo a la carretera, que se estrechaba entre rocas y malezas y terminaba abruptamente delante de un muro y de una puerta metálica muy alta, pintada de un color verde severo y militar. Varios perros ladraban y rugían tras ella y la embestían con tal fuerza que temblaban las planchas de metal. Reconocí las terrazas altas de la casa, los ventanales en arco que se veían desde la playa, en el punto más alto de la colina. Junto a la puerta, en una placa de cerámica, había un letrero en caracteres góticos: *Berghof.* Había leído ese nombre en alguna otra parte, en un libro, pero no recordaba en cuál.

Di media vuelta y ya no continué buscando el sendero hacia la cueva de las pinturas. Estaba cansado y se me hacía muy tarde. Cuando volví al hotel no eran más de las nueve de la mañana, pero ya empezaba a hacer calor y los primeros turistas alemanes, rojos de sol y ahítos por el festín del desayuno, empezaban a ocupar con plena deliberación las mejores tumbonas, las que tenían el cabecero reclinable y estaban situadas en el lado de la sombra. En mi habitación aún duraba la noche que había dejado al salir un par de horas antes. Abrí la puerta con sigilo, escuché en la penumbra la respiración de mi mujer y olí en el aire más denso que el exterior los olores comunes de nuestra vida, que habíamos traído con nosotros a la habitación del hotel. Me senté en la cama, junto a ella, que tenía puestas sólo las bragas y dormía de costado, ligeramente encogida, abrazando la almohada. *Verte desnuda es recordar la tierra*. Le aparté el pelo de la cara y entonces vi que tenía los ojos abiertos y estaba sonriéndome. Recordé esa palabra: Berghof.

Quisiera preservar cada pormenor de esos días de julio con la misma certeza que al acariciar la concha blanca sobre la mesa de trabajo: su peso débil en la palma de la mano, el interior tan suave, en el que sin embargo los dedos perciben el trazo atenuado de las acanaladuras, la irregularidad del borde exterior, mellado quizás por el choque violento contra una roca, hace cuánto tiempo.

Cada cosa guardada, salvada, los detalles menores, los esenciales, porque si falta uno de ellos el equilibrio general de las cosas puede hundirse.

En mi enciclopedia escolar venía la historia de cómo por culpa de una herradura, del clavo de una
herradura, se perdió un imperio entero: el empe-
rador manda a un mensajero a caballo a buscar
refuerzos, pero el caballo no puede galopar bien
porque lleva un clavo suelto en una herradura, tro-
pieza y cae y el mensajero se mata, o simplemente
no llega a tiempo de cumplir su misión. Cuántos
azares mínimos hicieron falta para que Pau Casals
encontrara en un puesto de papeles viejos de Barcelona las suites para violoncello de Bach. Esa concha arrastrada por una ola hace un año o hace doscientos años, chocando tan fuerte contra una roca
que se le rompe una parte de su borde exterior, quedándose luego enterrada en la arena blanca de una
playa que se pierde en el horizonte del oeste para que una tarde de julio Arturo la encontrase, para
que ahora yo la tenga aquí, al alcance de mi mano,
reconocida por ella, parte del reino familiar del sentido del tacto, junto al plástico hueco del teclado
del ordenador, la madera ruda y fuerte de la mesa,
la porcelana de la taza de café, el papel que relum-
bra a la luz de la lámpara y en el que hay escritas
cosas que serán indescifrables casi para cualquiera,
incluido yo mismo a veces: letra de médico, decían
los mayores, amedrentados por los médicos, la letra
de escribir recetas y diagnósticos, de firmar hojas de
análisis.

No hay un verano, sino dos, pero no pue-
de haber dos veranos iguales, no hay diferencias tan
definitivas como las que apenas se perciben. La de
un solo cromosoma entre veinticuatro determina si

se ha de ser hembra o varón. La diferencia entre la vida y la muerte de ese hombre que va a entrar en la consulta de un momento a otro es un virus que ha habitado imperceptiblemente dentro de él durante no se sabe cuántos años y de pronto ha empezado a replicarse, a multiplicarse, a envenenarlo sin que él se diera cuenta, sin que notara otra cosa que un cansancio vago e invencible, algo que el médico intuyó pero no podía haber advertido en su cara de hombre todavía saludable, al palpar en el abdomen sus órganos todavía intocados.

Imagina que habla con alguien, un amigo, que le cuenta esa historia, él que ya no tiene costumbre de confiar en nadie más que en su mujer, la historia de los dos veranos, del segundo verano, el de la repetición y el regreso, dos años después. Si hay algo que de verdad añoro no es la infancia, sino la amistad, la devoción mutua que me unía a mis amigos a los quince o a los veinte años, la capacidad de conversar durante horas, caminando por mi ciudad desierta en las noches de verano, de contar con exactitud aquello que uno era, lo que deseaba y lo que sufría, y de no hacer otra cosa más que hablar y escuchar y estar juntos, porque muchas veces eso era lo único que teníamos, a falta de dinero para ir a un bar o a un cine o a los billares, la pura evidencia de la amistad, las manos en los bolsillos vacíos y las cabezas hundidas entre los hombros y aproximadas en una actitud de confidencia, de conspiración. Echo de menos la pudorosa ternura masculina, la emoción de sentirse aceptado y comprendido y no atreverse a expresar la gratitud por tanto afecto: no la torva camaradería hombruna, la confidencia jactanciosa o el cruce de un guiño baboso ante la presencia de una mujer deseable.

Imagina que cuenta, que conserva algún amigo de hace treinta años y han seguido juntos y mantenido la misma lealtad de entonces, fortalecida y mejorada por el tiempo, por los aprendizajes y los desengaños de sus dos vidas enteras. Imagina a un amigo, lo inventa como se inventaba amigos cuando tenía doce o trece años y se encontraba solo en todas partes, en su familia y en el colegio nuevo adonde lo habían enviado, a esa edad rara que ya no es la infancia y todavía no es la adolescencia, o la mocedad, como se decía hace tiempo, lástima que se haya perdido una palabra tan bella, tan precisa.

Ahora es mi hijo quien está entrando en ella, en la mocedad o en la adolescencia, quien ya ha dejado de ser un niño y empieza a alejarse de mí sin darse cuenta, le diría a su amigo, si tuviera uno, si no hubiera perdido los que tuvo por obra de la lejanía o de la negligencia, de un fondo ligeramente amargo de escepticismo que los años han acentuado en él, y del que sólo está a salvo el núcleo más cercano de su vida, su mujer y su hijo, y acaso también, en parte, a veces, su trabajo, lo que sucede en la habitación en penumbra, consulta o cuarto de estudio, bajo la lámpara, en el espacio que delimita y alumbra su claridad no hiriente, calculada para acoger y sugerir, para que surjan en ella, como invocadas, inventadas, presencias semejantes que se transfiguran, casi inadvertidamente, de unas en otras: médico y paciente, amigo que se presenta quizás sin aviso y al que es tan gustoso acoger y tan fácil y apaciguador contarle algo, sabiendo que casi no son precisas las palabras y también que vale la pena escogerlas con cuidado para transmitir con plenitud una cierta experiencia, para volverla así inteligible, limpia de la niebla nociva, de la vaguedad confusa de la melancolía, de ese principio infeccioso de autocompasión que se insinúa en el recuerdo no compartido, rumiado en la soledad de la espera, en la consulta, presente como una deslealtad silenciosa cuando he vuelto a casa y mi mujer me nota ausente y me pregunta te pasa algo, y yo digo nada, el cansancio del trabajo, la persistencia opresiva de la enfermedad en esas caras nuevas que van apareciendo cada día, caras de recién llegados a la otra parte de la frontera, de recién expulsados.

Volvimos este verano, cuenta, contaría si tuviera a quién: me había pasado dos años recordando esas vacaciones, un poco a la manera de mi hijo, que todo lo encontraba memorable, con esa capacidad estupenda de entusiasmo indiscriminado de algunos niños. Pasamos en aquel lugar sólo diez días, y apenas hicimos otra cosa que bañarnos y tomar el sol, leer tumbados en la playa o junto a la piscina del hotel, salir de vez en cuando en un coche alquilado a cenar o a dar una vuelta por el pueblo. Yo me levantaba temprano, corría sin agobio unos kilómetros por la arena dura de la orilla, recién bajada la marea, la arena lisa y brillante con la primera claridad del sol. Me gustaba volver al hotel y despertar a mi mujer y a mi hijo, y desayunar con ellos junto a un ventanal del restaurante que daba a las palmeras del jardín. En cada cosa que hacíamos había una perfección insuperable, y yo era consciente de ella en el momento mismo en el que la vivía, no me hizo falta el tamiz del recuerdo para embellecerla. Había una concordia entre nosotros tres que se correspondía con la hermosura exterior del mundo, con la luna llena y el viento de poniente la primera noche que bajamos a la playa y nos abrazábamos los tres para defendernos de la humedad tan fría, con la pureza de la forma de una concha o el sabor y el aroma de un pescado asado sobre brasas que tomábamos en una terraza junto al mar. Cada uno de nosotros era intensamente él mismo y justamente esa singularidad era la que lo vinculaba a los otros dos, a cada uno de una manera única y distinta, siendo el mismo amor el que nos envolvía a los tres. Mi mujer y yo, mi hijo y yo, mi mujer y mi hijo, mi hijo mirándonos cuando nos hacíamos una caricia y mi mujer mirándonos al niño y a mí cuando caminábamos con las cabezas bajas por la playa, buscando conchas y cangrejos, yo mirando al niño cuando echaba arena sobre los pies de su madre, entre los dedos con las uñas pintadas de rojo, sobre el empeine y los talones.

Tonos apastelados, con la instantaneidad frágil de las polaroids, en las que todo parece suceder un poco al azar, sin premeditación y casi sin encuadre, con el desahogo de la vida diaria.

Vuelven, dos veranos más tarde, al mismo hotel, en los mismos días de julio, con atardeceres que se prolongan en una dorada lentitud hasta la hora de la cena: todo es igual, y sin embargo él se descubre espiándose a sí mismo en busca de algún fallo en la repetición gozosa de sus emociones de entonces, intranquilo, aunque de una forma insidiosa, desalentado sin motivo, irritado por contratiempos a los que sabe que no debería dar ninguna importancia, la habitación que este año no da al mar, sino a un patio con palmeras y a las ventanas de otras habitaciones, el viento de levante que apenas los deja ir a la playa los primeros días, provocando el disgusto de su hijo, que se encierra hoscamente en su cuarto y pasa horas mirando la televisión. Ya tiene trece años y una sombra de bigote le oscurece el labio superior. Sin que nos diéramos cuenta ha perdido la voz de niño, sin que lo advirtiéramos casi le estaba cambiando, y esa voz única ya ha desaparecido del mundo, ya no vamos a escucharla nunca más. Sólo han pasado dos veranos, pero hemos tardado tanto en volver que ya no era posible el regreso: dos años en nuestras vidas de adultos no son nada, pero en la suya son el salto de una existencia a otra, el tiempo de una transformación no menos radical que la de una larva en una mariposa. Sus ojos grandes, guiñados en la risa, con el mismo gesto de su madre, ya no miran como antes, o al menos no siempre. Lo miras a los ojos y parece que no está, o que no puedes encontrarte con él, quieres buscarlo y se ha ido, y aunque esa distancia sólo ocurra de tarde en tarde, más bien como en fogonazos de extrañeza o alarma, él, su padre, debe contenerse para no sentir una desolación de adolescente despechado, una forma de amargura que no creía que se le hubiera conservado tan intacta desde que tenía la edad en la que ahora está entrando su hijo.

Quizás no ha perdido nada aún, pero ahora descubre lo que hace dos veranos desconocía, el miedo a perder, el pánico a la posibilidad de que su hijo se le vuelva un desconocido, como los hijos de tantos padres que conoce, hombres de su misma edad y de su clase y su profesión entre los cuales sin embargo no hay ninguno al que pueda llamar verdaderamente su amigo, con la plenitud sagrada de esa palabra. Pero es que el chico ya tiene a sus amigos en Madrid y los echa de menos, le dice su mujer, sonriendo con una benevolencia que él envidia, con una serenidad de la que él depende para no rendirse del todo al abatimiento. No te das cuenta de que ya no es del todo un niño, que va a cumplir catorce años. Habría que ver cómo eras tú cuando tenías su edad.

Se vigila, se espía, con el mismo cuidado con que examina la cara de un paciente o palpa su abdomen o estudia su respiración en el estetoscopio, buscando síntomas de esa enfermedad a la que ahora se sabe vulnerable, la insidiosa decepción, la opacidad de las sensaciones que otras veces se dilataron en resonancias irisadas, como el tedio ante una música de la que antes se disfrutaba mucho, y a la que ahora se sigue prestando atención, hacia la que se finge entusiasmo, casi logrando engañarse a uno mismo, aunque se sabe, en un fondo inconfesable, que lo que más se desea en este mundo es que esa música termine, como volver a una ciudad y no sentirse ya arrebatado por ella, y no sobornarse a uno mismo para hacerse creer que el tibio agrado de ahora es idéntico a la exaltación de entonces.

Una noche, mientras espera a que su mujer termine de arreglarse para la cena, mientras ella le habla desde el cuarto de baño, peinándose ante el espejo, probándose un nuevo lápiz de labios, ve que una mujer rubia está echada sobre la cama en una habitación del otro lado del patio. Hay demasiada distancia como para que pueda distinguir sus rasgos, precisar si es joven o si es atractiva, o sólo una figura abstracta de mujer en la que cristaliza algún espejismo antiguo de su imaginación, la extranjera rubia y descalza en el estribo de un tren, una noche remota de principios de verano. Gesticula, hace algo con las manos, le habla a alguien a quien él no ve. La silueta de un hombre aparece en la ventana. El hombre se inclina hacia la mujer rubia, ocurre algo lento y borroso, y él aproxima la cara al cristal queriendo ver más claro, bruscamente excitado, percibiendo el movimiento rítmico y silencioso de los dos cuerpos tras la ventana del otro lado del patio, con la boca seca, como un adolescente sofocado de ignorancia y deseo.

Sólo dura un instante. Da la espalda al cristal cuando su mujer sale del cuarto de baño y teme irracionalmente ser sorprendido, descubierto por ella, o ponerse rojo y que ella le pregunte el motivo y ponerse más rojo aún. Prueba el remordimiento, pero esta vez no la decepción, y las dos figuras en la otra ventana se deshacen como fragmentos de un sueño en la claridad del despertar. Su mujer se ha puesto un vestido negro, muy ceñido, unas sandalias negras de tacón, se ha sombreado los ojos, se ha pintado los labios de un rojo nuevo y más suave, que concuerda con la tonalidad ya bronceada de su piel, y le sonríe ofreciéndose a su escrutinio masculino, solicitando su aprobación. Ahora el espía íntimo y turbio se rinde, el inspector secreto no encuentra ninguna fisura en la calidad de su propia emoción, no distingue la estridencia de una nota falsa, de una sensación parcialmente fingida, forzada: su deleite en mirar a su mujer es el mismo de hace dos veranos, o de hace doce años, no ha sufrido desgaste alguno por el paso del tiempo, no se ha contaminado de costumbre ni de acomodación. Mira sus piernas morenas y desnudas y queda tan embargado de deseo como la primera vez que estuvo con ella en la habitación de otro hotel, y la está mirando con todo el deseo y el entusiasmo que le han despertado siempre las mujeres, desde antes de que tuviera plena conciencia sexual, cuando a los doce años salía del colegio y se quedaba hechizado mirando a las chicas con las primeras minifaldas, o cuando una tía suya joven y guapa se inclinaba sobre él para ponerle la comida y él veía muy cerca la carne blanca y trémula de los pechos en el escote, perfumada, en penumbra, la delicada carne de mujer que ahora huele y roza y mira abrazándose a ella, queriendo bajarle la cremallera del vestido, subir por los muslos con la caricia urgente de las dos manos, ahora, en este mismo momento.

Ella se echa a reír y quiere apartarlo, halagada y contrariada, siempre asombrada de la instantaneidad del deseo masculino. Te estoy manchando de lápiz de labios toda la cara, se nos hace tarde para la cena y el chico está esperándonos. Que espere, dice él, respirando por la nariz mientras le besa el cuello, pero entonces, como invocado por las palabras de los dos, su hijo llama a la puerta, quiere girar el pomo pero por fortuna echamos la llave, les dará tiempo a recomponerse, a serenarse, y cuando salen él los mira con un aire en el que su padre, tan al acecho, tan pendiente de él, cree intuir una expresión lejanamente censora, o quizás sólo interrogativa, incluso de una cierta burla, por qué tardabais tanto en contestarme.

Pero aunque tuviera un amigo el pudor le impediría contar tales cosas, dejar que alguien se asomara a la comunidad sagrada de los tres, restablecida esa noche, confirmada en la misma terraza frente al mar en la que cenaron otra noche de hace dos veranos. Parpadeos rápidos de luces en la oscuridad, más allá de la larga cinta blanca de las olas que rompen en la arena: cuando hay luna nueva pululan las lanchas rápidas de contrabandistas de tabaco y hachís, las barcas llenas de emigrantes clandestinos que vienen del otro lado, de la línea más oscura de sombra que es la costa de África. La contemplación estética es un privilegio, y seguramente una falsificación: la costa hermosa y oscura que vemos nosotros esta noche desde la terraza del restaurante, en la que proyectamos relatos y sueños, aventuras de libros, no es la misma que ven al acercarse a ella esos hombres hacinados en las barcas sacudidas por el mar, al filo del naufragio y la muerte en las aguas más tenebrosas que las de ningún pozo, fugitivos de piel oscura y de ojos brillantes, apretándose los unos contra los otros para defenderse del miedo y del frío, para no sentirse tan inalcanzablemente lejos de esas luces de la orilla que no saben si podrán alcanzar.

A algunos de ellos el mar los devuelve hinchados y lívidos y medio comidos por los peces. A otros se les ve desde la carretera, corriendo a campo través, escondiéndose detrás de un árbol o aplastándose contra la tierra pelada, despavoridos y tenaces, buscando la ruta hacia el norte de quienes les precedieron, héroes acosados de un viaje que nadie contará. Cuando vuelven en coche desde el restaurante hacia el hotel hay dos jeeps de la Guardia Civil iluminando con los faros las dunas próximas a la carretera: con la cara pegada al cristal trasero el chico mira las luces azules de alarma que giran en silencio y las siluetas armadas de los guardias, tan excitado como si estuviera viendo una película. Cómo será estar escondido ahora mismo, en la noche sin Luna, empapado y jadeando en el fondo de una zanja, o en uno de esos cañaverales de la marisma, sin ser nadie, sin tener nada, ni papeles ni dinero ni dirección ni nombre, sin conocer los caminos ni hablar el idioma, piensa luego, en la cama, desvelado junto a la mujer que duerme abrazándose a él, los dos fatigados, agradecidos, gastados de nuevo por la codicia urgente del amor.

Despierta muy temprano, con la primera luz, despejado y ligero, pero no se levanta todavía, apenas se mueve para no tener que desprenderse del abrazo de ella. Asiste a la llegada gradual del alba, como un testigo sigiloso y paciente, se adormila con los ojos entornados y vuelve a abrirlos enseguida, sin mucho esfuerzo de la voluntad. Por primera vez desde que llegó en este segundo viaje siente el ánimo y el vigor necesarios para levantarse y ponerse la ropa de deporte. Lo acepta como una señal favorable, como una promesa de confirmación de que las cosas sí van a repetirse, van a seguir siendo idénticas, el amor de su mujer y el de su hijo, la plenitud verdadera de cada sensación, tan fuerte como el gusto de correrse muy en lo hondo de ella. El recuerdo es tan vivo y próximo que se levanta con una erección. Muchas veces tengo sueños eróticos con la mujer que duerme a mi lado cada noche.

A esa hora del amanecer los colores en la orilla del mar tienen una cualidad desfallecida de postal antigua, azules, grises, verdes y rosas de fotografía coloreada a mano. Empieza a subir por la carretera del acantilado, a paso rápido, enérgico, a largas zancadas, braceando con ritmo, notando en los talones la fuerza muscular del ascenso, los pulmones ensanchados por el aire del mar, todo el cuerpo ligero, rítmico, sin peso, con una alegría física que no recuerdo haber disfrutado en mi juventud. A cada curva que sube el precipicio es más vertiginoso y se ensancha más ilimitadamente el espacio que abarca la mirada: Tánger a lo lejos, hacia el oeste, una línea blanca en el azul sin brumas, las montañas del Rif, en las que hay aldeas de tejados planos, colgadas de barrancos, idénticas a las de la Alpujarra de Granada.

Grandes coches plateados de matrícula alemana, ladridos de perros tras las tapias de las casas aisladas entre roquedales y palmeras. En el hotel nos dijeron que los alemanes llegaron cuando no había nada en toda la costa, nada más que los búnkeres erigidos contra una posible invasión que sucedió mucho más lejos, primero en Sicilia, en el sur de Italia, luego en Normandía. Los alemanes empezaron a llegar al final de la guerra, la suya, eligieron para construir sus casas y plantar sus jardines esas laderas batidas por todos los vientos a las que no subía entonces nadie, en las que no había nada, sólo esa gruta con pinturas de siluetas negras de animales y arqueros, con ánforas enterradas en las que después se descubrió que había esqueletos de viajeros fenicios.

Esta vez va decidido a no rendirse sin alcanzar la cima, sin llegar a la gruta. Le han dicho que pasado cierto recodo en el que hay un gran pino retorcido sobre el abismo debe dejar la carretera y seguir una vereda que sube entre espesuras de jara y de una variedad de acacia con espinas muy agudas y racimos de flores amarillas cuya simiente, le han contado, vino traída por el viento o los pájaros desde el otro lado del mar, porque es una planta que crece en el desierto. Si tuviera un amigo le contaría que apenas se adentró en lo que parecía la vereda se dio cuenta de que estaba equivocándose, porque su traza se borraba enseguida entre la espesura. Se abría paso braceando entre las ramas ásperas que le arañaban la piel, entre las hojas pegajosas de la jara, procurando no perder la orientación, aunque de pronto no veía nada a tan sólo unos pasos. Escuchaba el mar batiendo contra el acantilado, pero ya no sabía calcular hacia dónde. Tropezaba en ramas tronchadas que le herían las piernas y tenía miedo de perder pie, de encontrarse sin saberlo muy cerca del precipicio. Pero no tenía más remedio que seguir avanzando, que resistir al desánimo de haberse perdido: llegaría pronto a un claro, encontraría una de las rocas que afloraban sobre la vegetación y subido a ella vislumbraría el camino.

Iba tan agitado, tan entregado al esfuerzo de abrirse paso entre los matorrales de jara y de esa planta cuyos pinchos se clavaban como picos de rapaces, que tardó en comprender que estaba escuchando ladridos copiosos y feroces de perros. A unos pocos metros delante de él, invisible hasta entonces, había un muro encalado y muy alto, coronado por una hilera de fragmentos puntiagudos de cristal. Lo fue siguiendo sin encontrar ni una puerta ni una ventana, dobló una esquina y en un instante se quedó paralizado de terror y de vértigo, el cuerpo entero aplastado contra la pared de cal: justo a un paso por delante de él estaba el filo vertical del acantilado, y muy abajo el fulgor y el bramido de la espuma contra la roca en la que se levantaba el búnker. Si me hubiera despeñado hace un momento mi mujer y mi hijo habrían seguido durmiendo, cada uno en su habitación, protegidos de la luz del día por espesas cortinas de hotel, tan lejos de ella como si aún fuera plena noche.

Se quedó unos largos segundos inmóvil contra el muro en el que ya daba el sol, con los ojos cerrados, sin atreverse a abrirlos, a mirar el vacío. Luego volvió sobre sus pasos, y según se alejaba del precipicio escuchó de nuevo los ladridos de los perros, que parecían haberse callado en el instante en que él había estado a punto de matarse. Daba ahora la vuelta a la casa en sentido contrario, siempre rozando el muro áspero de cal, avanzando en el espacio angosto entre la pared y la jara.

Llegó a una explanada delante de la puerta principal de la casa y una mujer rubia y corpulenta vino hacia él corriendo, llorando a gritos y diciéndole algo en una lengua que no entendía, y que en cualquier caso no llegaba a distinguir por culpa de los ladridos de los perros. Antes de ver el letrero en la placa metálica recordó que ya había estado otra vez en ese mismo lugar. *Berghof.*

Pensó al principio, todavía aturdido, que la mujer le reñía por haber invadido su propiedad. Pero no tenía aspecto de dueña de la casa, sino de criada, y las dos manos con que le sacudió con violencia mientras le gritaba algo eran manos grandes y rojas de trabajo doméstico, como de fregona o cocinera de otra época. Chillaba, tiraba de él hacia el portalón metálico entreabierto, detrás del cual ladraban los perros. Con una naturalidad parecida a la de los sueños aceptaba que la mujer había sabido que era médico y le pedía ayuda para asistir a un enfermo.

Pero no soy un médico. Pero no puede saber que soy un médico, no puede haber estado esperando mi llegada. Desde el momento en que entra en la casa, arrastrado por la mano poderosa de la mujer, imagina que cuenta lo que está sucediéndole, que se lo cuenta a su mujer, esta mañana, cuando vuelva al hotel, sentado en la cama junto a ella, llevándole una historia como le ofrecería el desayuno, súbita y rara, recién ocurrida, si vieras lo que me ha pasado, lo que he visto.

Cruza guiado por la mujer un patio de muros blancos y pavimento de mármol y arcos en los que se agitan cortinas de gasa y tras los cuales se ve el mar y la costa de África, esos arcos que hemos visto tantas veces desde la playa, preguntándonos quién tendría el privilegio de vivir allí. Hay una fuente de mármol en el centro del patio, pero el rumor del agua y el de nuestros pasos queda borrado por los ladridos que no se detienen, que se vuelven más fieros según yo voy adentrándome en la casa y la mujer llora a gritos y se frota las manos contra la pechera abultada, y se va volviendo más vieja según la veo más de cerca y me acostumbro a ella: los ojos azules, el pelo tan claro, de un rubio muy débil, la nariz chata y la cara redonda y colorada la hacían parecer joven, pero ahora me voy dando cuenta de que tendrá más de sesenta años, y también de que está vagamente vestida de asistenta o de ama de llaves. Se vuelve hacia mí con los ojos llenos de lágrimas y me pide por señas que vaya más aprisa. El lugar tiene un aire de pastiche andaluz concienzudo y germánico, con rejas colosales en todas las ventanas y puertas de cuarterones oscuros. Pero lo veo todo muy rápido, borroso por el aturdimiento, y cuando entramos en un salón donde hay algo en el suelo que la mujer me señala con aspavientos de pavor y de súplica, llorando con la boca abierta y las lágrimas cayéndole por las mejillas ajadas y redondas, mis pupilas acostumbradas a la luz solar tardan en adaptarse a la penumbra y al principio no distingo nada, no veo a nadie.

Es el gemido lo primero que escucho, aunque no con claridad, por culpa de los gritos de la mujer y los ladridos de los perros, que deben de estar encerrados muy cerca, porque oigo sus arañazos y los golpes de sus hocicos contra una superficie metálica. Un gemido y la respiración silbante de unos pulmones de enfermo, eso escucho antes de ver el bulto que hay tirado en el suelo, un hombre viejísimo envuelto en una bata de seda, muy pálido, de una palidez opaca y amarilla en la cara, en contraste con el rojo tan fuerte del interior de su boca abierta y de su lengua que se agita en busca de aire, estirándose como un deforme animal marino que pugna por escapar de una grieta en la que ha sido apresado. Se aprieta la garganta con las dos manos, y cuando me inclino hacia él aferra con una de ellas la pechera de mi camiseta, los ojos clarísimos tan abiertos como la boca, tan claros que apenas tienen un matiz de gris o de azul. Me atrae hacia él con una fuerza fanática, como agarrándome para no ahogarse, como queriendo decirme algo. Estoy tan cerca de su cara que veo sus lagrimales rojos y las venas diminutas de sus globos oculares y sus dientes largos y amarillos, y me llega un aliento con olor a sumidero. *Bitte,* dice, pero más que una palabra es un estertor, y la mujer que llora y jadea a mi lado repite lo mismo, me sacude con sus manazas rojas, urgiéndome a que haga algo, pero el hombre me tiene apresado contra él y no puedo desprenderme para auscultarle el pecho o para intentar un ejercicio de reanimación. Junto a él hay en el suelo de madera oscura y bruñida un charco que me ha parecido de orines, pero es té: también hay una taza rota y una cucharilla.

Este hombre se ahoga, le digo a la mujer separando absurdamente las palabras, por si puede entenderme, y le señalo un teléfono, hay que llamar a una ambulancia. Pero lo que yo quiero es irme cuanto antes, escaparme de allí, volver a la habitación del hotel antes de que mi mujer se despierte. Logro incorporarme, y cuando el hombre me suelta se le apacigua algo la respiración, aunque ahora casi tiene los ojos en blanco.

Sobre la mesilla en la que está el teléfono hay una pequeña bandera roja, con una esvástica en el centro, en el interior de un círculo blanco. Desde que entré en este lugar sólo ahora, mientras espero a que respondan el teléfono de Urgencias, miro a mi alrededor. En una pared hay un gran retrato al óleo de Hitler, rodeado por dos cortinajes rojos que resultan ser dos banderas con esvásticas. En el interior iluminado de una vitrina hay una guerrera negra con las insignias de las SS en las solapas, y con un desgarrón manchado de oscuro en un costado. En una fotografía pomposamente enmarcada Adolf Hitler está imponiendo una condecoración a un joven oficial de las SS. En otra vitrina hay una Cruz de Hierro, y junto a ella un pergamino manuscrito en caracteres góticos y con una esvástica impresa en el sello de lacre.

Lo veo todo en un segundo pero no puedo discernir la cantidad abrumadora de objetos que me rodean, que llenan la habitación, aunque es inmensa, los bustos, las fotos, las armas de fuego, los proyectiles puntiagudos y bruñidos, las banderas, los adornos, las insignias, los pisapapeles, los calendarios, las lámparas, no hay nada que no sea nazi, que no conmemore y celebre el III Reich. Lo que yo percibo como confusa proliferación tiene un orden perfecto y catalogado de museo. Y mientras tanto ese hombre sigue jadeando en el suelo, llamándome con la voz tan ronca que apenas brota de la oquedad cavernosa del pecho, *Bitte,* mirándome aterrado con sus ojos incoloros y enrojecidos en los lagrimales y en las comisuras internas de los párpados cuando cuelgo el teléfono y vuelvo a inclinarme sobre él. Tranquilícese, le digo, aunque no estoy seguro de que haya aprendido español en todos los años que lleva refugiado en esta costa, he llamado a Urgencias, ya viene de camino una ambulancia. Se le derrama saliva por un lado de la boca y su respiración infecta el aire de un olor a cañería. Palpa mi pecho, mi cara, como si estuviera ciego, me pide algo, me ordena algo en alemán. Ahora respira un poco más acompasadamente, pero los ojos siguen en blanco y los párpados entrecerrados. Le busco el pulso en la muñeca, hueso y piel y un haz de tortuosas venas azules, y se me clavan sus uñas en el dorso de la mano.

Cuando regrese al hotel le enseñará a su mujer las señales que le han dejado, como una prueba de que es verdad lo que le ha sucedido, lo que estará contándole con tanto alivio, todavía con un rastro de asco. Quiere irse pero no puede, aunque no sabe si es su deber de médico lo que lo retiene en ese lugar, o alguna forma de maleficio del que no es capaz de librarse, como de las uñas del hombre tal vez moribundo que se le clavan en la mano. Ahora es como si llevara mucho tiempo en la casa, y le angustia la sensación de encierro, la lentitud de los minutos. Su mujer ya se habrá despertado, estará preguntándose por qué no ha vuelto aún. No empezará a preocuparse, se alarmará de golpe, con ese sentido de fragilidad y protección que tiene hacia él, temerá que le haya ocurrido algo, se irritará con él por esa manía suya de las carreras y las caminatas al amanecer. En lo que nos parecemos más los dos es en el miedo a que de golpe se nos rompa todo, se nos deshaga la vida. Tiene que librarse de la mano del viejo y que llamar al hotel para tranquili-

zarla, pero no sabe el número y siente como un obs-
táculo formidable la tarea de averiguarlo.

Las pupilas han vuelto a aparecer en la ranura de los párpados y están fijas en él. Aparta los
ojos y hace ademán de incorporarse pero las dos
manos flacas y corvas lo detienen estrujando la
tela porosa de la camiseta. Escucha la respiración,
la huele, cobra conciencia del rugido monótono
del mar al fondo de los acantilados. Entre el murmullo o el rezo de la mujer que permanece en pie
como un figura roma y sólida y los ladridos que
no han cesado ni un instante le parece que ha empezado a escuchar todavía muy lejos la sirena de
una ambulancia.

Cerbère

La carta de la embajada alemana debió de llegar cuando llevábamos menos de un año en la casa nueva. Me fijé en el matasellos y tenía fecha de varios meses atrás, y la dirección que ponía en el sobre era la antigua, la de aquella corrala del barrio de las Ventas en la que yo había nacido justo cuando estalló la guerra, y donde vi por última vez a mi padre, justo el día antes de que los nacionales entraran en Madrid, aunque yo era demasiado pequeña para que me quede ningún recuerdo. La carta había estado mucho tiempo yendo de un sitio a otro, y el cartero que me la dio me dijo que le había costado mucho encontrarnos, porque entonces en el barrio todo era nuevo y muchas calles aún no tenían nombre, y a veces ni siquiera había calles, nada más que descampados que se volvían barrizales en cuanto llovía un poco. Ahora vas al barrio y parece mentira, todo tan ordenado, tan acabado, y los árboles tan altos, como si los hubieran plantado hace mucho más tiempo, pero entonces, cuando nosotros llegamos, los árboles eran tan raros como las farolas, y los primeros bloques de viviendas estaban muy lejos los unos de los otros, separados por terraplenes y solares vacíos, y el campo estaba a un paso. Había trigales y huertas y pasaban rebaños de ovejas, y al fondo se veía Madrid, que me parecía ahora más bonito que nunca, con aquellos edificios altos y blancos, como una capital extranjera de las que salían en el cine. La gente decía, burlándose, os habéis ido a vivir a las afueras, pero a mí eso no me importaba, hasta lo prefería, me gustaba asomarme a la terraza de mi piso nuevo y ver Madrid a lo lejos, y llegar a Madrid en la Vespa nueva de mi marido, abrazándome a su cintura, como si viajara a otra ciudad. Por primera vez teníamos habitaciones ventiladas y cuarto de baño, y agua fría y caliente, y en cuanto me quedé embarazada mi marido trajo a casa una lavadora, y al poco tiempo se sacó el carnet de conducir, que a mí entonces me parecía casi más que si hubiera sacado una carrera. Una mañana escuché una bocina, me asomé a la terraza y delante de la casa había un coche nuevo, un Dauphine azul claro, y era mi marido el que lo conducía. Había pagado la entrada y ya se lo habían dado, igual que nos dieron el piso y la lavadora nada más pagar la entrada, y a mí esa palabra, la entrada, me daba miedo y también me gustaba mucho, y todavía me parece una palabra muy bonita si me paro a pensarlo, porque la sensación que teníamos era de estar entrando en una vida nueva, igual que habíamos entrado en el piso nuevo y olía a yeso fresco, y cuando entré en el coche por primera vez también olía a algo parecido, a una cosa nueva y limpia, y nosotros veníamos de donde todo olía a viejo, las casas, los tranvías, la ropa, los pasillos, los retretes en los rellanos, los armarios, los cajones de las cómodas, a viejo y a sucio, a usado, a rancio. Todo había sido tan difícil, durante tantos años, todo tan escaso, y de pronto parecía que bastaba desear una cosa para tenerla, porque te la entregaban con sólo dar la entrada, igual que nos habían entregado las llaves del piso aunque faltaban más de veinte años para que termináramos de pagarlo. En nuestro patio de vecindad en las Ventas, cerca de la plaza de toros, todo era siempre estrecho, y pequeño, y siempre había gente cerca, las vecinas de la puerta de al lado que te escuchaban aunque no hablaras alto y que con cualquier pretexto se metían a fisgar en tu casa, algunas con muy mala idea, así que cuando yo entré por primera vez en mi piso nuevo de Moratalaz me pareció inmenso, sobre todo cuando abrí la ventana del salón que daba a toda la anchura del campo, y al fondo Madrid, como en una película panorámica y a todo color. Todo nuevo, mi cocina que no tenía que compartir con nadie, mi lavadero que no apestaba a cañería ni a mugre de otros, mi cuarto de baño, con los azulejos blancos, con los sanitarios tan blancos que resplandecía la luz fluorescente en ellos, una luz tan buena, tan clara, no la de aquellas bombillas tísicas con las que nos alumbrábamos cuando yo era niña. Mi madre se quejaba, porque toda su vida la había pasado en Ventas y no lograba acostumbrarse a no estar cerca de sus vecinas y de sus tiendas de siempre, y en el barrio nuevo se perdía nada más salir, y decía que estaba como una inválida, a expensas de quien quisiera traerla y llevarla, porque entonces ni el metro ni el autobús llegaban todavía al barrio, si ni siquiera estaba en los planos de Madrid. A mi madre no quise enseñarle la carta. Como era tan desconfiada, salió enseguida de su cuarto para preguntar quién había llamado, y cuando le dije, tonta de mí, que había sido el cartero, quiso saber quién nos había escrito, pero yo le dije que había sido una equivocación y me encerré en mi dormitorio para abrir a solas la carta. Me palpitaba el corazón, de miedo, porque entonces el hambre ya se nos había quitado, pero el miedo nos duraba todavía, el miedo a todo, a que nos cayera otra vez la desgracia, a que se llevaran de nuevo a mi madre, como cuando se la llevaban después de la guerra y tardaba días en volver y mi abuela iba por las comisarías y las cárceles de mujeres preguntando por ella. Mi padre se lo había dicho, si no te vienes conmigo lo vas a pasar tan mal que mejor te ahorcas o te tiras por el balcón, pero ella no quiso moverse, no quiso irse de España, aunque sabía perfectamente lo que le esperaba, no por haber hecho algo, porque a ella no le importaba nada la política y ni siquiera sabía leer ni escribir, sino tan sólo por estar casada con él. Yo tenía tres años cuando acabó la guerra, cuando mi padre se presentó una madrugada en la corrala de Ventas para llevarnos con él, y no me acuerdo de nada, pero me imagino la escena perfectamente, conociendo a mi madre, con lo cabezona que era, que se quedaba muy seria sentada en un rincón y bajaba la cabeza y no había quien la moviera, me imagino a mi padre hablando y hablando y diciéndole que teníamos que irnos todos a Rusia, queriendo convencerla, prometiéndole cosas, argumentándole igual que en sus reuniones políticas, en las que parece que se salía siempre con la suya, por eso había llegado tan alto. Era un pico de oro, me contaba mi abuela, pero a la única a la que no convencía era a su mujer, a la que no pudo llevar nunca a ninguna manifestación, que no se interesó nunca por sus mítines y sus políticas, y que no se creía nada de lo que él le prometía, ni lo admiraba por los puestos cada vez más altos que iba teniendo durante la guerra ni por las estrellas que traía en la gorra y en la bocamanga. Él se marchaba, se iba por la mañana y podía volver esa noche o al cabo de una semana o de un mes, volvía de la cárcel o del frente, disfrazado para que la policía no lo encontrara o vestido con uniforme militar, y ella no le preguntaba dónde había estado y escuchaba callando sus explicaciones, que se creía o no, y que seguramente no entendía. Eso sí, le tenía siempre la casa limpia y el puchero en el fuego, y algunas veces hasta le curó las heridas que trajo o le preparó a deshoras tazones de caldo o de café caliente para aliviarle el hambre que traía, y cuando se le acababa el poco dinero que él le había dado se echaba a la calle a buscarse la vida, a fregar suelos o a vender agua en la plaza de toros con un botijo de barro y un vasito de estaño, y si hacía falta iba a la parroquia a pedir ropa para nosotros, aunque eso sí que se lo ocultaba a mi padre, que no podía permitir que los curas le ayudaran. La última vez que yo lo vi debió de ser esa noche en que vino a buscarnos, medio escondiéndose ya, porque si la

guerra no había terminado estaba a punto de terminar, y le dijo a mi madre que había un coche en
marcha esperando en la puerta, que nos iba a llevar esa misma noche no sé si a Valencia, donde
tomaríamos un barco, o a un aeródromo, y que
enseguida llegaríamos a Rusia, y que allí no tendríamos ya hambre nunca más y disfrutaríamos
de todas las comodidades. Yo no sé cuántas cosas
le diría, cuánto tiempo estaría hablándole, y mientras tanto el coche con el chófer en la puerta, y las
tropas de Franco a punto de entrar en Madrid, y
mi madre como si oyera llover, que me la imagino
perfectamente, negando con la cabeza, mirando al
suelo, que no y que no, que él podía hacer lo que
le diera la gana, como había hecho siempre, pero
que a ella y a sus hijos no se los llevaba, y menos a
Rusia, tan lejos, que irse a lo mejor era fácil, pero
desde tan lejos a ver quién volvía. Y él dando vueltas por la habitación, no tengo ningún recuerdo
de él pero me parece que lo veo, alto, muy guapo,
con el uniforme, como en una de esas fotos que
me dieron en la embajada, y que luego mi madre
rompió en pedazos muy chicos y quemó en un
montón con todos los papeles, las cartas y los dibujos, los documentos, con lo que a mí me gustaría tener ahora alguna foto, algún recuerdo de mi
padre. Pues yo me lavo las manos de lo que te pase, y de lo que les pase a los niños, le diría, y ella
saltaría como una fiera, como si no te las hubieras
lavado siempre, con tus políticas y tus aventuras
y tus revoluciones, que si hubiera sido por ti ahora
tus hijos estarían pidiendo por la calle. O estarían

en Rusia, bien alimentados y bien cuidados, sin haber pasado las penalidades que han tenido que pasar aquí por culpa de tu encabezonamiento, porque ya otra vez, cuando yo tenía dos años, mi padre había querido que mis hermanos mayores se fueran en una de aquellas expediciones de niños españoles que iban a Rusia, y mi madre también se había negado. Me contó mi madre que yo estaba durmiendo en la habitación de al lado y que me desperté con las voces y salí llorando, y que al ver a mi padre al principio no lo conocí, y me refugié en las faldas de ella cuando él quiso abrazarme. Pero había otra mujer en la habitación, te lo cuento y es como si me acordara, de tan claro como lo veo, una mujer alta, morena, recia, guapa, vestida de negro, como si llevara luto, que había sido vecina nuestra y que tenía una hija que algunas veces me había cuidado y había jugado conmigo, una hija todavía más guapa que ella y también un hijo mocetón que ya llevaban dos o tres años en Rusia. La mujer me cogió en brazos, me sentó en sus rodillas, me contaba mi madre, y le decía a ella, por favor, aunque no sea por ti, al menos hazlo por esta criatura, que no tiene culpa de nada. También me contó mi madre que esa mujer me acunaba para que me durmiera y me cantaba una nana en voz baja mientras mi padre seguía dando vueltas por la habitación y discutiendo con mi madre, y mientras se oían lejos los cañones, pero ya muy espaciados, porque la guerra estaba en las últimas horas, y todo estaba ya perdido. Y sabes quién era esa mujer, me decía mi madre, bajando la voz, cuando me contaba las cosas de aquella noche, era la Pasionaria, que andaba en las mismas políticas que tu padre, y me contaba que sus hijos ya hablaban ruso y se encontraban estupendamente en la Unión Soviética, como nos encontraríamos nosotros si nos marchábamos esa noche. Mi madre no decía nada, bajaba la cabeza y se quedaba mirando el suelo, y mi padre perdía los nervios, hablarte a ti es como querer hablarle a una pared. Tú serás responsable de lo que pase, le gritaba, y volvía a decirle que él se lavaba las manos, mejor te tiras a un pozo, porque ésos van a entrar ya mismo y no van a tener compasión. Y fue verdad, porque a mi madre le raparon la cabeza y le dieron palizas terribles, nada más que por ser la mujer de un rojo destacado, y a mis tíos, sus hermanos, los metieron a todos en la cárcel, y fusilaron a dos de ellos. Por las noches se oían desde nuestra casa las descargas de los fusiles en el cementerio del Este, y en cuanto paraban los tiros mi madre y mi abuela se echaban los mantones a la cabeza y se iban con otras mujeres a buscar entre los cadáveres a ver si encontraban el de alguien de nuestra familia. De eso ya sí me acuerdo, porque era un poco mayor, de las dos mujeres con los mantones negros sobre la cabeza, yéndose por la calle, y de no dormirme hasta que volvían, cuando ya había salido el sol, y lo que no vi parece que también lo recuerdo, que las veo a las dos a la luz del amanecer moviéndose muy despacio entre los muertos, volviendo a alguno que había caído boca abajo para verle la cara. Mi madre nos llevó al pueblo, creyendo que allí comeríamos mejor y se fijarían menos en ella, pero nada más llegar la detuvieron y le raparon la cabeza, y la castigaron a fregar y barrer todas las madrugadas el suelo de la iglesia durante dos años, y pasó tanto frío fregando arrodillada sobre aquellas losas que el resto de su vida estuvo enferma de los huesos.

No hay límite a las historias insospechadas que se pueden escuchar con sólo permanecer un poco atento, a las novelas que se descubren de golpe en la vida de cualquiera. Ha llegado la señora hacia las seis de la tarde, a la hora antigua de las visitas, y ha traído con ella un aire indefinido de visita de otro tiempo, de formalidad afectuosa, visible en el cuidado que ha puesto en arreglarse y también en el paquete de dulces que ha debido de comprar en una pastelería como las de su juventud. Es una mujer de sesenta y tantos años, con una presencia de clase media acomodada, aunque no opulenta, con un rastro de vitalidad popular que se manifiesta sobre todo en la viveza de su mirada y en la desenvoltura de sus muestras de cariño. Ya no vive en su barrio de siempre, donde se fue a vivir al casarse y donde crecieron sus hijos, sino en otro más lejano, casi una urbanización de las afueras, y aunque se advierte que la adversidad no la vence fácilmente también se ve que hubiera preferido no mudarse, y que el cambio de domicilio se ha agregado a un cierto número de claudicaciones melancólicas, de ajustes amargos sobrevenidos en los últimos años, la jubilación y la vejez

de su marido, la merma de sus ganancias, que en
otro tiempo fueron muy considerables y les permitieron disfrutar buenos coches, colegios caros
para los hijos, viajes al extranjero. Pero es fuerte,
se le ve enseguida, es una mujer grande y sólida,
de mirada franca, de manos enérgicas, de disposición animosa hacia el mundo, hacia las novedades
que aún le ofrece la vida, a diferencia de su marido, dice, que se apagó al jubilarse, que no supo
adaptarse al declive de los buenos tiempos, y que a
ella la saca de quicio, porque parece que quisiera
envolverla en su propio apocamiento, que le gustaría tenerla siempre a su lado en el piso pequeño
de ahora y en la misma actitud de pesadumbre en
la que se ha instalado él, pesadumbre y desengaño, desconfianza hacia el mundo, desgana no ya
de viajar, sino hasta de pisar la calle, nostalgia de
las cosas perdidas, el dinero y los años, la prosperidad que parecía que fuera a durar siempre y que se
le fue de las manos, sin darse mucha cuenta, sin
que en realidad ocurriera ningún desastre grave:
las cosas simplemente se gastan, cambian los tiempos y los buenos negocios se van apagando poco a
poco, y de pronto uno es un jubilado y tiene que
vivir de una pensión, y sus ahorros se han encogido casi del mismo modo que su presencia física, el
dinero se ha ido igual que se ha ido el tiempo de
la vida, y no se sabe adónde.

Allí se ha quedado, dice ella, sentado en el
sofá, eso sí, con su termo de café, que se lo he dejado listo para la hora de la merienda, y cuando le
he dicho adónde iba se ha animado un poco y yo

creo que casi ha estado a punto de venir conmigo, pero le ha vencido la pereza, con el frío que hace ya por las tardes cualquiera se fía de salir a la calle, me dice, ni que tuviera ochenta años, y ya se ha quejado también de lo lejos que vivimos y de lo que tardan en llegar los autobuses, no como antes, que en quince minutos te ponías en el centro. Siempre está hablando de antes, acordándose de antes, pero yo es que ya lo dejo con la palabra en la boca, ahí te quedas, y me vuelve a preguntar que adónde voy, como asustado de que sea muy lejos y vaya a tardar mucho. Y ya estará preocupado, mirando el reloj, dando vueltas por la casa, con su batín y sus zapatillas, que pareces un enfermo, le digo, pero le da igual, ni siquiera se enfada, hasta el carácter lo ha perdido, con tanto como tuvo.

Mira el reloj, su reloj pequeño de oro, coquetería de otros tiempos, igual que las pulseras, que el anillo con una piedra preciosa en su mano que ya no es joven pero que todavía conserva una fortaleza de trabajo físico. Tendría que irme, dice, o que llamarlo por teléfono, porque ya estará nervioso, pero también me da rabia vivir tan pendiente de él, que si me quedo en casa me asfixio, y si salgo no disfruto, qué castigo de hombre. Además no puedo desahogarme quejándome de él, porque jamás me ha dado motivo, en cuarenta años de matrimonio, ha sido siempre tan bueno que casi me da rabia, tan bueno que si me enfado o me impaciento con él enseguida me siento culpable.

Pero no quiere irse, se la ve que disfruta de la ocasión de la visita, con una mezcla de efusión

de cariño y modesta satisfacción social, y aunque
se ve que no tiene mucha costumbre de tomar té
da muestras de paladear con gusto cada sorbo, y se
esmera en sostener bien la taza y en celebrar todo
lo que descubre a su alrededor, lo que aprecian sus
ojos claros y radiantes, acostumbrados a juzgar el
precio y las calidades de las cosas, la porcelana del
servicio de té, el tejido de las cortinas, las rosas rojas
en el centro de la mesa. Quizás compara esta casa
con la suya, pero si es así lo hace sin resentimiento, más bien con un impulso de celebración. Igual
que hay personas opacas a lo que les rodea, presencias como agujeros negros que absorben cualquier luz que tengan cerca y la apagan sin benefi-
ciarse de ella, hay otras que reflejan en sí mismas
cualquier claridad próxima, irradiándola como si
fuera suya. Ay hija mía, cómo le gustaría esta casa a tu madre, si pudiera verla, si no se te hubiera
muerto cuando era tan joven. Esta mujer de sesenta y tantos años que vivió tiempos mejores se re-
crea en la juventud que tiene cerca, en el espacio
de la casa mucho más grande que la suya, en la
porcelana y en las rosas que ella ahora no podría
pagar, y si mira un cuadro que la desconcierta y
que ella no habría colgado en su casa o prueba un
té japonés que le resulta raro y amargo, el aliciente
de la curiosidad es más poderoso que el instinto
natural de rechazo. Apenas fue a la escuela de niña, pero habla como una mujer sensata y cultivada, y si pasó en los años sesenta una juventud de
encierro doméstico al servicio del marido y los hijos posee la gallardía y el aplomo de quien podría

desenvolverse a solas en la vida. Lee libros, le gusta mucho el cine, pasó años asistiendo a la escuela nocturna. Me acuerdo de tu madre, la rabia que le daba que estuviéramos tan sujetas a nuestros maridos, el empeño que ponía en que tu hermana y tú estudiarais. Era muy lista, y se daba cuenta de que los tiempos iban a cambiar, y por eso sentía aún más pena al comprender que iba a morirse, y que ya no os vería a tu hermana y a ti hechas dos mujeres adultas, independientes, no atadas como nosotras, como habíamos vivido siempre ella y yo.

Toma con precaución unos sorbos de té, prueba las pastas que ella misma ha traído, no sin remordimiento, porque teme engordar, conversa jovialmente sobre películas o sobre chismes sociales, mira el reloj y dice que ya va siendo hora de irse, tantas cosas como tendréis que hacer vosotros y yo quitándoos una tarde entera, y además su marido ya estará muy nervioso, tan impaciente que no será capaz ni de quedarse quieto en el sofá, no porque esté preocupado por mí, dice ella riéndose, sino por miedo a que no llegue a tiempo de hacerle la cena, y él tiene que estar cenando a las nueve en punto, ni un minuto antes ni un minuto después, dice que es por su estómago, porque cualquier irregularidad le empeora la úlcera. Esa manía de la puntualidad la ha tenido siempre. Mi madre me decía, cuando lo conoció, hija mía, ni que lo hubieses escogido a propósito, a tu padre le pasaba exactamente lo mismo, le gobernaban la vida las campanadas del reloj. A mi padre yo lo vi por última vez cuando tenía tres años. Algunas veces creo que me acuerdo de él, pero de lo que me acuerdo es de una foto en la que me tiene en brazos.

Entonces, al nombrar casi por casualidad al padre, ocurre algo, una ligera modificación en la mirada, que se vuelve hacia adentro, al mismo tiempo que la sonrisa desaparece un instante. Bastará una pregunta casual para que la señora no parezca del todo la misma y para que el presente retroceda en la sala de estar donde sin embargo no ha cambiado nada, tal vez sólo el tono de las voces, la disposición de quien escucha, la calidad nueva del silencio, como un papel en blanco sobre el que se irán imprimiendo las palabras, que originan sin premeditación la copiosa novela de una vida común, saltando en pocos minutos de una época a otra, de una corrala cerca del cementerio del Este en el Madrid cruel de la primera posguerra a una barriada recién construida de los años sesenta, atravesando la guerra civil y las peripecias de un hombre que desaparece una noche para subir a un automóvil que le ha esperado en marcha y ya no vuelve nunca, del que se sabe que ha estado en Rusia, que después viajó clandestinamente a Francia, que luchó en la Resistencia contra los alemanes y fue detenido por ellos y encerrado en un campo de prisioneros desde el que enviaba cartas muy breves y dibujos a sus hijos, porque tenía un talento muy grande para el dibujo: pero se escapó del campo, volvió a unirse a la Resistencia, volvieron a atraparlo y una vez más se escapó, y ya parecía que su rastro se había perdido para siempre: un día, más de veinte años después del final de la guerra en Europa, su hija que no lo recordaba recibe una notificación de la embajada alemana. Le da miedo abrir la carta, con su membrete oficial, porque las cartas oficiales, desde que era niña, sólo le han anunciado desgracias, y también teme enseñársela a su marido, que nunca ha querido saber nada de política, y hace muy bien, que trabaja con una energía sin descanso para pagar las letras del piso y las del coche y la lavadora, para llevarla a ella y a sus hijos pequeños a la playa en las vacaciones de verano, para inscribirlos en el mejor colegio de pago en cuanto estén en edad. No quiere saber nada de historias viejas, no le ha hecho preguntas sobre ese padre que desapareció hace tantos años, pero también es verdad que se enamoró de ella sin que le importara que viviese en una corrala tan pobre ni que fuera hija y sobrina de rojos.

Si hubiera estado tu madre seguro que le habría hablado a ella de la carta, pero vosotros aún no habíais llegado al barrio, y aunque yo tenía ya amistad con algunas vecinas no me habría gustado que supieran el pasado de mi familia, no porque me avergonzara de él, cuidado, sino por precaución, porque ya te digo que entonces todavía nos duraba el miedo. Tu madre, tan distinguida, tan joven, me acuerdo siempre así de ella, no como era al final, aunque ni siquiera con la enfermedad perdió aquella elegancia que tenía, sino mucho antes, las primeras veces que la vi, cuando llegasteis al barrio, tú tan pequeña que aún te llevaban en brazos o en el cochecito. Me acuerdo de cuando llegasteis: me asomé a la terraza al escuchar el ruido de un motor y vi el coche negro y grande que tenía entonces tu padre, el mil quinientos, y al veros salir de él me dio mucha alegría, porque erais tantos, y el bloque y el barrio estaban muy despoblados aún. Empezaron a salir niños del coche, y bultos del maletero, y luego salió tu madre con un vestido claro y se quedó parada en la acera, quizás un poco mareada del viaje, y no me dio la impresión de que le gustara mucho lo que veía, los descampados con zanjas y grúas y Madrid tan lejos, las calles tan anchas, los árboles tan poco vistosos como las farolas. Te tomó en brazos, miró hacia arriba, hacia donde yo estaba, y yo enseguida la saludé, y me dio mucha alegría que fuera tan guapa y tan joven, y que hubiera venido a mudarse al piso que estaba justo encima del mío. Todavía no estaba enferma, o por lo menos no lo sabía, o no le daba importancia a las primeras molestias, pero yo la recuerdo un poco pálida, más frágil que las otras vecinas de nuestra edad o que yo misma, aunque ella trabajaba en su casa y bregaba con vosotros igual que cualquiera, y ponía la misma sonrisa de disfrutar de la vida que tienes tú ahora mismo. Muchas veces, por el patio de luces, la oía cantar mientras estaba en la cocina o reírse a carcajadas de algo que tu padre estaba diciéndole en voz baja. A ella sí le conté cómo había sido mi vida y la de mi madre cuando acabó la guerra, y hasta que la Pasionaria me había acunado en su regazo y me había cantado una nana, y el miedo que pasé aquella vez que nos llegó la carta de la embajada de Alemania, con varios meses de retraso, después de dar vueltas por todo Madrid. Temía que mi marido se enfadara si se la enseñaba, y tu madre se reía cuando se lo conté, al cabo de varios años: pero mujer, cómo iba a enfadarse, con el carácter tan bueno que tiene. No me atrevía a hacerme la ilusión de que en la carta pusiera que mi padre estaba vivo. En cuanto mi marido llegó del trabajo esa tarde me encerré con él en el dormitorio y le enseñé la carta, y él me tranquilizó enseguida, no podía ser nada malo viniendo de un gobierno extranjero, porque al gobierno al que había que temerle era al nuestro, pero mejor no se lo decimos todavía a tu madre, hasta que no sepamos con seguridad de qué se trata.

Fueron a la mañana siguiente, en el coche nuevo, que tenía un olor tan fuerte a nuevo todavía, un olor delicioso a plástico y metal, a gasolina, llegaron a Madrid como dos turistas y durante todo el camino ella apretaba en el regazo el bolso donde guardaba la carta. Quizás van a decirme que mi padre está vivo, que perdió la memoria por culpa de una herida en la cabeza y por eso no vino nunca a buscarnos, pensaba, porque había visto historias así en las películas, pero también temía que fueran a certificarle la muerte de su padre, uno más entre tantos millones de cadáveres sin nombre tirados por las cunetas y las fosas comunes de Europa, en el tiempo en que se había perdido su rastro, cuando llegó su última carta desde el campo alemán, unas pocas líneas y en el reverso el dibujo a lápiz de un pueblo alpino con campanarios bulbosos y tejados en punta. Yo solía ir siempre bien agarrada del brazo de mi marido, pero esa vez era él quien me llevaba, quien dio mi nombre en la portería de la embajada y enseñó la carta y mi carnet de identidad, y yo tan asustada de encontrarme en aquel sitio, entre aquellas personas muy educadas y rubias y con ojos azules que me hablaban con un acento raro, muy amables, no como los funcionarios españoles de entonces, que ladraban más que hablaban y siempre estaban de mal humor. Por fin nos recibió un señor, en una habitación que tenía en el centro una mesa muy grande, un hombre que me hablaba como tranquilizándome, igual que un médico, y yo me atreví a preguntarle si mi padre vivía o estaba muerto, y él me contestó, eso quisiéramos nosotros saber, porque llevamos años buscándolo para devolverle sus pertenencias. Y entonces levantó del suelo y puso encima de la mesa, en medio, una caja grande de cartón, que también debía de haber dado muchas vueltas, una caja atada con unas cintas rojas y sellada con un lacre. Mi marido y yo la miramos sin saber qué hacer, y el hombre nos dijo, es suya, pueden llevársela, en esa caja están las cosas que tenía su padre la segunda vez que se escapó de un campo de prisioneros en Alemania. Era una caja de cartón recio, con muchos sellos, como de haber pasado por muchos sitios, y tenía los cantos muy estropeados. Yo la miraba sin atreverme a tocarla, miraba a mi marido, que se encogía de hombros, nervioso también, aunque luego no quisiera reconocerlo. Presenté mi carnet, me hicieron firmar unos papeles. Tomé la caja pensando que pesaría mucho y me sorprendió que fuese tan ligera. Salimos a la calle y bajamos por la Castellana buscando el sitio donde habíamos dejado el coche. Yo llevaba la caja entre las manos como si contuviera algo muy frágil, y mi marido iba a mi lado, me decía que se la dejara a él. Era uno de esos días de mucho frío y mucho sol de Madrid. Yo no tenía paciencia para llegar a mi casa con la caja cerrada y no quería que la viera mi madre sin saber yo antes lo que había en ella. Pesaba tan poco, y había cosas que se movían dentro. Nos paramos en un banco y mi marido la abrió. A mí me temblaron las piernas, me senté en el banco y me eché a llorar mientras él iba sacando las cosas, lo que había tenido mi padre en aquel campo de concentración. Estaban todas las cartas que le había mandado mi madre, que se las dictaba a una vecina, y las que le había escrito mi hermano en el papel rayado de la escuela, y las que le había escrito yo cuando era muy pequeña, cuando estaba empezando a aprender a escribir, y los dibujos que mi hermano y yo le hacíamos, y las fotos nuestras que le mandaba mi madre, algunas con nuestros nombres escritos por detrás, con mi letra tan torpe de cuatro o cinco años. Qué caras de pobres teníamos, de hambre y de miedo, y cómo se me había olvidado todo, en tan pocos años. Había una foto de mi padre vestido de uniforme, con una niña en brazos, tan pequeña que no estaba segura de ser yo, y otra de su cara tan sólo en la que estaba muy flaco y con la cabeza pelada y las orejas muy grandes,

y con un número debajo, y había también papeles
en francés y en alemán, todos amarillos, tan gastados en los dobleces que se rompían cuando inten-
tábamos abrirlos, y muchos dibujos, hechos sobre
cualquier cosa, sobre un trozo de cartón o en el re-
vés de un impreso alemán, dibujos de pueblos con
torres de iglesias y trenes y montañas al fondo, y
retratos de gente, de hombres con uniformes a rayas y cabezas peladas, y un dibujo muy bonito de
la plaza Roja de Moscú, muy grande, coloreado,
que parecía una foto, en una hoja cuadriculada de
bloc. Cerramos la caja otra vez, la guardamos en el
maletero del coche, y todo el camino de vuelta
a casa fui llorando como hacía años que no lloraba, como una tonta, viéndolo todo borroso, y mi
marido, aunque todavía no era un conductor muy
experto, soltaba una mano del volante para acari-
ciarme la mano, y me decía, venga, mujer, tran-
quilízate, a ver qué explicación vas a darle a tu madre cuando se dé cuenta de que has llorado, pensará
que es por culpa mía.

Se aseguró de que su madre no los veía entrar con la caja y la escondió en lo más hondo de
su armario. Se desvelaba por las noches queriendo
imaginar qué habría sido de su padre después del
día de su segunda fuga del campo alemán, en noviembre de 1944, le había dicho, traduciendo un
papel, el empleado tan amable de la embajada. Quizás una explosión le desfiguró la cara y su cuerpo
se corrompió sin que nadie pudiera identificarlo,
quizás encontró la muerte ahogado en un río, intentando cruzarlo, aplastado bajo las ruedas de un

tren, bajo la oruga de un carro de combate. Se desvelaba por las noches imaginando agonías minuciosas y sucesivas para su padre, huidas por espectrales paisajes de guerra, disparos de metralla, ladridos de perros. Una mañana volvió a casa de la compra y le extrañó no encontrar a su madre. Antes de entrar en el dormitorio y ver abiertas de par en par las puertas del armario ya había tenido una corazonada de alarma. Recorrió el piso entero buscando a su madre, llamándola, se asomó a la terraza y vio su silueta negra en el descampado que había frente a la casa, en el que ya habían empezado las excavadoras a abrir grandes zanjas para los cimientos de un nuevo bloque. Al verla de lejos, encorvada, de luto, se acordó de cuando la veía salir al amanecer camino del cementerio del Este. Su madre estaba junto a una hoguera a la que iba arrojando cosas. Se volvió al escuchar la llamada de su hija, pero sólo un momento, y siguió mirando la hoguera, en la que había más humo que llamas: era una mañana nublada y húmeda, y cuando cruzó el descampado para ir en busca de su madre los tacones se le hundían en el barro. Al verla de muy cerca se dio cuenta de lo vieja que estaba. Con los cartones de la caja había encendido una hoguera, a la que iba arrojando los papeles, las fotos, los dibujos, con una ensimismada deliberación que no se interrumpió por la llegada de su hija.

No me mires así, como si estuviera robándote lo que te queda de tu padre. La voz era clara y seca, sin entonación, quizás la misma que un cuarto de siglo antes había negado sordamente mientras el hombre de bigote y uniforme y la mujer alta y enlutada intentaban persuadir, enunciaban inminentes desgracias. Tu padre está vivo, y no quiere saber nada de ti ni de ninguno de nosotros. Cuando terminó la guerra el gobierno francés le dio una condecoración y una buena paga, pero nunca se molestó en mandarnos ni un céntimo. La última vez que me escribió fue para decirme con toda tranquilidad que había empezado una nueva vida, y que por lo tanto rompía todo trato con nosotros. Esa carta no quise que la vieras. Entonces eras todavía una niña y estabas siempre fantaseando sobre él. Vive en Francia, tiene otra familia, hasta se cambió el nombre. Ahora es un hombre de negocios francés. Por eso los alemanes no lo encontraban. Si me he pasado la vida esperando cartas cómo no iba a ver la que llegó el otro día. No había querido volver nunca a España, me dijo mi madre, pero procuraba vivir siempre lo más cerca que pudiera. Si quieres ver al que era tu padre toma un tren y bájate en un pueblo de la frontera francesa que se llama Cerbère.

Doquiera que el hombre va

La casa nueva, recién ocupada, con unos pocos muebles, todavía resonando de ecos en los espacios vacíos, con la pintura todavía fresca en las paredes y la tarima del suelo oliendo poderosamente a madera y barniz, sin rastros de quienes vivieron en ella hasta unos meses antes, presencias de largos años abolidas de un día para otro como esos rectángulos más claros donde hubo cuadros colgados y que borraron los pintores. Un solo rasgo define la utilidad austera de cada habitación, ahora que todavía no hay nada accesorio: en el dormitorio no hay nada más que la gran cama de hierro, y una mesa desnuda y una silla en el cuarto de trabajo. Las cosas, los espacios, tienen una presencia tan nítida como los pasos y las voces.

La casa nueva, la vida nueva, recién comenzada a vivir, en otra ciudad, lejos de la provincia melancólica, en un barrio hasta ahora desconocido de Madrid, o más bien en una ciudad pequeña situada en el corazón de Madrid, que en estas calles se volvía menestral y recóndita, desastrada, popular, confusa de gentes raras y diversas, de tres o cuatro sexos, tonos de piel y rasgos faciales llegados de muy lejos, idiomas escuchados al pasar que traen un sonido de suburbios asiáticos, de alcazabas musulmanas y mercados tropicales de África, de aldeas andinas.

Salir cada mañana a la calle era un viaje de descubrimiento, y las tareas literales y necesarias acababan siempre difuminándose en caminatas sin propósito, en la simple inercia de caminar y mirar, de escuchar muchas voces, lenguas indescifrables habladas en las cabinas de teléfonos de Augusto Figueroa, palabras del vocabulario circular y siniestro de la heroína, voces inmemoriales y rotundas de vecinas gritonas, de señoras que salían a la compra forradas en sus batas de casa y miraban con asombro resignado a su alrededor o elegían no ver el modo en que su barrio de siempre había cambiado en los últimos años, voces impostadas de hombres parcialmente transformados en mujeres, aunque no por completo y no con mucho éxito, porque a veces una barba hombruna negreaba bajo unos pómulos hinchados de silicona, o un principio de calvicie del todo masculina se insinuaba en una melena rubia, cardada tempestuosamente, o unos pies demasiado anchos y nervudos deformaban sin remedio unos tacones altos de charol.

Se veía de espaldas, encuadrada en la concavidad de una cabina de teléfono, una figura alta de mujer, pero la voz que se oía era una oscura voz de hombre: por un momento parecía que en la cabina hubiera simultáneamente dos personas, hombre y mujer, y que una de ellas fuese invisible.

En las esquinas esperaban inmóviles los muertos en vida, y ellos sí que llegaban a ser casi del todo invisibles, tan pálidos que se les transparentaban las venas tortuosas de los antebrazos, tan habituales y quietos en su espera que enseguida se aprendía a no mirarlos, a pasar junto a ellos como si no existieran, como si ya estuvieran en el otro mundo, al que pertenecían más que a éste, el mundo diario y real de los vivos. Miraban al vacío o tenían los ojos fijos de vigilancia y espera en las esquinas más próximas, en las que aparecería más tarde o más temprano un camello o un coche de la policía. Empezaban a moverse entonces, siempre despacio, con una arrastrada lentitud de saurios, procuraban sin éxito y sin verdadera convicción disimular ante los guardias que les pedían los documentos, como si no conocieran de sobra la identidad de cada uno de ellos, sus caras de muertos y sus nombres, que comunicaban por el transmisor del coche patrulla, dejándolos marchar luego o llevándose a alguno esposado, siempre con la desgana de una mala función teatral repetida muchas veces.

Uno de ellos, hombre o mujer, caminaba detrás de un individuo con gafas oscuras y barba rala, muy erguido, con las manos en los bolsillos de atrás de los vaqueros, apresurando el paso adrede para que el otro, el casi muerto, quedara rezagado y tuviera que esforzarse en seguirle, encorvado y abyecto como un mendigo antiguo, extendiendo hacia él la mano en la que había un puñado sucio e insuficiente de dinero, que el camello tiró al suelo de un manotazo, sin volverse siquiera hacia el otro, que ahora se arrodillaba para recoger monedas y billetes caídos entre los coches, en la

mugre de la acera, y que enseguida lograba ponerse en pie, las fuerzas recobradas por la urgencia de
lograr una dosis que el otro no quería darle, o cuya entrega retrasaba por el gusto de verlo humi-
llarse y sufrir.

Al principio eran desconocidos inquietan-
tes, figuras amenazadoras que aparecían a la vuelta
de la esquina o al final de la acera, encogidos entre
dos coches, defecando o pinchándose, cobijados en
el escalón de una casa o en el interior de un portal.
Pero muy pronto se volvían presencias familiares,
también ellos, figuras tan usuales del barrio como
los hombres mujeres y las señoras con bata de felpa y los oblicuos y afilados camellos que también
aguardaban, aunque de otra manera, con una instantaneidad de animales de presa en sus movimientos o en la manera en que se quedaban quietos. Se
alejaban con una cierta oscilación de los hombros,
mirando de lado, las manos en los bolsillos trase-
ros del pantalón, desaparecían en un portal o se
inclinaban detrás de un seto en la plaza de Chueca, en el pobre jardín que había junto a la boca del
metro. Volvían con algo que no llegaba a verse,
decían palabras que apenas se escuchaban, sucedía
algo en el contacto de las manos, algo tan rápido y
sinuoso como el chispazo entre dos neuronas, una
bolsa pequeña en la palma de una mano y un puñado de billetes sucios en la otra, y se iban rápido, se inclinaban sobre la ventanilla abierta de un
coche parado con el motor en marcha, los codos
apoyados con cierta desgana y la mirada rápida
y ajena.

Tantas voces y vidas, tantos mundos yuxtapuestos los unos a los otros en el espacio angosto de las calles, y todo enseguida habitual, hasta lo más raro y lo más siniestro, todo apelmazado y enredado, y a la vez sin mezclarse, cada presencia girando en la gravitación de su propio mundo parcialmente invisible para los habitantes de los otros, cada uno llevando consigo su novela: el hombre joven que deambulaba buscando heroína cruzándose en la acera muy estrecha y asediada de coches con la vecina que ha bajado en zapatillas y bata a comprar el pan y que ha aprendido a no mirarlo como él no la mira a ella; los hombres parcialmente convertidos en mujeres que parlotean con mucho juego de gritos agudos y gesticulación de manos y los ciegos que se abren paso entre ellos tanteando el suelo y las paredes con sus bastones blancos; los chinos que se cobijan hacinados en pisos oscuros y sótanos sin ventilación; las indias diminutas que a las tres o las cuatro de la madrugada se congregan junto a las cabinas de teléfonos y mantienen luego conferencias en aimará o guaraní o quechua quién sabe con qué parientes que se quedaron en el Altiplano o en la selva; el hombre en pijama que cada tarde se sentaba en un balcón, en una silla de anea, junto a una bombona de butano, y miraba inmóvil y sufría golpes cavernosos de tos que le obligaban a doblarse, a apoyar la frente húmeda en el hierro del balcón.

Desapareció durante un tiempo, y cuando volvió a asomarse, con el mismo pijama, sentado en la misma silla de anea, junto a la bombona de butano, tenía una especie de mordaza blanca en la boca, y un tubo fino de plástico le salía de uno de los agujeros de la nariz. Ahora no tosía, pero seguía mirando hacia abajo, hacia la calle, no movía la cabeza pero seguía con la vista a la gente que pasaba, las vecinas, los travestidos sin afeitar y con los pómulos hinchados y flojos, los chinos innumerables que entraban y salían de uno en uno y a intervalos regulares de uno de los portales de la vecindad, las indias andinas con sus bebés fajados a la espalda, los ciegos que tanteaban con los bastones como si tuvieran extremidades articuladas y sensitivas de insectos, la pareja nueva con un niño y un perro que acababa de instalarse en el piso que había justo enfrente del suyo, al otro lado de la calle. Algunas veces el hombre enfermo se asomaba después de medianoche para ver a la vieja arreglada y pintada que sólo salía a la calle cuando el barrio estaba más desierto. Llevaba siempre una silla que parecía recogida en un vertedero, y una bolsa de plástico atada con un nudo. Escogía un cubo de basura de los que se alineaban en la acera, y plantaba la silla ante él, y a continuación, seria y pulcra, lunática, deshacía el nudo de su bolsa de plástico y extraía de ella primero un mantel a cuadros, y después restos de comida, mendrugos, un vaso de plástico, un cuchillo y un tenedor, por fin una servilleta grande y sucia que se ataba bajo la barbilla. Entonces se sentaba a la mesa, hacía gestos como de hablar con algún comensal en alguna cena distinguida, bebía agua como si paladeara un vino sabroso, se limpiaba con educada pulcritud las comisuras de la boca, extendiéndose por la barbilla churretes de carmín y de grasa, y cuando había terminado de cenar lo recogía todo, lo guardaba en la bolsa de plástico, latas vacías de sardinas y envoltorios de pastelillos y vasos y platos y cubiertos, se quitaba la servilleta, doblaba el mantel con el que había tapado el cubo de basura para convertirlo en mesa de comedor, y se iba por donde había venido, con su bolsa y su silla, y ya no volvía a vérsela por las calles hasta la siguiente medianoche.

Quién eres en la conciencia de quien te ve como un desconocido, y para quien te vas volviendo poco a poco familiar, aunque no hayáis cruzado nunca una palabra, tan sólo una mirada de balcón a balcón, o en el instante en que casi os rozáis en las aceras tan estrechas del barrio: el hombre, la mujer, el niño, el perro, los operarios que vaciaron del todo la casa de enfrente, borrando cualquier rastro de quienes habían vivido en ella durante muchos años, el contenedor de escombros en la acera, y luego las paredes recién pintadas, entrevistas por el balcón abierto, pintadas de colores luminosos y suaves, como para eliminar con más eficacia las huellas de los vecinos anteriores, como se pinta de blanco por razones higiénicas el pabellón de un hospital.

Eres no tu conciencia ni tu memoria sino lo que ve un desconocido. Qué recordaba, qué veía, quién era el borracho del barrio, cuyo nombre no sabía nadie, aunque estábamos viéndolo siempre y ya no nos daba miedo como las primeras veces, cuando aparecía de noche a la vuelta de una esqui-

na con sus greñas sucias en desorden y su pesada
envergadura de oso envuelta en harapos hediondos, porque se meaba y vomitaba encima y apenas
se molestaba luego en limpiarse la boca con la mano. A veces miraba con atención, con unos ojos
pequeños, húmedos y azules, pero nunca hablaba
con nadie, ni pedía limosna, y caminaba por el barrio como ese Robinson peludo y envuelto en pieles y harapos de los grabados antiguos, solo en las
calles como en una isla donde no viviera nadie más,
alimentándose del vino que muchas veces vomitaba nada más ingerirlo, vomitando igual que meaba, sin cambiar el gesto, sin molestarse en evitar
la riada de orines o de vómito, tan líquido como la
meada y con el mismo olor.

Se hacía con cartones, periódicos y bolsas
de plástico sus cabañas de náufrago en la oquedad de algún portal, o dormía tirado en mitad de
la acera, como un indigente de Calcuta, su territorio marcado por la intensidad del hedor que despedía. Cómo son los episodios de la vida de uno
vistos a través de los ojos de un testigo indiferente
y asiduo: el hombre del pijama sentado en el balcón veía cada tarde llegar al niño nuevo con la mochila de la escuela, y salir unos minutos más tarde
comiéndose un bocadillo y llevando al perro, tirando de él o queriendo frenarlo, pero sin controlarlo nunca, el cachorro estrambótico que debería
de ser tan nuevo para sus dueños como la casa recién pintada y habitada y el color de las paredes,
como el nuevo barrio y la nueva vida y la escuela
a la que el niño iría por primera vez.

Las cosas se repiten a diario y parece que llevan sucediendo desde siempre. El niño con la mochila, los ladridos agudos del perro en la casa que siempre tiene abiertos los balcones, el niño tirando de la correa del perro y comiéndose el bocadillo, llevándolo sin duda a la plaza de Vázquez de Mella, que es el único espacio abierto del barrio, una extensión fea y grande de hormigón, nada más que una gran plataforma alzada sobre un aparcamiento, en la que los vecinos pasean a sus perros mientras los niños del vecindario juegan a la pelota y las niñas saltan a la comba y a la rayuela y los yonquis se pinchan o fuman heroína y ni los unos ni los otros parecen verse, aunque no es posible no ver las jeringuillas tiradas, con restos de sangre, los trozos de limón muy exprimidos, las láminas quemadas de papel de plata. De noche, sobre los tejados de los edificios que rodean la plaza, ocupados por vecinos muy viejos que no han podido irse y por hostales dudosos, sobresale el alto pináculo de la Telefónica, su vasto volumen como de rascacielos soviético, coronado por la esfera amarilla y las agujas escarlata del reloj, que la niebla húmeda de las noches de invierno difumina en una fosforescencia dorada y rojiza.

Una tarde el niño vuelve corriendo y no lleva al perro, y aun desde su balcón del segundo piso el hombre enfermo del pijama ha podido ver que tiene la cara llena de lágrimas cuando pulsa el portero automático. Se abre el portal pero el niño no entra, bajan el hombre y la mujer, el niño se abraza llorando a ella como si fuera mucho más pequeño y apenas le llegara a la cintura, señala hacia la esquina, se limpia los mocos con el pañuelo que le ha dado su madre.

La vida entera es mirar y esperar, vigilar la propia respiración, con miedo a la asfixia, a la negrura de un colapso, permanecer inmóvil en un balcón, en zapatillas de paño y pijama, uniforme reglamentario de enfermo final, tal vez ya excluido del reino de los vivos, como las sombras pálidas que cruzan por la calle, siempre dobladas, con un perpetuo dolor de riñones, habitando un mundo que no es visible a los otros, siempre ansiosas por algo, apresurándose detrás de un traficante que no vuelve la cabeza, que camina erguido y rápido, seguro, despreciando.

El hombre, la mujer y el niño han desaparecido de la vista, al final de la esquina de la calle San Marcos, que es el límite del campo de visión. Al cabo de unos minutos aparece de nuevo el hombre, ahora solo, gritando un nombre que debe de ser el del perro, intentando silbar de manera inexperta. Siendo tan pequeño lo más probable es que el cachorro se haya perdido para siempre o que lo haya aplastado un coche. Pero no se rinden, van y vienen a lo largo de la tarde, pasan bajo el balcón, y sólo entran en la casa cuando ya está anocheciendo, cuando en el otro extremo del campo de visión, en la esquina de Augusto Figueroa, se ha encendido el letrero rosa del bar Santander, que es un rosa tan suave como el azul del cielo sobre los tejados, como el rosa del crepúsculo reflejado en los cristales de los pisos más altos, cuando ya es casi plena noche en la hondura de la calle.

Hace frío para quedarse en el balcón pero el hombre de la mascarilla sigue observando detrás de los cristales, de espaldas a una habitación de la que sólo se ve desde el otro lado una lámpara de claridad turbia y a veces un parpadeo azulado de televisión, de pie junto a unos visillos que tienen el mismo aire fatigado y ligeramente sucio que la tela de su pijama o el cuello de su camiseta. Cómo será entrar en esa casa, qué olores viejos habrá, aparte del olor a enfermedad crónica y a medicinas. Medio emboscado tras los visillos, de espaldas a la habitación y a las otras presencias de su casa, indiferente a las voces del televisor, el hombre respira tras su mascarilla y espía los balcones diáfanamente iluminados de la casa de enfrente, todavía sin cortinas, y la acera ya casi a oscuras en la que se cruzan con indiferencia los habitantes del reino de los vivos y los del reino prematuro de los muertos, cada uno viendo lo que los otros no ven, espiando signos de su propio idioma secreto. Hay alguien abajo, parado en medio de la calle, pero el hombre no llega a ver bien quién es, aunque escucha unos ladridos secos y agudos de cachorro, de modo que aparta del todo los visillos y pega la cara al cristal para dominar desde arriba un espacio más ancho de la calzada.

Es el borracho el que está abajo, grande e inmóvil, la cara vuelta hacia el balcón de los nuevos vecinos, oscilando un poco, aunque no tanto como cuando ha bebido de verdad y parece que el alcohol se le derrama en el brillo de los ojos y en el morado enfermo y tumefacto de la piel, y tiene en brazos al cachorro blanco y negro, que sigue ladrando hasta enronquecer y pugna por escaparse del sofocante cobijo de sus harapos y sus manos. Pero no se acerca al portal ni al timbre del portero automático, permanece quieto, aguardando a que suceda algo, con una paciencia opaca de animal, como si no tuviera voz ni conociera la existencia o la utilidad de ese panel con botones y números que hay a un lado de la puerta frente a la que se ha detenido con el perro en brazos, bien abrigado entre el lío de harapos del que emerge su hocico y su ladrido ya ronco.

Paciencia de esperar sabiendo lo que va a suceder, como dictando el orden de los hechos, observando cada día en la calle, hora tras hora, la repetición infinitesimal de todo: oculto a medias tras los visillos sucios el hombre enfermo sabe que va a abrirse uno de esos balcones que aún no tienen cortinas y que revelan un interior recién pintado de amarillo muy claro, va a asomarse el niño, que será el primero que tenga la ansiedad y la agudeza necesaria para escuchar y reconocer los ladridos, va a encenderse la luz del portal.

Bajaron el padre y el niño, y la mujer joven se asomó al balcón, tan atenta a la calle que no miró ni un instante hacia la casa de enfrente. Pero el niño contuvo en el último instante su impulso ansioso de ir hacia el perro y no se separó de la mano de su padre, y el borracho no se acercó a ellos, no dio un solo paso. Se inclinó hacia el suelo, lento y voluminoso, y dejó en él al cachorro, lo depositó con mucha delicadeza, sin decir nada, sin

aproximarse al niño que ya abrazaba al animal ni
al hombre que le decía algo y le ofrecía algo con la
mano extendida. Tenía los ojos muy claros, de una
transparencia tan incolora como la de ciertos ojos
eslavos, y la cara roja y morada, con hematomas,
con hinchazones de abscesos, y aunque estaba a
menos de un metro de distancia miraba desde mucho más lejos. Pero no miraba de verdad, o no llegaba a enfocar del todo los ojos en nadie, quizás
porque había perdido el hábito de sostener una
mirada en la cercanía normal del trato humano y
la conversación, como esos náufragos que se pasaban años en una costa deshabitada y olvidaban el
uso del lenguaje y acababan perdiendo la razón.
Pensaba que en cuanto su hijo tuviera unos años
más le ayudaría a leer las novelas de naufragios y
de islas desiertas que a él le habían alimentado en
los mejores tiempos de su infancia.

Llegaban a las esquinas del barrio y poco a
poco se volvían habituales en ellas, sus caras tan
familiares como la de la mujer de la panadería o
la droguería o como la del hombre parcialmente
transformado en mujer del kiosco de periódicos,
sus movimientos furtivos y sus lentas horas de
inmovilidad y ansiosa vigilancia tan rutinarios ya
como las rondas y las redadas de la policía, que de
vez en cuando obligaba a uno de los muertos en
vida a ponerse contra la pared y lo cacheaba, que
pedía desganadamente la documentación a los camellos marroquíes y se llevaba a alguien en el coche patrulla, alguien que al poco tiempo, días a ve-

ces, ya estaba otra vez en el barrio, o que desaparecía y ya no regresaba nunca, encarcelado o muerto, fugitivo en otro barrio lejano, muerto en vida deambulando por las proximidades de uno de esos poblados de chatarra de las afueras de Madrid.

Algunos de los recién llegados conservaban una cierta dignidad, restos de la vida antigua que aún no habían abandonado del todo, conversos recientes a la dulzura del infierno en el que transitaban desde que llegaban al barrio. Chicos muy jóvenes, con ropa nueva y zapatillas de marca, que de lejos parecían indemnes, pero en los que ya se descubrían a una distancia intermedia los primeros signos del ansia y el deterioro, y que al cabo de unos pocos meses habían sucumbido a un voraz envejecimiento, a un vampirismo en el que cada uno de ellos era el vampiro y era la víctima, los brazos y el cuello marcados por picotazos, por las mordeduras diminutas de las jeringuillas que crujían a veces bajo las pisadas en el parque y que podían aparecer incluso en la oquedad de un portal. Al niño había que decirle que no las tocara nunca, que jamás se inclinara a recoger nada del suelo.

Llegaban al principio con un exceso de vitalidad y energía que contrastaba con la lentitud de los más veteranos, con un aire de exploración o aventura que iba a desaparecer mucho antes que la ropa limpia y las zapatillas de marca. De dónde venían, de qué lugares y qué vidas, qué había en esos ojos al mismo tiempo fijos y vacíos. Apareció una mujer joven con todo el aspecto de una secretaria, con traje de chaqueta, con un bolso de cuero y un archivador entre los brazos, con medias oscuras y tacones. Podía tomársela por una empleada de cualquiera de las oficinas próximas, quizás la administrativa de una gestoría que había quedado con alguien justo en aquella esquina y miraba de vez en cuando el reloj. Más bien llena, aunque no gorda, colorada de cara, arreglada con discreción, ajena a la espera de los otros, los habituales que apenas se sostenían en pie y se apoyaban en la pared y se quedaban dormidos o en un trance de desmayo y se iban deslizando poco a poco hacia el suelo. Pero a los pocos días, o al mirarla desde más cerca o con más atención, se descubrían signos inadvertidos: que los tacones empezaban a torcérsele de tanto esperar de pie, o que tenía una carrera en la media, o un agujero en el talón, que el peinado se le iba deshaciendo, que se le veían las raíces blancas en la raya del pelo, que el color de su cara no era de salud, sino de apresurado maquillaje, que ya no tenía un reloj de pulsera en el que consultar la hora como si estuviese esperando una cita profesional.

Pero seguía apretando entre los brazos el archivador o la carpeta de tapas negras, como el último residuo de una vida o de una dignidad anteriores o como un irrisorio camuflaje laboral de cara a sus conocidos o a los policías que patrullaban el barrio, o simplemente por vergüenza ante la gente común que se cruzaba con ella, ante las mujeres a las que hasta muy poco tiempo antes se había parecido, secretarias de negocios menores, empleadas de droguerías o peluquerías.

Según iba empalideciendo llevaba más pintados los ojos y los labios y se echaba un colorete más chillón en los pómulos. Ahora cojeaba al sostenerse sobre los tacones torcidos y los botones de su camisa se abrían en un escote buchón contra el que seguía apretando el archivador de siempre (ahora con el plástico desgarrado en los márgenes, mostrando su armadura de cartón), del que sobresalían hojas como formularios o memorándums recogidos del suelo al azar y guardados de cualquier manera.

A veces iba con ella un hombre que al principio tampoco pareció que fuera a acabar habitando en el reino de los muertos en vida: alto, de treinta y tantos años, más distinguido que ella, como su jefe inexperto y benévolo, con gabardina y pantalones de lona, con zapatos de piel, el pelo en desorden y una estudiada sombra de barba de tres días, con un aire muy definido de periodista o arquitecto. Desaparecieron los dos y al cabo de semanas o meses sólo volvió ella, el pelo tan mal teñido que tenía chorreones negros sobre las raíces blancas de la raya, las pestañas más pintadas, la mirada más ansiosa en los ojos redondos y saltones, los labios torpemente contorneados de un rojo obsceno. Aún llevaba los mismos tacones y parecía que las mismas medias de siempre, y seguía apretando el archivador de tapas negras.

La siguiente vez, la última, ya no estaba en el barrio: tal vez un año después, al bajar por la calle de la Montera, la vi apoyada en una esquina y tardé en reconocerla: la identifiqué por la cara de secretaria pánfila y las raíces blancas en la raya del pelo, pero ya era igual a las otras mujeres de faldas muy cortas y muslos anchos y tacones altos y torcidos que rondan por esas aceras de Madrid, fumando en las esquinas, vigiladas por chulos casi tan moribundos como ellas, entre los sex shops y salones de juegos, junto a las embocaduras de calles estrechas de las que llega un olor de cañería.

Cada figura olvidada mucho tiempo vuelve a surgir con un estremecimiento de memoria, presencias de aquella vida nueva que ahora se ha vuelto recordada y lejana, como aquella casa que ahora habitan otros, aunque fue entonces tan indeleblemente nuestra como los rasgos de nuestras caras, siete años más jóvenes. Pasé hace poco junto a nuestro portal y llegué a ver desde abajo, sobre los barrotes del balcón, el techo y la parte superior de una de las paredes que nosotros hicimos pintar de amarillo claro. Era una de esas tardes largas de mayo, con un presentimiento tibio de verano y polen en el aire, y en el balcón de enfrente estaba acodado el enfermo viejo de las zapatillas y el pijama, con su mascarilla en la boca y los tubos de plástico en la nariz, mirando hacia la calle, donde tal vez me ha visto y me ha recordado o no ha llegado a reconocerme, después de estos años en los que apenas pasaba por nuestra calle de entonces.

Había otro testigo permanente de todo, ahora me acuerdo, un viejo grande, de sonrisa ancha y mofletes colorados, uno de esos viejos gallardos a los que parece que la edad vuelve más compactos y fornidos. Paseaba siempre por las calles del barrio, entre la plaza de Chueca y la de Vázquez de Mella, despacio, desde por la mañana, agrandado por un abrigo de corte rancio y opulento, con la cabeza singularmente pequeña cubierta por un sombrero tirolés, pluma verde incluida. Me fijaba en su sombrero y en sus zapatos de gigante, pero sobre todo en la perfecta complacencia de su actitud hacia el mundo, en el modo en que parecía recrearse con ecuánime objetividad en todo lo que veía a su alrededor, quedándose parado a veces para disfrutar el primer rayo de sol que alcanzaba un rincón de la plaza de Chueca en las mañanas de invierno o para contemplar con interés y aprobación las maniobras de una furgoneta de carga y descarga en medio del colapso del tráfico, o la llegada de un coche de la policía o de la ambulancia que venía a recoger a uno de los espectros que se había desplomado rígido a la entrada de un portal. Él lo observaba todo, se paraba un momento y luego continuaba el paseo, como si la riqueza y la complejidad de todo lo que le quedaba por observar todavía a lo largo de la jornada le impidiera detenerse tanto como le hubiera gustado, complacido y ausente, llevándose la mano al sombrero para saludar a Sandra en su puesto de periódicos, ayudándole a un ciego a pasar entre los coches mal aparcados en la acera, admirando las bolsas de naranjas colgadas sobre el mostrador de la frutería, hasta dedicando alguna mirada vagamente compasiva a los fantasmas de las esquinas, un gesto de idéntica consideración hacia los cacheos de la policía y las transacciones rápidas y furtivas de los camellos, que para la curiosidad apro-

badora y magnánima del hombre del sombrerito
tirolés parecía que formaran parte de la menuda pululación comercial del barrio. Qué raro, cruzarse con
él a diario e ir reparando muy poco a poco en su
asidua presencia, concederle una precisa individua-
lidad, muy intensa y sin embargo limitada a esas
apariciones en la calle, en los márgenes de la vida
de uno, y de pronto no verlo y no reparar en su ausencia, o haberse ido uno mismo y olvidado los hábitos y las figuras de aquella pequeña ciudad de
provincia incrustada en el corazón de Madrid: y recordar al cabo de los años, sin motivo y sin necesidad, o asistir más bien a una cadena de regresos
en los que la voluntad no participa, en los que la
memoria se deja llevar como por el impulso de una
corriente subterránea, lugares lejanos y caras sin
nombre, fragmentos de historias sin comienzo ni
final, de las novelas que cada uno llevaba consigo y
no contaba a nadie, y se perdieron con ellos. Cómo
sería la vida de la vieja que cada medianoche ponía
el mantel de su cena sobre la tapa de un cubo de
basura o la del hombre y la mujer todavía jóvenes
pero ya muy deteriorados que iban al barrio a buscar heroína empujando un cochecito de niño tan
averiado como ellos, tan cercano al puro desguace
físico, como recogido en un vertedero, el padre o la
madre empujándolo por las aceras en sus paseos sonámbulos y el niño dormido a pesar del traqueteo, con el chupete a un lado de la boca entreabierta y los ojos plácidamente entornados, el niño rojo
y encanado de llanto y el padre o la madre agitando el cochecito con movimientos tan bruscos que

parecía que iba a acabar de deshacerse, o indiferentes al llanto, como si no escucharan, los dos fijos en las esquinas por las que de un momento a otro tendría que aparecer la sombra tranquila y furtiva que aguardaban. Estarán en alguna parte ahora mismo, si viven todavía, si vive cualquiera de los dos, y el niño, que entonces no tendría ni dos años, habrá cumplido ya ocho o nueve, y quizás esté envenenado por el mismo virus que sin duda llevaban entonces sus padres en la sangre, y que puede haberlos matado, como habrá matado a tantos de los espectros del barrio.

Nadie podría restablecer ahora sus rastros: los muertos en vida han desaparecido de las esquinas de Augusto Figueroa. Casi todos ellos habrán ingresado del todo en el reino de los muertos, y algunos aún sobrevivirán en hospitales o en cárceles, o se arrastrarán como zombis por las veredas entre los desmontes que llevan a los poblados de latones y chatarras de las últimas afueras de Madrid, adonde la policía los fue empujando cuando vino la consigna de limpiar de drogadictos las calles del centro. Hay una tienda de flores en el zaguán donde estuvo el kiosco de Sandra, que vendía los periódicos en chanclas y en chándal, o con una bata de felpa y una toquilla de punto en los días de invierno, y que algunas mañanas no se había afeitado, aunque sí perfilado cuidadosamente los rabos de los ojos, a la manera de Sara Montiel, su ídolo.

Otras figuras vuelven del olvido, no mucho más fantasmales que cuando se cruzaban con

nosotros por las aceras del barrio. Me he acordado
del borracho náufrago que nos devolvió al cachorro
al que ya suponíamos muerto o perdido y entonces me ha venido a la imaginación aquella mujer
muy alta y muy delgada que anduvo algún tiempo
con él y desapareció enseguida, al cabo de unos meses, el tiempo máximo que sus vidas duraban cerca de las nuestras.

Viéndola de lejos se vislumbraba en ella lo
que habría sido hasta no mucho tiempo atrás. Era
tan alta como una modelo, y tenía igual que ellas
los pómulos asiáticos, la boca grande y carnal, las
piernas largas y elásticas cuando caminaba. De espaldas, o de lejos, se veía su alta figura y su melena
rizada. Sólo al tenerla cerca se advertía su palidez
de muerta en vida y el brillo turbio de sus grandes
ojos claros, los moretones en las hermosas piernas
que ya iban quedándose muy flacas, el hueco negro de los dientes que había perdido. Iba de un lado a otro por el barrio como un gran pájaro trastornado que se golpea contra las paredes y no sabe
dónde está ni acierta a encontrar una salida, cabalgando sobre sus tacones y sus enérgicas piernas de
modelo, recta todavía, como con un residuo de la
disciplina de las pasarelas, más alta que cualquiera
en el barrio, su cabeza rizada y su largo cuello ma-
nierista sobresaliendo sobre las figuras encorvadas
en los conciliábulos del trapicheo o en torno a la
llama de un mechero que en la penumbra de un
portal calienta una lámina de papel de plata sobre
la que se vuelve líquida y humea una dosis de heroína. Caminaba desarbolada y demente como si

llevara mucha prisa, o se quedaba inmóvil, su figura perfilada contra una esquina, los ojos acuosos brillando tras los rizos del pelo desordenado y sucio, una sonrisa ebria o idiota en la boca en ruinas, de la que brotaba el humo de un cigarrillo que ella sostenía entre los dedos muy largos con la calculada distinción de una pose fotográfica.

Empezó a dormir en los zaguanes de tiendas o bares clausurados, donde solían instalar los indigentes sus madrigueras de harapos y cajas de cartón. Había empezado el invierno y ahora llevaba sobre la camiseta y la minifalda livianas de siempre un desastrado chaquetón de piel sintética. En las mañanas de frío la piel blanca de su cara tenía una tonalidad violácea. El pelo se le estaba volviendo más ralo y sus ojos grandes y claros habían perdido casi todo rastro de color. Le pedía un cigarrillo a cualquiera y se quedaba con él en la mano, llevándoselo muy despacio a la boca, esperando a que le dieran también fuego.

Una vez le pidió tabaco o fuego al borracho del barrio, a quien nadie interpelaba nunca, sabiendo que no respondía o que no parecía entender y ni siquiera escuchar lo que se estaba diciendo. Él se encogió de hombros, gruñó algo y siguió su camino, pero esa noche, cuando la mujer tiritaba bajo su abrigo en el hueco de un portal de la calle San Marcos, vio confusamente una sombra parada delante de ella y era el borracho que le ofrecía un cigarrillo, sujetándolo entre los dedos anchos y sucios con delicadeza, como si fuera el tallo de una flor. La mujer se apartó el pelo de la cara y se puso el cigarrillo entre los labios morados de frío, y el borracho, al que nadie había visto fumar, le dio fuego alumbrando su cara de muerta en vida con la llama breve de un mechero.

Todo se sabía enseguida en el barrio: había comprado el tabaco y el mechero en la misma tienda diminuta donde se abastecía de cartones de vino blanco, y donde al día siguiente, contra toda costumbre, compró natillas y donuts rellenos de chocolate. De esa clase de porquería muy azucarada se alimentaban los yonquis: junto a las láminas quemadas de papel de plata y las jeringuillas siempre aparecían envoltorios de bollos de chocolate y envases muy apurados de natillas.

Empezó a llevarle cosas cada noche al hueco del portal tapiado donde ella se refugiaba, a veces sin despertarla, sin que ella notara su presencia entre la tiritera y el delirio. La envolvía en su chaquetón, mucho más recio que el que ella traía, y una noche se le vio arrastrando por la calle Pelayo un edredón desgarrado y mugriento que debía de haber encontrado en algún contenedor de desechos. Se movía con más diligencia, ensimismado y primitivo, como el náufrago Robinson preparando en su isla una choza o una cueva en la que pasar el invierno. De día no andaba nunca demasiado lejos de ella, aunque no se acercaba ni se hacía muy visible, permanecía atento junto a una esquina tras la que fácilmente podría ocultarse, indiferente a quienes pasaban junto a él y se apartaban por miedo o por escapar a su hedor, atento sólo a la alta figura que a esa distancia era la de una mujer muy

joven y muy esbelta, que caminaba a largas zancadas entre los coches y la gente, con su extravío de
gran pájaro desbaratado, que desaparecía como si
se hubiera ido para siempre y volvía luego al cabo
de unas horas, hasta de unos días, más ida y pálida
que la última vez, más encogida en los zaguanes o
las oquedades en las que se refugiaba cuando ya
era muy de noche y no quedaba nadie en las calles
oscuras, nadie salvo los muertos en vida más con-
tumaces, los que a las tres o a las cuatro de la madrugada continuaban esperando algo, dormitando
torcidos contra las esquinas.

Probablemente fue ella quien le dirigió la
palabra, pidiéndole aturdida e imperiosa que le tra-
jera otra vez cigarrillos, o yogures o dónuts de la
tienda donde él entraba cuando no había nadie más
y depositaba sin decir nada el importe de los cartones de vino blanco que pudiera costearse. Pagaba
siempre, y nunca se le había visto pedir. La dueña de la tienda contaba que era el primogénito de
una familia muy rica del norte, y especulaba sobre
los abusos de un padre tiránico que lo había expulsado o desheredado y sin embargo se ocupaba
de que no le faltara al hijo náufrago en la sinrazón
y el alcohol un mínimo de dinero para su subsis-
tencia y de ropa de abrigo para que no se muriera
de frío en las calles.

Pero su historia verdadera no llegó a saber-
la nadie, igual que no se sabía su nombre, a no ser
que se la contara a la mujer con la que poco a poco
empezó a compartir las acampadas nocturnas en
los rincones menos desabrigados del barrio. Nunca

se les vio caminar juntos, pero sí se cobijaban el
uno al otro en las noches heladas de aquel invierno, o más bien era él quien la cobijaba y la protegía
a ella, quien permanecía despierto y atento a que
no se destapara, quien le preparaba con mano experta su lecho de cartones y hojas de periódicos y
la forraba luego en chaquetones, en edredones res-
catados de la basura, en cualquiera de las prendas
que ahora recogía por el barrio como un buhonero. Había un resplandor movedizo en la ancha oscuridad de la plaza Vázquez de Mella y era que el
borracho había encendido una hoguera junto a la
que se calentaba como una esfinge la mujer flaca
y alta, fumando los cigarrillos que él le había traído y que él encendía con un ademán rápido cada
vez que ella se llevaba uno a los labios, comiendo
los yogures o las natillas que él había comprado al
mismo tiempo que sus cartones de vino.

Ahora sí mendigaba. Sin decir nada, sólo
tendiendo la mano y mirando a los ojos, o haciendo el gesto de llevarse un cigarrillo a la boca. Pedía
dinero y pedía tabaco, y aunque no llegara a intercambiar unas palabras con nadie parecía que por
primera vez era consciente de la existencia de otras
personas en el mundo, de otras presencias que re-
clamaban su atención o de las que debía esperar
algo en lo que había sido hasta entonces la soledad
de su isla desierta. No compartía con la mujer el
tabaco ni la heroína, ni daba la impresión de que
hubiera llegado a existir un vínculo sexual entre
ellos, pero sí se pasaban los litros de vino blanco,
que a ella se le derramaba de la boca ancha y car-

nal, dejándole un brillo húmedo en los labios y en los ojos.

Se les veía en la sombra como dos animales al fondo de una madriguera, confabulados y solos en la lejanía de otra especie, como retrocedidos al salvajismo o a la inocencia de su irreparable perdición, de la fatalidad del desastre y la muerte, intocables, tan ajenos a quienes pasábamos junto a ellos, protegidos por nuestros abrigos y nuestra normalidad, camino de nuestra casa nueva y nuestra vida cálida y estable, como si de verdad habitaran en otro mundo, en el otro mundo, en una de esas cuevas u oquedades de rocas en las que se cobijarían los hombres primitivos o los náufragos.

Al cabo de algún tiempo, semanas o meses, la mujer desapareció, y nos habríamos olvidado con mayor facilidad de su existencia pasajera de no ser porque el borracho continuaba en el barrio, manso y sedentario, recluido de nuevo en un ensimismamiento sin fisuras, en el que hubiéramos querido advertir, por una rutina novelesca, un cierto desamparo sentimental, un aire más alerta, como si buscara en las esquinas de los muertos en vida la figura tan alta de la mujer que de lejos parecía una modelo. Pero tampoco a él le hacíamos ya mucho caso, porque nos íbamos acostumbrando a su presencia, en la medida en que nosotros mismos nos volvíamos presencias habituales del barrio y no prestábamos mucha atención a lo que sucedía cotidianamente en las calles, el hombre, la mujer y el niño que ya iba solo a la escuela, que salía cada tarde con su bocadillo y tirando de la correa del perro díscolo que ya estaba dejando de ser un cachorro.

También ellos se marcharon, habituales un día y al otro desaparecidos para siempre, y el hombre del balcón volvió a ver que el piso de enfrente se quedaba vacío y presenció la llegada de otros inquilinos, meses o años después, no hubiera podido decirlo, porque para él el tiempo de su vida de enfermo era una lenta duración sin modificaciones reales. Meses o años después nos encontramos con un vecino antiguo que seguía viviendo en el barrio. Hablamos de los tiempos que de pronto se habían vuelto lejanos, la nueva vida intacta desdibujándose en la dulzura del pasado, y el vecino nos preguntó si nos acordábamos del borracho que andaba siempre por las calles. Nos contó que había aparecido muerto una mañana de gran helada en la plaza de Vázquez de Mella, morado de frío y con la barba y las pestañas blancas de escarcha, rígido y forrado de harapos, como esos exploradores polares que se extraviaban y enloquecían en los desiertos de hielo.

Sherezade

Estaba tan nerviosa según cruzábamos aquellos salones dorados que me temblaban las piernas y hubiera querido apretar la mano de mi madre, que iba un poco delante de mí, muy seria y callada, como todos los de la comitiva, ella vestida de negro, de luto por mi padre y mi hermano, y los demás con sus trajes oscuros, muy tiesos, muy formales, algunos con uniformes, con medallas, todos igual de nerviosos que yo, aunque lo disimularan, igual de emocionados, tan en silencio que no se oían nada más que los pasos de todos en los suelos de mármol, como si anduviéramos por las naves de una catedral, y yo al lado de mi madre, como casi siempre en mi vida, emocionada y asustada, con un nudo en la garganta, mirándole el perfil que no se volvía ni un momento hacia mí, tan recta como iba, más alta y más fuerte que yo, y con su orgullo de viuda y madre de héroes, mi madre que me habría mirado con su cara entre severa y de burla si no me hubiera contenido y hubiera intentado apretar su mano, dejarme llevar y sostener por ella, como cuando era niña y me llevaban en una manifestación y yo apretaba su mano tan fuerte que me dolían los dedos, porque tenía miedo de que empezara el tumulto y mi madre y mi padre se apartaran de mí, de que cargaran los guardias y me pisoteara la gente que huía y los caballos que oíamos relinchar y golpear en el suelo con los cascos antes de que sus jinetes les espolearan para saltar contra nosotros. Unos soldados o ujieres nos guiaban por aquellos pasillos y pasaban delante de nosotros para abrir las puertas, que eran altísimas y doradas unas veces, y otras tan normales como puertas de oficina, y cada vez que cruzábamos una a mí se me encogía el corazón y pensaba, ahora es cuando vamos a verlo, cuando lo voy a tener tan cerca que estrecharé su mano, si es que no me desmayo, o si no me echo a llorar como una tonta, como dice mi madre, que tengo reacciones de chiquilla, aunque entonces ya no lo era, ni mucho menos, iba a cumplir muy pronto veinticinco años, en enero, y estábamos en diciembre, el 21 de diciembre de 1949, el día del cumpleaños de Stalin, y todos nosotros íbamos a tener la oportunidad de felicitarlo, en nombre de nuestro partido y de los obreros españoles, con más solemnidad que otras veces, porque eran setenta años los que cumplía, y aquel aniversario fue una gran fiesta para todos los comunistas y los trabajadores del mundo. Había gente de otros países en aquella visita, me parece, más camaradas de partidos extranjeros, porque me acuerdo que el salón adonde nos llevaron era grande y estaba lleno de gente, aunque no se levantaban mucho las voces, sólo un poco, para los discursos, y ni siquiera mucho entonces, yo creo que estábamos todos igual de emocionados, sobrecogidos, no sé si es la palabra española, muchas veces voy a decir algo y cuando he empezado a hablar me doy cuenta de que estoy diciéndolo en ruso, y que me faltan las palabras en español. Estaban encendidas unas arañas enormes, pero no daban mucha luz, o es que había humo, o que el cielo estaba muy oscuro detrás de los ventanales, aunque era de día, lo recuerdo todo un poco brumoso, y también que no pude acercarme mucho a Stalin, no le estreché la mano, no sé si porque mi madre me hizo un gesto para que no me pusiera en la fila, o porque alguien me echó hacia atrás, y me quedé en otro grupo, al fin y al cabo yo no era nadie, me había permitido unirme a nuestra delegación porque le supliqué a mi madre que me llevara con ella, que cuando yo tuviera hijos y nietos quería poder contarles que una vez en mi vida había visto de cerca y con mis propios ojos a Stalin.

Estaba tan nerviosa que no me fijaba mucho en lo que pasaba a mi alrededor, o no lo entendía, lo veía todo casi tan borroso como lo recuerdo ahora, con aquella poca luz, con las voces que se escuchaban tan bajo. Pero a Stalin sí que lo pude ver bien, a pesar de ese humo o esa niebla que había, y de la luz tan mala que daban las arañas, estaba sentado en el centro de una mesa muy larga, charlaba con alguien, sin ninguna formalidad, fumaba y se reía, y yo casi tenía que pellizcarme para creer que era verdad que estaba viéndolo, en carne y hueso, inconfundible, como alguien de mi familia, como cuando era niña y veía a mi padre entre los demás hombres, pero también muy distinto, no sé cómo explicarlo, porque era como los retratos suyos que habíamos visto desde siempre en todas partes y sin embargo no se parecía demasiado a ellos: era mucho más viejo, y más pequeño, yo me fijé y vi sus piernas cortas debajo de la mesa y sus botas cruzadas, y cuando se reía la cara se le llenaba de arrugas y tenía los dientes muy pequeños y estropeados, o muy negros del tabaco, y el uniforme le venía un poco grande, pero precisamente por eso me emocionó mucho más de lo que yo había esperado, y de otra manera, porque había creído que vería a un gigante en la plenitud de su fuerza y resultaba que Stalin era un hombre viejo y cansado, como lo había sido mi padre al final de su vida, y que siendo más frágil de lo que yo nunca pude imaginar había tenido la fortaleza inmensa que hizo falta para luchar contra el zar, para dirigir la construcción del socialismo y para ganar la guerra contra los nazis, y se veía que tantos años de esfuerzo y de sacrificio le habían agotado, como agotaron a mi padre los años en la mina y en la cárcel, y tenía cara de dormir mal y se quedaba de vez en cuando ausente, como pensando en otra cosa mientras alguien le hablaba, o mientras escuchaba un discurso, hasta me daba pena de él, con ese color de piel tan desmejorado que tenía, tantos años sin descansar nunca, desde que era un muchacho en tiempos de los zares y lo deportaron a Siberia. Luego mi madre me decía, burlándose de mí, tenías que haber visto la cara que ponías mirándolo, se te quedaba la boca abierta, como si estuvieras viendo a un artista de cine. Pero entonces pasó una cosa, mientras yo miraba tan fijamente a Stalin, sin darme cuenta de que no apartaba los ojos de él, de que no veía a nadie más, ni siquiera a las personas que había a mi lado en la mesa, que se me han olvidado por completo. Miraba a Stalin queriendo quedarme con todos los detalles de su cara y sintiendo un poco de lástima por él, por lo fatigado que me parecía, por lo grande que le quedaba la chaqueta del uniforme, y entonces sentí como una punzada, como cuando se toca un cable suelto y te da una descarga eléctrica. Alguien estaba mirándome, muy fijo, con mucha frialdad, pero también con mucha rabia, como reprobando mi mala educación por mirar tan descaradamente a Stalin, un hombre pequeño y calvo que estaba sentado muy cerca de él, con gafas, con unas gafas antiguas, de pinza, y un corbatín y un cuello alto postizo también antiguos. Me quedé helada, me acuerdo y todavía me viene un escalofrío, era Lavrenty Beria el que me estaba mirando, pero a mí no me dio miedo porque fuera el jefe del NKVD, sino por cómo eran sus ojos, que parecía que atravesaban la distancia que nos separaba como si no hubiera nada en medio, detrás de aquellos cristales redondos y pequeños, sujetos con una pinza a la nariz. Me miraba igual que miraría a un insecto, como diciéndome, quién te has creído que eres tú para mirar a Stalin con esa desvergüenza, cómo has podido colarte en este lugar, pero había algo más, y yo era entonces tan tonta que no me daba cuenta, aunque por instinto sentí un poco de asco, como el que me daban esos hombres que se me quedaban mirando cuando vivía en la residencia de niñas y yo no entendía por qué respiraban tan fuerte y me miraban tan fijo o los que se rozaban contra mí aprovechando la bulla de un tranvía. Fue un instante, y yo enseguida aparté los ojos, y ya no me atreví a mirar de nuevo hacia Stalin, y todo el rato estuve sintiendo esa mirada que a lo mejor seguía fija en mí, que había bajado con toda frialdad y descaro de mis ojos a mi boca y luego a mi cuello y a mi escote. Ahora que lo pienso, ya no quedará mucha gente en el mundo que se acuerde de los ojos de Beria, que dejaban de verse cuando la luz se reflejaba en los cristales de sus gafas.

Me siento aquí y empiezan a venir los recuerdos, y me parece mentira que me hayan pasado a mí tantas cosas, y que yo haya estado en esos sitios tan lejanos, en el mar Negro y en Siberia, en el Círculo Polar Ártico, pero también aquí estoy lejísimos, aunque me encuentre en Madrid, porque Madrid está muy lejos de Moscú, y además yo la conozco mucho menos, y me da miedo salir a la calle, con tantos coches y tanta gente, me da miedo perderme y no acordarme del camino de vuelta, y también me quedé muy asustada cuando me atracaron, nada más salir al portal, me tiraron al suelo y me quitaron el bolso, visto y no visto, y me quedé tirada en la acera y dando gritos, al ladrón, al ladrón, sin que se me acercara nadie, aunque ahora que lo pienso a lo mejor grité en ruso, por el lío que tengo con las dos lenguas, que hablo en una y estoy pensando en otra, o quiero decir una palabra en español y me sale otra rusa. En ruso sueño siempre, y siempre sueño con cosas de allí, o de hace muchísimos años, de cuando yo era niña, antes de que nos mandaran a la Unión Soviética, para unos meses, nos decían, y luego hasta que termine la guerra, pero la guerra terminó y a nosotros no nos devolvieron, y enseguida empezó la otra guerra y ya sí que fue imposible, parecía que se iba a acabar el mundo, porque nos evacuaron lejísimos, yo no sé cuántos días estuvimos viajando en tren, días y semanas, siempre entre la nieve, y yo pensaba, cada vez me voy más lejos de España, y de mi padre y mi madre, aunque de ellos casi no me acordaba, incluso les había empezado a tomar un poco de rencor, me avergüenza decirlo, pensaba que no hubieran debido dejar que me fuera en aquel barco, y les reprochaba que me hubiesen dejado otra vez sola, como cuando se iban a sus reuniones del sindicato o del partido y mi hermano y yo nos quedábamos solos la noche entera, mi hermano pequeño llorando porque tenía miedo o estaba hambriento y yo acunándolo en mis brazos aunque no era mucho mayor que él, lo asustadizo que era de niño y lo encanijado, de lo mal que comíamos, y lo fuerte y lo bravo que se hizo después, que con doce años salía conmigo a vender Mundo Obrero, cuando ya vivíamos en Madrid, y me decía, tú no tengas miedo de los señoritos fachas, que si vienen por nosotros yo te defiendo, y luego, con veinte años recién cumplidos ya era piloto del Ejército Rojo, iba a verme y me levantaba en volandas al abrazarme, tan guapo, con su uniforme de aviador y su estrella roja en la gorra, fue a despedirse de mí porque a su escuadrilla la mandaban al frente de Leningrado y no paró de reírse y de cantar canciones españolas conmigo y revolucionó a todas las chicas de la escuela de enfermeras de guerra, y esa noche lo acompañé a la estación y cuando el tren ya estaba arrancando dio un salto del estribo y volvió a abrazarme y a besarme y saltó de nuevo al tren y se agarró a la barandilla como si se montara en un caballo, me hizo adiós con la gorra en la mano y ya no volví a verlo nunca, eso es lo más raro de la vida, a lo que no me puedo acostumbrar, que tengas cerca de ti a alguien que quieres mucho y que ha estado contigo y un minuto después desaparezca y ya sea como si no hubiera existido. Pero mi hermano sé que murió como un héroe, que siguió peleando con los cazas alemanes cuando su avión ya tenía un motor incendiado y fue a estrellarse contra las baterías enemigas, un héroe de la Unión Soviética, en *Pravda* publicaron su foto, tan guapo que parecía un actor de cine. Me siento aquí y me acuerdo de él, me viene el recuerdo sin que yo haga nada, como si se abriera la puerta y entrara tranquilamente mi hermano, con aquel aplomo risueño que tenía, lo veo enfrente de mí con su cazadora de piloto y me imagino que hablamos y hablamos y nos acordamos de tantas cosas antiguas, y yo le cuento las que me han pasado después de su muerte, hace más de cincuenta años, cómo ha cambiado el mundo, cómo se ha perdido todo lo que defendíamos, por lo que él y tantos como él dieron sus vidas, pero él no pierde nunca el buen humor, se rasca la cabeza debajo de la gorra y me da golpes en la rodilla, me dice, venga, mujer, que tampoco es para tanto, algunas veces estoy despierta y lo veo delante de mí con la misma claridad con que lo veo en los sueños, y lo que me parece más raro no es que haya vuelto o que siga siendo un muchacho de veinte años, sino que me hable en ruso tan rápido, y tan perfectamente, sin ningún acento, porque a él el ruso se le daba muy mal, peor que a mí, al principio, cuando me hablaban y no entendía nada, y no entender era peor que tener frío y que pasar hambre. Y ahora es al contrario, que lo que no entiendo a veces es el español, y no me acostumbro a lo alto que habla la gente, lo alto y lo brusco, como si tuvieran siempre mucha prisa o estuvieran muy enfadados, como el señor que aquel día del atraco me ayudó por fin a que me levantara, y hasta me sostuvo, porque me dolía mucho la cadera, y yo pensé, mira que si se me ha roto, si me tienen que enyesar la pierna y no puedo salir a la calle ni valerme, quién vendrá a ayudarme, y el hombre me decía, joder, señora, la acompaño a la comisaría a poner una denuncia, que hay que meter en cintura a todos esos cabrones, seguro que era uno de esos moros que rondan por aquí, y yo le di las gracias pero también me mantuve muy digna, no señor, no era moro el que me ha atracado, sino bien blanco, y además no se les llama moros, sino marroquíes, y lo de la denuncia tendrá que esperar, porque ahora lo que más me urge es llegar a la manifestación, que es Primero de Mayo. El hombre me miraba como si estuviera loca, pues usted misma, señora, lo que usted diga, y yo le di las gracias y me fui a la manifestación, cojeando pero me fui, y cuando terminó unos camaradas me llevaron en su coche a la comisaría y puse la denuncia, pero yo un Primero de Mayo no me lo pierdo, aunque ya no sea lo mismo y cada vez vayan menos personas y sea todo tan desangelado, que no hay casi banderas rojas ni puños cerrados y ni los que van en la cabecera detrás de la pancarta se saben la Internacional.

Ya no es como cuando salíamos con mi padre y mi madre y mi hermano y yo los mirábamos de soslayo para levantar el puño igual que ellos, antes de la guerra, por la calle de Alcalá, que era un mar de gente y de banderas rojas, y luego en la Unión Soviética, en la plaza Roja, el Primero de Mayo del año en que acabó la guerra, no cabía más gente, más gritos, más banderas, más canciones, más entusiasmo, millones de personas aclamando a Stalin, y yo apretujada entre la multitud, aclamándole también, emocionándome al pensar que esa figura diminuta que se veía al fondo, en la tribuna sobre el mausoleo de Lenin, era él, llorando de alegría, y de agradecimiento, porque él nos había guiado en la victoria contra Alemania, que tantos millones de muertos soviéticos costó, mi pobre hermano entre ellos, aunque ahora parece que aquella guerra la ganaron los americanos, que sólo ellos lucharon, y la gente sabe lo que fue el desembarco en Normandía y no sabe que fue en Stalingrado donde por primera vez se derrotó al ejército alemán, en la batalla más sangrienta y más heroica de la guerra, y ni siquiera saben que había una ciudad que se llamaba Stalingrado, buena prisa se dieron en cambiarle el nombre, igual que a Leningrado, qué vergüenza, que se llame ahora como en tiempos de los zares, San Petersburgo, y que quieran canonizar a Nicolás II, que mandó que las ametralladoras disparasen contra el pueblo delante del Palacio de Invierno. Pero veo que usted pone mala cara, aunque quiera disimular, no crea que no sé lo que está pensando, todas esas historias sobre los campos de concentración y los crímenes de Stalin, como si Stalin no hubiera hecho otra cosa que asesinar, o como si todos los que cumplieron condena en los campos hubieran sido inocentes. Claro que hubo errores, el mismo Partido lo reconoció en el XX Congreso, y se denunció el culto a la personalidad, y se hizo lo posible por remediar injusticias y por rehabilitar a quienes no tenían culpa, pero cómo no iba a haber culto a la personalidad si Stalin había hecho tanto por nosotros, por el pueblo soviético y por los trabajadores de todo el mundo, si había dirigido el salto inmenso del atraso a la industrialización, los planes quinquenales, que eran la envidia y la admiración del mundo, si en veinte años la Unión Soviética había dejado de ser un país atrasado y campesino y se había convertido en una potencia mundial. Y todo eso en las peores circunstancias, después de una guerra provocada por los imperialistas, en medio del cerco y del bloqueo internacional, en un país en el que faltaba todo, en el que la inmensa mayoría de la población era analfabeta, esclava del zar y de los popes. Mire usted lo que fueron, o lo que fuimos, porque yo he sido ciudadana soviética, y mire cómo está ahora el país, cómo han destruido en unos pocos años lo que costó varias generaciones construir, el país más grande del mundo roto en pedazos y Rusia entregada a la Mafia y gobernada por un borracho, dígame si ahora están mejor que en los tiempos de Stalin, o en los de Breznev, cuando dicen que el pueblo padecía tanta opresión. Y no dicen que había saboteadores y espías por todas partes, que el imperialismo empleaba los métodos más sucios para destruir la Revolución, y que muchos judíos se habían apoderado de puestos clave en el gobierno y conspiraban a favor de los Estados Unidos y de Israel.

Judíos, sí señor, no me mire con cara rara, como si no hubiera oído hablar de eso nunca, ¿no sabe que hubo un complot de médicos judíos para asesinar a Stalin? Y luego había quien se aprovechaba, quien abusaba de la confianza de Stalin y del Partido para enriquecerse o para acumular poder, pero al final esa gente pagó sus culpas, porque Stalin era tan recto que no permitía que nadie a su alrededor se aprovechara de su confianza. Pagó Yezhov, que había cometido tantos abusos, que había encarcelado a tantos inocentes, y después pagó Yagoda, aunque el peor de todos decían que fue Beria, que logró engañar a Stalin hasta el final, pero que también recibió su castigo, y dicen que cuando iban a matarlo cayó de rodillas y se puso a suplicar y a chillar, dígame si funcionaba o no funcionaba la Justicia en la Unión Soviética. Pero ahora quieren ocultarlo todo, borrarlo todo, hasta los nombres, quieren hacer creer que el pueblo soviético estaba oprimido, o muerto de miedo, y que la muerte de

Stalin fue una liberación, pero yo estaba allí y sé lo que pasaba, lo que sentía la gente, yo estaba en Moscú la mañana en que dijeron en la radio que Stalin había muerto, estaba en la cocina, preparándome un café, me había levantado con náuseas porque estaba embarazada de mi primer hijo, y entonces empezó a sonar esa música en la radio, dejó de sonar y hubo un silencio, y luego habló un locutor, empezó a decir algo pero se le quebró la voz con el llanto, y casi no le entendí cuando dijo que el camarada Stalin había muerto. Yo no podía creerlo, era como cuando me dijeron que había muerto mi hermano en Leningrado, o cuando murió mi padre, pero mi hermano estaba en la guerra y yo había aceptado que podía morirse, y mi padre ya era muy viejo y no podía durar mucho, pero que Stalin pudiera morir jamás se me había ocurrido, ni yo creo que a nadie, para nosotros era más que un padre o un líder, era lo que debe de ser Dios para los creyentes. Me eché a la calle, sin saber adónde iba, sin mucho abrigo, aunque estaba nevando, y en la calle me encontré a mucha gente igual que yo, que iba como sonámbula, que se paraba en una esquina y se echaba a llorar, mujeres viejas que lloraban con la boca abierta, soldados llorando con sus caras de niños, obreros, todo el mundo, una multitud que ya me llevaba, como si me llevara un río de cuerpos bajo la nieve, camino de la plaza Roja, como por instinto, pero las calles ya estaban inundadas de gente y no se podía avanzar, y alguien dijo que la plaza Roja estaba acordonada, que había que ir hacia el Palacio de los Sindicatos. Me siento ahora aquí y me parece mentira haber estado en Moscú esa mañana, haber vivido aquello, aquella inundación de llanto y de desamparo, de gritos de mujeres que caían de rodillas sobre la nieve y llamaban a Stalin, de música fúnebre en los altavoces de las calles, por los que sonaban himnos tan alegres el Primero de Mayo, me veo perdida entre tanta gente, llorando yo también y abrazándome a alguien, a alguna desconocida, sintiendo en el vientre los movimientos de mi hijo, que iba a nacer dos meses después, y que me parecía que iba a nacer huérfano, aunque tuviera un padre, porque nadie de nosotros podía imaginarse la vida sin Stalin, y llorábamos de pena pero también de miedo, de pánico, de encontrarnos indefensos después de tantos años en los que él había estado siempre velando por nosotros.

En casa, cuando era muy niña, mis padres me hablaban de Rusia y de Stalin, y cuando llegó al puerto de Leningrado el barco que nos traía de España lo primero que vimos fue un gran retrato suyo, que parecía que nos daba la bienvenida y nos sonreía, como cuando lo veíamos en los noticiarios sonriéndole a un niño al que cogía en brazos. Pero cada vez nevaba más fuerte y había más gente en la calle, y ya no nos movíamos, ya no avanzaba la multitud en ninguna dirección, y por encima de la música de los altavoces se escuchaban las sirenas de las fábricas, todas las sirenas de Moscú sonando al mismo tiempo, como cuando había alarmas aéreas durante la guerra, y entonces yo empecé a sentirme atrapada, igual que cuando corría escaleras abajo hacia un refugio y temía tropezarme y que me arrollaran, sentía que me empujaban, que me agobiaban, que no podía respirar, la gente apretándome por detrás, por delante, por los lados, hombres y mujeres con sus abrigos y sus gorros y el vaho de sus alientos dándome en la cara, en la nuca, el mal olor de los cuerpos poco lavados y de la ropa húmeda, y yo abriendo mucho la boca para respirar, entre golpes de sudor y tiritones de frío, queriéndome proteger el vientre con las dos manos, porque mi hijo se movía, daba vueltas dentro de mí con más fuerza que nunca, como si él también se sintiera encerrado y agobiado, y entonces ya no pude resistir más y empecé a abrirme paso, o a intentarlo, tenía que irme antes de que me fallaran las piernas y me cayera al suelo y me pisaran el vientre, antes de que viniera por algún lado un apretón de la multitud y me viera empujada y aplastada contra una pared, yo y mi hijo indefenso, mi hijo al que cualquier cosa podría aplastar. Empujé, supliqué llorando, mostré sin ninguna vergüenza mi vientre tan hinchado, tiritaba de frío, lloraba a gritos porque se me contagiaba el llanto de los demás por la muerte de Stalin y también porque quería marcharme cuanto antes de allí y llegar a una calle despejada, a una calle en la que no hubiera nadie y por la que pudiera apresurarme hacia mi casa respirando a pleno pulmón, sujetándome el vientre en el que mi hijo no paraba de moverse, que casi parecía que iba a ponerme de parto allí mismo, entre la gente que no se apartaba, que no se movía ni un centímetro, forrados en abrigos y gorros y echando vaho entre los copos de nieve, y yo desabrigada, como una idiota, no sé siquiera si llevaba un pañuelo a la cabeza, si me había calzado antes de salir las botas de nieve, perdida luego en unas calles en las que no había estado nunca, cuando por fin pude abrirme paso, yo sola de pronto, con la cabeza descubierta y el pelo empapado y toda mi barriga delante, perdida en una calle de Moscú que no conocía y en la que no había nadie a quien preguntarle el camino. Se lo cuento a mi hijo y me dice, mamá, qué pesada eres, si me lo has contado ya mil veces, me lo dice en ruso, claro, porque él apenas habla nada de español, pero tiene una pinta española que es mi orgullo, aunque su padre, que en paz descanse, era de Ucrania, lo veía vestido de soldado cuando hizo el servicio militar y me parecía estar viendo a su tío, a mi hermano, igual de alto y de moreno, igual de alegre, con la visera de la gorra echada a un lado de la cara, con el cigarro en la boca y esos ojos guiñados, como los actores de cine que me gustaban tanto de niña. Hace dos años que no lo veo, ni conozco a mi nieto menor, porque con mi paga yo no tengo dinero para un billete a Moscú, y él es ingeniero químico y el sueldo casi no le alcanza para sostener a su familia, que le hablen a mi hijo de la libertad y de la economía de mercado, si a veces tengo yo que mandarle unos dólares para que llegue a fin de mes o para que pueda comprarle un cochecito a mi nieto, yo que cobro en España la pensión mínima, una limosna, aunque no sabe los años y los sinsabores que me costó conseguirla, y que tengo una pensión rusa que se queda en nada, unos rublos que no valen nada, después de haber trabajado mi vida entera, de no haber dejado ni un día de padecer desde que era una niña.

Lo decía Lenin, libertad para qué. Para qué queríamos los mineros la libertad de la República si nos mandaron a la Legión y a la Guardia Civil y cazaban a tiros a los huelguistas como si fueran animales, y a mi madre la encerraron, aunque no había hecho nada, sólo por ser la esposa de un sindicalista, y a mi padre lo torturaron y lo mandaron a un penal de África, a Fernando Poo, y cuando la amnistía del Frente Popular volvió enfermo de malaria, tan envejecido y amarillo que no lo reconocí y me eché a llorar cuando me abrazó. Yo no quería que él se fuera nunca, desde muy pequeña no podía dormirme hasta que mi padre no volvía de la mina, y hacía todo lo posible por esperarlo levantada, o me despertaba si había tenido el turno de noche y llegaba a casa antes del amanecer. Qué alegría oír la puerta cuando él la empujaba, oír su voz y su tos y oler el humo de su cigarro, lo puedo oler ahora exactamente, aunque han pasado más de sesenta años, me siento aquí y vienen los recuerdos y también vienen los olores de las cosas y los sonidos que había entonces, y que ya tampoco existen, y me acuerdo de los ojos de mi padre brillando en la cara oscurecida de polvo de carbón y de la manera que tenía de llamar a la puerta, y yo pensaba, ya ha venido, no le ha pasado nada, no ha habido una explosión en la mina ni se lo han llevado los guardias civiles. Qué raro haber vivido yo tantas cosas, haber estado en tantos sitios, en Siberia, en un barco que se quedó atrapado en el hielo del Báltico, en aquellas guarniciones de los Urales a las que destinaban a mi marido, cuando no podíamos salir de noche por miedo a los lobos que aullaban en los bosques, con lo cobardona y lo poco amiga de novedades y aventuras que era yo de niña, que lo habría dado todo por tener una familia como las demás, incluso las que eran más pobres que la nuestra en los poblados de la mina, porque esas niñas podían ir a la escuela descalzas y con piojos, pero por lo menos a sus padres no se los llevaban presos de vez en cuando ni tenían que pasarse meses escondidos, ni dejaban solos a sus hijos las noches enteras para irse a sus reuniones de comités y sindicatos. Yo lo único que quería es lo que he querido siempre y nunca he conseguido, vivir tranquila, tener mi casa, arreglarme con poco y no llevarme sobresaltos, pero no ha habido modo, los recuerdos más antiguos que tengo son ya de mudanzas a toda prisa y de noches en los bancos de las estaciones, o de tener miedo a que ocurriera una gran desgracia, a que a mi padre lo hubieran matado los civiles o lo hubiera sepultado una explosión o un derrumbamiento de la mina. Todavía lo pienso y me palpita el corazón, lo miro en esa foto de encima del piano y me parece que está vivo y que puede pasarle algo, o que me despierto y está a mi lado, con un regalo en la mano, que me ha traído de un viaje, aquella cajita de nácar que me trajo cuando vino de Rusia y había pasado tanto tiempo que no lo conocí y me eché a llorar al verlo. Yo, en el fondo, y aunque no se lo dijese nunca a nadie, los sueños que tenía de niña eran de pequeño-burguesa, qué diría mi madre si pudiera oírme. Quería tener siempre cerca a mis padres y a mi hermano, ir a la escuela, y de vez en cuando a misa, y hacer la comunión como aquellas niñas a las que veía salir vestidas de blanco de la iglesia, con sus rosarios y sus libros de nácar en las manos, con sus zapatos de charol, no como yo, que hasta en invierno llevaba unas alpargatas viejas y se me quedaban helados los pies y el barro se les pegaba a las suelas de cáñamo. A mis padres les estaba siempre oyendo hablar de la Revolución, pero yo lo que quería era que las cosas no cambiaran, que fuera un poco a mejor, eso sí, que a mi padre no le faltara el jornal y que pudiéramos comer caliente todos los días, y tener buenas mantas y abrigos y botas en invierno, pero me daba pánico que se trastornara todo, como ellos deseaban, y me asustaba cuando mi padre hablaba de emigrar a América, o cuando nos decía que tendríamos que irnos a Rusia porque aquélla era la patria de los trabajadores del mundo. La casa donde vivíamos cerca de la mina era poco más que una choza, aunque mi madre la tenía siempre barrida y ordenada, pero yo me eché a llorar cuando tuvimos que dejarla para mudarnos a Madrid, me parecía que me arrancaban el corazón al marcharme de allí. Subimos al tren y mi hermano, siendo tan chico, estaba loco de contento, pero yo me moría de pena por tener que dejar nuestra casa tan pobre y tan limpia y también la escuela que me gustaba tanto y las amigas que tenía. Pero a los pocos meses de vivir en Madrid ya me había acostumbrado y también quería quedarme a vivir allí para siempre, y que me conocieran todas las vecinas y las señoras de las tiendas, y se hicieran amigas mías las niñas de la escuela a la que me llevaron y la maestra que les riñó el primer día cuando se burlaron de mi acento, que debía de ser un asturiano muy cerrado. Teníamos una vivienda diminuta, en una corrala del barrio de Tetuán, dos cuartos en un corredor lleno de vecinos, pero mi madre los arregló enseguida, con las pocas cosas que teníamos, y parecía que nos habíamos mudado por fin a una casa de verdad, y por primera vez el retrete, el servicio, como dicen ahora, lo teníamos en casa, al final del pasillo, no en un corralón, o en medio del campo, como los animales. Mi padre ya no tenía que ir a la mina, sino a un trabajo que yo no sabía lo que era, en un periódico o en el sindicato, y al principio pensé que llevaríamos una vida normal, que ya no tendría que estar asustada cada vez que se retrasara mi padre o que empezara una huelga y hubiera de noche reuniones en mi casa, que me daban rabia porque los hombres fumaban tanto que no se podía respirar, y cuando se iban quedaba un olor a tabaco que tardaba días en desaparecer y mi madre y yo teníamos que barrer el suelo de colillas y ceniza.

A mí lo que me gustaba era ir a la escuela, y que la maestra me quisiera mucho, y me habría gustado también ir a confesar y a comulgar, tan chica y ya tenía mis contradicciones ideológicas. Soñaba con colocarme en un taller de costura cuando terminara la escuela, en bordarme yo mi propio ajuar, y en hacerme muy amiga de las chicas que trabajaran conmigo. Me aficioné tanto a Madrid que imaginaba que ya me quedaba a vivir allí para siempre, y se me pegaba enseguida el acento de las otras chicas, y me gustaba subirme a los tranvías y aprender a moverme por el metro, y cuando juntábamos mi hermano y yo unos céntimos nos íbamos al gallinero de algún cine a ver las películas de Clark Gable o las del Gordo y el Flaco. Allí he dicho, al referirme a Madrid, como si no fuera en Madrid donde estoy ahora mismo, pero se me olvida muchas veces y me despierto creyendo que estoy en Moscú. Pero si digo allí es como si dijera entonces, porque Madrid era otro, otra ciudad que yo no encuentro cuando salgo a la calle, o cuando me asomo al balcón, que tampoco me asomo casi nunca, por el ruido de los coches que están pasando siempre por esa carretera, de día y de noche, no me acostumbro nunca, y mis amigas me dicen, pero mujer, pon cristales dobles, pero cómo voy yo a gastarme ese dineral con mi paga, y además, con todo lo que hemos pasado, tampoco voy a quejarme porque haya ruido de coches, peor es el ruido de los bombardeos o pasar el invierno en una guarnición a cuarenta grados bajo cero, y peor todavía es estar muerto, como tantos y tantos que yo he conocido. De qué voy a quejarme, si tengo la mejor casa en la que he vivido nunca, nunca en mi vida, y además con un poco de suerte ya no voy a moverme de ella, como no sea cuando me lleven al cementerio, y allí también tengo asegurada mi plaza, en el cementerio civil, al lado de mi madre, las dos juntas en la tumba igual que lo estuvimos siempre en la vida, salvo aquellos primeros años horribles de Rusia en los que estuve sola y no sabía si volvería a verla, o si ella y mi padre estarían muertos, o si se habrían olvidado de mí, tan ocupados con su guerra y su Revolución. No es que yo quiera acordarme, o que me esfuerce, sino que me siento aquí y las cosas empiezan a venir, como si estuviera en una sala de espera y fueran entrando los muertos, y también los vivos que están muy lejos, mi hijo que no puede venir a verme y no puede estar hablando conmigo más de cinco minutos cuando me llama por teléfono por miedo a la factura, mi nieto pequeño, que no me conoce, y yo le hago arrumacos y le canto canciones de cuna, las que nos cantaba mi madre a mi hermano y a mí y las que yo aprendí en Rusia y le cantaba a mi hijo. Me da miedo salir a la calle y como casi todo lo que necesito me lo hago subir del supermercado o me lo trae un camarada muy amable que vive cerca de aquí, pues yo casi no tengo que moverme, y así me ahorro el susto de otro atraco y el miedo a irme muy lejos y a no encontrar el camino de vuelta, que es otra cosa que a mí me ha pasado desde siempre, que me pierdo enseguida, sobre todo cuando hay mucha gente. Cuando empezó la invasión de los nazis y nos iban a evacuar de Moscú iba por la estación de la mano de mi madre y hubo un tumulto y la mano se me soltó, y me vi perdida entre tantos miles de personas, entre el ruido de los altavoces que no entendía y de los trenes que silbaban antes de la partida, y eché a correr como una loca sin ver siquiera hacia dónde porque tenía los ojos llenos de lágrimas, y chocaba con las piernas de la gente y tuve que escaparme de un guardia que me quería atrapar, que ya me había agarrado de un brazo. Iba corriendo a lo largo de un tren que ya se había puesto en marcha, y había racimos de gente colgada de los estribos, de las ventanillas, agarrándose a cualquier cosa, empujándose los unos encima de los otros, y entonces vi a mi madre que me llamaba asomada a la puerta de un vagón y corrí más fuerte hacia ella, pero el tren ya había empezado a tomar velocidad y me quedé atrás, y ya me parecía que estaba perdida para siempre, en aquella estación que era la más grande y la más llena de trenes que yo había visto nunca, entre toda aquella gente que daba vueltas en remolinos queriendo marcharse, ocupando hasta las vías. Vi otro tren que arrancaba a mi lado, y sin pensarlo salté a él, pero en ese momento alguien tiró de mí, y era mi madre, que me apretó contra ella, mi madre que también había creído que no iba a encontrarme nunca y que me habría perdido si tarda un segundo más en mirar al tren que arrancaba a su lado, camino de Vladivostok, me dijo luego, en el Pacífico, cómo me habría encontrado si llego a empezar ese viaje a través de Siberia. Pero es que yo soy muy atolondrada, me merecía los azotes que me dio mi madre aquella vez, me daba azotes en el culo y besos al mismo tiempo, cómo estarás tú de la cabeza, me decía, mira que soltarte de mi mano, cabeza de chorlito, así me llamaba siempre.

Me pierdo en Madrid más de lo que me perdía en Moscú, y no me gusta preguntarle a la gente porque se me quedan mirando raro, a lo mejor por mi acento, o porque me ven pinta de extranjera, yo lo comprendo, de rusa, aunque no vaya a creer que en Rusia me ven menos rara que aquí. Así que para evitarme disgustos no salgo, me paso el día aquí, arreglando mis cosas, tan a gusto, mi piso entero para mí y mi calefacción central que no se avería nunca, será pequeño pero es mío, tan pequeño que no sé ya dónde poner tantas cosas, pero no me decido a tirar ninguna, con lo que me gustan todas, con los recuerdos que me traen, bastantes cosas ha ido perdiendo una en la vida como para no guardar y cuidar las que le quedan. Mire esos pañitos de crochet que tejía mi madre cuando encontrábamos un poco de hilo blanco en Moscú, que no era siempre, aunque ella se arreglaba con cualquier cosa, tenía tan buena mano para la aguja que de cualquier pingajo hacía un primor. En eso tampoco salí yo a ella, y me decía, qué manos tan bonitas tienes, y qué inútiles, que parecen manos de burguesa, y era verdad, se me desollaban enseguida, con cualquier trabajo, me martirizaban los sabañones, y ahora que puedo cuidármelas un poco y me pinto las uñas me da un poco de remordimiento, porque sí que parecen manos de burguesa, sobre todo por lo torpes que son. Se me estropea cualquier cosa y no sé arreglarla, se me caen al suelo y se me rompen, se le salió uno de los botones al televisor cuando iba a encenderlo y no sabe lo que me costó buscarlo por el suelo, con el poco espacio que hay, y lo mal que me muevo yo, sobre todo después de que me tiraran al suelo al atracarme. Me pasé días buscando el botón, porque no conseguía encender la tele, y cuando volví a ponerlo se caía otra vez, así que ya ve el apaño que hice, lo pegué con un poco de esparadrapo, y si lo aprieto con cuidado aguanta y no vuelve a salirse. Cómo voy a tirar nada, si cada cosa tiene una historia tan larga, y yo me las cuento a mí misma cuando estoy sola, como si fuera la guía de un museo. Ese Lenin que hay encima del televisor es de bronce, cójalo y verá cómo pesa, y fíjese lo bien que está sacado el parecido, alguna amiga me dice, mujer, ponlo en un sitio algo menos visible, que alguien se puede molestar, y yo le digo que aquí no viene nadie a verme, y además que si viene alguien y se molesta pues lo siento, que les den, como dicen en Madrid, ¿no tienen ellos sus crucifijos y sus vírgenes y sus retratos del Papa? Pues yo tengo a mi Vladimir Ilych, encima de ese pañito que me tejió mi madre una vez para mi cumpleaños, mire que ya está poniéndose amarillo, y la de kilómetros que ha hecho, que ya lo llevaba conmigo cuando a mi marido lo destinaron a Arcanstgel, y se quedaba el pañito tan tieso del frío como si fuera de hojalata. Esas muñecas con trajecitos siberianos las trajimos de allí, y también la percha, retiro los abrigos y se la enseño bien, las pezuñas son auténticas, disecadas, de esos renos tan grandes que había. Y los cuadros pequeños, ya me había dado cuenta de que no paraba usted de mirarlos, son dibujos que hacía Alberto Sánchez, con lo que tenía a mano, hojas de papel y lápices de colores de la escuela, me acuerdo de verlo dibujando sobre la mesa de la cocina, en el apartamento donde vivíamos en Moscú, el último invierno de la guerra, si se acerca verá lo perfectos que son los detalles, y la cuadrícula del papel. Hablaba de la época de la siega en su pueblo de Toledo y según iba hablando dibujaba lo que nos contaba, y nos parecía que estábamos en España y no en Moscú, y que notábamos el calor del verano y el picor del polvo del trigo en la garganta. Mire las camisas blancas, cómo las llevan remangadas los segadores, los sombreros de paja, las hoces, las cuerdas con las que se atan los pantalones de pana, los montones de gavillas. Y el pueblo, de lejos, como decía Alberto, que se veía al doblar una curva, con el campanario de la iglesia y el nido de las cigüeñas, y esos montes azules al fondo, qué habríamos dado nosotros por verlos entonces, cuando creíamos que nunca íbamos a volver a España, y para muchos fue verdad, que nunca volvieron, como el pobre Alberto, que ya no vio nunca más su pueblo, y está enterrado en Moscú. Una amiga que entiende me dice que venda los dibujos, que pueden darme un buen dinero por ellos, y se agobia cuando ve tantas cosas como tengo, que no podrás rebullirte, me dice, deshazte de todo, borrón y cuenta nueva, tira lo que no vale nada, que es la mayor parte, y lo valioso véndelo, pero yo no quiero separarme de nada, cada cosa tiene una parte de mi vida, hasta ese cuadro que a mi amiga le da tanta rabia, a quién se le ocurre enmarcar la tapadera de una caja de galletas, pero a mí me gusta mucho, me trae muchos recuerdos, la plaza Roja con sus cúpulas de colores y ese azul que tiene el cielo algunas mañanas de verano, y me gusta que las cosas estén en relieve, tóquelas, los torreones de la muralla del Kremlin, la catedral de San Basilio, el mausoleo de Lenin. Yo tenía esa caja de galletas hace mil años, pero me gustaba tanto que no me desprendía de ella, tan exacto que se ve todo, con los colores tan vivos que tiene de verdad, y antes de venirme de Moscú le recorté la tapa y le puse el marco.

En Moscú me acordaba de Madrid y en Madrid me acuerdo de Moscú, qué voy a hacerle, y si a España la llevo en mi corazón la Unión Soviética también es mi patria, cómo no va a serlo si viví en ella más de cincuenta años, y me duele cuando la insultan, y cuando pongo la televisión y veo las cosas tan tristes que pasan allí, las que me cuenta mi hijo en sus cartas, que le salen más baratas que llamarme por teléfono. Todos los días me levanto muy temprano, aunque no tengo nada que hacer, y al principio no sé si me he despertado en Madrid o en Moscú, y me paso horas limpiando y ordenando mi casa, con lo pequeña que es y si me descuido me come el desorden y se me llena todo de polvo, y entonces me da remordimiento pensar que yo estoy aquí tan a gusto, con mi calefacción y mi agua caliente, mi nevera y mi televisor, mi buena alfombrilla en el dormitorio para que no me dé frío en los pies cuando me levanto en invierno, y me acuerdo de que ni mi hermano ni mis padres pudieron disfrutar nunca de tantas comodidades, y yo, que soy la más tonta, para qué voy a negarlo, la que menos valía, resulta que ahora lo tengo todo para mí. Me siento aquí, por las tardes, y algunas veces no pongo la tele, y no enciendo la luz cuando empieza a anochecer, y como no me llama casi nadie me quedo horas y horas callada, sin hacer nada, sin ocupar las manos en nada, no como mi madre, que siempre estaba con alguna labor, me quedo sentada mano sobre mano oyendo pasar los coches por esa carretera y empiezo a acordarme de cosas, pero no es que yo me empeñe, es que los recuerdos vienen a mí y se encadenan los unos con los otros, como las cuentas del rosario entre los dedos cuando yo iba de niña a la catequesis sin que se enteraran mis padres. Veo las caras de la gente, escucho sus voces, me quedo quieta y se va haciendo oscuro y me parece que entran por esa puerta y se sientan a mi lado, y también oigo las músicas, la Internacional que tocaba una banda de aficionados en nuestro pueblo minero, la marcha fúnebre de Chopin, el día del entierro de Stalin, y otra marcha que me gustaba mucho, que la ponían en Moscú siempre los Primeros de Mayo, me parece que voy por la calle y la estoy escuchando, la marcha triunfal de *Aida*, me acuerdo y se me llenan los ojos de lágrimas, será que me he vuelto tan sentimental como los rusos.

Pero la música que más me gusta de todas está en *Sherezade,* era la que sonaba cuando se abría la cajita de nácar que me trajo mi padre aquella vez que volvió de su primer viaje a Rusia, cuando yo no me atrevía a mirarlo a la cara porque había estado sin verlo cinco o seis meses y ya me parecía un desconocido, hasta llevaba un bigote negro que no tenía cuando se marchó. Yo guardaba la caja debajo de la almohada, la abría poco a poco y empezaba a oír la música y la cerraba enseguida, porque tenía miedo de que se me gastara si la dejaba sonar mucho tiempo, como si la música fuera igual que esos perfumes que se gastan si se deja el frasco abierto. Tantas cosas que tengo en la cabeza y que preferiría olvidar, y sin embargo no recuerdo dónde se quedó mi caja de música, vaya usted a saber en qué mudanza la perdí. Pero las cosas duran más que las personas, y a lo mejor aquella caja la tiene alguien todavía, como esas cosas antiguas que pasa mucho tiempo y se venden en el Rastro, y cuando la abre escucha *Sherezade,* y se pregunta a quién le perteneció.

América

Aguardaría en la habitación con la luz apagada a que sonaran en la torre de la iglesia de El Salvador las campanadas de las doce. Ya disimulando, aunque todavía no hubiera salido a la calle, ya preparado para que no pudieran reconocerme si alguien se cruzaba conmigo, aunque a esas horas y esas noches crudas de invierno no había casi nadie que se aventurara a hacer frente al viento o a la lluvia que batían el gran espacio abierto de la plaza por la que yo iba a cruzar unos minutos más tarde, embozado en mi capa, que era muy recia y daba más calor que un abrigo, con la gorra bien calada sobre los ojos, y además la bufanda tapándome la mitad de la cara. Tú no has conocido inviernos como aquéllos, ni noches tan oscuras. Había bombillas débiles en algunas esquinas y lámparas que colgaban de cables tendidos sobre las plazas, y que se agitaban enseguida con el viento, así que la luz y las sombras se movían como cuando uno iba por una habitación con una vela en la mano. La plaza entera parecía moverse igual que un barco en medio de una tempestad en las noches de viento. La noche era otro mundo. No había mucha gente que tuviera entonces aparatos de radio, y era raro que hubiera luz eléctrica en todas las habitaciones de una casa. Dabas un paso alejándote del brasero y de la luz y enseguida entrabas en el frío y en la oscuridad. Pasábamos la bombilla y el cable de una habitación a otra por un agujero abierto en un rincón de la pared. Pero además la luz se iba con mucha frecuencia, empezaba a amarillear la bombilla y parecía que se reavivaba, como una vela cuando está a punto de apagarse, y de pronto nos quedábamos a oscuras. Los niños tenían una canción para esas ocasiones:

> *Que venga la luz,*
> *que vamos a cenar*
> *pan y huevos fritos*
> *y encima una ensalá.*

Se iba la luz y ya daba igual tener un aparato de radio o tener bombillas en todas las habitaciones, y había que encender la vela o el candil e ir a acostarse casi a tientas, escaleras arriba hacia los dormitorios tan fríos que las sábanas estaban un poco húmedas cuando se metía uno en ellas, y los pies se quedaban helados. Qué ganas daban entonces de apretarse contra el calor de una mujer bien carnosa y desnuda. El día era el día y la noche era la noche, no como ahora, que se confunden el uno y la otra, como se confunden tantas cosas, por lo menos para nosotros, los que somos ya muy viejos para adaptarnos a estos tiempos. Los inviernos largos y las noches sin fin, negras como boca de lobo en los callejones por los que yo me desviaba al salir de mi casa por miedo a encontrarme a alguien que me conociera si bajaba por la calle Real, recién sonadas las doce en el reloj de la plaza y luego en el del Salvador, que siempre iba un poco retrasado, pero sonaba más hondo, más a bronce, en esa torre tan alta y con las ventanas estrechas que parece más torre de castillo que de iglesia. Nada más empezar a escucharlas se me sobresaltaba el corazón, yo solo y a oscuras esperando en mi cuarto para que nadie sospechara, escuchando el mecanismo de mi despertador, que sonaba tan fuerte que muchas veces me hacía abrir los ojos en mitad de la noche creyendo que oía pasos. Pero los golpes del corazón en el pecho eran más fuertes que los del despertador, y de tanta impaciencia empezaba a dar vueltas por la habitación, pero tenía que quedarme quieto, no vaya a ser que escucharan mis pasos en el piso de abajo, me sentaba en la cama envuelto ya en la capa y con la gorra puesta y notando el frío que me subía desde los pies, esperando a que llegara la hora, a que sonaran las campanadas, tal como ella me había dicho, ordenado más bien, ni un minuto antes de la medianoche, y no por la calle principal sino por los callejones, porque cualquier precaución era poca. Una o dos horas antes ya estaba esperando, muriéndome de ganas, ya se me había puesto tan dura como la tranca de una puerta, como una mano de almirez, y al quedárseme tanto tiempo así acababa doliéndome, parece mentira ahora el vigor que tenía uno cuando era joven. Por lo que más quieras, me decía ella, no salgas antes de tiempo, no te dejes ver. Escuchaba la primera campanada y ya era como si un imán estuviera atrayéndome y yo no pudiera resistirme, salía de mi habitación y bajaba las escaleras sin encender la vela, tanteando por las paredes, descorría el cerrojo con mucho cuidado para no despertar a nadie, uno de aquellos cerrojos tan grandes que había entonces en las casas. Qué raro que hayan desaparecido todas las cosas que eran normales para nosotros, los cerrojos grandes de hierro, las trancas y los llamadores de las puertas, las llaves de las casas, que podían ser enormes, como yo me imaginaba de chico que debían de ser las llaves del Reino de los Cielos que llevaba San Pedro.

Bajaba embozado por los callejones, desembocaba en la plaza inmensa y oscura de Santa María, una figura solitaria que procuraba deslizarse cerca de las paredes, que se quedaba inmóvil en la esquina del palacio del Ayuntamiento, el único habitante de la ciudad que permanecía despierto a esas horas, casi el único, porque al otro lado de la plaza, en uno de esos edificios colosales y sombríos que tienen de noche algo de grabados fantásticos o decorados de ópera, había alguien que también esperaba contando los minutos y las campanadas del reloj: todas las noches, después de las doce, ella dejaba descorrido el cerrojo de una puertecilla lateral y encendía y apagaba tres veces una linterna de petróleo en la ventana más alta del torreón, y ésa era la señal que él esperaba para cruzar la plaza y empujar la puerta cuyos goznes ella había aceitado y asegurarla luego por dentro con un cerrojo que también se deslizaba en silencio. Sube muy despacio, no enciendas ninguna luz, ni siquiera un me-

chero o una cerilla, cuenta tres rellanos y cuarenta
y cinco escalones, en el tercer rellano habrá un ventanuco a la izquierda y una puerta a la derecha, toca
suave tres veces para que sepa que eres tú y empú-
jala y yo estaré esperándote.

Ahora que se le borraban tantos recuerdos
y se le olvidaban itinerarios, obligaciones y palabras,
le volvían de vez en cuando voces muy precisas,
mezcladas con las que escuchaba mientras iba paseando sin rumbo, voces del ayer muy lejano su-
perpuestas a las de un ahora mismo en el que con
frecuencia no sabía dónde estaba, como si padecie-
ra rachas no de amnesia, sino de sonambulismo, y se
despertara de pronto en una plaza no de su pueblo
querido, sino del centro de Madrid, vestido con una
ropa que tardaba en reconocer como suya, huésped de un cuerpo viejo y lento que no podía ser el
suyo, llamado por voces poderosas o atraído por
impulsos antiguos que no sabía adónde lo llevaban.

Ave María Purísima, le decían, y él contestaba:

—Sin pecado concebida.

Oía las dos voces simultáneas, al mismo
tiempo que el ruido de la puerta de cristales al abrirse, y ya no levantaba la cabeza inmediatamente ni
interrumpía el trabajo, acostumbrado a esa misma
aparición de casi todas las mañanas, a la diferencia
de las dos voces y los dos acentos, tan contrastada
como las figuras con las que se correspondían, y
que vistas de lejos parecían idénticas: las dos monjas con los hábitos iguales, ropones pardos y tocados negros, una más alta y más joven que la otra,

las dos con aquellas sandalias que debían de dejarles helados los pies, los pies tan blancos como las manos y las caras, con una blancura translúcida en una de ellas y terrosa y muerta en la otra, la una con la voz limpia y nítida y un acento de muy hacia el norte, la otra ronca, bronquítica, con una ruda entonación aldeana. Pero las dos voces tan dispares sonaban al mismo tiempo cuando una de las monjas empujaba la puerta de cristales mal ajustados y él no tenía que levantar la cabeza para saber enseguida con qué expresión iban a mirarlo cada una de las dos, de súplica amable la una y de malhumorada exigencia la otra, paradas delante de su mesa de zapatero remendón, pidiendo casi cada día una limosna para los pobres, algún par de zapatos viejos que a él ya no le sirvieran, unos céntimos sueltos para las velas del altar o para comprarle medicinas a una madre muy enferma. Pero no hacía falta que enunciaran la petición, porque el tono de sus dos voces ya la declaraba, exactamente simultáneas y concertadas a pesar de que no podían ser distintas, igual que no se parecían en nada las dos monjas y sin embargo eran idénticas si se las veía de lejos, cuando subían desde el fondo de la calle Real en las mañanas de aquel invierno, mañanas frías y desiertas, porque había empezado la aceituna y media ciudad estaba en el campo recogiendo la cosecha, de tal modo que la calle sólo se animaba un poco a la caída de la tarde.

—Ave María Purísima.

Hacía como que estaba irritado con ellas, o hastiado de su persistencia, pero si estaba fumando cuando las veía entrar se quitaba la colilla de la boca y la apagaba apresuradamente contra el filo de la mesa, guardándosela detrás de la oreja, porque no estaban los tiempos para desperdiciar ni una hebra de tabaco. Incluso hacía un confuso ademán como de inclinar la cabeza o de ir a ponerse en pie antes de contestarles con un tono algo burlesco de resignación:

—Sin pecado concebida.

Ya sabéis que sigue siendo un viejo de gran porte, aunque en los últimos tiempos parece que tiene un poco rara la cabeza, pero entonces, con treinta años que tendría, llamaba la atención por lo alto que era, y no se privaba de hacer bromas con las parroquianas que le llevaban a remendar sus zapatos, bromas de doble sentido que más de una vez pasaron a mayores, si bien él tuvo siempre la discreción y la astucia necesarias para que nada llegara a saberse. Al fin y al cabo era directivo de una cofradía de Semana Santa, y desfilaba con una vela en la procesión del Corpus Christi, y entre su clientela —su parroquia, como se decía entonces— había curas de las iglesias próximas, y hasta oficiales del cuartel de la Guardia Civil, que entonces estaba en la plazuela de al lado. Pero él las mataba callando, y os asombraría saber a cuántas damas de buen ver y comunión diaria se pasó por la piedra, aprovechando que iba a llevarles un par de zapatos recién arreglados a una hora a la que el marido estaba en el trabajo y los niños en la escuela, y algunas veces, lo sé porque él mismo me lo ha contado, las hacía pasar a la trastienda, que era todavía más diminuta que el portal donde trabajaba, y allí les levantaba las faldas y se las beneficiaba contra la pared, en un arrebato de calentura. Entonces las mujeres eran mucho más ardientes que ahora, dice, o decía, porque ya cuenta poco, no como antes, que en cuanto yo le sacaba el tema se embalaba y no había modo de pararlo, y además era un corte ir con él por la calle, porque hablaba muy alto y se las quedaba mirando a todas con un descaro que ya no se lleva, y que tampoco es propio de un hombre de sus años. Mira, no te lo pierdas, mira qué culo, qué tetas tiene ésa, qué andares. Él se confesaba, claro, y hacía penitencias tremendas, casi todos los años salía descalzo en la procesión, y algunas veces llevando una cruz muy pesada, eso sí, sin que lo supiera nadie, fuera de su confesor, don Diego, seguro que os acordáis, aquel cura tan colorado que era párroco en Santa María, y que cada dos por tres le amenazaba con negarle la absolución. Se puede cumplir la penitencia, Mateo, pero si no hay propósito de enmienda el sacramento no limpia los pecados. Lo que ocurre es que él, en el fondo de su alma, no creía que el sexto mandamiento fuera tan serio como los otros nueve, sobre todo si uno lo quebrantaba con discreción y amplio disfrute de las partes implicadas, sin escándalo ni daños a terceros, y además sin los tratos degradantes y la falta de higiene que traía consigo el ir de putas, hábito muy extendido entonces, cuando aún había casas legalmente abiertas, pero en el que Mateo decía con orgullo que nunca incurrió. ¿Cómo iba yo a disfrutar con una mujer que estaba conmigo porque le había pagado?

Aquel año fue el del trono nuevo para la Santa Cena, cuando aquel escultor que le debía tanto dinero le pagó a nuestro amigo retratándolo como San Mateo. Mírelo, hermana, decía la monja vieja, fíjese en este zapatero, que tiene la misma cara que el Apóstol, lo que seguro que no tiene es su santidad. Estamos hechos de barro, madre, somos pecadores, aunque buenos cristianos, y no todos podemos dedicarnos en exclusiva como hacen ustedes al culto divino. ¿No dijo eso Cristo en casa de Marta y María? ¿Y no dijo Santa Teresa que nuestro señor también andaba entre los pucheros? Pues a lo mejor también anda por aquí entre mis zapatos viejos y mis medias suelas. Más obras de caridad y menos palabras, remendón, que la fe sin obras es una fe muerta, y además es de paganos tanta afición a los toros. Menos carteles de corridas y más láminas de santos...

La otra monja, la joven, no decía nada, se le quedaba mirando como si pensara en otra cosa o miraba de soslayo a la vieja, y él, poco a poco, en aquellas mañanas de invierno en las que había tan poco trabajo, se fue fijando más en ella, fue distinguiéndola poco a poco de la otra, y también de su figura abstracta de monja, y sorprendiendo gestos tan fugaces que no parecía que hubieran sucedido, rápidas miradas como de disgusto o de hastío, el modo en que la joven a veces se frotaba las manos, o se mordía el labio inferior en un brote de impaciencia que no tenía nada de monjil, que no se correspondía con el hábito o con las sandalias bastas y el tono rezador y meloso que había casi siempre

en su voz, en las pocas cosas que decía, apenas Ave
María Purísima y Dios se lo pague. Al principio le
había parecido que la monja joven actuaba siempre
como una subordinada dócil de la otra, la segunda
voz en un dúo manso y concertado de iglesia, pero
día a día fue observando en ella un principio de dis-
cordia, de hostilidad oculta que sólo se revelaba en
fogonazos rápidos de ira en las pupilas, el fastidio
de ir siempre acompañando a una mujer muy vieja
y llena de achaques y manías monótonas, conteniendo el ritmo natural de sus pasos para adaptarlo
a la lentitud de la otra, las dos subiendo despacio
cada mañana desde el fondo de la calle Real, las siluetas oscuras en la ciudad casi despoblada, la más
joven irguiendo a veces la cabeza con un gesto in-
voluntario o secretamente vengativo de gallardía
y la vieja encorvada y afanosa, la cara tan arrugada
como el manto, las manos secas y los dedos de los
pies torcidos como sarmientos en las sandalias pe-
nitenciales.

Calle arriba se iban parando una por una en
todas las tiendas, os acordáis de cuántas había
entonces, y ya han desaparecido casi todas, en la confitería, en la ferretería, en las tiendas de juguetes y
de relojes, en la sastrería, en la farmacia, en la barbería de Pepe Morillo, la misma murga todas las
mañanas, el ruido de las puertas de cristales al abrirse y de la campanilla que la puerta agitaba, Ave María Purísima, sin pecado concebida, sor Barranco
la vieja y la joven sor María del Gólgota, qué dos
nombres. Parece que ya no se acuerda de nada, pero
cuando estoy con él en su casa y su mujer no nos

oye le digo, sor María del Gólgota, y se le pone una media sonrisa como de recordar muy bien y no querer decirlo, no querer todavía que se sepa el secreto, al cabo de tantísimos años. Algunas mañanas, si se retrasaba la visita, empezó a asomarse al tranco de la puerta, con su mandil de cuero y su colilla en la boca, y esperaba a verlas aparecer al fondo de la calle, cuando doblaban la esquina de la plaza de los Caídos, y entonces apagaba la colilla y se la guardaba no detrás de la oreja, sino en el cajón de la mesa, y agitaba la puerta para que el aire fresco limpiara el humo y el olor del tabaco, y apagaba la radio, en la que solía tener sintonizados concursos o programas de toros o de coplas. Qué raro, pensaba, no haberme fijado hasta ahora, no haber visto más que una cara redonda y blanca de monja como cualquier otra. Ahora se daba cuenta de que tenía los ojos grandes y rasgados, y las manos largas y muy delicadas de forma, a pesar de que estaban siempre enrojecidas, de lavar con agua fría, algunas veces moradas de sabañones. Y su cara, a pesar de estar ceñida por una toca, no tenía la redondez algo cruda que solía tener la cara de las monjas, porque era una cara fuerte, un poco a lo Imperio Argentina, dice él, que de joven se pasaba la vida en el Ideal Cinema, nada más cruzando la calle desde el portal de su zapatería, y que en las películas era aficionado a lo mismo que en la realidad, a las mujeres, sobre todo a las artistas de los musicales que bailaban con los muslos al aire, o las que hacían de Jane en las películas de Tarzán, con aquellas falditas tan cortas de piel, y sobre todo, por encima de todas las cosas, a las bañistas en technicolor de las películas de Esther Williams, la propia Esther Williams la primera de todas.

Le gustaba acordarse de eso, de que la monja más joven, sor María del Gólgota, tenía la barbilla como Imperio Argentina, y de que a pesar de los ropones lúgubres de vez en cuando le era posible hacerse una idea rápida de alguna de sus formas, no el pecho, desde luego, que llevaría como fajado o amortajado, sino una rodilla, o el presentimiento de una cadera o un muslo, cuando subía por la calle y el viento le daba de frente, o el dibujo del talón y el tobillo que prometían la longitud desnuda de las piernas tan blancas en la cavidad sombría del hábito.

—Ave María Purísima.

—Sin pecado concebida.

Contestaba sin levantar los ojos de lo que estuviera haciendo, por miedo a que la vieja sor Barranco, que miraba siempre con tanta desconfianza, descubriera una atención excesiva en sus pupilas, y recreándose también en la postergación de su deleite, en el momento en que vería la cara joven de sor María del Gólgota y procuraría conseguir de ella un gesto de simpatía, o de complicidad en su disgusto, en sus miradas de soslayo. Él me dice, o me decía hasta hace nada, que una de sus reglas en esta vida ha sido el buscarse mujeres que no fueran muy guapas, porque dice que las guapas no se dan completamente en la cama, no le ponen ni de lejos la misma fe que la que es un poco fea y tiene que compensarlo haciendo méritos. Las artistas gua-

pas, en el cine, o en las revistas ilustradas. Si es fea la
que tienes debajo pues apagas la luz o te las arreglas
para no mirarle la cara, dice el tío, pero el rendi-
miento práctico no tiene comparación, y además
hay mucha menos competencia. Salta la carcajada en la barra del bar, frente a las cañas recién ser-
vidas y las raciones de calamares y pescado frito, y
el narrador de la historia bebe un gran trago de cerveza, chasquea los labios, pica algo y se dispone a
seguir contando, tan halagado por la atención de los
otros que no repara en que habla muy alto.

Pero ésta, aunque era guapa, sí que le gustaba. Le gustaba tanto que empezó a imaginarse
cosas y a tener miedo de dar un paso en falso y cometer alguna tontería. Se me quedaba mirando
y me parecía que quería decirme algo, y hacía un
gesto señalando a la vieja, como diciéndome, si
pudiera librarme de ella, pero luego yo recapacita-
ba cuando se habían ido y no estaba seguro de haber visto lo que me imaginaba, y al día siguiente
llegaban las dos, Ave María Purísima, sin pecado
concebida, y por más que yo me fijaba en sor María del Gólgota no veía que me hiciera ninguna señal, o ni siquiera me miraba, ni hacía ningún gesto,
se quedaba allí parada mirando un cartel de toros
mientras sor Barranco me sacaba la limosna del
día y cuando se marchaban decía, Dios se lo pague,
y era como si en todo el rato no me hubiera visto, o
como si fuera una monja igual que cualquier otra
y todo lo que yo había creído ver en ella no fueran
más que imaginaciones mías, delirios de estar tantas horas solo y sin hablar con nadie y nada más

que clavando puntas y cortando medias suelas rodeado de zapatos viejos, que son la cosa más triste del mundo, porque a mí siempre me hacían pensar en los muertos, sobre todo en esa época, en invierno, cuando todo el mundo se iba a la aceituna y podía pasarse el día entero sin que entrara nadie a hablar conmigo. En la guerra, cuando yo era chico, vi muchas veces zapatos de muertos. Fusilaban a alguien y lo dejaban tirado en una cuneta o detrás del cementerio y los niños íbamos a ver los cadáveres, y yo me fijaba en que a muchos se les habían salido los zapatos, o se veían unos zapatos tirados o un zapato solo y no se sabía de qué muerto eran. Lo mismo se me olvida todo que me acuerdo de cosas que no sé lo que son. Me acuerdo de haber visto hace muchos años en uno de esos noticiarios en blanco y negro que daban en los cines montañas y montañas de zapatos viejos, en aquellos campos que había en Alemania. Pero veo cosas que pasaron hace mucho tiempo y no me acuerdo de lo que he hecho esta mañana, y me parece que me llaman o que me preguntan algo y contesto y mi mujer me dice que vaya manía que he cogido de hablar solo.

—Por el amor de Dios, ¿podría darme un poco de agua?

La hermana joven estaba más pálida de lo habitual esa mañana, la cara apagada y sin brillo, la línea de los párpados enrojecida y las ojeras violáceas, como de malas noches sin dormir. Ante el ceño de contrariedad y la mirada recelosa de sor Barranco él la guió hacia el pequeño corredor en penum-

bra, contiguo a su portal, donde estaba el cuarto de
aseo y la repisa del botijo, uno de esos botijos antiguos en forma de gallo, de barro vidriado, con colores muy vivos, la cresta roja y la panza amarilla.
Le pareció vagamente indecoroso que una monja
bebiera a pulso del botijo y buscó un vaso limpio
donde servirle el agua. Se fijó con disimulo en sus
manos, que sostenían el vaso con un principio de
temblor, en sus bellos labios incoloros, en su barbilla fuerte por la que se deslizó un hilo de agua,
porque las manos temblaban ahora visiblemente, y
cuando él quiso sujetar el vaso a punto de caer apre-
taron con fuerza las suyas, y percibió en sus palmas húmedas una temperatura de fiebre. Cómo
apretaban esas manos, delicadas de forma pero
grandes y curtidas, qué cerca sentía él en ese momento la respiración afiebrada de la monja y el peso
y la carnalidad de su cuerpo, debilitado por disci-
plinas y ayunos, por el frío sin consuelo que haría
sin duda en las celdas, en los refectorios y en los
corredores de aquel convento tan viejo que amenazaba ruina. Entonces perdí el juicio y ni yo mismo
me creía lo que estaba haciendo, la abracé por la
cintura con las dos manos y la apreté contra mí, le
busqué los muslos y el culo por debajo del hábito
y la besé en la boca aunque ella intentaba apartar
la cara, y pensé, como si ya viera lo que iba a pasarme, va a ponerse a gritar, va a entrar la otra monja
y a armar un escándalo, casi escuchaba los gritos y
veía acercarse a la gente de las tiendas, pero me daba
lo mismo, me daba lo mismo o no podía evitar lo
que estaba haciendo, y mientras le buscaba la boca

y notaba lo caliente que tenía la cara y todo el cuerpo me di cuenta de que podía gritar y sin embargo no gritaba, ni se me resistía, más bien se me abandonaba en los brazos, mientras yo palpaba buscando lo que me había imaginado tantas veces. Entonces vi que cerraba los ojos, como en las películas cuando se acercaba un beso y estaba cortado por la censura, y el hombre y la mujer se apartaban de golpe el uno del otro, como si les hubiera dado una corriente eléctrica. Pero cerraba los ojos no porque hubiera caído en un trance amoroso, sino porque se estaba desmayando, y se le quedaron vueltos y en blanco mientras iba cayendo al suelo sin que yo pudiera sujetarla.

Qué miedo, verla tendida tan pálida y con los párpados entornados, tan blanca como si estuviera muerta, como si él la hubiera matado con la profanación inaudita de su atrevimiento. No recordaba si llamó a gritos a la otra monja o si ella entró en la trastienda alarmada por el retraso o por el ruido sordo del cuerpo al caer. Cuando lograron reanimarla estaba más pálida que nunca, y si él le decía algo se lo quedaba mirando con la cara tan neutra como si no se acordara de lo que había sucedido. De nuevo, al quedarse solo, tuvo la sensación exasperante de no distinguir entre lo que veía y lo que se imaginaba, entre la certeza de haber besado y acariciado a la monja y la expresión ajena con que ella le sonrió débilmente después, cuando se disponía a volver al convento apoyándose en la figura chata y recia de sor Barranco y le dio las gracias por sus atenciones. Quizás estaba loca y tampoco sabía ella si era verdad o no lo que había sucedido durante unos instantes en la trastienda de la zapatería.

Pasaban los días sin que ninguna de las dos monjas volviera a aparecer. Sor María del Gólgota estaba muy enferma y sor Barranco no se apartaba de su lado, o bien se había muerto de aquellas calenturas, o después de todo sor Barranco había sospechado algo y no le permitía salir del convento y menos aún acercarse al portal del zapatero. Pero si estaba muerta se habría sabido en la ciudad, habrían sonado las campanadas lentas y muy espaciadas de los entierros. Más de un día, a media mañana, echó el cierre a su puerta de cristales y se fue a merodear por la plaza de Santa María, aunque sin acercarse demasiado a las puertas del convento, que se abrían de vez en cuando para dar paso a una figura de monja que desde lejos siempre era, durante unos segundos, sor María del Gólgota, o también una irritada sor Barranco que se dirigía hacia él para reprocharle su impía lascivia.

No abandonaba del todo otras ocupaciones, desde luego, ya lo conocéis. Asistía a las reuniones de la directiva de la cofradía de la Última Cena y de la Sociedad Benéfica Corpus Christi, dedicada a proveer de asistencia médica y modestos subsidios a agricultores y artesanos, en aquellos tiempos anteriores a la Seguridad Social. Tampoco desatendió del todo a la mujer de un subteniente de Intendencia que le mandaba aviso en cuanto su marido salía de maniobras. Pero en las reuniones se quedaba más distraído de lo habitual, y la subtenienta, como él la llamaba, lo notaba más frío que otras veces, y le preguntaba si es que había otra, amenazándolo con contárselo todo al subteniente en un rapto de despecho, o con robarle la pistola y cometer una barbaridad. ¿Ves lo que tienen las mujeres guapas? Que te estropean, te hacen volverte melindroso incluso antes de que te hayas acostado con ellas, como cuando nos acostumbramos al pan de trigo y a las patatas, y ya no queríamos pan negro ni boniatos, y nos daban asco las algarrobas, que nos habíamos comido con tantas ganas en los años del hambre. Como me había empicado con la monja, que era guapa y más joven, la subtenienta empezó a parecerme gorda y mayor, con lo caliente que era, y lo agradecida, y los cafés con leche y las tostadas con mantequilla que me llevaba a la cama después de echarle un polvo, mientras el subteniente andaba de maniobras. Como era de Intendencia, en aquella casa no faltaba nada de comer. Algunas veces, cuando ya me iba, la subtenienta me daba media docena de huevos o un bote entero de leche condensada. Anda, me decía, para que cojas fuerzas.

Rondas de cañas rebosando espuma, voces de camareros, olor de aceites muy fritos, bufidos de la máquina de café, musiquillas robóticas de las tragaperras y de la máquina del tabaco: el que cuenta tiene una cara de algún modo infantil, jovial y muy redondeada, pero está casi completamente calvo y lleva un traje muy formal, de abogado o de oficial de notaría, con una pequeña insignia en el ojal de la chaqueta, con un alfiler de corbata plateado en el que se distingue la figura diminuta de una Virgen. Se interrumpe para recibir con burlesca reverencia un gran plato de morcilla humeante que el camarero acaba de depositar sobre la barra, y con la boca llena recita unos versos:

La morcilla, gran señora,
Digna de veneración.

Bebe cerveza, se enjuaga la boca por si se le ha quedado entre los dientes una pizca negra de morcilla. Baja la voz, imaginaos esa plaza de Santa María, dice, tan vasta, abriendo las manos y los brazos, satisfecho de haber elegido ese adjetivo, que se corresponde más con el énfasis de su ademán, con la negrura de una plaza muy ancha y rodeada espectralmente de iglesias y palacios, muy lejos de aquí, en otro mundo y otro tiempo, hace muchos años. Una noche, cuando ya se había acostado, después de venir de casa de la subtenienta, y de haberle hecho, me lo confesó con estas mismas palabras, una faena de aliño, estaba tendido en la oscuridad y oyendo el ruido de aquel despertador que sonaba el maldito más fuerte que un reloj de péndulo. Él, que no perdía el sueño por nada, comprendió que esa noche no iba a dormirse. Se vistió, se puso la capa, la bufanda y la gorra, salió a la calle como un sonámbulo, anduvo por los callejones como si tuviera que esconderse de alguien y acabó hacia medianoche en la plaza de Santa María, que estaba llena de niebla, sólo con una o dos bombillas brillando en las esquinas, tan débiles que eran más bien manchas de claridad, como el brillo del fósforo en las agujas y en los números de su despertador. Entreveía los grandes bultos oscuros de los edificios, torres, aleros con estatuas, campanarios, la iglesia de Santa María y la del Salvador, las estatuas de los leones delante del Ayuntamiento, la fachada hosca y masiva del convento de Santa Clara, al que ni siquiera a esas horas se atrevía a acercarse.

Vio de lejos que una luz se encendía en la ventana más alta de la torre. La niebla ya clareaba, apenas una gasa tenue envolviendo las cosas. Junto a la luz distinguió con un golpe de miedo una silueta inmóvil que le pareció fija en él. A esa distancia y con tan poca claridad, y en el estado de nervios en que yo me encontraba, no habría podido reconocer una cara, y sin embargo estaba seguro de que veía a la monja joven, a sor María del Gólgota, y de que ella se había asomado a ese torreón para verme, y apagaba y encendía aquella luz que tenía en la mano para hacerme saber que me reconocía. Se apagó la luz y no volvía a encenderse, pero él seguía inmóvil, mirando hacia arriba, solo en la horizontalidad desierta de la plaza, sin noción del tiempo ni del frío, inseguro ahora de haber visto algo de verdad, de no estar soñando. Me he dormido sin darme cuenta mientras creía no poder dormirme y estoy soñando que me he levantado y me he vestido y he venido hasta aquí y he visto una luz en la torre del convento y la cara blanca de la monja tan claramente como cuando el otro día se derrumbó entre mis brazos y se quedó en el suelo con la boca abierta y los párpados entornados. Pero la luz se encendió de nuevo, sólo durante un segundo, y durante una sola vez, y se movió rápidamente de un lado a otro, y luego en sentido contrario. A lo mejor estaba muerta y su fantasma o su ánima volvía para atormentarme en castigo por mi atrevimiento. Siguió mucho rato esperando, tan ensimismado, tan quieto, que las campanadas lentas y rotundas de las dos lo sobresaltaron con un escalofrío.

A la mañana siguiente tenía un recuerdo muy raro de su salida nocturna, una mezcla confusa de fantasmagoría y certidumbre: era verdad que había visto una luz encenderse y apagarse, y una silueta con tocas de monja, pero no podía estar seguro de haber visto la cara de sor María del Gólgota, y sin embargo creía acordarse con todo detalle de sus rasgos, hasta del resplandor amarillo que la luz de la lámpara le daba a su piel. Comprendía que rozaba el delirio al recordar también que la monja tenía pintados los labios de un rojo muy fuerte, los labios ásperos y calientes de fiebre que él había besado en un momento de temeridad que ahora casi también le parecía una alucinación.

—Ave María Purísima.

Estaba tan perdido en su trabajo y en sus cavilaciones que no había escuchado la puerta de cristales al abrirse, y al levantar la cabeza tuvo delante la misma figura que le ocupaba la imaginación y los sueños desde tantos días atrás. Tras su ausencia, sor María del Gólgota era más alta, más delgada y más blanca, menos joven —era verdad que no tenía a su lado el contrapunto de la vejez de sor

Barranco—, pero también era, sobre todo, una mujer de verdad, no una monja, con una mirada y una voz de mujer, una voz casi ronca, sin la melosidad clerical de otras veces. Era una mujer atrapada en aquellos ropones y sayas de otros siglos, y sus ojos tenían, tuvieron durante unos segundos, una franqueza a la que él no estaba acostumbrado en su trato con otras mujeres, ni siquiera con las que más audazmente se le habían entregado. No hizo nada, ni el ademán respetuoso de ponerse en pie, no se quitó la colilla de la boca ni dejó la lezna y el zapato viejo que tenía en las manos. Sólo se escuchó a sí mismo respondiendo como todos los días:

—Sin pecado concebida.

Ella hizo un gesto de desagrado o impaciencia, miró hacia la calle, se acercó y le dijo algo, dio inmediatamente unos pasos atrás, y cuando él iba a pedirle que repitiera lo que había dicho se abrió la puerta y apareció encorvada y afanosa sor Barranco, murmurando quejas y jaculatorias, exigiendo con modos bruscos las limosnas atrasadas, riñéndole a él por fumador y aficionado a los toros más que a las novenas y a sor María del Gólgota por no haberla esperado, hasta ayer mismo en la enfermería con cuarenta de fiebre y hoy había que verla, tan gallarda, sin que el médico hubiera llegado a saber qué tenía, curada por el favor especial de la Santísima Virgen. Mientras escuchaba a sor Barranco él recapacitó y pudo entender las palabras que le había dicho en voz baja y tan rápido sor María del Gólgota, o más bien se atrevió a creer lo que había escuchado, a estar seguro de que esas palabras no eran otro desvarío de su imaginación calenturienta. Justo después de las doce espera a que yo encienda y apague tres veces la luz en la ventana más alta y empuja la puerta pequeña que hay detrás de la esquina, sube tres pisos y en el tercer rellano hay un ventanuco a la izquierda y una puerta a la derecha, empuja con cuidado la puerta y yo estaré esperándote.

Imaginación calenturienta: según avanza la historia el narrador gradúa las pausas, enfatiza las expresiones que más le gustan, las saborea como un trago de vino o una tapa de morcilla. En torno suyo el grupo se hace más compacto, la espuma se queda tibia y se deshace en alguna jarra de cerveza, olvidada sobre la barra, como los restos de las raciones que ya nadie va a terminar, y que el camarero no retira.

Me parece que lo estoy viendo, esa noche, por fin, la noche de autos, la primera, porque hubo unas cuantas, imagináoslo con su capa, su bufanda y su gorra, como el bandido Luis Candelas en aquella canción que escuchábamos de niños en la radio, os acordáis:

> *Debajo de la capa*
> *De Luis Candelas*
> *Mi corazón no corre,*
> *Vuela que vuela.*

La plaza entera está a oscuras, como boca de lobo, nada de esa iluminación que le pusieron luego para que la vieran los turistas, y que le quitó el sabor, como yo digo, vino la electricidad y se acabó el misterio. Él dobla la primera esquina, la del Ayuntamiento, por miedo a que alguien lo vea desde una ventana va muy pegado a la pared, y en el fondo no cree que vaya a ser verdad lo que la monja le prometió por la mañana, ni tampoco que él vaya a atreverse a entrar a medianoche en el convento como un ladrón o como don Juan Tenorio, porque él mismo reconoce que si de joven era muy ardiente también era muy cobarde, y de pronto le sobrevenía el pánico a que lo descubrieran y se armara en la ciudad un escándalo, y se viera señalado con el dedo, expulsado por blasfemo de la cofradía de la Santa Cena y de la Asociación Benéfica Corpus Christi, forzado tal vez a cerrar el negocio con el que se ganaba la vida, modestamente, desde luego, pero también sin apuros en aquellos tiempos tan difíciles, vetado para siempre en el palco presidencial de la plaza de toros, al que solían invitarlo en las tardes de corrida en calidad de asesor, y en el que se codeaba, fumando un puro extraordinario y llevando un clavel en el ojal de su traje de rayas, el de las grandes ocasiones, con las autoridades supremas de la ciudad, el alcalde, el comisario de la policía, el comandante de la Guardia Civil, el párroco de San Isidoro, aquel don Estanislao del que os acordaréis que a pesar de su sotana y de su fama de austeridad ejemplar era un taurino furibundo, y el año 47 le dio la extremaunción al insigne Manolete, en aquella plaza maldita de Linares.

Lo abrumaba la conciencia del peligro en el que estaba a punto de incurrir, y sin embargo no se detenía, ni daba media vuelta y regresaba a su casa, al abrigo seguro de su cama. Todavía estaba a tiempo, no había terminado de cruzar la plaza, no se había encendido ninguna luz en la ventana más alta del torreón, pero los dictados de la prudencia no afectaban a sus pasos, y para justificarse y seguir acercándose a la puertecilla lateral del convento se decía que todo podía haber sido una chanza o un delirio de la monja, todavía trastornada por la fiebre, de modo que no importaba que se quedara rondando por la plaza, ya que la luz prometida no iba a encenderse, y ni siquiera que se acercase a la puerta e intentase empujarla, porque no cedería, estaría tan cerrada a cal y canto como cualquier puerta de la ciudad a esa hora de la noche, cuando más la puerta de un convento, con cerrojo y vueltas de una gran llave y tranca de madera, como cerrábamos antes de acostarnos en los malos tiempos de la guerra, cuando cualquier noche podían venir a buscarte y te daban el paseo y te dejaban tirado en una cuneta, con los calcetines flojos y los zapatos caídos lejos de tu cuerpo, sobre todo si eras persona de orden y de fe, como lo fui siempre yo a pesar de esta debilidad mía por los pecados de la carne.

Pero la luz se encendió y se apagó tres veces, y él se acercó a la esquina del convento con las piernas temblando, diciéndose que a pesar de todo la puertecilla podía no ceder, y de hecho, al principio, encontró en ella cierta resistencia que al mismo tiempo le alivió en su cobardía y fue un golpe bajo y doloroso contra la sensación de inminencia física que lo había traspasado con un golpe de urgencia sexual cuando vio la luz en la ventana. Siempre lo habían desanimado las puertas cerradas, pero ésta, tan compacta de apariencia, baja y estrecha, con varias filas de grandes clavos oxidados, se deslizó en silencio con un segundo empujón algo más decidido, y cuando la cerró tras él y se encontró en una oscuridad aún más impenetrable que la de la plaza en la noche sin Luna, pensó con aterrado fatalismo, con lujuria desatada, que ya no había vuelta atrás, y subió los tres tramos de escaleras tanteando las paredes, asustándose de los rumores y los tenues ecos que despertaban sus pasos, sintiendo en la cara roces de telarañas y en las palmas de las manos la frialdad húmeda que rezumaba la piedra. Por fin vio a la izquierda una ventana estrecha como una saetera, apenas una raya de fosforescencia en la negrura: en ese rellano, a la derecha, palpó la madera de una puerta, y cuando se disponía a empujarla le entró pánico de haberse equivocado en la cuenta de los tramos de escalera que llevaba subidos. Se quedó encogido, sin atreverse a nada, sin moverse, paralizado en la sombra en la que ahora empezaban a definirse para sus pupilas adaptadas a ella el marco y los cuarterones de la puerta. Creyó escuchar un sonido muy suave, un roce o una respiración que no eran suyos, y antes de que advirtiera que la puerta estaba abriéndose una mano rápida y certera le agarró por el faldón de la capa y tiró de él hacia adentro, provocándole un escalofrío, una voz le advirtió al oído que inclinara la cabeza, porque el techo era muy bajo, y a continuación, mientras la puerta se cerraba, fue arrastrado, dejándose llevar, fue tendido en un jergón estrecho y áspero, fue palpado, auscultado, despojado en aspavientos torpes de su ropa, guiado, con una mezcla de rudeza inexperta y determinación, lamido y mordido, manejado, aplastado por un cuerpo carnoso y desnudo que se enredaba al suyo sin que él supiera muy bien, en el aturdimiento de la excitación y de la oscuridad, qué zonas o qué miembros estaban tocando o lo atrapaban. Fue sacudido como un guiñapo, aplastado contra una pared que le helaba y le arañaba la espalda, amordazado por una mano sudorosa cuando su respiración sonó muy fuerte, fue volcado como por un golpe seco de mar y sujetado cuando se caía al suelo, y cuando al fin se le concedió una tregua y él mismo quedó exhausto y aliviado, en el duro filo del jergón, y tocó y olió la sustancia líquida que le mojaba el vientre pudo recapacitar en todo lo que le había sucedido en los últimos minutos, y llegó a la conclusión de que tenía sangre en las yemas de los dedos, y de que por primera vez en su vida acababa de desvirgar a una mujer. Ave María Purísima, murmuró ella, con un suspiro largo y plácido, y él, no sin cierta inquietud por la irreverencia, le replicó al oído:

—Sin pecado concebida.

—Oye, ¿es verdad que después sienta bien un cigarro?

—Divinamente.

—Pues yo me fumaría uno.

Al fin le vio la cara, a la luz del mechero de gasolina, y no la reconoció, porque nunca le había visto el pelo, que era castaño y rizado, aunque muy corto, con un punto de aspereza, como el vello del pubis, que casi le había arañado. También era la primera vez que fumaba, pero se aficionó enseguida, a pesar de las toses y del mareo, que le gustaba mucho, dijo, le hacía acordarse de cuando era niña y se mareaba en los caballitos del tiovivo. La pega de las mujeres, si te digo la verdad, es que cuando la cosa ha terminado y el hombre quiere dormirse o marcharse a su casa a ellas les entra un deseo tremendo de conversación, de comunicación, como se dice ahora. Se acomodaron como pudieron en la estrechura imposible del jergón, se echaron encima toda la ropa que tenían, pero aun así, aunque sin más remedio estaban muy apretados el uno contra el otro, tiritaban de frío, y a él le entró de nuevo el miedo a que lo descubrieran y la urgencia de marcharse, pero ella le sujetaba entre las piernas con una destreza recién aprendida y ya infalible y le decía que aún quedaba tiempo, que se encendiera otro cigarrillo, ni siquiera habían sonado las campanadas de las dos.

Le hablaba, en voz muy baja, tan cerca del oído que notaba el roce húmedo de su respiración y de sus labios, que se había pintado de rojo para él, le explicó, con una barra robada en la perfumería de la calle Real en un descuido de la dependienta y de sor Barranco, y le daba la risa cuando se acordaba, la bruja no se fía de mí y no me quita el ojo de encima pero yo soy más rápida que ella, que además está quedándose cegata, merecido lo tiene por todo el veneno de víbora que escupe cada vez que habla, incluso cuando reza el rosario. A él, en el fondo, aquel lenguaje le disgustaba, le parecía tan impropio de una monja como el deleite que sor María del Gólgota ponía en fumar, hasta aprendió a hacer roscos con el humo, expulsándolo despacio entre sus labios pintados. Sor María del Gólgota, qué suplicio de nombre, si yo me llamo de verdad Francisca, o mejor todavía, Fanny, como me llamaba mi padre, que en paz descanse, y que era muy aficionado a las cosas inglesas, quería el pobre que yo aprendiera a hablar inglés, a jugar al tenis, a escribir a máquina y a conducir automóviles, que fuera a la universidad y estudiara algo serio, no esas tonterías para señoritas ociosas como Magisterio o Filosofía y Letras, sino Medicina, por lo menos, o Física y Química. A mi hermano también le hacía estudiar y practicar deportes, pero yo era claramente su preferida, y además decía que siendo chica yo necesitaba más talentos y astucias para defenderme en el mundo, y mi madre, aunque le dejaba hacer, porque era débil de carácter, por detrás renegaba, a esta chica su padre nos la va a convertir en un marimacho, quién va a querer hacerse novio de una ingeniera o de una campeona de automovilismo, y mi padre, qué vergüenza, si parece mentira, tengo una mujer tan retrógrada que está en contra del avance de su propio sexo.

Imitaba voces, aunque hablara tan bajo, elaboraba populosas funciones teatrales en el secreto de la oscuridad de su celda y del murmullo al oído, la voz grave y lenta de su padre, la voz quejosa de su madre, la de su hermano, que había sido su cómplice y su héroe desde que los dos eran muy pe-

queños, el croar de rana de la voz de sor Barranco
y los diversos tonos de ridículo y perfidia de las otras
monjas de la congregación. Yo creo que no me
aguantan, que quieren envenenarme, esos mareos
que me dan son muy raros, sor Barranco me traía
caldos y bebidas calientes a la celda y yo no me
fiaba, ande, hermana, que este caldito le va a sentar muy bien, que resucitaría a un muerto. Que se
lo beba tu madre, bruja, si empecé a mejorarme
nada más dejé de tomar sus caldos y sus bebedi-
zos, y ella, venga, hermana, a levantar ese ánimo,
mire qué bien le sentó anoche el reconstituyente
que le traje, aunque seguro que fueron más eficaces nuestras plegarias a la Santísima Virgen.

Le adormilaba ese rumor en el oído, y al
mismo tiempo le desasosegaba, porque dice que a
pesar de un poco libertino seguía siendo buen católico, y que sor María del Gólgota, o Fanny, aunque
estaba más buena que una mollaza de pan blanco y
recién hecho, palabras textuales, le parecía demasiado irrespetuosa de las cosas santas, y a él le remor-
día más la conciencia por escucharle sin queja sus
improperios de librepensadora que por estar acos-
tándose con ella. Ésa era la pega que tenía, me dijo
muy serio, la última vez que le estuve sonsacan-
do, cuando aún no empezaba a írsele la cabeza, lo
mucho que hablaba, todo el rato, al oído, chucuchú chucuchú, apretada contra mí, en aquel camas-
tro que tanto crujía y que en cualquier momento
podía haberse desarmado bajo nuestro peso, contándome aquellas historias fantásticas de sus padres y su hermano, que unas veces decía que estaba

en África y otras en la Tierra de Fuego, y del modo en que una tía suya hizo que la encerraran en el convento y la forzó luego a hacerse novicia, por tu bien, hija mía, no por tu felicidad en el otro mundo, que ya sé que no crees en él, lo mismo que tu padre, sino porque tengas algo de seguridad en éste, y no acabes rapada y afrentada en público, como tu pobre madre, que la pobre no tenía culpa de nada, y mira cómo se trastornó, y cómo tuvimos que ingresarla Dios sabe hasta cuándo.

Lo hacía todo brusca y ávidamente, con la misma agitación entre apasionada y tiránica con que le había quitado la ropa o le había urgido a sobreponerse a las estrecheuras dolorosas de su virginidad. Se extasiaba apurando de una larga calada un cigarrillo, apretándole entre sus muslos hasta que le crujían las articulaciones, hundiéndole su lengua movediza en la boca, detalle este que a él no acababa de gustarle, por no parecerle propio de mujeres decentes. Apuraba los besos, los cigarrillos, los minutos, y tal vez sobre todo el deleite de decir en voz alta todas las palabras que desde hacía muchos años la mareaban en el secreto de su pensamiento, la mantenían en una perpetua ebullición de ensoñaciones y rebeldías imposibles, en una intoxicación tan poderosa de recuerdos, deseos, historias, nombres y lugares que con mucha frecuencia perdía por completo el sentido de la realidad. Pero sonaban las campanadas de las dos y le urgía a vestirse con la misma impaciencia con que dos horas antes le había desnudado, le ponía en un bolsillo un sobre con las colillas y cenizas para borrar

todo rastro, le guiaba de la mano escaleras abajo, sin
tanteos, sin incertidumbre, porque muchas veces
parecía que tuviera el don inquietante de ver en la
oscuridad. Se asomó un momento a la puertecilla
del rincón y le hizo un gesto para que saliera muy
rápido, y un segundo más tarde él estaba solo en
la extensión oscura de la plaza, aturdido, magulla-
do, tan desconcertado todavía que no disfrutaba
plenamente de su vanidad satisfecha y su deseo
colmado, que no podía creerse que de verdad se
había infiltrado a medianoche en un convento y había desvirgado a una monja.

En su portal de zapatero y en la barbería
contigua de Pepe Morillo los hombres solían hacer ostentación de sus conquistas, o del dudoso mérito de sus proezas con las putas. Él callaba siempre y se sonreía por dentro. Si vosotros supierais. Ni
a su confesor podía contarle aquella aventura, así
que le causaba una inquietud suplementaria la certeza de que vivía en pecado mortal. A mí sólo me
la ha contado, y eso más de cuarenta años después, cuando ya llevaba tiempo jubilado y viviendo en Madrid. Teníais que haber visto la sonrisilla
que se le ponía, los dos en el comedor de su casa,
rodeados de recuerdos de nuestra ciudad y de estampas e imágenes de santos, y de carteles de toros.
Ay, amigo, cuánto me han gustado los toros y las
mujeres, y qué ratos más buenos me han hecho
pasar, el Señor me perdone.

Eso le ha quedado, la media sonrisa, la expresión de astucia de guardar un secreto que tal vez

no recuerda, alelado y amnésico delante del televisor, parpadeando como a punto de dormirse, adormilado y feliz, durante muchas horas, atento por igual a un programa de dibujos animados que a un concurso de palabras difíciles o a los consejos matinales de un médico, enlazando en un fluir continuo imágenes y palabras de películas, de telediarios, de dramones sudamericanos, animándose de repente cuando ve en la pantalla a una chica muy guapa o desnuda, a la que es posible que le diga algo, asegurándose antes de que su mujer no está cerca, un piropo de los que se les decían en su juventud a las mujeres que paseaban las tardes de domingo por la calle Real cogidas del brazo. Cuando yo era pequeño el hombre que poseía el único televisor del vecindario les decía piropos groseros a las presentadoras y a las mujeres con minifalda que salían en los anuncios. Le preguntan y no contesta, o no escucha, o dice algo confuso respondiendo a una pregunta que no le han hecho. Lo mismo se echa a reír delante de la tele que te lo quedas mirando y se le han saltado las lágrimas. Le pones la comida y se la come toda, porque eso sí, el apetito no lo pierde, y al cabo de un rato no se acuerda y me pregunta que cuándo vamos a comer, así está poniéndose de gordo. Le digo que salga, para que le dé un poco el aire, que no se pase todo el día viendo la tele, pero en cuanto sale por la puerta ya me entra la inquietud, no vaya a perderse y no sepa volver, con lo tonto que está y lo grande que es Madrid, y además tengo que fijarme bien, por si no se ha atado los zapatos o no lleva calcetines, con lo flamenco que era antes y lo que le gustaba arreglarse, que se ponía hecho un pincel aunque sólo fuera para ir al mercado, que está a la vuelta de la esquina.

Se queda horas con la misma sonrisa impávida de complacencia, aprobando benévolamente todo lo que ve, todo lo que escucha, las conversaciones de las vecinas y los travestis en el kiosco de Sandra, los anuncios y los telediarios, las voces de las pescaderas en el mercado, los consejos médicos del programa de televisión de las mañanas, las caras de los muertos y las muertas en vida que se cruzan con él en la plaza de Chueca y en las esquinas más sombrías del barrio, cuando sale con su gran abrigo y su sombrero tirolés. Pero yo creo que de algunas cosas sí que se acuerda, o por lo menos se le despierta algo, aunque él no llegue del todo a enterarse, porque alguna vez que voy a verlo al principio parece que no me ha conocido, me siento a su lado en el comedor y me mira como preguntándose quién seré, aunque haga por seguirme la conversación, y mientras me dice algo o yo intento sonsacarle alguna de sus historias antiguas se le van los ojos hacia la tele y se olvida de que hay alguien más en la habitación. Pero yo tengo un truco que no me falla jamás: me acerco mucho a él, cuando su mujer no está delante, y le digo en voz baja, Ave María Purísima, y al tío le brillan los ojos, se le humedecen, y se le pone la sonrisa de sinvergüenza cuidadoso que tenía antes cuando me hablaba de mujeres, y me responde de manera automática:

—Sin pecado concebida.

Le daba remordimiento cada vez que repetía esas palabras, cada mañana que veía, a la hora de siempre, las dos siluetas de ropones pardos al otro lado de la puerta de cristales y apagaba el cigarrillo, lo guardaba en un cajón, bajaba la cabeza fingiendo que se concentraba en su trabajo, en arrancar del todo el tacón gastado y torcido de un zapato viejo o ponerle aquellos pequeños refuerzos metálicos que en nuestra ciudad llamaban tapillas, remiendos de tiempos de pobreza en los que casi nadie podía permitirse unos zapatos nuevos. Sentía sobre él la doble inspección alarmante y magnética de sor Barranco y sor María del Gólgota, Fanny en secreto de sus citas blasfemas, de sus noches oscuras y su lujuria a ciegas en la celda helada, y cuando las dos decían a la vez Ave María Purísima él ya distinguía en la voz de la más joven el tono equívoco de la invitación, del recuerdo y el desafío repetido, y le costaba responder con la misma diligencia que en otros tiempos. Al decir Sin Pecado Concebida, la fórmula que había repetido desde que era niño sin reparar nunca en ella se le mostraba en su significado literal, y sentía una mezcla muy rara de deleite y de contrición al pensar en los muchos pecados de los que la monja y él venían siendo cómplices, pecados más mortales todavía porque ella se regocijaba sin miramiento en cometerlos, con una temeridad que no sólo era moralmente escandalosa, sino que además estaba llena de peligros.

Le costaba levantar la cabeza y rehuía las dos miradas tan fijas sobre él, y a la vez que tenía miedo de que alguna señal de sor María del Gólgota fuera interceptada por la otra monja también temía no recibir ningún signo alentador de que esa noche la puertecilla estaría abierta para él. Habiéndose acostado con tantas mujeres hasta entonces, no se le había pasado por la cabeza enamorarse de ninguna, y tenía una idea entre higiénica y grosera de las relaciones sexuales. Que esta aventura le causara tantos contratiempos, tales incertidumbres y confusiones interiores, era algo que irritaba profundamente su sentido masculino de la comodidad, la perfecta simpleza de espíritu en la que hasta entonces había vivido. A ver si me lo puedes explicar, tú que tienes estudios y sabes tantas cosas. Si me gustaba tanto, ¿cómo es que también le tenía miedo? Si decidía que ya no iba a visitarla más, ¿por qué me iba de mi casa antes de que dieran las doce y me moría de impaciencia si tardaba en encenderse la luz en el torreón? Estaba muy buena, ésa es la verdad, estaba más buena que cien panes y cien quesos y era un gozo tentarla en la oscuridad, olerla, verla tan blanca un instante a la luz del mechero o de la brasa del cigarro.

Pero tenía aquella pega principal que él notó la primera noche y que luego no hizo más que agravarse, y era cuánto hablaba después de la faena, según le gustaba a él decir en su lenguaje taurino. Antes no: desde que él entraba en la celda hasta que los dos se habían corrido la mujer era una sombra silenciosa y movediza a la que sólo se le escuchaba respirar, jadear, quejarse, pero en cuanto se apaciguaba se quedaba adherida contra él, como una lapa o un cepo que lo apresara entre sus muslos, y empezaba a hablarle al oído, sacudiéndolo con ira si advertía que estaba empezando a dormirse, el roce de sus labios y el susurro incesante de su voz, que seguía escuchando aunque ya no estuviera con ella, cuando volvía embozado a su casa después de las dos de la madrugada o cuando se despertaba por culpa de un mal sueño de desgracia o escándalo, cuando estaba solo en su portal de zapatero y se olvidaba de escuchar las canciones de la radio, porque la voz sonaba de nuevo en su oído, zumbaba como un insecto o como el rumor de la sangre o el latido del corazón, se convertía en otras voces, a las que él poco a poco se fue acostumbrando, las voces de su vida remota y de su familia fantasma, el padre queriendo que su hija se hiciera doctora en Ciencias Físicas o ingeniera de Caminos y la madre rezando rosarios, la tía enlutada y venenosa que los recogió a ella y a su hermano en la comisaría de una estación fronteriza, cuando se escapaban a Francia escondidos en un vagón de mercancías, porque habían planeado unirse a la resistencia contra los alemanes o ponerse al servicio del gobierno de la República en el exilio. Como Santa Teresa y su hermano, cuando se escaparon de su casa para ir a tierras de moros a convertir infieles o hacerse mártires, con la diferencia de que nosotros ya no teníamos casa, porque a mi padre lo fusilaron los nacionales en cuanto entraron en el pueblo, al final de la guerra, y a mi madre le raparon la cabeza y le tatuaron una hoz y un martillo en el cráneo, y la pasearon con otras rojas o mujeres de rojos por el centro del pueblo y la obligaban a ir con ellas al amanecer a fregar el suelo de la iglesia, de rodillas sobre las losas heladas. Todo por el odio que le tenían a mi padre, que era el hombre más bueno y más pacífico y de orden del mundo, y ni en verano dejaba de llevar su traje con chaleco, su cuello duro y su corbata de lazo. Por salir a la calle con esa ropa habían estado ya a punto de fusilarlo unos milicianos al principio de la guerra, y con su traje, su chaleco, su cuello duro y su pajarita, se lo llevaron al paredón de fusilamiento los facciosos tres años después, y él le dijo a mi hermano, menos mal que por lo menos no van a matarme los míos.

El padre fusilado, la madre loca, el viaje furtivo durante días y noches hasta la frontera en un tren de mercancías, su hermano y ella durmiendo sobre paja con olor a estiércol y haciendo planes lunáticos para unirse a la resistencia contra Hitler y Franco, las laderas cubiertas de almendros y manzanos florecidos y las callejuelas en cuesta de aquel pueblo donde los dos pasaron en perfecta felicidad los años de la guerra, mientras su madre rezaba y su padre administraba una escuela para niños desplazados y seguía paseándose con el traje, la corbata, el sombrero y los botines de un republicano de orden, a pesar del susto que le habían dado al principio unos milicianos libertarios, y que ya no volvió a repetirse, al menos hasta que llegaron los otros, lo sacaron a patadas y culatazos de la casa con patio y emparrado y pozo de agua fresca donde habían vivido los cuatro casi como la familia de Robinsones suizos de aquel libro que a ella y a su hermano les gustaba tanto. No perdáis los nervios, ya veréis que no me pasará nada, que no es más que una equivocación, le decía ella al oído con la voz de su padre, pero ya no volvieron a verlo vivo, o sólo lo vio su hermano, cuando fue a llevarle un poco de comida y tabaco a la cuadra en la que lo tenían encerrado, y lo que más le impresionó no fue entrar en aquel corralón lleno de condenados a muerte, sino ver a su padre sin afeitar y sin el cuello postizo de su camisa, con el traje arrugado y muy sucio, como no lo había visto nunca.

Pero no era su padre, sino su hermano, el héroe de todas sus narraciones, su camarada de los juegos infantiles y las aventuras por las laderas blancas de manzanos y almendros, el cómplice de sus lecturas y el instigador de sus propósitos de fugas y de alistamientos en revoluciones sociales, en ejércitos partisanos, en células clandestinas de resistencia antifascista, en viajes de exploración a la Tierra del Fuego o a la Patagonia o al desierto de Gobi o el centro de África. A ella la habían atrapado, la habían encerrado en un convento y forzado a hacerse monja bajo amenazas oscuras y terribles que nunca llegaba claramente a explicar, tan minuciosa como era, pero al menos su hermano había logrado escaparse, y alguna vez, en el curso de todos aquellos años, le había llegado por tortuosos conductos alguna carta suya. Vive en América, no sé si en el norte o en el sur, pero en América, se mueve tanto y tiene tantos negocios que no pasa mucho tiempo seguido en ninguna parte, y lo mismo está en Chicago que en Nueva York o Buenos Aires, pero siempre anda queriendo saber de mí y por culpa de las brujas que me tienen secuestrada sus cartas no me llegan ni yo puedo enviarle a él ninguna mía, pedirle ayuda para que venga a salvarme.

Ayúdame tú, le decía al oído, rozándole la oreja con sus labios y su aliento agitado, ayúdame a escaparme de aquí y nos iremos los dos juntos a América en busca de mi hermano. Qué te retiene a ti aquí, si un hombre es libre de irse a donde le dicte su santa voluntad, no como una mujer, que está siempre presa, aunque no esté encerrada en un convento. Aquí no tienes nada y no vas a llegar nunca a nada, toda la vida arreglando zapatos viejos en ese portalucho, oliendo el sudor viejo que la gente se deja en los zapatos, tan joven y tan fuerte como eres, con esas manos tan grandes y ese brío que tienes en el cuerpo, nada se te pondría por delante si te fueses de aquí, a América, donde se van los hombres que tienen coraje para comerse el mundo, como se fue mi hermano, y donde las mujeres no viven encerradas ni llevan siempre luto ni se matan pariendo hijos y trabajando en el campo y fregando de rodillas los suelos y lavando la ropa en invierno en pilones de agua fría con esos trozos de jabón de manteca que desuellan las manos. Yo aquí no soy nada, no sería nadie si me escapara sola, adónde va a ir una mujer escapada de un convento que no tiene papeles, ni ningún hombre que la defienda o que la represente, ni padre, ni marido ni hermano, no como en América, donde una mujer es tanto como un hombre, si no más muchas veces. Allí las mujeres fuman en público, igual que los hombres, llevan pantalones, van en auto a las oficinas, se divorcian cuando les da la gana, conducen a toda velocidad por las carreteras, que son muy anchas y siempre van en línea recta, no como aquí, y los autos no son negros y viejos, sino muy grandes y de colores, y las cocinas son luminosas y brillantes y están llenas de aparatos automáticos, de manera que le das a un botón y el suelo se friega, y hay una máquina que quita el polvo y otra que lava la ropa y la deja hasta planchada y doblada, y las neveras no necesitan barras de hielo, y todas las casas tienen garaje y jardín, y muchas de ellas piscina. En las piscinas las mujeres toman el sol con bañadores de dos piezas y beben refrescos tumbadas en hamacas mientras los aparatos automáticos hacen todo el trabajo de la casa. Beben refrescos y fuman, sin que nadie piense que son putas, y se pintan las uñas no sólo de las manos, sino también las de los pies, y si tienen alguna queja del marido se divorcian de él, y encima él tiene que pagarles un sueldo todos los meses hasta que encuentran a otro marido, y se casan sin tener que hacer cursillos de cristiandad ni papeleos ni petición y sin que les haga falta una dote, se casan de un día para otro, y se divorcian lo mismo, y si se aburren de la vida en un sitio se montan en su gran cochazo de colores y se van a otra ciudad, en el otro lado del país, se van a California o a la Patagonia o a Las Vegas o la Tierra de Fuego, mira qué nombres más bonitos, si nada más decirlos ya parece que se llenan los pulmones de aire, o se van a Chicago o a Nueva York, y viven en rascacielos de cuarenta o cincuenta pisos, no en casucas aplastadas como las de aquí, en apartamentos que no necesitan ventanas porque tienen todas las paredes de cristal, y en los que nunca hace calor ni frío, pues en cuanto la temperatura sube o baja un poco más de la cuenta se ponen en marcha unos aparatos que llaman de climatización.

Pero cómo vamos a irnos, mujer, con qué dinero compraríamos el pasaje del barco, decía él, por decir algo, y ella enseguida montaba en cólera ante su pusilanimidad, le reñía en su murmullo somnífero: todo lo tengo pensado, tú vendes o traspasas tu negocio y algo te darán, estando en un sitio tan bueno, y yo puedo arreglármelas para robar algunas cosas de mucho valor que hay en el convento, candelabros de plata y un relicario de oro macizo, hasta puedo cortar de su marco un cuadro de la Inmaculada que dicen que es de Murillo, y malo sería que no nos dieran por él unos cuantos miles de pesetas. Se quedaba helado nada más que de pensarlo, robo sacrílego aparte de profanación y blasfemia, no sólo la deshonra pública y la excomunión, sino además la cárcel. Ahora empezaba a entenderlo todo, aquella monja demente buscaba algo más en él, aparte de saciar su impía calentura, quería usarlo como instrumento de su huida y cómplice de sus maquinaciones delictivas, no impropias de quien al fin y al cabo era hija de un rojo que la había educado en el amor libre y en el ateísmo, fomentando en ella un descaro sexual que podía ciertamente ser muy gozoso, pero que también era impropio de una mujer decente, cuanto más de una esposa de Cristo.

No dormía, no estaba nunca en lo que estaba, ni en su trabajo ni en sus actividades benéficas o cofradieras, ni en la obligación ni en la devoción, como yo digo, hasta se le olvidaba escuchar los programas de coplas y de toros en la radio. No tenía miedo, tenía pánico, no ya de que alguien lo sorprendiera cuando entraba al convento o salía de él en aquellas noches invernales de temporal que seguían siendo tan oscuras y despobladas, sino de que ella lo arrastrara en su delirio, de que él mismo se trastornase tanto que llegara a perder el sentido común que le había acompañado y guiado siempre y acabara por perder todo lo que tenía, y también todo lo que era, lo que había llegado a ser. Tenía miedo de verla aparecer cada mañana junto a sor Barranco, y hasta que no la veía irse no se quedaba tranquilo, porque le parecía que la vieja estaba ya entrando en sospechas, y que lo vigilaba al mismo tiempo que la vigilaba a ella con el propósito de lograr nuevos indicios de lo que ya suponía, pruebas que los empujarían juntos a una catástrofe en la que él no tenía el menor interés romántico en verse envuelto. Pero si faltaba en sus visitas también se asustaba, imaginando que había caído otra vez enferma y que en el delirio de la fiebre divulgaba el secreto de sus encuentros en la celda, o que se había escapado ya y estaba escondida y en cuanto anocheciera iba a venir a buscarle, tal como había anunciado amenazadoramente muchas veces. Eso me pasa a mí por romper mis normas y liarme con una guapa, y con una guapa además que no tiene marido ni nadie que la sujete, más que esas monjas viejas que no se enteran de nada. Hay que buscarse amantes que sean un poco feas, y que estén casadas y sepan guardar algo de decencia incluso en el adulterio, y si es posible que además tengan una posición económica sólida, porque así es más difícil que les entre la ventolera romántica de dejarlo todo y fugarse con uno, causándole todo tipo de incomodidades y de sobresaltos.

Qué filósofo, el tío, tenías que haber dejado por escrito tus preceptos, para que tus discípulos los siguiéramos al pie de la letra, le decía yo y él se echaba a reír, y me hacía un gesto para que bajara la voz, no fuera a enterarse su mujer. Tus preceptos y también tus memorias, maestro insigne, a no ser que me lo cuentes todo a mí y me nombres tu biógrafo oficial y el albacea de tu legado.

Pero ya es demasiado tarde, ya no recuerda o no cuenta, aunque los médicos le han mirado la cabeza y dicen que no tiene nada, gracias a Dios, que no le ha dado esa enfermedad de los viejos, el Alzheimer, que se ponen imposibles y ya no recuerdan ni conocen, por lo menos todavía no. Dice el médico de la cabeza que a lo mejor lo que le ha dado es una depresión, de no hacer nada y de no conocer a casi nadie en Madrid, pero qué depresión, le digo yo, si éste no se ha puesto triste nunca, y ahora se echa a reír por cualquier cosa él solo, mirando la tele, que estoy haciendo algo en la cocina y oigo unas carcajadas y salgo y es él que está meándose de risa, aunque no tenga ninguna gracia lo que están poniendo, que lo mismo es un entierro o una de esas noticias de guerras y hambres de los telediarios.

No recuerda el fastidio, la angustia, el miedo de las últimas veces, lo trastornada que estaba volviéndose ella, cada vez más áspera y perentoria en sus exigencias eróticas, como si en unas semanas hubiera adquirido toda la depravación en la que otras caen al cabo de largos años de vicio, cada noche más habladora, más ida y monótona en sus historias del pasado y en sus planes demenciales para el porvenir, un porvenir que además ella situaba cada día más cerca, hasta se empeñaba en discutir las mejores fechas posibles para la huida, y le exigía a él promesas y juramentos con amenazas terribles, con visiones insensatas de la libertad y la riqueza que les aguardaba a los dos en América, donde no tardaría nada en encontrar a su hermano aventurero y multimillonario, en poseer un coche larguísimo pintado de rojo o de amarillo o azul y con alerones plateados y una casa con jardín y piscina y toda clase de adelantos mecánicos.

Una noche, en contra de la costumbre, ella no lo arrastró en silencio a su catre endeble y ascético nada más llegar, sino que se apretó contra él en la oscuridad y le sujetó la cara con las dos manos y le dijo al oído con la voz ronca y alterada que antes de poseerla —esa palabra melodramática le gustaba mucho— él tendría que jurarle que en el plazo de una o dos semanas, antes de que terminara la temporada de la recogida de aceituna, por fin se escaparían juntos. ¿No le había dicho él dos o tres noches atrás, embusteramente, para salir del paso, que ya tenía medio concertado el traspaso de su negocio con un zapatero de la vecindad? Como un garfio o una zarpa la mano derecha de la monja, que en tan poco tiempo se había vuelto asombrosamente experta en sus caricias y manipulaciones, se apoderó de su bragueta y empezó a apretar gradualmente, y su voz murmuró algo en el oído que muchos años después a él seguía erizándole el vello cuando lo recordaba, y provocándole un encogimiento viril tan instantáneo como irreparable: si me traicionas te lo arranco todo.

Pero esa noche fue la última vez. Por la mañana se despertó con escalofríos y mareos, y no tuvo fuerzas ni para salir de la cama. En medio del abatimiento y la fiebre sentía el alivio de no acudir al trabajo y de no tener que enfrentarse al diario escrutinio de sor Barranco y sor María del Gólgota. Al tercer día la fiebre fue a peor y hubo que llamar al médico, que diagnosticó un principio muy peligroso de pulmonía y ordenó el ingreso inmediato en el hospital de Santiago. En su angustioso duermevela atribuía la desgracia de la enfermedad a un castigo divino y revivía todo el frío pasado en la intemperie de la plaza y en la celda gélida de sor María del Gólgota: el pecado de la carne, agravado por la blasfemia, y el descuido en abrigarse se habían conjurado para arrojarlo a una cama de hospital, y tal vez también a la tumba, y a los suplicios del infierno. Rezó rosarios, hizo promesas fervientes de santificación y penitencias, de salir descalzo en su procesión durante los próximos veinte años llevando a cuestas una cruz de madera maciza, de someterse a latigazos y cilicios, hasta imaginó que se hacía fraile y que pasaba el resto de su vida cumpliendo penitencia en un convento en pago de las aberraciones que había cometido en otro.

Volvió al cabo de un mes a su portal estrecho y a su mesa de zapatero, pero tenía la impresión de que había pasado mucho más tiempo, y recordaba los días anteriores a su enfermedad con el desapego de las cosas remotas. Las primeras dos o tres mañanas apenas tuvo fuerzas ni ánimos para trabajar, y aguardó con una mezcla de deseo y de miedo la visita de las dos monjas. Pero no aparecieron, y el vecino del portal de al lado, el barbero Pepe Morillo, le dijo que había oído que sor Barranco estaba muy enferma, a causa de los años, y que por algún motivo que no se sabía a la otra monja le habían prohibido salir.

Esa noche, abrigándose mucho, se atrevió a bajar a la plaza de Santa María. Dieron las campanadas de las doce, pero en la ventana del torreón del convento no se encendió ninguna luz, y él decidió, con idéntica decepción y alivio, que lo prudente era volver a casa y meterse en la cama, y ponerse en serio a cumplir las promesas que había hecho en los días negros de la enfermedad, de la cual estaba seguro que se había salvado gracias a la doble eficacia milagrosa de las oraciones y la penicilina. Cuando ya se marchaba volvió un momento la cabeza y la luz se había encendido en la torre, y pudo ver desde abajo la silueta tentadora y algo fantasmal de sor María del Gólgota. Pero no fue su voluntad ni su propósito de enmienda los que triunfaron sobre la poderosa persuasión del pecado: fue un escalofrío que le sacudió el cuerpo entero, y un principio de dolor renovado en el pecho, que le devolvieron el miedo a la pulmonía, el desagrado de tener que desnudarse y luego vestirse en un sitio helado y muy incómodo, en el que no había manera de taparse del todo. Y luego las urgencias de aquella mujer, su voz como una devanadera murmurándole desvaríos al oído mientras a él le entraba el sueño y lo único que quería era irse, y las tablas duras del jergón se le clavaban en la espalda, y se imaginaba su cama mullida y caliente, para él solo, la seguridad de su casa...

Venció la tentación esa noche y unas cuantas más, pero según iba recuperándose de la debilidad con que había vuelto del hospital se le despertaron de nuevo los antiguos instintos, apaciguados un tiempo no por la penitencia, sino por la flojera física, y otra noche se vio, contra su voluntad, rondando la plaza de Santa María, tan excitado que le costaba trabajo caminar con naturalidad, emborricado, como él decía brutalmente, usando una de esas palabras sabrosas de nuestra tierra que ya están casi perdidas, nuestro rico acervo popular. Iba desatado esa noche, como un mihura, como un macho cabrío, dispuesto a todo, a comérmela viva y a no volver luego nunca más. La luz se encendió en el torreón, y con la sangre hirviendo y el corazón desbocado él fue hacia la puertecilla y la empujó con menos cuidado que otras veces, pero estaba cerrada, y le costó contenerse para no golpear con los puños. Se apartó del edificio, volvió al lugar desde donde podía ver la ventana del torreón. La luz se encendió de nuevo en ella, pero ahora que estaba más cerca vio o creyó ver que sor María del Gólgota le sonreía y se levantaba el sayal, y le mostraba con desafío y sarcasmo sus tetas desnudas, haciéndole una seña, indicándole tal vez que volviera a empujar la puerta.

La empujó otra vez, pero seguía cerrada, y ya no estuvo abierta para él nunca más, ni vio la luz encendida en la torre ninguna de las noches que estuvo rondando por la plaza.

—¿Y ya no supo nada más de ella, ni volvió a verla?

Uno siempre quiere que las historias terminen, bien o mal, que tengan un final tan claro como su principio, una apariencia de sentido y de simetría. Pero en la realidad muy pocas cosas se cierran del todo, a no ser por el azar o por la muerte, y otras no llegan a suceder, o se interrumpen cuando estaban empezando, y no queda nada de ellas, ni en la memoria distraída o desleal de quien las ha vivido. Pasan los años, y nuestro amigo llega a esa edad con la que nosotros lo conocimos, cada vez tiene más carteles de toros y de Semana Santa en su portal diminuto, y cuando le falta espacio pega unos encima de otros. Asciende a presidente de su cofradía, lo nombran asesor oficial para las corridas de toros, lo entrevistan en el periódico de la provincia como una gloria de nuestra menuda vida local y él pega el recorte en uno de los cristales de su puerta, de modo que puedan verlo quienes pasan por la calle. El recorte va poniéndose amarillo, algunas tiendas de la vecindad empiezan a cerrar, incluso la barbería de al lado, y el negocio de remendar zapatos parece que va teniendo tan poco porvenir como el de cortar el pelo, porque la gente tira los zapatos usados y se compra otros nuevos en zapaterías modernas que se han abierto en otras zonas más populosas de la ciudad. Pero él tiene sus ahorros, se ha ido asegurando la vejez tan cautelosamente como la satisfacción regular de sus necesidades sexuales, y ha decidido además que le conviene casarse, porque está llegando a una edad en la que un hombre ya no es lo que era, si bien todavía conserva el porte necesario para atraer a una esposa madura y servicial que será la que le cuide cuando de verdad empiece a perder sus facultades, momento en el cual, si ha tenido la imprudencia de no casarse antes, no le quedará más salida que la decrepitud solitaria o el asilo. El tipo de mujer que le interesa, el perfil, para ser exactos, lo tiene también muy claro: viuda, con una paga aceptable, con alguna propiedad, un piso libre de cargas, por ejemplo, y sin hijos. Consideró un tiempo como candidata a la subtenienta de Intendencia, viuda ya del subteniente, y con pensión sólida y vivienda en propiedad, pero la encontró demasiado vieja para sus propósitos, no por razones carnales, sino porque lo que tampoco le convenía era cargar con alguien que duplicara los inconvenientes de la edad en vez de remediarlos. Inopinadamente, una mañana, en la cola de la Caja de Ahorros, adonde había ido a poner al día su preciada cartilla, conoció a una mujer perfecta, que sobrepasaba de lejos sus expectativas más audaces: una maestra, soltera, de buen ver, con el pelo teñido y la pechera opulenta, aunque también con una tranquilizadora discreción de modales, con una paga espléndida y una sustanciosa acumulación de trienios, con un piso en el centro de Madrid, herencia de familia, y una plaza en propiedad en una escuela de Móstoles. Se casaron en seis meses, y sin esperar a la venta del local donde había estado la zapatería, a principios de septiembre se marcharon a la capital, a tiempo de que la nueva esposa empezara el curso en la escuela. El 27 de septiembre, desde luego, en vísperas de nuestra feria, él ya estaba de vuelta, porque tenía que asistir a las corridas de San Miguel y San Francisco en su calidad de asesor técnico de la presidencia. Un posible comprador se había interesado por el portal de la zapatería. Se citó con él para enseñársela una de aquellas mañanas frescas de principios de otoño, y le dio cierta congoja caminar por la calle Real, tan desierta a esa hora a la que en otros tiempos bullía de gente, y abrir su antigua puerta de cristales, después de subir la persiana metálica que había permanecido cerrada muchos meses. En el suelo había papeles viejos, y un puñado de cartas que antes de marcharse ni siquiera se había molestado en revisar, imaginando con desgana que no serían más que anuncios de ofertas que no le interesaban. Las repasó ahora, sin embargo, quitándoles el polvo, haciendo tiempo mientras llegaba el dudoso comprador. Entre ellas había una postal en colores muy fuertes, en la que se veía la estatua de la Libertad, la bandera americana, el perfil de los rascacielos de Nueva York. En el reverso, no venía el nombre ni la firma de quien la enviaba, y aparte de su dirección sólo encontró unas palabras escritas con una letra cuidada y relamida, más bien cursi, como la que enseñaban antes en los colegios de monjas.

Recuerdos de América.

Eres

No eres una sola persona y no tienes una sola historia, y ni tu cara ni tu oficio ni las demás circunstancias de tu vida pasada o presente permanecen invariables. El pasado se mueve y los espejos son imprevisibles. Cada mañana despiertas creyendo ser el mismo que la noche anterior y reconociendo en el espejo una cara idéntica, pero a veces en el sueño te han trastornado jirones crueles de dolor o de pasiones antiguas que dan a la mañana una luz ligeramente turbia, y esa cara que parece la misma está cambiando siempre, modificada a cada minuto por el tiempo, como una concha por el roce de la arena y los golpes y las sales del mar. A cada instante, aunque te mantengas inmóvil, estás cambiando de lugar y de tiempo gracias a las infinitesimales descargas químicas en las que consisten tu imaginación y tu conciencia. Regiones enteras y perspectivas lejanas del pasado se abren y cierran en abanico como las líneas rectas de los olivares o los surcos para quien las mira desde la ventanilla de un tren que avanza a toda velocidad quién sabe hacia dónde. Durante unos segundos un sabor o un olor o una música de la radio o el sonido de un nombre te hacen ser quien fuiste hace treinta o cuarenta años, con una intensidad mucho mayor que la conciencia de tu vida de ahora. Eres un niño asustado en su primer día de escuela o un chico con la cara redonda y los ojos huidizos y una sombra de bigote sobre el labio superior y cuando miras al espejo eres un hombre de cuarenta y tantos años que empieza a tener el pelo negro entreverado de canas y en quien nadie puede encontrar rastros de una cara infantil, y ni siquiera de esa especie de vaga y permanente juventud en la que te imaginas instalado desde que ingresaste en la vida adulta, en la primera de ellas, en el trabajo y en el matrimonio, en las obligaciones y los sueños secretos y la crianza de los hijos. Eres cada una de las personas diversas que has sido y también las que imaginabas que serías, y cada una de las que nunca fuiste, y las que deseabas fervorosamente ser y ahora agradeces no haber sido.

Al mismo tiempo que tú se transfigura la habitación donde estás y la ciudad o el paisaje que se ve desde la ventana, la casa que habitas, la calle por la que caminas, todo alejándose y huyendo nada más aparecido al otro lado del cristal, sin detenerse nunca, desapareciendo para siempre. Ciudades, recuerdos y nombres de ciudades en las que parecía que ibas a vivir siempre y de las que te fuiste para no volver, estampas de ciudades en las que pasaste unos días, recién llegado y ya a punto de marcharte, y que ahora son en la memoria como un desorden de postales en colores fuertes y rancios, como los azules en las postales de las ciudades marítimas en los años sesenta. O ni siquiera eso: ciudades que apenas son nada más que sus hermosos nombres, despojados de toda sustancia por el paso del tiempo, Tánger, Copenhague, Hamburgo, Washington D.C., Baltimore, Göttingen, Montevideo. Quién eras cuando caminabas por cualquiera de ellas, sumergiéndote con miedo y fervor en el anonimato que te ofrecían, en la suspensión y en la pérdida de una identidad que era invisible para cualquiera de los que se cruzaban contigo.

Si acaso lo que menos cambia, a través de tantos lugares y tiempos, es la habitación en la que te recluyes, ese cuarto del que según Pascal no debería uno salir nunca para que no le sobreviniera la desgracia. *Estar solo en una habitación es tal vez una condición necesaria de la vida,* le escribió Franz Kafka a Milena. Hay en ella un ordenador en vez de una máquina de escribir, pero mi habitación de ahora se parece mucho a cualquiera de las que he ocupado a lo largo de mi vida, de mis vidas, a la primera que tuve a los diecisiete años, con una mesa de madera y un balcón que daba al valle del Guadalquivir y a la silueta azul de la sierra de Mágina. Me encerraba en ella para estar solo con mi máquina de escribir, mis discos, mis cuadernos, mis libros, y a la vez que me sentía apartado y protegido el balcón me permitía asomarme a la anchura del mundo, hacia donde yo quería huir cuanto antes, porque aquel refugio, como casi todos, era también un encierro, y la única ventana por la que deseaba asomarme era la del tren nocturno que me llevaría muy lejos.

Laura García Lorca, que nació en Nueva York y habla un español nítido y castizo que a veces

tiene un quiebro de fonética inglesa, me enseñó en
Granada, en la Huerta de San Vicente, la habitación de su tío Federico, la última que tuvo, de la
que debió irse un día de julio de 1936, en busca de
un refugio que no iba a encontrar. Todas las desgracias le vienen al hombre por no saber quedarse
solo en su habitación. Vi la habitación de Lorca y
se parecía a un recuerdo de habitaciones vividas
o soñadas, y también a la expresión exacta de un deseo. Yo había vivido en ese lugar, yo quería vivir
alguna vez en una habitación como ésa. Las paredes
blancas, el suelo de baldosas como las que había en
mi casa cuando yo era niño, la mesa de madera, la
cama austera y confortable, de hierro pintado de
blanco, el gran balcón abierto a la Vega, a la extensión de huertas salpicadas de casas blancas, a la silueta azulada o malva de la Sierra, con sus cimas de
nieve teñidas de rosa en los atardeceres. Me acuerdo de la habitación de Van Gogh en Arles, igual de
acogedora y austera, pero con su hermosa geometría ya retorcida por la angustia, la habitación que
se abría a un paisaje tan meridional como el de la
Vega de Granada y que también contenía las pocas cosas necesarias para la vida y sin embargo tampoco salvó del horror al hombre que se refugiaba
en ella.

Me pregunto cómo sería la habitación de
Amsterdam en la que Baruch Spinoza, descendien-
te de judíos expulsados de España y luego de Portugal, expulsado él mismo de la comunidad judía,
redactaba sus tratados filosóficos de seca claridad y
pulía las lentes con las que se ganaba la vida: la ima-

gino con una ventana por la que entra una luz clara y gris como la de los cuadros de Vermeer, en los que siempre hay habitaciones que protegen cálidamente de la intemperie a sus ensimismados habitantes y en las que algo les recuerda la amplitud del mundo exterior, un mapa de las Indias o de Asia, una carta llegada desde muy lejos, unas perlas que fueron pescadas en el océano Índico. Una mujer de Vermeer lee una carta, otra mira seria y ausente hacia la luz de la ventana y tal vez lo que hace es esperar la llegada de una carta. Encerrado en su habitación, quizás el único lugar en el que no era del todo apátrida, Baruch Spinoza da forma a la curvatura de un cristal que permitirá ver cosas tan diminutas que no las distingue el ojo humano y quiere abarcar sin más ayuda que la de su inteligencia el orden y la sustancia del universo, las leyes de la naturaleza y de la moral humana, el misterio riguroso de un Dios que no es el de sus mayores, que abjuran de él y lo han echado de la sinagoga, ni tampoco el de los cristianos, que acaso lo quemarían si viviera en un país menos tolerante que Holanda. En una carta a Milena Jesenska Franz Kafka olvida por un momento a su destinataria y se escribe a sí mismo: *Eres después de todo judío y sabes lo que es el temor.*

Y entonces me viene a la memoria Primo Levi en su piso burgués de Turín, la casa donde había nacido y en la que murió, tirándose o cayendo por azar al hueco de la escalera, donde vivió toda su vida, salvo apenas dos años, entre 1943 y 1945.

En septiembre de 1943, cuando lo detuvieron los milicianos fascistas, Primo Levi se había marchado de su habitación segura y su casa de Turín para unirse a la resistencia, y llevaba consigo una pequeña pistola que apenas sabía manejar, y que en realidad no había disparado nunca. Había sido un buen estudiante, licenciándose en Química con notas excelentes, disfrutando de lo que aprendía en los laboratorios y en las aulas igual que de la literatura, que para él tuvo siempre la misma obligación de claridad y exactitud que la ciencia. Un hombre joven, menudo, aplicado, con gafas, educado en una familia ilustrada y burguesa, en una ciudad culta, laboriosa, austera, acostumbrado desde niño a una vida serena, en concordancia con el mundo exterior, sin la menor sombra de alguna diferencia que lo separase de los otros, ni siquiera su condición de judío, ya que en Italia, y más aún en Turín, un judío era, a los ojos de los demás y para sí mismo, un ciudadano idéntico a los otros, sobre todo si pertenecía, como Primo Levi, a una familia laica, ajena a la lengua hebrea o a cualquier práctica religiosa. Sus antepasados habían emigrado de España en 1492. Dejó su habitación, su casa segura, en la que había nacido, y probablemente al salir al portal lo estremeció el pensamiento de que no volvería, y cuando regresó, tres años más tarde, flaco como un espectro, sobrevivido del infierno, debió de sentir que en realidad estaba muerto, que era el fantasma de sí mismo el que volvía a la casa intocada, al portal idéntico, a la habitación ahora extraña en la que nada había cambiado durante su ausencia, en la que ningún cambio visible se habría producido si él hubiera muerto, si no hubiera escapado del lodazal de cadáveres del campo de exterminio.

Qué cantidad mínima de patria, qué dosis de arraigo o de hogar necesita un ser humano, se preguntaba Jean Améry, acordándose de su huida de Austria en 1938, tal vez en la noche del 15 de marzo, en el expreso que salía a las 11.15 de Viena hacia Praga, de su viaje atribulado y clandestino a través de las fronteras de Europa hasta el refugio provisional de Amberes, donde conoció la incertidumbre absoluta de los judíos desterrados, la hostilidad del nativo hacia los extranjeros, las humillaciones de la policía y de los funcionarios que examinan papeles y atribuyen o niegan permisos y hacen volver al día siguiente y al otro y miran al refugiado como a un sospechoso de un delito, el más grave de todos, que es el de haber sido despojado de la nacionalidad que uno creía inalienablemente suya y no ser aceptado por completo en ninguna otra parte. Uno necesita al menos una casa en la que sentirse seguro, dice Améry, una habitación de la que no puedan echarlo con malos modos en medio de la noche, de la que no deba huir a toda prisa al oír pasos en las escaleras y silbatos de la policía.

Eres quien ha vivido siempre en la misma casa y en la misma habitación y recorrido las mismas calles camino de la oficina en la que permaneces de ocho a tres todos los días de lunes a viernes y también eres quien huye sin sosiego y no encuentra amparo en ninguna parte, quien atraviesa fronteras de noche por sendas de contrabandistas, quien viaja con papeles falsos o dudosos en un tren y permanece insomne mientras los demás pasajeros duermen ruidosamente a tu lado, temiendo que los pasos que se acercan por el corredor sean los de un policía, calculando el tiempo que falta para llegar a la frontera, para que los hombres de uniforme que estudien tus papeles te indiquen con un gesto que te quedes a un lado, y entonces los otros viajeros, los que llevan pasaportes en regla y no temen nada, te mirarán con caras de sospecha, y también de alivio, porque el infortunio que ha caído sobre ti los deja indemnes a ellos, que empiezan a ver en tu cara los síntomas de la culpa, del delito, de la diferencia, que es aún más letal por no ser perceptible a simple vista, y por ser independiente de la voluntad y de los actos de uno, una marca que no se ve y sin embargo no puede borrarse, una mancha indeleble que no está en la cara ni en la presencia exterior, sino en la sangre, la sangre del judío o la del enfermo, la de quien sabe que será expulsado si se descubre su condición. Encerrado en su cuarto de enfermo, en un sanatorio para tuberculosos, Franz Kafka recuerda los comentarios antisemitas que ha hecho otro enfermo en la mesa del comedor y escribe una carta acuciado por el insomnio y la fiebre: *La situación insegura de los judíos, inseguros en sí mismos, inseguros entre los hombres, explica perfectamente que crean que sólo se les permite poseer lo que aferran en las manos o entre los dientes, que ade-*

*más sólo esa posesión de lo que está al alcance de sus ma-
nos les da algún derecho a la vida, y que lo que alguna vez han perdido no lo recuperarán jamás, se aleja
tranquilamente de ellos para siempre.*

En la habitación de un hotel de Port Bou
Walter Benjamin se quitó la vida porque ya no le
quedaba otro camino por el que seguir huyendo de
sus perseguidores alemanes. A Jean Améry, cuando lo detuvo la Gestapo, cuando fue interrogado y
torturado luego por las SS, se le atribuían dos identidades posibles de enemigo y de víctima: podía ser
un alemán, desertor del ejército, y en ese caso lo fu-
silarían por traidor después de un consejo de guerra; podía ser un judío, y entonces sería enviado a
un campo de exterminio. A Jean Améry lo habían
detenido en Bruselas, donde él y su pequeño grupo de resistentes de lengua alemana imprimían
octavillas y las tiraban de noche en las proximidades de los cuarteles de la Wehrmacht, jugándose la
vida a cambio de la fútil esperanza de que a algún
soldado alemán se le removiera la conciencia al leer-
las. A Jean Améry, que entonces se llamaba Hans
Mayer, lo detuvieron en mayo de 1943. A Primo
Levi sólo unos meses más tarde, armado con su pequeña pistola que no sabía manejar, no más dañi-
na para el III Reich que las octavillas de Améry.
Ninguno de los dos había profesado el judaísmo, y
Primo Levi se consideraba sobre todo italiano, igual
que Améry nunca pensó hasta 1935 que él fuera
otra cosa que un austríaco. Pero los dos, al ser detenidos, al ser confrontados con la elección de una
identidad, eligieron declararse judíos, unirse al nú-

mero de las víctimas absolutas, los que eran condenados no por sus actos ni por sus palabras, no por profesar una religión o una ideología, no por arrojar octavillas que no iban a influir sobre nadie ni por echarse al monte sin ropas ni calzado de invierno y sin más armas que una pistolilla ridícula, sino por el simple hecho de haber nacido.

Eres quien desde la mañana del 19 de septiembre de 1941 tiene que salir a la calle llevando bien visible sobre el pecho una estrella de David impresa en negro sobre un rectángulo amarillo, igual que los judíos en las ciudades medievales, pero ahora con todo tipo de precisiones reglamentarias sobre su tamaño y disposición, minuciosamente explicadas en el correspondiente decreto, que también prevé las sanciones para quien salga sin la estrella o intente disimularla, tapándola, por ejemplo, con una carpeta o con los paquetes de la compra, o incluso con el brazo que sostiene un paraguas. En el gueto de Varsovia, la estrella era azul, y el brazalete blanco.

Eres cualquiera y no eres nadie, quien tú inventas o recuerdas y quien inventan y recuerdan otros, los que te conocieron hace tiempo, en otra ciudad y en otra vida, y se quedaron de ti como una imagen congelada de quien eras entonces, una de esas fotos olvidadas que a uno le extrañan y hasta le repelen cuando vuelve a verlas al cabo de los años. Eres quien imaginaba porvenires quiméricos que ahora te parecen pueriles, y quien amó tanto a mujeres de las que ahora ni te acuerdas, y quien te avergüenzas de haber sido, quien fuiste a veces sin que lo supiera nadie. Eres lo que otros, ahora mismo, en alguna parte, cuentan de ti, y lo que alguien que no te ha conocido cuenta que le han contado, y lo que alguien que te odia imagina que eres. Cambias de habitación, de ciudad, de vida, pero hay sombras y dobles tuyos que siguen habitando en los lugares de los que te marchaste, que no han dejado de existir porque tú ya no estés en ellos. De niño corrías por la calle imaginando que cabalgabas, y eras al mismo tiempo el jinete que espolea al caballo con gritos de vaquero de película y el caballo que corre al galope, y también el niño que veía esa cabalgada en una película, y el que al día siguiente se la cuenta con fervor a sus amigos que no fueron a verla al cine de verano, y el que escucha a otro contar historias o películas, con la mirada atenta y las pupilas brillantes, el que pide un cuento más para que su madre no se vaya y apague la luz, el que termina de contarle un cuento a su hijo y ve en su mirada, reconociéndose en ella, todo el entusiasmo nervioso de la imaginación, las ganas de seguir escuchando, de que no se quede en silencio la voz afectuosa que cuenta ni se haga la oscuridad en la habitación rápidamente invadida por las sombras del miedo.

Cambias de vida, de habitación, de cara, de ciudad, de amor, pero aun despojándote de todo queda algo que permanece siempre, que está en ti desde que tienes memoria y mucho antes de alcanzar el uso de razón, el núcleo o la médula de lo que

eres, de lo que nunca se ha apagado, no una convicción ni un deseo, sino un sentimiento, a veces
amortiguado, como una brasa oculta bajo las cenizas del fuego de la noche anterior, pero casi siempre muy agudo, latiendo en tus actos y tiñendo las
cosas de una duradera lejanía: eres el sentimiento
del desarraigo y de la extrañeza, de no estar del todo
en ninguna parte, de no compartir las certidumbres
de pertenencia que en otros parecen tan naturales
o tan fáciles, la seguridad con que muchos de ellos
se acomodan o poseen, o se dejan acomodar o poseer, o dan por supuesta la firmeza del suelo que
pisan, la solidez de sus ideas, la duración futura de
sus vidas. Eres siempre un huésped que no está seguro de haber sido invitado, un inquilino que teme
que lo expulsen, un extranjero al que le falta algún
papel para regularizar su situación, un niño gordito y apocado entre los fuertes y los brutos del patio de la escuela, el lento de los pies planos entre
los soldados del cuartel, el afeminado y retraído
entre los agresivamente machos, el alumno modelo que se muere por dentro de soledad y vergüenza y quisiera ser uno de esos réprobos de la clase
que se burlan de él, el padre de familia embalsa-
mado de tedio y rencor conyugal que mira de soslayo a las mujeres mientras pasea del brazo de la
suya un domingo por la tarde, por una calle de su
ciudad de provincia, el empleado interino que no
acaba de lograr un contrato fijo, el negro o el ma-
rroquí que salta a una playa de Cádiz desde una
barca clandestina y se interna de noche en un país
desconocido, empapado, muerto de frío, huyendo

de los faros y las linternas de los guardias civiles, el republicano español que cruza la frontera de Francia en enero o febrero de 1939 y es tratado como un perro o como un apestado y enviado a un campo de concentración, a la orilla hosca del mar, encerrado en una geometría siniestra de barracones y alambradas, la geometría y la geografía natural de Europa en esos años, desde las playas infames de Argelès-sur-Mer donde se hacinan como ganado los republicanos españoles hasta los últimos confines de Siberia, de donde regresó viva Margarete Buber-Neumann para ser enviada no a la libertad sino al campo alemán de Ravensbrück.

Eres lo que no sabes que podrías ser si te vieras arrojado de tu casa y de tu país, si te hubiera detenido una patrulla de la Gestapo mientras lanzabas octavillas al amanecer en una calle de Bruselas y te colgaran de un gancho sujeto a las esposas que te atan las manos a la espalda, de modo que al levantarse la cadena y separarse tus pies del suelo escuchas el ruido de las articulaciones de tus brazos al descoyuntarse, si te encerraran en un vagón de ganado en el que hay otras cuarenta y cinco personas y tuvieras que pasar en él cinco días enteros de viaje, y escucharas de día y de noche el llanto de un niño de pecho al que su madre no puede amamantar ni callar y tuvieras que lamer el hielo que se forma en los intersticios de los tablones del vagón, porque en los cinco días no se reparte alimento ni agua, y cuando por fin se abre la puerta en una noche helada ves a la luz de los reflectores el nombre de una estación que no has visto ni escuchado nunca antes y no te sugiere nada, sólo una forma aguda de terror, *Auschwitz*. Nadie sabe de antemano si va a ser cobarde o valiente cuando llegue la hora, me dijo mi amigo José Luis Pinillos, que en una vida remota, cuando era un muchacho de veintidós años, luchó con uniforme alemán en el frente de Leningrado: uno no sabe si cuando vea acercarse al enemigo saltará hacia él o si se quedará paralizado, blanco como un muerto, cagándose literalmente por las patas abajo. Yo no soy quien era entonces, y estoy muy lejos de las ideas que me llevaron allí, pero hay algo que sé y me gusta saber, sé que fui insensato y temerario, pero no fui cobarde, y sé también que no es mérito mío, que pude haberlo sido, igual que lo fueron otros, incluso algunos que se las daban de muy valerosos antes de que empezaran a silbar los disparos. Pero también yo estoy vivo, y otros murieron, valientes o cobardes, y muchas noches, cuando no puedo dormir, me acuerdo de ellos, me parece que vuelven para pedirme que no les olvide, que diga que existieron.

No sabes lo que hubieras sido, lo que podrías ser, pero sí lo que de un modo u otro has sido siempre, visiblemente o en secreto, en la realidad y también en los ensueños de la imaginación, aunque tal vez no a los ojos de otros. ¿Y si fueras de verdad lo que otros perciben, y no lo que tú imaginas ser, igual que no eres quien tú ves en el espejo, y que tu voz no suena como tú la escuchas? Hans Mayer, nacionalista austríaco, hijo de madre católica, agnóstico él mismo, aficionado a la literatura y a la filosofía, a vestirse en los días de fiesta el pantalón corto con peto y los calcetines altos del traje folklórico, rubio, con los ojos claros, comprendió que era judío no porque su padre lo hubiera sido, ni porque algún rasgo físico o costumbre o creencia religiosa determinara esa filiación, sino porque otros decretaron que lo era, y la prueba indeleble de su judaísmo acabó siendo el número de prisionero que llevaba tatuado en el antebrazo. En su habitación de Praga, en casa de sus padres, en su oficina de la compañía de seguros contra accidentes laborales, en las habitaciones de los sanatorios, en la habitación del hotel de la ciudad fronteriza de Gmünd donde aguardaba la llegada de Milena Jesenska, Franz Kafka inventó anticipadamente al culpable perfecto, al reo de Hitler y de Stalin, Josef K., el hombre que es condenado no porque haya hecho nada, o porque se haya distinguido por algo, sino porque ha sido designado culpable, y no tiene defensa porque no sabe cuál es la acusación, y cuando van a ejecutarlo en vez de rebelarse acata con mansedumbre la voluntad de los verdugos, incluso con vergüenza de sí mismo.

Puedes despertar una mañana a la hora ingrata del madrugón laboral y descubrir con menos extrañeza que vergüenza que te has convertido en un enorme insecto, puedes entrar al café de todos los días creyendo que nada se ha modificado ni en ti ni en el mundo exterior y comprobar en el periódico que ya no eres quien creías que eras y no estás a salvo de la persecución y la infamia. Puedes llegar a la consulta del médico creyéndote invulnerable a la muerte, titular de un tiempo de vida prácticamente ilimitado, y salir media hora más tarde sabiendo que hay algo que te aleja y te separa de los otros, aunque nadie todavía pueda advertirlo en tu cara, que a diferencia de ellos, que se imaginan eternos, tú llevas contigo, dentro de ti, por la misma calle por la que viniste con tanta despreocupación, una sombra que ellos no ven y en la que no piensan, aunque también les ronde y les esté esperando. Eres el médico que aguarda en la penumbra de su despacho al paciente a quien debe darle la noticia de su enfermedad, y teme el momento de su llegada y el de las neutras palabras necesarias, pero sobre todo eres el otro, el enfermo, que todavía no sabe que lo es, que aún viene tranquilamente por una calle habitual dándose tiempo porque llega temprano a la cita, hojeando un periódico que acaba de comprar y que se quedará olvidado en la mesita de la sala de espera, un periódico con una fecha igual a cualquier otra en la sucesión de los días y que sin embargo marcará la frontera, el antes y el después, el último día de una vida y el comienzo de otra en la que ya no puedes ser el mismo, en la que recordarás a quien fuiste hasta ese momento como alguien más ajeno a ti que un desconocido.

Eres quien sube la escalera con el periódico bajo el brazo, quien ha estado a punto de olvidar la cita con el médico, incluso de cancelarla, tan trivial parecía el reconocimiento, la prescripción de los análisis, quien empuja la puerta de la consulta y da su nombre a la enfermera, sin saber que ese nombre ya no designará a la misma persona, eres quien se acomoda en un sofá de la sala de espera y mira el reloj sin saber que está marcando los últimos minutos de su antigua vida, quien todavía imagina que posee un patrimonio intacto de tiempo futuro, virtualmente ilimitado, una garantía de vigor y salud. Miras el reloj, cruzas las piernas, abres el periódico, en la consulta de un médico o en un café de Viena en noviembre de 1935, y entonces sucede algo que va a cambiarte para siempre la vida, a expulsarte de la normalidad y del país a los que creías pertenecer, y en los que de pronto sabes que eres extranjero. Eres el huésped de un hotel que una noche se despierta con un golpe de tos y escupe de pronto un chorro de sangre. En el periódico lees las leyes de pureza racial que acaban de promulgarse en Nuremberg y descubres que aunque no lo parezcas ni lo hayas pensado ni deseado nunca eres un judío, y estás destinado a la persecución y al exterminio. La enfermera aparece sonriendo en el umbral de la sala de espera y te dice que el doctor ya está dispuesto a recibirte, y cuando te levantas para seguirla dejas sobre la mesa el periódico que no has empezado a leer, y al salir de la consulta, convertido en otro, ya no te acordarás de recogerlo. Una mañana, al despertarse, Gregori Samsa se encontró convertido en un enorme insecto. Algunas veces me cruzaba en las calles de la ciudad que imaginaba la mía con judíos pobres emigrados del Este, con sus largos abrigos de brillo grasiento y sus sombreros negros, con los rizos muy sudados en las sienes, y me repelían un poco y me sentía aliviado de no ser como ellos, de no parecerme en nada a aquellas figuras obstinadamente singulares y arcaicas que se movían por las calles despejadas de Viena igual que por las aldeas de Polonia, de Galitzia o de Ucrania de las que habían emigrado. Nadie me tomaría por uno de ellos, pensaba, a mí nadie me impedirá la entrada a un parque o a un café, ni me hará caricaturas zafias en la prensa amarilla que publica a diario calumnias y diatribas contra los judíos. Pero ahora sé que aunque mi aspecto exterior no permita adivinarlo, aunque siga teniendo cara de salud y aire de respetabilidad yo estoy tan marcado como ellos. Eres lo que otros ven en ti, y te transfiguras delante de sus ojos, y el hombre saludable y rubio que lee el periódico en un café de Viena, una mañana de domingo, vestido con pantalón corto y calcetines altos y peto tirolés será muy pronto, a los ojos del camarero que le ha servido tantas veces, tan repulsivo como el judío pobre y ortodoxo al que humillan por diversión unos jóvenes con brazaletes rojos y camisas pardas, y viajará con él en un vagón de ganado y acabará teniendo exactamente el mismo aire de cadáver ambulante por los barrizales del campo de exterminio, vistiendo ahora el mismo gorro y el mismo uniforme de rayas y compartiendo al final la misma muerte de asfixia, oscuridad y pánico en la cámara de gas. Eres lo que no sabías y lo que tal vez adivinó el médico al verte la primera vez, con su mirada experta en dilucidar lo que todavía permanece secreto, el médico que juega con una concha blanca entre los dedos y roza con el mismo sigilo el ratón del ordenador, buscan-

do en el archivo los datos que confirman el dictamen, la segura condena, el nombre que ninguno de
los dos pronuncia. Cuando sales a la calle, al cabo
de no más de una hora, deslumbrado al principio
por el sol, después de que tus ojos se habituaran a
la penumbra de la consulta, la ciudad a la que vuelves ya no es la misma que creías conocer, y ahora
los hombres y las mujeres que se cruzan contigo ya
no son tus semejantes, y hasta la textura de la realidad ha cambiado, aunque superficialmente per-
manezca idéntica, igual que tu cara y tu aspecto
general son los mismos cuando los ves de soslayo en
el espejo de un escaparate. Caminas por la ciudad
que ya no es la tuya con una sensación de agrio
despertar, de haber abierto los ojos a la luz rara del
amanecer y descubierto con menos asombro que
vergüenza que te has convertido en algo inusitado,
en un gran insecto, en un enfermo, en alguien que
sabe que va a morir; pero la sensación también es
la de estar soñando, la de moverte en el interior de
una pesadilla, más siniestra porque todas las cosas
que aparecen en ella son las cosas normales, y los
lugares los de cada día, y la luz la de una mañana
soleada de Madrid. Caminas por una acera familiar de Berlín pisando los cristales de los escaparates apedreados durante la noche, oliendo la gasolina con la que fueron quemadas las tiendas de tus
vecinos judíos. Y ahora cae sobre ti, regresa inun-
dándote desde lo más lejano del pasado, el sentimiento de la extrañeza y de la lejanía, la sospecha
amarga y ahora confirmada de no pertenecer al mismo mundo, a la normalidad de los otros, y con la

extrañeza y la lejanía, inseparable de ellas, vuelve o llega el miedo, no el desagrado abstracto ante la idea de morir, sino un principio de vértigo o de fragilidad que te estremece el cuerpo entero, te debilita ligeramente las rodillas, el pánico a la inminencia de la muerte, que te separa de los otros, que te aísla mientras caminas ahora mismo como una celda invisible, mientras pasas junto al mismo kiosco donde compraste al venir el periódico que sólo ahora recuerdas haber dejado entre las revistas de la sala de espera, abierto y no leído, el periódico de anchas hojas sujetas por un bastidor de madera bruñida que el camarero del café recoge de la mesa en una taza vacía y un cenicero con colillas.

Recordarás luego los titulares, la foto del canciller Hitler en un estrado de Nuremberg, gesticulando delante de una panoplia de banderas y águilas, las grandes letras que anunciaban tu destino futuro, que te atribuían una identidad de apestado, todavía ignorada para cualquiera que se cruzase contigo por esa ciudad en la que desde ahora mismo te sabes extranjero, aunque todavía no te obliguen a llevar una estrella amarilla en la solapa, o un brazalete blanco con una estrella azul. Desde ahora irás por la ciudad reconociendo a los tuyos sin que ellos lo sepan y apartando la mirada para que la vergüenza y el remordimiento no te opriman el corazón, fingiendo todavía, mientras te es posible o te está permitido, que perteneces al reino de los otros, los buenos ciudadanos arios que no tienen nada que temer y empezarán muy pronto a negarte el saludo en la escalera o a fingir que no te ven, los limpios de linaje y de sangre, fortalecidos por la convicción de la salud, seguros de que ellos están a salvo, de que no se encontrarán nunca en el número de los posibles enfermos y víctimas.

Eres Jean Améry viendo un paisaje de prados y árboles por la ventanilla del coche en el que lo llevan preso al cuartel de la Gestapo, eres Evgenia Ginzburg escuchando por última vez el ruido peculiar con que se cierra la puerta de su casa, adonde nunca va a volver, eres Margarete Buber-Neumann que ve la esfera iluminada de un reloj en la madrugada de Moscú, unos minutos antes de que la furgoneta en la que la llevan presa entre en la oscuridad de la prisión, eres Franz Kafka descubriendo con asombro, con extrañeza, casi con alivio, que el líquido caliente que estás vomitando es sangre. Eres quien mira su normalidad perdida desde el otro lado del cristal que te separa de ella, quien entre las rendijas de las tablas de un vagón de deportados mira las últimas casas de la ciudad que creyó suya y a la que nunca volverá.

Narva

Al volver a casa he buscado en las enciclopedias ese nombre que no había oído nunca, pero que ya venía repitiendo en la imaginación durante el viaje en el taxi, y que al principio no había escuchado bien, porque mi amigo no habla muy alto y su voz se me perdía a veces en el estrépito del restaurante donde hemos ido a almorzar. Es noviembre y las tardes ya son mucho más cortas, y el horario de invierno, tan reciente todavía, trae de pronto un anochecer anticipado, un crepúsculo que casi estaba comenzando en las calles más estrechas y oscuras cuando nos hemos despedido, en la puerta del edificio donde él vive, un bloque de pisos modernos que de algún modo no concuerda con su carácter ni su edad, ni con la vida que ha llevado. Quién podría adivinar la vida de este hombre mirándolo un instante al cruzarse con él en la calle o en el portal de ese edificio anónimo, como me habría cruzado yo si no lo conociera: un viejo vigoroso, con una mirada vivísima en los ojos pequeños, pero ya algo encorvado, con el pelo muy blanco, liso, tenue, como lo tenía en su vejez Spencer Tracy, o como el de mi abuelo paterno, que también estuvo en una guerra, pero que desde luego no se marchó voluntario a ella, y tal vez no llegó a saber muy bien por qué lo llevaban, ni entendió la magnitud del cataclismo al que se vio arrastrada su vida, de la cual la mía, si me paro a pensarlo, es en parte un eco lejano.

Mi amigo tiene ochenta años, casi la edad que tenía mi abuelo paterno al morir, pero no piensa en la muerte, me dice, igual que no pensaba en ella cuando se encontraba en el frente ruso en el invierno de 1943, un alférez muy joven que iba a ser ascendido muy pronto a teniente por méritos de guerra y a ganar una Cruz de Hierro. No se piensa en la muerte cuando se tienen veinte años y a cada instante se está a punto de morir, cuando uno avanza con una pistola en la mano sobre la tierra de nadie y de golpe recibe en la cara y en el uniforme los chorros de sangre de alguien que iba a su lado y acaba de ser alcanzado por una ráfaga de ametralladora, y un instante más tarde es un despojo de vísceras tirado en el barro: no se piensa en la muerte, sino en el frío que hace, o en el rancho que tarda en llegar, o en el sueño, porque en la guerra lo peor era el frío y la falta de sueño, dice mi amigo, y toma un sorbo corto y reflexivo de vino, sentado frente a mí, más viejo que cualquiera de los comensales que hay ahora mismo en el restaurante, todos varones, uniformes en sus edades y en sus trajes de ejecutivos intermedios, alguno de ellos conversando en un inglés escaso pero desenvuelto, en ese tono demasiado alto que suele usarse en un lugar público al hablar por un teléfono móvil. Se cruzan conversaciones con la nuestra, pitidos y musiquillas de teléfonos móviles, ruidos de platos y de vasos, y yo tengo que esforzarme en no perder una parte de las palabras que me dice mi amigo, me inclino hacia él sobre la mesa, especialmente cuando dice un nombre extranjero, el de un general alemán o el de un sector ruso del frente, el nombre de esa ciudad de la que hasta ese momento yo no había sabido que existiera, una de tantas ciudades del mundo de las que uno no oirá hablar jamás, igual que tanta gente no sabe ni el nombre de mi pequeña ciudad natal, tan prolijamente real para mí, tan minuciosa en su existencia, en su censo de vivos y de muertos, de vivos a los que ya no veo casi nunca y muertos que se van quedando cada vez más atrás en el olvido, aunque de vez en cuando vuelvan de golpe a mí, como ha vuelto mi abuelo paterno, que murió hace ya catorce años.

Me acuerdo de esa sentencia de Pascal, mundos enteros nos ignoran. Y sin embargo esa ciudad extranjera va cobrando una presencia en mi imaginación que le ha concedido mi amigo al decir su nombre en un restaurante de Madrid: la primera vez que me lo dijo no le presté atención, porque me importaba más la historia que él me estaba contando, y luego volvió a decírmelo y yo no lo capté, tal vez porque lo borró un fragmento de conversación en la mesa cercana o la señal tan aguda de un teléfono móvil. Así que interrumpí su relato y volví a preguntarle el nombre de la ciudad, de la que hasta ese momento yo sólo había comprendido que se encuentra en Estonia. Pero quién puede imaginar cómo es Estonia, qué hay detrás de ese nombre, dentro de él, como en el interior de aquellas pequeñas campanas de cristal con paisajes nevados que había antes en las casas, y en las que caía la nieve cuando se las agitaba: cae la nieve también en el invierno de esa ciudad estonia, una ciudad pequeña, dice mi amigo, de provincias, junto a un río que se llama igual que ella, Narva, el río Narva, por el que bajaban grandes bloques de hielo, me dice, acordándose de pronto, y ese pormenor rescatado le permite saber que fue a principios del invierno cuando llegó a la ciudad.

Luego he vuelto a casa en un taxi, desde la soleada anchura otoñal del oeste de Madrid hasta las calles ya sombrías del centro, en las que la noche está más cerca, la noche y también el frío algo húmedo de los atardeceres de invierno, niebla y humedad y olor a bosque en el camino que discurre junto a un río que está empezando a helarse y que desemboca en el Báltico trece kilómetros más allá de la ciudad que lleva su nombre. Iba en un taxi por Madrid pero viajaba por los recuerdos y los lugares que me había relatado mi amigo, y en los diez o quince minutos de la carrera cabían tantos años lejanos como en la vida de alguien, igual que en el Madrid que yo apenas miraba por la ventanilla podía ver también la capital oscura y en ruinas a la que mi amigo volvió después de sus aventuras en la guerra de Europa, ya descreído, pero aún no desengañado del todo, guardando con pudoroso orgullo su Cruz de Hierro, que conserva todavía como un talismán de su juventud ya remota, casi improbable en la distancia.

Oía sin prestar atención las voces de la radio del taxi y la diatriba del taxista contra algo, contra el gobierno o contra el estado del tráfico, pero pensaba en ese nombre, lo paladeaba sin decirlo, me hacía el propósito de buscarlo en la Enciclopedia Británica en cuanto llegara a casa, Narva, donde mi amigo estuvo en 1943 y adonde volvió treinta años más tarde con el propósito más bien imposible de encontrar a alguien, a una mujer a quien había visto una sola vez, una noche, en un baile para oficiales alemanes al que él fue invitado porque era uno de los pocos españoles de la División Azul que hablaba alemán, y también porque le gustaba Brahms y en un cierto momento había tarareado un pasaje melódico de su tercera sinfonía: la guerra estaba hecha de casualidades así, de cadenas de azares que lo arrastraban a uno o lo salvaban, y su vida podía depender no de su grado de heroísmo, de cautela o de astucia, sino de que se inclinara para atarse una bota un segundo antes de que llegase una bala o una esquirla de metralla al punto del aire donde había estado su cabeza, o de que un compañero le cambiase el turno de una patrulla de exploración de la que no regresaría nadie vivo. Él se había salvado así muchas veces, al filo mismo de una desgracia que abatía a otros, por casualidades, por fracciones de segundo: quién sabe si al ir a esa ciudad de Estonia con un permiso de dos días no había eludido también una ocasión segura de morir, si la melodía tan querida de Brahms, uno de los nombres entonces sagrados sobre los que fundaba su amor por Alemania, no había cambiado sutilmente el curso de su vida, no sólo preservándola, sino obligándole también a que empezara a abrir los

ojos, a descubrir un espanto para el que nada lo
había preparado, y que le dejó una huella mucho
más duradera que el vértigo insensato del coraje
y el peligro.

Había habido una inspección de nuestro
sector y el comandante de mi batallón me pidió
que hiciera de guía de los oficiales alemanes. Los
estuve acompañando varios días, y aunque los alemanes no confiaban mucho en nosotros, uno de
ellos, un capitán casi tan joven como yo, simpati-
zó conmigo, y todo porque me gustaba Brahms,
mira qué cosas pasaban en la guerra. Íbamos callados, los tres oficiales alemanes y yo, junto a un pa-
rapeto entre dos nidos de ametralladoras, en uno
de esos días tranquilos en los que parecía que nada
iba a moverse en el frente, y sin darme mucha cuenta yo tarareaba algo. Entonces aquel capitán empezó a tararear lo mismo que yo, pero no de cualquier manera, sino con todas sus notas, y empezó
a andar más despacio, para disfrutar mejor del recuerdo de la música. Mi amigo tararea también,
con la boca cerrada y los ojos entornados, y la música que enuncia puedo seguirla con más claridad
que muchas de sus palabras, a pesar del ruido del
restaurante, las voces y los cubiertos y los teléfonos
móviles: la reconozco enseguida porque a mí también me gusta mucho, una melodía poderosa y sentimental que tiene algo de música de cine, una de
esas músicas de cine que ya estaban antes de que
el cine existiera. Caí en la cuenta enseguida, antes
de que el alemán me lo dijera, el tercer movimiento de la tercera sinfonía de Brahms. Ahora los otros

dos oficiales se habían quedado atrás señalándose
el uno al otro, sin duda con reprobación, alguna
deficiencia de las defensas españolas, y el capitán,
a mi lado, entornaba los ojos y movía ligeramente
la cabeza, y con la mano derecha parecía que dibujaba la música en el aire, el dedo índice enguan-
tado de negro era la batuta con la que se dirigía a
sí mismo, con la que me mostraba a mí las líneas
onduladas de la melodía, la repetición de un tema
tristísimo que parece al mismo tiempo la máxima
expresión del dolor y su consuelo más misericor-
dioso. Me contó que en la vida civil era profesor
de Filosofía en un Gimnasium y que tocaba el clarinete en la orquesta de su ciudad y en un grupo
de cámara. Yo mencioné entonces el quinteto para
clarinete de Brahms y el alemán se emocionó hasta un extremo un poco embarazoso de amanera-
miento, pero ésas no son las palabras exactas que
ha dicho mi amigo: le noté de pronto, dice, que tenía pluma, como decís ahora, a pesar del uniforme
y de lo alto y lo fuerte que era, me dijo que cuando
tocaba ese concierto había partes en las que le costaba contener las lágrimas, en las que le faltaba el
aire para seguir soplando el clarinete. Siempre era
como si tocara esa música por primera vez, y cada
vez era más honda, más difícil, más triste, con toda
la pesadumbre de la vida de Brahms. Sólo había
otro quinteto para clarinete que le gustara tanto
como el de Brahms: yo lo adiviné enseguida y se
lo dije, el de Mozart, y la emoción de la música
recordada y de la complicidad que había establecido entre nosotros le animó a decirme, bajando un

poco la voz, que también le gustaba mucho Benny Goodman, aunque en Alemania ya era imposible encontrar discos suyos. Pero entonces los otros oficiales se unieron a nosotros, y el capitán cambió de cara, se volvió tan rígido como antes, tan militar como ellos, y ya no volvió a hablarme de música, casi no me dirigió la palabra hasta que nos despedimos. Eran muy raros aquellos alemanes, dice mi amigo, uno no sabía nunca lo que se les pasaba por la cabeza, lo que estaban pensando o lo que sentían cuando se lo quedaban mirando a uno con esos ojos tan claros, con esa dedicación y esa intensidad que ponían en todo. El caso es que unas semanas más tarde el comandante de mi batallón me llamó para decirme que tenía unos días de permiso, porque los oficiales alemanes a los que yo acompañé como guía e intérprete habían quedado muy contentos conmigo y le habían pedido que me autorizara a asistir a un baile en esa ciudad de la retaguardia, Narva. En la estación me recogió el capitán aficionado a Brahms y a Benny Goodman. Me acuerdo de que íbamos entrando a la ciudad por una carretera junto a un río, a la orilla de un bosque, y de que aún había algo de sol, pero ya empezaba a hacer mucho frío.

Quien no ha vivido las cosas exige detalles que al narrador verdadero no le importan nada: mi amigo habla del frío y de los bloques de hielo que flotaban río abajo, pero mi imaginación añade la hora y la luz de la tarde, que es la misma que había en la calle cuando hemos salido del restaurante, y los pesados abrigos grises con anchas solapas

de los dos uniformes alemanes, así como la envergadura tan desigual de los dos hombres, el español un
poco desmedrado, al menos por comparación con el
capitán aficionado al clarinete, los dos con guantes
negros, con gorras de viseras negras, con las solapas
levantadas contra el frío, hablando de música, recordando pasajes tristes de Brahms y de Mozart, rápidas canciones de George Gershwin tocadas por la
orquesta de Benny Goodman, que desde hacía años
no sonaba en las emisoras de radio alemana.

Entonces vi algo que no he olvidado nun-
ca. Mi amigo deja sobre la mesa el cuchillo y el tenedor, bebe un sorbo de vino con uno de esos gestos vivaces y un poco furtivos a los que ya me voy
acostumbrando, tan raros en un hombre de ochenta años, esa vivacidad como de tener muchas tareas por delante en la vida, cosas que aprender, libros que reseñar para las revistas especializadas de
su profesión, en la que es una eminencia internacional, citas, viajes al extranjero. Se pone ahora muy
serio y habla mirándome con sus ojos pequeños
y como emboscados bajo las cejas blancas y las arrugas de los párpados, pero no me parece que esté
viéndome, o que se encuentre del todo en el mismo lugar y en el mismo tiempo que yo, en un restaurante de Madrid, ruidoso de voces y de pitidos
de teléfonos móviles. Vi venir hacia nosotros un
cortejo de gente que llenaba toda la anchura del
camino, hombres nada más, algunos casi niños y
otros tan viejos que andaban tambaleándose y se
apoyaban los unos en los otros. Iban ordenados, muy

juntos pero en formación, todos callados, con las cabezas bajas, como en esos entierros que se veían antes pasar por las calles estrechas de los pueblos, y los que encabezaban la marcha sostenían algo delante de ellos, un palo horizontal como esas barreras de los puestos fronterizos, del que colgaba una maraña de alambre espinoso que debía de arañarles las piernas mientras caminaban. Se oían los pasos y el ruido del alambre al arrastrar por el suelo, y el de los fusiles de los guardias al rozar con los uniformes. El alemán y yo nos quedamos también callados y nos apartamos a un lado del camino. Había muchos hombres, no sé cuántos, algunos centenares quizás, vigilados por unos pocos soldados de las SS, y cada cinco o seis filas llevaban otras barras horizontales con alambre espinoso, me imagino para que se enredaran en él si alguien rompía la formación o intentaba escaparse. Yo nunca había visto caras tan flacas y tan pálidas, ni siquiera en los prisioneros rusos, ni aquella manera de andar que tenían esos hombres, marcando el paso pero arrastrando los pies, mirando al suelo con los hombros hundidos. Me acuerdo de un viejo con la barba larga y muy blanca, pero sobre todo de un hombre joven, que iba en la primera fila, en el centro, muy alto, amarillo, con cara de muerto, con uno de esos abrigos largos que había entonces y una gorra azul marino, como si lo estuviera viendo, igual que te veo a ti, con unas gafas de pinza, y con la cara muy oscura de barba, ni de eso me he olvidado, no porque llevara días sin afeitarse, sino porque tenía la barba muy cerrada, más oscura todavía por lo pálido que estaba. Él fue el único que levantó un poco la cabeza, aunque no mucho, y se me quedó mirando, pasaba a mi lado e iba volviéndose hacia mí, hacia mí sólo, torciendo el cuello tan largo, con la nuez muy saliente, al alemán no lo miraba. Giró la cabeza y me siguió mirando entre las cabezas hundidas de los otros, como si quisiera decirme algo sólo con los ojos, que parecían más grandes en la cara tan demacrada y tan flaca.

Seguirían escuchando el ruido multiplicado y monótono de los pasos cuando la columna de prisioneros los dejó poco a poco atrás, confundido con el rumor de la corriente del río. Los dos hombres se quedaron en silencio, el capitán alemán y el español recién ascendido a teniente, los dos agrandados e igualados por los abrigos grises y las gorras de plato con viseras negras que les velaban los ojos. Ya habría desaparecido la luz del sol y el frío se habría hecho más intenso y más húmedo, y en el interior del bosque, más allá del camino, la noche ya estaría avanzando, como en el fondo de algunos callejones del centro de Madrid cuando todavía hay sol en las ventanas de los edificios más altos, en el azul puro y helado de noviembre.

Mi amigo, intrigado por lo que había visto, le preguntó al alemán quiénes eran aquellos hombres, y el otro le pareció a la vez asombrado y divertido, asombrado de su ignorancia, divertido por su ingenuidad de oficial joven, casi recién llegado a la guerra, de rudo español aún no del todo digno de ser admitido en la superior fraternidad alemana, a pesar de la pureza de su acento, de su valor en el frente y de su devoción por Brahms: *Juden!,* recuerda mi amigo que le dijo el alemán, y que al pronunciar esa palabra su cara adquirió durante unos segundos una expresión inusitada, como si le hiciera participar de un secreto picante, de una broma de repente cuartelaria y grosera. Oigo ahora repetida esa palabra, *Juden,* y mi amigo imita el tono y el gesto de sarcasmo y desprecio del alemán, que le dio un codazo y le guiñó un ojo, equívoco otra vez, igual que cuando rememoraba aquella melodía de Brahms como rozándola con las yemas de los dedos, pero ahora chabacano, desconocido, regocijándose en una baja comicidad de borrachera o burdel.

Yo no sabía nada entonces, pero lo peor de todo era que me negaba a saber, que no veía lo que estaba delante de mis ojos. Yo me había alistado en la División Azul porque creía fanáticamente en todo aquello que nos contaban, no quiero ocultarlo ni quiero disculparme, creía que Alemania era la civilización, y Rusia la barbarie, las estepas de Asia de las que habían venido durante siglos todos los invasores salvajes de Europa. Ortega lo había dicho: Alemania era Occidente, y nosotros nos lo creíamos porque él lo decía. Alemania era la música que a mí me emocionaba, el alemán era el idioma de la poesía y de la filosofía, del derecho y de la ciencia. No sabes con qué pasión había estudiado yo alemán en Madrid, antes de nuestra guerra, qué vanidoso me ponía cuando los alemanes para los que hacía de intérprete en Rusia elogiaban mi acento. Pero esa palabra alemana, dicha en ese tono,

Juden, fue como un chirrido desagradable, el aviso de algo que yo me había negado a escuchar hasta entonces, aunque seguramente lo habría oído muchas veces, ya te digo que no quiero disculparme, que no puedo decir lo que dijeron luego muchos, que no sabían, que no llegaron a enterarse de nada. No sabíamos porque no estábamos dispuestos a saber. Pero aunque yo hubiera podido olvidarme del modo en que el oficial alemán dijo *Juden* y de la cara de aquel hombre con gafas que torcía el cuello para seguir mirándome en el camino de Narva, ya no tenía la posibilidad de seguir siendo inocente, o creyéndome inocente. Uno puede empeñarse y lograr no saber, puede cerrar los ojos y no querer abrirlos, pero una vez que los abre, lo que sus ojos han visto ya no puede borrarlo, no puede dar marcha atrás al tiempo y hacer como que no existe lo que ya ha escuchado.

Fue primero esa palabra, *Juden.* Pero luego, al cabo de menos de dos horas, encontré a aquella mujer en el baile, una pelirroja guapísima, con los ojos verdes, entró en el salón lleno de gente, de ruido, de música, y la distinguió enseguida tan nítidamente como si no hubiera nadie más, y en la primera mirada que cruzó con ella supo que no era alemana, del mismo modo que ella adivinó a pesar del uniforme que él no se parecía nada a los otros militares, que no miraba ni caminaba como ellos. La ciudad estaría a oscuras, sin luces casi en las esquinas, una ciudad báltica en el invierno de la guerra, ocupada por el ejército alemán, sometida al toque de queda, cruzada por un río que empezará a helarse muy pronto, y del que sube una niebla que humedece los adoquines y los raíles de los tranvías y se vuelve más densa en la luz de los faros de los automóviles militares.

Pero mi amigo no me cuenta cómo era el lugar donde se celebraba el baile, y yo, sin preguntarle, me lo voy imaginando mientras le escucho hablar, quizás como uno de esos edificios oficiales que he visto en los países nórdicos, columnas blancas y estucos de un amarillo pálido: una plaza empedrada, con los adoquines brillantes por la humedad de la noche, atravesada por raíles y cables de tranvías, y al fondo esa mansión particular requisada o ese edificio público que es el único donde están iluminadas las ventanas, y del que la música irradia hacia la plaza con el mismo brillo inusitado de la luz eléctrica en las grandes arañas barrocas del salón de baile. Luz repentina y cegadora en la ciudad a oscuras, música en el silencio atemorizado de las calles.

Viniendo del frente, aquel lugar tendría una resplandeciente irrealidad como de espejismo cinematográfico, la rareza de una olvidada normalidad civil que sigue existiendo aunque el soldado apenas sepa recordarla. Pero mi amigo sigue contando tan ajeno a esa clase de detalles como al sabor de la comida que picotea sin hacerle caso o a las carcajadas de los ejecutivos bancarios que en la mesa de al lado festejan a alguien o brindan en español y en inglés por el éxito de una operación financiera. Lo borra todo, el salón de baile de 1943 y el restaurante de ahora mismo, el sonido de la orquesta y el de los teléfonos móviles, el brillo de los correajes en los uniformes alemanes y el crujido de las botas negras sobre el parquet reluciente, los taconazos de los saludos, el apocamiento que debió de sentir al encontrarse entre tantos desconocidos, casi todos militares de más rango que él. Lo único que queda en su relato es la figura de la mujer con la que estuvo bailando, y que ni siquiera tiene nombre en el recuerdo, o quizás mi amigo lo ha dicho y yo no he llegado a escucharlo, y ahora tengo la tentación de inventarle uno, Gerda o Grete, o Anicka, Anicka se llamaba una mujer que fue amiga en el campo de exterminio de Milena Jesenska.

Me fijé en ella nada más entrar en el salón. Había oficiales del ejército y de las SS, uniformes azules de la Luftwaffe. Entre todos aquellos militares el único que no era alemán era yo. Quizás por eso la mujer se me quedó mirando en cuanto pasé cerca de ella, igual que yo noté enseguida que ella no era alemana. Una pelirroja alta, con un vestido escotado, de una tela muy ligera, con medias de seda, con un perfume en el pelo y en la piel que me gustaría oler de nuevo antes de morirme. Tú eres muy joven todavía y no sabes que hay cosas que no borra el tiempo. Cuánto ha pasado, mi amigo calcula mentalmente, abstraído, con la sonrisa atrapada en un recuerdo cuya dulzura no pueden transmitir las palabras: cincuenta y seis años, y era noviembre, igual que ahora, y conserva intacta la sensación de abrazar su cintura notando bajo la tela la firmeza suave de un cuerpo más deseable aún después de tanto tiempo sin mujeres.

Estaba de pie, muy seria, junto a un hombre corpulento, vestido de civil, con un ostentoso traje a rayas, y por el modo en que se hablaban sin mirarse los dos tenían un cansino aire conyugal. Mi amigo no me explica si le costó vencer la timidez, si bailó con otras mujeres antes de acercarse a ella, y como no está inventando una historia no tiene necesidad de episodios intermedios, de decirme qué había sido del capitán que iba con él. Ahora mismo, en su memoria, él está a solas con la mujer pelirroja, como contra un fondo negro, y la mujer ni siquiera tiene nombre, porque mi amigo lo ha olvidado o porque yo no lo he entendido, y no quiero atribuirle uno, el de alguna mujer que tuviera un destino idéntico al que seguramente le esperaba a ella.

Bailaban y ella le murmuraba al oído, inclinándose un poco sobre él, pero mirando al mismo tiempo hacia otra parte, con un aire distraído de formalidad, como si estuvieran en uno de aquellos salones de entonces donde los hombres pagaban por bailar con las mujeres durante los dos o tres minutos de una canción. Había ido tan lejos para encontrar a esa mujer, había atravesado toda la anchura de Europa y la devastación y el barro de Rusia y combatido en el sitio de Leningrado para tenerla en sus brazos y estrecharla gradualmente contra su cintura mientras olía su pelo y su piel y escuchaba su voz, los dos solos y abrazados entre toda la gente que llenaba la pista de baile, siguiendo apenas la música, volviendo a buscarse cuando terminaba una pieza en la que se habían visto obligados a bailar con otra pareja. Pero no había sólo simpatía o deseo en ella, una mujer en la plenitud espléndida de los treinta y tantos años, sino también desesperación, una forma de pánico que él no había presenciado nunca, igual que no había abrazado nunca un cuerpo como el suyo, y que estaba en sus ojos y en su voz y también en el modo en que ella le apretaba la mano mientras se deslizaban lentamente sobre la pista de baile, crispando los dedos, como queriendo sacudirlo con una urgencia que al principio él creyó sexual, y que quizás también lo era en parte, aunque parecía que en ella la desesperación lo anegaba todo y había desalojado cualquier otro impulso que no fuera el del miedo, el de un instinto de sobrevivir teñido de remordimiento y vergüenza. Le hablaba muy cerca de su oído, y al mismo tiempo vigilaba de soslayo a las parejas próximas y no perdía nunca de vista al hombre vestido de oscuro que seguía inmóvil en un extremo de la sala. Le sonreía, entornaba los párpados, como dejándose llevar por el mareo delicioso y liviano de la música de baile, pero sus palabras no tenían nada que ver con la expresión tranquila y algo fatigada de su cara, sino con algo que estaba en el fondo de sus ojos verdes, con el modo en que sus uñas casi se hincaban en el dorso de la mano de él.

—Tú no eres como ellos, aunque lleves su uniforme, tú tienes que irte de aquí y contar lo que nos están haciendo. Nos están matando a todos, uno por uno, cuando ellos llegaron a Narva éramos diez mil judíos, y ahora quedamos menos de dos mil, y al ritmo que van no duraremos más allá del invierno. No perdonan a nadie, ni a los niños, ni a los más viejos, ni a los recién nacidos. Se los llevan en tren no sabemos adónde y ya no vuelve nadie, sólo vuelven los trenes con los vagones vacíos.

—Pero tú estás viva y libre, y te invitan a sus bailes.

—Porque me acuesto con ese puerco que estaba conmigo cuando entraste. Pero en cuanto se canse de mí o crea que es peligroso tener una querida judía acabaré como los otros.

—Escápate.

—Y adónde voy a ir. Europa entera es de ellos.

—¿Cómo lo han invitado, si no es militar?

—Es contratista de ropa y comida para el ejército. Además compra por nada las propiedades de los judíos.

—¿Tienes que volver con él esta noche?

—Esta noche no. Su mujer está esperándolo. Dan una cena para unos generales.

—Te acompañaré a tu casa.

—Eres un poco temerario.

—Mañana por la tarde debo volver al frente.

Quería seguir abrazado a ella y seguir escuchándola, no podía permitir que se apartara de él no ya al final del baile, sino cuando unos instantes después terminara la pieza que estaba sonando y algún oficial alemán le apartase educada y firmemente para bailar la próxima con ella, que por prudencia no se negaría, porque el hombre del traje oscuro la vigilaba desde lejos y quizás ya había observado con disgusto que llevaba mucho rato sin cambiar de pareja, y había sabido adivinar qué estaba diciéndole al oído a ese teniente joven de aspecto tan poco alemán a pesar del uniforme. Sentía tan fuerte como el deseo el ansia de protegerla y la necesidad urgente de saber, y a lo único que tenía miedo era a la gran oscuridad de lo que hasta entonces había ignorado, a la sospecha espantosa de lo que era increíble y sin embargo él ya no podía negar. Miraba a su alrededor las rojas caras alemanas, la elegancia de los uniformes idénticos al suyo, que le había producido tanta exaltación la primera vez que se lo puso, y empezaba a notar un instinto de repulsión hacia algo monstruoso que estaba muy cerca y sin embargo era invisible, tan invisible al menos como el pánico de la mujer que bailaba con él reclinando delicadamente la cabeza al ritmo de la música y sonreía entornando los ojos e hincándole las uñas en el dorso de la mano, repitiendo en voz baja las palabras que mi amigo continuó escuchando mucho después en el recuerdo, que todavía vuelven a su conciencia en las noches en vela, cuando la lucidez excesiva del insomnio y la oscuridad se le pueblan de voces y caras de muertos, todos los que él conoció en aquellos años de su juventud, la inmensidad de los muertos sepultados y olvidados en toda la anchura de Europa. Le parece, me ha dicho, que los muertos le hablan, le exigen que dé testimonio de lo que vivieron y sufrieron, él que ha sobrevivido, que sólo por casualidad, o porque otros cayeron en su lugar, logró salvarse. Pero de todas las caras de entonces las que recuerda con más claridad son la del hombre joven de las gafas de pinza que se volvía hacia él como queriendo decirle algo y la de aquella mujer con la que estuvo bailando, ya no sabe cuánto tiempo, cuántas piezas seguidas, enamorándose de ella y siendo inoculado por su terror y su clarividencia, por su fatalismo de víctima de antemano hipnotizada por la inevitabilidad del sacrificio: cómo sería su voz, con qué acento hablaría alemán. Ahora, mientras revivo escribiendo lo que mi amigo me contó, me gustaría inventar que la mujer pelirroja era de origen sefardí, y que le dijo algunas palabras en ladino, estableciendo con él, en aquella ciudad remota de Estonia, en medio de tantos oficiales alemanes, la melancólica complicidad de una patria en secreto común.

Pero no es preciso inventar nada, ni añadir nada, para que esa mujer, su presencia y su voz, surja entre nosotros, se aparezca a mí en el restaurante donde mi amigo y yo conversamos rodeados de ruidos y de gente, de una niebla densa de palabras, vapor de comidas, cigarrillos, teléfonos móviles. Él, que no quiso ni pudo olvidarla en más de medio siglo, me la ha legado ahora, de su memoria la ha trasladado a mi imaginación, pero yo no quiero inventarle ni un origen ni un nombre, tal vez ni siquiera tengo derecho: no es un fantasma, ni un personaje de ficción, es alguien que pertenecía a la vida real tanto como yo, que tuvo un destino tan único como el mío aunque inimaginablemente más atroz,

una biografía que no puede ser suplantada por
la sombra bella y mentirosa de la literatura ni re-
ducida a un dato aritmético, una cifra ínfima en el
número inmenso de los muertos. Cincuenta y seis
años llevo acordándome de ella, y me pregunto
siempre si pudo sobrevivir, o si murió en uno de
esos campos de los que entonces no sabíamos nada, no porque funcionaran en un secreto absoluto, ya que eso es imposible, sería como mantener
en secreto el funcionamiento de la red ferroviaria
de un país entero, sino porque no estábamos dispuestos a saber, y cuando supimos aún no queríamos creer lo que ya no podía negarse, porque era
increíble, nos parecía que estaba fuera del orden
natural del mundo, y nos dábamos cuenta de que
nuestra ignorancia no nos hacía menos cómplices ni
menos culpables. Volví a Narva, treinta años después, cuando viajé por primera vez a Leningrado,
a un congreso de Psicología organizado por la Unes-
co. Me costó mucho, pero conseguí que me dieran
permiso para visitar la ciudad, aunque me pusieron un guía soviético que no me dejó a solas ni un
minuto. Ahora el nombre estaba escrito en la estación con caracteres cirílicos, y ya no existía el camino junto al río, porque habían construido un
barrio entero de esos bloques horrendos de color
cemento. Te parecerá absurdo, y a mí mismo me
lo parecía entonces, pero desde que llegué a Narva
miraba a todas las mujeres con el corazón en vilo,
como si fuera posible que me encontrara con ella,
y que la reconociese después de treinta años. No
buscaba a una mujer algo mayor que yo, una seño-

ra de más de sesenta años, sino a la misma pelirroja joven con la que había estado bailando aquella
noche, enamorándome de ella a cada minuto que
pasaba, muerto de deseo, tan excitado que me daba
mareo mirarla y me avergonzaba que ella pudiera
notar lo que me estaba pasando, o de que lo notara alguien más, a pesar de la tela tan recia del pantalón y la guerrera de mi uniforme alemán.

El guía o vigilante soviético miraba ostensi-
blemente el reloj y ponía cara de disgusto, le recordaba que tenían que volver enseguida a la estación, que no podían perder el tren de regreso a
Leningrado, pero él seguía caminando sin hacerle
caso, dejándolo unos pasos atrás, rápido y un poco encorvado, como andaba cuando hemos salido
del restaurante, mirándolo todo con sus ojos pequeños y sagaces, conmovido por la súbita irrealidad
del tiempo, porque habían pasado treinta años y
de pronto, al doblar una esquina, reconoció sin incertidumbre la plaza adoquinada y el palacio donde
se celebraba el baile, los raíles de los tranvías, que
tenían la misma sucia decrepitud de la fachada del
palacio, según el guía la sede de los sindicatos es-
tonios. No recordaba tantos cables colgando de un
lado a otro de la plaza, y desde luego no podría
haber recordado la estatua gigante de Lenin que había en el centro, en torno a la cual giraban los tranvías con sobresaltos de chatarra. Pero percibía el
filo helado y húmedo del aire, el olor del río que
no debía de estar muy lejos, mezclado a ese olor
general de col hervida y gasolina mal quemada que
le pareció el olor indeleble de la Unión Soviética.

Era verdad que el tiempo no existía: escuchaba los pasos de cientos de hombres sobre la tierra apisonada de un camino y el roce de las puntas del alambre espinoso, y una cara flaca y muy pálida se volvía hacia él, una mirada lo interpelaba de nuevo tras los cristales de unas gafas de pinza, alejándose muy poco a poco en el camino y en la lejanía de los años, en la distancia invencible entre los que murieron y los que se salvaron, los que ahora estaban bajo la tierra y los que caminaban sobre ella con la ligereza frívola de quienes no saben que a cualquier parte que vayan están pisando fosas comunes y sepulturas sin nombre.

Qué raro estar de pie en la parada de tranvías, enfrente del palacio, y verse a uno mismo tal como era treinta años atrás: porque no es que me acordara, dice mi amigo, literalmente me veía, como ves por sorpresa en la calle a alguien y te cuesta reconocerlo porque ha pasado mucho tiempo desde la última vez. Era como estar viendo a otro, tan joven, tan distinto a mí, un teniente de veintitrés años con uniforme alemán, y saber sin embargo que ese desconocido era yo mismo, porque yo podía sentir lo que él sentía en aquel momento, la excitación y el miedo de la espera, el temor a que apareciese su amigo el capitán y recelara de él o simplemente le dijera que tenía que acompañarlo al cuartel donde pasarían la noche. Porque antes de apartarse de él para bailar con un comandante de las SS ella le había dicho que dejara pasar una media hora y que la esperase al otro lado de la plaza, bajo la marquesina de la parada de tranvías. La vio alejarse entre las parejas que bailaban, abrazada ahora al hombre de uniforme negro que era más alto que ella, volviendo con disimulo la cabeza para buscarlo a él mientras le hablaba al otro. Tenía que darle tiempo a que halagara un poco a algunos amigos de su amante, que no había dejado de observarla y de vez en cuando le hacía signos secos y precisos, a que se despidiera de él diciéndole que no le hacía falta que la acompañara nadie a casa, porque vivía no muy lejos de allí, a dos paradas de tranvía. No te dejaré sola ni un momento, le había dicho él, no con temeridad, sino con la misma ausencia de incertidumbre y de miedo con que saltaba a veces sobre una trinchera sintiéndose inmune a las balas, exaltado y ligero, con una pistola en la mano, ronco de gritar órdenes a los soldados que avanzaban tras él, pisando el barro y las marañas de alambre y los bultos de cadáveres tirados en la tierra de nadie. No pienso dejarte sola, volvió a decirle, cuando ya la pieza que bailaban había terminado y ella intentaba desprenderse de él, porque el comandante de las SS esperaba su turno. Si quieres ayudarme haz lo que te he dicho, le pidió ella, mirándolo con una desesperación que le dilataba las pupilas, con anticipada lejanía, y sonriéndole enseguida al oficial alemán, que un momento antes de tomarla en sus brazos le hizo a mi amigo una educada inclinación de cabeza.

Treinta años después se vio de nuevo, desde el otro lado de la plaza, vio su propia figura solitaria junto a la parada de los tranvías y la claridad que

proyectaban, sobre los adoquines humedecidos por
la niebla, los ventanales del palacio donde seguía
celebrándose el baile, y escuchó muy debilitada la
música de la orquesta, y los pisotones que él mismo daba queriendo calentarse los pies, y que repetía el eco en el ancho espacio desierto. Era al mismo
tiempo el teniente joven que contaba los minutos
sobresaltándose de ilusión y desengaño cada vez
que se abría la puerta del palacio y el hombre de
cincuenta y tantos años que lo veía esperar, y sentía
la impaciencia gradualmente angustiosa de quien
no sabe lo que va a suceder el próximo minuto y
la piedad melancólica de verlo todo en el pasado,
de saber que el hombre joven continuará esperando
más de una hora, a cada minuto más aterido y de-
solado, y volverá al salón de baile en busca de la
mujer pelirroja, y ya no la verá, ni a ella ni al protector con el ampuloso traje negro, el único civil
entre tantos uniformes, ni tampoco al comandante de las SS que se inclinó tan ceremonioso ante él
cuando se la arrebataba. La estuvo buscando en la
pista de baile, y luego en una sala donde se servían
bebidas y canapés, y recorrió pasillos en los que no
había nadie y salones y bibliotecas iluminados por
grandes arañas de cristal.

Y ya no la vi más, dice, haciendo un gesto
con las dos manos alzadas, como para indicar algo
que se deshace en el aire. Se le ocurrió que tal vez
había salido sin que él la viera y ahora lo estaba esperando en la parada del tranvía, y que si no se daba
prisa ella iba a cansarse y se marcharía, y ya no le
sería posible averiguar su dirección. Pero en el ves-

tíbulo se encontró al capitán con el que había venido, que llevaba buscándolo mucho rato, le dijo, se había hecho muy tarde y tenían que marcharse al cuartel.

Ya no hay conversaciones ni teléfonos móviles a nuestro alrededor. Sin darnos cuenta nos hemos quedado los últimos en el restaurante. Un camarero le ayuda a mi amigo a ponerse el chaquetón azul marino, que le acentúa el gesto abrumado de los hombros. Viéndolo caminar delante de mí hacia la salida me acuerdo de lo que he olvidado mientras le escuchaba, que es un hombre de ochenta años. En la calle nos sorprende una luz rubia y prematura de atardecer, un punto tenue de humedad en el aire. Mi amigo se ofrece a llevarme a casa en el coche. Todavía disfruto mucho conduciendo, aunque de vez en cuando algún bruto de ésos se mete conmigo al verme tan viejo. «Anda, viejo, y vete a que te amortajen», me dijo el otro día uno en un semáforo. Yo le pregunté, «¿a que me amortajen vivo o muerto?», y el tío se puso colorado, subió la ventanilla y me adelantó con un acelerón. Las creencias son muy dañinas, si lo sabré yo, pero el problema es la especie, la nuestra. Somos primates agresivos, mucho más peligrosos que los gorilas o los chimpancés, llevamos la crueldad y el ansia de dominación en el cerebro, por no hablar de esa parte más antigua que es la de nuestros antepasados los reptiles. Todo está en Darwin, para nuestra desgracia. Y no me cuentes esa teoría de ahora, que para la evolución de la especie ha sido más útil el instinto de cooperación que la lucha por la vida y la supervivencia de los fuertes. Cooperan unos primates para aplastar a otros, y el que se queda fuera está condenado. Mira lo bien que cooperaban entre sí los nazis, y los comunistas, cuántos millones y millones de muertos han dejado unos y otros. Pero no sólo ellos, piensa en Bosnia, o en Ruanda, hace nada, ayer mismo, un millón de personas asesinadas en unos pocos meses, y no con los adelantos técnicos que tenían los alemanes, sino a machetazos y a palos. Quién sabe qué horrores estarán pasando en este mismo momento, mientras tú y yo charlamos. Yo ya no duermo mucho por las noches, me despierto y me quedo en la oscuridad esperando el amanecer, y entonces me acuerdo de todos los muertos que yo he visto, los que eran amigos míos o los desconocidos, todos los muertos que se quedaban pudriéndose en la tierra de nadie, entre nuestras líneas y las posiciones de los rusos, los muertos que veíamos en las cunetas de las carreteras según nos íbamos acercando al frente, o amontonados en camiones, tiesos por el frío. Es una pura casualidad que yo no fuese uno de ellos, y cuando estoy acostado, a oscuras, sabiendo que no me voy a dormir, sin ganas de encender la luz y coger un libro, me parece que los veo a todos, uno por uno, que se me quedan mirando como aquel judío de las gafas de pinza y me hablan, me dicen que si yo estoy vivo tengo la obligación de hablar por ellos, tengo que contar lo que les hicieron, no puedo quedarme sin hacer nada y dejar que les olviden, y que se pierda del todo lo poco que va quedando de ellos. No quedará nada cuando se haya extinguido mi generación, nadie que se acuerde, a no ser que algunos de vosotros repitáis lo que os hemos contado.

Pasamos frente al parque donde está el templo egipcio de Debod, y yo pienso que en ese mismo lugar estuvo el cuartel de la Montaña, y que también aquí caminamos sobre tumbas sin nombre y fosas comunes: recuerdo fotografías, filmaciones en blanco y negro de los primeros días de la guerra civil, cuando mi amigo era un chico de dieciséis años que estudiaba en el instituto griego y latín y alemán y se desvelaba por las noches leyendo a Nietzsche y a Rilke, a Juan Ramón Jiménez y a Ortega, y que de ninguna manera habría podido imaginarse que sólo unos años más tarde iba a ser condecorado como héroe de guerra. No muy lejos de donde nosotros estamos ahora, en esos jardines donde se levantan las ruinas de un templo egipcio y por los que pasean madres con niños y jubilados aprovechando el sol de la tarde, hubo hace más de sesenta años una explanada llena de muertos. En esta misma acera por la que mi amigo y yo caminamos caían las bombas durante el asedio franquista de Madrid.

Pero no le digo nada, solamente lo escucho, me habla de la fragilidad de las piernas cuando se pasa cierta edad y de la lentitud con la que llegan a la memoria ciertos recuerdos y nombres, por culpa del deterioro de los neurotransmisores. Cuando nos despedimos, en la puerta del edificio moderno donde vive (quizás el que había antes fue destruido en los bombardeos de la guerra), lo veo de espaldas mientras cruza el portal, camino del ascensor, encorvado y diligente, apenas con una sombra de torpeza en los movimientos. Si viviera, si vive, la mujer a la que mi amigo conoció y perdió en esa ciudad llamada Narva tendría noventa años. También yo me pregunto ahora lo mismo que él hubiera dado cualquier cosa por saber a lo largo de la mayor parte de su vida, si esa mujer se salvó, si ahora mismo, esta noche, en el momento justo en que escribo estas palabras, está en alguna parte, si se acuerda de un teniente muy joven con el que estuvo bailando una noche de enero de 1943.

Dime tu nombre

Permanecía inmóvil, esperando, dejaba pasar el tiempo, vivía observando las cosas detrás de una ventana, durante horas, en la oficina en la que sólo llegaba alguien a media mañana, emisarios del mundo exterior, en general artistas de segunda o tercera fila, poetas de la provincia en busca de un recital o de una subvención para publicar un libro de versos, gente que golpeaba medrosamente en la puerta y que podía permanecer horas en la pequeña antesala, aguardando un contrato o un pago, la oportunidad de una entrevista, de entregar un dossier mal fotocopiado que de algún modo llegaría, a través de mis manos, al gerente para quien yo trabajaba y de quien dependían las decisiones cruciales, que tardaban mucho tiempo en llegar, empantanadas con frecuencia en las lentitudes arcaicas de la administración, o simplemente retrasadas por negligencia o descuido, porque el gerente no miraba los documentos que yo dejaba encima de su mesa o a mí se me olvidara o me diera pereza tramitarlos, aletargado por la indolencia y la soledad en la oficina, ausente de mis propios actos y de las personas con las que trataba, siempre algo desenfocadas frente a mí, menos reales que las que habitaban mi imaginación o mis recuerdos, o ese espacio confuso de bruma en el que no estaban claros los límites entre lo recordado y lo inventado. En una carta de Franz Kafka reconocía los síntomas exactos de mi enfermedad, de mi absoluta desidia: *estaba como muerto, con una carencia absoluta de todo deseo de comunicación, como si no perteneciera a este mundo, pero tampoco a ningún otro; como si durante todos los años transcurridos hasta este momento sólo hubiera hecho mecánicamente lo que se deseaba de mí, esperando en realidad una voz que me llamara.*

Escribía cartas, las esperaba, y cuando recibía alguna y la contestaba rápida y tumultuosamente dejaba que pasaran unos días antes de regresar a la actitud de espera, porque sabía que la próxima carta iba a tardar en llegar al menos dos semanas, si no se retrasaba tanto como las decisiones inescrutables que aguardaban los solicitantes en la antesala de mi oficina. Los días siguientes a una nueva carta eran un tiempo neutro, en suspenso, porque en ellos tenía que apaciguarse la expectación, y también el miedo a que ya no viniera ninguna carta más. No obstante, también en esos días esperaba, de una manera atenuada, por la simple costumbre de esperar, y si entre las cartas y los documentos que traía cada mañana un ordenanza veía el filo listado de un sobre de correo aéreo surgía insensatamente un sobresalto de esperanza recobrada, aunque la última carta hubiera llegado sólo dos o tres días antes. *Pero esta avidez de cartas es insensata. ¿No basta acaso una sola, una sola certeza? Por supuesto que basta, y no obstante uno se tiende y bebe*

la carta y no sabe nada, salvo que no desea cesar nun-
ca de beberla.

Trabajaba solo, fuera del edificio principal
de la administración, en uno de los pisos que se
alquilaban para las nuevas oficinas, lugares provi-
sionales que siempre tenían algo de furtivos, casi
de clandestinos, muchas veces sin un escudo oficial
en la puerta, o sólo con un letrero improvisado, al final de pasillos estrechos o de escaleras empinadas,
muy cerca de la sede central pero de algún modo a
sus espaldas, en los callejones que la rodeaban, en
los que había tabernas antiguas y pequeñas tiendas, bodegas de borrachos turbios y tiendas en las
que no muchos años atrás se habían vendido con
disimulo condones y revistas obscenas. En los callejones tan angostos que apenas dejaban paso al
sol había siempre un ligero olor a alcantarilla, a penumbra húmeda, que se hacía más intenso en las
esquinas que daban a los últimos residuos de lo que
había sido el barrio de las putas, en otro tiempo un
laberinto que se llamó la Manigua, y ahora apenas
un par de callejas de las que a veces emergían sus
últimas supervivientes, mujeres viejas, gordas y pintadas o algunas jóvenes y lívidas, acuciadas por la
heroína, con los tacones torcidos y un cigarrillo cru-
zándoles la mancha roja de la boca, espectros al
fondo de portales lóbregos.

Permanecía inmóvil, sentado tras la mesa de
la oficina, esperando, y podían pasar horas sin que
llegara nadie, mañanas en las que sólo había una o
dos visitas, aparte de las del ordenanza o de algún

funcionario que entraba a pedirme algo, a consultar un expediente de mi archivo, en el que yo tenía guardados por orden alfabético los dossieres que me enviaban por correo o me entregaban los artistas, y en orden cronológico los informes de las actuaciones ya realizadas, en carpetas de color crema en las que lo conservaba escrupulosamente todo, el cartel del espectáculo, una entrada, los recortes de prensa, en caso de que hubiera alguno, el número de asistentes al acto, número que con cierta frecuencia era desalentador, según se correspondía con la envergadura y el atractivo más bien modestos de las actuaciones que yo me encargaba de programar, destinadas no a los escenarios importantes de la ciudad, sino a los centros culturales de los barrios, poco más que salones de actos escolares, o tablados al aire libre en plazuelas o parques durante los meses del verano, en los que también me correspondía organizar alguna verbena que siempre tenía añadido el adjetivo *popular* en los carteles que la anunciaban, verbenas con farolillos y conjuntos locales de rock, con tiovivos y tinglados de títeres.

La oficina ocupaba el ángulo más estrecho de un edificio triangular, que tenía una pastelería en la planta baja y una gestoría en el primer piso. De la pastelería llegan olores dulces y calientes de horno, de la gestoría una agitación de pasos, voces y teléfonos que contrastaban con la quietud silenciosa que reinaba en mi despacho la mayor parte del tiempo. Había dos ventanas, una que daba a la plaza del Carmen y otra a la calle Reyes Católicos, pero el portal estaba en un callejón estrecho y no muy transitado, de modo que no era fácil, al llegar cada mañana al trabajo, tener la sensación de que se llegaba a un perfecto observatorio secreto, tan propicio para el espionaje como para la huida. Entraba y salía sin que me viera nadie y desde las ventanas podía ver a quien pasara por aquella encrucijada céntrica de la ciudad, muchas veces conocidos míos a los que me atraía observar en esas actitudes de quien camina solo y no piensa que alguien puede estar mirándolo. Siempre me parecían desconocidos, personas distintas a las que yo trataba. Quién es de verdad el que va solo, provisionalmente desprendido de los lazos con otros, de la identidad que las miradas de otros le otorgan.

Como Manuel Azaña en su adolescencia de niño gordo y miope, yo quería ser el capitán Nemo. Era encerrado de ocho a tres entre aquellas paredes el capitán Nemo en su submarino y Robinson Crusoe en su isla, y también el Hombre Invisible y el detective Phillip Marlowe y el Bernardo Soares de Fernando Pessoa y cualquiera de los oficinistas de Franz Kafka, sombras de él mismo y de su trabajo en la compañía para la prevención de accidentes laborales en Praga. Me imaginaba que pertenecía igual que ellos a un linaje de desterrados secretos, extranjeros en el lugar donde han vivido siempre y fugitivos sedentarios que esconden su íntima rareza y su exilio congénito bajo una apariencia de perfecta normalidad, y que sentados en una mesa de oficina o recorriendo en autobús el camino hacia el trabajo pueden alcanzar resplande-

cientes iluminaciones de aventuras que no les su-
cederán, de viajes que no harán nunca. En su oficina del servicio de Aguas de Alejandría Constan-
tino Cavafis imagina la música que escuchó Marco
Antonio la noche anterior a su perdición definitiva, el cortejo de Dionisos que le abandona. En una
casa de comidas de Lisboa o en el recorrido de un
tranvía Fernando Pessoa mide pensativamente los
versos de un poema sobre un fastuoso viaje a Orien-
te en transatlántico. A un hotel de Turín llega un
hombre ensimismado y con gafas, apacible, bien
vestido, aunque con un punto de rareza que impide que parezca un viajante, se registra para esa sola
noche, y nadie sabe que es Cesare Pavese y que en
su equipaje mínimo hay una pistola con la que dentro de unas horas se quitará la vida. Yo imaginaba
el suicidio con detallismo morboso y suponía lite-
rariamente que pegarse un tiro o dejarse matar despacio por el alcohol eran formas radicales de heroísmo. Veía a los borrachos terminales en las tabernas
sombrías de los callejones sintiendo una mezcla
sórdida de atracción y rechazo, como si cada uno
de ellos escondiera una verdad terrible cuyo precio
fuese la autodestrucción. Me cruzaba con hombres
de mirada huraña y ademanes de perturbados y me
imaginaba a Baudelaire en los delirios finales de
su vida, extraviado en Bruselas o en París, y a Soren
Kierkegaard, peregrino y náufrago en las calles de
Copenhague, urdiendo diatribas bíblicas contra
sus paisanos y sus semejantes, escribiendo mentalmente cartas de amor a una mujer, Regina Olsen,
de la que se había apartado tal vez muerto de miedo

cuando ya estaba comprometido con ella, y a la que sin embargo no perdonaba después que se casara con otro hombre. Encerrado en mi oficina leía cartas y diarios y cuadernos de notas de Soren Kierkegaard, y aprendía en Pascal que los hombres casi nunca viven en el presente, sino en el recuerdo del pasado o en el deseo o el miedo del porvenir, y que todas las desgracias le sobrevienen al hombre por no saber quedarse solo en su habitación.

¿Le llegaban a Kafka las cartas de Milena a su domicilio familiar o prefería recibirlas en la oficina? Él le mandaba a ella las suyas a la lista de correos de Viena, para que no las viera su marido. Leyendo tantos libros yo no sabía de verdad nada. No sabía que Milena Jesenska era algo más que la sombra a la que se dirigen las cartas de Kafka o que transita a veces por las páginas de su diario, sino una mujer valerosa y real que se labró obstinadamente su destino en contra de las circunstancias hostiles y de un padre tiránico, escribió libros y artículos a favor de la emancipación humana y amó pasionalmente a varios hombres, que siguió escribiendo con gallardía temeraria cuando los nazis ya estaban en Praga y fue detenida y enviada a un campo de exterminio, donde murió el 17 de mayo de 1944, veintidós años después que el hombre cuyas cartas leía yo en mi oficina, y que tal vez habría muerto en la cámara de gas, igual que sus tres hermanas mayores, si no lo hubiera matado la tuberculosis.

Vivía rodeado de sombras que suplantaban a las personas reales y me importaban más que ellas y paladeaba nombres de ciudades en las que no había estado, Praga o Lisboa, o Tánger, o Copenhague, o Nueva York, de donde me llegaban las cartas, mi nombre y la dirección de esa oficina escritos en los sobres con una caligrafía que nada más verla era para mí no sólo el anticipo sino también la sustancia de la felicidad. Guardaba en un cajón de mi mesa las *Cartas a Milena,* y a veces lo llevaba conmigo en el bolsillo para el viaje en autobús. Alimentaba mi amor de la ausencia de la mujer amada y de los ejemplos de amores fracasados o imposibles que había conocido en el cine y en los libros. *Mano dispensadora de la felicidad,* dice Franz Kafka en una carta de la mano de Milena, y esa mano de una mujer que yo entonces no sabía que había muerto en un campo de exterminio era también la mano recordada y ausente que escribía mi nombre en los sobres llegados de América.

Vivía escondido en las palabras escritas, libros o cartas o borradores de cosas que nunca llegaban a existir, y fuera de aquel ensueño, de aquella oficina que concordaba conmigo más que mi propia casa y era, de una manera rara y oblicua, mi domicilio íntimo, no sólo el lugar donde trabajaba y donde recibía cartas, fuera de mis imaginaciones y del espacio desastrado y más bien vacío que limitaban sus paredes, el mundo era una niebla confusa, una ciudad que yo veía tan desde fuera como si no viviese en ella, igual que hacía mi trabajo con tanta indiferencia como si en realidad no fuera yo quien se ocupara de él. Mi vida era lo que no me sucedía, mi amor una mujer que estaba muy lejos y quizás no volviera, mi verdadero oficio una pasión a la que en realidad no me dedicaba, aunque me llenase tantas horas, aunque hubiera empezado a publicar con seudónimo algún artículo en el periódico local, teniendo luego la sensación de que era una carta dirigida a nadie, si acaso a unos pocos lectores tan aislados como yo en nuestra provincia melancólica, en nuestra rancia lejanía de todo, de la verdadera vida y de la realidad que contaban los periódicos de Madrid, en los que la gente parecía existir con más fuerza indudable que nosotros.

Leía en Pascal: *Mundos enteros nos ignoran.* Leía tan ansiosamente, con la misma voluntad de ceguera y amnesia con que aspira la pipa de opio Robert de Niro en aquella película de Sergio Leone que se estrenó entonces, *Érase una vez en América.* Emergía tan trastornado de los libros como de las películas, como cuando se sale de la oscuridad del cine y aún hace sol en la calle. Algunas tardes aceptaba compromisos laborales a los que en realidad no estaba obligado o inventaba pretextos para irme unas horas a la oficina, y me quedaba allí, sentado tras la mesa, mirando hacia la puerta que daba a la pequeña antesala, imaginándome que era un detective privado, tan puerilmente, casi a los treinta años, como me imaginaba cuando tenía doce que era el Conde de Montecristo o Jim Hawkins, o se me iba el tiempo observando la calle, sin peligro de que nadie me viera desde abajo o ninguna visita viniera a interrumpirme. Había leído en Flaubert: *Todo hombre guarda en su corazón una cáma-*

ra real; yo he sellado la mía. Tenía la cabeza llena
de frases de libros, de películas o de canciones, y
sentía que en esas palabras y en las de las cartas estaba mi único consuelo posible contra el destierro
en el que me hallaba confinado. Leía el diario de
Pavese, envenenándome de su nihilismo maléfico
y su torpe misoginia, que yo tomaba por lucidez,
igual que a veces tomaba por clarividencia y entusiasmo los efectos de un exceso de alcohol. *Vendrá
la muerte y tendrá tus ojos.* Leía como fuma el opió-
mano y como bebe el alcohólico, con una voluntad metódica de enajenación. Escribir y leer era ir
tejiendo a mi alrededor los hilos del capullo protector y sofocante en el que me envolvía, mi vesti-
dura y mi pócima de hombre invisible, escaparme
inmóvil por un túnel que nadie podría descubrir,
arañando la pared de la celda con la misma paciencia que Edmundo Dantés en *El conde de Montecristo.* La línea azul de tinta de la pluma era el hilo
de seda que segregaba sin descanso para ir escon-
diéndome, para irme inventando a mi alrededor
un mundo que no existía, habitado por hombres y
mujeres casi del todo imaginarios, que me suavi-
zaba el trato áspero con la realidad. El roce leve de
la pluma sobre el papel, los golpes de las teclas en la
máquina de escribir, que era todavía mecánica y
muy ruidosa, como las máquinas de escribir de los
escritores fabulosos del cine, las que uno imaginaba que usarían Chandler o Hammett, héroes lite-
rarios y glorificados borrachos de la época, a los que
yo reverenciaba con esa vulgaridad que nos vuelve
idénticos a nuestros contemporáneos, permitién-

donos a la vez sentirnos originales e insobornables solitarios. Sueños de alcohol y humo de tabaco de los años ochenta, tan bochornosos retrospectivamente como una gran parte de mi existencia enajenada de entonces, tan lejanos como el recuerdo de aquella oficina y el de la mujer a la que le escribía las cartas, sin darme cuenta de que la quería no a pesar de que viviera al otro lado del océano y con otro hombre, sino precisamente por eso, porque mi amor estaba hecho de la distancia y de la imposibilidad, y si aquella mujer hubiera vuelto dejándolo todo y se hubiera ofrecido a irse conmigo tal vez yo me habría quedado paralizado, aterrado, y habría huido de ella como es posible que retrocediera Franz Kafka ante la pasión decidida y terrenal de Milena Jesenska, prefiriendo el refugio de las cartas, la absolución y el refugio de la lejanía.

No había placa ni indicación alguna de que en el edificio se encontraba una dependencia oficial, ni siquiera un letrero en el buzón. Todo seguía sus lentos pasos administrativos, y hasta que el negociado de Régimen interior instalase el escudo oportuno junto a la entrada y sobre la puerta de la oficina pasarían muchos meses, si no era que con la precariedad caprichosa con que sucedía todo se producía inesperadamente el traslado a otro lugar, otro piso alquilado en las proximidades o algún despacho vacante en el edificio principal, y había que empezar a instalarse de nuevo, la mesa y el armario metálico con los expedientes y la máquina de escribir, las carpetas de borradores que nunca alcanzaban una forma definitiva, o satisfactoria, los libros que llenaban las horas de espera y ensueño perezoso, las cartas guardadas bajo llave en un cajón, releídas con la parsimonia necesaria para que su efecto no se atenuara, para que no fuese tan largo el tiempo de espera hasta la carta próxima.

Era una vida desmedulada de presente: pasado y porvenir, y un paréntesis en medio, un espacio vacío, como los espacios que separan las palabras escritas, el golpe automático de pulgar en la barra larga de la máquina, la línea que separa dos fechas en un calendario, el tiempo mínimo que transcurre entre dos latidos del corazón. Habitaba en pasados ilusorios o lejanos y en porvenires quiméricos, en el instante en que llegó la carta anterior entre los sobres vulgares y administrativos de la bandeja del correo y la hora o el día futuro en que vería el filo de una nueva carta, distinguiéndolo desde lejos, desde el momento en que aparecía en la puerta el ordenanza con la gran carpeta de la correspondencia bajo el brazo, inconsciente del tesoro que me traía.

La vida real estaba en un plano alejado, como un diorama al fondo de un escenario. La vida real y el tiempo presente eran justo el ámbito de la espera, el espacio de separación entre lo recordado y lo anhelado, un espacio tan despojado y neutro como la pequeña sala donde a veces esperaba alguien para que yo lo recibiera, un solicitante en espera de un contrato para una actuación o de una entrevista con alguno de mis superiores, a ser posible el gerente, que era el que tomaba las decisiones y al que yo sometía mis informes, pero que muy rara vez aparecía por la oficina, dedicado a tareas de más importancia y representación en el edificio principal, donde tenía su propio despacho, y donde recibía a las personalidades relevantes de visita en la ciudad, a los artistas de primera fila cuyas actuaciones se programaban en el teatro central o en el gran auditorio: gerentes de compañías catalanas de teatro de vanguardia, solistas célebres, directores de orquesta.

A primera hora de la mañana yo buscaba en la página de cultura del periódico las noticias de la llegada de esas personalidades, las entrevistas y las fotos que les hacían, con frecuencia estrechando la mano de alguno de mis superiores, sobre todo el gerente, que sonreía tanto en ellas, en posición inclinada hacia la celebridad, para estar seguro de que no quedaba fuera del encuadre. Las recortaba y las guardaba en una carpeta, pegando el recorte sobre una cartulina, al pie de la cual había mecanografiado la ocasión y la fecha.

Los artistas a los que yo contrataba no solían ocupar más que un pequeño recuadro en alguna esquina poco llamativa del periódico, sueltos anónimos o firmados con unas iniciales, algunas veces las mías, porque más de una vez el redactor de turno reproducía la nota que yo había enviado a la sección de cultura. Teatreros se llamaban muchos de ellos a sí mismos, y a mí esa palabra me repelía un poco, me hacía recordar las artes menesterosas con que interpretaban, la pobreza de sus vestuarios y sus decorados, la roma espontaneidad de sus espectáculos, en los que parecía que perduraba la penuria y la chapuza de los comicastros ambulantes de otras épocas, sólo que ahora renovada de mugre hippy, de recuelos y saldos de creación y participación colectiva, de comunas decrépitas. Se pintaban las caras de payasos y se vestían de harapos y tocaban el tambor o saltaban sobre zancos en sus desfiles de teatro de calle. Las mujeres vestían mallas sudadas y no se afeitaban las axilas, y se comportaban con un pudor sin sensualidad que a mí me producía desagrado físico. Se les pagaba poco, porque los presupuestos que yo manejaba eran muy bajos, y además tardaban mucho tiempo en cobrar, y se presentaban cada mañana en mi oficina, escuchaban mis explicaciones sin entenderlas mucho, y tal vez sin creerlas, todos los trámites que era preciso completar, la peregrinación misteriosa de los papeles de unos despachos a otros, de Secretaría a Intervención y a Depositaría, las dilaciones, los descuidos y negligencias, en los que yo mismo incurría, y que podía suponer una o dos semanas más de espera, justificada por embustes en los que poco a poco me había vuelto experto: me han dicho en Secretaría que hoy mismo pasan a la firma el libramiento de pago, mañana sin falta me ocupo yo de abreviar el trámite en Intervención.

Esperaban, igual que yo, vivían en el tiempo en blanco, en la pequeña antesala de mi oficina, inhóspita y pobre como la de un médico de reputación turbia, o la de uno de esos detectives de las novelas, esperaban a ser contratados o simplemente recibidos o a que les pagaran, traían sus dossieres, sus fotocopias confusas, sus mediocres o inventados currículos, y a mí, sin que me importara nada, ni ellos ni sus vidas ni sus espectáculos ni mi trabajo, me correspondía darles aliento o inventar dilaciones, inventar excusas para el retraso en una decisión, en un contrato o en un pago, sugerir nuevos procedimientos administrativos que ellos no iban a seguir, ya que ni siquiera entendían el lenguaje en que yo se los explicaba. Había un poeta gitano de pelambre blanca y rizada y patillas de hacha que aseguraba haber traducido al caló las obras completas de García Lorca y parte del Nuevo Testamento, y para demostrarlo llevaba consigo el manuscrito entero de su traducción en un gran cartapacio, pero sólo lo abría un instante y me mostraba con recelo la primera página, porque tenía miedo a ser plagiado o robado, y se negaba a dejar en mi oficina el mazo de folios al que venía dedicándole su vida por miedo a que se extraviara en ella, entre tantos papeles, o a que se declarase un incendio en el horno de la pastelería de la planta baja y ardiese su Lorca en romaní. Le dije que por qué no me dejaba una fotocopia, y que a él mismo le convenía tener otra, en previsión de una pérdida del original, pero tampoco se fiaba de los empleados de las fotocopiadoras, que en un descuido podían quemarle las páginas de su libro, o que sin él darse cuenta podían hacer otra copia y venderla, o publicarla firmada con otro nombre. No, él no podía desprenderse de su manuscrito, que llevaba muy apretado entre los brazos cuando se sentaba al otro lado de mi mesa o esperaba en la antesala a que llegara el gerente, y no podía descansar hasta que no estuviera publicado, con su nombre en letras bien grandes en la portada, y su foto en la contracubierta, para que no cupiera la menor duda sobre la identidad del autor, la cara de gitano de grabado o de daguerrotipo romántico que todo el mundo conocía en la ciudad.

Aún la veo claramente en el recuerdo, la cara rústica y morena y la pelambre blanca, y de pronto surge un pormenor inesperado, los grandes anillos de plomo o de hierro que el traductor romaní llevaba en las manos, y que acentuaban el peso con que las dos manos caían sobre el cristal de mi mesa o sobre la gran carpeta hinchada de folios manuscritos que aquel hombre estaba siempre defendiendo contra el mundo, contra la adversidad y el robo, contra la indiferencia y la lentitud administrativa que se encontraba cada día, sentado en la antesala con la carpeta sobre las rodillas, o deambulando por los alrededores del edificio principal con la esperanza de sorprender al gerente, o incluso a algún superior de máxima envergadura, y de lograr así, al asalto y en medio de la calle, lo que la espera paciente nunca le deparaba, la entrevista en la que le sería concedido el dinero necesario para publicar su obra magna, o al menos una parte, quizás el *Romancero gitano*, que él me recitaba primero en castellano y luego en romaní, cerrando los ojos y apretando los párpados, adelantando la mano derecha con el índice extendido, como un cantaor en trance.

Yo lo veía desde mi ventana, como veía a tanta gente, hombres y mujeres, conocidos y desconocidos, figuras que pasaban por el diorama irreal de mi vida en aquel tiempo, lo veía cruzar el paso de peatones con ademán resuelto y con su carpeta apretada entre los brazos, como para que un golpe de viento o un ladrón no se la arrebataran, y de algún modo ese hombre que yo distinguía entre la multitud y cuyos movimientos y gestos podía predecir desde mi observatorio no era el mismo que unos minutos más tarde entraba en mi oficina y me preguntaba si yo creía que esa mañana vendría el gerente.

Yo fingía hacerle caso, y luego fingía que estaba muy ocupado, que ordenaba recortes o expedientes sobre la mesa o cotejaba cifras en un informe económico. Quería quedarme solo cuanto antes, regresar al libro o a la carta que la visita había interrumpido, y la impaciencia poco a poco se me convertía en irritación, aunque intentaba contenerla. No, esta mañana ya no vendrá el gerente, me ha llamado para que cancele todas sus citas porque está en una reunión muy importante, y el hombre cerraba de nuevo su carpeta, se ponía en pie apretándola entre las grandes manos de albañil o de herrero, decoradas con anillos como de un rudo esplendor asiático, y un minuto después de que hubiera salido de la oficina yo lo veía cruzar la calle ensimismado y un poco más lento que cuando lo vi venir, pero igual de decidido, concediéndose un plazo más de espera sin rendirse al desánimo, quizás recitándose en la imaginación alborotada versos de Lorca y sermones evangélicos en castellano y romaní: pero ahora pienso, de pronto, justo mientras escribo, que aquel hombre no estaba más enajenado que yo mismo, y me pregunto cómo habría podido verme alguien que me observara entonces desde una ventana sin que yo lo advirtiese, mientras caminaba por esas mismas calles tan intoxicado de palabras y quimeras como el poeta calé, la figura de un conocido que a esa distancia se vuelve un extraño y apenas ve lo que tiene a su alrededor, la ciudad habitada de fantasmas turbios del deseo y de los libros. No veían a Phillip Marlowe, ni al Hombre Invisible, ni a Franz Kafka, ni a Bernardo Soares: sólo a un empleado serio y vulgar de unos treinta años que todos los días sale de la oficina a la misma hora y lee un libro en la parada del autobús, a veces mientras anda por la calle, y cada cierto tiempo, una vez a la semana, desliza una carta en el buzón de *Extranjero-Urgente* que hay en un lateral del edificio de Correos.

Alguien aguarda ahora en la antesala, me pide permiso ceremoniosamente para pasar a mi despacho. Yo escondo en el cajón la carta o el libro que estaba leyendo. De todas las caras y los nombres de entonces, borrados desde hace mucho tiempo, surge una figura, ya sin nombre, y después otra que lo conserva intacto. Imágenes separadas, como fotogramas de dos historias distintas, pero las dos, al principio, instaladas en el mismo lugar y en la misma actitud, en la penumbra de la antesala mustia donde esperan horas o días los solicitantes. Primero un hombre, y luego una mujer, y tras esa precisión viene otra, la de los dos acentos diversos con los que me hablan. Escucho en el silencio en que sólo suena el teclado, veo como cerrando los ojos, aunque los tengo abiertos frente a la pantalla en la que las palabras surgen casi con la misma impremeditación con que aparecen las imágenes: la mujer no está sola, tiene un niño en brazos, o sentado en las rodillas, porque no es un bebé, sino un niño de dos o tres años. Qué suerte, me dice ella, que habla con un acento del Río de la Plata, montevideano o porteño, me alegro tanto de que él no pueda recordar.

El hombre habla un español meticuloso y un poco rígido, que aprendió en su país, ya no me acuerdo si Rumanía o Bulgaria, cuando era adolescente y se imaginaba España no como un país real, sino como un reino fabuloso de la literatura y de la música, sobre todo de la música, las piezas de inspiración española que iba estudiando en el conservatorio, en su lejana edad de niño prodigio, cuando asombraba a sus profesores tocando de memoria al piano pasajes difíciles de Albéniz, de Falla o Debussy, invocaciones de jardines a la luz de la Luna y de palacios musulmanes con resplandores de pedrería y rumores de fuentes. Leía traducciones de Washington Irving y escuchaba y aprendía rápidamente a tocar la *Rapsodia española,* de Ravel y el *Atardecer en Granada,* de Debussy, que no había visto la ciudad cuando escribió esa música, me contó el pianista, y que en realidad nunca viajó a España, teniéndola tan cerca y habiendo escrito tanta música en que la invocaba. Me dijo que la primera vez que se paseó por la Alhambra, después de escapar de su país, esa música de Debussy iba sonando exactamente en su imaginación, y que le parecía que reconocía las cosas según iba viéndolas, que se las habían anticipado no las fotografías ni los grabados de los libros sino las tenues notas del piano.

Al principio fue un solicitante como cualquier otro, aunque algo mejor vestido, con modales más correctos, tan meticulosos como su manejo de la lengua española, alguien que aguardaba en la media luz de la antesala, hojeando una revista sobre la mesa baja, como si estuviera en la sala de espera de un médico. También traía su dossier, su carpeta de recortes y fotocopias, pero la tenía más organizada de lo que era normal, como con un acabado más perfecto, las hojas protegidas por fundas de plástico, algunas con fotos y programas en color de recitales por ciudades del centro de Europa, algunas veces con los textos en caracteres cirílicos. En la portada del dossier estaba su foto a gran tamaño, una foto profesional de artista, aunque algo anticuada, una versión más joven y fornida del hombre que yo tenía ante mí, con el pelo largo de impetuoso concertista romántico, con un frac muy ceñido, el codo apoyado en la tapa de un piano, la mano en la mejilla y el dedo índice en la frente, en una actitud de ensoñación, de consumado virtuosismo. O tal vez estoy recordando la portada del disco de música española que había publicado en el momento más prometedor de su carrera, y que se empeñó en regalarme aunque previamente me había dicho que le quedaban muy pocos ejemplares, porque todos sus discos y sus libros, todo lo escaso y valioso que tenía, salvo sus credenciales de músico, todo lo había dejado atrás al marcharse, al otro lado de la frontera que entonces dividía Europa y parecía que iba a durar siempre. No deserté, no me escapé, decía: me fui, como se dice en español, y ponía mucho cuidado al enunciar el giro castizo, *porque me dio la real de la gana,* porque no quería pasarme el resto de mi vida obedeciendo, temiendo que mi vecino o mi colega fuera un espía o que hubiera micrófonos ocultos hasta en el camerino del auditorio donde iba a tocar. Pero no fue por un impulso de disidencia política, aseguraba, sentado en mi despacho, mientras yo deseaba que se fuera para quedarme otra vez solo y él hacía tiempo por si esa mañana llegaba el gerente: ¿Sabe por qué me fui de verdad, por qué no soportaba más vivir en mi país? Por aburrimiento. Porque todo era siempre igual, la cara del jefe del gobierno en todos los carteles y en todos los periódicos y en la televisión y su voz en la radio, y porque todo era muy difícil, y muchas veces imposible, las cosas que para ustedes en Occidente son normales, comprar un bote de champú o buscar un número de teléfono en la guía. En mi país no hay guías de teléfono, y es dificilísimo conseguir una fotocopia, o un permiso para viajar al extranjero, y si intentas introducir una máquina de escribir te la confiscan en la aduana y además te ponen en la lista de

los sospechosos. Pero qué digo de mi país. Mi país
ahora es España.

Dejó a un lado el dossier, asegurándose de
que abrochaba bien el álbum para que no se saliera ninguna fotografía, programa o recorte, buscó
en el interior su chaqueta demasiado ceñida —de
terciopelo, me acuerdo ahora, con las solapas muy
anchas, como de un dandismo obsoleto o erróneo,
una chaqueta más de cantante melódico que de pianista—, y por un momento se le puso cara de alarma y palpó todos los bolsillos, mirándome con una
sonrisa de embarazo y disculpa, como si yo fuera
un policía que le hubiera pedido la documentación:
fueron sólo unos segundos, porque enseguida los
dedos ansiosos tocaron lo que buscaban, las tapas
flexibles de un pasaporte tan cuidado que parecía
nuevo, igual que el carnet de identidad que me enseñó a continuación el pianista, con su foto en color
bajo el plástico liso y su raro nombre rumano o esla-
vo que ya he olvidado.

Sus dedos largos y pálidos tocaban esos documentos con delicada reverencia, con el asombro incrédulo de que de verdad existieran, con la
incertidumbre de que pudieran perderse. Tantos
años viviendo en un país del que sólo deseaba irse
y visitar otro que él sólo conocía por los libros y la
música, por los nombres sonoros de las partituras
que aprendía sin ninguna dificultad en el Conservatorio, tanto miedo en vísperas de la decisión final, cuando saltó por la ventana del lavabo de un
camerino para que no lo vieran sus compañeros de
gira por España ni los agentes de la policía política

que los vigilaban, tanto tiempo esperando, haciendo declaraciones en despachos policiales y presentando papeles, viviendo en albergues de la Cruz Roja o en pensiones ínfimas, con el miedo permanente a ser expulsados o, peor aún, repatriado, qué horrorosa palabra, me dijo, sin dinero, sin identidad, en tierra de nadie, entre la vida de la que había escapado y la que no llegaba a empezar, despojado de las seguridades y privilegios que disfrutó como pianista de renombre en su país, inseguro sobre las expectativas de emprender aquí una nueva carrera, siendo un desconocido.

La expresión deslumbrada de quien sostuvo mucho tiempo un sueño y logró realizarlo contrastaba en su cara, en su mirada, en su presencia general, con los síntomas de una melancólica y gradual capitulación ante las adversidades de la realidad que trajo consigo el cumplimiento del sueño. Había sido un niño prodigio en el conservatorio de Bucarest o de Sofía, y su colección de recortes y programas atestiguaba una carrera distinguida por salas de conciertos del este de Europa. Pero ahora perdía mañanas enteras en la antesala de mi oficina aguardando la decisión sobre un contrato que le garantizaría, como máximo, dos o tres actuaciones en centros culturales de la periferia, en salones de actos con mala acústica y pianos mediocres y mal afinados.

No se permitía el desánimo, y si entraba en mi oficina y yo le decía que el gerente no iba a venir o que aún no estaban empezados los trámites para su contratación, me sonreía débilmente y me daba las gracias e inclinaba la cabeza antes de salir con una mezcla de antigua cortesía centroeuropea y de rigidez comunista, con un instinto de obediencia medrosa a cualquier funcionario que tal vez ya no perdería nunca. Era un hombre joven, menudo, que en el recuerdo ya muy débil se me presenta parecido a Roman Polanski: seguramente ya no era joven, pero conservaba, igual que Polanski en las fotos, un aire invariable de juventud, una especie de viveza fugitiva en la mirada y en los ademanes, que a una cierta distancia borraban los signos de la edad ya muy marcados en los rasgos.

Daba clases particulares, buscaba y aceptaba conciertos casi en cualquier parte, cobrando muy poco, cachets a veces tan bajos que cuando hacía cuentas se decía a sí mismo, con uno de esos giros españoles que le gustaban tanto, *lo comido por lo servido.* Pero también se decía, *menos da una piedra,* y *más vale pájaro en mano que ciento volando,* en su concienzudo español aprendido apasionadamente en una capital de tranvías decrépitos, de inviernos larguísimos y noches prematuras, hablado a solas con una íntima felicidad de escapatoria y rebeldía, con la conciencia de que al estudiar esa lengua estaba anticipando un atributo necesario y tangible del sueño que le alimentaba la vida, igual que al aprender a tocar en el piano los pasajes más difíciles de la suite *Iberia* de Albéniz o la *Rapsodia española* de Ravel. Y ahora, aunque veía que los frutos de su sueño cumplido eran tan mezquinos, porque en España no contaban para nada los méritos de su antigua carrera de virtuoso del piano, y tenía que actuar, las raras veces que lograba un contrato, en sitios lamentables, aunque se veía en su ropa decente y gastada que vivía bajo el agobio constante de la necesidad, aun así no se permitía a sí mismo rendirse al desaliento, y seguía mostrando un entusiasmo agradecido por todas las cosas de su nuevo país, una felicidad que vista desde fuera parecía algo patética, como la de un enamorado al que sabemos que su amante desdeña o maltrata y sin embargo sigue conservando hacia ella una devoción ilimitada, fuera de proporción con los dones tan escasos que recibe.

He olvidado tantas cosas de entonces, las he querido borrar de mi memoria para que no me la infectaran de remordimiento y vergüenza, de disgusto de mí mismo. Pero ahora me acuerdo de algo que me contó ese hombre, el pianista búlgaro o rumano, no sé si en mi oficina o en uno de los bares de los callejones donde desayunábamos los empleados de baja graduación, quizás una vez que se empeñó en invitarme a un café o a una caña, para celebrar modestamente que por fin le habían contratado un concierto, o que lo había cobrado después de días o semanas de tortuosas dilaciones administrativas.

Volvía a España desde París, en un tren nocturno que llegó al amanecer a la frontera de Irún. Era la primera vez que viajaba con su nueva documentación española. Había participado en un festival benéfico de artistas de su país en el exilio. No pudo dormir en toda la noche, por culpa de la incomodidad del asiento de segunda, agravada por la descortesía de los viajeros y los revisores franceses, que casi en cada estación le forzaban a levantarse, porque su billete era el más barato y no tenía derecho a reserva. Pero estaba nervioso, sobre todo, porque era la primera vez que iba a entrar en España con su nueva documentación, el pasaporte y el carnet de identidad que le habían entregado muy poco tiempo antes. En el departamento a oscuras, entre los pasajeros que roncaban, se palpaba los bolsillos de la chaqueta y del abrigo buscando una y otra vez su billete, su pasaporte, su carnet de identidad, y cada vez le parecía que los había perdido, o que tenía un documento y le faltaba otro, y cuando los encontraba volvía a guardarlos en un sitio que le parecía más seguro, el interior de un forro o un bolsillo con cremallera de su bolsa de viaje, pero ese nuevo escondite era tan improbable que se le olvidaba si se quedaba un rato vencido por el sueño. Abría los ojos con un sobresalto, buscaba sus papeles y ahora sí que estaba seguro de haberlos perdido, o de que uno de esos ladrones que rondan los trenes nocturnos se lo habría robado. Recordaba las horas de angustia y miedo en los puestos fronterizos de los países comunistas, la revisión lentísima de papeles y los signos de alarma cuando estaba a punto de cruzar una frontera y parecía que un defecto burocrático en algún documento lo iba a dejar atrapado. Decidió no volver a dormirse, guardar todos los papeles juntos en un solo bolsillo y no volver a moverlos y ni siquiera a tocarlos. Intentaba averiguar la hora a la escasa luz violeta encendida en el techo del vagón y en las paradas se fijaba en los nombres de las estaciones queriendo calcular cuánto faltaba todavía para Irún, impaciente por llegar y también asustado, más nervioso según el tren parecía que aumentaba la velocidad al aproximarse a la frontera. Tenía, como tantas veces en su vida, la sensación de no compartir la normalidad de las personas que le rodeaban, los viajeros españoles o franceses que dormían con toda tranquilidad en el departamento, seguros del orden de las cosas, perfectamente instalados en el mundo, a diferencia de él, que siempre había tendido a sentirse un intruso, y a no dar nada por garantizado y temer siempre que sobreviniera lo imprevisto.

Derrotado por el cansancio de la noche en vela se había dormido por completo cuando el tren se detuvo con gran ruido de frenos. Abrió los ojos y al principio, todavía atrapado por las ligaduras de un mal sueño, pensó que el tren había llegado a la frontera de su antiguo país, y que los guardias de uniformes grises lo detendrían en cuanto vieran que no llevaba consigo los documentos de identidad adecuados, el pasaporte viejo que también me enseñó, una reliquia del negro pasado, la prueba material de que había existido.

Bajó del tren apretando muy fuerte en una mano su bolsa de viaje y en la otra su pasaporte español. Previamente se había asegurado de que llevaba bien accesibles en el bolsillo todos los documentos del proceso de nacionalización, por si le hacía falta presentarlos. Se puso en la cola, en el lado español de la frontera, delante de la cabina donde había dos guardias civiles con cara de aburrimiento o de sueño. Usted no se lo creerá, porque en toda su vida habrá tenido miedo en una frontera, pero a mí me temblaban las piernas, y cuando fui a decirles buenos días a los guardias noté que se me había secado la saliva. Entonces, cuando se acercaba a la cabina con la boca seca y las palmas de las manos sudadas, con una sensación creciente de flojera en las piernas, ocurrió lo que aún seguía recordando con asombro y gratitud, lo que ningún otro viajero se habría parado a advertir. Miraba a uno de los guardias al acercarse a él, y le parecía que el guardia le devolvía una mirada de sospecha o recelo. Pero se armó de valor, como aquella otra vez que había saltado por la ventana de un lavabo, y adelantó con la máxima naturalidad que le fue posible el pasaporte, abierto cuidadosamente por la página en la que estaba su foto, preparado para dar explicaciones sobre la discordancia entre su nacionalidad y su nombre, para aportar rápidamente la documentación necesaria. Pero el guardia, sin mirar siquiera el pasaporte, sin fijarse en su cara, le hizo un gesto de urgencia con la mano, le dijo que pasara con una cierta rudeza española, y ese gesto de la mano y las dos palabras ásperas que le dijo el guardia civil le parecieron la bienvenida más hermosa que había recibido nunca, la señal indudable de su ciudadanía. Imitaba ante mí el ademán del guardia con su mano delgada y blanca de músico, todavía agradecido, maravillado del regalo que ninguno de los demás pasajeros amodorrados del tren habría sabido apreciar, repitiendo como un conjuro las palabras del guardia, *venga, pase, joder,* la jota fuerte que tanto le costaba imitar, y que pronunciaba con pulcritud y orgullo, como cada una de las palabras de la lengua que ahora no era ya la de los libros y los ensueños de la imaginación, sino la de su vida práctica y diaria.

Aparecían y desaparecían las caras de los desconocidos, en la sala de espera, o al otro lado de la mesa de mi oficina, y yo solía mirarlas con tan poca atención como escuchaba sus palabras, peticiones o exigencias de cosas que no estaba en mi mano conceder, y que no me importaban nada, aunque había aprendido a poner un gesto como de escuchar muy cuidadosamente, profesionalmente, tomando notas a veces, o fingiéndolo, dibujando monigotes o signos en la hoja en blanco que tenía delante de mí, en el interior de una carpeta de expediente, mientras informaba sobre trámites necesarios, inventaba explicaciones impersonales para el retraso en un pago que sin duda estaría a punto de llegar, aunque mi intervención no pudiera acelerarlo, si bien era posible que una palabra a tiempo del gerente obrase un efecto benéfico, en caso de que él, tan ocupado en tareas de más relieve y responsabilidad, accediera a tomarse un poco más de interés en el asunto. Siempre esperaba, cobijado en mi paréntesis de espacio y tiempo como en una madriguera, pero lo que estaba esperando más allá de la próxima carta era muy confuso para mí, una niebla de vaguedades e indecisiones que no me ocupaba en disipar. Permanecía inmóvil, en la provisionalidad de mi espera, encogido en el interior menos accesible de mí mismo, en una quietud como la del que ha escuchado el despertador y sabe que tiene que levantarse, pero se concede unos minutos, un solo minuto antes de abrir los ojos y saltar de la cama. No sabía si estaba esperando el regreso de la que me escribía las cartas, porque mientras vivía a este lado del mar y en la misma ciudad que yo tampoco me hizo demasiado caso, o al menos no por mucho tiempo. Nunca la sentí más lejos de mí, más inexpugnable, que las pocas veces que la tuve entre mis brazos. Si la buscaba me huía, pero si abandonaba desalentado la búsqueda era ella la que se acercaba a mí, siempre como una promesa intacta, borrándome del alma el resentimiento y la inseguridad, y haciéndome desearla otra vez tanto que iba codicioso y entregado hacia ella como hacia un imán, y en un instante, apenas la rozaba, ya estaba huyéndome de nuevo. Estando ahora tan lejos era cuando la sentía más próxima a mí, en la distancia y en las cartas, en mi ignorancia casi absoluta sobre la vida que llevaba.

En realidad no era más tangible para mí que las mujeres del cine en blanco y negro, que me subyugaban hasta despertarme una especie de quimérico enamoramiento, la nómina completa y previsible, Lauren Bacall, Ingrid Bergman, Gene Tierney, Ava Gardner, Rita Hayworth. En *Gilda,* que vi tantas veces, Rita Hayworth huye de Glenn Ford y de Buenos Aires y en un cabaret de Montevideo, vestida de blanco, canta y baila una canción que se titula *Amado mío*.

> *Amado mío*
> *Love me forever*
> *And let forever*
> *Begin tonight.*

En la película Montevideo no es nada más que un nombre, ni siquiera un decorado o una de esas falsas panorámicas delante de las cuales hablan los actores o fingen conducir un coche. La mujer que apareció una mañana en la sala de espera de mi oficina, con un niño en brazos, con un bolsón lleno de títeres, había huido de Montevideo a Buenos Aires en 1974, y cuatro años después de Buenos Aires a Madrid, embarazada, aunque todavía sin saberlo, esperando un hijo de un hombre al que se habían llevado una noche militares o policías de paisano y del que ya no volvió a saber más. Mientras hablábamos, el niño jugaba con los muñecos de madera de su madre, sentado en el suelo de mi oficina, y ella lo vigilaba de soslayo, con un desasosiego que no se apaciguaba ni un instante, consumida de pánico y de urgencias secretas, una mujer de treinta y tantos años con el pelo y los ojos muy negros, el pelo con una lisura y un brillo de crin, los ojos grandes, muy subrayados de rimmel, con un punto de exageración italiana, también en la nariz y en la boca, las manos fuertes, un poco masculinas, diestras en el manejo de hilos y muñecos, que inopinadamente sacó en una gran brazada de la bolsa y se puso a manejar delante de mí, después de conectar un radiocassette que también llevaba consigo en su equipaje de buhonero. Sobre el metal gris de la mesa y la confusión de mis papeles Caperucita Roja se internaba en un bosque dando saltitos al ritmo de la música del radiocassette y el lobo la acechaba detrás de una pila de expedientes, y la voz fuertemente acentuada del Río de la Plata contaba la historia y se desdoblaba en otras voces, la voz aguda de la niña, el vozarrón sombrío del Lobo, la voz cascada y regañona de la abuela. El niño se había puesto en pie y se acercaba como hechizado a la mesa, que le llegaba a la altura de los ojos, hechizado y medroso, como temiendo que el lobo también pudiera estar acechándole a él, sin mirar ni un instante las manos de su madre ni los hilos de los que colgaban los muñecos.

La demostración no duró más de dos o tres minutos, y cuando la música llegó al tachunda final y la cinta se detuvo los muñecos hicieron una gran reverencia al unísono y se quedaron caídos y desmadejados sobre los papeles de mi mesa, pero el niño seguía mirándolos con sus ojos de asombro, esperando que revivieran. Ya viste, dijo la mujer, en cualquier parte puedo montar mi tingladito, guardó los muñecos y el radiocassette en la bolsa y el niño enseguida volvió a sacarlos uno por uno, examinándolos despacio, como queriendo averiguar el secreto de su vitalidad extinguida, tan absorto en ellos y en sí mismo que no reparaba en mí ni en su madre, ni miraba una sola vez a su alrededor, a la oficina más bien desastrada en la que se encontraba, tan inhóspita acaso como el cuarto de pensión en el que los dos vivían desde su llegada a la ciudad, con el apuro de no saber durante cuánto tiempo podrían pagarla, me dijo la madre, urgiéndome nerviosamente a que le organizara una gira de actuaciones por las escuelas infantiles, por las aulas de párvulos de los colegios públicos.

También traía su dossier, desplegaba sus fotocopias y recortes, sus credenciales de otro país que aquí no le servían, diplomas de cursos en escuelas dramáticas de Montevideo y Buenos Aires que en España no le habrían valido para encontrar trabajo fregando suelos. Yo le contaba la letanía usual sobre solicitudes y trámites y plazos de espera y ella me sostenía la mirada con una expresión de incredulidad y casi de sarcasmo en sus ojos muy negros, perfilados de rimmel, como haciéndome saber que no creía lo que le estaba contando y que no le importaba, y que ni siquiera me lo creía yo mismo. Pero tenía prisa por acudir a otra cita, en otra oficina semejante a la mía, en la Diputación Provincial, me dejó el dossier sobre la mesa y escribió en la primera página el número de teléfono de la pensión, que era una muy lóbrega en la que yo me había alojado alguna vez en mis tiempos menesterosos de estudiante. Ella sabía igual que yo que no había la menor necesidad de que dejara el teléfono, y que tendría que volver infructuosamente muchas veces, pero también sabíamos los dos que no había otro remedio y que ella tendría que perseverar y esperar aunque sintiera que su dignidad era humillada cada día que llamaba para ver si se sabía algo, si había ya alguna decisión, cada vez que empujara de nuevo la puerta de mi oficina y se sentara en la antesala en penumbra, siempre con el niño de la mano o en brazos, porque no podía dejarlo solo en la pensión, y porque no tenía a nadie a quien pudiera confiárselo, el niño que nunca llegaría a conocer a su padre ni a saber siquiera cuándo y cómo había muerto.

Ahora será un hombre joven de algo más de veinte años: verá la foto que su madre me enseñó, una de sus mañanas de espera en la oficina, la cara de un hombre con aire de muchacho, con gafas de montura gruesa, con el pelo voluminoso y rizado a la manera de los años setenta y las patillas largas, el fantasma de alguien que casi tiene su misma edad y sin embargo es su padre, y no está civilmente ni vivo ni muerto, ni enterrado en ninguna parte, ni consignado en un registro administrativo de defunciones, sino perdido en una especie de limbo, desaparecido, muriendo siempre, sin el descanso, para quienes le sobrevivieron y guardan su memoria, de saber cuándo murió y dónde lo enterraron, si es que no lo arrojaron al Río de la Plata desde un helicóptero, con los ojos vendados y las manos esposadas, o ya muerto, con el vientre rajado por un cuchillo, para que los tiburones dieran cuenta enseguida de su cadáver.

La mujer se echó a llorar y el niño, que jugaba en el suelo, perdido en sus imaginaciones, de repente pareció que se despertaba, y se volvió hacia ella, mirándola muy serio, como si hubiera podido entender lo que su madre había contado en voz baja. Me pidió un kleenex y cuando alzó los ojos vi que un hilo de rimmel le manchaba la mejilla. Ya se me pasa, dijo, disculpándose, apartándose el pelo liso y negro de la cara. Le di fuego y me sonrieron sus grandes ojos oscuros, brillantes de lágrimas, pero esta vez no era la sonrisa habitual de cortesía o de halago a mi posición administrativa, sino que estaba destinada a mí, a quien había escuchado con atención y preguntado detalles, a quien había ofrecido la precaria hospitalidad de la oficina, el tiempo largo y sosegado para la confidencia. Pensé con algo de íntima mezquindad masculina que era una mujer deseable, que quizás podría tener una oportunidad de acostarme con ella.

De su nombre sí que me acuerdo. Me lo dijo el primer día, cuando le pedí sus datos para rellenar una de mis fichas detalladas e inútiles, que permitían fingir como un principio de organización y ecuanimidad, y que yo mecanografiaba con pulcritud y clasificaba luego alfabéticamente, cada una de ellas en un cajón del archivador metálico, en el que había una pequeña etiqueta en cartulinas de colores diversos, según el fichero al que correspondían, Teatro o Música Clásica o Rock o Flamenco, o Artistas Varios, grupo en el que estaba incluido el traductor de García Lorca al romaní.

Quizás el nombre me llamó tanto la atención porque no se correspondía con su aire italiano, con su pelo y sus ojos tan negros. Adriana, dijo, Adriana Seligmann. A veces al escuchar un nombre, el de una mujer o el de una ciudad, percibes en sus sílabas la vibración de una historia que está como cifrada en él, la clave de un mensaje secreto, toda una existencia contenida en una palabra. Cada cual lleva consigo su novela, tal vez no el relato entero de su vida, sino un episodio en el que cristalizó para siempre, que se resume en un nombre, y ese nombre puede que no lo sepa nadie y que no sea lícito decirlo en voz alta. Rosebud, Milena, Narva, Gmünd. Más que nunca yo vivía entonces alimentado de palabras y enamorándome de nombres, nombres de mujeres que me eran inaccesibles porque no me atrevía a aproximarme a ellas o porque no existían o porque aunque tuvieran una existencia real lo que yo veía y de lo que me enamoraba era un sueño proyectado por mi fantasía y mi deseo, nombres de ciudades que eran más hermosas porque yo no las conocía y no era probable que viajara nunca a ellas.

Ahora la mujer ajena y deseable que estaba parada delante de mí, al otro lado de la mesa, volvió a sentarse y me contó la historia de su nombre. Tantas veces he visto a alguien en quien parece que se produce de golpe un cambio cuando decide contar algo que le importa mucho, la historia o la novela de su vida, alguien que da un paso y suspende el tiempo real del presente para sumergirse en un relato, y mientras habla, aunque lo haga urgido por la necesidad de ser escuchado, mira como si se hubiera quedado solo, y el interlocutor no es más que una pantalla de resonancia, si acaso la delgada membrana en la que vibran las palabras de la narración. Nunca soy más yo mismo que cuando guardo

silencio y escucho, cuando dejo a un lado mi fatigo-
sa identidad y mi propia memoria para concentrarme del todo en el acto de escuchar, de ser plenamente habitado por las experiencias y los recuerdos
de otros.

Seligmann se llamaba mi abuelo paterno,
Saúl Seligmann, dijo la mujer. De niña yo sabía
vagamente que él había venido de Alemania cuando todavía era joven, pero nunca le escuché hablar
de la vida que había tenido antes de llegar a Montevideo. Me acuerdo de ir de la mano de mi padre
a visitarlo en su taller de sastrería. Dejaba lo que
estuviera haciendo y me sentaba en sus rodillas, y
me contaba cuentos con una voz que tenía un poco
acento extranjero. Se jubiló y se fue a vivir fuera
de Montevideo, a la otra banda del río, como decimos nosotros. Se había comprado una quinta en
el Tigre, para estar solo de verdad, como a él le gustaba, según decía mi padre, yo creo que con algo de
resentimiento. Entonces casi dejé de verlo. Cuando tenía doce años mis padres se separaron, y durante una temporada me mandaron con mi abuelo, a la casa del Tigre. Era una casa de madera, en
una pequeña isla, con una baranda alta pintada de
blanco, con un embarcadero, rodeada de árboles.
Después de los últimos meses que había pasado
con mis padres, aquel retiro en casa de mi abuelo
fue el paraíso. Leía los libros de su biblioteca y escuchaba sus discos de ópera y de tangos. Si le preguntaba algo sobre Alemania me decía que se marchó de allí muy joven, y que lo había olvidado

todo, hasta el idioma. Pero yo descubrí que eso no era verdad, aunque quizás él no lo supiera. Una de las primeras noches que dormí en la casa me despertaron unos gritos. Temí que hubieran entrado ladrones. Pero tuve valor para levantarme y crucé el pasillo hasta el dormitorio de mi abuelo. Era él quien gritaba. Gritaba, conversaba con alguien, discutía, parecía que estuviera suplicando, pero yo no entendía nada, porque hablaba en alemán. Gritaba como yo no he escuchado gritar a nadie. Parecía que llamaba a alguien, que decía un nombre, tan fuerte que su propia voz acabó despertándolo. Iba a esconderme, pero me di cuenta de que no me veía a la luz del pasillo, aunque tenía abiertos los ojos. Jadeaba y estaba sudando. Al día siguiente le pregunté si había tenido malos sueños, pero me dijo que no recordaba nada. Todas las noches se repetían las mismas voces, los gritos en alemán en la casa silenciosa, el nombre que repetía, que yo no llegaba a entender claro, no sé si decía Greta o Gerda. Cuando mi abuelo murió encontramos debajo de su cama una pequeña maleta llena de cartas en alemán y de fotografías de una mujer joven. Grete era la firma que había en todas las cartas, que dejaron de llegar en 1940. De niña mi apellido no me gustaba, pero ahora lo llevo como un regalo que él me hubiera dejado, como esas cartas que me hubiera gustado leer y que no entendía. Me las llevé conmigo cuando me fui a Buenos Aires, y también las fotos de Grete. Siempre estaba diciéndome que se las iba a dar a alguien que supiera alemán para que me las tradujera, pero siempre lo dejaba para después. Se le llena la vida a una de ocupaciones y cree que siempre habrá tiempo para todo, y de pronto un día resulta que todo ha terminado, que ya no tienes nada de lo que creíste tuyo, ni tu marido, ni tu casa, ni tus papeles, nada más que el miedo y el espanto, el desgarro que no cesa nunca. Qué habrá sido de las cartas, qué harían con ellas los que asaltaron mi casa. Por lo menos yo tenía algo que no pudieron quitarme, aunque no lo sabía cuando me escapé, no sabía que acababa de quedarme embarazada.

Sefarad

Me acuerdo de una casa judía en un barrio de mi ciudad natal que se llama del Alcázar, porque ocupa el espacio, todavía parcialmente amurallado, donde estuvo el alcázar medieval, la ciudadela fortificada que perteneció primero a los musulmanes y desde el siglo XIII a los cristianos, desde 1234 para ser exactos, cuando el rey Fernando III de Castilla, al que llamaban el Santo en mis libros escolares, tomó posesión de la ciudad recién conquistada. Para que nos aprendiéramos la fecha con facilidad a los niños nos decían que recordáramos los primeros cuatro números consecutivos: uno, dos, tres, cuatro, y repetíamos a coro la cantinela como si fuera una de las tablas de multiplicar, Fernando III el Santo conquistó nuestra ciudad a los moros en mil, doscientos, treinta, y cuatro.

En el recinto elevado del Alcázar, casi inaccesible desde las laderas del sur y del este, estuvo primero la mezquita mayor y luego, sobre su mismo solar, la iglesia de Santa María, que aún existe, aunque lleva cerrada muchos años por obras de restauración que nunca terminan. Tiene o tenía un claustro gótico, lo único de verdad antiguo y valioso del edificio, que ha sido restaurado sin demasiado miramiento muchas veces, sobre todo en el siglo XIX, cuando se le añadió, hacia 1880, una portada confusa y vulgar, y un par de campanarios sin ningún interés. Pero el tañido de sus campanas yo sabía distinguirlo de cualquier otro de los que se oían en la ciudad a la caída de la tarde, porque eran las campanas de nuestra parroquia, y también sabía cuándo doblaban a muerto y cuándo a misa de difuntos, y reconocía los domingos, a mediodía y al atardecer, el repique caudaloso que anunciaba la misa mayor. Otras campanas casi igual de próximas tenían un sonido mucho más grave y de bronce solemne, las de la iglesia del Salvador, o más agudo y diáfano, y entonces eran las del convento de las monjas, que estaban en un torreón como de fortaleza, tan hosco como el edificio entero, con su portón siempre cerrado y sus altas tapias de piedra oscurecida de líquenes y musgo, porque les daba siempre la sombra fría del norte. De vez en cuando aquel portalón negro con grandes clavos se abría y aparecían dos monjas, siempre por parejas, tan pálidas que me parecían salidas de ultratumba, con sus hábitos marrones y sus caras ceñidas por una tela blanca bajo las tocas, la piel más blanca que la tela, y a mí me daban tanto miedo que temía que fueran a secuestrarme, y apretaba más fuerte la mano de mi madre, que se había puesto un velo negro sobre la cabeza para ir a la iglesia.

Me acuerdo de las grandes losas desiguales del claustro de Santa María, algunas de las cuales eran lápidas con nombres de muertos muy antiguos tallados en la piedra, casi borrados por el paso de los siglos y las pisadas de la gente, y de un jardín al que se abrían sus arcos ojivales y en el que había un laurel tan alto que la vista de un niño se perdía hacia arriba sin vislumbrar su final. En el jardín umbrío por la sombra gigante del laurel y lleno de helechos y maleza había siempre, incluso en verano, un olor muy poderoso a vegetación y tierra húmeda, y resonaba el escándalo de los pájaros que anidaban en su espesura, los largos silbidos de las golondrinas y de los vencejos en las tardes demoradas del verano. Desde muy lejos se distinguía el gran chorro verde oscuro del laurel, como un géiser de vegetación que ascendía más alto que los campanarios de la iglesia y los tejados del barrio, y que oscilaba en las tardes de vendaval. Cuando yo era muy niño y entraba en el claustro de Santa María de la mano de mi madre me daba vértigo asomarme al jardín para ver el laurel, y siempre notaba el frío húmedo de la tierra y la piedra y me ensordecía el fragor de los pájaros, que levantaban de golpe el vuelo cuando redoblaban las campanas.

Yo estaba seguro de que el laurel llegaba al cielo, como la mata de habichuelas mágicas en aquel cuento que me contaban las mujeres de mi casa, y que muchos años después yo le leía a mi hijo mayor, siempre ansioso de historias cuando se iba a la cama, desde que tenía dos o tres años, ya impaciente cuando anticipaba que el cuento iba a acabarse, pidiéndome que durara todavía un poco más, que le leyera o le contara otro, mejor aún, que lo inventara a su gusto, dando a los personajes los rasgos de carácter y los poderes mágicos que a él le apetecían, poniéndoles nombres que él debía aprobar.

Leyendo el cuento junto a la cabecera de la cama de mi hijo imaginaba a su pequeño héroe subiendo hacia el cielo y emergiendo al otro lado de las nubes por las ramas de aquel laurel prodigioso de Santa María, igual que lo había imaginado cuando era niño y el cuento me lo contaban a mí. Si miraba muy fijo hacia arriba, aunque no hubiera viento, el laurel tenía una ligera oscilación, más inquietante porque apenas era perceptible. Cuando un viento fuerte lo agitaba el ruido de sus hojas tenía una fuerza como la de la resaca del mar, que yo no había escuchado nunca, salvo en las películas, o cuando me acercaban una caracola al oído y me decían que aún sonaba en ella un eco del mar del que la habían traído.

A la iglesia de Santa María me acuerdo que iba todas las tardes, en el verano de mis doce años, a rezarle unas cuantas avemarías a la Virgen de Guadalupe, la patrona de mi ciudad, a la que yo le pedía que intercediera por mí para que me aprobaran la gimnasia en septiembre, porque en los exámenes de junio había suspendido de manera humillante, aunque no injustificada. No se me daba bien ningún deporte, no era capaz de subir una cuerda o saltar un potro y ni siquiera sabía dar una voltereta. Había ido creciendo en mí un sentimiento de exclusión que se acentuaba amargamente con la pérdida de las confortables certezas de la niñez y las primeras turbiedades y temores del tránsito a la adolescencia. Me sentía siempre avergonzado y aparte de los otros, mi cara demasiado redonda llenándose

de granos, el bozo ensombreciendo el labio superior, todavía infantil, el vello brotando en los lugares más raros de mi cuerpo, el remordimiento
agudo y secreto de la masturbación, que según las
enseñanzas torvas de los curas no sólo era un pecado, sino también el principio de una serie de enfermedades atroces. Qué raro haber sido ese niño
solitario, gordito y torpón que cada atardecer de
verano, cuando cedía el calor, iba al barrio del Alcázar y entraba en los claustros frescos de Santa
María para rezarle a la Virgen, pisando lápidas de
muertos sepultados hacía cinco o seis siglos, devoto y avergonzado por dentro, porque ese verano
había aprendido a masturbarse, mirando siempre
de soslayo el interior de los escotes y las piernas
desnudas de las mujeres, el pecho blanco, de pezón
grande y oscuro y tenues venas azuladas, de una
gitana descalza que amamantaba a su hijo sentada
en la puerta de alguna de las casuchas de pobres
que había al final del barrio, junto a las ruinas de
la muralla. A veces, en la gran plaza que hay delante de la iglesia, veía de lejos, sentados en un
banco de piedra, a los cuatro o cinco gamberros de
mi clase, que ya fumaban y entraban en las tabernas, y que si pasaba delante de ellos, aunque fingiera no verlos, se burlarían de mí, como se habían
burlado en el gimnasio y en el patio del colegio ante
mi cobardía física, más aún si se daban cuenta de
adónde iba, el empollón gordito que había sacado
tantas matrículas y sin embargo no había sido capaz de aprobar la gimnasia, y que ahora le rezaba todas las tardes a la Virgen, y más de una se acercaba

a confesar y luego se quedaba a la misa y comulga-
ba, con el remordimiento y la desazón de no haberse atrevido a confesarlo todo, a decirle al cura,
que había hecho preguntas formularias y trazado
en la penumbra el signo de la cruz al mismo tiempo que murmuraba la penitencia y la absolución,
que había un pecado más, que ni siquiera podía
nombrarse sino con lejanos eufemismos, que había
cometido *un acto impuro*. Tan tempranamente la
doctrina católica nos habituaba a la solitaria con-
tienda con uno mismo, a los retorcimientos de la
culpabilidad: un acto impuro era un pecado mortal, y si no se confesaba no podía ser absuelto, y si
uno se acercaba a comulgar en pecado mortal estaba cometiendo otro, igual de grave que el primero, que se añadía a él en la secreta ignominia de
la conciencia.

En la iglesia de Santa María me casé por
primera vez, cuando tenía veintiséis años. Quizás
por el aturdimiento y los nervios de la ceremonia
y el mareo de la gente no llegué a fijarme esa vez
en el gran laurel del claustro, aunque ahora me
asalta la sospecha alarmante de que quizás lo habían talado, nada raro en una ciudad tan adicta al
arboricidio. El hombre joven, con bigote, con el
pelo cortado a navaja, con un traje azul marino y
una corbata gris perla, me parece aún más remoto
que el niño piadoso y secretamente avergonzado de
catorce años atrás. A lo largo de ese tiempo había
perfeccionado las aptitudes que ya atisbaba como
suyas al principio de la adolescencia, el hábito de
fingir que era y hacía lo que se esperaba de él y a la

vez rebelarse hoscamente en silencio, la vana astucia de esconder la que él imaginaba su identidad
verdadera y de alimentarla con libros y sueños y
una dosis gradual de rencor mientras exteriormente
presentaba una actitud de mansa aquiescencia. Así
vivía en un exilio inmóvil, en una lejanía que casi
nunca se aliviaba y que sin embargo era tan falsa
como una perspectiva de campo abierto pintada en
un muro o como esas transparencias del cine en las
que un actor conduce a toda velocidad un desca-
potable al filo de un acantilado sin que el viento le
desordene el pelo ni se sucedan y huyan en el pa-
rabrisas las sombras de los árboles.

El barrio del Alcázar, a espaldas de la iglesia de Santa María, ceñido al sur y al oeste por el
camino que circunda la muralla en ruinas y por los
terraplenes de las huertas, tiene calles estrechas y
empedradas y pequeñas plazas en las que puede haber una casona con gran arco de piedra y dos o tres
moreras o álamos. Las casas más antiguas del barrio
son del siglo XV. Están encaladas, salvo los dinteles
de las puertas, que muestran el tono amarillento de
la piedra arenisca en la que fueron tallados, que es la
misma que la de los palacios y las iglesias. El blanco de la cal y el dorado y rubio de la piedra con-
trastan en una delicada armonía que tiene la elegancia luminosa del Renacimiento y la austera
belleza de la arquitectura popular. Ventanas altas
y estrechas con rejas tupidas como celosías y grandes muros cerrados de tapias de jardines recuerdan
el hermetismo de la casa musulmana heredado in-

tacto por los conventos de clausura. Hay caserones con ventanucos estrechos como saeteras en los que a veces nos escondíamos los niños y con grandes argollas en las fachadas, argollas de hierro tan pesadas que no teníamos fuerzas para levantarlas, y en las que nos decían que los señores antiguos ataban a sus caballos. En esos caserones habitaban los nobles que regían la ciudad y que en sus sublevaciones feudales contra el poder de los reyes se hacían fuertes tras los muros del Alcázar. Al amparo de esos mismos muros estaba la Judería: los nobles necesitaban el dinero de los judíos, sus habilidades administrativas, la destreza de sus artesanos, de modo que tenían interés en protegerlos contra las periódicas explosiones de furia de la chusma beata y brutal excitada por predicadores fanáticos, por leyendas sobre profanaciones de la hostia y rituales sanguinarios celebrados por los judíos para infamar la religión cristiana. Robaban hostias consagradas y les escupían y las pisoteaban, y les hincaban clavos y las aplastaban con tenazas para repetir en ellas los suplicios que le habían infligido a la carne mortal de Jesucristo. Secuestraban a niños cristianos y los degollaban en los sótanos de las sinagogas, y bebían su sangre o manchaban con ella la harina blanca y sagrada de las hostias.

Alguien me habló de esa casa judía y yo di vueltas por el barrio del Alcázar hasta que pude encontrarla. Está en un callejón estrecho, como encogida en él, y yo la recuerdo habitada, con voces de gente y ruido de televisión viniendo a la calle por las ventanas abiertas, en las que había macetas con geranios. Tiene una puerta baja, y en los dos extremos de la gran piedra del dintel hay talladas dos estrellas de David, inscritas en un círculo, no tan gastadas por el tiempo que no pueda percibirse con exactitud el dibujo. Es una casa pequeña, aunque sólida, que debió de pertenecer no a una familia opulenta, sino a un escribano o a un pequeño comerciante, o al maestro de una escuela rabínica, a una familia que viviría, en los años anteriores a la expulsión, dividida entre el miedo y un empeño de normalidad, imaginando que los excesos amenazantes del fanatismo cristiano se apaciguarían, igual que tantas otras veces, y que en esa pequeña ciudad y tras la protección de los muros del Alcázar no iban a repetirse las matanzas terribles de unos años antes en Córdoba, o las de finales del siglo anterior. La casa, en el callejón, tiene algo de receloso y escondido, como la actitud de alguien que para no llamar la atención baja la cabeza y encoge los hombros y procura caminar cerca de la pared. Qué harías tú si supieras que de un día para otro pueden expulsarte, que bastarán una firma y un sello de lacre al pie de un decreto para que tu vida entera quede desbaratada, para que lo pierdas todo, tu casa y tus bienes, tu vida de todos los días, y te veas arrojado a los caminos, expuesto a la vergüenza, obligado a despojarte de todo lo que creías tuyo y a emprender un viaje en un buque que te llevará no sabes adónde, a un país donde también serás señalado y rechazado, o ni siquiera eso, a un naufragio en el mar, el mar temible que no has visto nunca. Las dos estrellas de David son la única prueba que atestigua la existencia de una comunidad populosa, como las impresiones fósiles de una hoja exquisita que perteneció a la inmensidad de un bosque borrado por un cataclismo hace milenios. No podrían creer que de verdad iban a expulsarlos, que en unos meses tendrían que abandonar la tierra en la que habían nacido y en la que ya vivieron sus antepasados lejanos, las calles de la ciudad que imaginaron suya, y en la que de pronto no recibían más que signos de odio. Quién puede creer que su casa, en la que está modelada la forma de su vida, le será arrebatada en el plazo de unos días, y que gente desconocida vendrá a ocuparla y no sabrá nada de quienes vivían en ella, quienes creyeron que les pertenecía. La casa tenía una puerta con clavos oxidados y un llamador de hierro, y pequeñas molduras góticas en los ángulos del dintel. Quizás la llave que se correspondía con el gran ojo de la cerradura se la llevaron los expulsados y la fueron legando de padres a hijos en las generaciones sucesivas del destierro igual que la lengua y los sonoros nombres castellanos, y los romances y los cantos de niños que los hebreos de Salónica y Rodas llevarían consigo en el largo viaje infernal hacia Auschwitz. De una casa parecida a ésta se irían para siempre la familia de Baruch Spinoza o la de Primo Levi. Caminaba por los callejones empedrados de la Judería de Úbeda imaginando el silencio que debió de inundarlos en los días posteriores a la expulsión, como el que quedaría en las calles del barrio sefardí de Salónica cuando los alemanes lo evacuaron en 1941, donde ya no volverían a escucharse las voces de las niñas que saltaban a la comba cantando romances como los que yo alcancé a escuchar en mi infancia, romances de mujeres que se disfrazaban de hombres para combatir en las guerras contra los moros o de reinas encantadas. Los franciscanos y los dominicos predicando a la multitud analfabeta desde los púlpitos de las iglesias, las campanas doblando con repiques de triunfo mientras los desterrados iban abandonando el barrio del Alcázar, en la primavera y el verano de 1492, que era otra de las fechas que nos aprendíamos de memoria en la escuela, porque era la de mayor gloria en la Historia de España, nos decía el maestro, cuando se reconquistó Granada y se descubrió América, y nuestra patria recién unificada empezó a ser un imperio. *De Isabel y Fernando el espíritu impera,* cantábamos apoyando con pisotones marciales los énfasis del himno, *moriremos besando la sagrada bandera.* Hazaña tan importante de los reyes Católicos como la victoria sobre los moros en Granada y decisión tan sabia como el apoyo a Colón había sido la expulsión de los judíos, que en los dibujos de nuestra enciclopedia escolar tenían narices aguileñas y perillas puntiagudas, y a los que se atribuía la misma oscura perfidia que a otros enemigos jurados de España, de los cuales no sabíamos nada más que sus nombres temibles, masones y comunistas. Cuando nos estábamos peleando con otros niños en la calle y alguno nos escupía le gritábamos siempre: *Judío, que le escupiste al Señor.* En los tronos de nuestra Semana Santa los sayones y fariseos tenían los mismos rasgos groseros que los judíos de la enciclopedia escolar. En la Última Cena, Judas nos daba a los niños tanto miedo como un drácula del cine, con su nariz ganchuda y su barba en punta y la cara verdosa de traición y codicia con que se volvía para mirar secretamente la bolsa con las treinta monedas.

En el hotel Excelsior, en Roma, muchos años y varias vidas más tarde, conocí al escritor rumano y sefardí Emile Roman, que hablaba fluidamente en italiano y en francés, pero también en un raro y ceremonioso español que había aprendido en su infancia, y que debía de parecerse al que hablaban en 1492 los habitantes de aquella casa del barrio del Alcázar. Pero nosotros no nos llamábamos sefardíes, me dijo, nosotros éramos españoles. En Bucarest, en 1944, un pasaporte expedido a toda prisa por la embajada española le permitió salvar la vida. Con el mismo pasaporte que le había librado de los nazis escapó unos años más tarde de la dictadura comunista, y ya no regresó nunca a Rumanía, ni siquiera tras la muerte de Ceaucescu. Ahora escribía en francés y vivía en París, y como estaba jubilado pasaba las tardes en el local de una hermandad de viejos sefardíes que se llamaba *Vida larga*. Era un hombre muy alto, parado, de ademanes graves, de piel olivácea y grandes manos rituales. En el bar del hotel Excelsior un individuo de pajarita roja y esmoquin plateado tocaba éxitos internacionales en un órgano eléctrico. Sentado frente a mí, junto a los ventanales que daban al trá-

fico de la Via Veneto, Emile Roman bebía con breves sorbos de una taza diminuta de espresso y hablaba apasionadamente de injusticias cometidas cinco
siglos atrás, nunca olvidadas, no corregidas y ni siquiera amortiguadas por el paso del tiempo y el
tránsito de las generaciones, el inapelable decreto
de expulsión, los bienes y las casas vendidos apresuradamente para cumplir el plazo de dos meses
que se concedía a los expulsados, dos meses para
abandonar un país en el que habían vivido sus
mayores durante más de mil años, casi desde el
principio de la otra Diáspora, dijo Emile Roman,
las sinagogas desiertas, las bibliotecas dispersa-
das, las tiendas vacías y los talleres clausurados,
cien o doscientas mil personas forzadas a marcharse
de un país con apenas ocho millones de habitantes.
Y los que no se fueron, los que prefirieron convertirse por miedo o por conveniencia y calcularon
que al recibir el bautismo serían aceptados. Pero
tampoco eso les sirvió, porque si ya no podían
perseguirlos por la religión de la que habían abju-
rado ahora era su sangre lo que los condenaba, y no
sólo a ellos, sino también a sus hijos y a sus nietos, de modo que los que se quedaban acabaron
siendo tan extranjeros como los que se habían ido,
incluso más todavía, pues no sólo los desprecia-
ban los que habrían debido ser sus hermanos en la
nueva religión, sino también los que permanecieron fieles a la que ellos habían abandonado. El pe-
cador más infame podía arrepentirse y si cumplía
la penitencia quedar libre de culpa, el hereje ab-
jurar de sus errores, el pecado original podía redi-

mirse gracias al sacrificio de Cristo: pero para el judío no había redención posible, porque su culpabilidad era anterior a él e independiente de sus actos, y se volvía incluso más turbiamente sospechoso si su apariencia era de ejemplaridad. Pero en eso España no fue una excepción, no fue más cruel o más fanática que otros países de Europa, contra lo que suele pensarse. Si en algo se distinguió España no fue por expulsar a los judíos, sino por expulsarlos tan tarde, porque en el siglo XIV los habían echado de Inglaterra y de Francia, y no crea que con más miramientos, y cuando en 1492 muchos de los que salieron de España buscaron refugio en Portugal lo obtuvieron a cambio de una moneda de oro por persona, y seis meses más tarde también los expulsaron, y los que se convirtieron para no tener que irse no tuvieron una vida mejor que los conversos de España, y también recibieron el nombre infame de marranos. Pero hubo marranos que después de varias generaciones de sometimiento al catolicismo emigraron a Holanda y en cuanto llegaron allí volvieron a profesar el judaísmo, la familia de Baruch Spinoza, por ejemplo, que tenía una inteligencia demasiado racional y libre para obedecer ningún dogma, y fue oficialmente expulsado de la comunidad judía, él que venía de un linaje de judíos expulsados de España.

Ser judío era imperdonable, dejar de serlo era imposible, dijo con su lenta ira melancólica Emile Roman, cuyo nombre verdadero era don Samuel Béjar y Mayor. Yo no soy judío por la fe de mis antepasados, que mis padres nunca practica-

ron, y que cuando era joven a mí podía importar-
me tanto como a usted la creencia de sus abuelos en
los milagros de los santos católicos. A mí me hizo
judío el antisemitismo. Durante un tiempo aún
podía ser como una enfermedad secreta, que no lo
excluye a uno de la comunidad con los demás porque no se revela en signos exteriores, en manchas
o pústulas que puedan condenarlo como a un le-
proso en la Edad Media. Pero un día, en 1941, tuve
que coserme una estrella de David amarilla en la
pechera de mi abrigo, y desde entonces la enfermedad ya no podía ser escondida, y si a mí se me
olvidaba un instante que era un judío y que no
podía ser más que un judío las miradas de los que
se cruzaban conmigo por la calle o en la plataforma del tranvía (mientras nos estuvo permitido viajar en tranvía) se encargaban de recordármelo, de
hacerme sentir mi enfermedad y mi rareza. Algunos conocidos volvían la cara para no tener que
saludarnos o para que no les vieran hablando con
un judío. Había quien se apartaba, como el que se
aparta de un mendigo muy sucio o de alguien con
una deformidad muy desagradable. Los que fueron mis compatriotas se habían convertido en extranjeros. Pero el extranjero era yo, y la ciudad en
la que había nacido y vivido siempre ya no era mía,
y en cualquier momento, mientras iba por la calle,
cualquiera podía injuriarme, o empujarme a la calzada porque no tenía derecho a ir por la acera, o si
tenía la mala suerte de cruzarme con una pandilla
de nazis corría el peligro de que me dieran una pa-
liza o de sufrir la humillación de echar a correr para

que no me alcanzaran, como un niño torpe al que se divierten en atormentar los fuertes y los chulos de la calle.

¿Ha leído usted a Jean Améry? Debe hacerlo, es tan importante como Primo Levi, sólo que mucho más desesperado. La familia de Primo Levi había emigrado a Italia en 1492. Los dos estuvieron en Auschwitz, aunque allí no llegaron a encontrarse. Levi no compartía la desesperación de Améry, ni podía aceptar su suicidio, pero él también acabó matándose, o al menos ése fue el dictamen de la policía. Améry no se llamaba en realidad Améry, ni Jean. Había nacido en Austria y se llamaba Hans Mayer. Hasta los treinta años vivió creyendo que era austríaco, y que su lengua y su cultura eran alemanas. Incluso le gustaba subrayar su pertenencia a Austria, y se vestía muchas veces con el traje folklórico de pantalón corto y calcetines altos. De pronto un día, en noviembre de 1935, sentado en un café, en Viena, igual que estamos sentados usted y yo, abrió el periódico y leyó en él la proclama de las leyes raciales de Nuremberg, y descubrió que no era lo que había creído y querido siempre ser, y lo que sus padres le enseñaron a creer que era, un austríaco. De pronto era lo que jamás había pensado: un judío, y además no era más que eso, toda su identidad se reducía a esa sola condición. Había entrado al café dando por supuesto que tenía una patria y una vida y cuando salió de él ya era un apátrida, como máximo una posible víctima, nada más. Su cara era la misma, pero él ya se había convertido en otro, y si se miraba despacio en el espejo no le costaba nada empezar a distinguir los signos de la transformación, aunque por su apariencia física nadie habría podido averiguar su origen, los rasgos del estigma. Pagaría su café al mismo camarero de todas las mañanas, que se inclinaría ligeramente ante él cuando recibiera la propina, pero ahora sabía que muy probablemente el camarero lo miraría con el desprecio que se reserva a un mendigo inoportuno si llegaba a enterarse de que era judío. Escapó al oeste, a Bélgica, cuando aún era tiempo, en 1938, pero en aquella época las fronteras de Europa se convertían de un día para otro en cepos o alambradas, y el que había escapado a otro país despertaba una mañana escuchando por los altavoces los gritos de los verdugos que creyó haber dejado atrás en el suyo. En 1943 lo detuvo la Gestapo en Bruselas. Lo sometieron durante semanas a torturas horrendas y poco después lo mandaron a Auschwitz. Después de la Liberación renegó de su nombre alemán y de la lengua alemana que había creído suya, y decidió llamarse Jean y no Hans y Améry y no Mayer y no pisar nunca más Austria ni Alemania. Lea el libro que escribió sobre el infierno del campo. Después de terminarlo yo no podía leer nada ni escribir nada. Dice que en el momento en que uno empieza a ser torturado se rompe para siempre su pacto con los demás hombres, y aunque se salve y quede libre y siga viviendo muchos años la tortura nunca cesará, y ya no podrá mirar a los ojos a nadie, ni confiar en nadie, ni dejar de preguntarse, delante de un desconocido, si es o ha sido un torturador, si le costaría mucho serlo, y si una vecina anciana y educada le dice buenos días al cruzárselo por la escalera piensa que esa misma anciana amable pudo haber denunciado a la Gestapo a su vecino judío, o mirado hacia otra parte cuando a su vecino lo arrastraban escaleras abajo, o gritado *Heil Hitler* hasta enronquecer al paso de los soldados alemanes.

Me invitaron a Alemania una vez, hace unos pocos años, a dar una charla en una ciudad muy bella, como de cuento, con calles empedradas y casas de tejados góticos, con parques, con mucha gente paseando en bicicleta, Göttingen, donde habían vivido los hermanos Grimm. Me acuerdo del ruido como de seda que hacían los neumáticos de las bicicletas al deslizarse sobre los adoquines húmedos al anochecer, y del sonido de sus timbres. Había hecho un día soleado, y yo había estado desde por la mañana yendo de un lado para otro, siempre con personas muy serviciales y muy afectuosas, que se ocupaban de organizar la satisfacción inmediata de cualquier deseo que yo formulara, con una eficacia que podía ser agobiante. Si decía que tenía interés en visitar un museo inmediatamente se ponían a llamar por teléfono y al cabo de un rato ya tenían a mi disposición folletos informativos, listas de horarios, modos posibles de transporte. Por la mañana me llevaron a dar una charla a la universidad, después se angustiaron presentándome posibilidades diversas de sitios para almorzar, si prefería comida italiana, o china, o vegetariana, y cuando dije un poco por casualidad que me apetecía un italiano se desvivieron por determinar cuál sería el mejor entre varios posibles. Por la tarde, con toda la somnolencia de la comida y el cansancio acumulado del viaje, me llevaron a una librería a dar una lectura. Yo leía un capítulo de mi libro, y a continuación el traductor lo leía en alemán. Nada más ponerme a leer me desalentaba pensar en todas las páginas que me quedaban por delante y me aburría e irritaba lo que yo mismo había escrito. Alzaba los ojos del libro al tragar saliva o tomar aire y veía delante de mí las caras serias y atentas del público, que me escuchaba disciplinadamente sin entender ni una palabra, y que además había pagado por soportar ese suplicio. Me avergonzaba de lo que había escrito, me sentía culpable del tedio que debía de estar sintiendo aquella gente, y para abreviar el mal rato leía a toda velocidad y me saltaba párrafos enteros. Se me cerraban los ojos cuando el traductor leía en alemán y yo intentaba mantenerme erguido y atento, como si entendiera algo, y buscaba en las caras ahora algo menos inanimadas del público posibles reacciones a lo que yo había escrito tiempo atrás en una lengua que no se parecía en nada a la que ellos escuchaban. Distinguía alguna sonrisa, algún gesto de asentir a algo escrito por mí y que yo no sabía lo que era, y al final me sentí tan aliviado que no me importó nada la vehemencia de los aplausos, aunque sonreí e incliné un poco la cabeza, con la bajeza habitual de quien es halagado.

Qué tormento recibir parabienes, contestar a preguntas de personas tan sumamente interesadas que
casi me daba vergüenza que me importara tan poco
su interés por lo que yo tenía que decirles. Era como caminar sobre arena y hundirse a cada paso,
como bracear en arena, y yo lo único que deseaba
era salir de allí cuanto antes y no tener que escribir otra dedicatoria ni mostrar interés ante otra
explicación, y verme libre de la agobiante servicia-
lidad de los organizadores, que ya tramaban y organizaban mis próximos pasos, miraban el reloj
calculando el tiempo que faltaba para que cerra-
sen el museo al que yo tenía tantas ganas de ir,
discutían si sería más rápido y más cómodo para
mí que me llevaran en un taxi o en tranvía, se ase-
guraban de que yo seguía teniendo los folletos informativos, alguno de ellos miraba en un mapa si
cerca del museo había un restaurante italiano al
que me pudieran llevar a cenar, dado que ya se contaba con mi predilección por la comida italiana.
Se quedaron consternados y yo me sentí horrible-
mente desconsiderado y culpable cuando les dije
que prefería irme al hotel, y que cenaría allí mismo
cualquier cosa, aunque uno de ellos se ofreció a
llamar por teléfono para que le leyeran la carta y
yo pudiera ir tomando una decisión, y también
para que le dijeran el horario de apertura y cierre
del restaurante y en su caso las posibilidades de
elección que ofrecía el room service. Que no se
molestaran, les dije, casi les supliqué, que no tenía
hambre y lo mismo me tomaba una cerveza y una
bolsa de patatas fritas del minibar de la habita-

ción, pero enseguida me arrepentí de haberlo dicho, porque surgió la duda de si en la habitación del hotel habría minibar... No podía creer que estaba solo cuando al final me dejaron, despidiéndose de mí con un afecto del todo inmerecido en la escalera de entrada, ellos tan amables y yo maldiciéndolos por dentro, anticipando casi dolorosamente la cercanía del momento en que podría tenderme en la cama, sin hacer nada, sin hablar con nadie, sin tener que abrirme paso por un menú escrito sólo en alemán, quitarme los zapatos y doblar la almohada y quedarme tendido mirando al techo, disfrutando de todas las horas que tenía por delante para estar solo, para pasear a mi aire, hacia donde me diera la gana, con las manos en los bolsillos, sin ningún propósito, sin nadie a mi lado para someterme a una implacable cortesía.

Me adormilé un rato, en el confort alemán de la habitación, que era pequeña y tenía vigas en el techo y el suelo de madera bruñida, como en el dibujo de un cuento, echándome encima uno de esos edredones ligeros y cálidos que no hay en ninguna otra parte del mundo, recostado en la almohada grande, mullida, olorosa a lavanda, pero no quería abandonarme al sueño, porque era temprano, aunque ya estaba anocheciendo, y si me dormía ahora podría despertarme plenamente despejado a las dos de la madrugada, y pasarme el resto de la noche en uno de esos insomnios temibles de habitación de hotel. Bajé al vestíbulo tomando la precaución de comprobar que no rondaba por las proximidades ninguno de mis anfitriones, y al salir a la calle también miré a un lado y a otro, acordándome de los espías en las novelas de John le Carré que leí tanto de joven, hombres comunes con gafas y abrigo que caminan por pequeñas ciudades alemanas y se vuelven de vez en cuando y miran en los espejos de los coches aparcados para comprobar que no les persigue un agente de la Stasi. Había una niebla fría en el aire, una humedad y un olor a río y a vegetación empapada. Según caminaba iba recuperándome del cansancio y la somnolencia, notando ese principio de euforia que suele animarme cuando salgo del hotel a las calles de una ciudad extranjera y no tengo por delante ninguna obligación. Soy todo ojos, no soy nadie y nadie me conoce, y si voy contigo paseamos abrazados con una gozosa ligereza que nos devuelve a los primeros días que estuvimos juntos, porque esa ciudad a la que hemos llegado es tan nueva y tan prometedora como lo fue la nuestra cuando tenía la misma claridad inaugural que nuestra vida recién comenzada de amantes.

Recuerdo muy pocas cosas, muy nítidas: una calle adoquinada, con casas de tejados en punta a los dos lados, tejados de pizarra y vigas de madera cruzándose en las fachadas, pequeñas ventanas con postigos de madera entornados, a través de los cuales se veían interiores iluminados, forrados de madera, de libros. Me acuerdo del rumor sigiloso de las bicicletas, la vibración de los radios al girar en el silencio de la calle sin coches y el roce adhesivo de los neumáticos sobre los adoquines húmedos. Escuchaba a mi espalda la nota aguda de un timbre y enseguida me adelantaba un ciclista apacible, hombre o mujer, y no necesariamente joven, a veces una señora de pelo blanco y gafas y sombrero anticuado, o un ejecutivo de traje azul marino bajo el impermeable. Vi torres góticas con relojes dorados y tranvías que cruzaban al fondo de una calle en un silencio casi tan fantasmal como el de las bicicletas. En una esquina me llamó la atención el escaparate muy iluminado de una pastelería, de la que llegaba hasta la calle un ruido denso y jovial, aunque también amortiguado, como forrado en la quietud general de la ciudad, conversaciones y tintineo de cucharillas y de tazas, y un aroma caliente de obrador, muy nítido en el aire tan frío, de chocolate y café. Porque tenía hambre y me había ido quedando aterido durante el paseo tan largo vencí la timidez que tantas veces me impide entrar solo en un local lleno de gente, el apocamiento español que se me acentúa si estoy en un país extranjero. Debía de ser una pastelería de principios de siglo, conservada intacta, con escayolas y dorados como de barroquismo austrohúngaro, con espejos enmarcados en caoba y arañas de salón de baile, con veladores de mármol y delgadas columnas de hierro pintadas de blanco, con un brillo de purpurina en los capiteles. Había bastidores con anchos periódicos alemanes muy tupidos de letra que parecían también periódicos de principios de siglo, o al menos de la guerra de 1914. Las camareras iban vestidas con justillos blancos escotados y faldones antiguos, peinadas con rodetes o trenzas sujetas a las sienes, y eran rubias y de caras coloradas y redondas, y se movían veloces y un poco sofocadas entre las mesas llenas de gente, sosteniendo en alto con una sola mano bandejas muy cargadas de teteras y jarras de porcelana con café o chocolate y porciones de tartas, las tartas cuantiosas, exquisitas que relucían en las vitrinas, en una variedad que yo no había visto nunca, ni he vuelto a ver después.

Sentado en un rincón, junto a una mesa muy pequeña, mientras esperaba el té y la tarta de queso y moras que había pedido entendiéndome por señas con una camarera, me entretuve mirando las caras a mi alrededor, disfrutando del interior caldeado, de la tranquilidad de no tener que prestar atención al idioma que escuchaba, ya que lo ignoraba por completo, así que podía permitirme el alivio de no esforzarme en atrapar conversaciones. Había gente mayor, sobre todo, más mujeres que hombres, matrimonios de jubilados prósperos o grupos de señoras con sombreros y abrigos, y el tono general era como de sólido y civilizado deleite, cabezas que asentían y manos que levantaban tazas de té con el meñique extendido, risas prudentes, conversaciones vivaces y tan herméticas para mí como los pares de ojos claros que a veces registraban mi presencia con un leve guiño de curiosidad o tal vez de rechazo. Yo era sin duda el único extranjero en todo el local, y en un espejo que había enfrente de mí pude verme de pronto como desde fuera, como me vería la camarera que me traía el té y la tarta o el hombre de ojos muy azules y pelo muy blanco que se había vuelto ligeramente hacia mí y me examinaba mientras seguía contándole algo a la señora con pendientes dorados, pelo teñido de un negro muy fuerte y guantes blancos que estaba junto a él, muy pintada, con colorete en los pómulos, con arrugas innumerables y delgadas en el labio superior y en torno a la boca muy roja. Vi mi pelo tan negro, mis ojos oscuros, la camisa blanca sin corbata y el mentón ya sombrío de barba que me daban un aire indudable de búlgaro o de turco, la chaqueta de mi traje formal que estaba algo arrugada después de varios días de viaje y negligencia, y que parecía también una de esas chaquetas que llevan los emigrantes, las que llevan en las fotos de los años sesenta los emigrantes españoles a Alemania. Estaba muy cansado, porque los viajes de obligación profesional me agotan y me marean los desconocidos y duermo mal en los hoteles, y empezaba a ver las caras y las cosas a mi alrededor como detrás de una neblina, aunque nadie fumaba en la pastelería y no había más humo que el de las tazas o el vaho de quienes entraban desde el frío de la calle. Qué raro no haberme fijado antes en que todo el mundo, salvo las camareras, parecía viejísimo, ancianos y ancianas tan cuidadosamente conservados como la decoración y las molduras de yeso de la pastelería e igual de decrépitos, dentaduras postizas, bastones, peluquines, pelucas rubias o empolvadas de blanco, gafas de mucha graduación, zapatos y medias ortopédicas, sombreritos de Miss Marple y manos pergaminosas y artríticas sosteniendo temblorosamente bocados de tarta y tazas de delicada porcelana. Las camareras sí que eran jóvenes, desde luego, incluso muy jóvenes, pánfilas como adolescentes rosadas y carnosas, pero de algún modo eran tan antiguas como la clientela y como el local, con sus faldas abullonadas, sus rodetes y trenzas, sus justillos y sus escotes con encajes, carnales sin sensualidad, con caras de redondeces infantiles y una pesadez de mujeres maduras. Miré al hombre de pelo tan blanco y tenue como algodón y de ojos muy claros que un momento antes me había parecido que me examinaba con reprobación, y se me ocurrió que tendría unos setenta y tantos años, tal vez ochenta, aunque era delgado y nervudo, tenía la cara y las manos morenas, como atezadas de intemperie, y un aire altivo, como de militar retirado. Calculé entonces que en 1940 no habría tenido mucho más de treinta años, y con una especie de revelación súbita y arbitraria lo imaginé de uniforme, los ojos tan claros sombreados por la visera de una gorra de plato. Qué habría hecho ese hombre en la Alemania de los años treinta, y más tarde, durante la guerra, dónde habría estado. Sin darme cuenta debí de estar mirándolo con una atención indisimulada y excesiva, porque advertí en él un gesto de irritación cuando sus ojos se cruzaron con los míos. Pero al apartarlos de él fui mirando a las otras personas que había en el local, bajo la luz de las arañas que relucía en las molduras doradas y se multiplicaba en los espejos, y en cada cara de hombre o mujer quería imaginarme los rasgos y las actitudes de cincuenta o sesenta años atrás, de modo que se iba produciendo en ellas un principio inquietante y luego amenazador de transformación, una punzada negra de sospecha, y esas facciones ajadas y apacibles las veía jóvenes y crueles, las bocas con dentaduras postizas que tomaban pequeños sorbos de chocolate o de té se abrían en gritos de entusiasmo fanático, las manos con manchas pardas en el dorso y nudillos deformados por la artritis que sostenían tan pulcramente las tazas se alzaban oblicuas como bayonetas en un saludo unánime: cuántos de los que estaban a mi alrededor habrían gritado *Heil Hitler* qué habría en la conciencia, en la memoria de cada uno de ellos, hombre o mujer, cómo me habrían mirado al cruzarse conmigo si yo hubiera llevado una estrella amarilla cosida en la pechera del abrigo, si hubiera estado en esa misma pastelería y hubieran entrado en ella unos hombres de sombreros terciados sobre las caras y abrigos negros de cuero y se hubieran acercado a mí para pedirme los papeles, un desconocido de aire extranjero y meridional que levanta enseguida sospechas, miradas de soslayo, que abriga su taza de té entre las manos para calentárselas y no sabe que alguien, un ciudadano concienzudo, ha llamado ya a la Gestapo para advertir de su presencia, como llamaban tantas personas entonces, sin que las obligara nadie, por puro sentido del deber cívico o patriótico: quizás alguien entre los ancianos que ahora meriendan en la pastelería hizo una llamada así, formuló una denuncia, como las que todavía permanecen en los archivos como pruebas indelebles de la mezquindad casi

universal, de la íntima dosis de infamia que susten-
taron el edificio sanguinario de la tiranía; quizás
también hay entre esta gente un perseguido o un
denunciado de entonces, aunque estadísticamente
la posibilidad es mucho más limitada. Pero ya me
parece que hay más ojos detenidos en mí, y mi cara
en el espejo que dilata el espacio y multiplica a la
gente también se ha modificado, me veo más raro,
más oscuro, me distingo más de los otros según
voy sintiendo la incomodidad de mi diferencia.
Me gustaría tener un libro o un periódico, algo con
lo que distraerme y ocupar las manos, pero me
palpo los bolsillos del abrigo y no llevo nada, a no
ser mi pasaporte y mi cartera, y cuando se me ha
agotado la paciencia de esperar me armo de valor
y me pongo en pie para marcharme, e inmediatamente me vuelvo a sentar y hasta creo que enro-
jezco porque la camarera ha llegado con la bandeja
y con una sonrisa de pepona cordial, diciéndome
algo que no entiendo. Le pago antes de que vuelva
a irse, bebo un poco de té y mordisqueo la tarta
demasiado dulce. Muy mareado del calor excesivo
salgo a la calle y agradezco la soledad y el aire limpio y frío, me interno en un parque creyendo que
es el mismo que crucé viniendo del hotel y al salir
de él por una alta verja a una calle iluminada y moderna que no recuerdo haber visto antes comprendo
que me he perdido, con toda la brusca lucidez del
despertar de un sueño.

Una solitaria caminata se confunde con otra,
como un sueño que viene a desembocar en otro, y la

noche alemana se disuelve en una tarde lluviosa diez años después y al otro lado del océano, pero hay un hondo olor común de vegetación húmeda y tierra empapada, y quien camina no está seguro de ser el mismo de entonces. En algún momento a lo largo de este tiempo ha descubierto lo que todo el mundo cree saber y sin embargo nadie acepta. Ahora sabe, y ese conocimiento no está nunca muy lejos de su conciencia, que es mortal, y lo sabe porque ha estado a punto de morir, y sabe también que el tiempo que ahora vive es un regalo a medias del azar y de la medicina, y que este paseo a media tarde por unas calles arboladas y tranquilas de Nueva York podía no estar sucediendo, y que si él no cruzara ahora mismo, con un poco de vértigo, la Quinta Avenida a la altura de la calle 11, hacia el oeste, con su gabardina y su paraguas, no pasaría absolutamente nada, nadie advertiría su ausencia, no habría la menor modificación en el mundo, en las casas de ladrillo rojo con altos escalones de piedra que le gustan tanto, en las hileras de gingkos con sus hojas en forma de abanico, muy jóvenes todavía, de un verde muy tierno, tan reluciente como el de las glicinias que trepan por las fachadas hasta las cornisas, enredándose a veces en la geometría metálica de las escaleras de incendios. También sabe que podía no haber vuelto nunca a la ciudad, y como sabe que eso habría sido tan fácil y sólo le quedan uno o dos días para marcharse de ella teme que ésta sea la última vez, y esa conciencia de la fragilidad de su vida, el hilo tan delgado y fácil de cortar de la vida de cualquiera, le vuelve más valioso ese paseo que ha repetido muchas veces, y que no es imposible que ahora esté dando por última vez. Entre nombres de ciudades y mujeres que han imantado desde que era niño su vida y su imaginación ahora hay un nombre nuevo, irrumpido como un alacrán, en el catálogo de sus palabras cruciales. Igual que Franz Kafka no escribe nunca en sus cartas la palabra tuberculosis él no pronuncia jamás la palabra leucemia, ni siquiera la piensa, ni la dice en silencio, aterrado de que con sólo pronunciarla le asalte el veneno de su picadura.

Camina hacia el oeste dejándose llevar por la querencia de sus pasos, buscando las calles recónditas y adoquinadas que hay ya muy cerca del río Hudson, al filo de la vasta desolación portuaria de los muelles abandonados donde en otros tiempos atracaron los transatlánticos. Ahora se ven los pilotes colosales pudriéndose en el agua gris, y en las grietas de las plataformas a las que los barcos arrimaban el costado crecen juncos y malezas espesas, como entre las columnas despedazadas de un templo en ruinas. En algunos muelles está prohibido entrar. Otros se han convertido en parques infantiles, en instalaciones deportivas. Fugitivos innumerables de Europa pisaron estas grandes planchas de madera, miraron la ciudad con miedo y espanto desde aquí. A todo lo largo de la orilla del río discurre un sendero para los corredores y los patinadores, para la gente que saca a pasear tranquilamente a su perro. Al otro lado de la anchura oceánica del río se ve la costa de New Jersey, una línea baja de árboles interrumpida por feos hangares industriales, por alguna torre de viviendas, por una ingente construcción de ladrillo que desde lejos parece la puerta almenada de la muralla de una ciudad babilonia o asiria, y que tiene su equivalente exacto frente a ella en este lado del río. Me parecían más misteriosas esas construcciones porque no tenían ventanas y no podía imaginar su utilidad. Eran como torres de Nínive o de Samarkanda erigidas no en medio del desierto sino en la ribera del Hudson: luego me enteré de que contienen los respiraderos o los ventiladores colosales del túnel Lincoln, que discurre debajo del río, y que es tan tenebroso y tan largo que cuando uno lo atraviesa en un taxi tiene la sensación agobiante de que no va a llegar nunca a la salida, y de que a cada segundo le falta el aire.

A lo lejos, hacia el sur, se levanta el acantilado de los rascacielos más modernos de la parte baja de Manhattan, los que han crecido en torno a las Torres Gemelas, que sólo tienen cierta belleza cuando las rodea la niebla o cuando el sol rojizo del atardecer les da un resplandor como de prismas de cobre. Esa tarde de nublado y llovizna las aguas dèl Hudson tienen el mismo gris del cielo y la parte más alta de los rascacielos se pierde entre las grandes nubes movedizas y oscuras, y en ellas brillan como ascuas bajo una leve ceniza las luces rojas de los pararrayos. Casi perdidas en la bruma se distinguen la estatua de la Libertad y las delgadas torres de ladrillo de Ellis Island.

He vuelto a la ciudad y ya estoy despidiéndome de ella. Quiero atesorar cada lugar, cada minuto de esa tarde última, el rojo del ladrillo de esas calles recónditas, el olor de las flores moradas de las glicinias, el de los pequeños jardines selváticos que hay a veces detrás de una tapia de madera, entre dos edificios, y en los que hay una umbría húmeda y una espesura de vegetación que me trae el recuerdo del jardín de la iglesia de Santa María en las tardes de mucha lluvia, cuando el agua se derramaba de las gárgolas entre los arcos del claustro y resonaba en el interior de las bóvedas. He caminado hacia el oeste, dejando atrás la Quinta Avenida, y un poco antes de llegar a la Sexta, casi en la esquina de la calle once, he encontrado el cementerio sefardí que una vez me señaló mi amigo Bill Sherzer, y en el que yo no había reparado antes, aunque solía ir mucho por esos lugares, hacia la parte baja de las avenidas, que por allí se vuelven más despejadas y bohemias, en la encrucijada de Chelsea y de Greenwich Village, con puestos callejeros de libros y discos de segunda mano y tiendas de ropa extravagante, con veladores de cafés en las aceras y escaparates de prodigiosas mantequerías italianas. Muchas veces habíamos ido a comprar a una de ellas, Balducci's, pero nunca nos habíamos fijado en ese jardín estrecho y sombrío al otro lado de una verja, que era a principios del siglo XIX el cementerio de la comunidad judía hispano portuguesa, según dice una placa en la que tampoco nos habríamos fijado si Bill no nos la llega a señalar. Fugitivos de Rusia, del hambre y de los pogroms, sus abuelos llegaron a Ellis Island a principios de siglo.

Entre los árboles, los helechos, la hiedra, la maleza, se ven unas cuantas lápidas de piedra, oscurecidas por la humedad y la intemperie, tan gastadas que apenas se distinguen las inscripciones que alguna vez hubo en ellas, caracteres hebreos o latinos, algún nombre español, una estrella de David. Pero la verja está cerrada y no es posible entrar en el cementerio diminuto, y si uno pudiera tocar las lápidas difícilmente percibiría algo más que las rugosidades y asperezas de la piedra, cuyos ángulos se han redondeado con el tiempo, se han gastado hasta un punto en el que poco a poco se borra la huella del trabajo humano, igual que esas columnas rotas y fragmentos de capiteles que en las escombreras de los foros de Roma van regresando a una primitiva rudeza mineral. Quién podría rescatar los nombres que fueron tallados hace doscientos años sobre esas lápidas, nombres de gente que existió con tanta plenitud como yo mismo, que tuvo recuerdos y deseos, que tal vez pudo trazar su linaje remontándose hacia atrás a lo largo de destierros sucesivos hasta una ciudad como la mía, hasta una casa con dos estrellas de David en el dintel y un barrio de calles muy estrechas que se quedó desierto entre la primavera y el verano de 1492. Delante de la verja, del cementerio diminuto, encerrado entre muros altos de edificios, tengo una melancólica sensación de reencuentro con mis compatriotas fantasmas, en la tarde de neblina y llovizna de Nueva York, reencuentro y despedida, porque me voy mañana y no sé si volveré, si habrá una tarde futura en la que me detenga justo en este mismo lugar, delante de las lápidas con sus nombres borrados, perdidos, como tantos otros, para el catálogo inmemorial de las diásporas españolas, para la geografía de las sepulturas españolas en tantos destierros por la anchura del mundo. Lápidas, tumbas sin nombre, listas infinitas de muertos. A las afueras de Nueva York hay un cementerio de colinas onduladas y verdes y árboles inmensos que se llama Las Puertas del Cielo, con lagos de los que se levantan en las tardes de otoño populosas bandadas de pájaros migratorios. Entre millares de lápidas, en medio de una geometría de tumbas con apellidos irlandeses, hay una que lleva un nombre español, tan modesta, tan parecida a cualquiera de las otras, que es muy difícil reparar en ella.

Federico García Rodríguez
1880-1945

Cómo habría podido imaginar ese hombre que su tumba no iba a estar en el cementerio de Granada, sino al otro lado del mundo, entre los bosques cercanos al río Hudson, o que su hijo iba a morir antes que él y no tendría siquiera una sepultura visible, una simple lápida que recordara el punto exacto del barranco en el que lo ejecutaron. Sepulturas modestas y fosas comunes jalonan los caminos de la gran diáspora española: quisiera visitar el cementerio francés donde fue enterrado en 1940 don Manuel Azaña, en medio del gran derrumbe de Europa, leer el nombre de Antonio Machado en una tumba del cementerio de Colliure.

Otros muertos para los que tampoco hubo tumbas ni inscripciones perduran en la multitud alfabética de sus nombres: en una página de Internet he encontrado, en letras blancas sobre fondo negro, la lista de los sefardíes de la isla de Rodas deportados a Auschwitz por los alemanes. Habría que ir leyéndolos uno por uno en voz alta, como recitando una severa e imposible oración, y entender que ni uno solo de esos nombres de desconocidos puede reducirse a un número en una estadística atroz. Cada uno tuvo una vida que no se pareció a la de nadie, igual que su cara y su voz fueron únicas, y que el horror de su muerte fue irrepetible, aunque sucediera entre tantos millones de muertes semejantes. Cómo atreverse a la vana frivolidad de inventar, habiendo tantas vidas que merecieron ser contadas, cada una de ellas una novela, una malla de ramificaciones que conducen a otras novelas y otras vidas.

Pero me acuerdo ahora de la mañana de ese penúltimo día en Nueva York, tú y yo ya un poco aturdidos por la inminencia del viaje, en ese raro tiempo de nadie en vísperas de la partida, cuando ya no estamos del todo en el lugar del que aún no nos hemos ido, y cuando todas las cosas, los lugares, los hábitos que pasajeramente parecieron aceptarnos ya da la impresión de que nos rechazan, nos recuerdan que sólo somos extranjeros de paso, y que no quedará ninguna huella de nuestra presencia en el apartamento que hemos ocupado durante un tiempo tan breve, y en el que sin embargo, día tras día, fuimos estableciendo los signos domésticos de nuestra vida, la ropa en el armario, que al abrirlo ya olía a tu colonia, igual que nuestro armario de Madrid, nuestros libros en la mesa de noche, tus cremas y mi brocha y mi jabón de afeitar en la repisa del cuarto de baño, la parte de nosotros que hemos traído en el viaje, la que debemos llevarnos de nuevo como la impedimenta de los nómadas, borrando antes de irnos uno por uno todos los rastros que hemos ido dejando, hasta el olor de nuestros cuerpos en las sábanas, que llevamos a la lavandería a primera hora el día de la partida.

Cualquier gesto trivial proyecta la sombra rara del adiós. He ido contando con avaricia los días que aún nos quedaban, y ese mañana de la que estoy acordándome, ya plenamente despierto, en la cama de otros que ha sido nuestra durante una semanas, todavía perezoso e inmóvil, abrazado a ti, que duermes con una expresión de sosegado deleite, como si aun dormida te complacieras en la hondura del sueño, pienso que aún tenemos este día completo, y me dan ganas de conservarlo intacto y de disfrutarlo tan poco a poco como esos minutos que se concede uno cuando ya ha sonado el despertador y todavía puede tardar un poco en levantarse. Pongo luego la radio mientras preparo el desayuno, pero la sensación de cotidianidad que me ofrece la voz del locutor de todas las mañanas es falsa, porque la estoy escuchando por penúltima vez, y ya no me sirve de nada la fluidez que he adquirido en los gestos necesarios para buscar la lata de café en su armario preciso y el cartón de leche en la nevera, el automatismo con que abro el cajón de las cucharillas o giro la llave del gas o pongo el filtro en el depósito de la cafetera. Dentro de nada, mañana mismo por la tarde, seremos dos fantasmas en este lugar, los anteriores ocupantes desconocidos e invisibles para la nueva inquilina a la que nosotros no veremos, a la que dejaremos un sobre en la portería con la llave del apartamento, y que también tiene ya algo de sombra invasora, usurpadora del espacio de nuestra intimidad, no sólo de la cama en la que hemos dormido y hemos hecho el amor y de la mesa en la que cada mañana he dispuesto antes de que te levantaras las tazas del desayuno, sino también de la luz cernida de humedad que entraba a primera hora por las cristaleras que dan a la terraza, y del paisaje que veíamos cuando nos asomábamos a ella, acodados sobre una cornisa a catorce pisos de altura, como en la barandilla de un prodigioso transatlántico, sobre todo de noche, en las noches de vendaval y relámpagos de aquel mes de mayo, tormentas de una furia monzónica, los rayos cruzando oblicuamente entre las grandes nubes oscuras que ocultaban los rascacielos, o que los convertían en fantasmales resplandores irguiéndose a lo lejos entre la lluvia, perdiéndose entre las ráfagas veloces de la niebla, teñida de los colores de los focos que iluminaban los pisos más altos del Empire State, violeta algunas veces, rojo y azul, amarillo violento. Qué desgana de volver a nuestro país, del que nos han llegado casi a diario noticias de oscurantismo y de sangre, qué apetencia de lejanía prolongada, de exilio.

Antes de habernos ido de verdad ya estamos poco a poco marchándonos, pero aún nos queda un día para fingir delante de nosotros mismos, el uno para el otro, y también para sí, que nuestra presencia en esta casa, en esta ciudad, es verdadera y firme, tan real como la del portero que nos da unos cordiales buenos días con su acento cubano o como la del bengalí de la tienda de la esquina al que le compro a diario el periódico y las tarjetas telefónicas. Pasé una parte de mi vida, o una o varias de mis vidas, queriendo irme de los lugares donde estaba, y ahora, cuando el tiempo corre tan aprisa, lo que más deseo es permanecer, instalarme duraderamente en las ciudades que me gustan, tener un sentimiento tranquilo de costumbre y de veteranía, como el que disfruto cuando pienso en todos los años que tú y yo llevamos juntos. Nunca, salvo cuando era niño, me ha tentado coleccionar nada, pero me gusta guardar entre las páginas de los cuadernos o de los libros los testimonios vulgares y valiosos de un momento preciso, cajas de cerillas con el nombre de un restaurante, entradas, billetes de autobús, cualquier documento mínimo que atestigüe una fecha y una hora, nuestra presencia en un sitio, el itinerario breve de un viaje. No tengo apego por las cosas, ni siquiera por los libros o los discos, pero sí por los lugares en los que he conocido la misteriosa exaltación de lo mejor de mí mismo, la plenitud de mis deseos y de mis afinidades, y lo que quisiera atesorar como un coleccionista avaricioso y obsesivo son los instantes, las horas enteras, los minutos que pasé escuchan-

do una cierta música o mirando pinturas en las salas
de un museo, el gusto de caminar contigo una tarde
por la orilla del Hudson mientras el sol enciende de
oro y de cobre los cristales de los rascacielos y esa luz
queda luego en una fotografía, la inquietud de aventura y de incertidumbre que nos fue ganando esa
penúltima mañana en Nueva York según veíamos
deslizarse tras la ventanilla de un autobús las últimas
casas opulentas del Upper East Side, los primeros
descampados y bloques en ruinas de Harlem.

Hay una tendencia en los días últimos de
cualquier viaje a permanecer nublados y como enrarecidos, a contaminarse de la extrañeza de quien
se va a ir y subrayarla de grisura. Según subíamos
hacia el norte iban quedando menos pasajeros en
el autobús, y de una manera gradual, casi imperceptible, desaparecían las caras blancas y sajonas, y
en vez de ancianas muy pálidas y de aire quebradizo
había madres muy jóvenes con bebés en brazos o
niños muy pequeños, negras o hispanas, señoras
gordas con el pelo teñido de rubio, las uñas largas y
el habla deslenguada del Caribe, abuelas negras que
permanecían en sus asientos con una majestad de
matronas etíopes y que al levantarse cuando llegaba su parada se movían con mucha dificultad,
oscilando paso a paso sobre sus enormes zapatillas
deportivas, los cuerpos desproporcionados y torcidos, como afectados por una dolorosa enfermedad de los huesos. Y a medida que los pasajeros
del autobús dejaban de ser blancos también cambiaba la ciudad tras la ventanilla, se volvía más ancha y más vacía, deteriorada, más pobre, con me-

nos tráfico, con pocos escaparates en las aceras casi desiertas, disgregándose en amplitudes despobladas, en perspectivas de solares cercados por alambradas y con edificios quemados o en ruinas al fondo, solares de casas derribadas de las que tal vez quedaba en pie todavía un muro con los huecos de las ventanas tapados por tablones en aspa, siniestros como tachaduras. De vez en cuando pasábamos por un tramo de calle en el que por algún motivo perduraba una sombra de vida vecinal, una acera y una fila de casas salvadas del abandono, con una tienda de aire modestamente próspero en la esquina y hombres solitarios sentados en los escalones, con madres jóvenes que llevaban a niños pequeños de la mano y macetas de geranios en alguna ventana. Hacía muchas paradas que se habían bajado del autobús los últimos turistas, los que iban a los museos de la parte alta, el Metropolitan o el Guggenheim, y ya no veíamos a nuestra izquierda las arboledas de Central Park, coronadas a lo lejos por las torres de apartamentos de West Side Avenue, con sus pináculos como zigurats o templos de remotas religiones asiáticas o cúpulas o faros de escenografías de cine expresionista con crestas y gárgolas.

Cruzando por aquellos parajes despoblados el autobús ya casi vacío iba mucho más rápido, y el conductor de vez en cuando se volvía para mirarnos o estudiaba nuestra rareza en el retrovisor. Habíamos pasado junto a una plaza ajardinada a la manera francesa que tenía en el centro una estatua en bronce de Duke Ellington. El pedestal era como el filo de un escenario, y Duke Ellington, recto y con smoking, se apoyaba en un piano de gran cola también fundido en bronce. (Ahora no sé si he visto de verdad o si me acuerdo de que alguien me ha contado que en otro lugar de Nueva York hay una estatua de Duke Ellington montado a caballo.) Hacía ya más de una hora que habíamos subido al autobús, en la parada de Union Square. Pero estábamos tan lejos y habíamos viajado tan despacio que parecía que lleváramos mucho más tiempo, y tampoco había indicios de que fuéramos a llegar pronto a nuestro destino, la calle ciento cincuenta y cinco. Extranjeros en la ciudad, ahora lo éramos doblemente y por añadidura en esos barrios que nunca habíamos visitado, y en los que no estábamos seguros de encontrar nuestro camino.

La parada de la calle ciento cincuenta y cinco estaba en la esquina de una avenida muy ancha, con edificios no muy altos y dispersos, con una sugestión de soledad y de límite acentuada por la grisura del día, por las tapias bajas de los descampados. No había por los alrededores nadie a quien preguntarle. Casas pobres, iglesias, tiendas cerradas, una bandera americana ondeando sobre un edificio de ladrillo con un aire a la vez desastrado y oficial. De pronto nos ganaba el desánimo y el miedo a habernos perdido, quizás a encontrarnos de un momento a otro en una zona peligrosa, dos turistas extranjeros que se distinguen a la legua y no saben dónde están, que advierten con aprensión que entre los pocos coches que circulan no se ve la mancha amarillo fuerte de ningún taxi.

Caminamos ahora junto a las tapias de un gran cementerio que al principio nos pareció un parque o un bosque. Hacia el oeste se intuyen las vastas lejanías del Hudson, y en una encrucijada, donde termina el cementerio, se ve al otro lado de la avenida, como una aparición o un espejismo, el edificio que veníamos buscando, imponente y neoclásico, no menos raro que nosotros en este paisaje periférico, la sede de la Hispanic Society of America, donde nos han contado que hay cuadros de Velázquez y de Goya, y una gran biblioteca que nadie visita, porque quién va a venir a este lugar, tan lejos de todo, en un barrio que desde el sur de Manhattan es fácil imaginar devastado y peligroso.

Hay una verja, y tras ella un patio con estatuas, entre dos edificios con cornisas de mármol y columnas, con nombres españoles tallados a lo largo de la fachada. Hay una enfática estatua ecuestre del Cid, y en el muro de uno de los edificios un gran bajorrelieve de don Quijote montado sobre Rocinante, jinete y cabalgadura igualmente derrotados y esqueléticos. Junto a la puerta de entrada, una mujer de pelo blanco sujeto con un pasador y aspecto general de abandono fuma un cigarrillo, con esa actitud entre obstinada y furtiva de los fumadores americanos que han de salir a la intemperie para aspirar unas caladas, defendiéndose del frío junto a alguna columna o al abrigo de un ángulo del edificio, dando chupadas rápidas al cigarrillo y disimulándolo luego, temerosos de la censura de quienes pasan a su lado. La mujer nos mira un instante, y luego recordaremos los dos que nos

impresionaron sus ojos, que brillaban como ascuas
en su cara ajada como detrás de una máscara, los
ojos vivos y fieros de una mujer mucho más joven
que su aspecto físico, una empleada o secretaria
americana ya cerca de la jubilación, que vive sola y
no se ocupa mucho de arreglarse, que se corta el
pelo de cualquier modo y lleva jerseys oscuros y
pantalones de hombre, zapatos entre ortopédicos
y deportivos, gafas sujetas con una cadenilla, y que
se ha quedado tan antigua que ni siquiera prescin-
dió del hábito de fumar.

En el vestíbulo buscamos en vano la taqui-
lla. Un portero viejo y fornido que está sentado
con perezosa despreocupación en un sillón frailu-
no nos indica que podemos pasar tranquilamente,
y por su cara y su actitud y el acento con que habla inglés se nota enseguida que es cubano. Lleva
una chaqueta de uniforme gris, parecida a la de
un bedel español, una chaqueta de bedel español
de hace muchos años, deteriorada tras una larga
veteranía, tras muchos trienios de soñolienta hol-
ganza administrativa. Nada más pisar el vestíbulo
notamos con aprensión que a este lugar no viene
casi nadie, y que todo en él sufre un desgaste uniforme, el de las cosas que no se renuevan, que siguen durando cuando ya están gastadas y se han
quedado obsoletas, aunque todavía puedan usarse. El cartel con los horarios, pegado al cristal de
la entrada, está impreso en una tipografía antigua,
y se ha ido poniendo amarillento, obedeciendo al
mismo principio de erosión lenta del tiempo que
la chaqueta del portero, o que las fotos enmarca-

das que en el interior de una vitrina recuerdan la fundación, en los años veinte, de la Hispanic Society, los grandes automóviles negros de las autoridades españolas y americanas que asistieron a la inauguración, el edificio entonces alzado en un espacio en el que no había nada más, arrogante y blanco en el clasicismo de su arquitectura, sus mármoles recién pulidos brillando con el resplandor de lo muy nuevo, de lo que parecía tener delante un porvenir triunfal. En el cielo, sobre las cabezas cubiertas con chisteras y sombreros de paja, se ve un aeroplano que sería entonces tan vertiginosamente moderno como los automóviles de los caballeros y damas que concurren a la inauguración. Pero el cartón de las fotos se ha combado, y en las esquinas interiores de los marcos se ven mordeduras diminutas de polillas.

Dónde estamos ahora, adónde hemos llegado cuando entramos en un vasto salón sombrío que tiene algo de patio de palacio español, con maderas labradas de sillerías platerescas y arcos de una piedra oscura rojiza que se ensombrece más por la poca luz del día, filtrada por las vidrieras del techo. El espacio nos niega una identificación precisa, porque podría ser no sólo del patio de un palacio sobre el que se abren galerías, sino también la sacristía desordenada e inmensa de una catedral, o el almacén de un museo cuya naturaleza exacta es tan confusa como sus normas organizativas, o como el principio que rige las adquisiciones. A principios de siglo el millonario Archer Milton Huntington, poseído por una insensata pasión de españolismo romántico, de erudición insaciable y omnívora, recorría el país comprándolo todo, comprando cualquier cosa, lo mismo el coro de una catedral que un cántaro de barro vidriado, cuadros de Velázquez y de Goya y casullas de obispos, hachas paleolíticas, flechas de bronce, Cristos ensangrentados de Semana Santa, custodias de plata maciza, azulejos de cerámica valenciana, pergaminos iluminados del Apocalipsis, un ejemplar de la primera edición de *La Celestina*, los *Diálogos de Amor* de Judá Abravanel, llamado León Hebreo, judío español refugiado en Italia, el *Amadís de Gaula* de 1519, la Biblia traducida al castellano por Yom Tob Arias, hijo de Levi Arias, y publicada en Ferrara en 1513, porque en España ya no podría publicarse, el primer *Lazarillo*, el *Palmerín de Inglaterra* en la misma edición que hubo de haber leído don Quijote, la primera edición de *La Galatea*, las ampliaciones sucesivas del temible *Index Librorom prohibitorum*, el *Quijote* de 1605, y tantos otros libros y manuscritos españoles que nadie apreciaba y que fueron vendidos a cualquier precio a aquel hombre que viajaba en automóvil por los caminos imposibles del país y vivía en un trance perpetuo de entusiasmo hacia todo, de prodigiosa gula adquisitiva, el multimillonario Mr. Huntington, yendo de un lado a otro con su violenta energía americana, por los pueblos muertos y rurales de Castilla, siguiendo la ruta del Cid, comprando cualquier cosa y dando órdenes expeditivas para que se la envíen a América, cuadros, tapices, rejerías, retablos enteros, desechos de la enfática gloria española, reliquias de opulencia eclesiástica, pero también testimonios de la menesterosa vida popular, los platos de barro en que los pobres tomarían sus gachas de trigo y los botijos gracias a los cuales probaban el lujo del agua fresca en los secanos interiores. Dirigió excavaciones arqueológicas en Itálica y le compró de un solo golpe al tronado marqués de Jerez de los Caballeros su colección de diez mil volúmenes. Y para albergar todo el desaforado botín de sus viajes por España construyó este palacio, en un extremo de Manhattan al que nunca llegó la prosperidad ni la fiebre especulativa que tal vez el señor Huntington había anticipado: todo está en los muros, en las vitrinas, en los rincones, cada cosa con una etiqueta sumaria, fecha y lugar de origen, siempre escrita en papel amarillento, mosaicos romanos y candiles de aceite, cuencos neolíticos, espadas medievales, vírgenes góticas, como un Rastro en el que han ido a parar, arrastrados en la confusión de la gran riada del tiempo, todos los testimonios y las herencias del pasado, los despojos de las casas de los ricos y de las de los pobres, los oros de las iglesias, los bargueños de los salones, las tenazas con las que se atizó el fuego y los tapices y los cuadros que colgaron en los muros de iglesias ahora abandonadas y saqueadas y palacios que tal vez ya no existen, las lápidas casi borradas de las tumbas de los poderosos y las pilas de mármol que contenían el agua bendita en la penumbra fría de las capillas. Y también los nombres, nombres sonoros de lugares españoles en las etiquetas de las vitrinas, y entre ellos, de pronto, junto a un lebrillo de barro verde y vidriado que reconozco enseguida, el nombre de mi ciudad natal, donde aún había, cuando yo era niño, un barrio de los alfareros en el que los hornos seguían siendo iguales a los de los tiempos de los musulmanes, una calle ancha y soleada que se llama la calle Valencia y desembocaba en el campo. De allí vino este lebrillo que ahora te señalo detrás de un cristal en una de las estancias solitarias de la Hispanic Society de Nueva York, y que en esta lejanía me devuelve al corazón exacto de la infancia: en el centro tiene el dibujo de un gallo, rodeado por un círculo, y al mirarlo casi noto en las yemas de los dedos la superficie vidriada de la cerámica y la protuberancia de las líneas del dibujo, que es un gallo inmemorial y también parece un gallo de Picasso, y se repetía en los platos y en los lebrillos de mi casa, y también en la panza de las vasijas para el agua. Me acuerdo de los grandes lebrillos en los que las mujeres amasaban la carne picada y las especias para los embutidos de la matanza, de los platos de barro sobre los que se cortaba el tomate y el pimiento verde de las ensaladas, bodegones austeros y sabrosos de la comida popular. Esos objetos habían estado siempre en las mesas y en las alacenas de las casas y parecía que tuvieran casi los atributos de una perennidad litúrgica, y sin embargo desaparecieron en muy poco tiempo, apenas unos años, desplazados por la invasión de los plásticos y de las vajillas industriales. Se han ido como las casas en cuya honda penumbra brillaban sus formas anchas y curvadas, y como los muertos que habitaron en ellas.

A mí también me trae recuerdos ese lebrillo,
dice muy cerca de nosotros la mujer a la que vimos
fumando en la puerta. Se disculpa por interrum-
pirnos, por haber estado escuchando: he reconocido su acento, yo viví hace mucho tiempo en esa
ciudad. Su voz es casi tan joven como sus ojos,
igual de ajena a la edad inscrita en los rasgos de la
cara y a la negligencia americana de su manera de
vestir. Trabajo en la biblioteca, si les interesa tendré mucho gusto en enseñársela. Hay tantos tesoros, y lo sabe tan poca gente. Vienen de vez en
cuando profesores, gente muy sabia que estudia
cosas españolas, pero pueden pasar semanas, hasta
meses enteros sin que nadie se acerque a preguntarme por un libro. Quién va a venir tan lejos, quién
va a imaginarse que aquí hay cuadros de Velázquez, del Greco, de Goya, tan cerca del Bronx, que
tenemos guardados el primer *Lazarillo* y el primer
Quijote y *La Celestina* de 1499. Los turistas llegan
hasta la calle noventa para ver el Guggenheim y se
imaginan que lo que hay más allá es un mundo
tan desconocido y peligroso como el corazón de
África. Yo vivo cerca de aquí, en un vecindario
de cubanos y dominicanos donde no se oye hablar
inglés. Debajo de mi apartamento hay una casa de
comidas cubana que se llama La Flor de Broadway.
Hacen la ropavieja y los daiquiris más sabrosos de
Nueva York y dejan fumar tranquilamente en las
mesas, que tienen manteles de hule a cuadros, como
los que había en España cuando yo era muy joven.
Qué lujo, fumarme un pitillo tomándome un café
negro después de comer. Ya saben lo raro que se

ha vuelto eso aquí, que dejen fumar en la mesa de un restaurante. El tabaco me hace daño en los bronquios, y la gente me mira mal cuando entra aquí y me ve fumando en la puerta de la calle, pero ya estoy muy vieja para cambiar, y los cigarrillos me gustan mucho, disfruto cada uno que me fumo, me hacen compañía, me ayudan a conversar o a pasar el tiempo cuando estoy sola. Y además, cuando era muy joven, yo quería escaparme de España y venir a América porque aquí las mujeres podían fumar y llevar pantalones y conducir automóviles, como se veía en las películas de antes de la guerra.

La mujer hablaba un español franco y diáfano, como el que puede escucharse en algunos lugares de Aragón, pero en su acento había adherencias caribeñas y norteamericanas, y el metal de su voz se volvía del todo anglosajón cuando pronunciaba alguna palabra en inglés. Nos había invitado a tomar una taza de té en su oficina, y nosotros aceptamos en parte porque ya sentíamos el desfallecimiento físico de los museos y en parte también porque en su manera de hablar y de mirarnos había algo hipnótico, más aún en aquel lugar deshabitado y silencioso, en la mañana gris del último día de nuestro viaje. Nos inquietaba y al mismo tiempo nos subyugaba esa mujer que no nos había dicho su nombre, que nos hablaba con una voz española de muchos años atrás y nos examinaba con unos ojos mucho más jóvenes que su cara y su figura, que sus manos pecosas y arrugadas, con nudos de artritis en las articulaciones, que su respiración de fumadora, aunque el tabaco no le había manchado los dedos ni ensombrecido su voz. El despacho era pequeño, desordenado, con un olor a papel rancio, con muebles de oficina de los años veinte, como los que se ven en algunos cuadros de Edward Hopper. De un archivador la mujer sacó tres tazas y tres bolsitas de té que dejó encima de los papeles de la mesa y con un gesto de disculpa del todo norteamericano se ausentó para buscar un poco de agua caliente. Nos miramos sin decir nada, nos sonreímos, para establecer cierta complicidad en una situación tan rara, y la mujer vuelve enseguida, nos examina con sus ojos tan vivaces como para adivinar si durante su ausencia nos hemos dicho algo sobre ella. Las gafas le cuelgan del cuello sujetas por una cinta negra. Parece una secretaria de departamento universitario al filo de la jubilación, pero sus ojos me interrogan tan desvergonzadamente como si estuvieran protegidos por el anonimato de una máscara, y la mujer que mira en ellos no es la misma que vierte el agua caliente en las tazas de té y se mueve con cautelas y cortesías de rígida etiqueta americana, y se peina de cualquier manera el pelo canoso y lleva pantalones, jerseys y zapatos de una austeridad práctica y más bien desoladora. Me mira como si tuviera treinta años y evaluara a los hombres en los crudos términos de su atractivo o su disponibilidad sexual; te mira a ti queriendo adivinar si somos amantes o estamos casados y si en el modo en que nos dirigimos el uno al otro hay síntomas de deseo o de distancia. Y mientras sus ojos magnéticos estudian cada pormenor de tu presencia y de la mía, de nuestras caras y de nuestra ropa, sus manos de anciana se desenvuelven en el ritual de la hospitalidad académica sirviendo té y ofreciendo sobres de azúcar y de sacarina y esos palitos de plástico que en los Estados Unidos sustituyen tan desagradablemente a las cucharillas, y su voz diáfana, antigua, española, con dejes cubanos y sajones, nos cuenta cosas sobre aquel millonario megalómano que levantó la Hispanic Society en la esquina de Broadway y la ciento cincuenta y cinco creyendo que esa zona de Harlem iba a ponerse muy pronto de moda entre los ricos, y sobre la extrañeza de pasar la vida tan lejos de España y rodeada sin embargo de tantas cosas españolas, tan lejos de España y de cualquier parte, hasta de la misma Nueva York, dice, señalando con un gesto hacia la ventana, desde donde se ve una acera pobre y popular que sin embargo es Broadway, una línea de casas de ladrillo rojo cruzadas por escaleras de incendios y coronadas por altos depósitos de agua, y más allá la grisura del horizonte abierto, las grandes torres renegridas de viviendas sociales del Bronx.

Ya hace más de cuarenta años que me vine de España, y no he vuelto nunca ni pienso volver, pero me acuerdo de algunos sitios de su ciudad, de algunos nombres, la plaza de Santa María, donde soplaba tan fuerte el viento en las noches de invierno, la calle Real, ¿no se llamaba así? Aunque ahora me acuerdo que entonces le habían puesto calle de José Antonio. Y esa calle donde estaban las alfarerías, se me había olvidado el nombre pero al oír que usted le hablaba a su mujer de la calle Va-

lencia enseguida me he dado cuenta de que se refería a ella, y de una canción que se cantaba entonces:

> *En la calle Valencia*
> *Los alfareros*
> *Con el agua y el barro*
> *Hacen pucheros.*

Cuando era todavía joven me las arreglé
para tomar unos cursos de literatura española en
Columbia University con don Francisco García
Lorca, y a él le gustaba que yo le cantara esos versos, decía que nada puede ser más exacto, los repetía en voz alta, para que nos fijáramos bien en que
no había ni un adjetivo, ni una palabra que no
fuera común, y sin embargo, el resultado, nos decía, es al mismo tiempo poético y tan informativo
como una frase en una guía, igual que en los romances antiguos.

Habla mucho, nos hipnotiza contando, pero en realidad no llegamos a saber nada de su verdadera vida, ni siquiera su nombre, aunque de ese
detalle nos damos cuenta luego, y no sin asombro, cuando ya nos hemos marchado. Cómo será
el apartamento donde vive, sola sin la menor duda,
quizás con la compañía de un gato, escuchando
las voces y las músicas cubanas que suben desde
La Flor de Broadway, adonde va a cenar regularmente, donde se toma un plato de frijoles con cer-
do y arroz y tal vez se marea con un daiquiri, sola
en una mesa con mantel de hule a cuadros, fumando luego mientras va apurando un café y mira hacia

la calle y hacia los hombres y las mujeres con esos
ojos de infalible examen sexual. Qué hace durante
tantas horas y días en los que no llega nadie a consultar los libros de la biblioteca, los tesoros sepultados que ella cataloga y revisa, con una expresión
de severa eficacia en su cara ajada, los ojos entornados detrás de las gafas sujetas con una cinta negra. Ejemplares únicos que ya sólo pueden encontrarse aquí, primeras ediciones, colecciones enteras
de revistas eruditas, pliegos de cordel, cartas autó-
grafas, toda la literatura española y todos los sabe-
res e indagaciones posibles sobre España reunidos
en esa gran biblioteca a la que apenas va nadie.
Pero a ella ya no le hacía falta abrir los volúmenes
de poesía de la colección de Clásicos Castellanos
porque en la época de sus clases con el profesor
García Lorca había adquirido, animada por él, nos
dijo, el hábito de aprenderse de memoria los poe-
mas que más le gustaban, de modo que se sabía
una gran parte del *Romancero,* y los sonetos de
Garcilaso, de Góngora, de Quevedo, y todo San
Juan de la Cruz y casi todo fray Luis de León, y
Bécquer y Espronceda, que habían sido pasiones
de su primera adolescencia fantasiosa y literaria,
compartidas con su hermano, que era algo mayor
que ella, y con quien recitaba a medias el *Tenorio*
o *Fuenteovejuna* o *La vida es sueño.* Quizás a eso se
había dedicado todos los años que llevaba trabajando en la biblioteca de la Hispanic Society, a aprenderse de memoria la literatura española, a recitár-
sela en silencio o en voz baja, moviendo los labios
como si rezara, mientras acudía cada mañana a su

trabajo por las aceras caribeñas de Broadway o viajaba hacia el sur de Manhattan en lentos autobuses o en los vagones populosos del metro, mientras yacía de noche en el insomnio de su cama
solitaria o recorría los salones del museo sin fijarse casi en ninguno de los cuadros y objetos cuya disposición también se sabía ya de memoria,
igual que los nombres y las fechas mecanografia-
dos en las etiquetas. Pero había un cuadro frente
al que se detenía siempre, y se sentaba para mirarlo despacio, con una emoción melancólica que no
se amortiguaba nunca, incluso se hacía más fuerte
según pasaban los años y todo en aquel lugar parecía que permaneciera tan invariable como en un
reino encantado. Las etiquetas, los carteles y los
catálogos amarilleaban, los sanitarios de los cuartos de baño se iban convirtiendo en reliquias cada
vez más antiguas, a los conserjes cubanos y puer-
torriqueños se les iba poniendo blanco el duro pelo
rizoso, se les desfondaban los bolsillos de sus chaquetas grises como de bedeles españoles y se les
gastaban los filos de las mangas, y a ella misma el
tiempo la convertía en una desconocida cada vez
que se miraba en un espejo, a no ser por sus ojos,
cuyo relumbre era tan afilado y hermoso como
cuando tuvo treinta años y se vio por primera vez
sola y soberana de sí misma en América, poseída
por un entusiasmo de vivir que podía alcanzar extremos de desasosiego y de delirio quizás aún más
fervientes que el coleccionismo desatado y lunáti-
co del señor Huntington. Me gusta sentarme delante de ese cuadro de Velázquez, el retrato de esa

niña morena, que nadie sabe quién fue, ni cómo se llamaba, ni por qué Velázquez la pintó, nos dijo. Seguro que ya lo han visto, pero no se vayan sin mirarlo un poco más, porque puede que ya no vuelvan y no lo vean nunca de nuevo. Con los años una deja de fijarse en las cosas, se habitúa a ellas y ya no las mira, no sólo por indiferencia, sino también por higiene mental. Los vigilantes de cualquier museo se volverían locos si vieran permanentemente todos los cuadros que los rodean, con todos sus detalles. Yo entro aquí y no veo ya nada, después de tantos años, pero a esa niña de Velázquez la veo siempre, tiene un imán que me atrae hacia ella, y siempre me mira, y aunque me sé de memoria su cara siempre descubro en ella algo nuevo, como imagino que descubre una madre o un padre en la cara de su hijo, o un amante en la de la persona amada. Los cuadros, aquí y en cualquier museo, representan a poderosos o a santos, a gente hinchada de arrogancia, o trastornada por la santidad o por el tormento del martirio, pero esa niña no representa nada, no es ni la Virgen niña ni una infanta ni la hija de un duque, no es nada más que ella misma, una niña sola, con una expresión de seriedad y dulzura, como perdida en una ensoñación de melancolía infantil, perdida también en este lugar, en los salones ampulosos y algo desastrados de la Hispanic Society, como una niña encantada en un palacio de cuento en cuyo interior el tiempo dejó de transcurrir hace un siglo. Tiene una mirada franca y al mismo tiempo de timidez y reserva, y sus ojos oscuros se posan ahora en los míos, mientras estoy escribiendo, aunque me encuentro ahora muy lejos de ella y de aquel mediodía nublado en Nueva York, en vísperas de la partida. Sólo han pasado unos meses, y los recuerdos son todavía nítidos y firmes, pero si pienso detenidamente en esas horas de la Hispanic Society, en la cara de la niña de Velázquez, en la voz y en los ojos de fuego de la mujer que no llegó a decirnos su nombre, todo tiene el temblor, la consistencia frágil de lo que no se sabe si llegó a suceder de verdad. Guardo pruebas, detalles materiales, la tarjeta Metrocard que usamos para tomar el autobús que nos llevó tan lejos, las postales que compramos en la tienda de la Hispanic Society, que es una tienda muy precaria, en la que todavía quedan existencias de postales en blanco y negro de hace casi un siglo, y guías y catálogos de publicaciones que podrían estar en esos mostradores de las librerías de lance en los que se ofrece lo más deteriorado y manoseado. Pero en ese lugar imprevisible una tienda tan modesta, con algo de apocado estanco español —cómo no compararla con las tiendas de otros museos de Nueva York, espectaculares supermercados de lujo— ocupa un salón enorme, inexplicable en su organización del espacio, circundado por completo por grandes mostradores de madera oscura, como anaqueles de un desmesurado almacén de tejidos de principios de siglo o como esas cómodas gigantes que se ven en las sacristías de las catedrales, y en las que se guardan las ropas litúrgicas. La tienda ocupa una esquina deslucida, una parte del mostrador, detrás del cual se sienta una señora muy mayor con todo el aire de ponerse a tricotar en cualquier momento, en cuanto se vayan estos dos raros visitantes que ahora repasan una colección mustia de postales. Y todos los muros, desde el suelo hasta el techo, están ocupados por pinturas ingentes, o por una sola pintura que trascurre sin interrupción en toda su amplitud, y en la que están representados, como en un delirio barroco de carnaval o en el desorden de las láminas de una enciclopedia, todos los trajes regionales, los oficios y los bailes antiguos, los paisajes de España, toda la bisutería del romanticismo folklórico pintada a destajo por Joaquín Sorolla, como una Capilla Sixtina consagrada a glorificar la pasión hispánica de Mr. Huntington, a celebrar en grandes brochazos de color cada tipo racial, cada polvoriento vestuario o tocado ancestral o particularidad antropológica, los caballistas andaluces con sus sombreros de ala ancha y los aldeanos vascos con sus boinas, y los catalanes con sus barretinas y alpargatas, y los castellanos con las caras rugosas y quemadas, y los aragoneses bailando jotas con pañuelos rojos atados a la nuca: también los naranjales, los olivares, las aguas cantábricas en las que faenan los pescadores del norte, los hórreos gallegos y los molinos de La Mancha, las gitanas andaluzas con vestidos de volantes y las falleras valencianas con sus faldas tiesas de almidón y pedrería y sus peinados rígidos como de damas ibéricas, las huertas y los páramos, los cielos violáceos del Greco y la luz clara y jugosa del Mediterráneo, metros y metros cuadrados de pintura, una profusión de caras como máscaras y ropas como disfraces que tiene toda la densidad y el mareo de un baile de carnaval, y también la minuciosidad abrumadora de un catálogo o de un reglamento, cada lugareño con sus rasgos vernáculos y su uniforme pertinente, uncido a sus costumbres eternas y a su paisaje regional, cada individuo tan clasificado en su origen y en su patria chica como los pájaros o los insectos en su categorías zoológicas.

Pero lo que ahora tengo delante de mí, en mi cuarto de trabajo, junto al teclado del ordenador y a la concha blanca y pulida por el agua que Arturo encontró hace dos veranos en la playa de Zahara, es una de las postales que compramos en la tienda de la Hispanic Society, el retrato de esa niña morena, delicada, solitaria, perfilada contra un fondo gris, que me mira ahora como aquel mediodía, cuando fuimos a mirarla por última vez antes de marcharnos, en la víspera de nuestro viaje de regreso, cuando ya casi no estábamos en Nueva York aunque todavía nos faltara un día entero para volar hacia Madrid y el tiempo se nos deshacía entre los dedos con una inconsistencia de papel quemado, de hojas de ceniza, minutos y horas sin sosiego, como el tiempo atribulado y fugaz de los amantes clandestinos que nada más verse ya saben que ha empezado para ellos la cuenta atrás de la separación. Al inventar uno tiene la vana creencia de que se apodera de los lugares y las cosas, de la gente acerca de la que escribe: en mi cuarto de trabajo, bajo la luz de la lámpara, que ilumina mis manos y el teclado, el ratón, la concha cuyas acanaladuras me gusta acariciar distraídamente con las yemas de los dedos, la postal de la niña de Velázquez, puedo tener la sensación de que nada de lo que invento o recuerdo está fuera de mí, de este espacio cerrado. Pero los lugares existen aunque yo no esté en ellos y aunque no vaya a volver, y las otras vidas que viví y los hombres que fui antes de llegar a ser quien soy contigo quizás perduran en la memoria de otros, y en este mismo momento, a seis horas y seis mil kilómetros de distancia de este cuarto, la niña que me mira desde la pálida reproducción de una postal mira y sonríe levemente en un lienzo verdadero y tangible, pintado por Velázquez hacia 1640, llevado a Nueva York hacia 1900 por un multimillonario americano, colgado en un gran salón medio en penumbra de un museo que visita muy poca gente. Quién sabe si ahora mismo, cuando en Nueva York son las dos y cuarto de la tarde y aquí empieza un anochecer de diciembre, habrá alguien mirando la cara de esa niña, alguien que advierta o reconozca en sus ojos oscuros la melancolía de un largo destierro.

Retrato de niña, Velázquez, ca.1640.
Hispanic Society of America, Nueva York.

Nota de lecturas

He inventado muy poco en las historias y las voces que se cruzan en este libro. Algunas las he escuchado contar y llevaban mucho tiempo en mi memoria. Otras las he encontrado en los libros. A Willi Münzenberg lo descubrí leyendo El fin de la inocencia, *de Stephen Koch (Tusquets, 1995) y le seguí la pista en* El pasado de una ilusión *(Fondo de Cultura Económica), de François Furet, libro tan admirable como su título, y en el segundo volumen de las memorias de Arthur Koestler,* The invisible writing, *así como en un número sorprendente de páginas de Internet. El hermoso nombre de Milena Jesenska lo vi por primera vez en las sobrecogedoras* Cartas a Milena, *de Franz Kafka, en un volumen de bolsillo de Alianza que ha ido mucho tiempo conmigo. Fue ese nombre solo en el título de un libro,* Milena —*de nuevo Tusquets*— *el que me llevó a descubrir a su autora, Margarete Buber-Neumann, de quien había encontrado algunas pistas en Koch y en Furet, como un personaje menor de nota a pie de página. Los dos volúmenes de su autobiografía, cuya versión francesa rastreé en el catálogo de Seuil* —Déportée en Sibérie, Déportée à Ravensbrück— *me los envió velozmente desde París mi editora Annie Morvan. Es curioso que en este sombrío asunto de los infiernos erigidos por el nazismo y el comunismo abunden tanto los testimonios de mujeres: me han sido vitales* Contra toda esperanza *(Alianza Editorial), de Nadezhda Mandelstam, y sobre todo* Journey into the whirlwind, *de Evgenia Ginzburg, cuyo nombre había leído por primera vez en un libro extraordinario de Tvestan Todorov que descubrí en traducción inglesa,* Facing the extreme —moral life in the concentration camps—. *De Todorov aprendí mucho leyendo en Taurus* El hombre desterrado. *Sobre la situación de los judíos de España leí extensamente en* Los orígenes de la Inquisición, *el tendencioso y ciclópeo estudio de Benzion Netanyahu, y del mucho más breve y también más equilibrado clásico de Henry Kamen,* La Inquisición Española *(Crítica), sin olvidar un libro que a mí me parece extraordinario, a pesar de su extrema concisión,* Historia de una tragedia, *de Joseph Perez, también publicado en España por la editorial Crítica. Mi amigo Emilio Lledó ha leído en el original alemán los extensísimos diarios del profesor Victor Klemperer: yo sólo conozco la versión inglesa en dos volúmenes que se ha publicado con el título de* I will bear witness: a diary of the nazi years. *Es triste pensar que libros de tanta hondura no son casi nunca accesibles al lector en español.*

Pero casi me olvidaba de citar a dos de los escritores más decisivos en mi educación de los últimos años, sin los cuales es muy probable que ni este libro se me hubiera ocurrido ni yo habría encontrado el estado de espíritu necesario para escribirlo. Me refiero a Jean Améry y a Primo Levi. El libro de Jean Améry sobre Auschwitz lo descubrí por azar, y sin haber tenido antes la menor noticia de su existencia, en una librería de París, en 1995. Lo publicó Actes Sud con el título de Par delà le crime et le châtiment, *y no tengo noticia de que se haya interesado por él ninguna editorial española. Gracias a Mario Muchnick, sin embargo, el lector español tiene acceso a la gran trilogía memorial de Primo Levi, que incluye* Si esto es un hombre, La Tregua *y* Los hundidos y los salvados. *Lo que se puede aprender sobre el ser humano y sobre la Historia de Europa en el siglo* XX *en esos tres volúmenes es terrible y también aleccionador, y honradamente no creo que sea posible tener una conciencia política cabal sin haberlos leído, ni una idea de la literatura que no incluya el ejemplo de esa manera de escribir.*

Hay otros libros, pero estos que he nombrado son los que más me alimentaron mientras escribía Sefarad. *También he procurado prestar atención a muchas voces: entre ellas, debo nombrar con gratitud y emoción las de Francisco Ayala y José Luis Pinillos, y la voz sonora y jovial de Amaya Ibárruri, que una tarde de invierno me invitó a café y me contó algunos episodios de la novela extraordinaria de su vida, la de Adriana Seligmann, que me habló de las pesadillas en alemán de su abuelo, y la de Tina Palomino, que vino a casa una tarde en la que yo ya creía tener terminado este libro y me hizo comprender, escuchando la historia que sin darse ella cuenta me estaba regalando, que siempre queda algo más que merecía ser contado.*

Madrid, diciembre de 2000

Índice

Este libro
se terminó de imprimir
en los Talleres Gráficos
de Unigraf, S. L.
Móstoles, Madrid (España)
en el mes de marzo de 2001

ÚLTIMOS TÍTULOS PUBLICADOS

José Avello
JUGADORES DE BILLAR

Imma Monsó
TODO UN CARÁCTER

Enriqueta Antolín
CAMINAR DE NOCHE

Manuel Longares
ROMANTICISMO

Péter Esterházy
UNA MUJER

J. J. Armas Marcelo
EL NIÑO DE LUTO Y EL COCINERO DEL PAPA

Anjel Lertxundi
LOS DÍAS DE LA CERA

Carme Riera
POR EL CIELO Y MÁS ALLÁ

Luis Mateo Díez
EL DIABLO MERIDIANO

ROWAN UNIVERSITY CAMPBELL LIBRARY

3 3001 00910 397 8

PQ 6663 .U4795 S44 2001
Munoz Molina, Antonio.
Sefarad

DATE DUE
